죽음의 격

죽음의 격

케이티 엥겔하트 지음
소슬기 옮김

필연의 죽음을 맞이하는
존엄한 방법들에 관하여

The
Inevitable
Katie Engelhart

은행나무

부모님께

자살이 허용된다면 모든 것이 허용된다.
무엇이라도 허용되지 않는다면 자살은 허용되지 않는다.

루드비히 비트겐슈타인,《철학일기》, 1914 – 1916

어떻게 이성이 이성의 종말을
비이성적으로 혐오하고 두려워할 수 있겠어?

줄리언 반스,《웃으면서 죽음을 이야기하는 방법》, 2008

차례 ———————————

들어가며

베티는 내게 직접 멕시코에 갈 것이라고 말했다. 다른 사람들에게도 "나는 반드시 하고 말 거야"라고 말했다. 대부분 티후아나Tijuana에가지만 베티는 산맥에 둘러싸인 2번 연방 고속도로 외곽에 있는 작은 도시 테카테Tecate를 골랐다. 베티는 온라인 자살 설명서에서 멕시코에 있는 동물 용품 가게에 관해 읽었는데, 비밀을 아는 외국인이 가면 치명적인 약을 살 수 있는 곳이었다. 계산대 점원에게 개가 많이 아파서 잠들게 해줘야겠다고, 수면제를 사러 왔다고 말하기만 하면 됐다. "살펴보는 중이야." 베티는 동물 용품 가게 앞에서 친구한테 문자를 보냈다. 조금 무서웠지만, 못 견딜 만큼은 아니었다. 경찰이 70대 할머니를 진지하게 표적으로 삼으리라고는 생각하지 않았다. "연약한 할머니를 뒤쫓지는 않을 거야. 필요하면 연약한 할머니인 척할 수 있어. 주저앉아 울 수도 있다고. 문제없어."

베티는 맨해튼에서 멕시코로 떠나기 전에 비싸 보이는 화장품 병을 몇 개 구하고 병에 붙일 라벨을 인쇄했다. '민감성 피부 전용.' 동물 용품 가게에서 파는 치명적인 약을 위장용 병에 옮긴 다음에 차를 몰고 국경을 넘어 캘리포니아에 들어가서 비행기를 타고 집으로 돌아올 계획이었다. 베티는 가장 친한 두 친구와 약을 나눠 가질 것이다. 누군가가 병에 걸릴 때까지 세 사람은 어퍼웨스트사이드Upper West Side에 있는 각자의 아파트에 약을 조용히 보관할 것이다. "우리는 협정을 맺었다오." 베티가 말했다. "먼저 알츠하이머병에 걸리는 사람이 넴뷰탈Nembutal(신경 흥분 억제 약물로 진정·수면·항경련 효과가 있는, 안락사euthanasia에도 사용되는 펜토바르비탈pentobarbital의 상표명이다. 펜토바르비탈은 단시간에 작용하는 바르비투르산염Barbiturate이다-옮긴이)을 갖기로." 효과가 빠른 바르비투르산염을 마신 사람은 신속하게, 하지만 급작스럽지는 않게 잠에 빠질 것이다. 잠에 빠지고 나면 15~20분에 걸쳐 호흡이 느려지다가 결국 멈출 것이다.

베티는 우리가 만난 지 얼마 안 됐을 때 이 이야기를 해줬다. 결혼식장에서였다. 나는 신부 친구였고 베티는 신랑 어머니였다. 우리는 처음에는 야외 뜰에서, 녹아가는 얼음과 백포도주 병이 가득한 낡은 통나무배 옆에서 이야기를 나눴다. 나중에는 복도엔 샹들리에가 달렸고 나무판자를 댄 엘리베이터가 류머티즘에 걸린 듯 움직이는, 그녀가 사는 아파트에서 만났다. 베티는 말하면서 목에 건 안경 줄에 매달린 독서용 안경을 썼다가 벗었다가 다시 쓰기를 반복했다. 베티는 취재하려던 게 아니라 우연히 만난 사람이었지만, 내가 어떤 책을 쓰는지 알려줬더니 웃음을 터트리면서 내게 들려줄 이야기가 있다고 했다. 그 이야기를 들었을 때쯤 나는 충분히 많은 사람을 인터뷰한 뒤여서, 미국 전역에서 병들고 나이 든 남녀가 마지막 순간을 꼼꼼하게 계획한다는 사실을 알았다. 멕시코의 동물 용품 가게에서 구한 병으로, 중국 마약 중개상에게서 구한 가루로, 인터넷에서 구한 가스통으로, 아니면 낯선 사람에게 도움을 받아서 말이다. 또 소위 '죽을 권리'에 관한 보도는 대부분 법의 테두리 안에서 끝을 맺지만, 그 바깥에서 벌어지는 다른 이야기가 있다는 사실도 알았다. 진료소, 입법 기관, 병원 윤리위원회, 그 정중한 대화들과는 먼 곳에서 내 책을 시작하고 싶었다.

최근 베티는 너무 나이 들거나 아주 느리게 죽어가고 싶지는 않다고 생각했다. 90대인 옛 친구가 여전히 '못 떠난' 모습을 보면 우울했다. 그 친구도 마찬가지로 우울했다. 연약해진 몸으로 삶을 지루해하며 다른 친구들을 모두 떠나보냈다. 수동적이고 무엇을 하려는 의지도 없는 상태로 치료에서 치료로 계속 부유하며 살았다. 생애말기는 그처럼 이상했다. 베티는 친구의 담당 의사를 탓하다가 결국 모든 의사를 탓했다. "의사는 '생명을 살리자! 생명을 살리자! 생명을 살리자!'라고만 배워요. 사람이 얼마나 끔찍한 몰골이 될 수 있는지 잊어버린다니까." 베티는 의료의 한계를 넘어서려기보다는 수긍하는 편이 낫다고 믿었다.

베티의 남편은 상당히 '빠르게' 숨을 거두었다. 75세에 암으로 죽었다. 그런데도 남편은 고통스러워했고 울기도 했다. 마지막 며칠 동안 베티는 베개를 단단히 붙잡고 남편을 질식시켜 죽이는 상상을 했는데, 어느 정도는 남편도 그걸 바라리라고 생각했고 베티도 죽어가는 남편을 지켜보는 것을 더는 견딜 수 없었다. 남편이 지나치게 동요하는 지경에 이르자 의사는 의식을 잃을 만큼 진통제를 투여했다. 남편은 모르핀을 맞아 나른한 상태로 3일을 보낸 다음 사망했다. 베티와 친구들은 절대로 그 지경에 이르진 않을 것이며, 의사한테 의지하거나 도움을 구하지 않기로 의견을 모았다. 의사가 얼마나 자비를 베풀지 누가 알겠는가?

베티는 온라인 자살 설명서인 《평온한 약 안내서Peaceful Pill Handbook》를 보고 멕시코에서 구할 수 있는 약을 알게 되었는데, 이 설명서는 죽을 권리를 주장하는 비주류 단체인 '엑시트인터내셔널Exit International'에서 발간한 것이다. 이 책의 저자는 말한다. "여러분은 단 한 번 죽을 겁니다. 왜 최고가 아닌 것에 만족하십니까?" 이 안내서는 베티에게 대안이 있음을 알려주었다. 베티가 원할 때 자살할 수 있더라도, 실패하지 않고 빠르고 고통스럽지 않게 죽는 것은 간단하지 않았다. 많은 사람이 삶을 끝내려 시도했다가 실패했다. 의지가 약하거나 선택한 약물이나 무기에 결점이 있거나 절단한 동맥이나 고층 빌딩 창문에 문제가 있어서 말이다. 아니면 진통제 한 줌을 삼키고 고통에 몸부림치며 죽어야 한다. 삶을 끝내는 더 오래된 방법들 중에도 이제는 사용할 수 없는 것들이 많았다. 의료와 기술이 발달하면서 세상은 전보다 안전해졌지만 편하게 죽기는 어려워졌기 때문이다. 환경 규제 때문에 자동차의 일산화탄소 배출량이 적어져 옛날처럼 질식사로 생을 마감하기도 어려워졌다. 밀폐된 차고에서 차에 시동을 걸고 창문으로 깔때기를 연결해 배기가스를 마시는 방법으로 말이다. 석탄가스 오븐은 덜 해로운 천연가스 오븐으로 교체되었다. 1세대 수면제는 단계적으로 폐기되고 과다복용이 어려운 약품으로 바뀌었다. 동정심 많은 의사라도 고통스럽게 죽어가는 환자한테 조심스럽고 은밀하게, 진료 기록에 흔적이 남지 않는 방식으로 치명적인 약물을 처방하기는 어려워졌다. 《평온한 약 안내서》는 베티에게 몇 가지 약물 중 하나를 확보해 안전하게 보관하다가 적절한 시기에 사용하길 권했다.

베티는 친구에게 자살은 합법이지만 다른 사람이 자살하게 돕는 일은 불법이기 때문에 계획을 신중하게 세워야 한다고 강조했다. 엉뚱한 사람한테 발각되면 벨트와 신발 끈과 사생활을 빼앗긴 채 몇 시간에서 며칠 동안 정신과에 감금되어 감시당할 수 있었다. 심문, 감시, 비난에 시달릴 수도 있었다. 베티는 지금까지 법을 위반한 적이 없고, 그러고 싶지도 않았다. 그저 일을 제대로 처리하고 싶었다. 죽을 준비를 마친 다음 의사에게 이를 실행해달라고 말이다. 하지만 뉴욕주에서는 의사조력사physician-assisted death가 불법이었다. 말기 환자에게 의사조력사를 허용하는 몇몇 주에서도 나이가 들어 더는 갖고 싶지도 않고 얽매이기도 싫은 늙은 몸으로 살아가는 것에 지쳤다는 이유만으로 죽을 자격을 얻을 수는 없었다.

당시 베티는 상황이 괜찮다고 생각했다. 매주 필라테스를 다녔고 극장에도 갔다. 재미있는 친구들을 만나고, 어려운 책도 읽었다. 하지만 언젠가는 이 모든 일도 끝날 것이다. 베티는 그때 자살할 수 있을 만큼의 의지를 끌어낼 수 있길 바랐다. 나이를 정해 그때까지만 살아야겠다고도 생각했다. 베티는 내게 말했다. "세상에는 두 종류의 사람이 있어요. 죽음을 마주하고 어느 정도 통제하길 바라는 사람과 죽음에 관해 생각하고 싶지 않은 사람…. 나는 죽음에 관해 생각하지 않을 수가 없어요."

*

거대 의료 회사와 국가로부터 생애말기의 신체 통제권을 얻어내고자 했던 분투는 어떤 개인들의 이야기로 설명할 수 있다. 주로 생애말기에 겪은 개인의 비극이 가족 드라마가 됐다가 입소문을 타서 전국적인 드라마가 되고, 나아가 '환자 자율성'을 주창하는 더 넓은 정치 운동에서 논란거리이자 전환점이 됐던 백인 여자들의 이야기로 말이다. 이 이야기는 1975년 스무 살이었던 캐런 앤 퀸랜Karen Ann Quinlan이 뉴저지의 술집에서 열린 파티에 갔다가 발륨Valium(불안장애와 불면증 치료에 쓰이는 정신안정제인 디아제팜 Diazepam의 상표명-옮긴이)을 먹고 입가심으로 진토닉을 마신 뒤 의식을 잃은 사건에서 시작된다. 병원에 실려간 그녀에게 의사가 인공호흡기를 달았지만 이미 늦고 말았다. 캐런 앤의 뇌는 너무 오래 산소를 공급받지 못해 회복할 수 없이 손상됐다. 죽지는 않았지만 '지속적 식물인간 상태persistent vegetative state'에 빠졌다. 몸무게가 52킬로그램에서 32킬로그램 아래로 떨어졌다. 눈은 깜빡였고 움직일 수 있었지만, 같은 방향을 보거나 동시에 깜빡이지는 못했다. 얼굴을 찡그리는 듯 보였으나 의사는 그녀의 가족에게 이 움직임이 근육경련에 불과하다고 확실히 말했다. 몇 주 뒤, 조셉 퀸랜과 줄리아 퀸랜 부부는 의사한테 인공호흡기를 제거해달라고 요청했지만 의사는 거부했다. 병원 이사회는 인공호흡기를 제거하면 캐런 앤은 사망할 것이므로 살인이 된다고 했다.

1975년 9월 퀸랜 부부가 소송을 제기한 뒤로 캐런 앤을 둘러싼 공방은 전국 텔레비전에 방영되는 '퀸랜 사건'이 되었다. 기자 수십 명이 모리스타운Morristown 법정으로 몰려들었고, 퀸랜 가족의 집 밖에서 밤을 지새우며 누군가 드나들 때마다 파파라치가 터트리는 카메라 플래시 세례와 함께 현관으로 밀어닥쳤다. 말이 없고 무척 여윈 소녀의 몸은 자신을 지켜달라고 간절히 외치는 듯했고,

머지않아 구원자를 차저하는 사람들이 나타났다. 정치인과 사제는 캐런 앤을 구해야 한다고 주장했다. 자칭 신앙 요법사와 예언자가 뉴저지에 나타났고 그중 일부는 '잠자는 미녀'에게 손을 얹을 수만 있다면 기적을 일으키겠다고 약속했다. 일간 뉴스 방송에서는 캐런 앤이 수수께끼 같은 잠에 빠진 상황을 동화나 도덕극 형식으로 각색해 내보냈다. 가족 측 변호사는 법원에서 캐런 앤이 '품위와 존엄성을 갖추고' 죽을 자격이 있다고 주장했다. 병원 의사를 대변하는 반대 측 변호사는 퀸랜 부부가 낸 탄원을 홀로코스트 당시 나치가 저지른 잔혹 행위와 비교하면서 '가스실을 작동시키는 것과 같다'라고 맞받아쳤다.

1975년 11월 퀸랜 부부는 소송에서 졌지만 뉴저지 대법원에 재빨리 항소했고, 대법원은 하급법원이 내린 결정을 뒤집었다. 판사는 캐런 앤이 개인의 자유를 보장받음으로써 얻는 이익이 뉴저지 주가 캐런 앤의 삶을 보존해서 얻는 이익보다 크다고 판결했는데, 의사가 보기에 캐런 앤의 건강이 나아질 '합리적 가능성이 없기' 때문이었다. 판사의 논리에 따르면 의사가 캐런 앤의 생명 유지 장치를 끄는 것은 살인이 아니라 '자연적인 원인으로 이승을 떠나도록' 허용하는 행위였다. 뉴저지 판사는 이를 가리켜 '합당한 방치'라고 했지만, 누군가는 '소극적 안락사'라고 부를 것이다. 이후 캐런 앤의 장례식에서 교구 사제인 토머스 트라파소 주교는 고뇌에 찬 설교를 했다. 그는 오랫동안 끌어온 이 젊은 여성의 죽음으로

'사회가 인간의 생명이 지닌 가치를 덜 중요하게 여기지 않기를' 기도한다면서 '캐런 앤의 삶과 죽음이 앞으로의 윤리적 관습에 미칠 총체적 여파는 시간이 말해줄 것'이라고 했다.

1983년 스물다섯이었던 낸시 크루잔Nancy Cruzan은 그녀가 일하던 미주리주 카시지Carthage의 치즈 공장에서 집으로 운전하던 중 사고를 냈다. 낸시는 배수로에서 얼굴을 바닥으로 향하고 숨이 멎은 채로 발견됐다. 당시 의사는 그녀가 '지속적 식물인간 상태'에 빠질 것이라며 생명 유지 장치를 달았다. 낸시의 부모는 딸이 식물인간으로 사는 것보다는 죽음을 원할 것이라고 주장하면서 영양 공급관을 제거해달라고 요청했으나 병원 이사회는 이를 거절했다. 낸시는 병원 병상에 누워 수년을 보냈다. 손발은 안쪽으로 흉하게 뒤틀렸고, 가끔 눈이 파르르 떨리거나 발작이 일어나거나 구토 증세를 보일 때를 제외하면 몸은 움직이지 않았다. 그녀의 운명은 1990년 연방대법원의 판결로 결정되었는데, 이는 사상 최초의 죽을 권리에 관한 판결이었다. 판사들은 5대 4로 나뉘었고, 판단 능력이 있는 개인은 누구든 예후나 치료 효과에 상관없이 어떤 치료도 거부할 권리가 있다고 판단했다. 예컨대 환자는 자신을 살려줄 약도 거절할 수 있으며, 환자가 자신의 의사에 관한 명백한 증거를 남겨뒀다면 환자가 판단 능력이 없더라도 가족과 의료 대리인이 대신 치료를 거부할 수 있다. 죽을 권리를 옹호하는 이들은 이 결정에 환호했지만, 많은 미국인에게는 기이한 판결이었다. 판사들이 확립한 권리가 이미 자기한테 있다고 여겼던 것이었기 때문이었다.

마침내 영양 공급관을 빼냈고, 낸시가 사망하기까지는 12일이 걸렸다. 보도에 따르면 낸시는 입술이 부르트고 갈라지고 튀어나오기 시작했다. 혀가 붓고 눈꺼풀은 닫힌 채로 말랐다. 낸시가 죽는 과정을 알게 된 미국인들은 생명 유지 장치를 제거하고 탈수증으로 죽도록 놔두는 것이 의사가 치명적인 주사를 놓아 삶을 빨리 끝내는 것과 얼마나 다른지, 어느 것이 더 나은지를 묻기 시작했다. "미주리주에서는 개조차도 합법적으로 굶겨 죽일 수 없어요." 낸시의 육신이 무너지는 동안 병원 밖을 지키려고 애틀랜타에서 온 목사는 말했다. 그해 스물여섯이었던 테리 샤이보Terri Schiavo는 플로리다에 있는 집에서 심장마비가 왔고, 이는 죽을 권리와 관련한 새로운 논쟁에 불을 붙였다. 이번에는 남편과 부모가 맞붙었는데, 말할 수도 없고 법적 유언도 남기지 않은 테리를 대변한다고 서로 주장했다. 15년이 흐르는 동안 테리한테 영양 공급관을 삽입했다가 빼고, 다시 (어느 판사가 지시한 대로) 삽입했다가 빼고, 또 (당시 플로리다주지사였던 젭 부시Jeb Bush가 지시한 대로) 삽입했다가 2005년에야 영원히 제거했다.

이 여성들의 이야기가 널리 알려지면서 합법적인 의료가 지닌 한계에 관한 논쟁은 기본권에 관한 첨예한 논쟁으로, '환자 자율성' 운동을 발전시키는 캠페인으로 탈바꿈했다. 1994년 오리건주는 '16호 조치Measure 16'를 통과시켰는데, 이는 세계 최초로 속칭 '조력자살assisted suicide'(다만 현재는 '자살'이라는 불편하기 그지없는 단어를 논제와 분리하려고 애쓰는 정치 로비스트 및 환자 들이 지칭하는 대로 의료지원사medical aid in dying(MAID)'나 '의사조력사physician assisted death(PAD)'라고 부른다)을 투표를 통해 합법화하는 내용이었다. 그러나 줄줄이 이어지는 법적 문제 제기와 200만 달러(약 26억 원-옮긴이)에 이르는 천주교 기금이 지원하는 폐지 캠페인 때문에 이 법은 1997년에야 발효됐다. 오리건주 '존엄사법Death with Dignity Act'은 미국은 물론 세계적으로도 역사적·도덕적 전환점이 됐다. 이 법으로 세상이 유토피아로 기울었는지 디스토피아로 기울었는지는 관점에 따라 달랐다.

그로부터 1년 후인 1998년에는 오리건주 포틀랜드에 사는 전이성 유방암에 걸린 84세 여성이 의사의 도움을 받아 합법적으로 사망한 첫 번째 사람이 됐다. 대중에게는 헬렌Helen이라고 알려진 이 여성이 첫 번째 의사에게 죽고 싶다고 말했을 때, 의사는 관여하고 싶지 않다고 답했다. 두 번째 의사는 호스피스 치료에 등록하길 조언했고 진료 기록에 헬렌이 우울증에 걸렸을 수도 있다고 썼다. 헬렌은 세 번째 의사를 찾았다. 첫 진료 때 헬렌은 휠체어를 타고 산소탱크를 단 상태로 왔다. 헬렌은 예전에는 삶을 즐겼지만 지금은 하루가 갈수록 나빠진다고 호소했다. 세 번째 의사 피터 레이건은 헬렌을 정신과 의사에게 보냈고, 정신과 의사는 90분 동안 헬렌의 기분과 판단력을 평가한 뒤에 우울증 징후가 없음을 밝혔다. 결국 레이건은 헬렌에게 세 가지 약을 처방했다. 두 가지는 메스꺼움을 방지하는 약이고 나머지 하나는 '세코바르비탈secobarbital(진정제, 항경련제, 수면제, 마취제 등으로 쓰이는 화합물-옮긴이)'이라고 부르는 바르비투르산염이었다.

레이건은 내게 오리건주에서 법이 통과되기 전에도 '환자가 죽기를 도와달라고 요청하는 상황'을 많이 겪었다고 했다. "그런 부탁을 받았어도 불법이었으니 거절했죠. 죽는 것을 도와달라는 사람들이 있었고, 그 때문에 넌더리가 났습니다. 그들을 도울 수 없어서 너무 힘들었어요." 그러나 레이건은 보이지 않는 병원의 그림자에서 어떻게든 환자를 돕는 의사들이 있다는 걸 알았다. 1996년 워싱턴주에서 실시한 설문조사에 따르면 의사 중 12퍼센트는 '의사조력사를 1회 이상 명백하게 요청받았다'고, 4퍼센트는 '안락사를 1회 이상 요청받았다'고 답했다. 이런 요청을 한 환자 중 4분의 1은 치명적인 약물을 처방받았다. 1995년에 미시간주 암 전문의를 대상으로 진행한 다른 연구에 따르면 22퍼센트가 '조력자살' 또는 '적극적 안락사'에 관여했음을 인정했다. 물론 그중에는 잭 케보키언Jack Kevorkian도 있었다. 그는 1990년에 자신의 낡아빠진 폭스바겐 뒷좌석에서 오리건주에 사는 55세 여성이 자살하도록 도운 뒤로 전국에 물의를 일으키길 자처했다.

오리건주 법에서는 환자가 치명적인 약물을 직접 투여하길 요구하는데, 이에 따라 헬렌은 바르비투르산염을 담은 유리잔을 입술까지 들어올려야 했다. 그 액체를 전부 삼키기까지는 유리잔을 입술에 대고 나서도 약 20초가 더 걸렸다. 약을 삼킨 날 저녁 헬렌은 두 자녀와 함께 집에 있었다. 약을 다 삼키고 브랜디를 조금 마셨는데 알코올에 익숙하지 않아 조금 캑캑댔다. 딸 베스는 헬렌의 발을 문질렀고 레이건은 자신의 손으로 헬렌의 작은 손을 잡고서 헬렌에게 상태가 어떤지 물었다. 그 대답은 그녀의 마지막 말이 되었다. "피곤해요."

불길한 시작이었다. "이미 벌어진 일이었죠." 레이건이 내게 말했다. 레이건은 포틀랜드에서 일하는 평범한 일반의였고, 헬렌을 돕기로 했을 때 그 뒤로 다른 죽음이 이어지리라고는 전혀 생각지 못했다. 그런데 헬렌의 이야기가 신문에 났다. 〈뉴욕타임스The New York Times〉기자 티모시 이건은 '의사가 말기질환Terminal illness 환자의 자살을 돕도록 허용하는 일을 두고 의사, 종교 지도자, 정치인이 계속해서 윤리 논쟁을 벌이는 가운데, 오늘부로 관념적인 것으로부터 논쟁의 방향이 급격히 전환되었다'라고 썼다. 그 후 레이건의 이름이 기자에게로 새어나갔고, 레이건은 자기에게 무슨 일이 벌어질지 궁금했다. 사람들이 창문에 돌을 던질까? 낙태를 시행한 의사한테 그랬듯 더 심각한 일을 저지를까? 그러나 아무 일도 벌어지지 않았고 레이건은 평소처럼 계속 처방전을 썼다.

의사조력사에 반대하는 사람들은 처음부터 작더라도 강제력 있는 조치가 시행되면, 나이 들고 쇠약하고 장애가 있는 사람들에게는 죽을 권리가 죽을 의무로 변질될 것이라고 걱정했다. 오리건보건과학대학교 교수는 이 같은 우려를 "노인들이 레저용 자동차를 타고 오리건주 경계에 줄을 설 것이라는 걱정이 많습니다"라고 직설적으로 표현했다. 반대로 옹호자들은 헌법이 보장하는 생존권이 현대 의료의 요구 때문에 왜곡됐다고 주장했다. 대다수 미국인에게, 심지어 삶을 끝내길 바라는 사람에게조차 사는 것이 타인이 강제할 수 있는 의무가 됐다고 말이다.

오리건주 존엄사법에 따르면 말기질환을 앓고 살날이 6개월보다 짧다고 예상되어야 존엄사를 요구할 자격이 생긴다. 생존 기간 예측은 불분명한 의학에 근거하고 부정확하기로 악명이 높으므로 의사 두 명이 검증해야 한다. 환자는 18세가 넘고 오리건주에 거주해야 하며, 요청 당시 정신적으로 건강해야 한다. 의사가 보기에 정신질환으로 판단력이 손상됐다고 의심되면 별도로 정신 건강 평가를 받아야 한다. 환자는 죽고 싶다는 요청을 15일 간격을 두고 구두로 두 번 해야 하고, 증인 두 명이 참석한 자리에서 서명하여 주치의에게 서면으로 또 요청해야 한다. 법에 따르면 담당 의사는 통증 관리나 호스피스 치료처럼 조력사의 대안이 될 수 있는 방법을 설명하고, 공공장소에서 삶을 끝내지 말 것을 요구할 의무가 있다. 의사는 환자가 가족 구성원에게 알리기를 추천할 수 있으나 요구하지는 못한다. 이 법안의 중심에는 '자가 투여'라는 요건이 있다. 환자는 직접 약을 먹어야 하는데, (의사가 정맥으로 약을 주입하는) 안락사가 아니라 (환자가 가루를 녹인 용액을 마심으로써 치명적인 약물을 직접 먹는) 조력사만 허용하기 때문이다.

존엄사법이 발효됐을 때, 옹호자들은 오리건주가 다른 주에 도덕적 추진력을 제공하여 각 주에서도 이에 상응하는 법안이 통과되길 기대했다. 일부 지지자는 자기들이 벌이는 운동이 다른 거대하고 진보적인 투쟁들, 노예제 폐지, 여성 참정권 인정, 인종차별 정책 철폐 등을 합리적으로 계승한다고 여겼다. 그들은 베이비붐 세대(미국 베이비붐 세대는 주로 제2차 세계대전 후부터 1960년대에 걸쳐 태어난 세대를 말한다-옮긴이)는 부모가 추하게 죽는 모습을, 병원에서 오랜 시간에 걸쳐 죽어가는 것을 보았고 이와는 다른 방식으로 죽길 원한다고 주장했다. 하지만 오리건주의 법 제정 이후로 그들이 크게 기뻐할 만한 일은 생기지 않았다. 1995년 바티칸에서는 조력사가 '신법을 위반하는 행위'라고 외쳤다. 미국 의료협회 American Medical Association에서도 '의사조력자살은 의사가 치유자로서 수행하는 역할과 근본적으로 양립할 수 없으며' 해를 끼치지 말라는 엄숙한 서약에도 위배된다며 반대를 선언했다. 그들은 치료는 살인을 막는 것이라고 보았다. 그 뒤 여러 해 동안 수십 개 주에서 오리건주 존엄사법에 관해 논의했으나 기각되었다. 포틀랜드 의사들은 훗날 누군가가 말했듯 조력사가 '오리건주에만 있는 이상한 관행'으로 남을 것이라 간주하기에 이르렀다.

스코틀랜드 과학자가 돌리라는 복제 양을 공개하고 헤일밥 혜성이 지구 옆을 스쳐 지나갔던 1997년에 연방대법원은 워싱턴과 뉴욕에서 발생한 두 건의 조력사 관련 소송에 판결을 내렸다. 두 소송에서 모두 주 차원에서 의사가 죽음을 돕는 것을 금지하는 법령을 폐지하지 않기로 만장일치로 결정했다. 그러면서 의사가 죽음을 돕는 것은 연방 헌법이 보장하는 권리가 아니라고 결론 내렸다. 사실상 죽을 권리나 존엄사할 권리라는 것은 없다는 판결이었다. 심지어 샌드라 데이 오코너Sandra Day O'Connor 판사는 '자살을 저지를' 보편적인 권리도 없다고 말했다. 대법원에서는 이 사안을 '주에서 연구하도록' 돌려보냈다. 윌리엄 렌퀴스트William Rehnquist 대법원장은 주요 견해를 밝히며 '가난한 사람, 나이 든 사람, 장애가 있는 사람을 포함하는 취약계층을 학대·방치·착오로부터 보호함으로써' 주가 얻는 이익을 강조했다. 또 세계 곳곳에서 나오는 반대 의견의 근간이 됐던 '미끄러운 경사길 논증slippery slope argument'을 넌지시 언급했다. 이 이론에 따르면 제한적으로라도 죽을 자유를 인정하면 그 자유를 통제할 수 없게 될 것이다. 법은 거침없이 팽창하고 또 팽창하면서 전에 없이 넓은 환자를 포함할 것이다. 병에 걸렸지만 죽어가지는 않는 사람, 신체가 아닌 정신이 아픈 사람, 나이 든 사람, 어딘가 마비된 사람, 건강이 약해진 사람, 장애가 있는 사람은 물론 결국에는 가난한 사람, 강요받은 사람, 겁에 질린 사람, 취약해진 사람, 격렬한 짝사랑에 빠진 16세

소년에게까지 남용될 것이라고 경고한다. 대법원 판사 벤저민 카도조Benjamin Cardozo가 말했듯 모든 결정된 원칙은 '그 논리상의 한계점까지 팽창하는 경향이 있다.'

하지만 국회의원들이 존엄성에 관해 달리 생각하는 곳들도 있었다. 1995년 호주 노던주에서는 안락사를 합법화했다. 고작 2년 뒤에 연방정부가 이 법을 폐지하긴 했지만, 세계의 풍경이 서서히 변화하고 있었다. 1998년부터 세계 곳곳에서 '자살 관광객'이 스위스를 찾아와 죽기 시작했는데, 스위스에서는 예전부터 조력사가 처벌 대상이 아니었으며 취리히Zürich 근처에 문을 연 진료소가 외국인 환자를 받기 시작했기 때문이다. 2002년에는 네덜란드와 벨기에에서 안락사를 합법화했다. 이후 룩셈부르크가 합류하면서 베네룩스Benelux(벨기에·네덜란드·룩셈부르크의 머리글자를 따서 붙인 3국의 총칭-옮긴이)지역은 의사중재사physician-mediated death의 세계적인 중심지가 됐다.

비슷한 시기에 영국에서도 법적 문제 제기가 있었지만 조력사를 금지하는 법령을 뒤집는 데는 실패했다. 이 소송은 루튼Luton에서 온 43세 운동신경원병motor neuron disease(운동신경에 점진적인 퇴행이 일어나는 중증 신경계 질환군-옮긴이) 환자 다이앤 프리티Diane Pretty가 제기했다. 다이앤은 스스로 삶을 끝내고 싶었지만, 목 아래가 마비되어 그럴 수 없다고 호소했다. 신체 능력이 없다는 이유로 자살할 법적 권리뿐 아니라 존엄사할 인권마저 박탈당했다고도 주장했다. 다이앤은 남편이 자신을 죽여주길 바랐지만, 남편이 그렇게 했을 때 살인죄로 감옥에 가지 않는다는 것을 확실히 하고 싶었다. 다이앤은 영국 법원에, 그다음에는 스트라스부르 Strasbourg에 있는 유럽 인권재판소European Court of Human Rights에 탄원서를 제출했다. 2002년 4월 최종 항소에서 진 날, 다이앤은 런던에서 기자 회견을 열어 음성 재생 장치로 말했다. "이 법은 제 권리를 전부 빼앗아갔습니다." 한 달 뒤, 다이앤은 수일에 걸쳐 끔찍하게 고통받다가 세상을 떠났다. 〈텔레그래프The Telegraph〉는 다이앤이 '늘 두려워했던 방식으로' 사망했다고 보도했다.

미국으로 돌아오면, 2008년이 되어서야 워싱턴주가 선두에 선 오리건주를 따라갔다. 그다음에는 (입법보다는 법원 판결에 따라) 몬태나주, 버몬트주, 콜로라도주, 캘리포니아주, 워싱턴 D.C., 하와이주, 메인주, 뉴저지주가 차례로 뒤따랐다. 주마다 법의 이름이 달랐는데, 여러 완곡한 표현을 사용했기 때문이다. '생애말기선택권법End of Life Options Act'(캘리포니아주), '우리돌봄, 우리선택법Our Care, Our Choice Act'(하와이주), '생애말기 환자의 선택권 및 통제권법Patient Choice and Control at the End of Life Act'(버몬트주) 등이었다. 2017년 갤럽Gallup 설문에 따르면, 미국 성인 중 73퍼센트는 의사가 '고통이 없는 어떤 방법'을 이용해서 환자의 생명을 끝낼 수 있도록 허용해야 한다고 생각했다. 환자가 원하고 '말기질환에 걸렸다면' 말이다. 하지만 '환자가 요청하면 자살할 수 있게' 의사가 도와주는 것을 허용해야 하냐고 물으면 찬성 의견은 67퍼센트로 떨어졌다. 언어는 의견을 반영하고 형성하며, 용어는 여전히 영향력을 발휘하고 있었다.

이러한 운동이 시작된 오리건주에서도 '존엄사법'에 따른 죽음은 여전히 적다. 1,000명 중 3명꼴이다. 2019년에는 환자 290명이 치명적인 약물을 처방받았고 188명이 치명적인 약을 삼켜서 사망했다. 압도적 다수가 암이었으며, 나머지는 심장질환, 폐질환, 근위축성측삭경화증amyotrophic lateral sclerosis(ALS 또는 루게릭병) 같은 신경질환을 앓았다. 환자는 대부분 65세 이상 백인 중산층으로, 기혼이거나 배우자를 잃었고 대학 교육을 받았다. 영성spirituality(종교나 종교와 관련된 것, 영혼 등에 관심을 갖는 정도-옮긴이)을 측정한 점수는 낮았다. 대부분 건강보험에 가입했고 이미 호스피스 치료에 등록했다. 자신이 무엇을 원하는지 알고 요구할 수 있는 상태였으며 시간과 자본 역시 갖고 있었다. 이와 다른 방향의 연구도 진행되었다. 아프리카계 미국인이 완화치료나 호스피스 치료를 포함한 생애말기돌봄에 접근할 가능성이 대체로 낮은 점에 주목하여 이와 같은 차이와 차별이 죽음을 원조하는 일에까지 이어진다고 추측한 것이다. 이 연구에서는 치명적인 약품은 비싸며 항상 보험이 적용되는 것이 아니어서 구하지 못할 수도 있음을 지적했다. 또한 인구통계로 분류한 집단 중에 신앙심, 공동체 소속감, 윤리 가치에 따라 다른 집단보다 노인을 더 잘 보살피는 집단이 있으며, 이 집단에서는 스스로 죽기를 바라는 노인이 더 적을 것이라고 추정했다.

　죽음을 돕는 것이 합법인 곳에서 환자가 어떤 이유로 이른 죽음을 선택하는지 짐작할 수 있는 오리건주 보건당국 자료를 살펴보면서 내가 가장 놀랐던 점은, 죽기를 요청했던 사람 대부분이 끔찍한 고통을 느끼는 것도 심지어 앞으로 느낄 고통을 두려워하는 것도 아니라는 점이다. 압도적 다수가 생애말기의 '자율성 상실'을 가장 우려했다. 그밖에 '존엄성 상실', '즐거운 활동에 참여할 수 있는 능력 상실', '생체 기능에 대한 통제력 상실' 등을 걱정한다. 이 문제들에 고통까지 고려한다면, 앞으로 겪을 고통에 대한 두려움, 다가올 고통을 피하고픈 바람, 얼마나 더 큰 고통이 닥쳐올지 모르기 때문에 겪는 정신적 고통 따위가 있을 것이다. 나는 좋은 죽음을 맞이하게 될까, 나쁜 죽음을 맞이하게 될까? 불확실성은 이 질문에 절박함을 부여한다. 환자는 현대 의학이 확립한 경계를 벗어난 괴로움 속에서 결국 더 실존적인 이유로 죽기를 선택한다.

*

　이 책은 의료·법·역사·철학적 논의를 포함하지만, 무엇을 주장하려는 책은 아니며 죽을 권리 운동을 포괄적으로 설명하지도 않는다. 주로 이야기, 사례, 생각을 모았다. 나는 〈바이스뉴스VICE News〉에서 기자로 일했던 2015년에 런던에서 이 작업을 시작했다.

그해 영국 의회는 의사조력사 합법화 여부를 두고 투표했다. 나는 그 주제를 몇 차례 보도했고 동료 몇 명과 다큐멘터리 영화를 제작했다. 전국에서 벌어지는 격렬하면서도 뻔한 토론을 추적했다. 지지자는 '개인의 자율성'을 언급하면서 병들고 죽어가는 사람이 고통 때문에 끔찍한 방법으로 삶을 끝낼 수밖에 없었던 슬픈 이야기를 들려주었다. 반대자는 '삶의 신성함'을 언급하면서 취약한 사람을 보호할 안전장치가 부족하다고 경고했다. 투표 당일, 의사당 밖에는 시위대가 모여서 얼굴을 붉히고 눈을 부릅뜬 채 서로를 향해 소리를 질렀다. 한쪽 편 포스터에는 내 죽음에 대한 선택권을 달라는 문구가, 다른 편 포스터에는 미끄러운 경사길을 조심하라, 해를 끼치지 말라는 문구가 쓰여 있었다. 이후 의회에서 법안을 기각한 뒤에도 나는 취재를 이어나갔다. 처음에는 영국 전역을, 그다음에는 캐나다, 벨기에, 네덜란드, 미국 등 조력사가 합법인 나라를 취재했다. 나는 완전히 새로운 죽음이 성립할 수 있도록 법을 제정하는 것이 무엇을 의미하는지 알고 싶었다. 이는 우리 삶이 지닌 의미와 우리가 속해 있다고 느끼는 사회계약을 이해하는 데 아주 중요한 사안 같았다.

기록에 집중하기로 결심한 뒤에, 나는 기대보다 자료가 훨씬 적다는 사실에 놀랐다. 벨기에와 네덜란드에서는 안락사 감독 위원회가 연간 보고서를 발간하지만, 이 법을 이용하는 개인에 대해서는 거의 기록하지 않는다. 죽음을 돕는 것이 합법인 미국의 보건당국에서는 이보다도 적은 자료를 공개할 뿐이다. 의사가 죽음을 도울 때마다 정해진 서류를 제출해야 하지만, 죽어가는 환자보다는 의사가 서류의 공란을 더 많이 채우기 때문에 의료 체계는 환자의 생각과 표현을 포착하지 못한다. 모든 주에서 많은 자료를 수집하는 것도 아니며, 비밀 유지에 관한 우려로 수집한 자료를 전부 발표하는 것도 아니다. 덕분에 연구자들은 이 흔치 않은 환자들에 대한 정보들, 구체적인 거주 지역, 정신건강 내력, 가족 관계 유형, 은행 계좌 규모 등을 알 수 없어 애석해한다. 의사조력사를 체계적으로 연구한 사례는 세계적으로 드물다. 미국에서 이 주제에 관해 누구보다 많은 논문을 발표한 의사 갠지니Ganzini는 내게 말했다. "연구가 적은 데는 이유가 있습니다. 재정지원을 받기 어려워서죠. 예컨대 미국국립보건원National Institutes of Health에서는 이런 연구를 경계할 겁니다." 나는 이런 환자의 삶을 이해하려면, 그들을 만나 그들이 죽음을 계획하는 순간들을 기록해야 한다는 것을 깨달았다.

자료가 부족한 것뿐만이 아니었다. 영국 등에서도 도입을 고려하는 미국 존엄사법을 파헤쳐 보니, 철학적으로 급진적이지도 않았다. 이 법은 곧 죽음을 맞이하는 환자에게만 적용되었다. 피할 수 없는 죽음의 과정을 앞당겨 주지만, 많은 시간을 단축하는 것도 죽음의 과정을 바꾸는 것도 아니다. 수개월 수년 취재를 이어가면서 다양한 유형의 환자를 만났다. 심지어 의사조력사가 합법인 곳에 살면서 죽기를 바라지만, 법적 기준을 만족하지 못한 사람들까지도 말이다. 이들은 자신이 죽고자 하는 이유가 완전히 합리적이라고 말한다. 만성질환을 앓아서, 고통이 심해서, 늙고 지치거나 치매에 걸려서, 부모님처럼 병든 채 오래 살고 싶지는 않아서. 이유는 다양했지만 공유하는 어휘가 있었다. 이들은 나에게 '이성적 자살'을 언급했는데, 적어도 이론상으로는 삶을 끝내는 행위가 ('절망 자살'이라고도 부르는 대다수 자살처럼) 충동이나 정신병 때문에 저지르는 것이 아니라 침착하고 냉정한 비용편익 분석에 따른 행위라고 했다. 주어진 모든 것을 고려했을 때 죽느냐 사느냐에 관한 문제였다.

많은 사람이 법이 정한 한계에 부딪혀 그 바깥에서 해법을 찾는, 또 해법을 구한 이야기를 들려줬다. 사랑하는 사람이 도움을 주기도 했고, 인터넷에서 안식을 발견하기도 했다. 소규모지만 고도로 조직화된 비밀 집단을, 일부 활동가가 '안락사 지하 조직'이라고 부르는 것을 말이다. 나는 이 조직망에 관해 처음 알았을 때 대단히 놀랐다. 그건 너무… 아니, 당연하지 싶었다. 임신중절이 합법화되기 이전에 지하에서 이를 도와주는 여성 집단이 활동하지 않았던가? 법이 기대에 못 미칠 때마다 사람들은 길을 찾는다는 것을 이미 알고 있지 않은가? 나는 이런 사람들을 기록의 중심이자 이 책의 주인공으로 삼기로 했다.

나는 4년에 걸쳐 법 테두리 안팎에서 다양한 형태로 조력사에 관여하는 전 세계의 수백 명과 이야기를 나눴다. 환자, 의사, 간호사,

연구자, 완강한 옹호자, 충직한 반대자, 고뇌에 찬 어머니, 분개하는 아버지, 손주에 관해 묻고자 찾아갔을 때 지하실에 들어가서 문을 잠갔던 할머니를 인터뷰했다. 나는 뉴멕시코주 사막에 있는 주술사, 《노자》를 읽는 멕시코 마약상, 인터넷에서 치명적인 약물을 주문한 영국 할아버지와 할머니 몇 명, 미국을 순회하면서 처음 본 사람에게 가스통과 비닐봉지로 죽는 방법을 알려주는 전직 회사 중역과도 만났다. 그들과 함께하는 동안 그들은 살고 싶은 충동과 죽고 싶은 충동에 대해, 서로 뒤얽히는 두 의지에 대해 고민했다. 한편 입법부에서 다투는 정치인과 신학적인 이유로 조력사를 반대하는 종교인에게는 거의 관심을 주지 않았다. 그런 이야기는 너무 지루하고 뻔했다. 대신 여섯 사람의 이야기에 집중하여 이 책을 여섯 장으로 구성했다. 두 장은 각각 어느 의사의 이야기인데, 한 명은 캘리포니아주에서 조력사 전문 진료소를 개업한 의사이고 다른 한 명은 필립 니츠케Philip Nitschke라는 호주 사람으로, 'DIY 죽음' 세미나에서 '퇴장exit' 방법을 가르쳐줬다는 이유로 의사 면허를 박탈당했다. 니츠케가 운영하는 단체인 엑시트인터내셔널과 니츠케가 발간한 자살 설명서인 《평온한 약 안내서》는 이 책에 내내 등장한다. 나머지 네 장은 각각 노년, 만성질환, 치매, 정신질환으로 참을 수 없이 괴로워 죽고 싶다고 말했던 사람들의 이야기를 다뤘다.

내가 만난 사람들에게는 의사조력사를 다룬 일간지 보도 내용보다 더 골치 아프고 복잡한 사연이 있었다. 기사에서는 미국이

나 벨기에 등에서 극심하게 아픈 사람이 말기질환 진단을 받은 뒤에 이런저런 종양·폐질환·신경 결함에 대한 유일한 선택이라는 듯 곧장 대응하여 지독히 괴롭지만 명료한 선택을 한 이야기를 깔끔하게 묘사한다. 내가 만났던 사람들은 병에 걸렸기 때문만이 아니라 정신적인 비통함, 외로움, 사랑, 수치심, 오래전에 입은 정신적 외상, 페이스북 팔로워한테서 인정받고 싶은 갈망 때문에도 죽고자 했다. 일부는 돈 때문에 또는 돈이 부족해서 죽고자 했다. 내가 만났던 사람들은 도덕적으로 올바르기만 하지는 않았다. 항상 호감이 가고 공감할 수 있거나 감정을 쉽게 이해할 수 있지도 않았다. 죽음 앞에서 늘 용감하지도 않았다. 그들의 고통이 세상 사람들에게 감명 깊을 만한 교훈을 주는 것도 아니었다. 때때로 그들의 고통은 무의미하고 지독하기만 했다.

이를 취재하는 일도 쉽지 않았다. 몇몇 사례에서는 사람들이 의사한테 도움을 받거나 지식을 빌리지 않고 혼자 집에서 삶을 끝내려 한다는 것을 알았지만, 나는 개입하지 않았다. 이 일에는 윤리적 문제도 복잡하게 얽혀 있었다. 나는 언론인으로서도 인간으로서도 종종 불안하고 흔들렸다. 모든 기자가 알다시피 기자가 공책과 녹음기를 들고 나타나는 순간, 아무리 존재감 없이 굴거나 섬세하게 현장을 돌아다녀도 이야기는 달라진다. 누군가의 삶으로 들어간 나라는 존재가 그 사람을 죽음으로 조금이라도 떠미는 것은 절대로 원하지 않았다. 나는 누군가가 내 이야기를 위해서, 어떤 이야기를 위해서라도 죽는 것은 바라지 않았다. 나는 조심하려고 늘 노력했다. 누구를 만날지 신중하게 골랐다. 가능하다면 가족, 친구, 의사, 치료사, 간병인과도 이야기를 나눴다. 나는 그 사람들이 나에게 아무런 빚도 지지 않았으며 나도 바라는 것이 없음을 반복해서 강조했다. 원하는 동안만 나와 이야기하고 언제든 그만둔다고 말하거나 내 전화를 받지 않아도 괜찮다고 했다. 그것이 더 편하다면 말이다. 누군가는 그렇게 했고 나는 붙잡지 않았다.

나중에 돌아보니 수년 동안 나는 사적 모임, 직장 행사, 붐비는 술집에서 이 책에 대해 말했고 개인적인 고백을 찾아다녔다. 만난 이들은 모두 자신만의 이야기가 있었고 몹시 말하고 싶어 보였다. 왜? 처음 만난 것이나 다름없는 사람이 자기가 목격했던 끔찍한 죽음을 설명했다. 제멋대로고, 느리고, 당혹스러운 죽음. 다른 누구는 미리 계획한 죽음에 관해 들려줬다. 한 친구는 자기 할아버지가 스스로 목숨을 끊고자 심장병약을 모았다고 말했다. 또 다른 친구는 어떻게 자기 자매가 진통제를 부숴서 나이 든 고모가 먹을 요구르트에 넣고 휘저었는지 묘사했다. 한 동료는 90세를 넘긴 자기 아버지가 수술대에서 사망하기를 진심으로 기대하면서 불필요하고 위험한 수술을 받기로 결정했다고 말했다. 동료의 아버지는 스스로 목숨을 끊기에는 너무 힘이 없었고, 의사가 자신을 죽이게 하고 싶었다.

이러한 현실, 생애말기에 완전한 통제력 혹은 그저 티끌만 한 통제력이라도 얻고자 하는 이 갈망과 인간을 영혼 없이 살아 있도록 만들기도 하는 의료 기기를 향한 이 저항은 무엇을 의미할까? 이는 괴로움을 피하려는 욕구, 인간의 자율성, 사생활을 누릴 권리, 간섭받지 않을 수동적 권리와 관련되어 있다. 하지만 내가 만났던 사람들에게 계획한 순간에 죽기로 선택하는 일은 주로 '존엄성'의 문제였다.

물론 존엄성은 모호한 정서이며, 일부 철학자는 그 개념 자체를 문제 삼는다. '존엄성'은 아무리 봐도 불필요한 개념이며, 기껏해야 선택이나 자율성을 향한 존중을 말하는 다른 방법일 뿐이라고 주장한다. 다른 철학자는 죽을 권리에 관한 투쟁에서 '존엄성'의 쓰임에 분개한다. 인간은 고유한 존엄성을 지녔다고 하지 않았는가? 그렇다면 모든 사람은 존엄하게 죽는가? 의료지원사를 지지하는 사람들은 자기네가 선전 문구로 사용하는 완곡한 표현인 '존엄사'에 이 단어를 집어넣고서 독점권을 주장했지만, 반대자들은 자기네 나름대로 존엄성을 들어 호소했다. 2008년에 공화당이 내세운 공약을 보면 '인간 생명의 신성함 및 존엄성 유지'라고 제목을 붙인 단락에 '우리는 안락사와 조력자살에 반대한다'라고 쓰여 있다. 누군가에게는 존엄성이란 신체의 고통을 벗어나는 것이 아니라 침착하고 용기 있고 자제력 있게 고통을 마주하면서 발견할 수 있는 것이다. 이런 관점에서 존엄성이란 평정심이 반영된 개념이며 인내함으로써 얻을 수 있는 것이다.

나는 이 책을 위해 병들고 죽어가는 사람을 인터뷰하면서 가끔 존엄성에 관해 물었다. 솔직히 처음에는 그 사람들에게서 초월적인 지혜 같은 것을 기대하고 있었다. 그 사람이 유난히 죽음을 가까이 둔 덕에 나로서는 할 수 없는 방식으로 상황을 이해할 것처럼 말이다. 하지만 그렇지 않았다. 내가 인터뷰했던 많은 사람은 존엄성을 정확히 괄약근 조절과 동일시했다. 속옷에 똥을 싸거나 엉덩이를 닦아줄 누군가가 필요하지 않을 때까지만 삶이 존엄할 것이라고 말했다. 정말로 간단했다. 사람들은 존엄성을 특정한 방식으로 정의하는 데 어려움을 겪으면서도 무언가가 존엄하지 않다고 느껴지는 때는 본능적으로 아는 듯했다. 이런 사람들에게 죽음을 계획하는 일은 보통 존엄하지 않은 것을, 그 사람이 상상하기에 굴욕적이거나 모멸스럽거나 헛되거나 속박당하거나 이기적이거나 추하거나 신체가 볼품없어지거나 재정 파탄을 초래하거나 부담스럽거나 불합리하거나 진실하지 못한 무언가를 피하는 것이었다.

*

"어떻게 설명해야 할까요? 나이와 상관없이 어떤 인간도 자기 죽음을 상상하는 것은 사실상 불가능하다고 생각해요." 베티가 말했다. 우리는 베티네 식탁에서 등받이가 꼿꼿한 나무 의자에 앉아 과일 샐러드를 먹었다. 베티가 멕시코 여행과 약물과 자살 협정에 관한 이야기를 막 들려준 참이었다. "지금까지 기독교로 사람들을 끌어들였던 가장 좋은 방법은 부활이었죠." 하지만 베티는 부활을 믿지 않았다. 베티가 바랄 수 있는 최선이자 계획할 수 있는 유일한 것은 '평화로운 죽음'이었다. 베티는 삶의 맨 끝부분을 짧게 자름으로써 이를 얻을 수 있길 바랐다. 너무 고통스럽거나 치매에 걸려서 자신을 잃어버리는 지경에 이르기 전에 죽을 것이다. 바르비투르산염을 과다복용하여 깊게 잠드는 일은 혼자서 해낼 만큼 간단해 보였다.

베티는 개한테는 약물을 주사해 빠르게 고통에서 벗어나게 해주면서 사람은 마지막까지 고통받도록 내버려두는 것이 이상하다고 생각했다. 어떻게 개를 죽이는 일은 자비를 베푸는 행동으로 보는지도 이상했다. 개를 부러워하는 것 역시 이상했다! 베티는 죽을 권리를 열렬하게 지지하는 사람들이 온라인에서 공유하는 구호를 좋아했다. "나는 차라리 개처럼 죽겠다."

1장

현대 의료

의사인 로니 셰벨슨Lonny Shavelson이 방에 발을 들이며 처음 한 생각은 '죽기에는 나쁜 방이야'였다. 작고 답답하고 의자도 충분하지 않았다. 구조를 바꿔야 할 듯했다. 환자가 죽어가는 동안 환자를 만지고 싶은 사람들이 손이나 팔이나 부드러운 맨발에 쉽게 닿을 수 있도록 벽에 붙은 병원 침대를 끌어내는 것이 우선이었다. 하지만 그 전에 환자의 가족과 친구가 그에게 환영 인사를 건네왔다. 모두 문가에 뻣뻣하게 서 있어서 로니는 한 명 한 명 포옹을 나눴다. 성인이 된 자녀 세 명, 손자, 눈이 부은 며느리, 다부지고 과묵한 친구. 그러고 나서 로니는 병상 가장자리에 그의 마른 몸을 얹었다. "브래드쇼 씨." 로니는 이불 속에 누워 있는 노인을 내려다보며 부드럽게 말했다. 브래드쇼는 눈을 깜박이면서 멀거니 로니를 바라봤다. 방에서는 증발한 소변 냄새 같은 것이 났다. 시큼하고 요양 시설을 떠올리게 했다. 로니는 쾌활하게 말했다. "아직은 제가 누군지 모르실 텐데, 잠에서 깨는 중이라 그렇습니다. 조금 도와드리죠. 제가 브래드쇼 씨가 세상을 떠나도록 돕기 위해 온 의사라는 것은 기억나시나요?"

노인은 다시 눈을 깜박였다. 하얗게 센 머리는 누군가 이마가 드러나게 뒤로 빗겨주었고, 몸에 걸친 갈색 면 티셔츠 아래로 여위고 검버섯이 핀 팔이 드러났다. 마침내 브래드쇼가 말했다. "인생의 마지막 관광지로 가는 서막이로군."

체격이 왜소하고 머리가 벗어지고 테가 가는 안경을 쓴 로니는 그날 오전 9시에 한 손에는 캔버스로 만든 약품 가방을, 다른 손에는 검은색 정장 구두 한 켤레를 들고 버클리Berkeley에 있는 재택 사무실을 출발했다. 로니는 항상 편한 실내용 슬리퍼를 신고 운전하다가 환자 집에 도착하면 좋은 신발로 갈아신었다. 이번이 로니가 진행하는 90번째 조력사가 될 것이다. 모두가 말하길 캘리포니아주에서 로니보다 많이 죽음을 도운 의사는 없다. 로니는 자신이 의사로서 특별한 매력을 지녀서라기보다는 캘리포니아주의 몇몇 의사가 조력사를 거부하거나 일부 병원과 호스피스에서 조력사를 금지하기 때문이라고 말할 것이다. 로니는 가끔 가톨릭 의료 기관에서 일하는 의사한테서 은밀한 전화를 받는다고 했다. "환자가 한 명 있습니다. 도와주실 수 있습니까?"

로니는 버클리 주택가를 통과해 단층집과 꽃이 핀 벚나무가 늘어선 깔끔한 거리를 지나 드라이브스루 식당과 중식 뷔페가 드문드문 나오는 따분한 고속도로를 타고 북쪽으로 향했다. 잠시 뒤 계속 이어지던 도시가 끝나고 물을 댄 논으로 풍경이 바뀌었다. 로니는 물병에서 물을 몇 모금 마시더니 환자와 그 자녀들의 이름을 외우려고 노력했다. 나는 이름이 바로 나올 때까지 퀴즈를 내줬다. 환자는 브래드쇼 퍼킨스 주니어였고 전립선암으로 죽어가고 있었다.

브래드쇼는 3년 전, 아들 마크와 며느리 스테파니와 살았던 집의 차고에서 가스 중독으로 자살을 시도했다. 나중에 브래드쇼는 운전석에 한 시간 동안 앉아서 죽기를 기다렸지만 아무 일도 안 일어났다고 말했다. 무언가 실수했던 것이다. 마크는 아버지가 정말로 그날 죽을 생각이었는지 확신할 수 없었다. 진심이었을까? 관심을 끌려는 연극이었을까? 마크는 말했다. "말씀드리기 어렵군요. 아버지는 절대 우울했던 것도, 정신적인 문제도 아니라고 주장하셨어요. 삶이 지겨울 뿐이라고 하셨죠."

그 뒤 3년 동안 암은 전립선에서 폐로, 골수로, 광포하게 날뛰며 브래드쇼의 온몸으로 퍼졌다. 한때는 요양원에서 텔레비전을 보고, KFC에서 포장해온 음식을 먹고, 간호사와 시시덕거리며 그럭저럭 행복하게 지냈지만, 점차 불안하고 지루하고 앞으로 남은 시간에 절망하게 됐다. 마크는 요양원을 방문하면 아버지가 벽을 빤히 보는 모습을 발견하곤 했다. 브래드쇼는 몸이 아프기 시작했다. 변비와 설사가 번갈아 찾아와 항상 속이 꽉 차 있거나 텅 빈 느낌을 받았다. 평생 아스피린을 먹는 것조차 거부했지만, 결국에는 호스피스 의사가 권하는 약물 치료 계획을 따르기로 했다. 약을 먹자 통증은 덜했으나 제정신이 아닌 듯했고 소변을 보려고 일어설 때 넘어지기 시작했다. 팔에 보라색 멍이 들었고 왼쪽 다리는 늘 감각이 이상했다. 간호사는 브래드쇼가 넘어지면 일으키느라 애를 먹었고, 브래드쇼는 그러다 간호사가 다칠까 걱정되었다. 그래서 침대에서 나오지 않기로 했다. 2018년 5월, 의사는 브래드쇼한테 끝이 가까워졌으며 살날이 두세 달밖에 안 남았다고 말했다. 그 방에 함께 있던 마크는 아버지 얼굴에 미소가 어렸다고 생각했다. 브래드쇼는 말했다. "사람들은 나를 도우려고 하지. 하지만 나는 도움을 구하는 건 이제 끝인 것 같다오."

브래드쇼는 마크에게 지금까지 좋은 삶을 살았는데, 89년을 살고 난 뒤부터는 좋은 일이 이어지기보다 나쁜 것만 더 나빠졌다고 말했다. 브래드쇼는 두 발로 달리는 것이, 자동차를 고치는 것이 그리웠다. 멀쩡한 몸을 당연하게 여기던 때가 그리웠다. 브래드쇼가 말했다. "이젠 떠나고 싶다."

"알…겠어요." 마크가 말했다. 그러고는 바로 그 자리에서, 아버지가 지내는 요양원의 작은 방에서 휴대전화를 꺼내 구글에 '조력사'와 '캘리포니아'를 함께 검색했다. 이어서 2015년에 통과되어 주 전체에서 의료지원사를 합법화했던 캘리포니아주 생애말기선택권법을 설명하는 웹페이지에 들어갔다. 둘이 보기에 브래드쇼는 자격 요건을 충족하는 듯했다. 말기질환 환자, 죽음에 가까움, 정신 능력 있음.

브래드쇼는 이미 간호사에게 죽음을 선택하는 방법에 대해 두 번이나 물었지만, 그때마다 간호사는 자기 종교에 어긋나서 알려줄 수 없다고 답했다. 마크는 브래드쇼의 치료를 관리하는 전국 호스피스 체인, '비타스 헬스케어VITAS Healthcare'에 전화를 걸었다. 비타스에서는 죽음이 6개월 이내로 다가온 이들에게 '메디케어 Medicare(미국의 사회보장제도로, 사회보장세를 20년 이상 납부한 노인이나 장애 등으로 수급 자격을 갖춘 이들에게 연방정부가 의료비를 지원한다-옮긴이)'에서 지원하는 금액만큼 간호사 돌봄, 의약품, 의료 용품 등을 제공했다. 전화를 받은 비타스의 사회복지사는 회사 차원에서는 브래드쇼 씨의 선택을 존중하지만, 소속 의사와 직원은 그 선택에 관여하지 않을 것이라고 설명했다. 이 주에 있는 가톨릭 병원 및 의료 기관 수십 곳과 호스피스들이 그렇듯 비타스도 죽음을 돕는 일과 관련해서 소속 의사가 약을 처방하거나 환자에게 조언하는 것을 금지했다. 마크는 통화 중이던 사회복지사에게 정보를 더 얻으려면 어디로 전화해야 하는지 물었지만, 사회복지사는 자신도 그 문제와 관련해서도 도움을 줄 수 없다고 대답했다. (나중에 비타스의 최고 의료 책임자가 내게 이메일로 말해주길 사실 비타스의 직원은 '자격 조건에 관한 어떤 질문에도 대답하고 의견을 나눌' 수 있으며 환자가 처방해주는 의사와 연락이 닿게 도울 수 있다고 했다.)

마크는 자신을 한쪽으로 데려가서 로니 셰벨슨이라는 의사를 찾아보라고 한 사람이 호스피스 소속 사제였다고 했다. 로니의 이름을 검색하자 그가 '베이 에어리어 생애말기선택Bay Area End of Life Options'을 운영한다고 나왔다. 캘리포니아주에서는 최초로 조력사 관련 의료 영업을 시작한 곳으로, 조력사와 관련된 모든 것을 구매할 수 있는 조력사 전문점이었다. 인터넷에는 로니를 의료 개척자라고 칭찬하는 기사가 여럿 있었다. 치명적인 약물을 처방하고 환자가 알아서 먹도록 하는 다른 의사와는 달리 로니와 그의 동료 간호사는 환자가 죽는 순간에 함께했다. 이 과정까지 포함하는 표준 패키지는 법이 요구하는 조건을 충족시키고도 남았다. 하지만 우호적이지 않은 기사도 있었다. 기사에서는 로니가 값비싼 죽음 진료소를 운영한다고 비판했다. 로니는 3,000달러(약 390만 원-옮긴이)를 청구하고 보험을 받지 않고 사람들이 마음을 바꿔도 환불해주지 않았다. "장례식 비용보다는 적지요." 내가 요금에 관해 묻자 로니는 이렇게 대답했다.

마크는 메디케어와 제대군인부Department of Veterans Affairs에서는 브래드쇼가 안락사하는 데 드는 비용을 지원하지 않는다는 사실을 조사 과정에서 알게 되었다. '1997년 조력자살 재정지원 제한법1997 Assisted Suicide Funding Restriction Act'에 따라 '어떤 개인의 자살, 안락사, 자비살인mercy killing을 초래하거나 돕는 목적에' 연방기금을 사용하는 것을 금지하기로 양당이 뜻을 모았고, 당시 대통령이자 첫 번째 선거 운동에서 존엄사 합법화를 전국적으로 반대하기로 약속한 빌 클린턴이 이를 지원했다. 마크는 정치에는 신경 쓰지 않았고 돈은 낼 수 있었기에 로니의 웹사이트에 나온 주소로 이메일을 보냈다. "이러한 이유로 귀사의 서비스를 요청하고자 합니다."

브래드쇼가 2019년 1월 9일에 정식으로 죽기를 요청하면서 캘리포니아주 법에서 규정한 15일의 대기 시간이 흐르기 시작했다. 이후 로니와 일하는 간호사가 서류를 보냈다. 브래드쇼는 캘리포니아주에서 정한 '내 삶을 인간답고 존엄성 있게 마감하기 위한 지원사 약품 요청'이라는 양식에 서명함으로써 본인이 '정신이 건강한 성인'으로 '거리낌이나 강압 없이' 이를 요청한다고 맹세해야 했다. 브래드쇼는 마크한테 모든 글자를 제자리에 써서 완벽하게 서명하고 싶다고 했지만, 서류 중간을 넘어가자 손글씨가 무너지고 위로 말려 올라가 어설프게 휘갈겨 쓴 꼴이 됐다.

로니가 보기에 브래드쇼는 암이 진행되도록 놔둔다면 아마 몇 주 안에 사망할 듯했다. 그의 죽음이 어떤 모습일지 정확히 말하긴 어렵지만, 마지막에는 극심한 통증을 느낄 것이고 호스피스 간호사가 강력한 진통제, 아마 모르핀을 줄 가능성도 있다. 죽는 과정에서 '말기불안terminal restlessness' 또는 '말기동요terminal agitation'라고 부르는 기간을 거칠 수도 있는데, 그러면 혼란, 방향감각 상실, 불면증, 급격한 분노, 편집증, 환각을 경험할 수도 있다. 죽어갈 때 자기가 물속에 있고 누군가에게 무언가를 말하기 위해 수면 위로 헤엄쳐 올라오려 애쓰지만 수면에 닿지 못하는 꿈이나 여행하는 꿈을 꾸는 사람들도 있다. 비행기, 기차, 버스. 죽어가는 사람의 꿈속 풍경은 미숙하고 뻔한 은유로 가득할 수 있다. 더 즐거운 섬망을 경험하는 사람도 있고 천장과 벽에서 천사를 보는 사람도 있다. 벤조디아제핀benzodiazepine(신경안정제에 속하는 향정신성 의약품-옮긴이)은 불안과 걱정을 잠재우는 데 도움이 되고 환각을 완화할 수 있다. 그러나 약을 먹든 아니든 브래드쇼는 혼수상태에 빠질 수 있고, 그대로 의식을 되찾지 못하거나 의식을 잃었다 찾기를 한동안 반복할 것이다. 그렇게 며칠이나 몇 주를 보내다 사망할 것이다. 사망 원인은 엄밀히 따지면 탈수증과 신부전증일 테지만 사망진단서에는 암이 근본적인 원인으로 기록될 것이다. 자녀들이 임종을 지킬 수도 있지만 어쩌면 자녀들이 밤에 눈을 붙이러 잠시 돌아갔을 때 마지막 숨을 내쉴지도 모른다. 죽음이 항상 시적이지는 않다. 간호사가 욕창이 덜 눌리게 해주려고 침대에 몸을 맞춰주는 동안이나 소변을 보러 일어났을 때 죽는 사람도 있다. 한 호스피스 간호사가 말해주길, 남자는 보통 아내가 요기하러 방을 나갔을 때 삶을 놓는다.

연한 노란색 페인트가 칠해진 요양원은 시트러스하이츠Citrus Heights라 불리는, 단층집이 모인 교외 거리에 놓은 실물 크기 인형 집처럼 생겼다. 야외 주차장이 꽉 차서 로니는 그리스도 나눔 교회 소유의 공용 공간에 차를 댔다. "여기 주인한테 우리가 누군가를 죽일 참이라고 말합시다." 로니는 신발을 갈아신으며 즐거운 듯이 말했다. 마크가 밖에서 기다리고 있었는데, 이 중년 남자는 테가 넓고 까맣고 네모난 안경을 썼다. 눈을 가늘게 뜨고 우리를 보는 그는 불안해 보였다.

브래드쇼가 머무는 방에는 사진을 넣은 액자들이 벽에 걸려 있었다. 자녀와 손주, 가까운 친구들과 그 손주들 사진을 모아둔 것이었다. 군 복무를 마치고 받은 감사장도 있었다. 개수대에는 먹다만 핼러윈 사탕 봉지와 반쯤 사용한 손 소독제 병과 요양원 저녁 행사에서 쓰고 가져온 듯한 플라스틱 카우보이모자가 보였다. 나는 더 날렵하고 기민했던 브래드쇼가 이 카우보이모자를 머리에 얹은 모습을 상상했다. "안녕하세요, 아버지." 셰릴이 병상 가장자리에 앉으며 말했다. 셰릴은 마크가 튼튼한 만큼 날씬했고 복숭아색 스웨터를 입었다. "모두 모였어요." 셰릴은 메릴랜드주에서, 션은 워싱턴주에서 날아왔다. 근처에 사는 마크와 스테파니는 아들을 데리고 운전해 왔다. 이 죽음을 위해 모두가 예정에 맞춰 회사를 쉬었다.

로니는 브래드쇼가 고작 며칠 전보다도 약해진 것을 알아차렸다. 캘리포니아주에서 지원사법aid-in-dying law이 통과됐을 때, 반대자들은 용감한 암환자들이 곧장 암 전문의 진료실에 찾아가서 치명적인 약물을 요구할 것이라 상상했지만 로니는 그런 모습을 보지 못했다. 로니가 담당한 대다수 환자는 다 죽어가는 상태에서 삶을 끝냈다. 주치의가 일부러 꾸물거리면서 이 절차를 몇 주나 몇 달씩 연기한 탓에 힘없고 몽롱한 경우도 많았다. 신청자 중 3분의 1가량은 주에서 요구하는 15일 대기 기간을 통과하지 못하는데, 자연스럽게 죽거나 의식을 잃거나 너무 몸이 약해져서 약이 담긴 컵을 입으로 가져가지 못하기 때문이었다. 아니면 그날이 왔을 때 혼란과 착란 증세가 너무 심해져서 죽음을 거부하기도 한다. 브래드쇼는 그 경계에 불안하게 서 있었다.

로니는 가족에게 마지막에는 착란 증상이 나타날 수 있다고 경고했다. 로니가 말했다. "이렇게 설명해보죠. 거의 모든 사람이 죽음에 아주 가까워지면 치매 증상을 보입니다." 그렇더라도 로니에게는 브래드쇼가 무슨 일이 일어나는지를 알고 있다는 확신이 필요했다. 브래드쇼는 지금이 몇 년 몇 월이고 대통령이 누구인지 알 필요는 없지만 자기가 왜 아프고 무엇을 요청했는지는 반드시 기억하고 여전히 그것을 바라야 한다. 로니는 자신이 침대 옆까지 온 후에 환자가 무언가에 동의하기에는 너무 정신이 없어서 조력사를 취소한 적도 몇 번 있다고 말했다.

"무엇 때문에 죽어가고 계시죠?" 로니가 물었다. 대답이 없자 다시 한 번 더 크게 물었다.

"나도 알고 싶다오."

브래드쇼가 대답했다.

마크가 "아버지, 진지하게 대답하셔야 해요"라고 말하자 방에 침묵이 내렸다. 셰릴은 아버지가 조리 있게 생각하길 바라는 것처럼 그의 움푹 들어간 손등을 문질렀다.

나는 방을 두 구역으로 나누는 작은 칸막이에 등을 기대고 조용히 숨 쉬려고 노력했다. 내가 서 있는 곳에서는 벽장 속이 보였는데, 비닐로 포장된 성인용 기저귀 더미 위로 티셔츠 몇 벌이 걸려 있었다. 브래드쇼의 안쪽으로 흰 손과 물을 잔뜩 머금은 듯 부어 있는 창백한 발도 보였다. 손자는 내 뒤에서 휴대전화를 내려다봤다. 브래드쇼는 한동안 아무 말도 안 하다가 자기 전립선에 이상이 있다는 것을 기억해냈다.

"좋아요. 작성할 서류가 조금 있습니다." 로니가 미소를 지으며 말하자 브래드쇼는 끙 하고 앓는 소리를 냈다.

"맙소사."

"브래드쇼 씨도 아시겠지만, 캘리포니아주는 브래드쇼 씨가 쉽게 돌아가시도록 놔두지 않죠." 로니가 서류를 들었다. "이 작은 종이는 '최종증명서'라고 합니다. 캘리포니아주는 브래드쇼 씨가 여기 서명하고 삶을 끝내줄 약을 드시겠다고 진술하길 바라죠." 브래드쇼가 눈을 감았다.

"아버지, 앞으로 몇 분은 깨어 계셔야 해요…. 서명하셔야죠?" 마크가 재촉하고 셰릴도 말했다.

"아버지, 서명하세요."

브래드쇼가 눈을 뜨고 양식에 서명하자 로니는 시작할 준비가 됐다고 말했다. 로니는 모인 가족들에게 얼마나 오래 걸릴 지 모른다고 경고했다. 어떤 환자는 20분 만에 사망했지만 다른 환자는 12시간이 걸렸다. 로니는 최근에 표준 투약 계획을 수정하면서 복용량과 복용 시간을 조정했으며, 환자가 사망하기까지 걸리는 평균 시간을 두 시간으로 낮추는 데 성공했다고 말했다. 브래드쇼는 첫 번째 약을 섞은 사과주스를 먼저 마실 것이다. 그러고 나서 30분 뒤에 호흡기·심장질환약과 펜타닐fentanyl(마약성 진통제-옮긴이)을 섞은 혼합제를 마실 것이다. 이 약들은 다양하게 작용하면서 브래드쇼를 죽일 것이다. 호흡기 억제제가 먼저 효과를 보여 호흡을 멈출 가능성이 크지만, 그렇지 않더라도 결국 고용량의 심장질환약이 심장을 멈출 것이다. 약들이 어떻게 작용하든 마지막 약을 먹고 나서 몇 분이 지나면 의식을 잃을 브래드쇼에게는 마찬가지로 느껴질 것이다. 로니가 말하길 환자들은 늘 '알약'을 달라고 하지만, 마법처럼 죽음을 선사하는 알약은 없었다. 사람을 고통 없이 빠르게 죽이는 일은 놀랍도록 어려웠다. 그런 용도로 개발되는 약도 없을뿐더러 의과대학에서도 사람을 고통 없이 빠르게 죽이는 방법은 가르쳐주지 않았다.

로니는 개수대로 가서 자물쇠가 달린 자신의 작은 상자를 열었다. 그곳엔 700달러(약 91만 원-옮긴이)어치 의약품이 가득했다. 나는 그 옆에 서서 로니의 모습을 지켜봤다. 로니는 녹색 유리병을 가리키며 속삭였다. "이게 펜타닐이죠." 펜타닐은 합성아편유사제 synthetic opioid로 일반적인 투약 계획에는 포함되지 않았지만, 로니는 환자의 죽음을 앞당길 수 있을지 알아보기 위해 이를 추가했다. 로니는 〈뉴욕타임스〉에서 어떤 아편 중독자가 처방받은 진통 패치에서 펜타닐을 빨아들인 다음 그 용액을 입 안쪽에 흡수시켜 과다 복용했다는 기사를 읽고 아이디어를 얻었다. "우리도 저렇게 할 수는 없을까?"

로니가 첫 번째 가루약을 플라스틱 주스 병에 넣어서 건네자 브래드쇼는 재빨리 마셨다. 마크가 숨을 내쉬었다. "잘하셨습니다." 로니는 담담하게 말하며 시간이 정오인 것을 기록했다.

모두가 침대 옆에서 브래드쇼가 천국에 가면 여자들에게 키스할 것이라며 짓궂은 농담을 던졌다. 션이 말했다. "아버지가 그 여자들한테 전부 키스하길 바라요."

"그건 당연하죠." 마크의 아내 스테파니가 울음을 멈추지 못하며 말했다.

브래드쇼가 여자를 희롱할 때마다 가족들은 당혹스러웠다. 브래드쇼는 말년에조차 쉴 새 없이 간호사한테 수작을 걸고 소리 내서 몸매를 칭찬했다. 마크는 자기 아버지가 많이 졸리지 않았고 지금과는 다른 상황이었다면 '기자님한테도 미친 듯이 작업을 걸었을 게 분명합니다'라고 말했다. 브래드쇼가 세상을 떠나는 날이 오자 그동안의 창피했던 일에 대한 감정도 누그러져 가족끼리 나누는 감상적인 농담이 됐다. 작가인 코리 테일러Cory Taylor는《죽어가는 것Dying: A Memoir》이라는 회고록에 이렇게 썼다. "당신이 죽어갈 때는 가장 불행한 기억조차 애정 비슷한 것을 불러일으킬 수 있다. 좋았던 시절만 즐겁게 느껴지는 것이 아니라는 듯이."

"아버지, 사랑해요. 아버지 딸이어서 행복했어요." 셰릴이 달콤하고 불안정한 목소리로 말했다.

브래드쇼가 눈을 떴다. 크게 떴다. 그 옅은 파란색 눈이 처음으로 또렷해 보였다. 사람은 죽기 직전에 '힘이 솟는' 순간이 온다고 하는데, 지금 브래드쇼에게 그 순간이 찾아온 듯했다. 브래드쇼가 셰릴에게 말했다. "평생 너보다 나에게 즐거움을 주는 사람을 만나본 적이 없단다. 너는 가장 유쾌한 사람이야."

"제 차가 고장 나면 누가 고치는 걸 도와주죠?" 마크는 눈물을 흘리기 시작하면서 고개를 돌렸다. "우리가 항상 사이 좋은 것은 아니었지만, 아버지가 절 사랑한다는 것은 늘 알았어요."

"늘 그랬고 앞으로도 그럴 거다." 브래드쇼가 말했다.

"저 위에 도착했을 때 저에게 알려줄 방법이 있다면 꼭 그렇게 해주세요."

"노력해보마." 브래드쇼가 말했다.

"웃고 계시네요." 션이 말했다.

"아, 이런."

브래드쇼는 종교 없이 세 자녀를 키웠다. 마크는 아버지가 가족을 교회에 데려간 적은 없다고 말했다. 단 한 번도. 독실한 비신자 가족이었다. 하지만 이 마지막 시간에는 모두가 내세에 다시 모이자는 이야길 했다. 아마 브래드쇼의 자녀들도 조금은 천국을 믿을지도 모른다. 아니면 지금 벌어지는 일에 대해 달리 이야기할 방법이 떠오르지 않았을 뿐일지도 모른다. 매우 확고한 무신론자조차 죽음의 순간에는 오래되고 성스러운 종교 의식을 찾곤 한다. 정말로 믿어서가 아니라 지치고 슬픈 상태에서 감각을 마비시킬 의식 같은 것이 필요해서 말이다. 언젠가 천국에서 다시 모이자는 이야기는 적어도 견딜 수 없이 슬프지는 않은 작별 인사일 것이다. 인류학자 나이절 발리Nigel Barley는 말했다. "죽음으로 가는 길은 진부한 말로 포장돼 있다."

로니도 환자 옆에서 죽을 때의 의식에 관해 생각하길 좋아했다. 의사조력사가 얼마나 새로운 죽음인지, 이로부터 만들어지고 발전할 전통은 또 얼마나 새로울지를 생각했다. 아직 사람들은 의사조력사의 순간에 각양각색으로 행동했다. 어느 가족은 환자가 세상을 떠나는 동안 중국 음식을 주문했고, 다른 라틴계 가족은 몇 시간이나 아무것도 먹지 않고 떨리는 손으로 묵주 구슬을 쥔 채 조용히 서서 기도를 올렸다. 어느 한국인 가족은 병원 침대 앞에 의자를 여러 줄 놓고 죽음의 순간을 모여서 지켜보는 행사처럼 만들었다. 환자가 죽음을 예정해두었기에 구체적으로 준비할 수 있었다. 가족과 친구들이 마지막 말을 정성 들여 쓸 수 있었고 오래된 가풍을 재연할 수도 있었다. 로니가 경험한 바에 따르면 대부분의 가족은 어떻게든 평정을 유지하며 유쾌하게 침대 곁을 지킨다. 누군가 흥분하여 자제력을 잃은 적은 거의 없었다.

로니는 토마토주스처럼 걸쭉한 두 번째 혼합물을 저었다. "이게 마지막 잔입니다. 이게 중요하죠." 로니는 캘리포니아주 법에 따르면 브래드쇼가 약을 직접 마셔야 한다고 다시 설명했다. 혼자 컵을 입술까지 들어올려야 했다. 이 약을 흘려버리면 예비 약은 없었다. "시작할 준비가 되셨습니까?"

"준비됐소." 브래드쇼가 말했다.

"아버지, 한 번 더 마셔야 해요." 마크가 말했다.

"제대로 해내마." 브래드쇼가 말했다. 몇 모금 만에 다 마시고 기침을 하며 엄지를 아래로 내렸는데, 맛이 무척 썼기 때문이다.

"이 약을 먹으면 행복감이 들고 조금 기분이 좋아집니다. 마셨으니 즐기세요." 로니가 말했다. 플라스틱으로 된 산소포화도 측정기를 브래드쇼의 검지에 달고 작은 접착식 센서 3개를 가슴에 붙였다. 이 장비들이 브래드쇼의 심장박동과 산소 농도를 측정해 작은 모니터로 내보낼 것이다. 의사 대부분은 의료지원사 과정에서 이런 일을 하지 않지만, 로니는 환자의 신체가 서서히 멈추는 동안 정확히 어떤 일이 일어나는지 추적하려 했다.

"지금까지는 좋군." 브래드쇼는 그렇게 말하고 나서 눈을 감고 이마에 힘을 풀었다. 몇 분 뒤 숨이 거칠어지고 그다음에는 목이

꼬르륵꼬르륵 울렸는데, 머리카락으로 막힌 싱크대에 물을 억지로 내려보내는 것 같았다. 로니는 모든 것이 정상이라고 말했다. 그건 인간이 죽으면서 나는 소리일 뿐이었다. 끈적이는 가래 덩어리를 빼내 브래드쇼를 다시 조용하게 만들겠다고 주먹을 단단히 쥐어 브래드쇼의 가슴을 치는 것이 올바르게 느껴질지도 모르겠지만, 지금 우리가 해야 할 일은 아니었다. 30분, 1시간이 지났다. 브래드 쇼는 입술이 담갈색으로 변했다. 셰릴이 몸을 숙여 브래드쇼가 입 은 갈색 티셔츠 앞을 반듯하게 폈다. 로니가 만난 몇몇 환자는 죽 음을 위해 정장을 차려입었지만, 대부분은 파자마를 입고 세상을 떠났다.

"훌륭한 일을 하시네요." 스테파니가 로니를 돌아보며 말했다.

"몇 개 주에서 이걸 허용하죠?" 마크가 묻자 로니가 대답했다.

"일곱 곳입니다. 워싱턴 D.C.도 있죠."

"평화로워요." 셰릴이 말했다.

마크는 더 일찍 끝냈으면 좋았을 것이라고 말했다. "아버지는 아 프길 바라지 않으셨어요."

로니는 모니터를 내려다봤다. 선이 평평했다. 로니가 잠시 뒤에 말했다. "사망 시각은 오후 1시 45분으로 써드리겠습니다."

로니는 바깥 복도의 벤치에 앉아 담갈색 벽에 등을 기댔다. 정문 로비에서 부드러운 재즈가 흘러나오고 보라색 벨루어 점프슈트 를 입은 한 여자가 보행보조기를 짚고 발을 끌며 옆으로 지나갔다.

"안녕." 여자가 던킨도너츠 플라스틱 컵을 들고 조용히 마시던 다른 주민에게 인사를 건넸다. 로니는 장례 업체에 전화를 걸어 사망 소식이 있으며 의료지원사라고 말했다. 장례식장 직원인 여자가 물었다. "그게 합법인가요?"

로니는 30일 안에 '주치의 후속 조치 양식'을 캘리포니아주 공중보건부에 보내야 한다고 설명했다. 로니는 브래드쇼가 사망한 날짜와 사망하기까지 몇 분이 걸렸는지 기록해야 한다. '합병증 없음'을 확인하는 네모 칸에 체크할 것이다. 그다음에는 브래드쇼가 마지막 순간에 보여준 모습에 관해 물어보는 몇 가지 질문에 답할 것이다. 브래드쇼는 '지속적인 자율성 상실' 또는 '존엄성 상실'을 걱정했는가? 로니는 이 양식이 바보 같다고 생각했다. 브래드쇼가 무슨 생각을 했는지 로니가 어떻게 알겠는가? 어떻게 의사가 환자의 생각을 알 수 있는가? 서류에 등장하는 표현도 거슬렸다. 로니는 '지속적이고 통제 불가능한 통증과 고통'에 관한 질문이 말이 안 된다고 했는데, '통증'과 '고통'은 다르기 때문이다.

로니는 브래드쇼의 집을 떠나면서 마크에게 다 같이 산책하러 가는 게 어떻겠냐고, 점심을 먹으러 가라고 권했다. 드라이브든 무엇이든 하라고. 장례 업체 직원이 운구 포대를 들고 왔을 때 거기에 있지는 말라고.

　로니는 그림에 대한 인상을 묻는 듯한 투로 내게 죽음에 대한 인상을 물었다. "어떻게 생각합니까?" 브래드쇼가 죽고 몇 시간이 지난 뒤였다. 우리는 넓은 뒷마당에 있는, 로니가 사무실로 개조한 작은 오두막집에 앉아 있었다. 벽에는 서류 보관장이 빼곡하게 늘어섰고, 여닫이 유리문 너머로 보이는 거대한 나무 새장에는 애완용 비둘기가 보였다. 로니가 말하길 가끔 이웃 고양이가 울타리에 앉아 새장 속 새를 위협적으로 내려다보지만, 새는 그것을 눈치채고 겁먹기에는 너무 멍청했다.

　"그 소리가 말이죠. 끔찍했어요." 내가 급히 말했다. 로니는 고개를 끄덕이고 손으로 이마를 문질렀다. 나는 다시 입을 열었다. "좋은 가족이었어요. 매우 고마워하는 것처럼 보였어요."

　로니는 조력사를 고려하기 시작했을 때, 미국 철학자 마거릿 팹스트 바틴Margaret Pabst Battin의 책을 읽었다. 이 철학자는 아픈 환자가 죽기를 바란다면 담당의는 환자가 '가능한 한 쉽게 죽도록' 도울 도덕적 의무가 있다고 주장했다. 바틴이 보기에 의사가 해를 끼치지 않겠다고 맹세하는 서약은 단순히 아프게 하지 않겠다는 것이 아니라 적극적으로 고통을 덜어주겠다는 뜻이었다. 미래에 겪을 것으로 예견되는 고통을 피하고자 미리 행동하겠다는 뜻일 수도 있다. 바틴은 적었다. "무엇이 더 큰 악인가, 죽음인가 고통인가? 환자가 결정할 문제다."

　바틴은 임종의 순간에 의사가 맡는 역할이 어떻게 진화했는지도 다뤘다. 중세 기독교 가정에서는 의사가 완전히 부재했다. 죽어가는 사람은 하느님과 마지막으로 소통하면서 내세를 준비하는 데 집중했다. 임종의 순간은 회개하고 구원받기 위한 최후의 시도를 하는 시간이었다. 하지만 세속적인 현대의 임종은 다르다. 신이 없는 상태에서 삶의 마지막 구간은 더는 영원으로 가는 여정이 아니었고 그 자체로 끝이었다. 구원이 아니라 종결이었다. 바틴은 오늘날 마지막 순간은 '끝까지 살아낸 삶을 완성하고 해결하고 마무리하는 것으로 볼 수 있다. 이런 이유에서 곧장 삶을 끝내길 선택하는 사람들이 있는데, 그렇게 해야 고통에 잠식당하거나 진정제를 맞고 인사불성이 되기보다 생각하고 소통하고 (일부는) 기도할 수 있을 때 스스로 삶을 마무리 지을 수 있기 때문이다'라고 썼다. 그리고 현대 의사에게는 새로운 결말을 가능하게 만들 수단이 있다.

　그날 저녁, 나는 에어비앤비로 빌린 방에서 브래드쇼가 보낸 마지막 시간을 생각했다. 이상적인 임종 장면, 적어도 소설이나 영화에 종종 등장하는 장면들은 이미 머릿속에서 지웠다. 그런 장면들에서는 매우 강직하고 나이 든 남자 또는 몹시 상기된 젊은 여자가 사랑하는 사람들에게 둘러싸여 신중하게 고른 말이나 의미심장한 시선을 건넨 뒤 서서히, 아주 서서히 잠들었다. 엄숙하고 의미심장한 분위기였다. 나는 현실 속 죽음이 늘 그런 모습은 아니라는 것을 알았다. 마지막 순간이 항상 변화를 부르지는 않는다. 죽은 사람은 남은 사람에게 실망을 안길 수 있는데, 그때 남은 사람은 자신이 실패해왔거나 실패를 겪는다고 느꼈다. 마치 한 번도 진정으로 가져본 적 없는, 그러나 여전히 받을 자격이 있는 무엇을 빼앗긴 기분을 느끼게 된다. 마지막 순간을 정하고 계획을 세울 수 있다는 점에서 조력사가 낭만적이고 이상적인 죽음과 가까워질 수 있지 않을까? 브래드쇼 퍼킨스 주니어의 인생 마지막 장면은 어땠는가? 적어도 브래드쇼는 세 자녀가 방에 있을 때 세상을 떠났다. 모든 자녀가 몸을 어루만져 주는 가운데 심장박동이 멈췄다. 언제 마지막 말을 남겨야 하는지 알았고 딸에게 다정한 말을 속삭이듯 건넬 수 있었다. 적어도 좋은 죽음, 아니 상당히 좋은 죽음이거나 실현 가능한 가장 좋은 죽음이었을지도 모른다.

*

로니는 안 좋은 죽음을 겪고 다른 안 좋은 죽음이 일어날 분위기 속에서 성장했다. 첫 번째 안 좋은 죽음은 로니가 태어나기 2년 전의 일이었다. 고작 59세였던 외할머니가 죽어가고 있었고, 그녀는 제정러시아 때 벌어진 대학살에서 살아남아 미국으로 이주한 유대인이었다. 외할머니는 두 번째 심장마비를 겪고 회복하지 못했다. 산소마스크를 쓴 채 침대에 누워 지냈고 스스로 일어나거나 먹을 수 없었다. 어느 시점부터 (가족들의 생각으로는 일부러) 말하기를 멈췄는데, 다만 가끔 이디시어(주로 동부 및 중부 유럽 출신 유대인들이 사용하던 언어-옮긴이)로 '라테브 미어, 라테브 미어!(살려줘, 살려줘!)'라고 외쳤다. 그러다 뇌졸중까지 와서 눈마저 멀었고, 난폭하게 팔을 휘두르며 방에 없는 사람을 찾았다. 결국 키가 큰 남자 의사를 불러왔고, 그는 침대에 옆에 서서 자신의 환자를 내려다봤다. 그러다 묵묵히 주사기를 당긴 다음 죽어가는 환자의 살에 찔러넣었고, 약 10분 뒤, 그녀의 맥박이 멈췄다. 로니의 어머니는 비명을 질렀고 방에서 끌려나갈 때까지 '미친 사람처럼 악을 썼다.' 나중에는 의사가 자비를 베풀었다고 모두가 동의할지도 몰랐다. 그러나 분명 아무도 그것을 부탁하지 않았다.

안 좋은 죽음은 또 있었다. 로니가 기억하기로 어머니는 크론병과 이상한 열병 때문에 인생 대부분을 집에 묶여 있었으며, 이제와 생각해보면 우울증도 앓았던 것 같다. 로니는 어릴 때부터 크면 의사가 되어 어머니를 괴롭히는 모든 병을 치료할 방법을 찾으리라고 굳게 다짐했다. 실패하면 염화포타슘을 정맥으로 주사하여 어머니를 죽여야 하는 상황이었다. 로니가 열네 살 때 어머니는 처음으로 로니에게 살인자가 되어달라고 부탁했다. "나한테 용기가 있었다면 그때 바로 창문으로 뛰어내렸을 거야. 하지만 나는 도움이 필요했고, 너는 그렇게 해줄 만큼 논리적인 아이였어." 나중에 어머니는 말했다.

로니는 정말로 의대에 진학했지만, 1977년에 졸업하여 당시 성장하는 분야였던 응급의학과를 선택했다. 신속하고 결단력 있게 사람을 구한 다음 근무가 끝날 때 환자를 병원에 맡겨두고 잊어버릴 수 있는 것이 좋았다. 로니는 환자의 이름을 잊는 연습을 했다. 자신을 구해주기를 원치 않는 사람을 생각하게 된 것은 나중 일이었다.

1992년에 데릭 험프리가 쓴 자살 설명서《마지막 비상구》는 〈뉴욕타임스〉 베스트셀러였다. 이 책에서는 다양한 자살 방법을 설명하고 의사를 속여 치명적인 약물을 처방받는 방법을 알려줬다. 숫자와 이름, 즉 복용량과 약물 조합으로 가득했다. 로니는 이 설명서를 알게 된 후 왜 그토록 많은 미국인이 특정한 자살 방법을 알고 싶어 하는지 궁금했다. 그 사실에는 어떤 의미가 있는 걸까? 로니는 자살을 다루는 책을 찾아다녔고 찾는 족족 읽었다. 로니는 1991년에 기자인 조지 하우 콜트George Howe Colt가 쓴《자살의 수수께끼 The Enigma of Suicide》를 좋아했는데, 콜트는 생애말기에 겪는 고통은 정신적 품위를 높일 마지막 기회라는 관념을 비웃으며 이렇게 썼다. "누군가는 말기질환의 마지막 단계에서 정신적인 보람을 느낄 수도 있지만, 윤리학자가 물어야 하는 것은 고통을 견디는 것이 좋다는 타인의 주장 때문에 살아야 할 의무가 있는가이다."

그 무렵 로니는 미시간주에 사는 잭 케보키언이라는 의사를 알게 되었는데, 이 의사는 1990년에 자신의 낡고 더러운 차 뒷좌석에서 치매 환자가 자살하도록 도왔다. 이 일로 케보키언은 기소당했지만 결국에는 무죄를 선고받았고, 그 뒤 100건이 넘는 죽음을 도왔다. 그중 상당수는 로니도 신문에서 읽었다. 케보키언은 자기가 무슨 일을 하는지 숨기지 않았고 매일 신문 1면을 장식했다. 사람들은 그에게 사로잡혔다. 케보키언이 돕는 자살을 연속극에 나오는 사건인 양 지켜봤고 사방에서 그 얘기를 떠들었다. 로니는 남들처럼 신문 기사를 읽긴 했지만, 내용이 거슬렸다. 기자들은 케보키언이라는 남자와 그가 남기는 신화에 지나치게 관심이 많았지만, 그보다 중요한 것들, 그의 '환자들'과 그 이상한 '죽음 의사'를 환자들이 찾아간 이유에는 충분히 관심을 쏟지 않았다.

　나중에 로니는 "전국 곳곳의 어두운 침실에서 수천 명에 달하는 부모, 자식, 남편, 아내, 자매, 형제, 연인, 친구가 사랑하는 사람이 죽음을 맞이하도록 도울지에 관해 비밀리에 결정을 내리고 있음을 깨달았다"고 썼다. 로니는 그 어두운 침실과 그 안에서 사람들이 어떻게 상처를 주고 은밀한 계획을 세우는지 이해하고 싶었고, 샌프란시스코의 호스피스 시설에서 근무하는 의사와 간호사에게 연락해 환자를 은밀하게 소개해달라고 부탁하기에 이르렀다.

　1995년에 로니는《선택한 죽음: 조력자살과 마주한 죽어가는 사람들A Chosen Death: The Dying Confront Assisted Suicide》를 출판했다. 그 책에서 다섯 건의 자살, 직접 마지막 몇 주를 지켜봤던 다섯 사람에 관해 이야기했다. 어느 장은 장애가 극심한 남자 이야기였는데, 이 남자는 굶어 죽으려고 시도하고 또 시도했다. 그러다 마침내 그의 맹렬한 의지에 못 이긴 어머니가 그에게 약을 먹이고 비닐봉지를 머리에 씌워 붙잡고 있기로 했다. 다른 장에서는 나이가 많고 매우 아프다고 주장하지만 로니가 보기에는 그 증상이 그다지 믿음직스럽지 않았던 한 남자를 어느 죽을 권리 운동가가 질식시켜 죽이는 것을 지켜봤다고 솔직하게 썼다. 읽는 것조차 고통스러운 그 몇 쪽의 글에서 로니는 개입해야 할지 망설였던 자신의 심정을 묘사했다. 로니는 나이 든 남자의 덜컹대는 몸에서 여자를 떼어내야 하는지 고민했다.

서른두 살의 공중그네 곡예사 피에르 나데우에 관한 장은 정말 가슴 아픈데, 그는 동성애자고 에이즈에 걸려 깊은 동굴 같은 우울에 빠져 있었다. 로니는 피에르에게 도움을 받아 에이즈 환자들의 은밀한 조직에 접촉했는데, '이들은 사회에서 배척받아 고립된 채 (…) 고유한 규칙을 만들었고' 서로가 죽을 수 있게 도왔다. 로니는 에이즈 환자들이 남은 처방약을 다른 죽어가는 환자가 과다복용으로 죽는 계획에 쓰도록 물려준다는 이야기를 들었다. 랜디 쉴츠Randy Shilts 기자가 '주부끼리 초콜릿칩 쿠키 레시피를 교환'하는 것 같았다고 묘사한, 미래를 예언하는 듯한 보라색 피부 병변을 본 동성애자 남성들이 자살 칵테일 레시피를 나누는 모습을 로니도 보았다. 이러한 조직망은 고유하고 용의주도한 절차와 안전장치를 갖추고 자체적으로 운영되었다. 그러나 이들도 때로는 실패를 겪었다. 일부 조력사가 실패로 끝나거나 너무 고통스럽고 몇 시간씩 걸리는 경우, 가끔 공황 상태에 빠진 제삼자가 베개나 칼이나 총을 사용해 마무리하곤 했다.

로니는 에이즈 환자가 최초로 이런 조직을 결성한 것을 이해할 수 있었다. 샌프란시스코에는 에이즈바이러스에 감염된 젊고 멋진 남자가 피를 흘리고 근육 조직이 퇴화하여 고통을 겪다가 결국 결핵이나 폐렴에 걸려 쌕쌕대면서 죽어가는 모습을 지켜보는 다른 젊고 멋진 남자들이 많았다. 고통은 어마어마했지만 죽음은 느렸고, 감염된 순간부터 운명은 정해져 있었다. 그렇지만 이런 남자 중 상당수는 그저 치명적인 약을 소지하거나 원할 때 구할 수 있다는 사실만 알게 되어도 기분이 나아지는 듯했다. 약을 적절하게 조합한 혼합물은 그 자체로 치료제 같았다. 그것이 존재하는 사실만으로도 아픈 사람은 고통에서 눈을 돌리고 한동안을 더 살아갈 수 있었다.

《선택한 죽음》이 나온 지 20년 후, 캘리포니아주는 '생애말기선택권법'을 통과시키면서 미국에서 의료지원사를 합법화한 다섯 번째 주가 됐다. 예수회 신학대학 학생이었던 주지사 제리 브라운 Jerry Brown은 이 법이 '죄악'인지를 두고 공개적으로 다투다가 남아프리카공화국 대주교이자 노벨평화상 수상자인 데즈먼드 투투 Desmond Mpilo Tutu의 글에 설득당했다고 한다. 투투는 여든다섯 번째 생일에 조력사를 원한다고 공표했다. 2016년에는 새로운 법

아래서 캘리포니아 사람 191명이 치명적인 약물을 처방받았고, 2017년에는 577명으로 늘어났다. 이러한 캘리포니아주의 변화는 죽을 권리 운동의 저변을 넓히는 데 결정적인 역할을 했다. 캘리포니아주는 거대하고 다양성이 큰 주 중에서 처음으로 지원사를 합법화했기 때문이다. 캘리포니아주에서 지원사 관련 법이 잘 운영된다면 뉴욕주 같은 다른 유력한 주에 영향을 줄 수 있었다.

나는 로니가 쓴 책을 2018년에 온라인에서 중고로 샀다. 도착한 책에는 오하이오주에 있는 공립도서관 도장이 찍혀 있었다. 나는 책을 다 읽고 로니에게 전화를 걸었고, 로니와 한 달을 함께 지내기 위해 캘리포니아주로 날아갔다. 2019년 초 우리가 만날 때까지 로니는 주에 있는 다른 누구보다, 전국에 있는 대부분의 의사보다 치명적인 약물 처방전을 많이 썼다. 그 수는 수십 건에 달했는데, 심지어는 오리건주에서 수십 년 동안 처방전을 썼던 의사보다도 많은 수였다. 그런데 로니는 처음 만난 날 캘리포니아주 법이 허술하고 '엉망진창인 법'이라고 종일 열변을 토했다. 죽을 권리 활동가들은 로니처럼 말하지 않는데, 다른 주에서 유사한 법을 통과시키려는 목적 때문이라고 했다. 이 활동가들은 로니의 지적을 강하게 비판하곤 했는데, 로니의 비판이 자기네 대의명분에 유리하지 않기 때문인 듯했다. "그 사람들은 뉴저지주가 의사조력사를 받아들이길 원하죠. '어디서든 제정할 수 있어요! 문제없이 운영되니 이 법을 통과시키세요! 다른 법처럼요. 아무 문제도 없는데… 캘리포니아주에 사는 이 미친 남자만 그렇다고 생각하는 거예요.'" 로니는 내가 법의 문제점을 분명히 이해할 수 있을 것이라며 자기 책상 옆에 있는 작은 의자를 가리켰다. "그냥 앉아서 들어보십시오."

*

편하게 죽으려면 적절한 약이 필요한데, 바로 약에 문제가 있었다. 1997년 오리건주에서 존엄사법이 발효됐을 때, 처방을 내리는 의사는 보통 효과가 빠른 바르비투르산염인 펜토바르비탈을 사용했다. 펜토바르비탈은 넴뷰탈이라는 물약으로 나와서 환자가 마실 수 있었고, 충분한 양을 마시면 잠에 빠졌다. "아주 적당해요." 당시 펜토바르비탈을 처방했던 한 의사가 말해줬다. 펜토바르비탈을 먹은 사람은 대부분 5~10분 안에 잠들고 머지않아 약이 뇌에서 호흡을 조절하는 부분을 억제하여 호흡이 느려지다가 멈추게 만든다. 이 과정은 보통 30분도 안 걸렸지만, 지나치게 오래 걸리는 사람도 있었다. 오리건주에서는 무려 104시간이나 걸린 환자도 있었다.

2011년쯤에는 약사들이 이 약을 손에 넣는 것에도 애를 먹었는데, 제조를 해외로 넘긴 데다가 주요한 유럽 제조업체(미국식품의약국PDA에서 승인받은 펜토바르비탈을 간질 발작 치료용으로 판매하는 덴마크 회사 룬드백Lundbeck)가 미국 판매를 제한하기 시작한 탓도 있다. 형사 사법 변호사들이 펜토바르비탈이 감옥에 도착해서 사형수를 처형하는 데도 사용된다는 사실을 눈치채고 회사를 압박했기 때문이다. 같은 해 유럽연합은 이 약에 수출 금지령을 내렸다. 그러자 룬드백의 미국 파트너이자 국내에서 유일하게 인체 투여를 허가받은 펜토바르비탈을 제조하는 에이콘 파마슈티컬스Akorn Pharmaceuticals는 약을 치료 외 목적으로 사용하는 일에 엄격한 규제를 도입했고 약국에도 조력사 용도의 판매는 중단했다. 액상 펜토바르비탈의 가격은 약 500달러(약 66만 원-옮긴이)에서 1,500달러(약 195만 원-옮긴이) 이상으로 올랐다.

많은 미국 의사가 다른 바르비투르산염인 세코바르비탈을 사용하기 시작했는데, 이는 세코날Seconal이라고 부르는 캡슐약으로 나온다. 이 약은 복용 방법이 더 복잡하다. 환자는 캡슐 수십 개를 열고 안에 든 가루를 털어서 요구르트나 사과 소스나 푸딩에 넣고 저어야 했는데, 그래도 효과는 비슷했다. 하지만 세코날도 가격이 오르기 시작했다. 캘리포니아주에서 법을 발효하자마자 (지금은 바슈헬스Bausch Health가 된) 캐나다 회사 발리언트 파마슈티컬스Valeant Pharmaceuticals는 이 약의 제조 권리를 사서 가격을 두 배로 올렸다. 몇 년 전만 해도 치사량의 세코날 가격은 200달러(약 26만 원-옮긴이)나 300달러(약 39만 원-옮긴이)였지만 지금은 3,000달러(약 390만 원-옮긴이) 혹은 그 이상에 판매되었다. 《미국 의사협회 종양학술지 JAMA Oncology》에 실린 논문에서는 이 급격한 가격 상승을 '제약회사가 오래된 틈새시장용 약품을 폭리를 취해 판매하는 가슴 아픈 사례'라고 지적했다. 메디케어는 이 약값을 지원하지 않을 것이며, '메디케이드Medicaid(1965년 케네디 대통령이 도입한 공공의료보험으로, 주로 65세 미만의 저소득층과 장애인을 지원하는 제도이다. 재정은 연방정부와 주정부가 공동으로 지원하고 운영은 주에서 맡는다-옮긴이)' 역시 몇몇 주에서만, 주민 중에서도 소득분위가 가장 낮은 사람만 지원한다. 게다가 조력사를 원하는 사람은 약물 비용을 선지급해야 하는데, 많은 사람이 그러지 못한다. 오리건주에 사는 암 전문의 데본 웹스터Devon Webster는 자기가 만난 환자 중에는 죽기를 바라고 법에서 정한 자격도 갖췄으나 약을 살 형편이 안 되는 사람부터 약국에 갈 기름값조차 없는 사람까지 있다고 했다. 이런 환자 중 한 명이 웹스터에게 한탄했다. "소총을 꺼내 나를 쏴야겠네요." 지원사가 처음 합법화됐을 때 반대자들은 가난한 사람이 일찍 죽도록 떠밀릴 것을 걱정했지만, 그와는 반대의 상황이 벌어지고 있었다. 부유한 환자가 원하는 죽음에 먼저 도달하고 가난한 사람은 원하지 않아도 더 살아야 했다.

로니는 세코날 공급이 줄어들어 약을 구하기가 더 어려워졌다는 소식을 들었다. "이제 대체 뭘 할 수 있지?" 로니는 동료에게 물었다. 워싱턴주에서는 어떤 의사가 특정한 진정제를 일정량 이상 복용하면 죽음에 이를 수 있다는 가설을 세우고 처방하기 시작했지만, 환자 몇 명이 약을 삼킨 뒤 입과 목이 타는 듯하다고 호소해서 중단되었다. 당시만 해도 경구 투약으로 환자를 고통 없이 사망에 이르게 하는 약에 관한 연구가 많지 않았다. 아니, 사실 전혀 없었다. 명백하게 사람을 죽이려고 고안한 의약품은 없으며, 죽어가거나 당장 죽기를 바라는 환자를 대상으로는 이중맹검법(약의 효과를 객관적으로 평가하기 위한 방법으로, 진짜 약과 가짜 약을 피검자에게 무작위로 주고 효과를 판정하는 의사에게도 진짜와 가짜를 알리지 않는다. 환자의 심리 효과나 의사의 선입관 등을 배제하고 약의 효력을 최대한 정확하게 판정하려는 방법이다-옮긴이)을 활용한 임상시험을 진행할 수도 없었다.

2016년 6월, 열정적인 의사들(마취과 전문의 한 명, 심장병 전문의 한 명, 내과 전문의 두 명)이 시애틀에 있는 회의실에 모여 문제를 해결하기로 합의했다. 합의를 마치자마자 각자 다른 사람에게 스피커폰으로 전화를 걸었다. 다른 마취과 의사 한 명, 약리학자 한 명, 아이오와주에 사는 독물학자 한 명, 주기적으로 동물을 안락사시키는 수의사 한 명이었다. 이 모임의 목표는 삶을 확실하게 끝내주면서도 전혀 고통스럽지 않게 섭취할 수 있고, 동시에 500달러(약 65만 원-옮긴이)를 넘지 않는 약을 찾는 것이다. 이 약을 구성하는 재료는 가루 형태로 쉽게 구할 수 있어야 하는데, 그래야 전문 약국에서 구매하여 혼합할 수 있기 때문이다. 혼합약은 식품의약국의 단속 대상이 아니라는 장점이 있다. 시애틀에서 의사들이 조건에 맞는 약물 제조법을 찾아낸다면, 주에서 감시를 받으면서 수년 동안 무작위 대조시험을 하지 않고 바로 검증할 수 있다. 방에 있던 마취과 전문의 캐롤 패럿Carol Parrot은 이렇게 중요한 문제를 시애틀의 작은 방에서 임기응변식으로 알아낸다는 것이 무모하다고 생각했다. 하지만 법이 문제였다. 법은 새로운 방식의 죽음을 허락했지만, 정확히 어떻게 죽어야 하고 누가 그 방법을 알아내야 하는지는 명시하지 않았다.

회의가 끝나갈 무렵, 드디어 마약성 진정제와 심장약을 어떻게 배합할지 결정했다. 이들이 DDMP라고 이름 붙인 혼합약은 디아제팜diazepam, 디곡신digoxin(약해진 심장 기능을 회복하는 약-옮긴이), 모르핀, 프로프라놀롤propranolol(교감 신경 억제제-옮긴이)을 섞어 제조한다. 새로운 혼합약에 관한 문제에 있어서는 신중하게 처신하기로 먼저 합의했다. 혼란스러운 상황이 알려져 의사들이 자신들도 무엇을 하고 있는지 잘 모른다는 인상을 주고 싶지는 않았다. 대신 캐롤이 새로운 혼합약을 환자 열 명에게 처방한 뒤 환자가 죽어가는 동안 침대 옆에 앉아 경과를 꼼꼼히 적었다. 환자는 세코날을 먹은 사람만큼 빠르게 잠들었고 사망하는 데까지 걸리는 시간이 다양하긴 해도 모두 죽었다. 약은 확실한 효과가 있었다. 그 뒤 캐롤과 다른 의사들은 워싱턴주는 물론 다른 주 의사들과 이 조제법을 비공식적으로 공유하고 의견을 모았다. 새 혼합약을 만드는 데 동의할 약사도 찾았고 그 이름도 알려주었다.

로니는 버클리에서 DDMP에 관해 듣고 사용하기 시작했지만, 죽기까지 너무 오래 걸리는 환자도 있어 놀랐다. 바람만 세게 불어도 산산이 부서질 듯 약해 보이는 나이 든 여성 환자에게 그 약을 터무니없이 많이 먹여도 죽기까지 몇 시간이 걸리곤 했다. 노쇠하기 그지없는 생명조차 때로는 좀처럼 끊어지지 않는다. 몇 개월, 몇 년에 걸쳐 통증 치료를 받은 뒤 아편에 내성이 생긴 환자가 가장 느리게 죽어갔다. 그 외에 과체중이거나 복용 중인 메스꺼움 방지약 때문에 소화가 늦거나 변비가 너무 심해서 약이 몸속에서 옴짝달싹 못 하는 환자도 있었다. 로니는 어떤 약물을 사용해도 약물을 통한 지원사가 실패할 수 있다는 것도 배웠다. 환자가 메스꺼움을 느껴 구토하거나 잠들지 않거나 잠들더라도 깨어날 수 있다. 오리건주에서는 1998년부터 2015년까지 환자 991명이 존엄사법에 따라 사망했지만, 24명은 약이 역류했고 6명은 의식을 되찾았다. 이들 중 일부는 다시 시도해서 성공적으로 사망했지만 다시 시도하지 않은 사람도 있었다. 어느 환자는 죽기로 한 계획을 취소하고 시집을 쓰기 시작했다.

로니는 미국 의사들이 곤경에 빠졌음을 깨달았다. 의사조력사가 합법인 지역은 대부분 안락사도 합법이다. 자격을 갖춘 환자라면 의사가 처방한 치명적인 약물과 주사 중에서 죽는 방법을 고를 수 있다는 뜻이다. 캐나다와 벨기에에서는 거의 주사를 고르는데, 환자는 의사가 일을 처리해주길 바라기 때문이다. 게다가 주사는 간단하고 빠르며 언제나 효과가 좋다. 물약을 섞고 삼키는 스트레스도, 토하거나 깨어날 가능성도 없다. 하지만 미국에서는 이를 절대 허용하지 않았다. 1990년대 반대론자들은 존엄사법이 통과되면 악당 같은 의사나 가족이 환자가 원하지 않는데도 안락사를 진행할 수 있다고 걱정했고, 오리건주 의원들은 반대론자들을 설득할 방안으로 법에 '자가 투여' 요건을 추가했다. 환자가 직접 약을 마셔야 한다면 학대받거나 강요당할 가능성이 작아진다고 생각했다. 약을 삼키는 행위는 환자가 죽음에 동의했음을 보여주는 최종 증명이자 자율적인 선택에 대한 자율적인 몸짓으로 볼 수 있었다. 의사조력사가 합법인 다른 모든 주가 같은 논리를 적용했다. 정맥 주사라는 훨씬 더 나은 선택지를 사용할 수 있는데도 환자에게 혼합약을 마시게 하는 것은 부당하다고 생각하는 유럽과 캐나다 의사에게는 경악스럽겠지만 말이다. 사실 다른 나라에서는 지원사 환자가 치명적인 약물을 마시겠다고 선택하면 의사는 예비 주사를 준비할 법적 의무가 있다. 무언가 잘못되거나 죽기까지 몇 시간이 걸릴 때를 대비해서다. 그러나 미국에서는 예비 주사조차 허용하지 않는다.

　로니는 적어도 치명적인 약물 제조법은 개선할 수 있기를 바랐다. 약리학 실험이나 연구는 물론 완화 의료 분야에서조차 일해본 적 없었지만 어설프게 제조법을 개선하기 시작했다. DDMP 혼합제를 조금씩 수정하고 작은 산소포화도 측정기와 심전도계를 이용해 환자에게 나타나는 효과를 관찰했다. 여러 심장약을 하나씩 주거나 복용량을 두 배로 늘리고 '심장을 강하게 자극하는' 효과 때문에 선호하는 항우울제를 추가하기도 했다. 그 후 프로프라놀롤은 다른 약으로 대체했다. 꼼꼼하게 연구하고 기록했지만, 그것을 '연구'라고 부르지 않도록 조심했다. 정식 의료 연구를 하려면 기관의 감독을 받고 윤리위원회를 꾸리고 정식으로 실험 장비를 갖춰야 하는데, 그 모든 것을 처리하기는 싫었다. 로니는 자신이 다른 시대에, 불필요한 제도적 절차를 요구하지 않는 시대에 살았다면 혁명적인 과학자가 됐을 거라고 믿었다. 1920년대에 길에서 잡아 온 떠돌이 개로 실험한 것이 도움이 되어 인슐린을 발견했던 캐나다 연구자처럼 말이다. 이들 의사는 허가를 구하지도 않았다.

캘리포니아에 있는 의사들은 로니가 비전문적으로 약물을 조작하는 이야기를 듣고 분노했다. 만약 일이 잘못된다면? 심장약 하나가 너무 일찍 효과를 내서 환자가 의식을 잃기 전에 심장마비를 일으킨다면? 그런 일이 벌어지면 지독하고 끔찍하게 죽을 것이다. 어느 완화치료 의사는 로니가 하는 연구를 '사이비 과학'이라고 말했다. 학문적으로 정밀하지 않고 부정확하며 근본적으로 위험하기까지 하다. 로니가 계획을 복잡하게 수정해 가족이 직접 진행하기 어렵게 만들면서까지 환자가 사망에 이르는 시간을 줄이고자 강박적으로 탐구하는 모습을 보며 혼란스러워하는 의사들도 있었다. 어쨌거나 환자가 의식이 없다면, 고작 몇 시간 차이가 무슨 문제일까? 하지만 로니는 속도가 중요하다고 주장했다. 사람들은 빨리 죽고 싶어 했고, 사실 그것이 핵심이었다.

어느 날 로니가 뒷마당 사무실에서 내게 말했다. "우리는 의료 지원사를 약리학·생리학적으로 살펴본 첫 번째 진료소입니다. 그전에는 전혀 없던 일이죠. 제가 지금 자료를 보여드리려 하는데, 이런 것은 처음 보실 겁니다. 아무도 한 적이 없기 때문이죠." 우리는 컴퓨터 앞에 나란히 앉아 엑셀 스프레드시트를 쳐다봤다. 로니는 쓰고 있던 안경을 와이셔츠 앞주머니에 집어넣고 새 안경을 썼다. 스프레드시트의 그래프는 저마다 색이 달랐는데, 약을 먹고 죽음에 이르기까지 걸린 시간을 나타냈다. 그래프의 정점이 가장 낮은 사람은 보통 루게릭병 환자였다고 한다. "저는 루게릭병 환자한테 '루게릭병의 좋은 점은 한 가지죠. 빨리 죽는다는 겁니다'라고 농담을 합니다."

나는 루게릭병 환자의 그래프 중 수치가 높은 것을 가리켰다. "이건 어떤 경우죠?"

"좋은 질문입니다. 이 환자는 루게릭병이었고 장애가 싫어 일찍 죽기로 했습니다." 로니는 말을 잠시 쉬었다. "여전히 걸어 다녔지만요."

로니가 말하길 수치가 높다는 것은 보통 그 환자는 운동 능력이 좋고 심장이 튼튼하고 더 오래 뛸 수 있는 사람이라는 뜻이었다. "여기 있는 남자는 수영을 잘했죠."

로니는 환자가 빠르되 너무 빠르지는 않게 세상을 떠나도록 하는 것이 목표라고 했다. "가장 좋은 시간은 약 45분인데… 그러면 가족도 할 일을 마칠 수 있었습니다. 먼저 환자는 완전히 의식을 잃습니다. 얼마나 평온한지 보면 알게 되실 겁니다. 눈은 감은 채로요. '지난 3년 동안 존 삼촌이 이렇게 편안해 보인 건 처음이에요.' 가족은 그 모습을 잠시 지켜보고… 그러다 침대로 천천히 다가가 환자를 만져보거나 합니다. 45분쯤 지나면 제가 말하죠. '심장이 멈췄습니다.' 그렇게 끝이 납니다."

하지만 로니는 완벽한 약물 계획조차 모든 것을 해결하지는 못한다는 사실을 안다. 많은 환자를 만나며 법에서 요구하는 '확고하고 자각 있고 물리적인 동작'으로 약을 자가 투여할 수 없는 환자도 만나게 되었다. 힘이 너무 약해져서 약이 든 컵을 입술까지 들어 올리지 못하거나 병 때문에 소화기관이 망가진 사람들이었다. 일부 루게릭병 환자는 빨대로 액체를 빨아들이지도 못한다. 수년 동안 오리건주와 워싱턴주에서 많은 의사가 안타까운 마음으로 자가 투여 조건을 언급하면서 이런 환자를 돌려보냈지만, 로니는 그렇게 하고 싶지 않았다. 그저 무언가를 마시거나 손을 들어 올리지 못한다고 해서 법적 권리를 누릴 수 없다는 사실이 싫었다. 전립선암에 걸린 남자는 액체를 마실 수 있으므로 식도암에 걸린 남자보다 많은 권리를 지닌다. 뇌암에 걸린 여자는 팔다리를 움직일 수 없어 유방암에 걸린 여자에 비해 권리가 제한된다. 정말 바보 같은 상황이었다.

로니는 캘리포니아주 법에서 사용하는 표현을 다시 살펴봤다.

주에서 발행한 문서에는 환자가 치명적인 약물을 '자가 투여'해야 할 뿐 아니라 '섭취'해야 한다고 나와 있었다(다른 주에서도 환자가 약을 '복용'하거나 '투여'해야 한다). 그런데 '섭취'는 엄밀하게 무슨 뜻인가? 로니는 알고 지내는 의사들에게 메일을 보내 '섭취'의 의미를 물었지만 모르기는 마찬가지였다. 로니의 메일을 받은 사람 중한 명은 캘리포니아주 의료위원회California Medical Board에 문의 메일을 보냈는데, 며칠 뒤에 위원회 이사는 '섭취'란 위장관계(위와 작은창자 및 큰창자를 포함하는 소화 계통의 부분-옮긴이)를 수반하는 모든 것이라고 했다. 이를 전달받은 로니는 동료 의사들에게 창의력을 발휘해야겠다고 말했다.

로니는 환자가 영양관을 삽입하고 있으면 그리로 약을 직접 넣었다. 플라스틱 주사기에 약을 담아 주사기 밀대 부분을 환자에게 건네면 환자가 밀대를 밀어서 약을 '자가 투여'하고 '섭취'할 것이다. 환자가 그마저도 할 힘이 없으면 로니는 직접 밀대를 잡고 환자 손을 그 위에 둔 채 이렇게 말할 것이다. "환자분이 제 손을 누르는 것이 느껴지면 제가 같이 누를 겁니다." 아주 좋은, 합법적인 죽음이었지만 한편으로는 전부 웃기는 짓 같았다. 나는 나중에 인터넷에서 오리건주에 사는 루게릭병 환자의 이야기를 읽었는데, 플라스틱 주사기를 다룰 힘이 없었던 이 환자는 전동 휠체어로 벽에 부딪혀서 그 충격으로 주사기의 밀대를 밀어 약물을 자가 투여했다. 캘리포니아주에서 생애말기선택권법를 제정한 사람들은 이를 남용하거나 타인에게 강제할 가능성에는 주의를 기울였지만, 품위란 무엇이며 누워서 죽어가는 사람이 무엇을 품위 있다고 생각하는지 같은 추상적인 문제는 간과했다.

나중에 로니는 소화계통이 불안정해진 환자한테 직장으로 약을 투여하기 시작했다. 카테터catheter(장기로부터 액체를 빼내거나 넣기 위해 사용하는 관 형태의 의료 도구-옮긴이)를 비틀어가며 직장으로 밀어 넣고 끝에 달린 작은 풍선을 부풀려서 통로를 막은 다음 약을 채우고 환자한테 밀대를 건네서 누르게 하곤 했다. 내가 이런 죽음이 존엄하다고 생각하느냐고 묻자, 로니는 정신 나간 소리를 듣는다는 듯이 나를 이상하게 쳐다봤다. "존엄하지 않을 이유가 전혀 없지요."

*

어느 늦은 오후, 로니는 책상 앞에 앉아서 환자와 통화할 준비를 했다. 간호사인 탈리아 디울프가 환자에 관해 적은 내용을 읽고 고개를 저었다. 이름은 크리스틴(가명)이고 75세이며 두 자녀를 두었고 퇴행성 혈관 장애를 앓았다. 창자의 벽을 채운 혈관이 붓고 터져서 피가 너무 많이 흘렀고, 빈혈이 생겨 며칠마다 수혈을 받아야 했다. "작은 혈관들 때문에 끔찍하게 고통스럽겠군." 로니가 중얼거렸다. 크리스틴을 담당한 의사는 해당 부위를 지져서 혈관 수십 개를 태움으로써 흉터 조직을 만들어 출혈을 멈추려 했지만, 결장에서는 계속 피가 났다.

"나쁜 죽음이 될까요?" 내가 묻자 로니가 답했다.

"오래 걸릴 수 있죠."

크리스틴은 이미 주치의에게 지원사에 관해 문의했지만 주치의는 혈액 전문의한테 물어보라고 했다. 혈액 전문의 사무실로 전화했더니 한 간호사가 부끄러운 듯이 말하길 그 의사는 절대 조력사는 안 한다고 했다.

얼굴이 홀쭉하고 검게 염색한 머리카락이 몇 줌밖에 남지 않은 크리스틴은 주치의가 가능한 모든 치료를 시도했으나 나아지지 않았다고 말했다. "더는 주치의가 할 수 있는 게 없어요." 이제 크리스틴은 화장실에 갈 때마다 피를 봐야 했다. 마구 쏟아지지는 않더라도 여전히 피를 흘렸다. 크리스틴은 수혈을 받으러 병원에 가기 싫으며 모든 것이 끔찍하다고 했다. 운전하는 것, 주차할 자리를 찾는 것, 병원 내부의 조명과 소음. 수혈을 받아봐야 또 헤모글로빈 수치가 떨어질 테고 침대를 벗어나기도 힘들 것이며 다시 수혈을 받게 될 것이다. 삶에 흥미를 갖기도 어려웠다. "힘이 있어야 살려는 의지도 생기는 법이에요." 크리스틴이 말했다. 크리스틴은 침대에 누워서 죽는 생각을 하며, 마지못해 죽음을 향해 천천히 나아가고 있었다. "침대에 똥오줌을 싸겠죠." 크리스틴은 당장 죽기를 간절히 바라는 건 아니라고 하면서도 "너무 비참하다고 느낄 땐 죽고 싶을 수도 있을 것 같은데… 그래요, 죽고 싶을 만큼 비참한데 왜 살아야 할까요?"라고 말했다. 상태가 나쁜 날이면 크리스틴은 죽고 싶을 수도 있을 것이다.

"환자분들은 대체로 구체적인 한계선이 있으시더라고요. 크리스틴 씨도 그런가요?"로니가 말하자 크리스틴이 대답했다.

"침대에 누워 죽어가면서 바지에 똥을 싸고 누군가 저를 병원으로 끌고 가는 건 싫어요. 안 돼요, 안 돼. 그렇게 살기는 싫어요."

로니가 지원사를 정식으로 요청하고 15일의 대기 기간을 갖고 싶은지 묻자 크리스틴은 그렇다고 했다. "그런데 제가 그날 기분이 너무 좋아서 못 하겠으면 어쩌죠?"

"그래도 괜찮습니다." 로니가 말했다.

통화가 끝난 뒤 탈리아가 뒷마당 사무실로 우리를 살펴보러 왔다. 탈리아는 키가 크고 아름다웠는데, 광대뼈가 날카롭고 손가락이 길었으며 늘 검정 옷을 입었다. 다만 조력사를 진행하는 날은 예외였다. 그날은 검은색이 너무 음울해 보인다고 대신 남색이나 회색으로 차려입곤 했다. 로니는 탈리아에게 크리스틴과 나눈 통화 내용을 들려줬다.

나는 탈리아한테 《미국 의사협회 내과 학술지JAMA Internal Medicine》에서 우연히 발견했던 학술 논문에 관해 이야기했다. 펜실베이니아 병원에서 심각하게 아픈 60세 이상 환자를 대상으로 한 설문조사를 실시한 결과, 68.9퍼센트가 대소변을 가리지 못하는 것을 '죽음만큼 또는 그보다 더 나쁘게' 여긴다고 답했다. 나는 이 논문을 읽고 몹시 우울해졌다. 무엇이 대소변을 가리지 못하는 것을 그토록 수치스럽게 만들었을까? 어쩌다가 속옷에 패드를 대느니 세상에 존재하지 않는 편이 낫다고 생각하게 된 걸까?

탈리아는 고개를 끄덕였다. "많은 사람이 똥과 오줌을 섬뜩하게 여겨요." 사람들은 자기 내장 때문에 당혹스러워하고, 움츠러들고, 자신한테 실망했다. "아주 흔한 한계선이죠. '누군가가 내 기저귀를 갈아줘야 한다면 더는 살고 싶지 않다.'" 간병인보다 성인 환자가 기저귀를 가는 일을 더 기분 나쁘게 여긴다고 한다. 탈리아가 조력사를 앞두고 만났던 환자들은 종종 죽는 동안이나 죽은 후에 대변이 나오는지 물었다. 아니 다른 어떤 문제보다 그 문제를 많이 물어봤다. "모두 그걸 알고 싶어 해요! 저는 그냥 이렇게 말해주죠. '아니요. 아마 안 그럴 거예요. 하지만 똥이 나온다면 제가 아무도 눈치 못 챌 만큼 빠르게 치워드릴게요. 제가 그 작은 똥을 그냥 휙 채갈 거예요.'"

탈리아는 사무실을 나가는 길에 크리스틴을 담당했던 혈액 전문의가 누구인지 로니에게 물었다. 로니가 이름을 말해주자 탈리아는 코웃음을 쳤다. "그 사람은 관 뚜껑을 비틀어 열고 한 번 더 치료를 시도할 거라고 장담해요."

나는 로니에게 다른 환자 이야기도 들려달라고 부탁했다. 환자들이 어떤 사람인지 알고 싶었다. 로니는 대체로 크리스틴과 비슷한 사람들, 유복하고 잘 교육받은 백인이며 평정을 잃지 않는 사람들, 즉 오리건주 연구원들이 항상 언급하는 부류가 많았지만 모두가 그렇지는 않다고 했다. 너무 가난해서 비용을 지불할 수 없는 사람도 로니를 찾아왔고, 그러면 로니는 가격을 낮추거나 무료로 처방해주곤 했다. 드물게 흑인을 비롯한 유색인종 환자도 있었는데, 특히 나이 든 흑인 환자와는 신중하게 대화했다. 때로는 환자가 매우 독실한 신자였고, 가족은 기적을 바라며 계속 시간을 끌기도 했다. 호스피스 치료를 거부하고 로니에게 전화를 거는 사람도 있었는데, 호스피스가 함정은 아닌지 걱정했기 때문이다. 백인 의사가 흑인에게 끔찍하고 비윤리적인 실험을 자행했던 시절을 알고 있는 사람들은 의사가 의료 서비스를 제한하고 복지 기금을 아끼고자 치료를 너무 일찍 끝내도록 강요할까 봐 걱정했다. 아프리카계 미국인은 이미 호스피스 시설에 들어가거나 미리 유언을 작성하거나 완화치료에 접근할 가능성이 낮은 집단이었다. 로니는 이들이 느끼는 두려움을 민감하게 알아채고 달래려 노력했다.

대다수는 천천히 죽기 싫어서 조력사를 원한다고 말했지만 예외도 있었다. 어떤 말기 암 환자인 남자는 경제적인 이유에서 당장 죽기를 진심으로 원한다고 했다. 그는 베트남전 참전 용사인데 베트남 농부들에게 에이전트오렌지Agent Orange(베트남전쟁에서 미군이 가장 많이 사용했던 고엽제 종류-옮긴이) 공격을 퍼부었던 일이 계속 생각난다고 했다. 자기가 저축한 돈을 모두 베트남 희생자에게 기부할 수 있길 바랐다. 어느 개같은 미국 요양원에 쓰는 대신 말이다. 이미 삶을 끝내려고 시도한 전적이 있는 환자도 있었다. 그는 호스피스 간호사가 실수로 남긴 모르핀을 과다복용했다가 며칠 뒤에 깨어나서 자기를 둘러싼 모든 사람이 감정에 북받친 모습을 발견했다.

로니는 환자를 만나면 대부분 캘리포니아주 법에 따라 죽을 자격이 있는지를 곧바로 판단할 수 있었으나 종종 헷갈리는 경우가 있었다. 이 법은 허용 범위를 대강 설정하고는 개별 환자에 대한 판단은 의사에게 맡겼다. 로니는 가끔 자신이 규칙을 다듬으면서 일을 진행해가는 느낌을 받았다. 예컨대 103세 노인이 죽기를 바라지만 특정한 질병이나 질환이 없다면? 그가 살날이 6개월밖에 안 남았다고 가정해도 합리적일까? 로니는 당연히 그렇다고 생각했다. 노화 지표frailty index 점수가 매우 높게 나왔거나 의사가 성장장애failure to thrive라고 부르는 상태로 보인다면 말이다(일반적으로 성장장애는 아동에게 진단되지만, 노화로 인한 영양실조, 체중 감소, 우울증, 신체 기능 저하 등의 증상이 나타나는 성인에게도 진단된다-옮긴이). 만약 2년은 더 살 것으로 예상되는 암 환자가 음식과 물을 거부하며 다시는 먹거나 마시지 않겠다고 맹세했다면? 그렇게 오래 굶어 수분이 부족해지고 죽음이 며칠 안 남았다면, 이 환자는 자격을 갖춘 것일까? 이 환자가 90세거나 30세인 것이 문제가 될까? 로니는 이 문제를 치열하게 고민한 끝에 자발적으로 굶어서 위독해진 환자는 받지 않기로 했다. 하지만 이런 환자까지 받는다면 어떻게 될까? 진단받은 병이 없는 사람도 자격을 얻을 수 있을 것이다. 젊은 사람, 우울한 사람, 거식증에 걸린 사람까지도.

정신병이 있으니 죽을 수 있게 도와줘야 한다고 로니를 설득하려 드는 환자들도 있다. "우리는 우울증에 걸린 사람한테 전화를 많이 받습니다. 그들의 주장은 이렇죠. '나는 우울증에 걸렸고, 나는 우울증 때문에 자살할 것이다. 따라서 나는 말기질환에 걸린 것이나 마찬가지다. 그러니 나는 의료지원사를 요청할 자격이 있다.'" 확실히 논리적인 면이 있다. "하지만 우리는 안 된다고 분명하게 말합니다." 로니는 우울증 환자를 항상 거절했다.

"흥미로운 점이 있는데" 로니가 내 쪽으로 몸을 기울이며 말했다. "환자가 치료를 그만둘 의사가 있어서 그렇게 말기 환자가 된다면 말입니다. 예컨대 심박조율기를 꺼서 말이죠. 물론 우리 의사들이 그런 걸 시키는 경우는 없습니다." 어느 환자가 심박조율기를 끌 계획이라고 말한다면, 로니는 그 환자한테 자격이 있다고 간주할 것이라 했다. 환자는 의도를 확고히 하는 순간에 자격을 얻는 것이다. "법률에 그에 대한 언급이 있냐고요? 아니요. 우리는 임시변통으로 처리하는데, 처음부터 그렇게 해올 수밖에 없었기 때문이죠…. 사실 우리는 계속 임시변통으로 처리하며 나아가고 있어요. 이 문제를 해결할 만큼 많은 사례를 접한 사람이 아무도 없기 때문이죠." 로니는 잠시 말을 멈췄다. "이건 새로운 분야를 발명할 훌륭하고 드문 기회인데…. 우리에게는 이 분야를 지원하고 통제할 대학이나 화려한 학위를 지닌 사람이 없습니다. 저는 완전히 새로운 의학 분야를 발명하는 중이죠. 과장하려는 것이 아닙니다." 로니는 고개를 가로저었다. "하려는 사람이 달리 없을 뿐이죠."

캘리포니아주에서 생애말기선택권법이 통과되기 전, 샌프란시스코 북부에서 호스피스 의사로 일하는 샐리 샘플Sally Sample은 입법이 실패하기를 간절히 바랐다. 플레전트힐Pleasant Hill을 지나는 고속도로 옆에 자리한 이스트 베이 호스피스 사무실에서 샐리는 말했다. "그냥 옳은 기분이 아니었어요. 사람한테 선택할 자유가 없다고 생각해서는 아니에요. 낙태와 마찬가지라고 생각은 하지만… 그저 우리한테 선택권이 생기지 않기를 바랐어요." 법이 실제로 통과됐을 때, 샐리는 자신의 거부감을 극복하고 처방해주는 것이 옳은 일이라고 판단했다. 첫 처방전을 쓰고 나서 다른 몇 개를 더 쓰다가, 잠시 멈추게 되었다. "처음에는 환자 몇 명에게 처방을 해주면서 사형을 집행하는 기분이 들었어요."

"그런가요?"

"네."

"새로운 일이 선생님이 지금까지 해왔던 일과 정반대의 일이었기 때문인가요?"

"어떻게 설명해야 할까요?" 샐리는 얼굴을 찡그렸다. 샐리는 검은 머리에 가장자리가 뾰족하게 올라간 까만 안경을 썼고 스카프

두 장을 겹쳐서 두르고 있었다. 신앙심은 없지만 죽는 행위가 근본적으로는 재생이라고 생각했다. 자연적이든 진통제에 의해서든 의식을 잃고 죽어가는 과정에서 환자는 자기 삶은 물론 좀체 사라지지 않는 미완성감과 화해할 수 있다. 환자를 사랑하는 사람도 마찬가지다. 샐리는 그 과정을 놓치면 아쉬울 것이라고 했다. "저는 조력사가 생애주기에는 확실히 안 맞는다고 느꼈는데… 특히 사람이 삶의 끝자락에 도달하거나 의식을 잃었을 때 어떤 정신적인 작용이 일어난다고 생각해요. 어떤 작용인지는 아무도 모르죠. 이곳과 그다음 사이에서 일어나는 것이니까요." 샐리는 자기 부모님에게 그 작용을 느낄 수 있었다고 했다. 일종의 존재론적 협상 같은 것을 말이다. 우주와의 협상 같은 것일까? "그 과정은 평화로워요. 늘 그렇지는 않지만, 대개는요. 어떤 사람은 밖에 나가서 발을 구르고 소리를 지르기도 하죠." 샐리가 나를 올려봤다. "로니 선생님한테도 이 이야길 한 적이 있어요. 저한테 동의하지 않더라고요."

샐리는 호스피스에 은밀히 도는 정보로 로니에 관해 들었고, 자신은 처방전을 써주기보다는 보조하는 상담 의사로만 남기 위해 로니에게 환자를 보내기 시작했다. 로니가 약에 대해 무척 많이 연구했다는 점이 좋았다. 환자가 죽어가는 동안 한자리에 앉아 있는 점도 좋아했는데, 대다수 의사는 약을 환자 집으로 배달시키고 끝냈다. 샐리는 이런 방식에 스트레스를 받았다. 의사가 침대 옆에 없다면 캘리포니아주에서 요구하는 많은 법적 요건을 충실히 지켰는지, 가족이 사랑하면서도 미워하는, 치매에 걸린 부모님을 이른 죽음으로 떠민 것은 아닌지 누가 확인할 수 있을까? 샐리에게 로니는 가장 안전한 선택지였다. 로니에게 환자를 열 명 남짓 소개한 뒤, 샐리는 캘리포니아 법에 동의하기에 이르렀다. "이런 선택지가 있다는 사실이 사람들을 안심시켜요. 약은 구하지 않았어도 '그런 약을 구할 수 있다'라는 사실만 알아도요." 샐리는 곰곰이 생각하면 로니가 이상하게 느껴지고 조금도 이해하지 못할 것이 분명하다고 생각했지만, 로니가 있어 고마웠다.

하지만 다른 의사는 로니를 경계했고, 로니를 비롯해 처방을 해주는 의사들이 환자에게 하는 일을 매우 불안해했다. 일부 의사는 제1원칙("해를 끼치지 말라Do no harm"는 의료윤리의 기본 원칙-옮긴이)을 근거로 의사조력사는 예외 없이 도덕적으로 잘못됐으며 의사의 치료 의무와 양립할 수 없다고 주장했다. 의사는 환자에게 해를 끼쳐선 안 되기 때문이다. 조력사가 이를 수행하는 의사에게 미칠 영향을 걱정하는 이도 있었다. 의사가 윤리 의식을 잃고 의사의 역할에 대한 혼란에 빠질 것이라 생각했다. 대니얼 설메이시Daniel Sulmasy는 2017년에 낸 저서 《안락사와 조력자살Euthanasia and Assisted Suicide》에서 물었다. '우리는 의료 전문가에게 무엇을 요구하는가?' 설메이시는 의사는 환자로부터 죽음을 앞당겨 달라고 부탁받았을 때 자연스럽고 올바르게도 '도덕적 저항감'을 느끼지만, 이 저항감은 반복 경험과 시간에 의해 닳고 약해질 수 있었다. "행동을 반복하는 것은 그 자체로 정당화를 유발하는 강력한 수단이 된다." 설메이시는 이런 윤리 문제에 대한 침묵이 위험하다고 경고하는데, 의사가 한때 본능적으로 괴로워했던 일에 무감각해질 수 있기 때문이었다. 게다가 한번 무감각해지고 나면 더 다양한 환자를 죽음을 원하는 환자로 여기기 쉬우므로 매우 위험하다고 강조했다. "이것이 바로 심리적인 '미끄러운 경사길'이 의미하는 바다. 일단 도덕적 장애물을 넘고 나면 처음에는 어려웠던 일이 쉬워진다." 설메이시는 네덜란드에서 환자에게 안락사를 제공하는 어느 의사가 한 말을 인용했다. "처음 안락사를 수행할 때는 등산처럼 어렵습니다."

호스피스 치료 분야의 회의론자들도 이의를 제기했다. 1970년 대부터 호스피스의 목표는 사람들이 가정에서 전인적으로 생을 마감하도록 돕는 것이었다. 의사, 간호사, 사회복지사, 사제가 협업하여 신체 증상을 완화하고 사회복지와 정신적 도움을 제공했다. 1982년 미국 연방정부는 살날이 6개월보다 적게 남은 사람이 회복을 위한 치료를 중단하고 통증관리로 전환할 경우, 가정 호스피스 치료 자금을 지원하는 데 동의했다. 캘리포니아주에서 지원사가 합법화될 무렵, 미국 호스피스 단체 4,000곳에서 환자 150만 명을 돌보는 중이었고, 메디케어에서 연간 약 178억 달러(약 23조 원-옮긴이)를 지원하고 있었다. 호스피스 조직은 처음부터 죽을 권리에 반대했는데, 소속된 많은 의사가 죽을 권리에 대한 주장이 호스피스의 핵심 역할을 모욕한다고 생각했다. 일부 완화치료 의사는 미국인이 고통 속에서 나쁘게 죽어가고 있다는 발상 자체에 반대했다. 과학과 의학이 발전해서 생애말기 증상을 전에 없이 잘 조절할 수 있으니 의사조력사는 불필요하다는 것이다. '전국 호스피스 및 완화치료 기구NHPCO, The National Hospice and Palliative Care Organization'에서는 반대 선언을 하며, 호스피스의 목표는 오로지 환자가 죽어가는 과정을 돕는 것이지 자연스러운 죽음의 과정을 압축하는 것이 아니라고 했다.

하지만 1990년대에는 의사가 죽음을 돕는 것에 동의하여 이러한 주장에 반박하는 목소리가 커졌다. 완화치료 의사인 티모시 퀼Timothy Quill은 1993년에 출간한 저서《죽음과 존엄성Death and Dignity》에서 자기와 같은 분야에 종사하는 사람들이 기술을 신봉하며 과도한 자신감을 보인다고 질책한다. "어떤 상황에서도 죽음을 견딜 만하게 만드는 방법을 안다고 번지르르하게 주장해봐야 부모님이 호스피스 치료 과정 중에 힘들게 돌아가시는 모습을 본 사람을 안심시킬 수 없으며 (…) 사실 말기질환과 관련된 신체적 고통을 전부 효과적으로 완화할 수 있다는 실증적 증거는 없다. (…) 사람들이 죽어가는 과정에서 고통받지 않는다는 생각은 분명 착각이며 (…) 나는 업계 종사자들이 한계를 솔직하게 인정할 의사가 없다는 사실이 심히 걱정스럽다."

샌머테이오San Mateo에서 호스피스 의사로 일하는 개리 파스터

닉Gary Pasternak은 캘리포니아주 법을 경계했는데, 혹시 자기가 실수를 하면 그 법의 지지자들에게 빌미를 제공할 것이라 우려했기 때문이다. "글쎄요, 환자가 정말로 의사조력사가 필요하다면, 어떤 부분에서든 완화치료가 실패했기 때문이라고 생각합니다. 환자가 겪는 심리적 고통의 핵심을 파악하지 못했던 겁니다. 환자들의 괴로움을 충분히 덜어주거나 잘 들여다보지 않았던 것이죠. 우리는 만족할 만큼 해내지 못했던 겁니다." 개리는 자기 업무에 조력사를 포함하지 않겠다고 결심했다. 하지만 어느 날 개리의 환자 중 전이성 방광암을 앓던 친절한 신사가 작은 아파트의 야외 베란다에서 자신을 총으로 쐈다. 개리는 생각했다. 그의 문제를 해결할 다른 길이 분명 있었을 것이다.

개리와 내가 만났던 샌머테이오의 '미션 호스피스&홈케어'는 입원 병상 10개를 보유한 호스피스 시설로, 집에서 지낼 수 없는 환자를 받았다. 그곳은 막 따온 꽃으로 가득했는데, 아래층 공용 식당에서는 자원봉사자가 죽어가는 환자에게 줄 반쪽짜리 참치 샌드위치를 만들고 있었다. 이 환자는 어떻게든 샌드위치 반쪽을 먹어보겠다고 결심한 참이다. 그래도 햄 샌드위치는 아니니까.

존엄사법이 시행되고 나서 개리는 조력사를 직접 진행해보고 어떤 느낌이 드는지 확인해보겠다고 굳게 다짐했다. 첫 번째 환자는 폐암을 앓는 90대 여성이었다. 그녀는 은퇴한 변호사로 성미가 고약했다. 개리가 그녀의 집에 찾아갔을 때 그녀가 말했다. "내게 계획이 있으니 도와주시오."

"좋습니다. 해보죠." 개리가 말했다.

개리는 여자의 자녀와 손주가 마지막 작별 인사를 하고 치명적인 약을 주기 직전에 부드럽게 물었다. "저희에게 남겨주실 지혜의 말이 있으신가요?"

여자가 말했다. "도대체 무슨 소릴 하는 거요? 그냥 하던 일이나 계속하지." 여자는 곧장 약을 마셨고 20분 뒤에 사망했다. 개리는 자기가 본 가장 평온한 죽음이라고 생각했다. 개리는 나중에 내게 말했다. "저의 근거 없는 믿음이 만들어낸 불편함이 너무 우습더라고요."

개리는 환자가 쉽게 죽지 않도록 노력하거나 죽음을 미루는 것도 여전히 자기 일이라고 생각했다. 사람들이 갖는 자기에 대한 믿음은 생각보다 확실한 것이 못 된다. 최근 개리는 이사벨(가명)이라는 암 환자를 돌봤는데, 호스피스 시설에 사는 이 환자는 스스로 조력사를 원한다는 확신에 차 있었다. 개리가 찬성하자 이사벨은 자기가 언제 죽어야 한다고 생각하냐고 묻기 시작했다. "오늘이 그날일까요?"

"글쎄요. 오늘은 상태가 어떠신가요? 하루 더 살 만큼 괜찮으세요?" 막상 개리가 이렇게 물어보면 이사벨은 매일 '아주 괜찮다'고 답했고, 이사벨은 결국 자연사했다. 개리는 '가벼운 섬망과 정신착란'을 빼면 좋은 죽음이라고 생각했다.

최근 호스피스의 입장에 반대하는 이들이 늘어나는 추세다. 나쁜 죽음을 맞이하는 사람이 있고, 때로는 그것이 의료계 종사자 탓임을 인정하는 의사가 많아졌다. 완화치료 의사이자 윤리학자인 아이라 바이오크Ira Byock는 2018년에 의학 잡지 《스탯Stat》에 기고한 수필에 '지금으로부터 수 세기가 지나고 나면 우리 시대를 대표하는 것 중 하나는 나쁜 죽음이라는 전염병일 것이며… 이는 현대 의학이 타고난 원죄, 즉 우리가 죽음을 극복할 수 있다는 믿음이 직접적으로 초래한 결과다'라고 썼다. 그는 수십 년 동안 의사들이 자만심에 빠져 있었다고 고백했다. 질병을 극복하고 끔찍한 노년을 없애고 결국에는 노화를 넘어서겠다는, 불가능한 것들을 약속했다. 치료하고 또 치료하다가 결국 과잉 치료에 이르러 생명을 연장하겠다는 목표는 죽음을 길게 끄는 체계로 변질되어버렸다. 그러나 환자가 죽도록 돕는 것이 의사들이 저지른 이러한 역사에 남을 범죄를 속죄하기에 옳은 방법이 아니라는 입장은 여전히 많았다. 대신 의사는 의료를 개선하고자 노력해야 한다고 주장했다. 바이오크는 이렇게 썼다. "의사가 재촉하는 죽음을 자유에 빗대는 것은 표리부동한 짓이다. 의사가 환자의 상태에 관해 소통하거나 무엇을 우선순위에 두는지 듣지도 않는다면, 의사가 여러분이 겪는 고통을 완화하는 데 미숙하다면, 병원비 때문에 가족이 파산할 지경이라면 죽음을 청하는 것이 완전히 이성적일 수도 있다. 그러나 어떤 노래 가사가 말하듯 '자유는 그저 잃을 것이 안 남았음을 뜻하는 다른 표현이다.(재니스 조플린의 노래 '나와 바비 맥기Me and Bobby McGee' 가사의 일부-옮긴이)'"

로니는 호스피스에서 일하는 동료들 때문에 몹시 화가 났다. 그는 동료들이 모순적이라고 생각했다. 이 동료들도 윤리학자들이 '소극적 안락사'라고 부르는, 안락사와 유사한 일을 일상적으로 했기 때문이다. 그들은 치료에 지친 환자가 그저 목숨을 붙들거나 수명을 연장하는 치료를 거절하도록 도왔다. 혼수상태에 빠진 환자를 위해 생명 유지 장치를 끄길 바라는 가족에게 조언을 건넸다. 즉 죽음으로 가는 길을 닦거나 죽음을 향한 속도를 높이는 데 일조했다. 로니는 말했다. "제가 자주 드는 비유가 있습니다. 제가 암 전문의인데 기자님이 유방암에 걸렸지만 화학 요법이 피곤하고 힘들어서 그만하기로 마음먹었다고 말하는 겁니다. 저는 기자님과 30분가량 대화를 나누고 우리는 화학 요법을 중단합니다. 그들은 이런 방식을 쓸 뿐이죠. 이는 생사를 가르는 결정이고 기자님은 죽기로 한 거나 마찬가집니다. 하지만 기자님이 의료지원사를 바란다고 말하면 저는 '그러면 세 번 더 약속을 잡아야 하고…'라고 설명하는 거죠."

치료를 하지 않는 것에서 더 나아가는 의사도 있다. 죽어가는 환자에게 의식을 잃고 죽기 전에 깨어나지 않을 만큼 많은 모르핀을 투여하는 것이다. 1997년 연방대법원은 의사조력사가 헌법에서 보장하는 권리가 아니라고 판결했지만, 동시에 죽어가는 사람은

'의식을 잃어버리거나 죽음을 앞당기는 일이 있더라도' 필요한 만큼 통증 완화 약물로 치료받을 권리가 있다고 단언했다. 판결 이후 늘 뒤에서만 사용해왔던 '완화진정palliative sedation'이 주류 의료 개입이 됐다. 전국 호스피스 및 완화치료 기구에서는 완화진정을 공식적으로 지지했는데, 이 치료는 '환자가 감당할 수 없고 참기 어려운 고통을 느끼지 않도록 만든다는 분명한 목적을 이루고자, 약물을 사용하여 의식을 저하시키는 것'이다. 완화진정은 죽음이 임박한 환자를 위해 고안된 의료 행위로, 의사는 최소한의 복용 단위로 약을 서서히 투여해야 했다.

현재 현장에서 완화진정이 얼마나 자주 사용되는지 정확하게 말하기는 어렵다. 아무도 전국적인 자료를 수집하지 않으며, 비율도 도시나 병원마다 다르다. 전국 호스피스 및 완화치료 기구에서 내놓는 추정치조차 어처구니없이 부정확한데, '말기질환 환자에게 완화진정을 사용하는 비율은 1퍼센트에서 52퍼센트 사이인 것으로 보고됐다'고 한다. 의사가 정확히 어떤 약을 얼마나 빨리 사용해야 하는지를 명시한 국가 규정도 없고, 환자에게 어느 병원에서 근무하는 어느 의사가 어떤 종류의 완화진정을 제공하는지 알려주는 소비자 지침도 없어 환자가 의료 시설에 도착할 때까지 알 길이 없다. 어떤 의사는 신체 증상을 줄이는 데만 완화진정을 사용하고 다른 의사는 불안, 섬망, 실존적인 공포를 가라앉히는 목적으로도 사용한다. 어떤 의사는 환자에게 진정제를 투여해주길 원하느냐고 묻지만 묻지 않고 투여하는 의사도 있다. 샌머테이오 호스피스 의사인 패스터낵은 "완화진정이 정보를 알려주고 동의를 받아야 하는 조치라고 생각하지 않습니다. 환자가 겪는 증상을 고려하면 정말로 좋은 완화치료일 뿐"이라고 말한다. 가장 큰 논란은 진정제의 비율을 조절해가며 농도를 서서히 맞추고 효과를 관찰하면서 투여하는 의사도 있지만, 심각한 상황을 마주했을 때 환자를 의식불명에 빠트리기 위해 한 번에 대량의 진정제를 투여하는 의사도 있다는 것이다.

병원 침대에서 죽어가는 사람에게는 '완화진정으로 의식을 잃는 것'과 실제 안락사가 다르지 않을 수 있다. 어느 쪽이든 환자는 죽는다. 당장 죽을 수도, 며칠 동안 깊이 잠든 후에 죽을 수도 있겠지만 어쨌든 환자는 그동안 한 번도 깨지 않을 것이다. 하지만 생명 윤리학자들은 둘 사이에 중요한 차이가 있으며, 이를 이중효과 double effect 원칙으로 설명할 수 있다고 오랫동안 주장해왔다. 이 개념은 이탈리아 철학자 토머스 아퀴나스가 13세기에 쓴 종교 문헌 《신학대전Summa Theologiae》까지 거슬러 올라가는데, 여기서는 공격자를 죽이려는 의도 없이 자기를 방어하다가 저지른 살인은 정당화될 수 있다고 주장했다. 이후 군사 학교에서 무력 충돌 시 사고로 시민을 죽이는 일을 변명하고자 이중효과 원칙을 이용하기도 했다. 그보다 나중에 의학대학에서 환자가 동의한 상황에서 완화진정이 생명을 단축하는 결과를 낳는 것을 이 원칙으로 정당화한 것이다. 이중효과 이론에 따르면 중요한 것은 바로 의사의 의도였다. 의사의 의도가 의식불명이나 죽음을 초래하려는 것이 아니라 고통을 누그러뜨리려는 것뿐이었다면, 환자가 의식을 잃고 죽을 수도 있다는 것을 예상할 수 있더라도 완화진정이 허용될 수 있다. 의도만 적절하다면 의사의 행위를 윤리적으로 허용할 수 있으나, 안락사는 의도가 다른 것이다.

"아주 거지 같은 소리죠." 내가 이중효과 원칙에 관해 묻자 로니가 대답했다. 로니는 그 모든 주장이 짜고 치는 소리이며, 의사가 도덕적 거북함을 달래고 개인적으로 옳다고 생각하는 일을 할 수 있도록 해줄 뿐이라고 했다. 세간에서는 '의사가 가장 잘 안다'라고들 하는데, 로니는 대다수 의사가 진단 절차를 밟고 서류작업을 하느라 너무 바빠서, 잠시 멈춰 완화진료와 안락사의 경계선이 얼마나 얇은지 고민해본 적도 없으리라고 생각했다. 환자가 죽을 지경에 이르고 끔찍한 고통을 겪거나 자기 욕구를 표현할 수 없는 상태에 처할 때까지 기다려야 의사가 고통을 완화해준다는 것이 어떻게 정당화되었나? 의사가 고통을 덜어주겠다고 약속했다면, 어째서 모르핀 농도를 환자가 잠에 빠질 정도로만 맞추며 가식을 떠나? 왜 환자는 자신이 원하는 것을 말하고 그것을 얻을 수 없을까? 로니는 이중효과가 가식임이 폭로될까 두려워 환자와 의사가 서로 솔직해지지 못하도록 만들어진 것이 지금의 체계라고 생각했다.

로니는 내 질문에 답하다가 지친 듯했다. 그는 친절한 어조로 말했다. "저는 어떤 식으로도 기자님을 실망시키려는 의도는 없습니다. 다만 먼 옛날의 철학보다는 현실을 이야기합시다. 이중효과 따위가 아니라요. 그건 전부 현실과 동떨어진 개소리예요. 우리는 이곳에 나와서 환자를 직접 만납니다." 나는 누가 도움을 받고 누가 못 받는지를 가르는 규칙이 있으며 때로는 이 규칙이 얼토당토않다는 사실을 알고 말았다. 그 때문에 의사는 손이 묶이곤 했다.

*

로버트(가명)는 81세이고 갈색 소파에 몇 십 살 연하인 남편 올리버와 나란히 앉아 있었다. 로버트는 평범한 할아버지처럼 보였다. 말랑한 살이 축 늘어지고 머리는 벗어졌다. 콧수염을 잘 다듬은 올리버는 제법 멋져 보였다. 두 사람 뒤에는 사자 그림이 있는데, 건장한 다리가 눈에 띄었다. 로버트와 올리버는 매우 고요했다.

로버트가 청력이 나빠서 로니는 큰 소리로 말했다. "법에 따르면 환자분은 의사 두 명으로부터 살날이 6개월 이하로 남았다는 소견을 받아야 합니다. 환자분 같은 경우 저는 의료 기록을 매우 철저하게 살펴볼 책임이 있는데… 나이 들고 여러 질환을 앓는 환자분은 의료 기록이 무척 복잡할 수 있죠." 로니는 서류에서 시선을 들었다. "로버트 씨, 앓고 계신 암에 관해 아는 걸 말씀해주실 수 있나요?"

로버트는 긴장한 채 답했다.

"아는 게 별로 없어요. 암이 무슨 종류였는지도 모르겠고."

"비호지킨림프종non-Hodgkin's lymphoma이지요."

올리버가 덧붙이자 로니가 고개를 끄덕였다.

"로버트 씨, 기억력에 문제가 있어 암 이름을 기억하시기 어렵다고 봐도 무방할까요?"

"맞아요." 로버트가 대답했다.

로니는 로버트에게 암이 차도를 보인다고 했다. "이제는 암이 할아버지께 해를 끼치지 않을 것 같습니다."

"하지만 의사 선생님이 재발할 수도 있다고 했어요." 올리버가 말했다.

로니는 다시 로버트한테 말했다. "네, 하지만 12년가량 재발하지 않았죠. 그러면 가능성은 낮을 겁니다. 암으로 돌아가실 것 같지는 않습니다. 6개월 내에는 더욱 아닐 것 같고요…. 돌아다닐 때 쉽게 숨이 가빠지나요?"

"네, 좀 그래요. 그래도 되도록 돌아다니지 않으려 해서 크게 불편을 느끼진 않아요." 로버트는 운전도 그만둔 참이라고 덧붙였다. 올리버는 로버트가 친구들과 하던 골프 모임에도 나가지 않는다고 말했다.

로니는 고개를 끄덕였다. 로버트가 2009년에 심장병을 진단받기는 했지만, 담당의는 로버트가 '심장병 부분은 안정적'이며 심장은 힘차게 혈액을 뿜어낸다고 기록했다. "심장병도 있지만, 이것 때문에 돌아가시지도 않을 겁니다."

"알겠어요." 로버트가 말했다.

"기억력이 좀 떨어지셨군요. 지금 겪고 계신 일 중 가장 절망스러우실 것 같습니다. 제 추측이 맞을까요?"

"맞아요. 모든 게 내리막길이죠."

"정확한 요약이시네요. 모든 건 내리막길을 가죠. 무엇 때문에 죽으려는 결심을 하게 되셨나요?"

"정말로 더는 살기 싫을 뿐이에요. 사는 재미를 찾을 수가 없어요. 음… 알다시피 모든 게 끝나가고 기대되는 것도 거의 없네요." 로버트는 말을 잠시 쉬었다. "어쨌든 사람들을 슬프게 만들고 싶지는 않지만, 나 자신을 슬프게 만들고 싶지도 않아요. 나는 점점 침대에서 많은 시간을 보내죠. 졸린 상태가 되려고, 자려고 노력하면서. 일어난들 무슨 일이 있겠어요?"

"흠."

"나는 절대 다리에서 뛰어내리고 싶지는 않아요. 알약을 먹고 떠나버리는 편이 훨씬 낫지."

"이해합니다. 로버트 씨가 느끼시는 걸 '우울'이라고 표현하시겠습니까, 아니면 그저 슬프신 걸까요?"

로니가 묻자 로버트가 대답했다. "둘 다인 것 같군요."

"저도 동의합니다." 로니가 말하고 기침했다. "괜찮으시다면 제가 요약해보겠습니다. 제가 보기에 로버트 씨가 앓는 모든 신체질환 중에 향후 6개월 내에 사망을 유발할 만한 것은 없어 보입니다. 로버트 씨가 반드시 6개월 이상 사실 거라는 말은 아닙니다. 갑자기 심장마비나 뇌졸중이 올지도 모르죠. 다만 제가 보기에는 그럴 징후는 없습니다. 그러니 다리에서 뛰어내리는 것은 싫고 그저 알약을 원한다는 로버트 씨 입장에서는, 제가 나쁜 소식을 전할 수밖에 없겠네요. 다리에서 뛰어내리지 않고 싶다는 마음에는 저도 확실히 동의합니다. 음, 간단히 하나만 여쭤보죠. 집에 무기가 있습니까? 총이 있나요? 아니라고요? 다행이군요. 안 갖고 있으시다니 감사합니다. 위험한 것들이니까요. 설명은 여기까지이고⋯ 안타깝게도 현재 시점에서는 로버트 씨가 합법적으로 돌아가시도록 도울 수 없습니다."

로버트와 올리버는 말이 없었다. 로니는 상황이 바뀔 수도 있다고 말했다. 갑자기 무슨 일이 생겨서 로버트에게도 자격이 생길지도 모른다. "3개월 안에 폐렴에 걸려서 갑자기 자격을 갖출 수도 있죠. 그러니 저는 로버트 씨를 저버리는 것이 아닙니다." 로니는 로버트 씨가 그의 슬픔에 관한 문제를 도와줄 수 있는 노인정신과 전문의를 만나는 편이 좋겠다고 했다. 걷는 것을 도와줄 물리치료사도.

올리버가 끼어들어 이미 물리치료사를 만났다고 했다. 서너 명이나 만났지만 로버트는 매번 운동하길 거부했다. 로니는 반쯤 미소를 띤 얼굴로 말했다. "아무도 로버트 씨를 다시 정상적으로 걷게 해주지는 못하고 그 사실 때문에 좌절감이 드실 테지만… 로버트 씨는 어쩔 수 없이 더 나이 들고 노쇠해지실 거예요. 때로는 현실을 그저 받아들이셔야 합니다."

"그걸 받아들이기가 정말로 싫어요. 멈추고 싶지." 로버트가 말했다.

"글쎄요, 지금은 지원사를 진행하는 의사로서 로버트 씨가 삶을 멈추도록 도와드릴 수가 없습니다."

"그렇군요." 로버트가 말했다.

"다른 질문이 있으십니까, 아니면 마무리해도 괜찮으신가요?"

"만약 선생님이 알약을 처방해줄 수 있었다면, 그 알약 이름은 뭔가요?" 로버트가 천천히 말하자, 로니가 한숨을 쉬었다.

"사실 그건 알약이 아닙니다."

2장

나이

2016년 4월, 죽기로 계획한 날 늦은 아침, 애브릴 헨리는 아래층 욕실에 독약을 가지러 갔다. 겨자색 커튼과 성에 낀 거실 유리문을 지나서, 이따금씩 발목 부기를 빼고자 발을 머리보다 높고 비스듬하게 올리고 몇 시간씩 앉아 있던 푹신한 흔들의자를 지나서 걸었다. 욕실 개수대에 기대 균형을 잡은 뒤 선반 꼭대기로 손을 뻗어 화장실 청소용 세제와 베이비파우더 뒤에 숨겨둔 유리병을 찾아 선반을 더듬었다. 유리병 2개는 기침용 물약 병처럼 작았고 딱지에 스페인어가 쓰여 있었다. 이 두 병에는 약이, 세 번째 병에는 주황색 액체가 들어 있었다. 애브릴이 읽은 자살 설명서에서는 펜토바르비탈은 뒷맛이 쓰다고 경고했고 곧바로 증류주를 조금 마시라고 추천했다.

애브릴은 약을 구한 이야기를 들려줬다. "불법으로 수입했다오.

구하는 건 꽤 쉬웠지만 아주 위험한 일이었지." 애브릴은 브램포드 스피크Brampford Speke에 사는데, 잉글랜드 남서부에 자리한 이 작은 마을은 주민이 300여 명이고 '레이지 토드'라는 술집 하나와 성공회 교구 교회 하나와 마을 의회가 있었다. 애브릴은 의회에서 몇 번 임기를 보내면서 가끔 불필요하게 짜증을 내긴 해도 훌륭하고 일관성 있다는 평판을 얻었다.

80대에 들어선 애브릴은 미적 감각이 느슨하고 특이했다. 온통 연한 베이지색 스웨터뿐이었고, 피부도 연한 베이지색이었다. 주로 플라스틱으로 된 나막신을 신은 채 보행보조기를 사용했다. 종종 달랑거리는 은귀걸이를 하거나 립스틱을 조금 발랐다. 죽으려는 계획을 세울 즈음에는 하얗게 센 머리가 너무 길어서 허리에 닿을 지경이었다. 머리카락에는 솜털이나 정원에서 나온 잔가지 같은 것이 끼어 있곤 했다. 아침에는 머리를 얼굴 뒤로 넘기고 고무줄과 실핀을 써서 나름대로 정돈하느라 적잖이 애를 썼다. 그래도 늦은 오전 무렵부터 머리카락 몇 가닥이 빠져나와 이마 근처에 떨어지곤 했다.

애브릴은 늘 그랬듯 천천히 계단을 올랐다. 몸을 숙이고 난간에 매달린 채 거의 기어가다시피 했는데, 그렇게 해야 크게 넘어지지는 않을 터였다. 계단 꼭대기에 보행보조기가 놓여 있었지만 필요하진 않았다. 욕실까지만 가면 됐다. 애브릴은 항상 옷을 차려입고 욕조에 누운 채로 죽고 싶어 했다. 애브릴이 몇 주 동안 걱정했던 것은 죽어가면서 찾아오는 극심한 고통에 장이 굴복해서 자기 몸을 더럽히고 집에서 몇 주 동안 냄새가 나는 것이었다. 욕조에서 죽음으로써 더러움에 관한 문제를 조금이라도 예방하고 싶었다. 뒤처리를 해줄 사람이 누구든 그를 위해, 수건걸이 밑에 데톨 세정액을 남겨뒀다. 이 모든 내용은 유서에도 설명해뒀다. "나는 스스로 목숨을 거두고자 한다. 나는 혼자다. 이 결정은 전적으로 내가 내렸다. (⋯) 공들여 계획한 것이다."

애브릴은 모든 준비를 마친 뒤 인터넷 회사에 전화를 걸어서 오후 7시에 자살할 계획이지만 부동산을 담당하는 유언 집행인이 어질러진 집을 정리해줄 때까지 계정을 살려두고 싶다고 설명했다. 오래 함께한 변호사 윌리엄 미첼모어는 나중에 모든 상황을 고려하더라도 애브릴이 무모한 짓을 했다는 것에 동의할 것이다. 하지만 그 무렵 애브릴은 친구, 잡역부, 간병인, 정원사와 그의 아내, 지역 수영장에서 만난 지인에게 미리 자신의 계획을 말해두었다. 목숨을 끊을 계획이 있다면 주변 사람들한테 미리 말해주는 편이 좋다는 글을 인터넷에서 읽었기 때문이다. 그러면 그들이 충격을 덜받을 것이라 했다. 게다가 상태가 매우 나쁜 날에 충동적으로 저지른 것이 아니라 죽을 의도가 분명하게 있었고 죽기를 진심으로 원했음을 이해해줄 수 있을 것이다. 애브릴이 자기 변호사에게 계획을 털어놓았을 때, 변호사는 애브릴의 성격을 너무 잘 알아서 심하게 놀라지는 않았다. 나중에 변호사는 존엄성이라는 것이 신체 때문에 무너질 수도 있다는 투로 말했다. "애브릴 씨는 신경계를 손상시키는 질병 때문에 존엄성이 완전히 무너졌지요."

애브릴이 말하길 대부분 애브릴의 자살 계획을 잘 받아들였지만, 그렇지 않은 사람도 있었다. 대학에서 같이 일했던 친구는 애브릴과 이 문제로 다투기까지 했다. 친구는 물었다. "그 일이 가족한테 미칠 영향은 고려해봤어?"

"당연히 몇 번이고 심각하게 고려했지." 이어서 애브릴은 자기가 겪는 자잘한 통증과 치료 불가능한 질환을 전부 이야기했다. 꼴사납게 실금하는 장에 관해서도. 나중에 애브릴은 즐겁게 말했다. "그 친구는 질겁했다오! 그래서 만족스러웠지."

최근 몇 년 동안 애브릴이 정원에서 보내는 시간이 줄어드는 과정을 지켜봤던 잡역부 제프는 애브릴과 차를 마시며 나눈 대화가 다소 '비현실적'이라고 느꼈지만, 원칙적으로는 그 결정에 반대하지 않는다고 했다. 제프는 '도덕적으로 꺼려지는 건 전혀 없어요'라고 말하면서도 '통증이 그렇게 심한가요?', '조금 극단적이지는 않은가요?'라고 되물었다. 애브릴은 그 질문을 무시하고, 자신은 진지하고 확고하게 자살하겠다고 고백하고 있으며 동정을 얻거나 자신을 말려달라고 은연중에 요청하는 것은 아니라고 강조했다.

모나(가명)는 상황에 더 잘 대처했다. 문화회관 수영장 옆 여자샤워실에서 애브릴은 불쑥 모나에게 말했다. 곧 자살할 것이라고. 상냥한 독일 여자인 모나는 왈칵 눈물을 쏟았지만, 곧 침착함을 되찾았다. 애브릴은 삶에 지쳤고 떠날 준비가 됐다고 설명했다. 나이를 많이 먹으니 고통이 삶의 즐거움을 무색하게 만들었다. 정말 단순한 문제였다. 애브릴은 나이가 많았고, 약해졌고, 녹초가 됐다.

3월에 애브릴은 모나와 점심을 먹으며 자살 문제를 더 자세하게 논의했다. "내 결정에 반대하면서 '제발 마음을 바꿔!'라고 할 건 아니지?" 애브릴이 따져 물었다. 애브릴과 모나는 매주 두 번씩 크레디턴Crediton 마을 회관 카페에 앉아 갈색 종이상자에 담긴 미트파이를 먹었다.

모나는 고개를 끄덕이더니 말했다. "나도 늘 통증에 시달린다면 똑같이 할 거 같아. 나도 그렇게 할 거야. 내 방식대로."

"멋져!" 애브릴은 칭찬하더니 고개를 옆으로 기울였다. "네 방식대로 할 거라고 하는데, 자살이 대부분 실패로 끝난다는 건 알고 있어?" 모나는 어깨를 으쓱했다. "그래. 몰랐겠지. 아는 사람이 거의 없을 거야. 자살에 실패해서 의식을 잃거나 사지가 마비되거나 무력해진 사람들이 그 사실을 알리지 않으니까."

"하지만 나는 약을 한 움큼 삼킬 수 있어." 모나가 발끈했다.

"아니, 못해."

"당연히 할 수 있지."

"무슨 약을 먹을 건데?"

모나는 주저했다. "아세트아미노펜acetaminophen(해열 진통제 '타이레놀'의 성분-옮긴이)?"

"그건 소용이 없어. 네 간이 망가질 뿐이야."

애브릴은 말을 이었다. "사람들은 목을 매달면 간단하다고 생각하지. 죽기까지 3분 넘게 걸릴 수도 있어. 게다가 목이 일부만 부러지면 하반신 마비 환자가 되고 말 거야. 자살하는 일은, 특히 너한테 장애가 있다면, 더더욱 어려운 일이라고. 정말 너무 어렵지. 사실 나는 집에서 자살하는 방법을 전부 목록으로 정리해뒀어." 애브릴이 말하길 모든 방법에는 저마다 단점이 있었다. 지붕에서 뛰어내려도 살아남을 수 있다. 나사를 풀어서 주택용 발전기를 덮은 판을 떼고 전선을 건드리면 산 채로 구워지게 될 것이다. 정원에서 자라는 치명적인 균류를 먹는 일도 한동안 진지하게 생각해봤다. 해독제를 모르기 때문에 괜찮아 보였으나 버섯은 느리고 지저분하고 고통스럽게 죽음으로 이끈다는 것이 문제였다. 넴뷰탈이 더 효과적일 것 같았다. 애브릴은 모나한테 온라인에서 '완료된 삶'이라고 부르는 개념을 알게 되었다고 했다. "네가 삶을 형성하고 완성했다고 느끼는 때를 말하는 거야. 그다음부터는 삶은 줄곧 아래로 향하지. 나는 삶을 완료했어. 아주 멋진 삶이었어."

"이해할 수 있어."

"나는 비관적으로 굴고 싶지는 않아."

"통증이…."

"나는 매일 아침에 깨어나는 게 무서워. 정말 최악이야."

모나는 포크를 내려놓고 애브릴이 그 약을 마실 때 곁에 있고 싶다고 했다. 적어도 친구의 손을 잡아줄 수는 있었다. "그렇게 하고 싶어."

애브릴은 웃으며 모나의 팔을 어루만졌다. "나는 네가 감옥에 가는 걸 원하지 않아."

"그냥 너무 슬퍼."

"모나, 슬픈 일이 아니야."

"나는 그저 네가 살아 있길 바랄 뿐이야!"

"너무 이기적이네!" 애브릴이 안쓰럽다는 듯이 말했다. 곧 갈 시간이었다. "네 우정이 정말 고마워. 너는 큰 힘이 돼줬어."

모나는 고개를 돌리고 울기 시작했다. "그러지 마…."

*

나는 동료들과 다큐멘터리 영화를 준비하던 중에 애브릴을 알게 되었고, 2016년 2월에 애브릴을 만나고자 런던에서 기차를 탔다. 애브릴은 집을 찾아오는 길고 복잡한 방법을 보내줬고, 슬리퍼를 챙겨 오라고 했다. "나는 내 불쌍한 카펫을 위해서 손님한테 신발을 벗어달라고 부탁해요. 개의치 않기를 바라요." 애브릴은 회색 터틀넥 스웨터 위에 회색 카디건을 입고 문을 열어주며, '커피? 차? 브랜디를 줄까요?'라고 물었다. 애브릴은 자기가 특정한 무엇 때문이 아니라 모든 것 때문에 죽어간다고 생각했다. 우리가 '노년'이라고 완곡하게 부르는 것이 초래하는 죽음이었다. 윌리엄 오슬러William Osler는 고전이 된《의학의 원리와 실제The Principles and Practice of Medicine》에서 이를 두고 '냉정한 단계적 쇠퇴'라고 표현했다.

몇 주 전에 애브릴은 자기가 겪는 여러 증상을 글로 자세하게 설명해 두었는데, 국정 연설을 하듯 큰 소리로 읽어주겠다고 제안했다. 이 논문이 '지루하고 역겨울' 것이라고 모두한테 경고했다. 그러고는 플라스틱 테 안경을 콧등 위쪽으로로 올리고 낭독했다.

"나는 여든두 해를 살았다. 이제 척추, 발, 엉덩이, 말초신경계, 장, 방광, 팔꿈치, 손이 고장 났다. 모든 것이 결합하여 고통을 주고 몸은 기능하지 않는다. 미래도 암울하다." 애브릴은 회전근개가 손상됐고 관절염을 앓고 등이 쓰라렸다. 말초신경병증 때문에 발이 화끈거렸다. 의사가 말하길 수술할 수는 있지만, 쉽지 않을 것이며 몇 주 동안 못 걷게 된다고 했다. 글쎄, 그게 대체 무슨 의미가 있을까? 애브릴은 '전혀 쓸모 없는 짓이죠'라고 말했다. 똑바로 서 있기도 버거웠고 사람들을 보고 그들의 말을 듣는 일조차 힘들어졌다. 이상하게도 모음은 그럭저럭 알아들을 수 있지만, 자음이 들리지 않았다. "나한테는 '고양이가 깔개 위에 앉아 있어'가 오야이아아애이에아아이어라고 들려요."

성격도 변했다. 웃지 않게 되고 융통성이 없어졌다. 기분이 좀처럼 나아지지 않았고 지나치게 조바심을 냈다. 애브릴은 제프한테 계속 잔소리하고 제프가 일하는 동안 주변을 맴돌면서 점점 더 터무니없는 일을 시켰다. 진공청소기에 달린 플라스틱 호스에서 약간 뒤틀린 곳을 펴라거나 벽난로 뒤에 거의 보이지도 않는 작게 갈라진 틈에 회반죽을 바르라고 했다. 정원사에게도 마찬가지였다. "나는 불평하고 내성적이고 화가 많고 두려움을 느낀다. 전부 나에게 없었던 것들이다." 애브릴은 예술가이자 지식인이었고, 행복했었다.

최악은 밤이었다. 온몸이 아파 잠들 수 있을 만큼 편한 자세를 찾기가 어려웠다. 장밋빛 잠옷 주위를 주황색 누비이불로 잘 감싸고 똑바로 누워 발포 고무 베개로 목을 지탱하려고 애를 썼다. 숨 쉬기가 어려워 파란색 끈을 이마와 볼 쪽으로 단단히 당겨서 산소마스크를 차고 잤다. 그런 식으로 몇 시간을 누워 고통에 절어 있었다. 안식은 영영 찾아오지 않을 것 같았다. 아무리 낭비해도 넘쳐날 것 같은 고통의 시간만이 있었다.

때로는 '제멋대로인 장'과 '피할 수 없는 실금' 때문에 하룻밤에도 서너 번씩 일어난다고 했다. 어둠 속에서 불안하게 걷기는 무서워서 침대 아래 넣어둔 흰색 요강에 소변을 보곤 했다. 하지만 아침에 무거운 요강을 화장실로 가져가서 비울 힘이 없었다. 대신 요강을 끌고 방을 가로질러 손잡이가 긴 수프용 국자로 소변을 떠서 변기로 나르곤 했다. 일주일에 두 번, 목요일과 토요일에 아주 다정한 간병인이 찾아와 애브릴이 낮에 입은 면 기저귀를 빨아줬다.

그렇지만 간병인이 오지 않는 날에는 소변에 젖은 천 무더기가 침실에 쌓이고 코를 찌르는 악취가 났다. 애브릴의 몸은 썩기 쉬운데 이미 상해버린 과일이었다. 아니면 고장 난 부품 때문에 괴로워하는 결함이 있는 기계일지도 모른다. 애브릴은 이것저것이 흐르고 새는 자신의 신체 때문에 역겨움을 느꼈다. 하지만 자기 연민에 빠지기보다는 현실을 직시했다. "내 몸은 80년 동안 고분고분 나를 따라줬지만, 유통기한을 훨씬 넘긴 탓에 너무 갑작스럽게 모든 부분이 망가져버렸습니다."

애브릴은 글을 다 읽은 뒤 말했다. "지나치게 불쾌한 글이어서 미안하지만, 사실이 그래요." 애브릴은 히죽히죽 웃으면서 자기가 지지하는 국회의원에게도 한 부 보낼까 생각 중이라고 덧붙였다. "특히 고약한 부분을요." 2015년 영국 의회에서 제한된 형태의 조력사를 합법화하는 법안을 부결한 일로 애브릴은 여전히 화가 나 있었는데, 전국 여론조사에 따르면 절반이 훨씬 넘는 영국인이 이 법안을 지지했다. 애브릴은 법이 통과되길 무척 바랐지만, 어쨌거나 자기는 한 가지 이유로 죽음을 목전에 둔 상태가 아니기에 엄격한 법적 기준에 따라 죽을 자격을 갖추지 못하리란 사실을 알았다. 애브릴은 그저 이미 나이가 들었고 계속 나이 들어갈 뿐이었다. 애브릴은 말했다. "만성질환을 앓는 사람은 행운아지. 나는 암을 진단받기를 간절히 바랐어요."

1994년에 나온 베스트셀러 《사람은 어떻게 죽음을 맞이하는가》

의 저자 셔윈 눌랜드 박사는 병원 행정가와 미국 보건복지부 지침이 내세우는 논리에 따르면 '노화 때문에 죽는 것은 불법'이고 '모든 사람은 이름이 있는 개별 원인으로 사망'해야 한다고 말했다. 암, 심근경색, 뇌졸중, 외상 따위로 말이다. 몸이 자연스럽게 약해지고 한정된 세포 수명이 고갈되고 체내 균형이 무너지는 자연스러운 노화는 사망 원인으로 인정해주지 않으며 공식 문서에 표시할 수 있는 칸조차 없었다. 눌랜드는 "생물의학 관점에서 강박적으로 요구하는 사항을 충족시키기 위해 실험실에서 정립한 병리학적 세부 특성에 맞춰야 한다고 주장하는 사람들에게 실제로 불만이 있는 것은 아니다. 그저 이 사람들이 핵심을 놓치고 있다고 생각할 뿐"이라고 썼다. 죽음을 부르는 것은 결국 나이인데, 의료계는 병리학적 측면에 집중함으로써 '더 거대한 자연법칙를 회피하는 것을 정당화하기'에 이르렀다. 20세기에 만들어져 여러 세대를 전해 내려온 관념에 따르면, 의사는 '환자가 명백하게 죽어가고 있을 때조차 희망을 잃도록 두어서는 절대로 안 된다.' 죽음을 부르는 것이 노화가 아니라면 시도해볼 수 있는 치료는 항상 존재한다.

보다 최근에는 의사이자 작가인 아툴 가완디가 "노년은 진단이 아니다. 사망진단서에는 언제나 호흡부전, 심근경색 등 최종적으로 근접한 원인을 적는다. 하지만 단 하나의 질환이 사람을 죽음으로 이끄는 것이 아니다. 의료진이 생명을 유지시키는 조치와 망가진 몸을 덧대는 작업을 수행하는 동안 계속해서 무너져가는 신체가 죽음의 범인이다"라고 썼다. 가완디가 일하는 병원 의사들은 노화를 지칭하던 어휘를 피하는 법마저 배웠다. '노인의학geriatrics', '어르신elderly', '고령자senior'라는 단어는 점점 쓰이지 않았고 '나이가 더 많은 성인을 대상으로 한 의료' 같은 말이 이를 대신했다. 의료 서비스 제공자와 환자는 점점 죽음이라는 현상을 죽음에 반드시 선행되는 노화와 분리하여 다루기 시작했다.

　20세기 초반부터 노년이라는 자연스러운 삶의 단계를 질병으로, 나아가 수용하거나 인내하기보다는 물리쳐야 하는 대상으로 보는 관점이 강화되었으며, 몇몇 역사가가 이에 기여했다. 1909년에는 노인의학이라는 단어가 의학 용어가 되었다. 이 단어는 '나이 든 사람'을 뜻하는 그리스어 'γερός(게로스)'와 '치료사'를 뜻하는 'ἰατρός(야트로스)'를 결합하여 만들어졌으며, 종종 무시되었던 노쇠 증상에 집중하는 새로운 의학 전공이 되었다. 이는 삶의 끝자락을 다루어 소아청소년과에 대응되는 전공으로 여겨졌다. 노화를 치료할 수 있는 기적 같은 방법에 대한 소망은 말도 안 되는 치료법을 등장시켰다. 세기가 바뀔 무렵 야심에 찬 외과 의사들은 새로운 수술법으로 사람들을 속이고 다녔는데, 그중에는 고환 액체 주입술과 고환 이식술 따위가 있었다. 의사들은 이런 수술이 나이가 들면서 체력이 감퇴하는 현상을 되돌려 젊은 활기를 복원한다고 주장했다. 1980~1990년대에야 죽지 않는 세상이 곧 도래하지 않을 것이 분명해졌고 전문가들도 겸손한 태도를 보일 것을 약속했다. 대신 노화를 치료하기보다는 압축하겠다고, 손상, 통증, 장애, 치매 등을 겪는 기간을 단축하겠다고 말했다. 노쇠한 육체로 오래 살아가는 대신 과학과 의학의 힘을 빌려 최상의 상태로 살다가 한순간에 팩 하고 죽겠다는 발상이었다. 돌연한 죽음. 눌랜드는 이를 '죽음에 앞서 흘러나올 수 있는 비참한 서곡을 부정하는 빅토리아식 멋진 침묵'이라고 썼다.

오늘날에는 병을 앓는 노년을 압축하는 일조차 허상처럼 보인다. 기대수명이 증가하면서 노화가 유발하는 장애를 안고 사는 기간도 덩달아 늘어났다. 노화는 빨라지기보다 느려졌다. 명백한 반대 증거에도 불구하고 노년을 축소하겠다는 의기양양한 약속은 대중의 상상 속에 계속 남아 있다. 의사이자 생명윤리학자인 에스겔 엠마누엘은 2014년 〈애틀랜틱Atlantic〉에 발표하여 순식간에 유명해진 수필 「왜 나는 75세에 죽기를 바라는가」에 이렇게 썼다. "병을 앓는 시간을 압축한다는 것은 참으로 미국적인 발상이다. 죽음에 가까워지는 쇠락뿐인 시기가 찾아오기 전까지 젊음의 샘 따위를 가져다줄 것을 약속한다. 이런 꿈 또는 환상은 미국인들에게 죽지 않는 삶을 꿈꾸게 하고 재생 의학과 장기 교체를 향한 뜨거운 관심과 투자에 기름을 부었다." 나이를 먹는 것에 맞서는 싸움은 사회적 의식이 됐고, 개인의 두려움, 사회적 추진력, 의료 산업의 이윤 추구가 이 의식을 이끈다. 미국 노인 중 5분의 1가량이 삶의 마지막 달에 병원에서 외과 수술을 받는데, 노인이 살길 바라는 가족은 도울 수 있는 모든 수단을 동원할 것이고, 이를 다 하지 않는 것은 끔찍한 포기라고 여기는 지경에 이르렀다.

*

애브릴은 자기가 죽어간다고 느끼기 전만 해도 자신감이 넘쳤다. 오만하고 굽힐 줄 모를 때도 있었다. 애브릴은 1935년 링컨셔Lincolnshire에서 감정이 변덕스럽게 요동치는 여자 에일린과 그보다 나이가 많은 남편이자 애브릴이 무척 좋아했던 군인 로버트 사이에서 외동딸로 태어났다. 애브릴은 공부를 열심히 하는 진지한 소녀로, 어머니가 이따금 며칠에서 몇 주씩 집을 떠나 있는 이유를 묻지 않는 법을 배웠다. 처음에 아버지는 어머니가 링컨Lincoln에 사는 이모네서 머무른다고 했다가 얼마지 않아 그 거짓말을 포기했다. 아버지가 말하길 어머니는 '신경증'을 앓았고 때때로 정신병원에서 잠시 살아야 했다. 애브릴은 여덟 살 때 절대로 결혼하지 않기로 마음먹었다. 남을 돌보기에는 자기가 너무 이기적이라고 생각했으며 어른들과 함께 있는 것을 선호했다. 그녀는 결혼하지 않겠다는 다짐을 늘 품고 살았다.

애브릴은 열다섯에 하느님을 만났다. 어느 예수회 사제가 찬찬히 읽어보라며 성경 한 권을 건네주면서 하느님을 전파했다. 애브릴은 성경을 꼼꼼히 읽었고 그 힘에 사로잡혀 부모님께 가톨릭교로 개종하고 싶다고 말했다. 에일린과 로버트는 허락하지 않았으며, 애브릴은 부모님이 '길길이 날뛰었다'고 표현했다. 부모님은 딱히 독실한 신자는 아니었지만, 가톨릭교는 상스러운 아일랜드 사람이나 가난한 사람이 믿는 종교라고 생각했다. 애브릴은 부모님 몰래 일을 진행해 열여섯 살에 윔블던의 성당에서 성체를 받았다.

부모님은 그 사실을 알게 되자 끔찍하게 화를 냈지만 애브릴은 대꾸하지 않았다. 대신 한밤중에 가출해 새 삶을 시작했고 한동안 방황했다. 애브릴은 4년 동안이나 집에 가지 않았다고 했다. 사립 남자초등학교에서 수학을 뺀 모든 과목을 가르치는 일을 했다. 나중에는 예술을 공부해서 일러스트레이터로 일했다. 그러다 제법 유명한 조각가의 집에 들어가 살게 되었는데, 그의 이름은 잊어버렸다고 했다. 애브릴은 예술을 공부하면서 색에 대한 새로운 감각을 얻었고, 색상과 색조와 음영의 조화를 볼 때 몸이 반응한다는 걸 느꼈다. 아름다운 색을 보면 몸이 떨렸다. 새로운 색을 감지하는 능력도 발달해서 흰색으로만 보였던 벽에서 다양한 크림색이 보였다. 이따금 정원을 가로질러 산책하다가 목련에 사로잡혀 입을 벌리고 바라봤다. 스무 살이 됐을 때 신을 믿는 것을 그만두고 부모님을 찾아가 사과하고 화해했다. 훗날 애브릴은 확고한 무신론자임을 선언하고 동지Winter Solstice를 기념하며 그녀의 정원 한편에서 이교도 축제를 벌였다.

애브릴은 생활이 점점 지루하게 느껴지자 학교로 돌아갔다. 먼저 예술학교를 졸업해 옥스퍼드대학교에 진학했고, 그곳에서 학사 학위를 받더니 박사 학위까지 땄다. 다른 학생보다 나이가 많다는 사실에 개의치 않았는데, 그저 남자나 드라마 같은 것에 한눈파는 일이 적었을 뿐이었다. 그 시절에 유일하게 후회되는 것은(애브릴은 살면서 가장 후회하는 점이라고 했다) 옥스퍼드에서 지내는 내내 그 도시를 제대로 답사하지 않았다는 것이다. 애브릴은 오로지 일만 했다. "난 모험심이 부족해요. 끈질기고 집요하며, 체계적으로 살려고 노력하죠. 하지만 모험심은 없지." 애브릴은 늘 열심히 살았지만, 열정적으로 산 적은 없었다.

1985년 애브릴의 아버지가 세상을 떠났다. 애브릴은 이보다 나쁜 일은 없을 것이라고 생각했는데, 아버지는 애브릴이 가장 사랑했던 사람이기 때문이다. "인생 최악의, 다시는 오지 않을 날이야. 이런 날은 인생에 딱 하루뿐일 거야." 그 말에는 스스로에 대한 위로도 조금 담겨 있었다. 애브릴은 로버트의 시신을 화장하고, 며칠 뒤에 재를 찾아와서 높은 언덕의 정상에 섰다. 그러고는 상자를 열어 아버지가 바람에 흩날릴 수 있도록 쭉 뻗었다. 애브릴은 이 몸짓이 낭만적이라고 생각했다. "그런데 바람이 거꾸로 불어서 내가 재를 뒤집어썼어요! 아버지라면 웃으셨을 거예요!"

애브릴은 옥스퍼드와 케임브리지의 여러 단과 대학에서 강사로 일하다가 엑서터대학교 교수가 되어 주로 영국 중세와 기독교 성상을 연구했다. 중세 영어 산문을 번역하고 글의 양식과 배열에 관해 쓴 논문을 그리스, 프랑스, 독일에서 열리는 국제 학회들에서 발표했다. 언젠가는 영국 시인 초서Chaucer가 쓴 시의 다섯 번째 연에서 나타나는 불규칙한 운율과 압운 형식을 분석하여 발표했다. 애브릴이 논문에 쓴 견해는 특별히 획기적이진 않아도 정확하고 꼼꼼했다. 미학과 형태에 대한 분석은 물론 이 두 가지가 대상의 의미에 관해 무엇을 알려주는지에 관심을 가졌다. 학문적인 글이 지녀야 하는 형식에 대한 엄격한 기준도 갖고 있었다. 화려함을 벗고 꾸밈없이 투박한 문체로 써야 한다고 생각했고, 동료의 논문에서 '지나친 장황함'이 보일 때마다 주저 없이 지적하며 자신의 견해를 피력했다.

애브릴은 직장 밖에서는 더 유연했다. 캐런 에드워즈라는 르네상스 문학을 가르치는 미국인 교수와 친구가 됐는데, 그는 자신이 아는 사람 중에 애브릴이 가장 흥미롭다고 생각했다. 이따금 두 여자는 정원을 산책했는데, 캐런은 애브릴이 몰입해서 즐겁게 꽃을 들여다보는 모습을 보고만 있어도 짜릿해지곤 했다. 캐런은 말했다. "애브릴은 색에 무척 강렬하게 반응했어요. 그녀는 살아 있음을 사랑했죠." 애브릴은 따뜻한 시기에는 매주 세 번은 일찍 일어나 친구의 말들을 근처 황무지로 데려가 운동시켰다. 저녁에는 엑서터에서 가장 좋은 빵과 치즈를 바구니에 담아 정원에서 야유회를 열었다. 일 년 내내 탐욕스럽게 읽으면서 여러 분야에 대한 많은 지식을 쌓았다. 그렇게 몇 년을 보냈다.

애브릴은 아버지가 살아계셨다면 자살하지 않을 것이라고 했다. 하지만 아버지는 세상을 떠난 지 오래다. 어머니도, 이모도, 삼촌도, 기르던 고양이 두 마리도 마찬가지다. 사촌 몇 명과 그 가족만 남았다. "그 사람들도 전부 사랑하지만, 그 사랑이 내 결심에 영향을 주진 않아요. 내 삶과 깊게 연결된 사람들은 아니에요." 그 사람들은 애브릴에게 의지하지 않았고 애브릴도 마찬가지였다. 애브릴은 살던 집에 작별 인사를 하는 게 더 힘들 것 같았다. 스스로 이런 생각을 하는 게 조금 당황스러웠지만 말이다. 그녀는 변명하듯 말했다. "나한테는 집과 정원이 어느 누구보다 중요해요."

2015년부터 애브릴의 세계는 점점 작아졌다. 매일 지역 마을 회관에서 수영하는 때가 가장 즐거웠다. 담당 의사도 관절을 느슨하게 해준다며 수영을 추천했다. 애브릴은 물에 떠 있으면 통증이라곤 없는 상태에 가장 가까워질 수 있어서 수영이 좋았다. 배영으로 헤엄치다가 평형으로 바꾸곤 했다. 몇 년 전만 해도 한 시간에 레일을 25바퀴 왕복했지만, 어느새 20바퀴(1킬로미터)로 줄더니 나중에는 15바퀴를 도는 것도 어려웠다. 팔을 저을 때마다 헉 하고 숨을 내쉬어야 했다. 이윽고 몇 번 오갔는지를 잊어버리기 시작하자 자신의 부주의함에 짜증이 났다.

이제는 수영을 다녀오는 데도 몇 시간이 걸렸고 하루의 대부분을 써야 했다. 예쁜 오두막집이 간간이 세워진 구릉지를 따라 차를 몰았다. 차에서 몸을 일으켜 뒷좌석에서 보행보조기를 꺼내고, 배낭을 들고, 발을 끌며 느릿느릿 걸어 현관에 도착할 때까지 보통 30분은 걸렸다. 애브릴은 로비에 도착해서 '좋아, 최악은 넘겼어' 라고 중얼거릴지도 모른다. 탈의실에서 수영복을 입는 데도 30분이 걸렸다. 친구를 만나 이야길 나누는 날에는 시간이 더 필요했다. 애브릴은 물안경과 수영모와 맞춤형 귀마개는 스스로 착용할 수 있지만, 수영복 뒤에 달린 고리를 채울 때는 도움이 필요했다. 한번은 제니라는 여자한테 고리를 채우는 것을 도와달라고 부탁하면서 자연스럽게 대화를 나누기 시작했다. 제니가 셰익스피어 강좌를 수강하고 있어서 애브릴은 몇 주에 걸쳐서 〈사랑의 헛수고 Love's Labour's Lost〉 같은 셰익스피어의 어려운 초기 희곡을 해석하는 일을 도와줬다. 하지만 애브릴은 머지않아 이 우정을 잃게 될 것을 알았다. 수영장까지 운전할 수 없는 날이 올 것이기 때문이었다. 그다음은 어떻게 될까? 결국에는 아무래도 좋을 일일 것이다. 애브릴은 종종 자신에게 물었다. "수영하면 기분이 좋아지고 더 오래 살고 싶어지나?" 답은 빨리 나왔다. "아니, 그랬으면 좋겠네."

필립 로스는 노년을 '대학살'이라고 불렀다. 언론인이자 홀로코스트 생존자인 장 아메리는 노년이 아우슈비츠보다 끔찍하다고, 누군가는 노년이 지루하다고 했다. 젊은 여성의 고통은 종종 그녀에게 관심을 갖게 하지만, 나이 든 여성이 겪는 고통은 그녀를 피곤한 존재로 만든다는 것은 기이한 일이었다. 전자는 괴로워하는 것이지만 후자는 시들어가고 불평을 늘어놓는 것으로 여겼다. 연민의 경제학은 절대 노인에게 호의적이지 않았다. 이따금 애브릴은 자기 몸 상태를 살피며 자신을 가톨릭교로 개종시켰던 친절한 예수회 사제를 떠올렸다. 사제는 '무언가를 상실하는 고통을 겪는 것이 지옥'이라고 가르쳤는데, 그것은 장소가 아니라 상태였다.

너무 나이 들기 전에 죽어야겠다는 생각이 든 것은 몇 년 전에 맞이한 최악의 고비 때였다. 애브릴은 엑서터의 약국에서 물건을 사고 돌아오다가 에스컬레이터에서 미끄러져 뒤로 넘어졌다. 에스컬레이터는 넘어진 애브릴을 양쪽으로 당겼다. 왼쪽 다리는 위로 몸은 밑으로, 위시본wishbone(닭, 오리 등에서 나온 Y자 모양 뼈로 두 사람이 양 끝을 당겨 부러뜨리면서 소원을 빈다-옮긴이)처럼 당겨졌다. 애브릴은 금속 계단에 머리를 두고 누운 채 자기가 지르는 비명을 들으며, 추하고 참혹한 소리라고 느꼈다. 직원이 급히 달려와서 비상 정지 버튼을 눌렀다. 누군가가 구급차를 불렀다. 애브릴은 기다리는 동안 T. S. 엘리엇이 쓴 시구를 떠올렸다. "그럴 의도는 절대 아니었어요. 전혀 아니에요."

구급차가 도착했고, 구급대원이 애브릴 곁으로 달려와 물었다. "제 말이 들리십니까?"

"네."

"아프신가요?"

"평소보다 더는 아니에요."

*

　유엔에서 30년 이상 일한 영국인 의사 마이클 어윈Michael Irwin은 2009년 12월 10월에 '노년 이성적 자살 협회Society for Old Age Rational Suicide, SOARS'를 설립했다. 숱이 적은 백발에 느끼한 상류층 표현을 구사하는 어윈은 이 단체의 웹사이트에서 자기가 한때 (지금은 '존엄한 죽음Dignity in Dying'으로 이름을 바꾼) '자발적 안락사 협회Voluntary Euthanasia Society'의 회원이었지만, 불치병을 앓는 사람한테만 집중하는 것에 좌절감을 느꼈다고 했다. "아직 하나의 심각한 질환 때문에 고통받는 것이 아니더라도, 여러 이유로 더 힘들 수 있는 다양한 건강 문제로 고통받을 수도 있습니다. 살아 있어서 생기는 부담이 삶에서 누리는 즐거움을 넘어설 때, 그때가 죽음을 바라는 전환점에 가깝다고 생각하고… 삶의 마지막에 대한 결정은 반드시 다른 누구도 아닌 자신이 내려야 합니다." 어윈은 '삶을 완전히 살았다'고 생각하는 80~90대 노인들의 말을 온전히 받아들여 죽을 수 있도록 의사가 도와주는 세상을 꿈꿨다.

　나중에 어윈이 내게 말해주길 이 단체의 이름을 지을 때 충격을 주려고 의도했다고 한다. 당시 죽을 권리를 주장하는 주류 활동가 집단에서는 '자살'이라는 단어를 사실상 금지했는데, 아픈 환자는 이 단어에서 모욕을 느꼈고 정치적 지지자는 이 단어와 거리를 두고 활동하길 원했다. 그러나 어윈은 '정신이 온전하고 나이가 아주 많은 개인이 계속 살기를 원하면 주로 어떤 장단점이 있는지를 신중하게 판단하여 선택하는 이성적이고 긍정적인 활동'으로서 자살을 '되찾고' 싶다고 했다. 또 'SOARS소어스'라는 머리글자는 기억하기가 쉬운데, 아프고 나이 든 사람은 욕창(욕창은 영어로 '베드소어스bedsores'라고 하는데, 이는 단체 이름 SOARS와 유사하다.-옮긴이)을 많이 앓기 때문이라고 했다. 이 단체는 모임을 열고 공무원들에게 영향력을 행사하곤 했다. 어윈은 죽을 권리를 논의하는 학회에 참석했고 텔레비전 뉴스에 논쟁을 즐기는 토론자로 출연했다. 머지않아 SOARS의 유료 회원은 600명이 됐다. 어윈이 말하길 대다수는 심각한 건강 문제가 있으며 '살아 있을 만한 중요한 목적이 없는' 나이 든 사람들이었다.

어윈은 고대 로마와 그리스까지 거슬러 올라가 자신의 주장을 역사적 맥락과 연관 짓고자 했으며, '이성적 자살'을 정당화할 수 있는 여러 시대를 관통하는 증거를 제시하려고 노력했다. 쾌락주의자들은 삶을 견딜 수 없다면 자살하는 것이 정당하다고 보았으며, 스토아주의자들도 이를 인정했다. 이와 관련해 세네카Seneca가 남긴 멋진 말이 있었다. "노년이 나를 오롯하고 온전하게, 나의 더 나은 부분을 온전하게 지켜준다면 나는 노년을 포기하지 않을 것이다. 하지만 노년이 내 정신을 산산조각내고 다양한 능력을 갈가리 찢는다면… 나는 바스러지고 쓰러질 듯한 육신에서 서둘러 떠날 것이다." 어윈의 역사적 관점에서 보면 지루한 기독교 신학자들은 이런 합리적인 태도가 상식이 되는 것을 막으면서 자살이 자기를 죽이는 것이므로 살인에 속하는 죄라고 주장해왔다. 그렇지만 다른 믿음을 가진 용감한 사상가는 늘 존재했다. 토머스 모어는 1516년의 저서 《유토피아》에서 진정한 유토피아에서는 '치료할 수 없을 뿐 아니라 괴롭고 고통스러운' 질병을 앓으며 '본인한테 부담이 되고 다른 사람한테 문제'가 되는 사람은 '이 혹독한 삶에서 자신을 해방할 것이다'라고 썼다. 그렇다면 '이성적 자살'은 그저 신중한 행동을 넘어 '경건하고 신성한 행위'가 된다.

SOARS 출범 후 몇 년 동안 어윈은 잉글랜드 남부 곳곳에서 모임을 주최했고, 지역 신문사에 편지를 보냈다. 어윈은 자신의 주장이 변두리에서 잠시 인정받는 정도에 그칠 것이라 예상했다. 그러나 SOARS의 신조가 다른 곳에서도 들리기 시작했다. 2010년에 영국 소설가 마틴 에이미스는 〈선데이타임스Sunday Times〉에 영국은 노인을 위해 자살 부스를 설치해야 한다고 역설했다. "끔찍한 이민자들이 침입하는 것처럼 치매에 걸린 초고령 노인 인구가 식당과 카페와 가게에서 고약한 냄새를 풍기게 될 것입니다. (…) 모퉁이마다 마티니 한 잔과 훈장을 받을 수 있는 부스가 있어야 하죠." 나중에 소란이 일자 에이미스는 '풍자'하려는 의도였다고 변명했으나, 완전히 물러서지는 않았다. "삶의 고통이 너무 커서 남아 있을지조차 알 수 없는 기쁨이 아주 작아 보이는 상황에 처하면 비관에 빠지게 된다는 사실을 우리는 깨달아야 합니다. 정말이지

품위를 지키려면 노인의학은 이를 바로잡는 일에 지배적인 영향을 줄 수 있어야 합니다." 에이미스가 보기에 의학은 간단한 계산을 방해한다. 기쁨 대 고통이라는 계산을.

어원에 대한 가장 큰 지지는 5년 뒤인 2015년 3월 바다 건너의 '미국 노인정신의학 협회American Association for Geriatric Psychiatry' 가 주최한 연례 모임에서 나왔다. 뉴올리언스에 있는 회의장에서 '노인의 이성적 자살: 정신질환인가 선택인가?'라는 제목의 회담을 주최했는데, 미국에서는 처음으로 현실을 밀접하게 다룬 회의였다. 정신과 전문의와 연구자들은 회의에서 '눈에 띄는 주요 정신질환이 없는 환자가 자살하고 싶은 바람을 표현하는' 사례 연구들을 살펴보았다. 어느 연구에서는 10년에 걸쳐 많은 수술을 받았고 더는 원하지 않는다는 유쾌한 83세 여성을 다루었다. 그녀는 '이제 된 것 같아요'라고 말하며 목숨을 끊을 수 있는 바르비투르산염을 얻으려 했다.

뉴욕대학교 의과대학원 정신의학 교수이자 주요 발표자를 맡은 로버트 맥큐Robert McCue는 사례의 대다수, 약 90퍼센트에서 자살로 사망한 사람은 임상적으로 진단받은 정신장애를 앓았다고 발표했다. 이는 일부는 아니라는 뜻이었다. "우리는 이 사실에 책임감을 느끼고 정신장애가 없는 사람을 어떻게 치료해야 할지 함께 고민해야 합니다. 그런 사람한테 어떻게 다가가시겠습니까?" 맥큐는 논의를 시작하는 것은 물론이고 새로운 체계적 임상 지침을 정리하도록 독려할 수 있기를 바란다고 했다. "정신의학 종사자들은 그간 이성적 자살이 발생할 가능성은 논의하지 않았습니다. 환자들은 이에 관해 알고 있거나 자신의 의견이 가질 수도 있으나 우리는 이를 어떻게 바라보고 다뤄야 하는지 전혀 교육받지 않았죠." 의사들은 알아서 어떻게든 해나가야 하는 처지였다.

발표가 끝나자 청중끼리 논쟁이 벌어졌다. 어느 의사는 자기 환자가 '끝내고 싶어서' 약물 치료를 거부한다고 말했고 다른 의사는 노인의 이성적 자살이라는 개념이 '의사의 상황을 지나치게 복잡하게 만든다'고 주장했다. 젊은 임상심리사로 암 환자를 만나는 엘리사 콜바Elissa Kolva는 늙고 병들고 쇠약해진 사람이 죽고자 소망하는 것이 사실 '회복을 향한 의지'이자 '심리적 안정을 보여주는 징후'가 아닌지 의문을 제기했다. 콜바가 만나는 암 환자는 때때로 죽음을 생각하거나 치료를 멈추고 죽으면 어떤 기분일지 상상한다는 이유로 스스로에게 심각한 문제가 있다고 믿었다. 이런 사람은 보통 암에 걸린 사람이 대부분 비슷한 생각을 한다는 것만 확인시켜줘도 기분이 나아졌다. 어떻게 그런 상상을 안 할 수 있는가? 한번은 콜바가 돌보는 환자가 간호사가 치료제를 투여할 때 간호사에게 언젠가 약을 전부 씹어 삼켜 모든 것을 끝낼 것이라고 말했다. 콜바는 내게 말했다. "그 환자는 8시간씩 감시를 받으며 지내게 됐어요. 신발 끈과 벨트도 빼앗겼고… '내가 느끼는 것을 말한다고 해서 누가 나를 가두는 건 싫어요'라고 하더군요."

엄밀히 말하면 이성적 자살이라는 것은 없었다. 전문가 사이에서 가장 권위 있는 지침서인 《정신장애 진단 및 통계 편람Diagnostic and Statistical Manual of Mental Disorders》에서는 자살을 정신질환으로 다룬다. 회의에서는 이성적 자살을 원하는 환자를 치료하려면 어휘부터 바꿔야 한다는 의견도 제시되었다. 지금의 지침이 일반적인 자살이나 자살생각suicidal ideation을 신중하고 합리적이고 그 사람이 오랫동안 지녔던 가치에 부합하는 자살사고suicidal thinking와 구분하는 방향으로 수정하자는 것이다. 그전까지는 연구자와 노인의학 전문의가 기존 진단 도구를 활용해 전문의가 이성적 자살 의견을 더 잘 식별하고 이해하는 데 도움을 줄 수 있었다. 이를 위해 환자가 직접 답하는 '죽음을 서두르려는 태도에 대한 문진표Schedule of Attitudes Towards Hastened Death'와 임상의가 평가하는 '죽음에 대한 욕구 평가 척도Desire for Death Rating Scale'가 있고, 우울증의 심각성을 진단하는 'PHQ-9'과 '의기소침 척도Demoralization Scale'도 있다. 미래에 대한 비관적인 태도를 측정하고자 1970년대에 개발한 '벡 절망 척도Beck Hopelessness Scale'와 특정 나이를 대상으로 하는 '노인 절망 척도Geriatric Hopelessness Scale'도 있다. 정신과 전문의는 '만성질환 치료 기능 평가-정신적 행복감 척도Functional Assessment of Chronic Illness Therapy-Spiritual Well-Being Scale'와 그 하위 요소인 '삶의 의미와 평온함Meaning and Peace'도 참고할 수 있다. 신뢰도가 제각각인 이런 방법들을 복합적으로 고려하면, 이론적으로는 의사와 연구자가 비이성적 견해 사이에서 '이성적' 자살 의견을 구분해 낼 수 있었다. 물론 이 모든 노력이 허사가 될 가능성도 있었다. 검사를 아무리 많이 하더라도 인간성, 존엄성, 삶의 의미에 대한 이해 등 계량하기 어려운 것들은, 수치를 보고 평가하기를 간절하게 바라는 정신과 전문의의 바람처럼 뚜렷한 수치로 나타낼 수 없었다. 게다가 어떤 검사도 그다음 질문에 명백한 답을 내리지 못할 것이다. 그렇다면 무엇을 해야 할까?

회의를 마친 뒤 맥큐와 뉴욕대학교 노인정신의학과 학과장 미라 발라수브라마니암Meera Balasubramaniam은《노인의 이성적 자살Rational Suicide in the Elderly》이라는 책을 썼다. 두 사람은 '이성적 자살이라는 것이 과연 존재하는지' 묻는다. "어떤 자살이 '이성적 자살'인지 어떻게 알아낼 것인가? 그럴 수 있다면 무엇을 할 것인가?" 노인들이 죽기를 원하는 이유는 보통 의사조력사가 합법인 주에서 말기질환 환자가 나열하는 이유와 똑같았다. 자율성 상실, 즐거운 활동을 할 수 없음, 의존에 대한 두려움, 사랑하는 사람에게 짐이 되는 두려움. 그런데도 의사조력사를 법적으로 허용하는 주에서는 환자가 말기질환을 앓으며 예상되는 생존 기간이 6개월 이하일 때만 죽고자 하는 욕구가 이성적이라고 인정한다. 수명을 알 수 없는 노인 환자는 말기질환 환자와 비슷한 신체적 고통을 겪어도 똑같은 것을 바라면 비이성적이라고 추정한다. 환자가 6개월 안에 죽는다고 예상될 때만 담당 정신과 전문의는 자살 요구를 둘러싼 구체적인 맥락을 고려할 수 있다. 정신질환으로 치부하거나 법을 근거로 자살 요구를 좌절시키는 것이 아니라 자살이라는 선택의 이점을 평가할 수 있게 되는 것이다.

2018년에 《임상정신의학 학술지Journal of Clinical Psychiatry》에 실린 한 논문에는 더 나아가고자 하는 정신과 전문의와 연구자가 모인 소규모 연구팀의 입장이 소개되어 있다. '삶을 제한하는 신체질환'을 앓지만 정신장애는 없고 일정 기간 동안 일관적으로 죽기를 원하는 사람이 있다면, 정신과 전문의가 그의 죽음을 막으려고 애쓰지 않는 것이, 오히려 '죽음을 서두르는 결정을 두고 환자와 협동하는' 것이 적절할 수도 있다는 주장이었다. 정신과 전문의가 자살을 적극적으로 돕지는 않겠지만 개입하여 막지도 않는 것이다. 계획한 죽음을 함께 바라보면서 환자가 삶을 완결짓고 평온을 얻을 수 있도록 도울 수도 있다. 이를 '의사불간섭사physician-unimpeded death' 또는 '의사인정사physician acknowledged death'라고 부른다. 저자들은 당장 이러한 논의가 필요한 현실이라고 경고한다. 이미 외국을 통해 치명적인 약에 접근하는 환자들이 있기 때문이다.

정신과 의사들에게 이성적 자살을 추구하는 새로운 유형의 환자들을 도울 능력이 있을지 우려하는 의사들도 있었다. 앞선 논문을 공동 집필한 노인정신과 전문의 린다 갠지니Linda Ganzini는 환자가 심각한 신체질환이 없음에도 나이가 들고 자잘한 만성질환을 여럿 앓는다는 이유로 죽기를 원하는 경우에는 의사불간섭사를 지지하지 않는다고 내게 말했다. 갠지니가 말하길 이런 환자는 스스로 이성적이라고 주장하더라도 내면에서는 치료하거나 완화할 수 있는 우울증을 앓고 있을 수도 있다. 정신과 전문의가 조력사를 지지한다는 자신의 정치적 지향 때문에 환자의 겉모습을 그대로 받아들인다면 치료할 기회를 잃어버릴 것이다. 갠지니는 말했다. "문제는 생애말기에는 우울증을 진단하기가 어렵다는 점이죠. 애매한 부분이 많습니다. 생애말기에 일반적으로 느끼는 슬픔과 우울, 비탄에 젖는 것과 대비해서 임상적으로 유의미한 우울증 증상은 무엇일까요?" 노인정신의학 분야 내에서도 이에 대해 큰 인식 차이가 존재했다. 살날이 오래 남지 않은 노인 환자에게서 보이는 우울감과 절망감이 어느 수준이어야 정상이라고 판단할 수 있는지 실제로 의사들은 정확히 모른다.

갠지니는 노인차별 문제를 우려하며, '다른 기준을 적용하는 것은 노인차별'이라고 말한다. 젊은 환자가 위험한 생각을 하면 응급 치료를 제공하지만, 비슷한 생각을 하는 나이 든 사람은 이성적이라고 추정해서 생명을 살리는 치료나 개입을 하지 않는 의료 체계가 구축될 수도 있다. 젊은 사람은 자살 예방의 대상이 되고 나이 든 사람은 배제되는 것이다. 실제로 이런 위험성이 문제가 되는 듯하다. 노인의학 전문의는 젊은 의사들이 나이에 관한 개인적인 믿음을 노인 환자에게 투영하여 문제가 발생할 수 있다고 우려한다. 노화에 대한 두려움, 무엇이 삶을 견디기 어렵게 만드는지에 대한 추측, 나이 든 신체에 대해 자신도 모르게 느끼는 혐오감 등 때문에 말이다. "1차 의료 제공자한테 그저 '글쎄요, 제가 아흔 살이라면 저도 슬프고 울적하고 우울할 것 같아요'라고 말하지 말라고 가르치는 데 힘을 쏟고 있습니다. 이는 진단 기준이 아닙니다! 서른다섯 살 의사라면 그렇게 생각할 수는 있겠죠. 하지만 노인의학 전문의들은 '이는 위험한 관점입니다. 많은 사람의 우울증을 발견하지 못해 치료하지 못할 거예요'라고 경고할 겁니다." 이미 전 세계에서 노인 자살률은 다른 인구 집단보다 높다.

의사불간섭사 모형에 회의적인 정신과 전문의는 진료실 밖에서 작용하는 부담에 주목한다. 긴 노년의 시대에 대처할 미국의 사회적·경제적 준비는 한심한 수준이라고 한다. 의약품은 어처구니없이 비싸고 환자는 의료비 청구서 때문에 파산한다. 65세 이상 미국인 중 약 10퍼센트가 이미 빈곤한 상태다. 메디케어는 노인 생활 지원 시설이나 자택 돌봄을 거의 지원하지 않아서, 노인이라면 다들 두려워하는 성인 위탁시설이나 주에서 지원하는 요양원에 들어갈 수밖에 없는 처지다. 냉혹하고 노란 조명, 박봉에 과로하는 간호조무사들, 질 낮은 음식. 어떤 노인이 이런 비참하고 외로운 곳에서 사는 것을 피하고자 죽기를 원한다면, 그것은 이성적 자살일까? 만일 그렇다면 이성적 자살은 겉으로는 도덕적 선택처럼 보이는, 노인에 대한 사회적·재정적 방치의 결과일지도 모른다.

미국에 '회색 해일gray tsunami(특히 베이비붐 세대가 나이 듦에 따라

65세 이상 인구가 폭발적으로 증가하는 현상을 비유적으로 표현하는 말-옮긴이)'이 밀려들면서 메디케어 예산이 마르면, 노인의 이성적 자살을 나이 든 사람이 복지 재원을 고갈시키지 않고 젊은이들에게 기회를 주기 위해 사회적 책임을 지려는 행동이라고 생각하는 사람도 나타나지 않을까? 이미 매년 메디케어 지출 중 4분의 1가량이 생의 마지막 해를 보내는 환자에게 쓰인다. 이 모든 상황을 고려하면 우리는 속으로, 혹은 자기도 모르게 철학자 폴 멘젤Paul Menzel이 말한 '싸게 죽을 의무'를 만들지는 않을까? 노인은 살아 있다는 이유로 다른 사람에게, 아니면 본인에게 '왜 아직 살아 있는가?'라는 질문에 답해야 할 수도 있다.

2019년 초에 마이클 어윈은 '아흔 넘어서Ninety Plus'라는 새로운 단체를 출범시켰다. 누구든 나이가 90세를 넘으면 의사조력사 권리를 부여받아야 한다는 전제를 중심으로 만든 토론 집단이었다. 당시 88세였던 어윈이 내게 말하길 나이 기준을 90세로 선택한 것은 실은 마음대로 정한 것이라 했다. "미안하지만 마땅히 대답할 말이 없네요. 좋은 기준처럼 보였습니다." 어윈이 말하길 그 나이 무렵에는 고통을 겪을 게 거의 확실했다. 어윈은 비교적 잘 지냈는데도 요통이 있고 발에 감각이 없어서 걷기가 어렵고 고혈압 때문에 약을 먹었다. 그 외에는 괜찮았지만 기력이 떨어지는 것에 대처하기가 가장 어렵다고 했다. 어윈은 오래 기다렸던 모임이나 즐겁게 기대했던 약속이 취소되면 오히려 반가움을 느낀다는 걸 깨달았다. 집에서 쉬면서 '손주나 브렉시트처럼 바보 같은 일에 관해 아주 친하지 않은 사람과 대화를' 나누지 않아도 된다는 뜻이니 말이다. 그런 자신의 기분을 파고들자 의미 있는 생각이 떠올랐다. 뭘 하든 진이 빠진다면 사는 데 무슨 의미가 있을까? 어원은 내게 물었다. "내가 왜 원하지 않는 고통을 받아야 하죠? 왜 질질 끌어야 한답니까?"

*

현재 유럽 중 세 나라가 조력사법에서 환자의 나이를 고려하여 자격을 부여한다. 벨기에, 네덜란드, 룩셈부르크는 전부 노인 환자가 '다중병적상태polypathology'나 '수많은 증상'으로 고통받으며 삶을 견디기 힘들 지경이라면, 조력사 조건을 충족하는 것으로 인정한다. 명시된 관련 증상으로는 청력 상실, 시력 저하, 실금 등이 있다. 벨기에 전국 안락사 평가 위원회장인 빔 디스텔만스Wim Distelmans는 다중병적상태인 노인 환자는 벨기에 전체 안락사의 약 10퍼센트를 차지한다고 말했다. 내가 브뤼셀에 있는 그의 사무실을 방문했을 때 디스텔만스는 말했다. "저는 다중병적상태를 어렵게 생각하지 않습니다. 80세인데 더는 볼 수 없고 아무것도 안 들리고 텔레비전도 못 보고 책도 못 읽고 먹는 데 도움이 필요하고 대다수 시간을 침대에 누워 있다면… 참을 수 없이 고통스러울 수 있다고 생각합니다."

2002년에 안락사를 합법화한 네덜란드에는 법을 확대해서 모든 사람은 특정 나이를 넘으면 전혀 고통스럽지 않을 때조차 의사조력사를 받을 수 있어야 한다고 주장하는 국회의원들도 있었다. 2016년 네덜란드 보건복지체육부 장관 에디스 쉬퍼스Edith Schippers는 '심사숙고해서 삶을 완료했다고 의견을 낸' 노인에게 자격을 부여하는 기준을 세우자고 제안했다. 의회에 성명을 내면서 새로운 법적 기준은 '삶을 의미 있게 이어갈 가능성이 없고, 독립성 상실과 이동 능력 저하로 고통받으며, 가까운 사람들을 잃어 고독을 느끼고 전반적인 피로와 기력 저하와 개인적인 존엄성 상실로 부담을 느끼는 나이 든 사람'에게 도움을 제공할 것이라고 했다.

쉬퍼스의 제안에 갈채를 보내는 정치인도 있었으나 적의에 찬 인종차별주의자이자 이민자를 싫어하는 포퓰리스트 정치인 헤이르트 빌더르스Geert Wilders가 예상 밖에도 공동체의 책임과 사회의 품위를 옹호하며 반대했다. 빌더르스는 네덜란드 신문 〈폴크스크란트Volkskrant〉에서 "우리는 빈곤하거나 외로운 사람을 죽도록 설득하는 일을 허락해선 안 됩니다. 외로움과 싸우고 존엄성을 지켜내며 어르신들에게 심혈을 기울이는 것이 언제나 최선의 선택입니다"라고 주장했다.

쉬퍼스의 시도는 실패했지만 2019년 9월 피아 데이크스트라Pia Dijkstra라는 국회의원은 '삶을 완료'한 노인을 위해 고안한 조력사

법안을 다시 밀어붙이겠다고 선언했다. 내가 그녀에게 이유를 묻자 데이크스트라는 심드렁한 네덜란드 사람처럼 답했다. "우리는 사람들한테 언제 삶을 완료할지 직접 선택할 권리가 있다고 생각합니다. 머리에 비닐봉지를 쓰고 질식사하는 것처럼 끔찍한 선택지밖에 없어서는 안 되죠."

완료한 삶이라는 논리는 위안을 준다. 이 논리는 우리가 존재론적으로 충분히 만족스러울 만큼 오래 살고, 삶의 완료 지점에 도달하면 이를 깨닫게 되어 삶을 놓아줄 것이라고 말해준다. 하지만 삶의 자연스러운 종점을 찾기 쉽다는 말은 의심스럽다. 2016년에 여러 네덜란드 학자가 동료심사를 받는 의학 학술지인《영국 의학 학술지 오픈BMJ Open》에 「의도와 행동 사이에 붙잡히다: 스스로 선택한 죽음을 상상하는 노인들Caught Between Intending and Doing: Older People Ideating on a Self-Chosen Death」이라는 논문을 공동으로 게재했다. 연구자들은 평균 나이는 82세이고 '자기 삶을 더는 살 가치가 없다고 여겨서 스스로 죽기를 선택하는 것을 상상'하는 네덜란드 시민 25명을 연구했다. 연구 참가자들은 공통적으로 '(1)자기 삶을 '완료'했다고 여기고 (2)계속 살 가능성 때문에 괴로워하며 (3)지금 죽기를 바라고 (4)나이가 70세 이상이고 (5)말기질환은 없고 (6)자신의 정신 상태가 건강하고 (7)죽고자 하는 바람이 합리적이라고 여겼다.' 모든 참가자는 연구 과정의 설문에서 자신의 선택에 '가슴이 미어진다고' 인정했다. 그들은 '딜레마', '분투', '의심'

같은 단어를 사용했다. 한 여자는 엉덩이관절 교체술을 진지하게 고려하는 동시에 삶을 끝낼 계획을 적극적으로 세웠다. 다른 여자는 자기가 죽어야 한다고 생각하는데, 세계 에너지 비축량이 고갈되고 의료 예산이 줄어드는 현실을 고려한 탓도 있다고 했다. "옛날에는 할머니가 더는 일족에게 도움되지 않는 상태가 되면 사람들이 '할머니, 더는 안 돼요'라고 말했어요." 연구 참가자 중 상당수가 자살을 '합리적'이고 '이성적'인 선택으로 봤다. 때때로 밀려오는 감정적인 생존 충동과는 정반대로 말이다.

나는 그들이 말하는 완료한 삶을 준비할 수 있기를 간절히 바라는 사람들을 만났다. 런던에서 지낼 때 템스강을 따라 남쪽으로 달리는 지하철을 타고, 자신이 삶을 완료하는 시점에 다가가고 있다는 75세 남자 토니를 만나러 갔다. 토니는 템스강이나, 찰스 왕세자가 전부 콘크리트로 만들어졌다고 냉정하게 핵발전소와 비교했던 거대한 국립극장 주변을 산책하러 갔다. 그는 곧 상연할 연극을 안내하는 극장의 벽보를 자세히 살펴보고 우아하게 작품을 선별했다. 토니는 보통 달에 두 번씩 극장에 갔고 어느 날 어떤 작품이 상영하는지 잘 알았다. 다만 갑자기 연극이 더는 흥미롭지 않았다. 사랑했던 셰익스피어 작품조차도. 다른 생각이 떠오를 뿐이었다. 나는 〈햄릿〉을 충분히 봤다. 〈리어 왕〉도 충분히 봤다.

토니는 작은 아파트에서 혼자 살았다. 벽을 초록색 페인트로 칠했고 초록색 소파와 초록색 안락의자가 놓여 있었고 초록색 식물이 조금 있었다. 토니는 키가 작고 흰머리가 곱슬곱슬하고 귓불이 통통한 남자였고, 머리부터 발끝까지 고동색으로 차려입었다. 나와 악수하며 토니가 말했다. "나는 걸음이 불편해요. 귀도 점점 먹어가고. 하지만 별다른 건 없어요." 토니는 책장에 프로이트, 융, 게슈탈트 심리 요법 실습에 관한 책을 꽂아뒀다. 맨체스터의 유대인 가정에서 태어났고 그 뒤로 '타락한 기독교인, 불교인, 퀘이커교도…가 됐다가 다른 방향으로 생각을 전환해 실존주의자가 됐다.'

나이를 먹은 것이 언짢지는 않다고 했다. 초록색 의자에 앉아서 BBC 라디오를 몇 시간씩 내리 듣는 등 늙은 남자가 좋아할 법한 평범한 일들은 만족스러웠다. 얼이 빠지거나 혼란스러운, 이상하게 '머리가 하얘지는 순간'마저도 참을 수 있었다. 그렇지만 머지않아, 5년 안에 갈 준비를 마치고 싶다. 넓게 보면 회피 행동일지도 모른다. 토니는 '대소변이 새고 악취를 풍기고 삶이 지겨워 죽을 지경이 되는, 심각하게 노쇠해지는 과정'을 건너뛰길 바랐다. "그 단어는 좋아해요! 노쇠. 조각들이 떨어져나가고…." 요양원에 가게 되는 것도 원하지 않았는데, 그곳에서는 간호사가 애써 기괴한 미소를 지은 채 굳어버린 얼굴로 옹알이하는 듯한 목소리를 내며 토니에게 다른 사람과 어울리라고 재촉할 것이다. 보드게임을 권하거나 음악을 틀어놓고 "어서요, 토니 할아버지! 같이 해요! 손뼉을 치세요!"라고 말할 것이다. 토니는 요양원이 자기처럼 내성적인 사람한테는 지옥이라고 했다. 최소한 지루할 텐데, 토니는 권태가 무엇보다 두려웠다. 매일 일기 비슷한 것을 쓰는데, 최근에 같은 내용을 쓰고 또 쓰는 자신을 발견하고 몹시 충격을 받았다고 했다. "나는 나한테 지루함을 느끼면 자살할 거예요." 토니가 말했다.

인터뷰가 끝나갈 무렵 토니가 자기 침실을 보고 싶냐고 물었다. 토니는 침대 옆에 순수한 헬륨이 가득한 가스통과 두꺼운 비닐봉지로 만든 마스크를 보관한다고 했다. 토니는 그 물건들을 잘 보이는 곳에 뒀는데, 이따금 찬찬히 살펴보면서 확신을 얻기 위해서였다. "내가 충분히 살았는지는 어떻게 알까요? 그때가 되면 헬륨 가스통 밸브를 돌리고 머리에 봉지를 뒤집어쓰게 될까요?" 토니가 잠시 말을 멈췄다. "나는 존재하길 그만둔다는 철학적 개념에 관심이 있어요." 토니는 20대에 자살을 고민한 적이 있다. 여자 문제였다. 약을 먹었지만 몇 시간 뒤에 토하면서 깨어났다. 그러나 이번에는 다를 것이라고, 철저할 것이라고 말했다. 토니는 날 올려다봤다. 내 얼굴에 떠오른 무언가를 포착하려는 듯이. 토니가 재빨리 다시 아래를 내려다봤다. 토니는 내가 죽음을 생각하기에는 너무 젊다고 말했다.

*

애브릴은 2015년에 의사한테 도와달라고 부탁한 적이 있다. 애브릴은 솔직했고, 지나치게 당당했다. '살 가치가 없어요. 하지만 우울증에 걸리지는 않았어요'라고 말했다. 의사는 친절을 베풀어 애브릴한테 '넉넉한 양의 바르비투르산염'을 줬을까?

"안 됩니다." 의사는 대답했다.

애브릴은 다른 의사 몇 명에게도 물어봤다고 했는데, 그중에는 예전에 만났던 외과 전문의도 있었다. "모두 '정말 도와드리고 싶지만 그럴 수는 없습니다'라고 말하더군요."

어느 날 저녁, 한 의사가 애브릴네 현관문을 두드렸다. 애브릴이 안으로 들여보내 주자 의사는 줄곧 애브릴의 상황을 고민하다가 직접 설명하고 싶어졌다고 했다. 그러더니 울기 시작했다. 애브릴은 의사를 거실로 안내해 소파에 앉혔다. 애브릴은 안락의자에 앉아 발을 머리보다 높게 올려 두었다. 의사는 애브릴을 도울 방법을 찾아봤다며 두 시간에 걸쳐 자신이 조사한 내용에 대해 말했다. 자신이 할 수 있는 일이 있을지 알아보려고 의료 전문 변호사한테 돈을 주고 상담까지 받았지만, 변호사는 어쩔 도리가 없다고 했다. 의사는 애브릴을 존경하며 애브릴을 치료하면서 즐거웠다고 말했다. 자기 친구가 머리를 오븐에 넣고 가스 중독으로 자살하려고 시도했지만, 사고로 집이 폭발해버린 이야기도 덧붙였다. 의사는 다시 울었다.

의사는 떠나려고 일어나면서 말했다. "이 일로 교수님이 자살을 시도하실까 두렵군요."

"알겠어요." 애브릴이 말했다. 분명 그럴 것이다. 나중에 애브릴은 의사들한테 그만 연락하라고 말했다. 그녀는 얼마 남지 않은 자신의 시간을 의사들이 잡아먹는다고 했다.

애브릴은 온라인에서 죽을 권리를 주장하는 단체 엑시트인터내셔널을 찾았다. 사무용 컴퓨터 앞에 앉아 커다란 독서용 안경을 쓰고 돋보기를 화면에 대고 웹사이트를 찬찬히 읽었다. "죽음은 의료 절차가 아닙니다. 침대 옆에 흰 가운을 입은 사람이 있어야 하는 게 아닙니다. 엑시트의 목적은 모든 이성적인 성인이 구할 수 있는 가장 좋은 정보에 접근할 수 있도록 하여, 언제 어떻게 죽을지를 두고 정보에 근거한 결정을 내릴 수 있도록 보장하는 것입니다." 웹사이트는 매우 전문적으로 보였고, 분홍색과 보라색 삽화와 뉴스 기사로 이어지는 링크가 있었다. 설립자는 실제 호주의 의사인 필립 니츠케였다. 사이트를 살펴보니 엑시트의 회원은 평균 나이가 75세였고 엑시트의 연간 회원권과 니츠케가 쓴 《평온한 약안내서》의 전자책을 185달러(약 25만 원-옮긴이)에 구매할 수 있었는데, 이 책은 삶을 끝내는 믿을 만하고 평온한 방법을 모두 가르쳐준다고 약속했다. 애브릴은 신청서를 쓰고 요금을 내서 엑시트에 가입해 곧장 안내서를 열었다. "최근에는 새로운 경향이 나타나기 시작했습니다. (나이에 비해) 튼튼하고 건강하지만, 삶이 점점 더 버거워지는 노인분들이 찾아오는 것입니다."

이 안내서는 독특하게도 교과서 형식이었다. 확실성, 평온함, 타인에 대한 안전, 유효 기한, 사후 탐지 가능성이라는 척도로 죽는 방법을 평가했다. 가스통, 청산가리, 자동차 배기가스에 대한 설명도 있었다. 애브릴은 거실 옆에 있는 작은 사무 공간에서 안내서를 읽었는데, 사무 공간 한쪽에는 포스트잇이 덕지덕지 붙은 종이 더미와 구매자를 위한 필수 정보라는 라벨이 붙은 서류 상자가 있었다. 애브릴은 자기가 죽고 난 뒤 누구든 그녀의 집을 사면 이 상자를 전해주라고 변호사한테 부탁했다. 책을 거의 다 읽었을 때 유일하게 관심이 가는 자살 방법이 나왔다. 가장 좋다고 설명하는 방법, 바로 넴뷰탈이었다. 이 바르비투르산염은 빠르지만 너무 급하지는 않게 죽음에 이르게 했으며, 자연스러워 보이도록 만들었다. 책에서는 다음과 같이 설명했다. "목격했을 때 가장 평화로운 죽음이며 잠자는 동안 사망합니다." 약을 빨리 섭취해야 한다는 것이 유일하게 까다로운 점이었다. 혼수상태가 찾아오기 전, 두세 모금만에 마시는 것이 이상적이다. 애브릴은 자기가 그렇게 할 수 있을지, 관절염에 걸린 떨리는 손으로 약이 든 병을 열지 못하진 않을지 걱정했다.

책에서는 약을 구하는 방법 몇 가지를 알려주었다. 멕시코에 있는 동물 용품 가게에서 액상 형태로 살 수 있었는데, 동물을 수술할 때 마취시키는 용도로 사용하는 것이었다. 멕시코에 있는 가게에서는 넴뷰탈을 표준 복용량으로 나눠서 팔았다. 엑시트에서는 회원들에게 죽기 위해선 두 병이 필요하다고 조언했다. 중국을 통해서도 구할 수 있었는데, 암시장의 마약상에게 가루 형태로 사서 물에 탈 수 있었다. 안내서에는 두 나라에 있는 판매상의 이메일 주소가 적혀 있었는데, 애브릴은 멕시코로 결정했다. 전에 중국에서 스테인리스 냄비를 샀다가 품질에 실망해서 중국 물건을 믿지 못했고, 이런 중요한 일을 운에 맡기고 싶지 않았다. 애브릴은 혹시 법을 어기는 것이 꺼려지는지 자신에게 물었는데, 전혀 아니었다. 법이 너무 '바보' 같았기 때문이다. 애브릴은 안내서에서 조언하는 대로 '라이즈업Riseup'이라는 암호화 서비스를 이용해서 이메일을 새로 만들어 죽음 계획과 관련된 모든 이메일을 주고받는 데 사용했다.

알레한드로라는 맥시코 밀매꾼에게 애브릴은 460파운드(약 74만 원-옮긴이)를 송금했다. 이 과정이 너무 평범해서 상식을 뒤집는 선택을 한다는 느낌이 들지 않았다. 알레한드로는 정중한 말씨로 송금 방법을 명확하게 지시했고, 물건을 발송한 뒤에는 송장번호까지 보내줬다. 애브릴은 이메일에 '기분이 나아지기 시작했네요'라고 썼다. 하지만 소포를 받아 보니 넴뷰탈이 한 병밖에 오지 않았다. 그 병은 욕실 찬장에 넣어두고, 다른 밀매꾼한테 600파운드(약 96만 원-옮긴이)를 내고 다시 주문했다. 새로 도착한 넴뷰탈 두 병을 개수대 위에 있는 수납장에 넣고 나자 놀랍도록 안도감이 들었다.

그해 나는 넴뷰탈을 인터넷으로 구매한 다른 사람들, 만약을 대비해 넉넉한 양을 챙겨두고 싶어 하는 노인들이나 약을 먹을 계획을 확고하게 세운 고통스러운 질환에 시달리는 이들을 만났다. 제이 프랭클린이라는 30대 후반의 호주 남성은 선천성 장 질환을 앓았는데, 유튜브 영상에서 넴뷰탈을 달라고 애원해서 낯선 사람으로부터 넴뷰탈을 받았다. 나이 든 영국 남자 빌은 파킨슨병을 앓았는데, 중국에서 가루로 된 넴뷰탈을 사서 아들이 찾을 수 없도록 벽장에 숨겨뒀다. 스카이프로 만난 27세 헝가리 남자 발린트는 몸도 건강하고 여자친구도 있고 전반적으로 삶에 만족하지만 넴뷰탈을 챙겨두길 원했다. '세계가 발전해가는 방향이 매우 염려스러웠기' 때문이었다. 헝가리 정부는 진보적이지 않고 시민의 자유를 강력하게 억압했다. 또 어떤 이유들이 있었을까? 세계적인 인구 과잉, 자원 고갈, 기후 변화, 전쟁처럼 더욱 커다란 지구적 문제들이 있었다. "저는 무언가를 해야만 할 수도 있다는 사실이 몹시 두려워요. 저한테 무슨 일이 생긴다면… 탈출구가 있다는 것을 보장하고 싶어요."

"여자친구분도 아시나요?" 내가 묻자 발린트가 대답했다.

"아니요. 놀라 자빠질걸요."

애브릴은 계획을 구체화히기 시작했다. 중풍에 걸린 왼손 때문에 마지막 순간에 넴뷰탈을 쏟을까 걱정되어 욕조 가장자리에 넴뷰탈을 올려둘 플라스틱 쟁반을 샀다. 거품 목욕을 하는 동안 샴페인 잔을 올려두는 데 사용할 법한 물건으로 말이다. 시신이 빈집에 너무 오래 방치되지 않도록 애브릴이 계획한 시간에 '발견'해줄 친구도 찾았다. 애브릴은 계획을 들려주며 말했다. "아이고, 정말이에요. 이상한 일이지만 사실은 사실이지. 그 후로 통증이 덜 해요." 약을 사두고 계획을 세운 것만으로도 기분이 나아졌다. 애브릴은 엑시트인터내셔널 웹 포럼에서 다른 회원들도 그렇게 느낀다는 사실을 알게 되었다.

애브릴은 곧 존재하지 않게 된다는 사실은 별로 걱정하지 않았지만, 집과 정원이 어떻게 될지는 진심으로 걱정했다. 늦은 3월 어느 날, 애브릴은 집을 점검해봤다. 블루벨bluebell(청색이나 흰색의 작은 종 모양 꽃이 피는 식물-옮긴이)과 사과나무 사이로 난 구불구불한 오솔길을 따라 천천히 걸었다. 핀을 꽂지 않은 길고 흰 머리는 자연스럽게 등을 따라 흘러내렸다. "이런, 무화과나무는 보지 마세요. 올해는 무화과가 안 좋은데 이유는 모르겠어요." 묘비는 정원 뒤편 헛간 쪽에 있었다. 애브릴은 데번Devon 북부 해안에서 매끄럽고 분홍빛이 도는 돌을 구해와서 지역 예술가를 고용해 글을 새겼다. 애브릴 K. 헨리. 놀랍지 않은가? 평범한 방법은 아니지만, 애브릴은 지역 환경청에 허가를 받으면 자신의 집 뒷마당에 묻힐 수 있다는 사실을 알아냈다. 환경청은 그저 애브릴의 집이 수원水原과 너무 가깝지 않은지 확인했고, 다행히 충분한 거리가 있어 허가가 났다. 애브릴은 오소리가 건드리지 못할 만큼 깊이 묻힐 것이다. 애브릴이 근엄하게 말했다. "오소리가 날 먹는 건 상관없지만 이웃들은 시체 조각이 주변에 흩어져 있는 걸 보고 싶지 않을 테니!" 이미 장례식 비용을 치렀고 참석자에게 엄격한 지시를 남겼다. 아무도 검은색 옷을 입지 않아야 한다는 것이다. 장례식에는 어슐러 르귄의 작품을 낭독하는 시간이 있었고, 그 후 다같이 술을 마시는 일정이었다.

애브릴이 말했다. "오라 4월이여, 우리는 한껏 봄에 취할 것이니. 정원은 아름답고 나는 정원을 정말로 사랑하는데, 내가 왜 한 해를 더 살고 싶어 하지 않는지 궁금할 것 같네요. 음, 설명하기 어려운데… 당장은 정원을 즐길 수는 있지만, 정말 너무 아파요." 애브릴은 주변을 둘러봤다. "내가 오래 이곳에 머문다면, 내가 나빠지듯 정원도 나빠지겠죠."

"꽃이 만개한 정원을 다시 볼 수 있으리라 생각하세요?"

애브릴은 잠시 위를 쳐다보더니 눈을 크게 떴다. "무척 감성적인 사람이군요, 그렇죠?"

*

우리가 처음 이메일을 교환한 지 두 달이 지난 2016년 4월 15일 금요일 오후 8시 49분, 애브릴의 집 전화가 울렸다. 밤에는 전화가 울리는 일이 없었기 때문에 깜짝 놀랐다. 애브릴은 사무 공간의 컴퓨터 앞에 앉아 있었다. 전화 너머의 목소리는 낯선 남자의 것이었고 알아듣기 힘들었다. 특히 자음을. 애브릴은 낯선 목소리에게 자기는 귀가 잘 안 들리니 천천히 말해달라고 했다. '한 번에 한 단어씩, 음절마다 끊어서요'라고 부탁했다. 남자는 자기가 경찰이며 애브릴이 삶을 끝내려는 계획을 세웠다는 정보를 입수했다고 말했다. 애브릴이 맞다고 대답하자 경찰은 애브릴 집으로 동료를 보낼 테니 이야기할 수 있겠냐고 물었다. 애브릴은 이를 거절했다. 날은 이미 어두웠고 애브릴은 어두워진 뒤에는 절대로 현관문을 열지 않았다.

오후 9시 15분, 애브릴의 집에서 가까운 헤비트리로드Heavitree Road 경찰서에서 출동한 경찰관 두 명이 애브릴네 현관문에 달린 유리판을 깨고 현관에 발을 내디뎠다. 경찰은 나중에 초인종을 먼저 눌렀다고 했지만, 애브릴은 그렇지 않다고 맞받아쳤다. "맙소사!" 애브릴이 유리가 깨지는 소리를 듣고 소리쳤다. 경찰관은 웅크린 애브릴을 찾고는 누군가 애브릴을 자살 위험인물로 신고하여 '건강 점검'을 수행하고자 왔다고 말했다. 인터폴, 즉 국제형사경찰기구가 자기들을 출동시켰다는 등 무슨 말을 하더니 애브릴에게 약을 내놓을 것을 요구했다.

애브릴은 평정을 되찾았다. 이 서투른 남자들은 자기들이 무엇을 찾는지 잘 모르는 것 같아 애브릴은 그들을 조롱하기로 마음먹었다. 그들이 찾는 것이 과연 가루일까, 액체일까, 아니면 알약일까? 애브릴은 자기 집에는 이론적으로 자살할 때 사용할 수 있는 물건이나 물질이 아주 많다고 말했다. 부엌에는 고기를 써는 큰 전기 칼이 있으며 애브릴은 신체에서 중요한 동맥이 흐르는 위치를 알았다. 감전사하는 방법도 이미 알아냈다. 경찰관 한 명이 서재에서 자살 유서와 죽기로 결심한 내용을 적은 에세이가 담긴 파일을 찾았다. 경찰관은 자살이 불법이라고 말했는데 애브릴은 그건 잘못 알고 있는 거라고 받아쳤다. 자살은 완전히 합법이며 수십 년 동안 그랬다고. 경찰관은 애브릴에게 왜 자살하고 싶냐고 물었지만 애브릴은 신경 쓰지 말라고 일축했다. 에브릴은 간병인 헤더(가명)를 불러서 도움을 받을 수 있냐고 물었고 경찰이 허락하자 곧장 헤더를 불렀다. 도착한 헤더에게 애브릴은 아래층 욕실에서 흰 보관장 안을 들여다보라고 했다. 거기에 멕시코에서 온 약물을 담아 둔 종이상자가 있다고. 헤더는 욕실에서 상자를 찾아서 경찰관에게 넘겼다.

경찰은 자정 무렵에 전문의를 불렀고 밤 12시 07분에 의사가 도착했다. 경찰관은 의사에게 인터폴이 '멕시코에서 오는 화학물질에 관한 정보를 일부 가로채' 애브릴의 소포를 역추적했다고 설명했다. 애브릴은 무척 피곤했지만 의사와 앉아서 건강 문제를 이야기했다. 요통, 형편없는 이동 능력, 청력 상실, 대소변 실금. 애브릴은 우울하거나 정신질환에 걸린 적은 없다고 했다. 글쎄, 한 번은 우울했던 적도 있지만 아버지가 돌아가신 뒤였으니 그냥 슬픔이 아니었을까? 애브릴은 자살을 18개월 동안 계획했다고 설명했다. 넴뷰탈을 구한 방법과 그것이 얼마나 비쌌는지도. 자살과 관련된 모든 일에 순서를 정했고 시신은 한 친구가 월요일 오전에 발견해주기로 했다고 말했다. 헤더는 애브릴의 말을 들으며 교수가 청중 앞에서 강의하는 말투라고 생각했다. 다른 사람이라면 무너졌을 수도 있겠지만 애브릴은 무척 침착했다.

그 뒤 사회복지사와 정신과 전문의를 불러 애브릴의 정신 건강 평가를 진행했다. 애브릴은 그 사람들을 데리고 침실로 가서 애브릴이 매일 쓰는 패드를 댄 천 기저귀를 보여줬다. 침대 밑에 둔 요강을 가리키며 하룻밤 만에 요강을 다 채울 때도 있다고 설명했다. 사회복지사는 당황한 듯 보였다. 친구가 써준 작별 편지도 보여줬다. 기독교인 친구 중 한 명은 카드에 '즐거운 여행 돼!'라는 말과 함께 사인을 남겼다. 애브릴이 해외여행을 계획한 것처럼. 정신과 전문의는 어떻게 가톨릭 신앙을 잃어버리고 성당을 떠났는지 궁금해했다. "신앙을 잃은 것이 어떤 영향을 주나요? 죽음이 두려우신가요?" 그날 저녁 의사가 작성한 문서에는 애브릴이 '매우 지적인 은퇴 교수로 수많은 건강 문제를 앓는다'고 쓰여 있었으며, 애브릴이 처한 상황이 '매우 어렵다'고 묘사되어 있었다.

두 의사와 사회복지사는 잠시 따로 상의해야 한다면서 애브릴에게 서재에 앉아 있어달라고 부탁했다. 30분쯤 지나 세 사람이 돌아왔을 때 애브릴은 '결정을 내리기 어려웠나 보군요'라고 말했다.

진단은 괜찮았다. 세 전문가는 애브릴의 정신이 건강하다고 보았다. 애브릴의 행동이 '어리석다'고 판단되지 않으므로 정신건강

법Mental Health Act에 따라 억류할 수 없었다. 의사는 보고서에 '우울증 흔적을 찾을 수 없음'이라고 썼다. 애브릴한테 향후 24시간 안에 자살할 계획이 있냐고 물었다.

"아니요."

그 뒤로는 어떨까?

"할 수 있다면 자살할 거예요."

의사는 썼다. "본 팀은 애브릴의 판단력이 온전하므로 판단력이 없는 사람을 수용하는 안전한 장소로는 이송할 수 없다고 생각한다. 다만 본 팀은 이 여성을 홀로 두는 것이 달갑지 않으며… 자살을 시도할 가능성이 있다."

"오랜 대화 끝에 우리는 에브릴에게 약물을 돌려줄 수 없다는 데 동의했다('해를 끼치지 말라'는 원칙에 따라)."

의사는 가방을 챙기면서 곧 주치의가 연락해 정식으로 정신 건강 평가를 진행할 것이라고 했다. 애브릴은 이야기를 들어준 것에 감사 인사를 전했다. 마침내 오전 4시 28분, 의사와 정신과 전문의와 사회복지사와 경찰관 모두가 부서진 현관문을 통해 떠났다. 30분 뒤 헤더도 돌아갔다. 애브릴은 숨을 크게 내쉬었다. 추가로 주문한 넴뷰탈 두 병이 있다는 사실은 아무도 몰랐고 경찰관도 이를 찾지 못했다. 흰색 찬장 뒤에 숨겨둔 넴뷰탈 두 병이 있었다. 애브릴은 자신에게 '우리가 이겼어'라고 속삭였다. 그러고 나서 침입자들이 서재에 불을 켜두고 화장실 변기 커버를 올려뒀다는 사실에 짜증이 치밀었다.

나중에 습격당한 다른 사람들의 이야기도 들었다. 런던에서 어느 전문 간병인과 이야기를 나눴는데, 담당 환자였던 여든 살이 넘고 만성피로증후군에 시달리던 바버라(가명)라는 여자도 경찰 때문에 현관문이 부서졌다. 경찰관은 애브릴한테 물었듯 멕시코에서 온 약을 갖고 있냐고 물었다. '명단'을 가진 어느 탐정으로부터 제보를 받았으며, 바버라를 검거하진 않겠지만 약은 내놓아야 한다고 했다.

바버라는 경찰관한테 말을 많이 할 수 없었는데, 매우 쇠약해진데다 목소리를 들려주려면 확성기를 사용해야 했기 때문이다. 바버라는 오래전에 넴뷰탈을 주문했지만 그때 버렸다고 했다. 경찰관은 점차 인내심을 잃더니 그냥 떠나버렸다. 그 뒤에 바버라가 약을 구매한 사정을 모두 알고 있는 간병인은 엑시트인터내셔널 웹사이트에 정체를 알 수 없는 탐정과 명단에 관해 경고하는 글을 올렸다. 몇 주 동안 엑시트인터내셔널은 옥스퍼드셔Oxfordshire와 브라이턴Brighton에서 발생한 유사한 사건에 대한 회원들의 제보를 받았다. 경찰의 습격은 영국을 넘어 해외에서도 발생했다.

2016년 5월에는 캐나다 벤쿠버에 사는 제니스라는 여자가 엑시트인터내셔널의 설립자 니츠케에게 '벤쿠버 형사 두 명이 (예정 없이) 방문한 일'에 관해 이야기할 것이 있다고 이메일을 보냈다. 사복 차림의 형사들은 제니스에게 당황하지 않아도 괜찮다며 안심시키려 했다. 형사는 '미국에 본부를 둔 국제 공조수사'에 참여하여 '온라인 조력자살'을 조사 중인데, 제니스가 멕시코에서 약을 주문한 사실을 안다고 했다. 제니스는 수색 영장이 있냐고 물었고 경찰관은 없다고 했다. 제니스는 경찰을 들여보내 주지 않겠다고 돌려보냈다. 그 뒤 나는 밴쿠버 경찰청VPD, Vancouver Police Department과 왕립 캐나다 기마경찰대RCMP, Royal Canadian Mounted Police에 전화를 걸어 제니스 사건에 관해 물었지만, 경찰청 대변인은 그런 기록은 전혀 없다고 대답했고 기마경찰대는 인터뷰를 거절했다.

몇 주 뒤 노스캐롤라이나주에 사는 여성 사라는 엑시트인터내널 홈페이지에 경찰이 집에 방문해서 넴뷰탈을 가져갔다는 글을 올렸다. 사라는 고작 60대였고 아픈 곳도 없었지만, 예전에 아주 나이 든 사람들과 가까이 지낸 적이 있어서 매우 불안해했다. 너무 불안한 나머지 사라는 절대로 너무 오래 살지는 않겠다고 맹세했다. 사라는 예순다섯 번째 생일에 자기한테 주는 선물로 넴뷰탈을 주문했다. "나는 노화가 무엇인지 예민하게 인식하게 됐을 뿐이에요. 이렇게 말하긴 싫지만⋯ 나는 용기가 없어요!"

사라가 말하길 경찰관은 오전 10시 30분경에 초인종을 울렸다. 처음에는 초인종을 무시했는데, 아직 침대에 누워 있었고 누가 올 예정도 없었기 때문이었다. 하지만 문을 크게 두드리는 소리가 나더니 이어서 쾅쾅 쳐대기 시작했다. 마지못해 문을 열자 젊은 경찰관 셋이 자기를 빤히 쳐다보았다. 처음에는 잔디를 제대로 안 깎고 정원을 흉한 모습으로 방치해서 문제가 되었나 싶었다. "마당 때문에 오셨어요? 제가 충분히 관리하지 못해서 잡초가 높고 무성해져서 어수선하죠." 사라는 경찰관들에게 안으로 들어오라고 안내하고 잠시 욕실로 가서 구강청결제를 쓸 수 있게 부엌에서 잠깐만 기다려 달라고 했다.

사라가 부엌으로 돌아왔을 때 그들은 멕시코에서 물건을 주문했냐고 묻더니 국토안보부Department of Homeland Security에 관한 알 수 없는 이야기를 했다. 사라는 생각나는 대로 이런저런 잡담을 늘어놓으며 주의를 돌리려 했다. 그들은 친절해 보였지만 당황하고 초조한 듯 보였다. 그러면서도 줄곧 사라를 쳐다봤다. '제가 줄 때까지 안 떠날 거군요?'라고 사라가 물어도 침묵을 지키며 서 있었다. 사라는 최근에 뉴스를 봤냐고 물었다. 세상에 온갖 끔찍한 일들이 계속 일어나는 것을 보지 않았을까? 심각하고 중요한 범죄자들을 추적하면서 시간을 값지게 써야겠다는 생각이 들지 않았을까? 사라는 냉장고를 열고 작은 종이봉투를 꺼내 조리대에 툭 내려놨다. "잘 가, 넴뷰탈!"

사라는 떠나려는 경찰관들에게 다들 몇 살이냐고 물었다. 모두 30~40대처럼 보였다. 사라는 언젠가 늙고 병들면 오늘 약을 빼앗기로 한 결정을 돌이켜보게 될 것이라고, 옳은 일을 했는지 열심히 고민해보라고 말했다. 경찰관 중 한 명이 자기는 나이가 들면 맥주를 마시며 해변에서 느긋한 시간을 보낼 계획이라고 했다. 사라가 대답했다. "그거 잘됐네요."

몇 년 뒤인 2019년, 노스캐롤라이나주 콩코드 경찰서에서 근무하는 메이저 키스 유리는 실제로 동료들이 그날 집에 머무르던 사라를 살펴보러 갔다고 알려주었다. 국토안보부인지 마약단속국 Drug Enforcement Administration인지를 대신해서 방문하긴 했지만, 어떤 연방 기관에서 요청했는지나 당시 책임을 맡은 경사가 누군지는 기억나지 않는다고 했다. 유리는 해당 사건을 기록한 서류도 찾지 못했다. 어떤 연방 기관이 더럼Durham의 경찰관들에게 사라의 집에서 나오는 약을 전부 몰수해서 없애되 사라는 체포하지 말라고 지시했다는 사실만 기억했다. 유리는 사라를 처벌하는 것이 아니라 '더 거물인 누군가를 뒤쫓는 것'이 '그 사람들'의 목표였다고 말했다.

엑시트인터내셔널 측에서는 이런 습격 사건들에 관해 뾰족한 답변을 주지 못했다. 일부 회원은 단체에서 추천하는 멕시코 마약상이 경찰에게 걸렸거나 매수당했거나 보안이 취약했던 것은 아닌지 의문을 제기했다. 2016년 6월, 호주에 사는 어느 엑시트 회원은 《평온한 약 안내서》를 양장본으로 주문했다가 호주 국경경비대가 보낸 편지를 받았는데, 1901년 호주 관세법 세부 항목 203B(2)에 따라 수사관이 책을 압수했음을 알려왔다. 국경수사관은 몰수품을 요약하는 칸에 '자살에 관해 상세히 기술한 책, 1권'이라고 썼다. 그해 가을부터 뉴질랜드에서도 경찰의 습격이 시작됐는데 전략이 더 교묘해졌다. 2016년 10월, 엑시트 회원 몇 명이 허트 계곡 Hutt Valley에서 열린 그룹 세미나 겸 점심 식사에 참석했는데, 참석자 대부분이 나이 든 여성이었다. 그중 상당수가 집으로 운전해 돌아가던 중 중앙 도로로 지나가는 차량을 검문하는 경찰의 바리케이드를 맞닥뜨렸다. 경찰관은 신분증을 확인하고 음주 측정을 했다. 술 취한 운전자를 잡아내고자 무작위로 측정하는 것처럼 보였지만 나중에 엑시트 회원 열다섯 명의 집에 경찰이 찾아왔다. 76세인 빌헬미나 어빙은 기자에게 경찰이 세미나에 관한 자세한 정보를 얻으려고 유도심문을 했다고 말했다. "경찰이 세미나에서 무슨 말을 나눴고 누가 있었는지, 이외에도 모든 내용을 정확히 안다고 했는데 제가 뭐라고 대답해야 했나요?"

뉴질랜드 기자들은 그 바리케이드가 엑시트 세미나에 참석한 사람들의 신원을 알아내려는 책략이었다고 보도했고 나중에 판사들에 의해 모두 사실임이 밝혀졌다. 경찰은 일련의 활동을 '화가 작전'이라 명명했고, 이를 수행하는 과정에서 엑시트인터내셔널 조직원이자 은퇴한 초등학교 선생님인 67세 수지 오스틴의 집을 도청했다. 2016년 10월, 성실한 정원사이자 알츠하이머병 자선단체와 성폭력 상담 프로그램과 해비타트Habitat for Humanity(1976년 미국에서 출범한 국제비영리단체로, 열악한 주거 환경으로 고통받는 사람들을 위해 집과 마을을 지어주는 활동을 펼치고 있다—옮긴이)에서 자원봉사를 하는 수지는 차에서 펜토바르비탈을 분배하다가 적발되어 체포당했다. 2주에 걸친 공판 끝에 '자살 지원' 혐의에 대해서는 무죄를 선고받았지만 불법 수입 두 건에 대해서는 유죄를 선고받았다. 수지는 내게 말했다. "저는 희생양이 됐다고 생각해요." 어쨌거나 뉴질랜드에는 똑같은 약을 주문하는 사람이 많았으니까. 일련의 일들이 시작된 후로 경찰의 방문과 수상쩍은 시간에 이루어지는 '건강 점검'에 대한 보도가 잠시 사라졌다.

몇 년 뒤, 영국 런던경찰청의 대변인은 2016년에 경찰의 습격이 진행되었을 때 경찰서 '특수 수사팀' 중 하나가 어느 시민의 걱정 어린 제보에 따라 엑시트인터내셔널과 그 설립자인 필립 니츠케를 조사하는 중이었다고 공식적으로 말했다. 대변인은 내게 '수많은 수사 라인'이 열렸지만, 결국 '아무 조처도 취하지 않았다'고 말해주었다.

*

경찰이 집을 떠나고 나서 몇 시간 뒤, 애브릴은 천천히 현관문을 열고 밖으로 발을 내디뎠다. 문간에 산산이 조각나 있는 푸르스름한 유리와 경찰이 구멍을 때우려고 못으로 박아둔 나무판자를 살펴보는데 눈이 부은 것 같았다. 애브릴은 밤새 한숨도 못 잤다. "오늘은 상태가 아주 이상해요. 아침에 식사를 만들다가 집을 태워먹을 뻔했고… 점점 정신이 나가는 것 같아요. 정말로 무섭고, 너무 충격적이에요." 애브릴의 몸은 여전히 떨렸다. 경찰들이 애브릴을 감시하려고 집에 도청 장치를 설치하고 떠난 건 아닐지 걱정했다. 애브릴은 경찰이라면 그럴 수 있다고 생각했다. 그들이 하는 짓은 아무리 잘 봐줘도 '연약하고 나이 든 여성이 혼자 사는 집의 문을 부수는 짓이니!'

애브릴에겐 해야 할 일이 있었다. 이후 며칠 동안 애브릴은 변호사에게 전화해서 지역 경찰청에 항의해달라고 했다. 애브릴은 경찰이 사과하고 다시는 자기를 성가시게 하지 않겠다고 약속하길 요구했다. 무엇보다 경찰이 현관문을 교체해주길 원했다. 아무 현관문이 아니라 고급스러운 유리로 장식된, 애브릴이 고른 현관문과 정확히 똑같은 종류로. 애브릴은 이미 몇몇 지역 유리업자에게 전화를 돌려 비용은 약 185파운드에 세금이 붙어 견적이 총 222파운드(약 35만 원-옮긴이)라는 걸 확인해뒀다. 애브릴은 자기와 연락이 닿는 사람의 이름과 전화번호를 전부 적어둔 주소록을 변호사에게 건넸는데, 여러 색으로 적절하게 분류되어 있었다. 각 색은 애브릴의 부고를 알려야 하는 가족과 친구의 순서를 나타냈다. 자동차는 오랫동안 차를 손봐준 정비공이 받을 수 있게 조치했다. 미래에 집을 살 사람에게 편지를 쓰면서 잡역부 제프를 고용하라고 설득했는데, 제프는 매우 믿음직하고 효율적으로 일하는 법을 잘 알기 때문이었다. 그다음에는 준비한 자살 유서 한 부를 펼쳐놨다.

유서에는 이렇게 쓰여 있었다. "나는 혼자고 이 결정은 전적으로 내가 내린 것이다. 여기 있는 이 증거가 살인 사건이 아님을 명백히 보여주므로 나를 검시하지 않기를 진심으로 바란다."

홋날 누군가는 애브릴의 마지막 글을 읽으며 이를 정서적 빈곤의 징후로 간주할 수도 있다. 나도 그랬을지도 모른다. 어떻게 마지막 편지가 그토록 냉정하고 반성이 없고 체계적일 수 있을까? 많고 많은 할 말 중에 왜 욕조를 더럽힌 채 떠나는 두려움과 액체 세제에 대해 이야기할까? "추신. 내가 죽으면서 욕조를 더럽혔다면 부디 친절을 베풀어 욕조를 닦아주세요. 데톨을 준비해놨습니다." 하지만 그런 자살 유서는 흔하다. 1990년대 자살 유서를 연구한 여러 학자는 대다수가 평이하고 간결한 내용임을 발견했다. 생각해보면 당연한 일일지도 모른다. 그 무렵 애브릴에게는 모든 것이 매우 명확했다. 더 할 말은 없었다.

애브릴은 4월 20일 늦은 오후에 점심을 먹고 죽기로 계획했다. 집에는 먹을 것이 별로 없었다. 죽을 계획이었으니 그 주에 장을 보지 않아 남은 것이라곤 약간의 냉동식품뿐이었고 비스킷마저 동났다. 그래도 2층에 있는 욕조로 느린 여행을 떠나기 전에 무언가를 먹어야겠다고 생각했다.

하지만 그날 아침, 주치의 진료소에서 전화가 왔다. 경찰한테 연락을 받았다고 했다. 정말 애브릴은 그날 저녁에 삶을 끝내고자 계획했던 것일까? 애브릴의 자살 사건을 조사한 지역 검시관이 작성한 후속 보고서에 따르면 애브릴이 인터넷 공급 회사에 전화해서 곧 죽을 것이라고 말하자 직원은 경찰에게 전화했고, 경찰이 애브릴의 주치의에게 연락하여 주치의가 접수원을 시켜 애브릴에게 전화한 것이었다. 이를 기록한 검시관의 보고서에는 짜증이 묻어 있는 듯했다. 모두가 애브릴의 계획을 알았다 한들, 대체 무엇을 할 수 있었단 말인가?

애브릴은 전화를 건 접수원에게 '개가 쫓아오지 못하게 하고' 자기를 내버려두라고 말하고는, 전화를 끊고 컴퓨터 앞으로 갔다. 그러고는 '즐거운 여행'이라는 제목의 이메일에 '점심은 잊어버리고 대신 욕조에 들어가야겠어요'라고 썼다.

애브릴은 화장실에서 작은 미용 가위로 넴뷰탈 두 병을 열었다. 열기 까다로운 병이었다. 유리병 입구 가장자리에 둘러진 금속 테를 끊어버려야 했다. 흘리지 않도록 조심하며 뚜껑을 연 병을 플라스틱 쟁반 위에 올려두고 30년 만에 욕조에 발을 디뎠다.

그날 저녁 6시 40분 애브릴이 죽은 것을 발견한 변호사는 애브릴이 바랐던 것처럼, 시신이 깨끗하고 건조했다고 확실히 말해주었다.

몇 주 전 애브릴은 마지막으로 욕조에 누워 있는 동안 어떤 느낌이 들지 궁금해졌다. '무엇이든 가능한 한 적게 느끼려고 노력'해야겠다고 생각했다. "마지막으로 정원을 둘러보거나 내 아름다운 도자기들을 오래 바라보는 건 피하고 싶어요. 죽는 것이 망설여지고 상처만 받을 뿐, 아무 도움도 안 될 테니까요." 애브릴은 어쨌든 죽음을 피할 수는 없다고 되뇔 것이라고 말했다. 죽는 것이 무서울 거라고는 생각하지 않았다. "더 이상 존재하지 않는데 어떻게 무서울 수 있겠어요? 단순한 논리예요. 나는 아무것도 모를 거예요. 아무것도 없을 테니까요."

3장

신체

마이아 칼로웨이는 한때 영화 제작자였기에 자기 삶의 끝을 다큐멘터리 영화로 만들면 어떨지 상상해보곤 했다. 첫 번째 장면에서는 휠체어를 타고 리오그란데Rio Grande 골짜기를 향해 최대한 빠르게 질주할 것이다. 눈이 쌓여 흙길을 덮었고 낮게 깔린 사막 덤불은 말라서 다채로운 갈색을 띨 것이다. 길고 곧은 머리카락은 바람에 휘날리고, 눈이 초롱초롱하고 얼굴이 상기된 마이아는 자신의 나이인 39세보다 어려 보일 것이다.

한때 연인이었지만 지금은 오빠(또는 날에 따라 친구나 엄마나 간병인)에 더 가까운 테비에가 옆에서 함께 걸을 것이다. 챙이 둥근 모자의 끈을 턱에 묶고 주머니에 신선한 마리화나 담배를 넣고 뉴멕시코의 햇살을 즐기며 함께 나아갈 것이다. 하지만 잠시 뒤 화면에서 퇴장할 텐데, 이 영화의 주인공은 마이아이기 때문이다. 바퀴가

흙을 밟는 소리 위로 마리아의 내레이션이 들려올 것이다. "나는 지옥에 있어. 여기서 내보내줘."

이 장면 마지막에서 마이아는 골짜기에 도착하고, 가능하다면 휠체어에서 일어나 발을 질질 끌며 절벽으로 몇 걸음 다가가서 아래를 노려볼 것이다. 마이아는 이 장면이 은유하는 것이 다소 가혹할 수도 있다고 생각한다. 죽어가는 여자가 말 그대로 심연을 응시하는 것이니. 하지만 사람들은 대개 죽어가는 사람들의 클리셰를 받아들여 주지 않나? 마이아는 뉴욕에 있는 영화학교에서 신화학자 조셉 캠벨Joseph Campbell의 작품을 읽은 적이 있는데, 그는 '영웅의 여정'을 서술하는 기법을 연구했다. 마이아는 영웅 설화를 전형적인 구성 요소로 분해할 수 있다는 캠벨의 발상을 좋아했다. 영웅이 세상으로 모험을 떠난다, 이상하고 초자연적인 것과 맞닥뜨린다, 속죄한다, 아버지격인 인물과 화해한다, 결국에는 자유를 얻는다. 마이아는 자기 이야기도 그런 식으로 입에 오르길 바랐다. "완전히 영웅의 여정이에요. 제가 정복하는 것 중 하나는 두려움, 다른 하나는 죄책감이죠." 물론 마리아의 임무는 캠벨의 영웅 설화 공식에 나오는 살 자유가 아니라 죽을 자유를 찾아 모험을 떠나는 것이다.

영화가 현실을 보여주려면 나쁜 모습도 담아야 할 것이다. 카메라에 골짜기 장면의 이후를 담을 수도 있을 것이다. 휠체어를 타고 지독하게 고생한 뒤에 마이아의 눈이 촉촉하게 젖고 텅 비어가는 과정을. 다른 장면에서는 언제나처럼 새벽 3시에 일어난 마이아가 가느다란 양팔로 벽을 밀어 몸을 지탱하면서 어둡고 좁은 복도를 절뚝거리며 내려가는 모습을, 이어서 냉장고에서 나오는 노란 불빛에 눈을 깜박이며 진통제를 찾는 모습을 보여줄 수도 있다. 마이아가 하느님이 무엇을 아느냐고 따지며 부엌에서 테비에와 싸우는, 고함치고 샐쭉거리는 모습 전부를. 내레이션으로 다발성경화증multiple sclerosis이 어떻게 세포 하나하나부터 자기 몸을 망가뜨려왔는지를 설명할 수도 있을 것이다. 면역계가 망가진 몸이 스스로 중추신경계를 공격하는 과정을, 병이 두개골과 척추 내의 신경을 보호하는 지방으로 된 막을 갉아먹어 신경 끝이 솔방울 껍데기처럼 바깥으로 곤두서서 손상되고 파괴되는 과정을 말이다.

마지막 장면의 대본은 쓰기 쉬울 것이다. 그 장면은 스위스 바젤Basel에 있는 작은 아파트에서, 스위스의 유명한 자살 병원 중 하나이자 외국인도 도움을 받아 죽을 수 있는 라이프서클Lifecircle에서 시작할 것이다. 마이아는 마지막 순간이 오면, 일찍 죽는 것이 병으로 천천히 죽는 것보다 낫다고 되뇌면서 앞으로 나아갈 수 있도록 스스로를 달래야 할 것이라고 생각했다. 마이아는 내게 말했다. "저는 어린애처럼 흔들리면서 '안 돼, 죽는 게 무서워, 죽는 게 무섭다고'라고 말해선 안 돼요. 그러지 말고… 용기를 내야 해요."

마이아는 곧 죽을 것이라고, 날짜를 정할 거라고 말했다. 스위스 병원의 행정 직원은 마이아를 맞이할 준비를 마쳤고 마이아는 비용 일부를 이미 지급했다. 먼저 3,300달러(약 429만 원-옮긴이)를 냈고 죽을 때 의료비와 약값과 화장 비용으로 7,000달러(약 911만 원-옮긴이)를 더 낼 것이다. 이제 비행기표를 예약하고 날아가기만 하면 되는 상태였다. 이 계획이 왜 그토록 이상해 보일까? 마이아는 2018년 3월에 내게 말했다. "지금 비행기를 두 번 취소했어요. 제가 망설이고 있다는 걸 깨달았어요."

*

2016년 1월, 마이아가 사는 콜로라도주에서는 어느 의원이 콜로라도 '생애말기선택권법End-of-Life Options Act'을 주 입법부에 제출했는데, 주 전역에서 지원사를 합법화하는 것이 목적이었다. 마이아는 뉴스에서 이 소식을 듣고 인터넷으로 입법안 내용을 찾아 신중하고 꼼꼼하게 읽어보았으나 마이아는 법에서 요구하는 자격 기준을 충족하지 못했다. 마이아는 자기가 죽어간다고 느꼈지만, 법은 충분히 죽어가지 않고 있다고 판단했다. 적어도 죽음에 충분히 가까이 가지 않았다고. 이 법은 6개월 이내에 자연스러운 죽음을 맞이할 환자를 대상으로 하지만, 의사가 말하길 마이아는 조금씩 느리게 마비되면서 몇 년을, 어쩌면 몇십 년을 살 수 있었다.

마이아는 온라인에서 지원사와 관련된 정보를 찾아보다가 〈죽기로 선택하다Choosing to Die〉라는 BBC 다큐멘터리를 발견했다.

호텔 경영자인 71세 영국인 피터 스메들리에 관한 이야기였는데, 스메들리는 운동신경원병motor neuron disease(운동신경에 점진적인 퇴행이 일어나는 중증 신경계 질환군-옮긴이)을 앓았고 스위스 당국이 '자발적 조력사assisted voluntary death' 또는 AVD라고 부르는 것을 받기 위해 영국에서 취리히로, 디그니타스Dignitas라는 병원으로 여행을 떠났다. 마이아는 생각했다. '나도 이렇게 할 수 있겠다.' 마이아는 스위스에서는 1940년대부터 조력사가 합법이었다는 사실을 알아냈는데, 입법상 누락 같은 것 때문이다. 스위스연방형사법 115조에 따르면 자살을 돕는 일은 '이기적인 동기'에서 도움을 줄 때만 불법이다. 이 법에 따르면 동기가 이기적이지 않다면 조력사가 허용되는 것이다. 형사법에서 정확히 무엇을 이기적이거나 이기적이지 않은 동기로 구성하는지는 정의하지 않았지만, 스위스 당국은 언젠가부터 조력자가 죽음을 통해 금전적인 이득을 얻지 않는 한 도움을 주어도 괜찮다는 뜻이라고 해석하고 있다.

스위스에서는 지난 몇 년간 비영리 안락사 병원 몇 곳이 개원했는데, 병원들이 내세우는 자격 기준은 모호한 스위스 법보다 나았다. 이들 병원은 환자가 고통받는 것을 조건으로 내세웠다. 자기 선택을 충분히 고려했고, 강요받지 않았고, 죽는 순간에 인지력이 있고, 치명적인 약을 직접 투여할 만큼 신체 능력이 있음을 요구했다. 그러나 말기질환을 앓기를 요구하지는 않는다. 조력사가 합법인 다른 모든 나라와 달리 스위스는 시민권이나 영주권을 요구하지도 않는다. 즉 외국인도 취리히로 날아가 스위스 의사에게 진찰 받고 며칠 뒤에 죽을 수 있었다.

2016년 무렵에는 전 세계 사람들이 죽기 위해 스위스를 꾸준히 찾아왔다. 너무 흔한 일이라 주민들이 '자살 관광' 산업에 관해 익살맞게 이야기를 나눌 정도였다. 취리히대학교의 연구에 따르면 2008년부터 2012년까지 '관광객' 611명이 조력사를 위해 스위스를 찾았는데, 그 수는 매년 증가했다. 마이아는 조력사를 당연한 인권으로 생각하는 스위스 사람들의 사고방식을 좋아했다. "흥미로워요. 미국에서는 사형선고를 받은 사람은 죽일 거면서 누군가가 평화롭게 죽는 일은 허용하지 않는 주가 많거든요…. 모순된 사고방식이에요."

스위스에서 존엄사를 선택한 사람을 다룬 다큐멘터리 영상을 보는 일은 전 세계 사람들이 즐기는 여가가 되었다. 2011년에 최초로 방영했던 BBC 다큐멘터리 〈죽기로 선택하다〉는 영국에서 160만 명이 시청했는데, 당시 전체 TV 시청자 중 7퍼센트에 가까운 수치였다. 그 뒤로 '디그니타스에 간 할아버지'를 변주한 듯한 영화가 수많은 전국 방송에 등장하고 유튜브에 올라오면서 일종의 새로운 다큐멘터리 장르가 만들어졌는데, 고유한 서술 구조를 갖추고 있었다. 진단, 치료 실패, 원하는 존엄사를 위해서는 스위스에 가야 한다고 무겁게 깨닫는 환자, 고통스러운 선택, 체념하고 받아들이지만 어떤 다른 선택을 내려야 했던 건 아닌지 고민하며 남겨질 가족들, 마지막 말, 낯선 외국 병원에서 맞이하는 낯선 죽음. 마이아가 보기에 이런 영화들은 영웅의 여정이라는 틀을 보여주었다. 그렇지만 거짓처럼 느껴지는 면도 있었다. 등장인물은 대담하고 호감 가는 인상을 주지만, 스스로 편집을 거친 듯한 모습이었다. 마이아가 분투하는 것처럼 애쓰지 않는 듯했다.

마이아는 디그니타스 병원에 관한 뉴스 기사를 읽었다. 여기서 내세우는 '존엄하게 살고 존엄하게 죽는다'라는 구호가 좋았다. 병원을 설립한 변호사 루드비히 미넬리Ludwig Minelli가 조력사를 '마지막 인권'이라 말하는 것도 좋았다. 하지만 신경 쓰이는 점도 있었다. 마이아는 미넬리의 텔레비전 인터뷰를 보면서 그가 정서적 거리를 유지한 채 자기만족에 한껏 빠져 있다는 인상을 받았다. 언젠가 스위스 당국이 미넬리를 처벌했다는 기사도 읽었는데, 화장한 잔여물을 부적절하게 처리했다는 이유에서였다. 지역 주민이 취리히 강변에 사람을 태운 재가 밀려든다고 민원을 제기한 탓이었다. 마이아는 바젤에 있는 '라이프서클'이라는 병원이 더 좋아 보였다. 병원 웹사이트에는 '라이프서클은 인류의 존엄성을 약속합니다'라는 슬로건과 자발적 조력사를 선택하면 '그 누구도 혼자 외롭게 떠나지 않습니다'라는 문구가 쓰여 있었다. 이 병원을 설립한 에리카 프라이시그Erika Preisig는 죽음이 임박하지는 않았지만 '내과 질환 때문에 삶의 질이 감당할 수 없게 낮아진' 외국인 환자도 받아들일 것이라고 말했다. 마이아는 여기에 지원해서 받아들여진다면 어머니가 세상을 떠나면서 남긴 작은 유산을 써서 스위스행 비행기표를 끊고 잠시 유럽을 여행한 뒤 이곳에서 죽어야겠다고 결심했다.

마이아는 2016년 2월에 라이프서클 병원에 편지를 썼다. "저는 존엄한 자발적 조력사를 정식으로 요청합니다."

> 저는 심각한 진행성 다발성경화증으로 고통받는데, 이 병은 척수와 뇌줄기에 부담을 주며 (…) 저는 몸통과 다리를 통제할 수 없고 장기가 미쳐버린 듯 극심한 통증을 느끼며, 엄청난 피로와 다양한 기능 상실, 방광 기능 상실, 심각한 자율신경계 기능 장애, 호흡근(호흡할 때 가슴을 확대·축소하는 근육-옮긴이)의 움직임에 따른 통증, 과거의 지적 능력을 잃게 만드는 여러 기억력·인지력 문제에 시달리고 있습니다. 너무나 슬프게도 미엘린myelin(신경세포의 신경돌기를 여러 겹으로 감싼 인지질 막-옮긴이) 복원술과 줄기세포를 이용해 제가 겪는 심각한 장애를 극복하게 해줄 치료는 수년이 지난 후에 임상 환경에서나 가능해질 것입니다.

마이아는 간청하며 편지를 마쳤다. "신앙이 있고 영성이 깊은 사람으로서, 저는 영혼이 여행을 이어가며 감옥이 된 제 몸에서 풀려나길 바란다고 믿습니다. 저는 이 대단히 파괴적인 질병과 15년을 끊임없이 싸웠고 이제는 자유로워지고 싶습니다."

그다음에 마이아는 의료 기록을 발송하고 병원 관리자와 스카이프로 이야기를 나눴다. 마이아는 절차를 진행하는 데 시간이 좀 걸릴 것이라고 예상했지만, 그렇지 않았다. 몇 주 지나지 않아 라이프서클 환자로 정식으로 인정받았다. 그러자 마이아는 덴버 Denver에서 취리히로 가는 비행기표를 편도로 예약했다. 그 무렵 마이아는 아버지인 래리와 거의 연락하지 않았지만, 이메일을 보내 물가가 더 싼 멕시코로 이사한다고 말했다. 그러니 한동안 자기를 볼 생각은 하지 말라고. 시간이 지나자 왜 아버지한테 거짓말을 했는지 정확히 기억하지 못했다. 회피하려는 것이었을까? 아버지가 늘 그랬던 것처럼 마이아를 부끄럽게 여겨 용기가 사라질 것을 걱정했나? 아버지가 무슨 말을 하려고 했을지 마이아는 궁금하지 않았다. 콜로라도주에 있는 작은 집에서 여행 가방에 옷가지와 돌아가신 어머니 집에서 가져온 유품 몇 개를 챙긴 다음 간병인에게 공항까지 태워달라고 부탁했다. 마이아는 비행기 일등석에 타서 승무원한테 샴페인을 주문하고 생각했다. '와, 이런 게 여행이지.'

공항에서 마이아를 맞이한 것은 라이프서클의 자매 기구인 이터널스피리트Eternal Spirit에서 일하는 루디 하베거였다. 그는 턱수염이 덥수룩했고 그의 발치에서는 복서 종 개가 깡충거렸다. 두 사람은 곧장 차를 타고 취리히의 호텔로 갔고, 마이아는 딱딱한 침대에 누워 80대에 접어든 점잖은 의사한테 검진을 받았다. 루디가 설명하길 그 의사는 마이아가 요청한 조력사를 승인해줄 스위스 의사 두 명 중 한 명이었다. 다른 사람들이 자기를 만지고 모르는 언어로 대화하는 동안 낯선 침대에 누워 있는 상황이 비현실적으로 느껴졌다. 내과 검진이 끝나자 루디는 마이아를 태우고 정신과 진료실로 갔다. 라이프서클의 의사이기도 한 프라이시그는 마이아가 보낸 의료 기록에서 마이아가 불안과 우울 증세로 치료받은 사실을 확인한 뒤였다. 몇 년 전 한 의사가 마이아를 인격장애로 진단한 사실도. 프라이시그는 마이아가 정신이 온전한지 전문가에게 확인받아야 한다고, 마이아가 이 선택을 이성적으로 내렸다는 증거가 필요하다고 했다. 진찰은 간단했다. 마이아는 스위스 정신과 전문의가 이미 알고 있는 사실을 알려줬다고 했다. 마이아는 실제로 우울하지만, 비이성적으로 한없이 우울한 상태는 아니라고. "반응성 우울증reactive depression(외적 상황에 의해 발생한 우울증으로, 그 상황이 없어지면 회복된다-옮긴이)이에요." 마이아는 병과 자신의 처지가 슬픔을 촉발하는 것이라고 말했다. "제가 죽음을 원하는 것은 정신적인 문제로 판단 능력에 이상이 생긴 탓이 아니에요."

마이아는 라이프서클에서 프라이시그를 만났는데, 흰머리를 두껍게 땋아서 동그랗게 말고 있는 모습이 우아하고 매력적이었다. 프라이시그는 마이아가 죽는 날의 구체적인 일정을 말해주었다. 자발적 조력사는 바젤 밖의 아파트에서 진행할 것이다. 마이아가 이름, 생일, 고향, 죽기를 원하는 이유를 대라고 요청받아 대답하고 나면 프라이시그가 마이아의 팔에 관으로 연결된 정맥 주사를 놓을 것이다. 나중에 당국에서 마이아가 자발적으로 죽음을 선택했다는 증거를 요구하기 때문에 전체 과정을 녹화할 것이다. 마이아가 준비를 마치고 스스로 관에 달린 밸브를 열면 치명적인 약물이 혈관으로 흘러들고, 1분도 안 돼서 잠에 빠질 것이다. 마이아의 심장이 멈추면 병원에서 경찰에 전화를 걸어 이 '평범하지 않은 죽음'을 알리고, 경찰관 한두 명이 그곳에 도착해 서류를 점검한 다음 사건을 종결할 것이다. 그렇게 일이 마무리되면 병원에서 장례식장에 전화해 화장을 준비하며, 원한다면 마이아의 재를 콜로라도주로 돌려보낼 수도 있다.

마이아는 프라이시그가 좋았다. 프라이시그는 작고 예리하고 '아주 매우 용감해' 보였다. 설명을 마치고 마이아를 향해 몸을 기울이더니 부드럽게 말했다. "이 세상을 떠나기가 어렵죠?"

"네, 세상을 떠나기가 너무 어려워요."

마이아가 당장은 죽을 준비가 안 됐고 우선은 유럽을 둘러보고 싶어 했기에, 루디는 마이아에게 이탈리아 국경과 인접한 티치노 Ticino에 간병인과 집을 구해줬다. 간병인은 강가에 있는 작은 벽돌집에 살았는데, 창문으로 스위스 산맥이 보였다. 마이아는 그 집이 전혀 화려하지 않지만 '죽기에 완벽한 장소'라고 생각했다. 마이아는 간병인에게 숙박, 식사, 간호 비용으로 한 달에 6,000달러(약 780만 원-옮긴이)를 내기로 했다. 그 뒤로 몇 주 동안, 마이아와 간병인은 로마와 베니스로 여행을 다녔다. 마이아는 지팡이에 기대서 간병인과 함께 티치노 주변을 천천히 산책했고, 공기가 무겁게 내려앉은 축축한 산맥을 차로 지나갔다. 한번은 지역 사제에게 고해성사를 했다. "저는 마음에 평화가 없어요. 이 모든 화를 품고 죽고 싶지는 않아요." 사제는 마리아에게 성경을 읽으라고 권했다. 《고린도서》에는 사랑과 용서에 관한 구절이 몇 있었다. 마이아는 그러겠다고 했지만, 도움이 될 거라고는 생각하지 않았다. 마이아는 무언가를 놓아버리는 데 서툴렀다. 때로는 페이스북에서 옛 친구를 찾아보면서 홀로 향수에 젖거나 한 번도 살아본 적 없는 삶에 대해 그리움과 씁쓸하고 광적이다시피 한 갈망을 느끼곤 했다. 아니면 단지 부러워하는 것뿐인 걸까? 마이아는 자기를 부당하게 대우한 사람과 그 행동들을 전부 마음에 새겨뒀다. 옛 친구들, 부모님, 특히 아버지, 그리고 연락을 끊은 사람들. 마이아가 이렇게 몸이 안 좋아지기 전에 상태를 개선할 방법을 찾았어야 했던 의사들. 병으로 고통받은 수년 동안 마이아는 자신이 그들보다 더 심술궂고 다혈질이 되었고, 해야 했던 일이나 할 수 있던 일이 분명 있었을 거라는 불가능한 가정을 하는 일에 갇혀버렸다고 느꼈다.

때때로 마이아는 아버지가 자신이 어디 있는지 알면 무슨 말을 했을지 상상했다. "아, 너는 우릴 버리고 자살할 생각이구나." 이렇게 말할지도 몰랐다. 마이아가 처음 아팠을 때, 파란 눈을 한 딸이 미쳐간다고 생각하며 딸을 믿지 않았을 때와 똑같은 태도로.

"이건 그런 게 아니에요!" 마이아는 항의할 것이다. 마이아는 자살하는 것이 아니라 병에게 죽임당하는 것이었다. 살인이 일어나는 방식과 똑같았다. 다소 터무니없기는 하지만, 이길 수 없는 질병이므로 싸운다는 것보다는 더 자연스러운 관점이 아닐까?

마이아는 어머니 덕분에 가톨릭 신자로 자랐고, 하느님이 정한 순간보다 일찍 삶을 끝내는 것이 죄가 될까 때때로 두려웠다. 어느 때는 죄책감이 불교적인 색을 띠었는데, 래리가 불교를 공부해서 마이아에게 교리를 가르쳤기 때문이다. 마이아는 다발성경화증이 업보인지, 이전 생에서 무언가 나쁜 짓을 해서 벌을 받는 것인지 생각해보곤 했다. 마이아는 악인이었던 걸까? 아버지를 자식도 없이 홀로 남겨두고 떠나는 일에는 늘 죄책감을 느꼈다. 마이아는 다가오는 죽음에 관해 이렇게 말했다. "제 결심은 단단하다고 생각해요. 하지만 종종 다른 마음도 들죠." 마이아는 치명적인 약물을 삼킨 다음 토해내는 꿈을 꾸기 시작했다.

마이아는 점점 안절부절못했다. 이따금 루디와 통화했는데, 어느 날 루디에게 부드러운 목소리로 콜로라도주에 있는 새끼 고양이가 그리워서 한 번 더 보고 싶다고 말했다. 루디는 마이아가 정신적으로 죽을 준비를 마치지 못했음을 알아챘고 마이아도 그렇게 느꼈다. 티치노 산속에 있는 작은 집에서 마이아는 완성되지 못했다는 정신적인 감각에, 세상에 고통을 겪어야 하는 빚을 졌고 아직 갚지 못했다는 느낌에 압도당했다. 마이아는 자신에게 말했다. "너는 충분히 고통받지 않았어. 돌아가서 조금 더 고통받고 죽음을 선택할 권리를 얻어야 해." 분명 고통스러운 시간을 조금 더 보내면, 다발성경화증을 앓는 이 모든 상황이 뜻하는 바를 알아낼 수 있을 것 같았다. 그저 우연하고 유전적인 불운이어서는, 고통스럽고 알아듣기 어려운 헛소리 같은 것이어서는 안 되었다. 의미가 없다면 이유라도 있어야 했다.

마이아는 콜로라도로 돌아가는 비행기표를 끊었다. 마이아는 루디에게 준비를 마치고 곧 돌아오겠다고 했다. 이번에는 이코노미석을 탔는데, 스위스에서 돈을 많이 써서 얼마 남지 않았기 때문이다. 샴페인도 주문하지 않았다. 대신 눈을 감고 집에 가는 것이 옳다고 계속 되뇌었다. 마이아는 스위스에 머무는 내내 아버지를 떠올렸고 아버지를 용서하지 않은 채 죽는다면 얼마나 슬펐을지 생각했다. 마이아가 동경하는 전형적인 영웅의 여정에서 영웅은 늘 아버지와 화해했다.

*

마이아는 진지한 아이였고 온 가족의 감정을 통제했다. 마이아는 기분이 요동쳤는데, 마이아가 행복할 때만 모두에게 행복이 허락되었다. 마이아는 행복하지 않을 때면 세상을 인질로 잡았다. 마이아는 산타페Santa Fe에서 자랐는데, 거기서 언니인 라라와 함께 영화를 보고 이를 흉내 내며 놀았다. 주로 〈혹성탈출〉을 재연하며 며칠씩 보내곤 했다. 마이아의 아버지 래리는 기자였고 저녁에는 여섯 병짜리 맥주 묶음을 사와서 마셨다. 어머니 토바는 가석방된 죄수를 관리하는 공무원으로 일했고 누군가를 감옥에서 구하기 위해 뛰어다녀야 했다. 나중에는 과테말라와 엘살바도르와 페루에 있는 국제 엠네스티에서 자원봉사를 하기 위해 라라와 마이아가 있는 집을 훌쩍 떠나 몇 주씩 돌아오지 않았고 사진을 한 다발 들고 돌아와서 자기가 목격한 온갖 끔찍한 일들을 들려주었다. 마이아는 영리하고 예민했고, 일찍부터 세상에 불만을 말하기 시작했다. 마이아가 네 살 때 래리는 마이아를 데리고 산책을 나가 마이아가 키우던 개가 죽었다는 사실을 알려주었다. 마이아는 아버지에게 말했다. "저는 네 살밖에 안 됐고 살면서 한 번도 나쁜 짓을 한 적이 없어요. 그런데 왜 이런 일이 일어난 거죠?" 래리는 자기 딸이 세상에 존재하는 부당함을 너무 일찍 이해했다고 생각했다.

마이아는 아이오와주에서 창의적 글쓰기를 공부한 다음 뉴욕의 영화학교에 들어갔다. 영화학교를 졸업하고 LA로 가서 조사와 제작 일을 시작했다. 마이아는 제멋대로 뻗어 나가는 이 도시가 춥고 배타적이라고 느꼈지만, 영화계에서 일하는 것을 사랑했고 자기가 가장 좋아하는 소설을 할리우드 영화로 만드는 꿈을 꿨다. 코맥 매카시가 쓴 《핏빛 자오선》처럼 중요한 대작 소설을 말이다. 저녁에는 돈을 벌기 위해 지겨운 일을 해야만 했다. 언젠가는 텔레비전 리얼리티 쇼의 품질 관리를 했다. 욕을 삐 소리로 덮었는지, 삐져

나온 젖꼭지의 프레임을 잘랐는지 확인했다. 그러던 2012년 왼쪽 다리가 말을 안 듣게 되었다.

마이아는 무언가 잘못됐다는 것을 적어도 10년 전부터 알았다. 2002년에 마이아는 잠에서 깨어 왼쪽 눈이 안 보인다는 사실을 깨달았다. 래리는 마이아를 데리고 의사를 찾았고, 의사는 허리천자 spinal tap(요추 척수막 아래 공간에 바늘을 찔러넣어 척수와 뇌를 둘러싼 무색 액체인 척수액을 채취하는 검사 방법-옮긴이)와 MRI 촬영을 했다. 허리천자 결과는 정상으로 보였다. MRI에서는 작은 병변이 보였지만, 의사는 정확한 진단을 내리긴 어렵다고 했다. 다발성경화증에 걸렸을 수도, 아닐 수도 있었다. 실명 증상은 빠르게 사라졌고 어떤 의사는 최근에 축농증을 앓은 여파였을 뿐일지도 모른다고 말했다. 진료를 받은 뒤 마이아와 래리는 앞으로 어떻게 할지 의논했다. 기다리면서 상태가 어떻게 변하는지 지켜보거나 주기적으로 인터페론interferon 주사를 맞을 수도 있었다. 이 주사는 의사들이 다발성경화증 초기 단계에 치료용으로 사용하는 것이었다. 래리는 이 주사가 유독하고 위험해서 마이아가 잘못될 수도 있겠다고 걱정했다. 게다가 마이아가 심각한 질병을 진단받게 되면 나중에 좋은 건강보험에 가입할 수 없었다. 그러면 마이아가 어딜 편히 갈 수 있겠는가? 래리는 자기 딸이 평소처럼 살아야 한다고 결론 내렸다. 마이아의 기분과 상태 모두 평상시로 돌아오지 않았는가? 마이아도 치료를 거부했다. 석사 과정을 이수하러 뉴욕에 갔을 때,

전문가를 만나 MRI를 다시 찍어볼 생각도 했지만 그러지 않았다. 프리랜서였고 건강보험이 없다는 것도 큰 이유였다. MRI는 비쌌는데 병원은 보험이 없으면 현금으로 비용을 선지급하길 요구했다. 마이아는 검사받지 않아도 괜찮다고, 아버지도 마이아가 괜찮다고 생각했다. 마이아는 아프다고 진단받고 싶지 않았다.

증상은 잠시 사라졌다가 다시 돌아왔다. 어느 날엔 왼손이 무감각해지고 팔에서 느낌이 사라졌다. 또 어느 날엔 남자친구의 어깨에 기대 있을 때 한쪽 다리의 근육에 경련이 일어났는데, 너무 강해서 창백한 피부 너머로 근육이 부딪히며 튀어 오르는 것이 보일 정도였다. "도대체 무슨 일이야?" 남자친구가 물었지만 마이아도 몰랐다. 때로는 감전된 듯한 느낌을 받거나 몸통이 사리진 듯했다. 마이아는 뉴욕에서, 그다음에는 LA에서 의사를 만나러 갔다. 이전에 만난 의사에게 전화해서 두껍게 쌓인 의료 기록을 새 의사에게 넘길 수 있게 하느라 몇 시간을 보냈다. 때때로 겁이 나면 병원 응급실에 갔고, 의사한테 소리를 지르는 날도 있었다. 숨을 쉴 수도 걸을 수도 없다고, 점점 숨쉬기는 어려워지고 절름발이가 되어간다고 호소했다. 마이아는 경련하며 발작하는 19세기의 '미친여자madwoman(19세기 문학에서는 여성의 목소리를 내기 위해 '미친여자' 캐릭터를 상징적으로 사용하곤 했다-옮긴이)'가 된 기분이었다. 그러는 동안 우울증, 불안증, 세로토닌증후군serotonin syndrome, B군 성격장애, 섬유근육통 등을 진단받았다. 한 의사는 래리를 한쪽으로 데려가 마이아가 '이 모든 증상을 인터넷에서 보고 말하는 것'이라고 했다. 마이아가 말하는 증상이 점점 혼란스러워졌기에 래리는 그 말을 믿었다. 그동안 마이아는 이팩사Efexor, 렉사프로Lexapro, 프리스틱Pristiq, 프로작Prozac을 복용했다. 2012년 무렵, 마이아는 너무 지쳐버려서 어느 날엔 화장실에 갈 때만 간신히 침대를 벗어날 수 있었다. 마이아는 방에서 텔레비전 소리를 키우고 바닥에 엎드려 있곤 했다.

2012년 왼쪽 다리가 말을 안 들었을 때 친구가 마이아를 차에 태워 LA 인근 병원으로 데려갔지만, 병원은 보험이 없다는 이유로 마이아를 쫓아냈다. 그 후 찾아간 비영리 병원에서 마이아를 진료해주었다. 의사들은 친절했고 마이아에게 다발성경화증이 분명하다고 말했다. 다발성경화증 병변이 뇌뿐 아니라 상하부 척수까지 퍼져 있었다. 마이아는 아마 10대나 20대 초반부터 아팠을 것이고, 이상한 따끔거림이나 마비 증상을 겪었을 것이다. 연구에 따르면 극도로 피곤한 증상과 우울증 역시 다발성경화증 염증과 연관된 증상이었다. 나중에 마이아가 조사해보니 다발성경화증을 앓는 대다수는 완화와 재발을 반복했다. 의사는 마이아가 수년 동안 그럭저럭 괜찮다가 짧은 기간 뚜렷한 장애와 극심한 통증을 겪는 것도 다발성경화증의 특징이라고 설명했다. 다발성경화증 환자는 일반인과 비슷한 수명을 누릴 수도 있다. 의사는 약으로 병의 진행을 늦추려 했지만, 진행을 멈추거나 되돌릴 방법은 없었다. 마이아가

이 소식을 전하기 위해, 즉 오랫동안 해온 생각이 맞았음을 말하기 위해 아버지에게 전화하자 그는 '나한테 이러지 말아다오'라고 말했다.

마이아는 LA에 있는 아파트의 임대차 계약을 포기했고, 소지품은 보관소에 맡겼다. 마이아는 곧 자신의 일터인 LA로 돌아올 것이기에 보관함이 필요하다고 했다. 이렇게 끝내려고 능력과 경력을 쌓아온 것이 아니었다. 마이아는 콜로라도주로 날아가 크레스톤Crestone에 있는 래리네 집으로 차를 몰았다. 래리는 불교를 믿게 된 후 마이아의 어머니와 헤어져 이 작은 마을로 이사했고, 어머니는 산타페로 가버렸다. 크레스톤은 노을에 붉게 빛나는 상그레 데 크리스토Sangre de Cristo 산맥의 기슭에 있었고 영성을 추구하는 순례자들에게 유명한 곳이었다. 이 마을에 사는 사람은 고작 몇 백명이지만 종교 시설은 무척 많았다. 한 무더기의 불교 사원, 힌두교의 아쉬람(인도의 전통적인 암자로, 주로 고행자들이 수도하는 장소이다-옮긴이), 선불교 교단, 카르멜파 수도원, 인디언 성소, 일부 뉴에이지New Age(현대 서구적 가치와 방식을 거부하고 영적 사상이나 점성술 등에 기반을 둔 신문화운동의 하나-옮긴이) 치유자가 자리 잡고 있었다. 주민들은 '아무 데나 벽돌을 던져도 영매가 맞을 것'이라고 농담하곤 했다. 래리는 마이아에게 길 끝자락에 지어진 작은 집을 구해줬는데, 덕분에 마이아는 오래된 변두리 국경 지대에 사는 느낌을 받았다. 마이아는 집을 구해줬으니 고마워해야 한다고 생각하면서도 래리가 임대료를 내준다는 사실에 화가 났다. 몇 달이 지나자 마이아에게는 의사가 '넓은 걸음걸이'라고 부르는 습관이 생겼고, 지팡이를 짚다가 결국 보행보조기 신세를 져야 했다. 통증도 나날이 심해졌다. 마이아는 병에게 항복하자고, 몸의 변화 때문에 겁에 질리느니 아예 몸에 대한 미련을 버리자고 매일 결심했다. 래리는 마을 건너편에 살며 딸의 증상이 악화되는 모습을 지켜봤다. 래리는 어째서 마이아가 우스꽝스럽게 다리를 질질 끌다가도 어느 날은 멀쩡하게 걷는지 이해할 수 없었다.

그해 끝 무렵, 크레스톤의 의사는 마이아를 덴버의 콜로라도대학병원으로 보내 검사를 받게 했다. 마이아는 의사에게 신체 곳곳에서 감각이 사라져 간다고 했다. 손발 중 하나, 이어서 다른 곳들의 감각이 하나둘 사라졌다. 마이아는 왜 이렇게 급속도로, 심하게 나빠지는 걸까? 콜로라도대학병원 전문의들은 마이아를 입원시켜 약물 치료를 시작하고, MRI를 촬영하고, 많은 질문을 던졌다. 어느 젊은 의사는 마이아에게 신체 통증을 유발하는 정신장애인 신체화장애somatization disorder가 있을지도 모른다고 했다. 마이아는 그럴 리 없으며 상상할 수도 없는 일이라고 확신했지만, 어쨌든 의사는 진료 기록에 자신의 진단을 적었다. 모든 치료와 진료를 마친 마이아는 래리가 구해준 호텔방으로 돌아갔고, 어머니에게 전화해 상황이 절망적이라고 말했다. 의사들은 결국 아무것도 해주지 않았고 팔다리는 여전히 말을 안 들었다. "샤워 부스에서 두 발로 서서 머리를 감을 수조차 없어요."

마이아가 전화를 끊고 나서 몇 분 뒤, 멋진 여자 경찰관이 방문을 두드렸다. 경찰은 마이아의 어머니가 딸이 절망에 빠진 모습에 겁이 나서 의료 센터에 전화했고, 전화를 받은 간호사는 마이아가 자살 위험이 있는 사람임을 확인했다고 말했다. 마이아가 과연 행동건강 병동에서 지내고 싶어 할까? 나중에 마이아는 내게 말했다. "제가 어떤 상태인지 너무 혼란스러웠어요. '잠깐, 지금 난 우울한가?' 하고 되뇌었어요." 마이아는 결국 입원하기로 했다. "이제 나는 자기 몸에 불을 지른 사람들한테 둘러싸여 지내요. 목과 팔목이 상처 자국으로 뒤덮인 사람과도요. 자해의 흔적이죠. 심각한 조울증을 앓는 사람도 있어요. 여긴 제가 있을 곳이 아닌 것 같아요. 밤에는 간호사가 들어오고, 마치 정신병자 수용소 같아요. 항우울제를 먹어야 했는데…. 간호사가 와서는 혀 아래에 손전등을 비춰서 무얼 먹었는지 확인하고 가요." 마이아는 일주일 뒤에 퇴원했다. 크레스톤으로 돌아가는 버스에서 마이아는 새삼 확신했다. 나는 정신병에 걸리지 않았다. 사회 제도는 내가 정신병에 걸렸다고 말했지만, 제도가 잘못된 게 분명하다. 마이아는 스스로에게 말했다. "내 결심은 이제 매우 확고해."

마이아의 어머니 토바는 2014년에 아편유사제 중독과 관련된 합병증으로 세상을 떠났다. 두통 때문에 약을 먹기 시작한 뒤로 절대 약을 끊을 수 없었고, 딸들과도 점점 멀어졌다. 마이아의 언니인 라라는, 그 '다정하디 다정한 언니'는 1년 뒤 예술학교 시험을 준비하다가 병명을 알 수 없는 심장질환으로 세상을 떠났다. 래리는 장례식 추도 연설에서 라라의 이름을 대신 둘째 딸 이름을 말하는 실수를 저질렀다. "마이아가 세상을 떠났을 때…" 래리는 마이아가 이따금 말하듯, 정말 자살할지도 모른다고 걱정했다. 래리는 마이아에게 남은 딸마저 잃고 싶지는 않다고, 마이아의 장례식에서 관을 들고 싶지는 않다고 했다.

"그러면 들지 마세요." 마이아는 이렇게 대답했다.

마이아는 이제 친구들에게 연락하지 않았다. 어쩌면 친구들이 마이아에게 연락하지 않게 된 것일 수도 있었다. 무어라 정확히 말할 순 없었지만, 건강한 사람은 아픈 사람이 곁에 있으면 피곤해했다. 마이아 곁에 있으면 친구들은 움츠러드는 것처럼 보였다. 마이아가 그들로부터 생명을 빨아가기라도 하는 것처럼. 아마 건강한 사람은 마이아를 보면 죽음이 떠올라서, 그래서 마이아를 보고 싶지 않았는지도 모른다. 마이아가 크레스톤의 피자집에서 테비에를 만났을 때, 그가 마이아의 곁에 있어도 무서워하지 않는 것처럼 보여서 마음에 들었다. 테비에는 쉰 살가량으로 나이가 좀 많았는데, 길고 부스스한 머리를 하나로 묶어 카라가 달린 셔츠 뒤쪽에 집어넣었고, 테가 얇은 안경 뒤에는 작고 게슴츠레한 눈이 있었다. 마이아와 테비에는 곧 연인이 되어 함께 살았다. 나중에는 헤어져야 하지만 한동안은 사랑하는 사이로 지냈다.

마이아는 사회보장제도Social Security 장애인 연금을 신청했다가 거절당해서, 변호사를 고용해 진정을 냈다. 마이아가 말하길 증언 청취 날에 마이아는 여러 변호사한테 추궁당했고 복지 제도로부터 돈을 뽑아 먹으려 한다고 비난받았다. "제가 겪어본 일 중 가장 당황스러운 일이었어요." 마이아가 말했다. 판결이 나오길 기다리는 동안은 매달 아버지한테 돈을 받았는데 패배자가 된 기분이 들었다. 마이아는 집 안에만 머물렀고, 온라인 신문에서 다발성경화증이 얼마나 치료 비용이 많이 들고 환자가 파산할 확률이 얼마나 높은지에 대한 기사를 읽었다. 전국에 있는 다발성경화증 환자는 40만 명으로 추정됐다. 그중 다수는 일하지 못했고, 일부는 1년에 수만 달러에 달하는 약을 처방받았다. 미국 인구조사 데이터에 따르면 다발성경화증 환자는 평균적인 미국인보다 빈곤한 상태에 놓일 확률이 약 50퍼센트 더 높았다. 마이아는 영원히 가난하게 사는 상상을 했고 그럴 때면 죽고 싶어졌다.

뉴스 기사에서 설명하길, 보험회사는 의사가 오래되고 덜 효과적인 다발성경화증 약을 환자에게 투약하고 실패한 뒤에야, 가장 최근에 나온 값비싼 약들을 처방할 수 있도록 허가를 냈다. 즉 가장 효과적인 치료가 미뤄지는 것이다. "저희한테는 보험이 엄청나게 큰 문제입니다. 그들의 어리석음이 말이죠." 나는 마이아가 보내준 기사를 샌프란시스코에 있는 캘리포니아대학교의 신경과 전문의이자 다발성경화증 전문가인 더글러스 구딘Douglas Goodin에게 보내 몇 가지 질문을 했다. 당시 구딘은 환자를 치료하는 것뿐 아니라 환자한테 가장 효과가 좋을 약을 사용하기 위해 보험회사와 입씨름을 하는 데 시간을 많이 보낸다고 했다. 그동안 환자의 상태가 점점 나빠지고 장애는 심해지는 모습을 지켜봐야 했을 것이다. 구딘은 보험회사가 이 병을 이해조차 못한다고 말했다. 다발성경화증에서 환자를 쇠약하게 만드는 증상 중 하나는 극심한 피로로, 이 피로 때문에 일할 수 없는 환자도 있었다. 그러나 장애 보험금을 받을 자격을 요청하면 보험사는 환자의 집에 사설탐정을 보내 환자가 용무를 보려 애써 침대를 벗어나는 모습만 사진으로 잔뜩 찍어 오게 시킬 것이다. 구딘은 그런 사진들을 들이미는 보험사에게 전화해서 이렇게 말했다. "어처구니가 없네요. 그 환자는 무지막지한 피로에 시달립니다. 피로는 볼 수 있는 게 아니에요."

마이아가 마침내 사회보장제도에서 장애인 연금 수령을 승인받았을 때, 너무 적은 수급액에 놀랐다. 매달 750달러(약 97만 원-옮긴이)에 식품 상품권이 추가된 정도였다. 마이아는 너무 젊었고 이제도에 수십 년 동안 돈을 낸 것도 아니었기 때문에 나이가 많은 환자보다 수급액이 적었다. 마이아는 그 돈을 테비에와 사는 작은 집의 집세를 내는 데 사용했고, 테비에는 마이아의 전업 간병인이 됐다. 테비에는 마이아가 어떤 때는 예리하고 '박사처럼 지성 있게' 보이지만, 대부분 흐리멍덩한 상태라고 말했다. 말과 행동이 불명확하고 모순되고 둔했다. 마이아가 통증 때문에 주의가 흐트러진 것인지, 약 때문에 멍한 것인지, 대화를 못 따라가는 상태가 된 것인지 결코 알 수 없었다. 한동안 마이아는 무구하고 너무 감수성이 예민해 보였다. 어린 소녀처럼 주변의 세상에 지나치게 상처받았다. 처음 발병했던 그때에서 감수성이 변하지 않은 것 같았다.

마이아는 다발성경화증을 다룬 블로그를 읽어봤는데, 글에서 말하는 낙관론이 매우 불쾌했다. "사람들이 이런 삶의 역경에도 불구하고 웃으며 휠체어에 앉아 있는 온갖 사진을 보여줘요." 마이아에게는 사진 하나하나가 자기를 조롱하는 것 같았다. "이 사람은 너보다 병이 심각하지만, 여전히 삶을 소중하게 여기고 있어." 다발성경화증 때문에 죽음에 이를 수 있는 모든 경우에 관한 기사를 읽는 편이 더 좋았다. 병이 더 진행되면 침대에서 벗어날 수조차 없게 될 것이고, 몸무게가 줄고 괴사성 피부 감염과 요로 감염에 취약해질 것이다. 면역 체계의 기능이 진작 떨어진 상태이기에 어느 쪽이 발생해도 의사들이 '부전 연쇄반응'이라고 설명해준 증상을 촉발할 것이다. 인체에서 한 접점이 고장 나면 그 결과로 다른 접점들이 연달아 고장 난다. 마이아가 읽은 바로는 욕창이 생기면 욕창이 피부를 파고들어 피부조직, 근육, 힘줄, 뼈가 드러날 수 있었다. 점점 삼키는 일이 어려워지다가 흡인성 폐렴에 걸려 사망할 수도 있었다. 마이아는 이따금 테비에게 머지않아—예컨대 지금—삶을 끝내고 싶다고 말했지만, 제대로 삶을 끝낼 수 있을지 확신할 수 없었다. 래리에게도 똑같이 말했다. 래리에게는 마이아의 고백이 계획이라기보다는 남을 비난하거나 조종하려는 말로 들렸다. 분노와 후회를 자기가 아닌 다른 누군가에게 퍼붓는 방법 같았다. 래리는 이렇게 말했다. "마이아는 누군가를, 무엇인가를 탓해야 하는 겁니다."

래리는 자기 딸이 의사의 진단을 많이 과장한다고 생각했다. "미래에 살지 말고… 건강할 때 지금 삶을 즐기렴. 우리는 모두 죽을 테지만 모두가 거기에 집착하는 건 아니야." 마이아는 아직 걸어 다니고 읽을 수 있었다. 말도 할 수 있고 사람들과 연락할 수도 있었다. 의사도 어떤 다발성경화증 환자는 거의 평균에 가까운 수명을 누린다고 말하지 않았던가? 래리는 마이아에게 지미 휴가 Jimmie Heuga 이야기를 하고 또 했다. 올림픽에도 참가했던 이 미국의 스키 선수는 다발성경화증을 진단받은 뒤에 '할 수 있다'는 태도로 유명해졌다. 그는 매일 몸을 쓰는 일이나 마음에 관한 작은 목표를 설정하고 성취했다. 래리는 마리아에게 휴가가 보여주는 낙천주의를 존경한다고 말했다. 마이아는 휴가의 '할 수 있다'라는 접근법이 전형적으로 남자다움을 과시하는 방법이고 정직하지 못하다고 생각했다. 왜 병과 그 병을 끝내줄 이른 죽음에 집착하면 안 될까? 늘 비명을 지르지 않는 것으로도 기적이었다. 하지만 의사조차 마이아가 과잉경계를 하고 쇠약함과 통증을 나타내는 징후를 끊임없이 찾으며 자기 몸을 검사하는 탓에 다발성경화증이 실제보다 나빠 보인다고 생각했다. 의사는 진료 기록에 마이아가 운동을 더 해야 한다고 적었다.

내가 마이아를 만나 이야기를 나누기 시작한 것은 이즈음이었다. 이메일과 문자를 주고받고 때로는 몇 시간씩 스카이프로 통화했다. 마이아는 통화 사이사이에 기사 링크를 여럿 보내줬다. 만성질환이 초래하는 금전적 비용에 관한 기사도 있었고, 아파트에서 혼자 죽고 나서 며칠이 지난 뒤에야 이웃이 복도에서 '진동하는 악취를 맡고' 911로 전화해서 발견된 외로운 남자에 관한 〈뉴욕타임스〉 기사도 있었다. 마이아는 적었다. "재미있게 읽으세요." 내가 이해하기로 마이아는 혼자 삶을 끝내길 갈망하는 동시에 혼자 죽으면 끔찍하리라 생각하는 듯했다. 마이아는 전화로 내게 마이아와 비슷한 다른 사람과도 대화해본 적 있냐고 물었다. 마이아는 알고 싶어 했다. "도움을 받지 못하는 환자가 많다는 사실은 아셨어요? 저의 경우와 비슷한 이야기를 들어본 적은 있나요? 그 사람들도 젊나요?" 하지만 대개는 죽을 권리에 대한 논쟁에 관해 이야기하길 원했다. 마이아는 이런 이야기에 집착하게 됐다고 말했다. "나는 왜 그냥 주치의한테 전화해서 '때가 된 것 같아요'라고 말할 자격이 없죠? 이상하지 않아요?"

마이아는 온라인에서 정보를 찾다 보면 의도치 않게 소규모 장애인 권리 단체의 웹사이트나 블로그에 접속하게 되는데, 이들 단체는 최근 수십 년 동안에 이 나라에서 지원사법에 가장 단호하게 대항하는 반대 세력이 되었다. 심지어 이들은 가톨릭 성당보다도 거침없이 목소리를 냈다. 몇몇 웹사이트에는 미국에서 발생한 죽을 권리 운동의 초기 역사를 정리해두었다. 마이아는 20세기 초중반에는 안락사를 지지하는 것과 우생학을 지지하는 것을 분리하기 어려웠음을 알게 되었다. 어떤 활동가는 죽을 권리를 옹호하면서, 동시에 '유전적으로 열등한' 사람을 자비살인하고 정신병과 장애가 있는 미국인 수천 명에게 강제로 불임 수술을 해야 한다고 주장했다. 장애인 권리 활동가는 이 두 운동은 반드시 연관될 것이며 지원사법이 이론적으로는 말기질환을 앓는 사람한테만 적용된다고 해도 신체가 비정상으로 규정되는 사람에게는 재앙이 될 것이라고 경고했다.

마이아는 몇몇 활동가와 페이스북으로 메시지를 주고받고 그들의 블로그를 읽어보기 시작했다. 마이아와 나는 의사조력사에 반대하는 전국 장애인 권리 단체인 '아직 죽지 않는다Not Dead Yet'의 회원들이 쓴 기사를 읽었다. 그들이 살펴본 바에 따르면 조력사가 합법인 주에서 환자가 조력사를 선택하는 이유는 대체로 신체 통증과는 거리가 멀었다. 자율성을 잃는 것이 두렵거나 다른 사람한테 신체적으로 의지하고 싶지 않아서, 아니면 언젠가 배우자나 자녀나 전문 간병인에게 화장실 용무를 의존하는 수모를 겪어야 한다는 사실이 두려워서 죽기를 바랐다. 글쎄, 이건 전부 장애인이 흔하게 겪을 수 있는 일들 아닌가? 그렇다면 오리건 같은 주는 사람들이 장애를 겪지 않도록 미리 죽을 수 있게 도와주는 것인가?

'아직 죽지 않는다'의 지부 책임자인 존 켈리는 내가 마이아와 이야기를 나눈 뒤 연락했을 때 이렇게 말했다. "존엄사법은 장애인을 위협하는 법안입니다. 장애인은 병원에서 생사를 넘나드는 고비에 섰을 때, 죽는 편이 더 좋을 것이라는 태도를 보이는 경우를 많이 겪습니다. 그게 최선이라는 식의 태도 말입니다." 켈리가 보기에 존엄사법은 '장애인이 되는 것보다는 죽는 편이 낫다'라는 관점을 공개적으로 지지하고 성문화하며, 그 과업에 참가할 의사들을 모집하는 것이다. 법은 은연중에 장애인에게 모욕적인 질문을 던지고 있는 셈이다. 왜 당신은 아직 여기 있는가? 왜 살아서 계속 우리한테 부담을 주는가? 켈리는 지원사가 흔해질수록 이른 죽음을 선택하는 일이 의무로 변해갈 것이라고 말했다. 법적으로 강제하지는 않더라도 의학적 예후, 사회적 자원 부족, 사회의 멸시에서 오는 강력한 압박 때문에 말이다. 오랫동안 의료지원사를 반대했던 '전국 장애인 협회National Council on Disability'가 2019년에 발표한 보고서에도 비슷한 주장이 담겨 있다. "미국 보건제도 아래에서 조력자살을 합법화하면, 이는 즉시 가장 싼 치료법이 된다. 나서서 강제할 필요도 없다. 보험사가 비싼 연명치료를 허가하길 거절하거나 그저 미루기만 해도 환자는 당장 이른 죽음으로 내몰릴 수 있다." 이때 장애인 공동체는 존엄사법의 의도치 않은 희생양이 된다.

켈리는 다음과 같이 덧붙였다. "짐이 된 듯한 기분을 달래는 죽음이라는 치료법을 고안하면, 그 치료법을 임의로 정의한 집단에게만 사용하도록 제한할 방법은 없습니다." 당연히 누구든 자신이 느끼는 어떠한 감정에 관해 주장할 수 있으며, 법이 이를 수용한다면 편리하게 수행할 수 있도록 도와주어야 한다. 그러나 켈리는 사람들이 신체적 증상 때문에 자살하려 한다면 말리지 않겠지만, 의료 제도가 정식으로 개입하는 것에는 늘 반대할 것이라고 말했다.

공적인 자리에서 장애인 인권 활동가와 토론하는 것을 꺼리는 지원사 지지자들은 그들의 우려를 극복하기 위한 노력의 일환으로, 6개월 이내에 사망할 예정인 말기질환 환자에게만 법이 적용된다고 반복해서 말한다. 게다가 지원사의 단계마다 의사 여러 명이 관여하며, 이들 의사는 법에 규정된 내용을 준수하므로 문제가 없다는 논리를 펼친다. 2007년 《의료윤리 학술지Journal of Medical Ethics》에 실린 동료심사를 통과한 어떤 논문에서는 오리건주에서 나온 자료를 바탕으로 '합법적인 의사조력자살이나 안락사가 취약계층 환자에게 더 큰 영향을 미칠 것이라는 주장은 증거가 없다'고 했다. 2016년에 '오리건주 장애인 인권Disability Rights Oregon'에서는 '오리건주의 존엄사법 집행과 관련하여 장애가 있는 개인이 이용당하거나 강요받았다는 항의'를 접수한 적이 없다고 말했다. 내가 이러한 내용을 들며 이의를 제기했을 때 켈리는 못 들은 셈 치며 반박하지 않았다. 켈리가 말하길, 역사적으로 의사와 법원과 보험회사는 장애인에게 믿지 못할 보호자였다.

마이아는 '아직 죽지 않는다' 웹사이트에 올라온 기사를 읽으며 울었다. 그 무렵 마이아는 자신에게 장애가 있다고 생각했다. 자신의 지팡이나 휘청이는 걸음걸이에 사람들이 깜짝 놀라는 것도 이미 알아챘다. "세상엔 끔찍한 차별이 존재해요. 그래서 죄책감이 들어요."

"혹시 자기혐오에 빠진 장애인이 된 기분이 드나요?"

"네, 조력사를 선택하는 것이 장애인은 열등하다고 주장하는 것이 될까 걱정돼요. 그래서 눈물이 났어요. 저는 전혀 그렇게 생각하지 않거든요." 마이아는 '삶에서 퇴장하고픈 욕망이 장애인이 되지 않기를 바라는 것과는 관련이 없음을 확실히 하기 위해' 자신을 몰아세웠고, 어쨌든 다발성경화증은 장애와는 다르다고 결론 내렸다. 마이아는 평생 안고 살아가야 하는 특정한 장애가 있는 것이 아니라 파멸로 가는 길을 재촉하는 교활한 질병을 앓을 뿐이었다.

마이아는 스위스에 있는 병원을 알게 되자 테비에게 그중 한 곳에서 죽고 싶다고 말했다. 의사가 도와주니 잘못될 일이 없을 것이고, 집에서 목숨을 끊는 것보다 나을 것이라 했다. 이후 테비에는 마이아가 스위스 병원에 가고 싶어 한다는 사실 때문에 자신을 탓하며 괴로워했다. "이 모든 일이 저 때문이라고 생각하지도 않고, 제가 정말로 잘해주고 정말로 마이아를 편안하게 해줬으면 마이아가 스위스에 가지 않을 것이라거나 마이아가 스위스에 가더라도 내가 할 수 있는 일이 분명 있었다고 후회에 빠질 정도로, 자신을 대단하게 여기지도 않아요. 그래도 그런 마음이 아예 안 들

수는 없겠죠." 마이아가 먹고 옷을 입고 나중에는 화장실에 갈 수 있도록 돕는 일이 테비에의 몫이라는 것을 부당하게 여기는 사람은 자기가 아니라 마이아라고, 테비에는 말했다. 테비에에게 그런 일은 괴롭지 않았다. 이전에도 전문 간병인으로 일하면서 말기 다발성경화증 환자를 간병한 적이 있고, 심지어는 그 여자의 장이 막혔을 때 손가락을 넣어 뚫어주기도 했다. 마이아한테도 그렇게 할 수 있었다. 마이아가 떠나지 않는다면 계속 그렇게 해줄 것이다. 테비에는 그러한 현실을 받아들일 수 있을 만큼 강했다. 그러나 마이아는 테비에에게 그런 일을 시키느니 죽겠다고 말했다. 너무 이상하지 않은가? 마이아가 죽음을 선택하는 데에는 테비에를 구해주려는 의도가 담겨 있었지만, 테비에는 구해줄 필요가 없다고 말한다. 마이아는 테비에에게, 지금은 친오빠처럼 성가시게 구는 전 연인에게 고마워해야 한다는 것을 알았다. 다른 환자들은 간병에 감사함을 느낄지 몰라도, 마이아는 테비에가 끝까지 간병하는 상황을 바라지 않았다.

마이아의 이야기를 들으며 나는 생명윤리학자 에스겔 엠마누엘이 1997년에 〈애틀랜틱〉에 발표한 수필을 떠올렸다. 그는 이 글에서 의사조력사를 합법화하여 집행하기 전에 '미국이 다시 생각해야 한다'고 주장했다. 이때 엠마누엘이 밝힌 고통에 대한 견해를 잊을 수 없다. "의사조력자살과 안락사를 광범위하게 합법화하면, 환자가 자기 고통을 책임져야 하는 것처럼 보이는 모순적인 결과를 낳을 수 있다. 환자는 병 때문에 통증과 고통을 겪는 피해자보다는 주사를 맞거나 약을 삼키는 데 동의함으로써 고통을 끝낼 권한이 있는 사람으로 여겨지게 된다. 즉 의사조력사와 안락사를 거부하면 환자는 통증을 겪으며 사는 것을 스스로 결정한 셈이 되어, 오롯이 환자의 책임이 될 것이다." 그의 관점에서는 선택권이 존재한다는 사실이 의사조력사와 존엄사 자격을 갖춘 이들에게 근본적인 부담을 떠안기게 된다. 고통을 겪지 않는 선택을 내리지 않았다는 이유로 고통을 선택한 것으로 간주되는 것이다.

2016년 11월 콜로라도주 유권자들은 찬성과 반대에 2대 1의 비율로 투표하여 생애말기선택권법을 통과시켰고, 의사조력사가 합법이 됐다. 그러나 마이아의 담당의는 마이아가 이미 알고 있는 사실만 반복해서 설명했다. 마이아가 자격 기준에 맞지 않는다는 사실 말이다. 다발성경화증 환자는 보통 감염으로 죽기 때문에 의사는 마이아가 어느 시점에 살날이 6개월보다 적게 남았다고 확실하게 말할 수 없었다. 오리건주를 비롯한 몇몇 주에서는 신경장애로 지원사 자격을 갖춘 사람도 있었지만, 그들은 보통 루게릭병 환자였고 이 병은 다발성경화증보다 훨씬 진행이 빠르고 예후를 예측하기가 더 쉬웠다. 마이아는 잘해봐야 '거의 죽었을 때'에나 의사조력사를 허가받을 것이라고 결론 내렸다. 그러나 마이아는 거의 죽은 상태에 이르고 싶지 않았다. 먼저 '퇴장'하고 싶었다.

마이아는 캐나다 법은 다르다는 사실을 알고 있었다. 캐나다의

C-14 법안Bill C-14에 따르면 고통이 '극심하고 돌이킬 수 없으며' 죽음을 '합리적으로 예측할 수 있는' 환자라면 말기질환을 앓고 있지 않아도 지원사 대상이 될 수 있었다. 질환이 심각해 치료할 수 없고 견딜 수 없는 통증에 시달린다면, 그리고 만족스러운 치료도 받을 수 없다면 극심하고 돌이킬 수 없는 고통을 겪는 것으로 간주했다. 법에서는 '합리적으로 예측할 수 있다'라는 구절을 구체적으로 정의하는 대신 의사에게 판단을 맡겼다. 판례를 살펴보면 이 표현은 길게는 10년보다도 멀게 예측되는 죽음에도 적용되었다. 훗날 2019년 어느 캐나다 주 법원은 이런 시간제한조차 위헌이라고 판단하여 연방정부에 이를 폐지하길 요구했다.

그러나 미국에서 다발성경화증 환자는 병이 말기의 말기에 이르러야 자격을 갖출 수 있다. 얼마나 많은 다발성경화증 환자가 지원사 자격을 갖췄는지 정확한 자료는 찾을 수 없으나, 몇 개 주에서 공개한 기록을 참고하면 지원사 대상 환자가 앓았던 기저질환을 알 수 있다. 오리건주 자료에 따르면 2019년 존엄사법에 따라 치명적인 약을 삼킨 환자 188명 중 19명이 루게릭병을, 7명이 '기타 신경질환'을 앓았다. 같은 해 콜로라도주에서 생애말기선택권법에 따라 약물을 처방받은 환자 170명 중 1명만이 다발성경화증을 앓았다. 많은 의사에게 물어본 결과 다발성경화증 환자는 자격을 갖출 확률이 없는 거나 마찬가지였다. 다발성경화증 환자는 우울증에 걸릴 위험이 높다는 걸 감안하면, 두 질환을 동시에 앓는 환자라면 지원사 고려 대상에 포함하고 싶다는 의사도 있었다.

그러나 다발성경화증 말기 환자에게 지원사 승인을 내주는 미국 의사도 가끔은 있었다. 그중 한 사람은 오리건주에 사는 암 전문의 데본 웹스터로, 바닷가 병원에서 일했다. 웹스터는 2019년 3월 어느 60대 후반 여성의 집을 방문했는데, 그녀는 법에 적용을 받아 죽기를 바랐고 웹스터에게 조건을 만족할 수 있도록 두 번째 상담 의사가 되어달라고 부탁했다. 이 여자는 캐스케이드산맥 Cascade Mountains과 가까운 스위트홈Sweet Home이라는 도시의, 지독한 담배 냄새를 풍기는 어두운 침실에서 살았다. 웹스터가 안으로 들어가자 가만히 누워 있는 환자와 침대 옆 탁자에 어수선하게 널브러진 챕스틱과 로션과 약병이 보였다. 침대 옆에는 비닐을 씌운 쓰레기통이 있었는데, 환자가 재떨이로 사용하는 것이었다. 그녀는 미소를 지었고 수십 년 동안 다발성경화증이 악화되면서 불분명해진 발음으로 인사를 건넸다.

웹스터는 한 시간 반 동안 환자를 진찰했고, 환자의 남편과 아들은 문가에서 서성였다. 환자는 수척했다. 손이 특히 상태가 안 좋았다. 여자는 근육을 너무 많이 잃어버려 손가락 사이의 피부가 뼈 골짜기 사이로 기울어져 움푹 들어갔다. 신체 부위라기보다는 동물의 발톱처럼 보였다. 웹스터는 침대를 덮은 담요를 걷고 근육경련 때문에 발레리나처럼 아래로 굽어 굳어진 오른발을 살펴봤다. 경련을 풀기 위해 약을 먹었지만, 다리는 계속 그 상태로 굳어 있었다. 뒤꿈치와 등과 엉덩이에 욕창이 생겼다. 무언가를 삼키는 것이 어려웠고 자주 숨이 막혔다. 웹스터는 그녀가 생명을 유지할 만큼 영양분을 섭취하지 않으며, 머지않아 욕창에 감염이 일어나 죽을 것임을 짐작할 수 있었다. 웹스터는 지원사 서류에 서명해주기로 동의했다. 떠나기 전에, 오리건주 법에서는 환자가 약을 직접 마시길 요구한다는 점을 상기시켜주었다. 여자는 약을 삼킬 능력을 잃기 전에 서둘러야 할 것이다.

웹스터는 그녀에게 '기술적으로 할 수 있는 모든 의료 개입을 한다면', 즉 위에 영양관을 삽입하고 혈관에 정맥 주사를 놓고 2시간마다 병원 간호사가 욕창을 소독하고 자세를 바꿔준다면, 여자는 6개월 이상 살 수 있다고 말했다. 그러나 의료 개입이 조금이라도 부족하면 그렇지 않을 것이다. 그는 연명치료 기술이 이론적으로 환자를 연명할 수 있는 최대치가 아니라 환자의 현실을 보고 수명을 판단해야 한다고 말했다. 그는 이 사례가 개인적으로도 중요하다고 말했는데, 그도 다발성경화증에 걸려 여러 증상이 나타나는 탓에 곧 은퇴할 것이기 때문이라고 했다. "저는 각자의 자율성을 존중한다는 개념에 무척 민감해요." 작별 인사를 나눌 시간이 됐을 때, 나는 그에게 생의 마지막 구간에 이르면 무엇을 할 계획이냐고 묻고 싶었지만 그럴 용기가 나지 않았다.

2016년 마이아는 스위스에서 돌아온 뒤로 여행하는 꿈을 꾸기
시작했다. "저는 비행기로 안내받는데, '안 돼, 난 준비가 안 됐어.
준비가 안 됐다고'라고 말해요. 비행기가 터널을 지나가는 것이 나
타내는 상징적 의미는 아시겠죠?" 꿈속에서 조종사는 마이아에게
고개를 돌려 '괜찮아요. 멋진 비행이 될 겁니다'라고 말하곤 했다.
마이아는 테비에에게 이제 크레스톤에서 떠날 때가 됐다고 말했
다. 뜨내기 히피와 부유한 여러 종교인들로 마을이 터질 듯 북적였
고, 모든 물건이 비싸졌다. 게다가 마이아는 변화가 필요했고, 혼
자 있고 싶었다. 마을 사람 일부는 마이아가 바젤에 갔음을 알았
고, 무엇을 계획했다가 돌아왔는지에 대해 쑥덕였다. 아버지 래리
는 안절부절못하며 부끄러워했다.

테비에가 이삿짐을 싸는 동안 마이아는 고양이 두 마리와 개 한
마리를 바라봤다. 두 사람은 285번 도로를 타고 남쪽으로 차를 몰
았는데, 샌루이스 골짜기San Luis Valley를 통과하고 주 경계를 넘어
서 뉴멕시코주로 들어갔다. 타오스Taos에 도착해 앙상한 나무가 늘
어선 긴 비포장도로를 달린 끝에 작고 붉은 집에 도착했다. 두 사
람은 마이아의 북미 원주민 포스터와 미소 짓는 부처상, 테비에의
유대교 의식 장면을 그린 싸구려 유화로 그 집을 장식했다. 초봄에
는 주변이 버림받은 장소처럼 보였다. 마이아는 1층에 있는 새 침

실에서 코요테 소리를 들을 수 있었다. 소리를 듣는 동안 발작과 경련이 일어나 약을 먹고 누워 경련이 가라앉길 기다리기도 했다. 발작을 겪을 때는 혼자 있는 편이 더 좋았다. 테비에가 그 자리에 있었다면 마이아의 팔다리를 내리눌러서 자해하지 못하게 할 테고, 결국 마이아는 흥분하고 화를 낼 것이다. 테비에의 얼굴을 할퀴거나 머리카락을 잡아당기거나 담요에 침을 흘릴지도 몰랐다.

마이아는 내게 말했다. "하루하루가 다음 날로 사라지죠. 그라운드호그데이Groundhog Day('그라운드호그'라고도 불리는 다람쥣과 포유류 마멋이 굴에서 나와 봄이 왔음을 알려준다는 날로, 2월 2일을 가리킨다. 예로부터 서양인들은 이러한 동물이 동면에서 깨서 활동하는 것을 보고 곧 봄이 온다고 생각했다-옮긴이)가 매년 똑같이 찾아오듯이요." 테비에는 오전 10시경에 마이아를 깨우는데, 계단 꼭대기에서 소리쳐서 깨우곤 했다. "자기, 일어나, 일어나." 마이아가 잠을 깨는 동안 테비에는 차를 끓이고 과일을 조각조각 자르고 고양이에게 밥을 주었다. 그동안 마이아는 누워 있었다. 그러고 나면 테비에는 마이아가 노트북으로 다큐멘터리를 볼 수 있게 등에 베개를 받쳐주는데, 마이아의 눈에는 여전히 잠기운이 서려 있었다. 한동안 마이아는 PBS에서 방영하는 탐사 다큐멘터리만 틀어놓다가, 최근에는 예수에 관한 역사 프로그램을 보았다. 예수의 고난에서 교훈을 얻고 '하느님은 왜 나에게 이렇게 이른 나이에 진행성 다발성경화증을 앓는 벌을 내렸나'에 관해 생각해보고 싶었다. 이따금 조금씩 독서도 했다. 홀로코스트 생존자인 빅터 프랭클이 쓴 유명한 회고록 《죽음의 수용소에서》를 읽고 훌륭한 책이라고 생각했다. 프랭클은 이렇게 적었다. "고통에 의미가 있다고 확신하면 고통을 겪을 준비가 되어 있는 것이다."

옷을 입을 시간이 되면 테비에는 마이아가 스웨터를 고르도록 도와주고 긴 갈색 머리를 납작한 나무 빗으로 빗겨줬다. 세수는 마이아가 직접 했지만, 목 통증 때문에 이마저도 어려워져갔다. 싱크대 쪽으로 몸을 약간 숙인 다음 양손을 오므려서 이마와 양 볼에 물을 끼얹었다. 마지막으로 테비에는 마이아를 단단한 나무 바닥에 눕혔는데, 그래야 마이아의 팔과 골반과 다리를 잡아당길 수 있기 때문이다. 테비에는 이따금 전화기로 정글 소리를 틀었고, 새와 귀뚜라미가 우는 인공적인 소리가 방을 가득 채웠다. 마이아는 천장을 멍하니 응시했다. 이제 아침 식사 차례. 마이아가 그릇에 담아둔 과일을 해치우고 부엌 조리대 옆에 걸린 작은 성 안토니우스 그림에 입을 맞추면, 테비에는 그날 무엇을 하고 싶은지 물었다. 개와 산책하기, 콩기름 양초와 드림캐처를 파는 흙벽돌로 지은 상점들을 보며 마을 돌아다니기, 점원이 마이아에게 무슨 일이 있냐고 물었던 카페에서 핫초콜릿 한 잔 마시기. 어느 날은 테비에가 말했다. "뛰어내리지 않겠다고 약속한다면 다리에 갈 수도 있어."

2018년 1월의 어느 아침, 내가 마이아 집 거실에서 마이아와 앉아 있는 동안 테비에는 꽃을 잘라 화병에 정리했다. 마이아가 물었다. "그 꽃은 얼마나 오래 살아?"

"내가 돌보는 만큼 오래도록 살 거야." 테비에가 대답했다.

마이아는 고개를 돌리고 얼굴을 찡그렸다. 이곳 타오스가 지루하다고 했다. 애초에 이사온 것이 자기 생각이 아니었다는 듯이, 선택한 것이 아니라 추방당해 망명을 왔다는 듯이 말이다. 나는 1부터 10까지로 등급을 매긴다면 지금 통증이 어느 정도냐고 물었고, 마이아는 8이라고 대답했다. 마이아가 대화하기 싫을 정도로 안 좋은 상태였을까? 아니, 마이아는 괜찮다고 했다. 마이아는 늘 '삶을 향한 욕망이 없다'고 말했다. "제 영혼은 죽었어요." 그러고 나서 잠시 키득거리고 기대에 찬 눈으로 나를 올려다봤는데, 마이아가 종종 솔직한 말을 하고 나서 하는 행동이었다.

테비에가 방을 떠나자 마이아는 점점 테비에에 대한 애증이 교차한다고 말했다. 새집에서 테비에는 위층 침실을 차지하고 마이아에게 1층 방을 내어줬다. 마이아는 테비에가 변덕스럽다고 말했다. 불안해하거나 부루퉁하다가도 어찌할 바를 모르며 기뻐할 때도 있었다. 최근에는 마이아에게 채식주의자가 되라고 강요했고, 이제는 마이아가 간절히 원할 때조차 고기를 먹게 두지 않았다. 식당에서조차 말이다. 마이아는 테비에의 행동이 혼란스러웠다. 마이아가 죽음을 선택하면서 끝나버릴 관계에 테비에가 시간과 에너지를 쏟는 것은 말이 안 된다고 말했다. "테비에의 인생에서 지금은 미래가 있는 사람과 관계를 쌓을 귀중한 시기예요. 어떻게 보면 저는 테비에한테서 그 시기를 훔치고 있는 셈이죠." 마이아는 두 사람이 함께하는 삶을 두고 불공평한 서비스 거래라고 냉정하게 말하기도 했다. 또는 테비에한테는 이익이 없는 나쁜 투자이며, 테비에가 자유로워져야 한다고 했다. 내가 테비에가 마이아를 아주 많이 사랑하는 것이 분명하다고 말하자 마이아는 모욕을 당한 것처럼 보였다. 마이아가 테비에에게도 얻는 것이 있다고 말하는 날도 있었다. 테비에는 마이아로부터 돈과 머물 곳과 목적의식을 얻었고, 마이아가 없다면 지금 테비에에게는 아무것도 없었다. 마이아는 테비에는 성자가 아니며, 이따금 빈궁한 생활 때문에 압박을 받아 마이아를 몰아세운다고 말했다. 마이아는 두 사람이 엉망진창으로 서로를 원하고 제약하는 상태라고 말했다.

나는 뉴멕시코에 머무는 동안 집 안에서 경직된 분위기를 감지했다. 마이아와 테비에가 함께 지내는 일상이 가식적으로 보였다. 두 사람은 예의 바르게 행동하는 듯했는데, 내가 그곳에 머물며 둘을 지켜보고 있었고, 나에게 서로가 짜증을 잘 낸다고 비난했으니 자기는 짜증을 내고 싶지는 않아서 그러는 듯했다. 아니면 각자 부여받은 역할 안에서 굳어버렸을 수도 있다. 친절한 간병인과 고뇌하는 환자라는. 그러나 둘 중 누구도 완벽한 연기를 해내지는 못했다. 나는 테비에와 단둘이 대화를 나눠보고 싶었다.

어느 초겨울 저녁, 나는 미루나무 아래서 테비에와 단둘이 이야기를 나눌 수 있을지 물었다. 테비에는 갈색 나무 의자에, 나는 맞은편에 있는 반듯한 회색 바위에 앉았다. 테비에는 지친 듯했다. 긴 말총머리에서 뻣뻣한 머리카락이 몇 가닥 삐죽 튀어나왔다. 테비에는 작은 나뭇가지 하나를 들어 양손으로 비비며 말했다. "마이아는 점점 어린애가 되어가요." 조심스러운 목소리였다. 예전에도 어린애가 되어가는 듯한 사람을 본 적이 있었는데, 대개 나이가 훨씬 많은 사람이나 생의 마지막 몇 해를 보내는 노인들이었다. 이런 노인들은 외부세계를 느끼는 감각이 누그러지고 둔해지면서 어린아이를 닮아가고 이기적이 되었다. 테비에가 보기에 마이아는 정신 능력이 떨어지면서 현실 인식 능력에도 문제가 생겼다. 지난 몇 달 동안 두 사람이 나누는 대화에 시차가 생겼다고 했다. 테비에는 의견을 말하거나 농담을 던지고 마이아를 바라보곤 했는데, 마이아는 그 농담을 머릿속에 입력하는 데 5~10초나 걸렸다. 테비에는 말했다. "마이아는 그냥 다른 곳에 있는 것 같아요. 여기에는 없죠. 아니면 여기라는 토대를 잃어버리는 중이거나요." 마이아는 통증과 두려움 때문에 정신이 산만해진 것일까? 다발성경화증 병변이 그녀를 훼손하는 것일까? 전국 다발성경화증 협회National Multiple Sclerosis Society 웹사이트에 따르면 '다발성경화증을 앓는 사람 중 절반 이상은 인지력 문제를 겪으며', 흔한 증상으로는 기억력 감퇴, 집중력 감소 등이 있고 계획을 세우거나 우선순위를 정하는 능력이 저하되고 '정보처리'를 어려워하게 된다고 했다.

이야기를 나누는 동안 주위가 점점 어두워지더니, 회색 하늘을 배경으로 테비에의 몸이 검은 윤곽만 보이게 되었다. 테비에는 내가 추워 보인다면서 안으로 들어가겠느냐고 물었지만, 나는 몇 분만 더 밖에 머물자고 했다. 테비에는 지금 잘 해나가고 있다고, 이 상황은 괜찮다고 했다. 다만 다른 일을, 예를 들면 마을에 있는 미술관에서 일을 구하고 싶었지만 현재로서는 그럴 수 없어 힘들다고 했다. 두 사람에게는 테비에를 대신할 전업 간병인을 고용할 돈이 없었고, 마이아는 혼자 있는 것을 무서워했다. 테비에가 솔직했다면, 지쳤다고 말했을 것이다. 사실 상당히 지쳐 있었을 것이다. 테비에는 아주 가끔을 제외하고는 마이아가 정말 스위스로 돌아가리라고 생각하지 않았다.

의사는 마이아의 다발성경화증이 다음 단계로 진행됐다고 말했다. 재발-완화 단계를 지나 대다수 다발성경화증 환자가 그러듯 2차 진행 단계로 들어선 듯 보였다. 긴 완화 기간을 보내다가 갑자기 발병하는 대신, 시간이 지남에 따라 꾸준히 나빠질 것이다. 면역계를 공격당해 발생한 신경 손상이 이제 일정 수준을 넘어섰고 파괴적인 속도로 악화될 것이었다. 이전의 손상이 새로운 손상을 부르는, 손상에 손상이 거듭되는 단계였다. 마이아를 치료했던 어느 의사는 '임계점을 넘으면 신경 기능을 보존하기가 어렵다'고 알려주었다. 마이아는 운동 능력을 잃을 수도 있었고, 이미 다발성경화증 때문에 몸이 조각조각 잘려나가는 느낌을 받았다. 아니면 난폭한 포옹으로 쥐어짜지거나 익사하는 것 같았다.

마이아는 경련과 통증 때문에 약을 먹었고 6개월마다 주사를 맞았는데, 2차 진행 단계에 크게 도움이 된다고 증명된 것은 아니지만 달리 방법이 없었다. 마이아는 말했다. "사실 이런 치료는 면역계를 융단폭격하는 거나 마찬가지예요. 어처구니가 없죠." 몸이 얼마나 빨리 무너질지 짐작하기 어려웠다. MRI 촬영도 늘 효과적인 예측 방법이라고 볼 순 없었다. 마이아는 기다림에 따른 슬픔과 무력감이 하나처럼 느껴지기 시작했다. C. S. 루이스가 남긴, "나는 왜 비탄이 불안처럼 느껴지는지를 이해하기 시작했다"는 말처럼. 테비에가 보기에 마이아가 변해가는 모습은 다윈의 진화론이 거꾸로 진행되는 것 같았다. 튼튼하고 꼿꼿한 몸이 치료를 받을 때마다 점점 더 굽어 짐승에 가까워졌다.

마이아는 뉴멕시코에서 만난 의사들이 권하는 대로 항우울제도 먹기로 했다. 정신질환약이 싫었지만 말이다. 어쨌거나 곧, 아마 몇 달 안에 스위스에 돌아갈 것이므로 그동안 기분이 좋은 편이 낫다고 판단했다. 마이아는 다른 다발성경화증 환자들이 상황에 더 잘 대처할 것이라 생각했다. "그 사람들은 아마 저보다 품위 있게 병을 겪어낼 거예요."

"왜 그렇게 말하죠?" 내가 물었다.

"저는 몸을 움직일 수 없다는 이유로 자주 칭얼거리고 소리도 지르는 데다가 양손을 내려치며 성질을 내거든요. 좀 어린애같이 보일 거예요. 전혀 움직일 수 없는데 울거나 비명을 지르지 않는 여자들도 있어요. 매우 침착하게요."

"그건 마이아 씨가 알 수 없는 일이에요." 내가 말했다.

"그렇긴 해요." 마이아도 동의했지만, 병을 앓는 다른 사람은 늘 용감해 보였다.

"마이아씨는 본인이… 용감하지 않다고 생각하세요?"

"네." 그러나 그녀는 곧 죽을 날짜를 정해야 하므로, 그 판단은 바뀔지 모른다. 그건 올해가 될 수도 있었다.

죽을 시기를 결정하는 문제는 아주 조금밖에 남지 않은 돈이 해결해주었다. 2018년에 마이아는 마침내 메디케어에서 연금을 수령할 자격을 갖췄는데, 모든 미국인은 사회보장제도로부터 장애인 연금을 받으려면 자격을 획득하고 2년을 기다려야 했다. 그러고 나서도 본인 부담이 없는 것은 아니었다. 마이아는 다발성경화증 약값만으로 1년에 약 6만 5,000달러(약 8,500만 원-옮긴이)가량을 썼고 대부분 보험처리가 되었지만 여전히 보험료와 본인부담금으로 수백 달러를 지출하는 달이 있었다. 마이아는 전국 다발성경화증 협회에 전화해서 자기가 무언가 잘못한 것인지, 보험의 속임수를 놓친 건 아닌지 물었지만 그렇지 않다는 대답이 돌아왔다. 병에 걸린 젊은이들의 상황은 모두 마이아와 마찬가지였다. 2007년에 발표된 어느 연구에 따르면 미국에서는 다발성경화증 환자의 90퍼센트가 보험에 가입했지만, 70퍼센트는 여전히 의료비를 내느라 허덕였고 21퍼센트는 의료비 때문에 음식, 난방, 생필품에 드는 지출을 줄인다고 답했다. 마이아는 결국 저금이 2,000달러(약 260만 원-옮긴이)보다 적어져서 주에서 '어려운 사람'을 위해 운영하는 메디케이드 자격도 갖추었다. 설령 그렇더라도 돈은 필요했다. 마이아는 메디케이드에서 주당 몇 시간에 해당하는 가정 돌봄 비용만 지원해준다는 사실에 놀랐는데, 이마저도 일하는 사람이 대부분 최저임금을 받는 미숙한 노동자였으며, 선의는 있겠으나 늦게 나타나고서도 전혀 미안해하지 않았다.

마이아는 '고겟펀딩GoGetFunding'이라는 웹사이트에서 공개 모금을 열었다. 제목은 '마이아를 위한 의료 기금'이라고 지었다. 마이아는 홈페이지에 모금 목표를 10만 달러(약 1억 3,000만 원-옮긴이)로 설정하고 고동색 스웨터를 입은 채 보행보조기를 짚은 사진을 올렸다. "저는 삶의 질을 유지하고 싶지만, 치료(전인적 치료, 주사, 약용 음식, 돌봄, 특수 휠체어)를 위해 기금을 마련해야 합니다. … 제 모금 활동과 다발성경화증 투병에 보내주시는 모든 도움은 하나하나가 귀중합니다. 모두에게 축복을." 마이아는 이 모금이 빠르게 소문을 타길 바랐지만, 바람과 달리 고작 120달러(약 16만 원-옮긴이)가 모였다.

나는 전국 다발성경화증 협회에서 환자 대변인으로 활동하는 배리 탈렌테Bari Talente를 만났는데, 탈렌테는 마이아의 이야기가 익숙하다고 했다. 병을 완화하는 다발성경화증 치료제는 1993년에 출시되었고 가격은 1만 1,500달러(약 1,500만 원-옮긴이)였다. 그런데 같은 약이 오늘날에는 약 10만 달러다. 탈렌테는 매년 가격을 인상하는 제약회사 탓이라고 했다. 약이 너무 비싸져서 많은 민간 보험사는 이 약을 특약에 넣고 피보험자에게도 비용을 청구하는데, 부담률은 20~40퍼센트에 이른다. 대부분의 다른 약은 보통 금액이 정해진 본인부담금을 청구하는 것과 달리 말이다. 이처럼 다발성경화증 환자는 필요한 몇 가지 약 중 하나만 복용하려 해도 한 달에 수백에서 수천 달러가 필요할 수도 있다. 엎친 데 덮친 격으로 최근에는 많은 대기업이 공제금액이 큰 의료보험으로 옮겨갔는데, 이 때문에 사람들은 보장 범위에 해당하는 보험금이 나오기도 전에 먼저 거금을 치러야 했다. 지금은 몇 달 만에 1만 달러(약 1,300만 원-옮긴이)가 넘는 청구서를 받는 환자들도 있다. 메디케어의 혜택을 받는 노인조차 지나치게 비싼 본인 부담금을 떠안을 수 있다.

마이아가 보기에 돌봐줄 가족이나 전문 간병인을 고용할 돈이 없으면, 결국에는 요양원으로, 메디케이드에서 보조금을 지원하는 병상으로 가게 될 듯했다. 마이아는 그곳의 어느 누구보다도 어릴 것이고, 그 상황은 너무 끔찍하게 다가왔다. "사회 제도가 제가 그곳에 갈 수밖에 없게끔 설계됐다는 걸 알지만, 그래도 가기 싫어요." 마이아는 휠체어에 앉아 몇 시간씩 벽을 응시하기만 하는 삶을, 정신은 예리한데 신체는 움직일 수 없는 삶을 상상했다. 아침 식사를 위해 휠체어가 떠밀린다. 점심 식사를 위해 휠체어가 떠밀린다. 저녁 식사를 위해 휠체어가 떠밀린다. 휠체어가 떠밀려 정원을 돌아다닌다. "이게 제가 삶에서 퇴장하고 싶은 이유 중 하나예요. 다발성경화증 환자가 겪는 순수한 사회·경제적 문제죠. 그저 우울할 따름이에요. 이렇게 말하긴 싫지만, 그냥 솔직히 털어놓자면 제가 실제로 언제 결심하느냐는 줄어드는 자원에 달렸어요."

마이아는 요양원에 사는 사람들 중에는 몸이 매우 쇠약해져 삶이 막바지에 이르면, 죽음을 앞당기기 위해 식음을 전폐하는 이들이 있다는 것을 알게 되었다. 심지어 이러한 현상을 가리키는 의학 용어도 있다. 바로 자발적식음전폐Voluntarily Stopping Eating and Drinking, VSED다. 마이아는 이 상황에 짜증이 났다. 의사와 간호사가 진통 패치를 신중하게 붙여주고 생명징후를 감시하고 말라버린 입술에 얼음 조각을 대주면서 수 주에 걸쳐 굶어 죽도록 자신을 돕는 것은 합법인데도, 자신이 원하는 때에 빠르게 죽음에 이르는 약을 주는 것은 불법인 현실에 몹시 화가 난 것이다. 마이아는 굶는 것이 어떨지 상상했다. 아니, 상상할 수 없었다.

소득 보조금 지원서, 메디케이드 수급 탈락을 알리는 편지, 점점 더 심해지는 장애에 관한 설명 등 마이아가 보여준 서류 더미를 꼼꼼히 읽는 동안 나는 지원사 옹호자가 일반적으로 이해하고 있는 수준보다도 경제 상황이 더 큰 영향을 주는 것은 아닐지 의심하게 되었다. 2016년에 의사조력사 입법을 주장하는 단체인 컴패션&초이시스Compassion&Choices는 재정 문제를, 특히 '영리를 추구하는 의료보험사 및 보건 기관이 돈을 절약하기 위해 의료지원사를 독려할 것'이라는 '미신'을 다루는 소책자를 발간했다. "환자에게 압박을 가할 재정적인 유인이 없다…. 오리건주에서는 의료지원사를 선택한 사람 중 92퍼센트가 호스피스 돌봄을 등록했으며 비싸거나 강도가 높은 치료를 받지 않는다는 사실을 고려한다면, 이 미신을 더 확실하게 떨쳐낼 수 있다. 사람들에게 죽음을 서두르도록 압박할 재정적 유인은 없다." 이 주장은 보험회사의 의도를 평가한 면에서는 합리적으로 보이지만, 금전적인 스트레스가 환자를 몰아갈 수 있는 수많은 경우는 지적하지 않았다.

지원사를 선택하는 대다수 환자가 주에서 재정을 지원하는 호스피스 돌봄을 받는다는 사실도 명확한 증거가 될 수 없다. 남은 수명이 6개월 이하라는 진단을 받고 호스피스 치료를 받을 자격을 얻기 전에 했던 선택에 관해서는 아무것도 알려주지 않기 때문이다. 어떤 환자는 금전 문제 때문에, 또는 가족이 부담하는 비용을 덜어주고자 질환 초기에 비싼 치료를 거부할지도 모르며, 그러면 병이 심해질 것이다. 또는 수년 동안 불규칙하게 진찰을 받아서 병이 심각해질 수도 있다. 미국에서는 돈이 수많은 의료 결정의 향방을 가르는데, 어떻게 지원사에서만 예외겠는가? 차이는 그 결정이 얼마나 단호한지뿐이다. 컴패션&초이시스 소책자에서는 이렇게 결론을 내렸다. "30년에 걸친 의료지원사 사례를 종합한 결과, 협박이나 학대는 한 건도 발생하지 않았다." 어쩌면 그럴 수도 있다. 하지만 워싱턴 D.C.에서 활동하는 로비스트나 주립 기관이 과연 그 사실을 정확하게 알 수 있을까? 특히 신체적이거나 개인적인 '협박'이 아닌, 만성적인 빈곤과 더해가는 금전적 어려움이나 불운 같은 어렴풋한 폭력의 형태로 가해지는 '협박'이라면 말이다.

많은 지원사 옹호자가 오리건주를 예로 들며 돈에 관한 우려를 떨쳐내려 한다. 오리건주에서 조력사를 선택하는 사람은 대부분 부유하고 교육받은 백인이지 보건당국이 특별히 걱정해야 하는 소외계층이 아니라고 지적한다. 오리건주 보건당국이 발간한 2019년 오리건주 지원사 자료에 따르면, 지원사 환자 중 7.4퍼센트가 죽음을 맞이할 즈음에 '치료 비용이 재정 상태에 미치는 영향'을 걱정했는데, 1998~2017년에 평균 3.7퍼센트였던 것에 비하면 확실히 높아진 수치다. 이 숫자조차 모든 걸 포착할 수는 없다. 어쨌거나 7.4퍼센트라는 수치는 환자 면담이나 설문조사가 아니라 의사가 작성하는, 때로는 환자가 조력사한 뒤 몇 주가 지나서 작성하는 서류에서 나왔으니 말이다. 심지어 환자를 거의 모르는 의사가 작성하는 경우도 있었다. 의사가 환자와 내밀한 대화를 나눠 재정 사정을 알 수도 있겠지만, 예민하면서도 모욕적일 수 있는 재정 문제에 관해 환자와 이야기를 나누지 않은 의사들은 그저 최선을 다해 짐작할 뿐이다. 게다가 누가 의사와 그런 이야기를 나누고 싶겠는가?

*

마이아에게 배정된 가정간호사의 이름은 조너선이었다. 완고해 보이는 40대 중반의 남자로 마이아가 상황을 긍정적으로 보려고 노력해야 한다고 생각했다. 조너선은 회색 티셔츠를 입고 청진기를 목에 건 채 마이아의 집에 도착했는데, 턱 끝에 수염이 조금 남은 것을 제외하면 얼굴이 매끈했다. 조너선은 간호사로 일할 때 펜실베이니아주를 배경으로 공상과학소설을 썼다고 했다. 조너선은 건강 상태를 점검하고 처방된 약을 채워줄 뿐 아니라 제도 안에서 현재 상황을 이해할 수 있도록 도와주러 왔다고 말했다. 조너선이 말하길 아픈 사람이 모든 것을, 어떤 혜택을 누릴 권리가 있고 어떻게 그것을 얻는지를 이해하기까지는 수년이 걸릴 수도 있었다.

조너선은 마이아에게 최근에 낙상을 당한 적이 있는지 (아니요), 아찔함이나 어지러움을 느끼는지 (네), 충분히 먹는지 (네, 하지만 음식 맛은 별로 느낄 수 없어요), 코가 막히는지 (네), '배설' 문제가 있는지 (네), 통증을 느끼는지 (네, 극심하죠), 호흡은 어떤지 (다소 얕아요) 물었다. 마이아는 조너선에게 전날 발작이 일어난 일과 테비에가 도와주려 했을 때 얼마나 화가 치밀었는지도 말해주었다. 마이아는 조리대에 머리를 박아댔고 고양이들은 겁을 먹었다. 그것도 다발성경화증 증상이었을까? 그냥 화가 났을 뿐이었나? 조너선은 마이아에게 스트레스 때문에 발작이 더 악화했다고 설명했다. 마이아와 테비에는 안전 단어를 만들어서, 마이아가 감정을 터트릴 것 같으면 진정하고 심호흡을 하라고 말해주는 용도로 사용하면 좋겠다고 조언했다. 조너선은 '금귤'을 추천했다. 한편으로 조너선은 마이아가 화를 내는 것도 이해가 된다고 했다. "사람들은 급속하게 진행되는 병에 걸리면 자아와 목적이 붕괴하는 것 같습니다. 자신의 존재가 멈춰버린 것처럼 느끼고… 분명 꿈과 포부를 가졌었지만, 이제는 그 모든 것을 빼앗기고 잃어버렸다고 느끼는 거죠." 마이아는 다시 자신을 들여다볼 수 있는 방법을 찾아야 했다.

마이아는 조너선에게 다른 환자 이야기를 들려달라고 했다. 말기질환을 앓지만 '긍정적이고 영감을 얻으며 살아가는' 사람도 있을까? 조너선은 그렇다고 했다. 예컨대 한 환자는 종양을 '선생님'이라고 불렀는데, 불확실성을 견디고 현재에 있는 그대로 감사하는 법을 가르쳐줬기 때문이다. 조너선은 감사하는 것이 비결이라고 말했는데, 우울감에 빠진 나머지 감사함을 잊은 채 행동하면 관계에 갈등을 유발할 수 있기 때문이다. 감사를 덜 표현하면 돌봄을 권리처럼 여긴다는 인상을 줄 수 있는데, 그러면 당신을 돌봐주는 사람과 불화가 생기고, 그 사람은 당신을 돌봐주고 싶은 마음이 줄어들 수 있었다. "감사하는 태도가 중요합니다." 조너선이 다시 강조했고 마이아는 고개를 끄덕였다.

그러나 마이아는 아버지한테는 전혀 감사할 수 없었다. 아버지 생일에 찾아가지도 않았고 아버지도 오라고 하지 않았다. 다만 카드는 보냈다. 아버지가 폐렴에 걸려 아팠을 때도 마찬가지였다. 부녀는 거의 연락하지 않았지만, 마이아는 이따금 판단력이 흐려졌고 정말로 그러지 않으려고 노력했음에도 아버지에게 긴 이메일을 보내곤 했다. 이메일에는 늘 분노가 거품처럼 떠다녔다. 재정적인 도움을 주는 데 인색하고 자기를 창피하게 여긴다며 아버지를 비난했다. 마이아가 병에 걸렸을 당시 증상을 믿어주지 않았던 이야기를 다시 꺼냈다. 마이아는 내게 말했다. "최종적으로 약을 먹지 않은 사람은 저고, 약을 처방해주지 않는 사람은 의사들이죠. 아버지도 영향을 주었지만, 아버지는 인정하지 않을 거예요. 그래서 아버지를 용서할 수 없을 것 같아요." 이따금 마이아는 스위스에서 죽어가는 사람을 다룬 텔레비전 보도나 다큐멘터리의 링크를 이메일에 첨부했다. 래리의 여자친구는 래리한테 답장을 멈추라고 했다. 그녀가 보기에 마이아는 남을 괴롭히고 마흔 살 가까이 되어서도 자기가 내린 결정을 인정하지 못하는 여자였다. 그녀는 그가 그런 분노를 받아주기에는 나이가 너무 많다고 생각했다.

마이아는 끊임없이 스위스를 생각했고 자신에게 말했다. "너는 앞으로 나아갈 용기를 내야 해. 이제는 능력과 존엄성을 계속 잃어갈 뿐이야." 종종 테비에게 솔직한 마음들을 털어놓았지만 모든 것을 말하지는 않았다. "테비에는 제가 스위스로 떠나려고 짐을 싸면 자기는 숲으로 떠나겠다고 위협해요. 작별 인사를 못 하겠다고 말이죠. 맞아요, 못 할 거예요. 테비에는 황무지로 일주일은 떠나 있을 사람이에요. 아주 미성숙하죠. 테비에의 행동 방식은요."

나는 뉴욕에서 스카이프로 마이아와 통화할 때면 이따금 소설가 줄리언 반스가 쓴 문장을 생각한다. 사람들은 죽어가는 과정이나 죽은 상태를 두려워하는 경향이 있으며, '거의 모든 사람이 머리에 두 가지를 다 넣을 만한 공간이 없다는 듯이 하나는 잊은 것처럼 하나만 두려워한다.' 반스는 나와 마찬가지로 죽은 상태를 두려워했다. 그러나 반스가 주장하길, 대다수는 전자에 해당했다. 삶을 잃어가는 과정이 길어지는 것은 두려워하지만, 존재하지 않는다는 것이 무슨 의미일지는 크게 곱씹지 않는다. 이는 마이아를 묘사하는 표현 같았다. 마이아는 앞으로 병세가 어떨지는 곰곰이 생각하지만, 사후에 뭐가 있을 것 같냐고 물었을 때는 확신 없는 태도를 보였다. "지금은 정말 안 무서워요." 마이아는 이렇게 말했지만 나는 정말인지 궁금했다. 마이아는 때때로 한밤중에 잠에서 깨서 자신이 비명을 지르고 있음을 깨닫는다고 했다.

마이아는 스위스 라이프서클의 관리자와 다시 연락을 주고받기 시작했다. 루디는 마이아에게 어떤 죄책감도 느낄 필요가 없다고 했다. 죽음은 마이아의 권리이자 선택이므로. 래리에게 허락받을 필요는 없었다. 테비에가 마이아와 함께 오기를 거부한다면, 자기가 마이아를 데리러 콜로라도주로 날아가겠다고도 했다. 가끔 친구나 가족이 없는 환자들을 위해서 그렇게 한다고 알려주었다.

"마이아가 망설이는 것이 걱정되나요?" 언젠가 내가 이렇게 묻자 루디가 대답했다.

"마이아는 보통이에요. 우리는 마이아에게 '생각나는 바로 그 일을 하세요. 물론 흔들릴 수도 있습니다. 그래도 괜찮아요'라고 용기를 주죠."

마이아는 미국에서 법이 바뀌지 않는 한 계획도 바꾸지 않겠다고 했다. 2018년 7월 마이아는 〈워싱턴포스트〉에 실린 한 기사의 링크를 보내줬는데, 「오리건주, 퇴행성 질환 환자에게 죽을 권리를 부여하기를 주장」이라는 기사였다. 이 기사는 주에서 시행하는 '존엄사법'을 확장하여 알츠하이머병, 파킨슨병, 헌팅턴병, 다발성경화증, 그 밖에 수많은 퇴행성 질병에 걸린 사람들을 포함하려는 입법 운동을 다뤘다. 활동가들은 예후가 6개월 이하여야 한다는 요건을 없애고 '말기질환'의 개념을 재정립하길 원했다. 마이아는 이 노력은 아마 실패하리라 생각했다. 하지만 성공한다면? 법안이 통과된다면 마이아와 테비에는 짐을 전부 챙겨 오리건주로 이사할 것이고, 마이아는 금기처럼 여겨지거나 기이하게 느껴지지 않는 방법으로 죽을 수 있었다. 마이아가 말했다. "이상적으로는 미국에서 죽기를 바라고 있어요." 둘 중 어느 쪽이든 마이아는 곧, 2018년이 끝나기 전이나 2019년이 시작될 무렵에 죽을 것이며 이에 대해서는 확신에 차 보였다. "새해 전날에 TV를 틀어 앤더슨 쿠퍼Anderson Cooper가 CNN에서 카운트다운을 하는 모습을 지켜보면서 새해를 한 번 더 맞이하는 일이 없으리란 사실을 알게 된다면,

안심이 될 거예요. 그 깨달음은 달콤할 거고요."

　내가 타오스에서 지내던 어느 날, 마이아가 약속 장소에 함께 가겠느냐고 물었다. 약속 상대는 칼리라는 주술사로, 인터넷에서 만난 사람이었다. 마이아는 프리랜서 치유사와 자칭 현자를 끌어당기는 무언가가 있었다. 콜로라도주에는 은퇴한 병리학자가, 타오스에는 기독교 사제가, LA에는 '감상적인 여자 주술사'이자 죽음 조력자가, 호주에는 때때로 마이아와 스카이프로 통화하는 죽음 조력자가 있었다. 그전에 있던 고등학교 친구의 어머니는 마이아가 에너지에는 손상을 입었지만 나을 수 있다고 생각했다. 모두 마이아가 걸린 질병과 그 이유를 다르게 설명했고, 마이아가 겪는 고통에 관해 하고 싶은 말이 있었다. 마이아는 영적으로 더 뛰어난 사람을 찾아 여기저기 둘러보는 것이 다소 저급하다고 생각했지만, 언제나 그 순간에는 진실하게 느꼈다. 마이아는 신앙에 사용하는 근육을 풀며 다음을 준비했다.

　우리는 타오스 중심가와 외곽을 지나 도시 밖으로 차를 몰았고, 생기 없는 멕시코 음식점 몇 군데와 주스 가게와 전자 담배 카페를 지나쳤다. 그러고 나서도 모든 것이 갈색빛으로 죽어 있는 곳까지, 사막이 보일 때까지 멀리 운전해갔다. 흙길을 뒤덮으면서 완전히 망가진 학교 버스와 초록색 코끼리 동상을 지나쳤다. 칼리는 원뿔형 천막 바깥에서 우리를 맞이했다. 키가 크고 아름답고 조금 꾀죄죄해 보였는데, 지저분한 금발은 하나로 묶었고 낡은 갈색 카우보이모자를 쓰고 매끈하게 떨어지는 빨간 폴리에스터 바지를 입고 있었다. 밖이 추운데도 맨발이었고 늑대처럼 생긴 개를 키웠다.

집 안에서는 몸을 안 씻었을 때 풍기는 톡 쏘는 냄새가 났다. 식물이 여럿 있었고 실에 꿴 조개껍데기가 천장에 매달려 있었다. 탁자에는 피마자유 병과 봉고 드럼 세트와 성모마리아 그림이 있는 양초가 놓여 있었고 책이 쌓여 있었다. 융, 니체, 디팩 초프라, 달라이 라마. 칼리와 마이아는 개털로 뒤덮인 무늬 양탄자에 마주 보고 앉았다. 두 사람은 한동안 이야기를 나눴는데, 대부분 마이아의 어머니 이야기였다. 어머니가 아편유사제에 중독되는 바람에 함께 지낸 마지막 몇 년은 무척 힘들었지만, 그럼에도 어머니가 얼마나 그리운지 말했다. 마이아는 너무 많이 싸운 것이 후회스러웠다. 어머니는 아편유사제 때문만이 아니라 타인의 고통에 너무 이입하는 탓에 힘들어했는데, 이를 눈치채지 못한 것이 후회스러웠다. 토바가 세상을 떠났을 때, 마이아는 토바네 아파트를 청소하러 갔고 누런 신문 기사 조각으로 가득 찬 상자를 발견했다. 전부 먼 곳에서 벌어진 잔혹한 사건에 관한 것이었다. 중미에서 살해당한 토착민들, 길가에서 사라진 성매매 종사자들, 탐욕스러운 사업상 이해관계 때문에 파괴된 아름다운 마을들. 나는 지금까지 마이아가 어머니에 관해 길게 말하는 것을 들은 적이 없었다. 칼리는 사람들이 조상이 남긴 피해를, 이전 세대가 남긴 해결하지 못한 수치심과 죄책감을 떠맡으며, 그것들은 사람들 사이에 존재하면서 사람들을 짓누를 수도 있다고 말했다. 마이아 역시 자기 몫이 아닌 죄책감을 물려받았을 것이다. 때때로 죄책감은 수치심으로 위장되었다.

　대화를 마친 후 칼리는 마이아가 부드러운 소파에 눕도록 도와줬는데, 양말을 신은 발가락이 팔걸이를 눌렀다. 두 사람은 공간을 정화하고 에너지를 움직이자고 했다. 칼리가 말하길 에너지는 좋은 것도 나쁜 것도 아니었다. 그저 움직이냐 고여 있느냐일 뿐이고 움직이는 편이 좋을 따름이었다. 마이아는 눈을 감았고 칼리는 마이아의 빗장뼈에 손을 얹고서 도공이 점토를 주무르듯 손가락으로 마이아의 가슴께 피부와 살을 눌렀다. 마이아의 정강이와 허벅지를 찰싹 때리고 얼굴에 입김을 불었다. 작은 북을 머리 위로 들고 두드리고 또 두드렸다. 일련의 의식이 끝났을 때 마이아는 몹시 감동한 듯 보였다. 마이아가 속삭였다. "정신이 정화되는 안도감이 들어요." 마이아는 칼리한테 어린아이였을 때 아버지와 하와이에서 휴가를 보낸 이야기를 했다. 해변으로 수영하러 갔다가 '바닷속 무언가에 끌려가 깊은 곳으로 내동댕이쳐졌다.' 마이아는 조류에 맞서 힘겹게 수면으로 헤엄쳐 올라왔다. 춥고 겁에 질린 채 바다를 빠져나와 래리에게 무슨 일을 겪었는지 말했더랬다. "그때도 절 믿어주지 않았어요."

　"그 감정에 귀를 기울여보세요." 칼리가 말했다.

　"제가 저지른 실수를 알 것 같아요. 그냥 저 자신을 믿었어야 해요." 마이아가 말했다.

*

"안녕하세요, 케이티. 저는 정말로 초처럼 녹아내리고 있어요."
2018년 여름, 마이아가 내게 문자를 보냈다. 마이아는 식료품점에
서 다리가 무너져내리곤 했다. 때로는 방광도 조절할 수 없었다.
테비에나 칼리는 마이아를 태우고 시내에 갈 때 몸통 보호대를 입
혀줬지만, 그렇게 해도 과속방지턱을 지나면 등골이 부서지는 것
같았다. 의사가 마이아의 진료 기록에 목뼈에서 '상당한 퇴행성 디
스크 질환'이 관찰된다고 썼다. 의사는 마이아에게 펜타닐 패치를
줬는데, 도움은 됐지만 기력이 쇠하고 변비가 생겼다. 만성 목 통
증에는 트라마돌tramadol을 처방해줬다. 마이아는 모든 의사에게
똑같은 질문을 던졌다. 다발성경화증이 지금처럼 심각한 이유는
더 일찍 진단받고 치료받지 않아서, 모든 사람이 저를 믿어주지 않
아서인가요? 모든 의사가 그럴 수도 있다고만 했을 뿐, 확실한 답
을 들려주진 않았다.

마이아는 일상이 몹시 좁아졌다고 했는데, 침대에서 소파로 느
리게 이동하는 것이 다였다. 침대, 소파, 침대, 물리치료, 다시 소
파. 몇 시간씩 텔레비전을 봤다. 마이아는 말했다. "음모론은 안 좋
아하지만, 이 현실이 모두 설계된 것이고 내 병을 만성 상태로 유
지시켜 계속 돈을 벌기 위해 절대 치료해주지 않는 것이라고 믿기
시작했어요." 온갖 값비싼 약물을 쓰는데도 어느 것도 마이아를 낫

게 할 수 없다는 게 정말 말이 되는 일일까? 마이아는 의사를 보지 않기로 했다. 1년에 두 번씩은 주사를 맞으러 갈 테지만, 더 이상 전문의에게는 아무것도 바라지 않을 것이다. 마이아는 말했다. "대형 제약 회사, 의료 산업계의 복합 거대 기업들…. 갈수록 돈은 더 많이 벌면서 아무것도 개선하질 못하죠. 그게 문제예요." 마이아는 이제 희망조차 거부했다. "나한테 이런 개소리를 주입하지 마세요. '곧 약이 나올 거예요. 줄기세포도 있어요.' 이런 건 가짜 희망이고 우리는 여기에 걸려든다고요… 줄기세포요? 아직도 쥐한테 실험하는 중이라고요!"

마이아는 래리를 보면 마이아가 겪은 현실을 모두 설명해줄 것이다. 마이아는 봄부터 아버지와 다시 연락하기 시작했는데, 마이아가 데비 퍼디라는 영국 여자에 관한 동영상 링크를 보내준 것이 계기였다. 이 여자도 젊은 다발성경화증 환자였으며 스위스 병원에서 죽을 수 있는 승인을 받아두었다. 데비는 2008년에 정부와 1961년에 제정된 '자살법Suicide Act'에 대한 법적 투쟁을 시작한 뒤로, 영국에서 유명인이 됐다. 구체적으로 데비는 남편이 자신을 스위스에 데려다주면 이 법에 의해 기소될 수 있는지를 의회가 명확하게 정해주길 바랐다. 그저 비행기에 타는 것을 도와주기만 해도 '타인이 자살하도록 지원하거나 교사하거나 조언하거나 설득하는' 것으로 여겨져서 최대 14년까지 징역형을 받을 수 있는지 말이다.

데비는 뉴스와의 인터뷰에서 말하길, 남편이 자신과 함께 갔다는 이유로 기소될 수 있다면 자신은 혼자 가야 할 것이고, 만일 혼자 가야 한다면 데비는 원하는 것보다 더 일찍, 혼자 여행할 수 있는 신체 능력이 있을 때 죽어야 할 것이라고 말했다. 데비의 변호사는 국가가 자살법과 그 적용 범위를 명확히 하지 못하여 데비의 인권을 침해했다고 주장했다. 2009년에 데비는 승소했고 영국 정부는 자살법으로 가족을 기소할지 결정할 때는 '자살 주체의 의도'를 고려해야 한다고 명시했다. 자살 당사자를 사랑하는 배우자나 자녀는 기소당하지 않을 가능성이 커진 것이다. 그래도 앞날은 모르는 법이긴 하지만 말이다. 데비는 판결을 받은 뒤에 한 인터뷰에서 자신은 '삶을 최대한 살고 싶지만 불필요하게 고통받고 싶지는 않다'고 활짝 웃으며 말했다.

래리는 데비가 나온 동영상에 공감했다. 마이아가 보내준 다른 보도에서는 사람들이 '다소 자살 충동을 느끼고' 단정하지 못한 인상을 줬다. 하지만 데비는 달랐다. 똑똑하고 적응도 잘하고 남편을 사랑하고 살고자 최선을 다했다. 래리가 마이아가 존경하는 다른 환자를 언짢게 여겼던 이유인 자기파괴 충동도 찾을 수 없었다. 래리는 지금 상황을 다시 고민해보았고, 그 후 타오스를 찾아가 마이아와 함께 심리요법을 받으러 가기로 했다.

나는 마이아한테 이 만남에서 무엇을 기대하느냐고 물으며 이렇게 덧붙였다. "무언가를 기대하거나 카타르시스 같은 것을 원한다면 힘들 거예요…."

마이아도 동의했다. "맞아요. 사람들은 이게 영화 같다고 생각할지도 몰라요. 해법을 얻을 것이라고요. 하지만 그렇지 않을 때도 있는 거죠."

첫 번째 방문 때 래리는 3일을 머물렀다. 심리요법은 1시간 30분 동안 진행됐고 가장 힘든 일정이었다. 주술적인 장식품과 남아시아에서 온 기념품과 어린 환자를 위해 준비해둔 작은 곰 인형이 가득한 치료실에서 래리와 마이아는 커다란 안락의자에 나란히 앉았다. 마이아는 북미 원주민 남자가 맹렬히 타오르는 불 앞에서 명상하는 듯한 모습을 그린 그림을 지그시 쳐다봤다. 마이아는 평소처럼 시간순으로 비난을 늘어놨다. 마이아가 젊었을 때 아버지가 마이아의 증상을 무시한 것, 마이아의 판단을 믿지 않은 것, 초반에 치료를 받지 말라고 계속 조언한 것, 마이아의 증상을 덮어두려한 것. 래리는 상황을 다르게 기억한다고 반복해서 말했다. "내가 기억하는 건 다릅니다." 심리요법이 끝난 뒤, 부녀는 타오스에 있는 근사한 식당으로 가서 종교와 죄책감과 죽음에 관해 이야기했다. 마이아는 아버지와의 대화가 겉돈다고 느꼈다. 래리는 마이아의 죽음이 아닌 다른 화제를 바랐다. 왜 두 사람은 그저 평범한 대화를 나누는 것도 어려울까? 왜 모든 대화가 근본적인 문제로 되돌아갈까? 래리는 딸의 통증 때문에 자신이 질책당하고 비난받는다고 느꼈고, 주변 사람들에게 특정한 공감을 원하는 딸의 정서적 요구와 자신에게 끊임없이 미안해하길 강요하는 것 때문에 진이 빠졌다. 래리는 마이아에게 함께 시간을 보내서 좋았고 타오스에 다시 올 것이며, 집세를 보태주겠다고 했다. 하지만 마이아를 온종일 돌봐주는 것은 절대 불가능하다고 못 박았다. 래리는 그러기엔 나이가 너무 많았다. 타오스에서 출발하기 직전, 래리는 칼리에게 자기 딸이 '사랑하기 힘든 사람'이라고 말했다.

그 후 래리는 2~3주 간격으로 타오스를 방문했다. 치료사의 치료실에도 다시 갔고, 마이아는 이를 좋아했다. 시간이 지날수록 심리요법이 쉬워지기는커녕 어려워지는 것 같을 때만 빼면 말이다. 마이아가 치료사 앞에서 아버지에게 격렬하게 화를 내는 날도 몇 번 있었다. 마이아는 아버지가 자신을 더 도와줬더라면, '여전히 미디어 업계에서 단시간 근무라도 했을지 모른다'고 말했다. 마이아는 아버지가 그토록 어린 나이에 인생을 잃어야 했다니 너무 힘들었겠다고 말해주길 바랐다. 아버지가 후회에 빠지길, 고개 숙여 사과하길 바랐다. 한편으로는 동정을 바라기도 했는데, 아버지가 자기를 동정한다면 그 동정이 자기에게 정당성을 부여해주기 때문이었다. 그러나 래리는 '내가 기억하는 건 그렇지 않습니다'라고 반복해서 말할 뿐이었다. 한번은 래리가 치료사에게 스위스 병원에서 마이아와 함께 있기는 싫다고 했는데, 그 이유는 기자로 일할 때 사형수 사건을 취재하길 거부했던 것과 같았다. 래리는 처형 장면을 지켜보는 것에는 관심이 없었다.

마이아는 큰 안락의자에 앉아 래리를 찬찬히 살펴보며 80세가 된 그의 얼굴이 얼마나 나이 들어 보이는지 깨닫고 깜짝 놀라곤 했다. 래리는 오래되고 달콤한 건포도처럼 쭈글쭈글하고 야위었다. 마이아는 생각했다. 세상에, 아버지가 이럴 수는 없어…. 아버지를 위해 멈추면 안 돼. 더 오래 살아야 해.

언젠가 내가 물었다. "마이아, 왜 스위스에서 돌아왔는지 아버지한테 말했어요? 아버지와 관련이 있다고요?"

"아뇨, 안 했어요." 마이아가 대답했다.

내가 마이아와 알고 지낸 지 2년이 다 될 무렵, 래리는 나와 통화하는 데 동의했다. 래리는 정중했지만 우리가 나눈 대화는 간결하고 뻣뻣했다. 래리는 내가 자기 딸과 연락하는 의도를 알고자 했다. 래리는 수십 년 동안 기자로 일했기에 기자가 어떤 식으로 일하는지 알았다. 당신의 관점은 무엇인가? 래리는 마이아가 '이야기를 만들어주기 위해 죽어야 한다고 느껴서는 안 된다. 겉으로는 드러나지 않는 조용한 압박을 느낄 수 있다'고 말했다. 나는 그럴 수 있다고 동의하면서도 그러지 않기를 바란다고 답했다. 래리의 태도는 분명했다. "나는 마이아가 대의를 위한 순교자가 되는 것을 바라지 않습니다."

몇 달 뒤 우리는 다시 이야기를 나눴다. 래리는 자기 집 거실에 앉아 있었고, 환한 집 안의 벽과 천장은 옹이가 노란 나무로 덮여 있었다. 래리는 딸과 닮은 길고 네모난 얼굴에 테가 가는 안경을 썼다. 마이아와 함께 받은 심리요법이 몇 가지 사실을 이해하는 데

도움이 되었고, 마이아를 의심한 것이 잘못이었음을 깨달았다고 말했다. 모든 것을 차치하고, 의사가 아니라 마이아를 믿었어야 했다. '의료지원사를 원하는 사람들은 자살 충동을 느끼는 것이 아님'을 이해하는 데도 심리요법이 도움이 됐다. 그렇지만 이제 딸 옆에서 어떻게 행동해야 할지 확신이 서지 않았다. 래리는 내게 말했다. "풀 수 없는 수수께끼예요. 다발성경화증을 앓고 앞으로 더 심한 고통이 기다릴 뿐이라고 생각하는 딸이 느끼는 절망을 인정한다면… 그걸 인정한다면 고통을 장려하는 셈이 되죠. 하지만 인정하지 않는다면 '아니, 그렇게 나쁘지는 않아! 아직 모르잖아!'라고 말하면, 자기 자식을 지지하지 않는 셈이 되고 맙니다. 한 번도 겪어본 적 없는 갈등이에요." 래리는 잠시 쉬었다. "고통이 미덕이라고 믿지는 않습니다. 원죄도 그렇고 사실 고통과 관련된 모든 기독교적 개념은 믿지 않아요. 그런 건 안 믿죠." 하지만 래리는 얼마나 쇠약하고 아프든 어느 정도의 고통은 피하기보다는 견뎌야 한다고 생각하는 듯 보였는데, 이점은 어떻게 이해해야 할까? 마이아가 아직은 그렇게 아프지 않다는 사실은 어떻게 받아들이고 있을까?

나는 두 사람, 이 아버지와 딸이 각자 나름의 이유로 마이아가 아직 충분히 고통스럽지 않다고 확신하고 있다고 생각했다. 마이아는 무언가나 누군가의 영향으로, 혹은 스스로 아직 고통스러운 과정을 충분히 겪지 않았다고 생각하고 있다. 시시각각 결론이 바뀌는 듯한 상황에서 각자가 자신의 결론을 발견한 것일까.

래리는 마이아가 말에 관해 이야기해준 적이 있는지 물었고, 나는 없다고 답했다. 래리는 몇 달 전, 마이아가 집 근처에서 말 몇 마리를 발견했는데 굶주린 것처럼 배가 쪼그라들고 누덕누덕한 거죽 위로 갈비뼈가 툭 불거져 나와 있었다고 말했다. "마이아는 갑자기 그 말을 구하겠다고 결심했죠." 마이아는 이웃들로부터 돈을 모아 귀리와 건초를 샀고, 밤중에 어둠을 틈타 말에게 먹이를 주기 시작했다. 또 주인을 찾아내 주인이 먹이 값을 감당할 수가 없어서 말을 돌보길 포기했다는 사실을 알아냈다. 마이아는 주 조사관에게 전화를 걸어 말을 동물 보호시설로 보냈다. "마이아는 말이 잘 지낸다는 사실에 무척 기뻐했어요. 나는 이것이 자살 충동을 느끼는 사람이 할 행동은 아니라고 생각합니다."

마이아는 40번째 생일에 칼리와 차를 타고 멕시코에 갔다. 힘겨운 여정이었다. 의사들은 마이아에게 수면무호흡증이 있을지도 모른다고 봤는데, 그래서인지 너무 피곤했고 휴게소나 주유소에서 몸을 일으킬 때마다 심장이 너무 빨리 뛰는 것 같았다. 마이아는 늘 너무 춥거나 너무 더웠다. 길을 가면서 칼리는 마이아에게 후회하는 것이 있냐고 물었다. 마이아는 병에 걸렸을 때 세상을 등지지 말고 병에 대해 덜 자기중심적으로 굴었으면, 덜 자만했으면 좋았을 것이라고 말했다.

"후회하는 일이 있어도 지금 아름다운 사람이 될 수는 있어요.

그 둘을 서로 분리할 필요는 없죠." 칼리는 죽기 전에 죄책감과 비통함을 전부 해소하지 못해도 괜찮다고 말했다. 모든 것을 해결할 수는 없었다. 중요한 것은 마이아가 죽는 날에 무언가를 노래하려고 노력하는 것이었다. 마이아는 칼리에게 스위스에 있는 라이프 서클에서는 모두가 자신의 죽음에 맞는 노래를 고른다고 했다.

2019년 초, 마이아는 내게 문자를 보내 지원사 법안이 뉴멕시코주 입법부를 통과하지 못했다고 전했다. 오리건주에서 기준을 확대하자던 제안은 다발성경화증 초기 단계 환자한테도 법을 이용할 길을 열어줄 가능성이 있었지만, 역시나 실패로 돌아갔다. 마이아는 그 소식을 듣고 울었다. '죽음보다 더 나쁜 운명을 초래하는 질병이 있음을' 사람들이 이해하지 못한다고 했다. "제 병도 그런걸요." 남은 건 스위스뿐이었다. 마이아가 갈 영웅의 여정은 한때 바랐던 것처럼 다발성경화증을 물리치거나 법이 바뀌도록 돕는 것이 아니라, 그저 상황을 있는 그대로 받아들이는 일이 될 것이다. 마이아는 말했다. "살면서 모두를 고소하고 싶었던 때도 있었어요." 이제 마이아는 그저 평화를 원했다. 마이아의 처지가 더욱 비극적인 이유는 마이아가 상황을 바꾸려고 부단히 노력했기 때문이다. 마이아는 지난 3년 동안 매달 내게 말했듯 곧 스위스로 돌아가겠다고 말했다. 그저 비행기표를 사기만 하면 됐다.

그동안 마이아의 치료사는 마이아가 죽음을 준비해야 한다고 생각했다. 영적인 문제와 사후세계가 존재할 가능성에 관해 생각하고 삶과의 인연을 차근차근 끊어야 했다. 하지만 그건 너무 어려운 일이었다. 마이아는 요즘 텔레비전 방송을 몰아 보며 많은 시간을 보낸다고 고백했다. 러시아의 선거 개입과 뮬러 보고서Mueller report(러시아가 2016년 미국 대선에 개입했다는 의혹을 조사한 특검 보고서-옮긴이)에 관한 뉴스를 말이다. "저는 뮬러 보고서 뉴스를 몇 시간이고 봐요." 마이아가 내게 말하며 살짝 웃었다. 로저 스톤Roger Stone(트럼프 전 대통령의 선거운동을 주도했던 정치인-옮긴이)이 알면 눈이 뒤집힐 일이었다. 트럼프는 탄핵당하느니 그 전에 사임하리라 생각했다. 마이아는 트럼프가 기소당하는 것을 살아서 보기를 바랐다. "제 치료사는 '뮬러 보고서 보도나 보면서 마지막 몇 달을 보내는 건 좋지 않아요!'라는 식이에요." 마이아는 그만 보겠다고 약속했다. 하지만 굳이 그럴 필요가 있는가? 고통과 죽음 역시 그랬다. 결국에는 겪을 필요도, 아무런 의미도 없었다. 모든 것을 의미하거나 아무 의미도 없어야 했는데, 아무 의미도 없는 쪽이었다. 지금까지 마이아는 고통에서 의미를 찾으려고 처절하게 노력했다. 하지만 '의미는 없었고, 그저 끝없이, 끝없이 하루가 이어졌다.'

4장

기억

2018년 1월 초엽, 데브라 쿠스드는 세금을 처리하기 시작했다. 아니 1월 중순이었던가? 1월이라는 것만 알았다. 헷갈리는 작업이어서 시간이 더 필요할 것 같았다. 길면 몇 달까지도 걸릴 것이다. 데브라는 부드러운 몸을 무거운 휠체어에 싣고 오리건주 해안선이 보이는 둥근 식탁 앞에서 매일 서너 시간씩 고개를 숙여 서류를 봤다.

데브라의 퇴장 안내자인 브라이언은 데브라가 계획을 세우는 과정에서 왜 그렇게 세금을 내는 일에 몰두하는지 알고 싶었다. 데브라는 그저 순서대로 일을 처리하고 싶었을 뿐이다. 일을 남겨두고 떠나는 것이 싫었다. 데브라가 말했다. "끝마무릴 하는 거예요." 하지만 데브라는 세금 신고서를 내려다볼 때면 종이의 모서리는 사라지고 글자가 춤을 추며 희미해지는 것 같았다.

데브라의 작은 집은 고요했고 세상을 떠난 남편 데이비드가 쓰던 휴대전화의 알림음과 진동 소리만 간간이 울렸다. 주로 언제 식사하고, 약을 먹고, 화분에 물을 주는지 알려주는 알람이었다. 아침과 저녁에는 거실 커튼을 여닫으라는 알람이, 온종일 일정한 간격으로 화장실에 가라고 재촉하는 알람이 울렸다. 데브라는 화장실에 가야 한다는 사실을 매번 기억하지는 못해서 종종 사고를 쳤기 때문이다. 데브라에게 데이비드의 휴대전화는 마치 데이비드 본인 같았다. 그가 세상을 떠나고 1년 뒤에 돌아와 데브라의 나빠지는 몸과 마음에 필요한 것을 채워주는 것 같았다. 데브라는 이렇게 말하곤 했다. "나는 한때 마세라티였다오. 지금은 고물이지만."

신경심리학 전문의는 데브라의 상태를 다른 단어로 표현했는데, 바로 '치매'였다. 의사는 몇 달 전 데브라를 진료하면서 데브라가 이미 아는 사실을 말해줬다. 상태가 괜찮지 않다는 것을. MRI 촬영 결과 데브라의 뇌는 이마엽(사고나 판단 같은 고도의 정신 작용이 이루어지는 뇌의 부위-옮긴이)과 두정엽(자각·인지·판단 등을 담당하는 뇌의 부위-옮긴이)이 이미 작아져 있으며, 지금도 작아지는 중이었다. 작아진 정도를 보면 치매는 이미 중간 단계로 접어들었다. 진찰받는 동안 데브라는 알파벳을 순서대로 읊고 20까지 셀 수 있었지만, 오늘이 무슨 요일인지 자신이 정확히 어디에 있는지는 알지 못했다. 데브라는 65세였다. 의사는 차분하게 소식을 전했다. "이게 바로 지금 환자분의 상태입니다."

진료를 마친 뒤 데브라는 요양원에서 사리분별도 못하고 제정신이 아닌 채로 사는 모습을 상상하기 시작했다. 의사는 데브라를 무시할 것이고, 간호사는 데브라가 통증을 느끼지 않는 정확한 자세를 잡아주는 방법을 모를 것이다. 데브라는 생각하는 법을, 결국엔 씹고 삼키는 법을 잊어버릴 것이다. 환자들은 울고 신음하면서 서로를 점점 더 발작적이고 실성한 상태로 몰아갈 것이다. 데브라는 비싼 요양원에 들어갈 여유가 없기 때문에 시설도 좋지 않을 것이다. 데브라의 상상 속에서 최악은 밤이었다. "낯선 사람이 나를 만지면서… 불쾌한 짓을 할 수도 있겠죠." 문이 잠긴 요양원에서 이런 일이 벌어진다면, 데브라는 자기가 안 좋은 일을 당한다는 사실을 알아차릴 수나 있을까?

데브라는 자기가 개였다면 누군가가 오래전에 안락사시켜줬을 것이라고 말했다. 데브라는 예전에 아픈 개를, 사랑했던 개를 안락사시켰던 적이 있는데 당시 어린아이였음에도 그 행동이 자비롭다는 것을 이해했다. "'와, 사랑하는 친구의 괴로움과 고통을 덜어줄 수 있다니 정말 멋진 일이구나'라고 생각했어요." 데브라는 할머니가 돌아가시는 모습을 보며 생각했다. '사람에게도 해줄 수 있는 일이 있으면 좋겠다.'

만약에를 고민하기도 했지만, 보통 언제를 생각했다. 데브라는 자신을 완전히 잃어버리기 전에 자살하고 싶었다. 죽기는 싫으니 가능한 한 오래 기다릴 테지만, 시기를 놓칠 만큼 오래 기다리지는 않을 것이다. "죽으려면 내가 뭘 하는지 인지할 수 있어야 해요."
데브라는 내게 말했다. 브라이언은 데브라가 알아야 할 것을 알려
줄 테지만, 도와줄 수는 없을 것이다. "아무도 날 도와줄 수는 없는
데, 그러면 살인이기 때문이죠. 혼자서 해내야 하니 내가 뭘 하는
지 자각할 수 있을 때 한 번에 가야 해요." 지금은 좋은 날과 나쁜
날을 오고갔지만, 머지않아 나쁜 날이 계속될 테고 결국 '데브라'
는 사라져버리고 말 것이다.

*

브라이언 루더는 포틀랜드의 집에서 신청서 뭉치를 천천히 읽
어내려갔다. 치매를 진단받은 사람의 신청서는 받아봤지만 이렇게
젊은 사람은 처음이었다. 신청자 데브라 쿠즈드는 자기소개 편지
에 썼다. "저는 죽음을 앞당기기 위해 '파이널엑시트네트워크Final
Exit Network'에서 제공하는 서비스를 요청하고자 이 편지를 씁니
다. 저의 뇌가 저의 존엄성을 모두 앗아가기 전에 저를 도와주시기
바랍니다." 모든 신청자가 신중하지는 않았다. 공격적으로 도움을
주길 애원하는 신청자들도 있었는데, '나를 도와주지 않으면 내 머
리를 쏴서 날려버리겠다'는 식이었다.

올해 77세인 브라이언은 캔자스주의 독일계 가톨릭교 가정에
서 태어났다. 하느님을 두려워했고, 누군가의 생명을 빼앗으면 대

죄를 짓는 것이므로 하느님의 자비가 닿는 범위 너머로 떨어질 만큼 완벽하게 타락하는 것이라고 믿으며 자랐다. 하지만 나이를 먹으면서 신앙을 버렸고, 그 대신 인간의 자율성이라는 세속적인 교리를 엄격하게 따랐다. 이 교리가 특히 인간의 생애말기를 세심하게 다루기 때문이었다. 브라이언은 내게 말했다. "내가 언제 죽어야 하는지 의사가 결정하게 두어야 한다고 생각하지 않습니다." 이제 브라이언은 하느님을 잃었으니 비탄 속에서 구원을 찾을 일도, 고통 속에서 신성한 초월성을 찾을 일도 없다. 고통에는 의도가 전혀 없었다. "저는 괴로움을 믿지 않아요." 브라이언은 포틀랜드에서 다니던 회사를 그만두고 주 입법부에 의사조력사 합법화를 요구하는 전국적인 비영리 단체, 컴패션&초이시스에서 자원봉사를 시작했다.

하지만 자원봉사를 할수록 오리건주의 존엄사법이 정한 범위에 들어가지 않는 환자의 이야기에 귀를 기울이게 되었다. 앞으로 수년을 살 수도 있지만 그러고 싶지 않은 다발성경화증 환자, 말기질환이 없는 만성질환 환자, 치매 환자. 브라이언은 치매 환자의 경우 죽음을 6개월 앞둔 무렵에는 어떤 사안에 동의할 수 있는 능력을 갖춘 시기를 놓쳤을 가능성이 컸고, 그러면 자격을 얻을 수 없음을 알게 되었다. 브라이언은 법이 너무 좁으니 활동가들이 투쟁하여 확장해야 한다고 생각했지만, 컴패션&초이시스 사람들은 그렇게 생각하지 않았다. "그 사람들은 새로운 곳으로 나아가는 데는

별 관심이 없었지요." 2015년에 브라이언은 인터넷을 살펴보다가 파이널엑시트네트워크, 일명 'FEN펜'을 알게 되었다. 이 비영리 단체는 사람들에게 자살하는 방법을 알려준 다음 사람들이 자살할 때 혼자서 떠나지 않도록 곁을 지켜준다. 브라이언은 생전 들어본 적 없는 일이었다.

*

　FEN은 헴록소사이어티Hemlock Society로부터 탄생했는데, 죽을 권리를 옹호하는 이 협회는 1980년 캘리포니아에서 결성됐으며, 고대 아테네에서 소크라테스가 눈물을 흘리는 제자들을 앞에 두고 마셨던 독약(헴록Hemlock은 '독미나리'라고도 하며, 소크라테스가 마신 독극물의 주원료였다-옮긴이)에서 이름을 따왔다. 헴록소사이어티의 설립자는 급진적인 영국의 신문기자 데릭 험프리로, 1975년에 42세였던 아내 진이 자살하도록 도왔다. 진이 유방암 말기 진단을 받은 뒤였는데, 바르비투르산염 수면제를 구해 커다란 머그잔에 커피, 설탕, 코데인codeine(아편 성분으로 제조한 약물로 통증, 기침 등을 완화시킨다-옮긴이)과 섞었다. 험프리는 자기가 세운 조직이 주류 정치의 변화를 이끌어내길 바랐다. 험프리와 추종자들은 헴록소사이어티와 정치 담당 하부조직 '인간의 고통에 맞서는 미국인들Americans Against Human Suffering'에서 모금 활동을 벌였고 목표로

삼은 주에서 존엄사법을 투표에 부치는 일에 자금을 지원해 법을 통과시키려 했다. 험프리는 「외롭고 의존적인 삶에 자살을 택하는 노인들」이라는 기사에서 〈뉴욕타임스〉 기자에게 이론상 이 새로운 법은 '히틀러처럼 노인과 정신적으로 문제가 있는 사람들을 강제로 안락사시키는 것'은 허락하지 않을 것이며, '죽어가는 사람을 위해 세심하고 계획적이고 정당한 자발적 안락사가 필요한 때가 왔다고 느끼는 대중들의 고조된 여론'에 부응하는 법이 될 것이라고 말했다.

헴록소사이어티의 초기 회원 중 한 명은 1980년 7월 창립총회에서 이렇게 발표했다. "맙소사, 낙태에 찬성하는 사람들 집에도 화염병을 던지는데… 우리한테는 무슨 짓을 하겠습니까?"

10년 뒤, 헴록소사이어티의 주장에 따르면 그해 유급 근로자 13명이 조직한 지부 90곳에서 유료 회원 5만 명이 회합에 참석했다. 그런데도 헴록소사이어티가 추구해온 정치적 목표는 하나도 달성되지 못했다. 의사조력사는 여전히 모든 주에서 불법이었다. 험프리는 자기가 만든 단체에 조바심을 느끼기 시작했다. 단지 헴록소사이어티가 정치적으로 무능해서가 아니었다. 협회가 염원하는 것, 즉 험프리가 염원하는 것이 일반 회원이 염원하는 것과 일치하지 않는 것처럼 보였기 때문이다. 대개 보편구제설을 믿는 유니테리언주의 교회 지하에서 열리는 지부 회합은 표면적으로는 앞으로의 입법 노력를 논의하기 위해 열렸지만, 사람들은 더 편안하게 죽는 방법에 관해 더 관심이 많았다. 죽어가는 것은 어떤 것이고 의사한테는 어떻게 말할지, 의식을 잃고 식물인간이 되어 병원 기계에 의지해서 살아가는 상황을 미연에 방지하려면 어떻게 해야 하는지 알기를 원했다. 어떻게 의사를 구슬리면 죽기 충분한 양의 수면제를 처방받을 수 있는지도. 특히 에이즈 환자들이 구체적인 내용을 원했다. 어떤 약을? 얼마나 많이?

1991년 험프리는《마지막 비상구》라는 책을 내는 것으로 일반 회원들의 물음에 답했는데, 사실상 죽는 방법을 단계적으로 다룬 이 설명서는 책을 내줄 출판사를 찾을 수 없어 험프리가 직접 찍어야 했다. 이 책은 여러 자살 방법을 다루고 있는데, '대변을 남기지 않고 부검과 검시도 받지 않을 완벽한 죽음에 대한 지침'을 정직하게 설명해준다고 약속한다. 어느 장에서는 약과 비닐봉지로 죽는 법을, 다른 장에서는 절식이나 탈수로 죽는 법을 알려준다. '청산가리 수수께끼'와 '생명보험'을 다룬 장도 있다. 험프리의 의지가 담긴 강한 당부의 말도 수록되어 있는데, 독자들에게 눈을 크게 뜨고 인간이 필연적으로 '퇴장할' 수밖에 없다는 사실을 마주하길 촉구한다. "여러분은 말기질환을 앓는데, 할 수 있는 치료는 전부 해봤고 다양한 형태의 참을 수 없는 고통에 시달리고 있다고 해보자. 너무 버거운 딜레마지만 마주할 수밖에 없다. 맞서 싸우고 고통을 받아들이고 수치를 견디고 피할 수 없는 끝이 오기를, 며칠, 몇 주, 몇 달을 기다릴 것인가? 아니면 스스로 상황을 통제할 것인가?" 험프리의 표현은 평화로운 죽음을 맞이하는 물리적인 수단을 확보하는 일이 개인에게 신속하고 정확한 판단일 뿐 아니라 도덕적으로도 존경할 만한 행위라는 뉘앙스를 풍긴다. 생애말기를 완전히 통제하는 일은 그 자체로 영웅적 행위로까지 보인다.

처음에는 책에 관심이 있는 사람이 너무 적어서 험프리는 헴록소사이어티 행사 때마다 활동가 친구들에게 무료로 책을 나눠주곤 했다. 그런데 놀랍게도 책이 언젠가부터 무섭게 팔려나가기 시작했다. 나중에는 너무 잘 팔려서 〈뉴욕타임스〉 베스트셀러 목록에 14주 동안이나 올라 있었다. 신문에서는 이를 두고 '출판 역사상 가장 믿기 힘든 성공 중 하나'이며, '수많은 할리우드 제작자들이 영화 제작권을 얻으려고까지 하는데, 그들은 등장인물과 장면과 대화조차 없는 이 책을 읽어보지도 않았다고 한다'고 보도했다. 명망 있는 생명윤리학자인 아서 캐플란Arthur Caplan은 이 책을 두고 '시위를 메긴 화살'이라고 평하면서, '말기질환을 앓거나 죽어가는 사람을 다루는 의학의 방식에 항의하는 가장 영향력 있는 성명'이라고까지 말했다.

험프리는 책을 출판하고 나서 얼마 뒤, 두 번째 전 부인이자 헴록소사이어티의 공동설립자였던 앤 위켓Ann Wickett이 바르비투르산염을 이용해서 목숨을 끊었는데, 그녀는 자신이 암을 진단받자 험프리가 목숨을 끊도록 압박했다고 고발하는 유서를 남겼다. "자, 당신이 원하던 걸 얻었네." 헴록소사이어티는 험프리 없이도 계속

됐지만, 지령이 바뀌었다. 헴록소사이어티는 1998년 '친구보살피기Caring Friends'라는 프로그램을 마련했고 캐나다 의사에게 운영을 맡겼다. 이 프로그램에서 자원봉사자들은 죽음 조력자로 활동하는 훈련을 받았다. 이 안내인들은 병들고 죽어가는 헴록소사이어티 회원들이 치명적인 약을 충분히 구할 수 있게 도운 다음 회원들이 그 약을 삼키는 동안 곁을 지켜주었다. 이 프로그램에 대한 수요는 바로 생겨났고 의뢰인들이 빠르게 찾아왔다. 많은 업적을 이뤄낸 세계적인 보험회사 경영자는 발치에 개가 조용히 누워 있는 동안 바르비투르산염을 가미한 사과 소스를 마셨다. 운동신경원병을 앓는 아름다운 30대 여자는 죽는 날 가족이 전부 유럽에서 날아와서 자신이 죽을 때까지 돌아가며 약을 하나하나 먹여줬다. 신경질환을 앓는 한 남자는 헴록소사이어티의 안내인이 죽음을 몇 달 미루라고 강요한다면서 무척 분개했지만, 덕분에 형제와 몇 가지 문제를 해결하고 더 평온한 마음으로 세상을 떠날 수 있었다. 흥미로운 죽음도 있었다. 어떤 나이 든 여자는 바르비투르산염 용액을 마시던 도중에 소리쳤다. "정말 써! 하지만 죽어도 다 마시겠어." 그러고는 자기가 한 말에 즐거워하며 웃었다. "죽어도." 여자는 헴록소사이어티의 안내인에게 이렇게 말하고 나서 남은 용액을 마저 마시고는 잠에 빠졌다.

2000년대 초반, 헴록소사이어티는 다른 죽을 권리 운동 단체 몇 곳과 합병했고 격렬한 분열을 겪었다. 대다수 회원은 워싱턴

D.C.에 본부를 둔 컴패션&초이시스로 넘어가서 합법적인 로비 활동에 전념했고, 그보다 작은 분파들은 파이널엑시트네트워크로 결집했다. 브라이언 루더가 합류했을 무렵, FEN은 독특한 단체로 진화한 뒤였다. 이 조직은 페이스북 페이지, 조잡한 웹사이트, 공식적인 체계를 갖췄고 주장하는 바에 따르면 유료 회원이 몇 천 명은 되었다. 연방 세법 조항 501(c)(3)에 등록된 비영리 단체로, 기부금은 세금 공제를 받을 뿐 아니라 웹사이트에 따르면 '자율성이라는 기본 인권이 발전하는 데 이바지'했다. 한편 자원봉사자들은 음지에서 감시받지 않고 활동했다. 브라이언은 이 단체와 접촉했고 퇴장 안내자 교육에 초대받았다.

2016년에 산호세San Jose에서 열린 이틀간의 세미나에서 브라이언은 FEN의 규칙을 교육받았다. FEN 소속 안내자는 사람들을 돕기 위해 존재하지만, 문자 그대로 도울 수는 없음을 배웠다. 자살을 돕는 행위는 의사조력사가 합법인 주를 포함하여 대다수 주에서 불법이었고 법으로 성문화되어 있지 않은 곳에서조차 퇴장 안내자는 범죄 혐의를 받을 가능성이 높았다. 따라서 FEN은 법을 피해 일해야 했다. 이 조직의 지도부가 제안한 규칙은, 즉 기소에서 벗어날 수 있게 해줄 규칙은 퇴장 안내자는 의뢰인에게 방법을 가르쳐주고 조언을 건네고 함께 앉아 있되 절대로 의뢰인을 만지지 않는 것이었다. FEN 소속 변호사인 로버트 리바스는 신입 교육 강연에서 이 규칙을 설명했다. "그러면 많은 의뢰인이 이렇게 반응합니다. '네, 지금 눈짓으로 말씀해주시는 거죠? 방에 다른 사람이 아무도 없으면 물리적 도움을 드릴 거예요. 무언가에 손을 얹을 거예요. 밸브를 열 거예요. 관 같은 걸 연결하는 걸 도울 거예요.' 우리가 눈짓으로 지시하거나 고개를 끄덕여 신호를 보내줄 것이라는 의뢰인의 생각은 처음부터 바로잡아주어야 합니다." 어떤 상황에서든 퇴장 안내자는 '도움'을 줄 수 없었다. 혼란을 피하려면 조직 업무를 논의할 때는 '도움'이라는 단어를 완전히 배제하는 편이 좋았다.

리바스는 이 주제를 면밀하게 연구해 약 40개 주에서 자살에 도움을 주는 행위를 명백하게 불법화했다는 사실을 알아냈는데, 법의 양상은 매우 다양했다. 어떤 주에서는 기소당하려면 '물리적 행위'로 도움을 주어야 했고 다른 주에서는 누군가가 죽도록 말로 부추기기만 해도 기소 대상이었다. FEN이 활동하기에 가장 위험한 주는 누군가한테 자살하는 방법을 가르쳐주는 것조차 기소당할 만한 범죄로 여기는 주들이었다. 당시 FEN은 이미 여러 주에서 함정 수사의 대상이 된 적이 있었고 세 사건에서 자원봉사자들이 고소당한 상황이었다. 한번은 자나 밴 부리스라는 58세 여자가 사망한 경우였는데, 이 여자는 몸은 전혀 아프지 않았지만 우울하고 곧잘 망상에 빠지고 곤충이 자기 몸을 먹는다고 믿어 FEN 지원서에 병을 날조해서 적었던 것으로 밝혀졌다. 자나의 자매는 FEN이 자나의 말을 진지하게 받아들이지 않았다면, 안내자들이 자나가 건강염려증 때문에 하는 망상을 다 받아주지 않았다면 절대 자살하지 않았을 것이라고 주장했다.

2015년 FEN은 미네소타주에 사는 만성적인 통증을 앓는 57세 여자가 자살하도록 도운 사건에서 흉악 범죄로 유죄 판결을 받았는데, 미네소타주 대법원이 다른 사건에서 '도움'이라는 단어에는 자살을 '할 수 있게' 해주는 '말'도 들어간다고 정의한 다음이었다. FEN은 3만 3,000달러(약 4,330만 원-옮긴이) 벌금형을 선고받았다. FEN은 판결에 항소하면서 안내자가 공유하는 정보는 이미 책과 인터넷에서 얻을 수 있다고 지적했다. FEN의 변호사는 주가 해석한 바에 따르면, 도서관 사서도 이용객에게 자살에 관한 정보가 있는 책을 알려준 것만으로 유죄 판결을 받을 수 있다고 주장했다. 그 사람이 나중에 자살한다면 말이다. 그러나 항소는 기각됐다.

세미나에서는 브라이언과 다른 훈련생에게 조직에서 사용하는 자살 방법을 시연해주었다. 튼튼한 비닐봉지와 순수한 질소 통을 이용한 비활성기체 질식 방법이었다. 컴패션&초이시스의 회장인 바버라 쿰브스 리는 언젠가 FEN이 사용하는 비닐봉지 복면을 가리켜 '생애말기에 쓰는 옷걸이' 같다고 했다. 브라이언도 전체 과정이 '그리 존엄하지는 않다'는 의견에 동의했다. 그래도 조직은 약물보다는 질식을 선호했는데, 장비를 구하기 쉽고 합법적으로 할 수 있었기 때문이다. 들리는 바에 따르면 고통도 없었다. 브라이언은 FEN의 주요 목적은 법을 바꾸는 것이 아니라 조력사가 불법인 주에 살거나 법에서 요구하는 자격 기준을 만족하지 못해 고통받는 사람을 법 밖에서 도와주는 것이라고 배웠다. FEN의 규정상 의뢰인은 '치료할 수 없고', '견딜 수 없게' 고통받으며, 비닐봉지를 머리에 쓰고 질소 가스를 켤 때 정신적인 판단력이 온전하다면 말기질환을 앓거나 죽어가는 중일 필요도 없다.

교육에 참석한 자원봉사자는 열다섯 명가량이었는데, 브라이언은 그들이 모두 마음에 들었다. 대부분은 브라이언보다 어린 40~50대였지만 쉽게 친해졌다. 피터는 어렸을 때 누이가 자살했고 존은 감리교 사제였는데 조직화된 종교와 사이가 틀어졌다. 많은 FEN 소속 자원봉사자가 교리에 가까운 자유의지에 대한 믿음을 공유했고, 끔찍한 죽음을 목격한 뒤 조직에 가입했다. 이들이 공유한 죽음은 대부분 피가 튀거나 극적이었지만, 그저 평범한, 아주 느리고 혼란스러운 죽음들도 있었다. 일부 자원봉사자는 FEN이 존재하는지조차 몰랐으면서도 이런 조직을 찾아다니는 자신을 발견했다고 고백했다. 그러다 온라인으로 FEN을 발견한 다음에는 놀라울 정도로 안도감을 느꼈다. 드디어 찾았다는. 브라이언은 6개월의 훈련을 마치고 첫 번째 '퇴장'에 참석했다. 의뢰인은 어느 남자였는데, 그의 연인은 지켜보지 못하겠다며 남자에게 입을 맞추고 포옹한 뒤 방을 나갔다.

처음 이 조직에 연락이 닿아 안내자들을 만나기 시작했을 때, 나는 제인공동체Jane Collective를 생각했다. 시카고에서 활동했던 이

지하 여성 조직은 로 대 웨이드Roe v. Wade 판결(미국 연방대법원이 임신중절의 권리를 인정한 판결-옮긴이) 이전에, 임신중절이 불법이던 시절에 임신중절 수술을 제공했다. 어느 추정에 따르면 익명의 '제인'들은 1969년부터 1973년까지 1만 건이 넘는 임신중절 수술을 지원했다. 내 눈에 FEN은 생애말기를 다루는 제인공동체 같았다. 하지만 어떤 FEN 회원은 더 거대한 역사적 사건과 비견되길 바랐다. 내가 놀라서 흠칫했던 주장 중 하나는, 당시 FEN의 회장이자 전직 미국 국세청 관료였던 재니스 랜디스Janis Landis가 맨해튼에서 나와 커피를 마시며 말했던 것이다. "미국 남북전쟁 이전에는 노예제도 폐지에 찬성하는 폐지론자들이 있었습니다. 우리는 영웅적 행위를 하는 것이 아니라, 언더그러운드 레일로드Underground Railroad(남북전쟁 때 노예가 탈출하도록 도운 비밀 조직-옮긴이)의 정신에 가깝게 행동합니다. 우리는 법이 통과되기 전까지 당장에 고통받는 사람을 구해줘야 합니다. 이들이 안전한 곳으로 갈 수 있는 길을 우리가 보여줘야 합니다."

*

데브라는 인터넷에서 FEN을 알게 되었다. 죽는 방법을 찾던 어느 날, 한 사이트를 발견했는데 평범한 자살 방법을 전부 나열하고 각각의 방법이 지닌 문제를 설명해둔 곳이었다. 경련, 대변, 까다로움, 실패 가능성. 데브라는 케이스에 담아 휠체어 옆에 달아 둔 작은 권총을 사용할 생각이었는데, 이 웹사이트에서는 총으로 자살하는 것은 매우 위험하다고 경고했다. 데브라는 내게 말했다. "자기를 쏘다가 빗나갈 수도 있대요. 식물인간이 될 수 있고… 무슨 말인지 알겠죠." 자살은 데브라가 그동안 상상했던 것보다 어려 웠다. 꼬리에 꼬리를 무는 검색 끝에 결국 데브라는 파이널엑시트 네트워크와 마주쳤다. 데브라는 생각했다. 못된 녀석.

데브라가 2017년 가을 FEN에 전화해 치매에 걸렸다고 말했을 때, 재닛 그로스맨이라는 여자와 연결되었다. 재닛은 자신이 데브라의 안내자를 맡을 것이라고 했다. 데브라는 진단을 증명할 의료 기록과 증상들이 데브라를 어떻게 괴롭히는지에 대한 정확한 설명을 제출해야 한다고 안내받았다. 자원봉사자 의사 토론단이 지원서를 검토하고 데브라가 도움을 받을 수 있는지 판단할 것이다. 데브라가 정말로 아픈지, 데브라가 겪는 고통이 FEN이 세운 '치료할 수 없고', '견딜 수 없는'이라는 기준에 맞는지 말이다. 데브라가 기준을 통과한다면 재닛이 FEN 용어를 써서 안내해준 데브라의 퇴장을 진행할 수 있을 것이다.

데브라는 재닛에게 자신을 잊어버리고 잃어버리는 일에 관해 이야기했다. 70대에 알츠하이머병에 걸린 아버지에 대해서도. 데브라는 아버지가 나쁜 알츠하이머병 환자였다고 했다. 비틀거리고 아이 같은 환자가 아니라, 피해망상에 빠진 심술궂은 환자였다. 아버지의 뒤죽박죽인 사고방식을 보여주는 일례로, 그는 아내가 바람을 피운다고 확신해서 부인이 식료품점에 가면 몰래 따라가곤 했다. 결국에는 요양원에서 지내다 병상에 묶인 채 세상을 떠났다. 몸무게가 고작 59킬로그램이었고, 한때는 사람들의 이목을 끌었던 건장한 골격은 축 늘어진 거죽과 살로 덮인 채였다. 씹고 삼키는 법을 기억할 수 없어 말라버렸던 것이다.

재닛은 데브라에게 공감했다. 고인이 된 재닛의 아버지는 울혈성심부전을 앓았고 어머니는 치매를 앓았다. 2015년에 재닛의 아버지는 어머니와 함께 살던 자립주거시설independent living home을 빠져나와 주차장 콘크리트 바닥에 비닐 시트를 깔고 그 위에 자기 아내를 눕혔다. 911에 전화를 걸어 구급대원에게 지금 자신이 총을 쏠 것이며, 자기 시신은 과학 연구에 기증하고 싶다고 말했다. 그러고는 64년을 함께한 아내를 쏜 뒤 자신을 쐈다. 아버지는 즉사했고 어머니도 금방 사망했다. 그 일을 겪으면서 재닛은 이런 죽음이 드물지 않다는 사실을 알게 되었다. 노부부가 알츠하이머병에서 탈출하기 위해 동반 자살을 하거나 남자가 오랜 세월을 함께한 치매에 걸린 아내를 죽이는 일은 왕왕 있었다. 아내가 기억을 잃어가는 탓에 죽기를 원했거나, 남편이 아내가 죽기를 원했다는 것을 기억할 능력만 있다면 죽고 싶어 할 것이라고 추측한 경우였다. 이렇게 아내를 죽인 남자들은 종종 기소당했는데, 이들을 용서한 판사들도 있었다. 판사들은 이들이 자비로운 마음으로 행동했기 때문이라는 이유를 댔다.

2017년 말, 재닛은 데브라에게 전화로 승인 소식을 전했고 데브라는 전화를 받으며 눈물을 흘렸다. 데브라는 말했다. "정말 뜻깊었어요." 가끔 데브라는 진단받은 것만큼 상태가 나쁜지 의구심이 들곤 했지만, 이제는 그럴 필요가 없었다. FEN 소속 의사들도 서류를 읽고 상황이 실제로 매우 나쁘다고 판단했다고 한다. 재닛은 데브라에게 이 사실을 말할 사람을 신중하게 가려야 한다고 했다. 자칫하면 데브라는 어딘가에 갇혀 자살하지 못하도록 감시당하게 될 수도 있었다. 예전 의뢰인들에게도 일어났던 일이다. 데브라가 '절호의 기회'를 얻었다는 사실도 알아야 했다. 원하는 만큼 오래 살아야 하겠지만, 행동하길 너무 오래 미뤘다가는 죽을 능력이나 의지를 잃을지도 모르고, 그러면 FEN도 데브라를 돕지 않을 것이다.

나와 처음 이야기한 날 데브라는 말했다. "지금 내가 부딪힌 문제는, 치매에는 시계가 달려 있지 않아서 언제 내 뇌가 나를 공격할지 모른다는 거예요. 어떤 능력을, 언제, 어떻게 잃어버릴지 아무도 몰라요. 무엇이 먼저일지 정리한 목록이 있겠어요? …그런 목록은 어디에도 없어요." 데브라는 어느 날 갑자기 저녁 식사를 전자레인지에서 꺼내는 것을 잊어버린 뒤, 영영 기억하는 능력을 잃어버릴 수도 있다. 데브라는 너무 오래 미뤄 기회를 놓치지 않겠다고 다짐했다. 다만 제대로 작동하지 않는 정신이 서서히 멈춰가는 시계를 정확히 파악할 수 있을지 확신할 수 없을 뿐이었다.

"데브라 씨는 앞으로 여러 달 동안 상당히 좋은 삶을 즐길 수 있을 것처럼 보이고 아마 그러겠죠." 데브라의 퇴장 안내자 두 명 중 한 명으로 배정된 브라이언이 말했다. 우리는 데브라의 사례에 대해 이야기하고자 어느 토요일 밤에 포틀랜드 중심가에 있는 술집에서 만난 참이었다.

그때는 내가 파이널엑시트네트워크 관계자 수십 명을 인터뷰하면서 수개월을 보낸 뒤였다. 안내자, 관리자, 전 관리자, 자원봉사를 하는 의사, 현재 의뢰인, 전 의뢰인의 가족 등. 화제는 끊임없이 이어졌고 대부분 몇 시간씩 대화를 나누게 되었다. 때로는 나라 반대편에 사는 사람에게 전화를 걸었고 직접 만나기도 했다. 전직 자원봉사자 한 명은 뉴욕 메트로폴리탄미술관에서 인터뷰했는데, 우리는 렘브란트의 작품 사이를 배회하면서 가스통과 자격 기준에 관해 속삭였다. 이야기를 나눴던 모든 사람 중 퇴장 안내자에게 가장 관심이 갔는데, 이들은 낯선 사람이 죽어가는 동안 함께 앉아 있는 큰 위험을 짊어졌다. 무엇보다 나는 늘 자유롭게 자기 이야기를 하고 비즈니스 인맥 사이트 링크트인LinkedIn에 자신을 '최고의 행복 관리자'라고 소개해놓은 브라이언에게 흥미가 있었다.

브라이언은 술집에서 치매에 걸린 사람들로부터 점점 더 많은 연락이 온다고 알려주었다. 브라이언이 보기에 이는 당연한 일이었다. 인구가 증가하고 노화하니, 치매로 고통받는 사람들 역시 많아졌다. "그 사람들은 그저 살기 위해 사는 것뿐인데 죽음보다 비용이 더 들어요. 삶의 질도 쓰레기 같죠." 2030년까지 1,000만 명에 가까운 베이비붐 세대 노인이 치매에 걸릴 것으로 예상된다. 연구자들은 미국 의료 체계가 알츠하이머병 세대 또는 치매 쓰나미를 견뎌낼 준비가 안 됐다고 이미 경고했다. 브라이언은 FEN 밖의 삶에서도 치매에 걸리면 스스로 목숨을 끊거나 다른 사람의 손을 빌려 죽을 것이라는 이야기를 늘 듣는다. 거기까지는 가지 않겠다고 말이다. 브라이언은 생각했다. '좋습니다. 그래서 계획은 뭐죠?' 사람들은 무서워했지만, 손을 잡아주거나 출구를 찾도록 도와주는 이들은 없었다.

하지만 데브라는 아직 괜찮아 보이지 않는가? 나는 브라이언에게 물었다.

"그건 데브라 씨의 선택이죠." 브라이언은 천천히 말했다.

브라이언은 퇴장 안내자로 일하면서 자살 예방 상담전화에서도 자원봉사를 하며 낯선 사람을 몇 시간이라도 더 살려두려고 노력하는데, 전화를 하며 최악의 고비를 넘기면 '대체로 그 사람도 죽고 싶지 않다는 것을 깨닫는다.' 브라이언은 그런 자살 충동은 퇴장과 다르다고 했는데, 통제가 아니라 혼돈에 관한 문제였기 때문이다. 정신이 혼란해져서, 균형이 무너져서 그런 것이다. 브라이언은 자살을 단념하도록 설득하는 방법을 알았다. 사실 많은 사람에게는 단념하도록 설득해주는 일이 필요했다. 하지만 데브라는 원하는 바가 명확했다. 이미 상황을 철저히 따져봤다. 그러니 우리가 대단한 존재라도 되는 것처럼 데브라의 인지능력이 심각하게 떨어졌는지를 판단해야 할까? 우리가 얼마나 잘났다고 지금보다 더 심각해야 퇴장할 자격이 있다고 말할 수 있을까? 브라이언은 말했다. "데브라는 자아를 잃고 싶어 하지 않습니다. 그런데 자아가 사라지는 중인 것을 알죠." 브라이언은 죽고 싶어 하는 사람은 없으며, 다만 특정한 방식으로 살고 싶지 않을 뿐이라고 믿었다.

*

데브라는 캘리포니아에 있는 작은 마을에서, 어느 한 종교에 정착하지 않은 가정에서 자랐다. 어릴 때 가톨릭교에서 세례를 받았고, 몇 년 뒤 아버지가 마음을 바꿨을 때 개신교도로 다시 세례를 받았다. 그러나 아버지는 다시 마음을 바꿨고, 가족은 더 이상 교회에 가지 않았다. 한편으로는 불행의 그림자가 드리운 가정이었다. 아버지는 밤이면 인사불성이 될 정도로 술을 마셨고 고함을 쳐댔다. 소리를 지르고 나서 데브라의 침실로 들어와 데브라를 성적으로 학대하는 날도 있었는데, 그러면 데브라는 가만히 누워 숨을 참으려고 최선을 다하곤 했다. 세월이 한참 흐르고 나서야 데브라는 아버지가 무슨 짓을 했는지를 인정할 수 있었다. 어린 시절에는 밤마다 키가 큰 괴물에 찾아온다고 상상했다. 부모님이 이혼했을 때, 데브라는 어머니와 살기로 했고 어머니는 사교춤을 추기 시작했다. 데브라는 낯선 사람들 사이에서 느끼는 불안감으로부터 벗어나지 못했다. 데브라는 절대로 아이를 낳지 않겠다고 다짐했다.

데브라는 대학에 가고 싶었지만 돈이 없었기에 전화회사에서 일자리를 구했는데, 처음에는 타자수였다가 나중에는 관리자가 됐다. 대학 학위 없이 갈 수 있는 가장 높은 자리까지 올라갔는데, 여자치고는 꽤 높았다고 생각했다. 데브라는 수백 명을 연결해주는 접점이었다. "제가 모든 걸 마련했죠." 데브라는 자기가 특별히 똑똑하다고 여기지는 않았지만, 맡은 일을 잘했고 정말 열심히 일했다고 자랑스러워했다. 금요일과 토요일 밤에는 회사 여자 동료들과 TGI프라이데이스 바에서 시간을 보내곤 했다. 젊음과 80년대 다움과 제2차 페미니즘 물결의 영향을 받은 대담함으로 무장하고, 그 안을 뽐내듯 돌아다니며 몇 시간씩 보내곤 했다. 손톱에는 아크릴 매니큐어를 바르고 머리는 위로 빗어 올려 동그랗게 만들었다.

서른 살에 어머니가 세상을 떠나자 모든 것이 변했다. 모녀는 만나서 점심을 먹을 계획이었지만, 데브라의 어머니는 영영 나타나지 않았다. 오는 길에 어느 술 취한 운전자가 어머니가 있는 차선을 침범했다. 의료진은 어머니를 살리려고 노력했다. 심폐소생술을 했고, 그다음에는 흉부를 열어 심장 마사지를 실시했다. 그러면서 수많은 뼈를 부러뜨렸지만, 그래도 어머니는 살아나지 않았다. 데브라는 회사에 휴가를 냈다. 그 뒤로 잠을 잘 수가 없어 졸로프트Zoloft(우울증 약의 상표명-옮긴이)를 먹기 시작했다. 직장으로 복귀

한 뒤에도 여자 동료들과 함께하는 밤 외출에서 빠졌다.

머리카락이 붉고 풍성한 콧수염이 성실한 느낌을 주는 데이비드를 만났을 때, 데브라는 자기는 베티 크로커(식품 회사 제너럴밀스의 광고에 나왔던 가상의 인물로, 요리를 잘하는 여자를 비유적으로 가리킨다-옮긴이)가 아니라고 했다. 하지만 데이비드는 직장에서 때때로 데브라를 붙잡는 얼간이나, 자기가 생각하기에 데브라한테는 비서라는 직업이 알맞으니 승진을 거부하라고 강요했던 옛 남자친구와는 달랐다. 데이비드는 데브라를 지지해줬다. 데브라에게 회사 이야기를 들려달라고 했고, 파티에서 그 이야기를 다시 꺼내 데브라를 깜짝 놀라게 했다. 데이비드는 데브라를 자랑하곤 했다. "그 회사에서 이 일을 하는 사람은 제 아내가 유일해요. 제 아내가 이걸 설계했어요!" 데이비드는 건설업계에 들어가기 전에 골동품상을 해서 집에 오래된 물건이 가득했다. 누군가는 쓰레기라고 말했지만 절대 그렇지 않았다. 데브라는 데이비드의 물건들이 귀중하고 멋진 것들이라고 생각했다. 이따금 데브라와 데이비드는 빅토리아 시대에 서로를 알았지만 알 수 없는 이유로 인연이 끊어져 하느님이 다시 만날 수 있게 두 사람을 세상에 돌려보내줬다고 상상하기도 했다.

2000년에 데브라는 오리건주 중부 해안에 위치한 퍼시픽시티 Pacific City로 이사하자고 제안했는데, 사람보다 소가 더 많다는 동네로 살던 곳보다 물가가 더 쌌다. 데브라와 데이비드는 가까운 가족이 없었고 서로만 있으면 된다고 생각했다. 두 사람은 물가에 향나무로 집을 짓고 오리건주에서 새 삶을 시작했다. 그 집을 둘이 좋아하는 것들로만 채웠다. 유리 조각상, 디즈니랜드에서 결혼식을 올리고 가져온 조화 부케, 오래된 비스킷 통, 모조 티파니 램프, 저자 이름의 알파벳순으로 정리한 양장본 스릴러 소설을 꽂아둔 책장. 켈로그 시리얼과 캐드버리 초콜릿 분말이 그려진 빈티지 포스터를 부엌에 풀로 붙였고, 데이비드가 수집한 옛 중절모와 급사 모자를 거실 벽에 걸었다. 그렇게 그들만의 완벽한 집을 만들었다.

그로부터 몇 년 뒤 데브라는 자신이 죽었다고 표현했다. "2008년이었죠. 비극을 불러온 치명적인 사고를 당했어요." 크리스마스를 맞아 장을 보러 도시로 가던 중이었고, 산마루 근처로 차를 몰다가 사방이 어두워졌다는 것 말고는 기억나는 것이 별로 없었다. 차는 약 시속 100킬로미터로 나무를 박았고, 데브라의 몸이 계기판에 처박히면서 무릎에 삽입한 인공관절이 빠져나갔으며 어찌된 영문인지 발뼈가 가속 페달에 뒤엉켰다. 데브라는 잠시 정신이 들었을 때 했던 생각이 기억났다. 이 차에 불이 나고 나는 타 죽겠구나.

데브라는 자신이 죽었을 때 눈부신 빛으로 가득 찬 장소에 도착했다고 말했다. 통증은 전혀 없었고, 어머니가 자기를 기다리고 있었다. 두 여자는 나란히 섰는데, 데브라가 빛을 향해 걸어가려고 하자 어머니가 길을 가로막았다. 데브라는 데이비드를 위해 돌아가야 했다. "그다음 순간에 깨어났는데, 헬리콥터 안이었고… 누군가 내 몸을 압박하는 중이었어요." 구급대원은 심폐소생술을 실시한 참이었고 데브라를 살려낸 것이다. 데브라는 몸에 있는 중요한 뼈가 모두 부러졌는데, 의사는 휠체어를 타야 할 것이라고 말했다. 나중에 어느 트럭 운전기사가 나무에 부딪혀 아코디언처럼 찌그러진 차를 발견해 911에 전화했음을 알게 되었다. 덕분에 데브라는 목숨을 구했다. 그 운전기사가 지갑을 훔쳐 갔지만 말이다.

죽음에 가까이 간 경험을 한 사람은, 적어도 소설에 따르면 죽음을 신비한 것으로 여기지 않게 된다. 죽을 뻔한 경험으로 내가 죽음과 얼마나 가까운지를, 죽음이 늘 가까운 곳에 있었다는 사실을 깨닫게 된다. 죽음을 피할 수는 없다는 사실이 눈앞에서 실체를 갖고, 죽음을 무시하거나 회피하려는 노력을 멈추게 된다. 자신이 유한한 존재임을 인정하고 어쩌면 받아들이기까지 한다. 적어도 무언가를 배운다. 그러나 데브라는 달랐다. 몸을 서서히 회복하면서 데브라는 죽음에 대한 무신론적 관점이 다시 신비롭게 변하는 경험을 했다. 황홀한 내세를 기약하는 것으로. 한때 믿음이 바싹 말랐던 내면이 믿음으로 비옥해졌다. 데브라는 하늘에 있는 그 밝고 아름다운 곳을 끊임없이 생각했고, 돌아가는 것이 무섭지 않다고 확신했다.

충돌 사고 이후 데브라와 데이비드는 서로를 돌보는 데 더 많은 시간을 썼다. 외출을 줄이고 사람을 덜 만났다. 데이비드는 데브라가 진통제를 먹는 것을 도왔다. 데브라는 만성 통증에는 비코딘

vicodin(마약성 진통제-옮긴이)과 모르핀을, 갑작스러운 통증에는 옥시코돈oxycodone(마약성 진통제-옮긴이)을, 아버지가 저지른 짓 때문에 생긴 외상후스트레스장애에는 근육 이완제와 자낙스Xanax(신경 흥분 억제제인 알프라졸람의 상표명-옮긴이)를 먹었다. 데이비드는 힘들거나 귀찮아하는 내색 없이 기꺼이 데브라의 팔다리가 되어줬다. 대신 데브라는 혈전, 심장 수술, 암 치료 등으로 고통받는 데이비드를 돌봤다. 데이비드가 밖에 나가 울타리를 세우거나 잡다한 일을 할 때, 데브라는 데이비드가 앓는 다양한 병에 관해 조사하며 시간을 보냈다. 데브라는 데이비드를 담당하는 의사에게 최신 치료법을 제안했고, 그때마다 자기가 데이비드의 목숨을 구했다고 확신했다. 그 무렵 데브라는 남편을 치료하는 의사와 그 뒤에 있는 의료계를 낮게 평가했다. 의사는 대부분 '완전히 오만한 멍청이'며, 어떤 환자든 자신이 무엇이 가장 좋은 치료인지 안다고 생각하면서도 정말로 마음을 쓰지는 않는 사이비 신이라고 믿었다. 2017년 8월의 어느 날 데이비드가 부엌에서 숨을 멈추고 갑작스럽게 세상을 떠났을 때에도 의사는 전혀 도움이 안 됐다.

데브라는 데이비드가 죽고 나서야 자기 자신을 있는 그대로 보기 시작했다. 무시했던 혼란과 망각이 이제 명백히 눈에 들어왔다. 부부의 의료비를 대기 위해 데이비드가 서명했던 역모기지론의 약관을 마침내 읽어봤다. 데브라는 남은 돈이 얼마나 적은지를 알고서 망연자실했다. 집을 잃을까 걱정됐다. 금전적인 문제를 처리하는 것 자체가 힘겨웠는데, 점점 똑바로 생각하기가 어려워졌기 때문이다. 데브라는 자신의 뇌가 완전히 싹트는 법 없는 씨앗처럼 느껴졌다. 대신 구불구불하고 불완전한 생각만 싹터서 데브라를 산만하게 했다. 데브라는 여러 가지를 잊어버렸다. 진료 예약, 단어, 저녁을 먹는 것. 무엇에든 흥미가 생겼다 없어지기를 반복했다. 하는 말에 맥락도 사라졌다. 기분을 예측할 수 없게 되었고, 무심해지기도 하고 변덕스럽게 바뀌기도 했다. 컴퓨터 앞에 있다가 갑자기 정신을 차리고 보니 횡설수설한 내용을 가득 타이핑해 놓은 것을 발견하곤 했다. "나는 그걸 뇌 방귀라고 불러요. 더 나은 설명이 없어서요." 데브라는 뇌가 '피를 흘린다'고, '매일 무언가를 흘린다'고 말했다. 데브라는 온라인에서 기억력 검사를 해봤고 형편없는 점수를 받았다. "내가 생각보다 더 나쁘다는 증거였죠." 언젠가는 나와 통화하던 중에 목놓아 울면서 더는 자기 자신을 인지할 수 없다고 했다. "나는 내 뇌를 사랑했어요."

몇 년이나 진료를 미루다가 신경심리학 전문의를 만났을 때, '치매'라는 것을 듣고 데브라는 오히려 안도했다. 이 상황에는 이름이라도 있었다. 진료 시간에 의사는 데브라를 데리고 수많은 기억력 검사를 진행했다. 의사는 데브라가 '전반적으로 유창하고 명확하게' 말하지만, '종종 단어를 찾느라 말이 끊어진다'는 것을 알아냈다. 데브라는 검사 도중 결여 발작을 몇 차례 경험했는데, 이는 발작장애seizure disorder의 징후일 수 있었다. 간이정신상태검사Mini-Mental State Examination에서는 30점 만점에 24점을 받았는데, 가벼운 치매에 해당하는 점수였다. 전반적 기능평가 척도Global Assessment of Functioning 검사에서는 100점 만점에 55점이 나와서 전반적인 증상이 '중간'임을 보여줬다. 신경심리학 전문의는 데브라가 치매에 대처하는 방법이, 특히 고인이 된 남편의 옛 휴대전화로 필요한 일정을 전부 알람으로 지정해둔 것은 '대단히 놀라우며… 손에 꼽을 정도'라고 생각했다. 그래도 데브라는 나빠질 것이다. 얼마나 많이, 얼마나 빨리 나빠질지는 정확히 알 수 없었다.

데브라는 집에 오는 내내 택시 뒷좌석에서 잠만 잤다. 이튿날 의사가 쓴 진단서를 찬찬히 읽어보자 몸에 한기가 들었다. 데브라의 상태를 '성인 위탁시설처럼 당장 이용할 수 있고 대안이 될 만한 돌봄 환경을 찾아보길 강하게 권고함. 적절한 돌봄 환경이 마련될 때까지 정기적으로 가정의 지원이 필요함'이라고 설명해두었다.

데브라는 의사에게 적당한 요양원을 찾아보겠다고 약속했다. 의사가 지자체에 보고하여 데브라를 보호시설에 가둘까 봐 걱정됐기 때문이다. 하지만 요양원을 찾을 생각은 없었다. 대신 장기 요양원이 대부분 얼마나 역겹고 비싼지 설명한 블로그 글을 찾아 읽었고, 나한테 관련된 기사의 링크를 이메일로 보내줬다. "1년에 9만 7,000달러(한화 약 1억 2,300만 원-옮긴이)가 넘는 곳도 있어요! 맙소사! '비싼 가격이 주는 충격'도 고려해야 하지 않을까요? 그 돈을 대체 어디서 구할까요? 이런 일을 계획하지 않은 베이비붐 세대가 너무 안타깝네요." 데브라는 자기에게 필요한 것 중 메디케어에서 지원받을 수 있는 것이 거의 없다는 사실을 알고 놀랐다. 생활 지원 아파트도, 가정 방문 돌봄도 지원 대상이 아니었다. 메디케어는 노인을 돌보기 위한 제도 아니었나?

데브라는 정보를 찾아볼수록 저금이 얼마든 모조리 써버리는 것이 유일하게 합리적인 선택처럼 느껴졌다. 저금을 소진해서 주로부터 지원을 받을 자격을 갖춘 다음, 메디케이드와 사회보장제도에서 지원을 받아 들어갈 수 있는 시설을 찾는 것이다. "신경심리학 의사가 내가 살기를 바라는 곳이 여기라네요. 웩!" 데브라는 성인 위탁시설에 관한 정보를 담은 기사도 보내줬다. "뭘 위해서 죠?" 데브라는 우울하기만 한 위탁시설에 돈을 낭비하기 싫었다. 자신이 죽은 뒤에 지금까지 모아온 돈을 오리건주 동물 애호 협회에 기증해 개들에게 도움을 주고 싶었다. 지난 세월 동안 개들을 사랑해왔던 것처럼 말이다. 데브라는 개를 돕고자 평생 저축해온 것이지, 그 액수가 얼마든 의료 기관의 주머니를 채워주려던 것이 아니었다.

나중에 나는 데브라를 진료했던 신경심리학 전문의를 찾아가 안전이 걱정되는 독거노인을 진료하는 경우 의사에게 어떤 책임이 있는지 물었다. "오리건주에는 이러한 사실을 보고해야 한다는 의무를 명시한 법이 있습니다." 즉 의사는 걱정되는 사례를 공중보건부에 알려야 했다. "하지만 의사가 보고한다고 매번 상황이 나아지는 것은 아닙니다."

"사람들을 집에서 데리고 나오나요?"

"아뇨. 아무 조치도 없는 경우가 더 일반적이죠. 누군가가 가서 환자와 이야길 나눌 거예요. '냉장고에는 음식이 좀 있군요, 어쨌든' 따위의 말을 하면서요. 개입을 막는 장벽들은 터무니없이 높고… 의료계에는 이런 농담이 있어요. 공중보건부에 전화하는 건 도움을 받지 못한다는 뜻이라고요."

나는 물었다. "데브라 씨 같은 사람이라면, 주에서 개입할 만큼 증상이 심각했을까요? 정말 주에서 나섰을까요?"

의사는 멈칫했다가 아마 지역의 복지 담당자는 규정에 떠밀려 데브라를 만났겠지만, 결국 주에서 별다른 도움을 주지 않았을 것이라고 말했다. 데브라가 사는 지역에는 전문 간병인이 부족했고 근처 도시에서 데려오기에는 비용이 너무 높았다.

내가 말했다. "도움을 받기 어려울 게 분명하네요. 선생님도 상황을 보면서 '지속적으로 지원하긴 어렵다'고 판단하시겠죠. 달리 무슨 방법이 있겠어요?"

"정확합니다." 의사가 한숨을 쉬었다. "손을 쓰기 어려운 부분이어서 많은 의사가 감정적으로 거리를 두죠. 아무런 감정도 안 느끼는 편이 더 편합니다. 많은 의사가 마주한 딜레마예요."

*

진료를 받고 몇 달 뒤, 데브라는 자기 뇌가 쇠퇴하는 과정을 집착적으로 기록하는 학생이 되었다. 부엌 창가 옆 식탁에서 자기 증상을 깔끔하게 목록으로 작성했다. 신체와 정신 사이에 불화가 커지는 징후들을 말이다.

- 커피를 내리는 일처럼 단계적으로 수행해야 하는, 일련의 복합적인 움직임이 필요한 일은 할 수 없음.
- 작업에 집중할 수 없음.
- 성격 변화.
- 무언가를 말로 표현할 수 없음. (브로카실어증Broca's aphasia).
- 읽기 문제.
- 오른쪽과 왼쪽을 구분하기가 어려움.

데브라는 내게 문자를 보냈다. "손상된 뇌 때문에 생기는 '불가사의'한 통증이 생활에 지장을 줘요."

언젠가 데브라에게 치매에 걸리면 어떤 기분을 느끼게 되는지, 차라리 죽는 게 낫다고 생각하게 되는지 물어보았다. 그러나 데브라는 잘 모르겠다고 했다. 불안과 우울에 시달릴지, 아니면 애초에 느끼는 법 자체를 잊어버릴지 알 수 없다는 것이다. 느낌 자체가 사라질 수 있었다. 어쩌면 이 병은 감각을 없애는 물질 같은 것일지도 모른다. 작가이자 간호사인 샐리 티스데일Sallie Tisdale은 이렇게 말했다. "치매에 관한 실존적인 경험은 거의 주목받지 못합니다. 치매를 앓으며 세상에 존재하는 것이 어떤 일인지 고려하는 연구는 사실 없죠." 데브라는 자신이 치매를 앓는 상태를 수치스럽게 여기게 될지 궁금했으나 동시에 그땐 다칠 자존심조차 남아 있지 않을지도 모른다고 생각했다. 그럼에도 아무도 자신을 좋아하지 않는 위탁시설에 들어가면 온갖 소소한 모욕을 당하고 계속 상처받게 될 것이라 믿었다.

의사조력사에 회의적인 사람 중에는 우리가 해야 할 일은 좋은 죽음의 기준을 세워 이를 전파하는 것이 아니라 좋은 삶을 살아가는 방법을 고민하는 것이라고 주장하는 이들이 있다. 그들은 좋은 죽음이란 존재할 수 없는 것이며 죽음의 좋고 나쁨을 우리 손에서 벗어난 일로 여긴다. 완벽한 마지막 순간을 계획한다는 허상에 돈키호테처럼 사로잡히느니 지금의 삶을 개선하는 데 노력을 쏟는 편이 낫다는 것이다. 그러나 데브라는 결말도 중요하다고 믿었다. 어쨌거나 우리는 결말까지 살아야 한다. 게다가 결말은 어떤 사람의 삶 전체를 기억하는 방식을 바꾸기도 한다. 데브라는 나쁜 결말을 바라지 않았다. FEN에서 도움을 받으면 인생의 대본을 마지막 숨결까지 완전하게 쓸 수 있으리라 생각했다.

2월 초, 데브라는 브라이언에게 전화를 걸어 다음 단계를 준비했다고 말했다. 필요한 물건, 바로 질소 가스가 든 캔과 플라스틱 관을 준비해뒀다고 말이다. 가스통을 배달해준 우체부는 데이비드의 친구였지만 아무것도 묻지 않고 소포를 내려줬다. 큰 비닐봉지는 주문할 필요가 없었는데, 데이비드가 추수감사절에 칠면조 요리를 만들 때 쓰고 남은 것이 있었기 때문이다. 몇 주 뒤, 브라이언은 데브라에게 배정된 다른 퇴장 안내자 로우리 브라운과 함께 데브라를 찾아갔다.

로우리는 45세였고 브라이언과 같은 해에 FEN에 가입했는데, '끔찍한 죽음들을 목격한 뒤였다.' "FEN에서 활동하는 대다수와 마찬가지로 그런 죽음을 보면서 '이런 죽음은 절대로 안 돼'라는 생각이 들었어요." 로우리는 퇴장 안내자로서 치매에 걸린 의뢰인을 맡은 적이 있었다. 지난 의뢰인은 대담한 여자였는데, 죽을 준비가 완벽하게 된 것은 아니었지만 죽는 것을 잊어버릴까 봐 목숨을 끊어버렸다. 로우리는 내게 말했다. "우리는 가벼운 인지장애가 있는 사람도 받아줘요. 치매 진단을 받았다는 증명을 요구하긴 하지만, 어디까지 진행됐는지는 고려하지 않아요." 조심성 많은 사람은 일찍 목숨을 끊기도 했지만, 대부분 더 진행될 때까지 기다리는 편이었다. 브라이언이 최근에 담당했던 치매 환자 의뢰인은 분명 인지능력이 애매한 상태였다. '상당히 멀리 간' 탓에 브라이언이 곤란해졌다. "다른 안내자가 그랬듯 나도 그 사람은 자기가 무얼 하는지 안다고 굳게 믿으려 했지만, 내가 감당할 수 있는 것보다 훨씬 많은 걸 봐버렸죠."

포틀랜드에서 출발한 브라이언과 로우리는 데브라의 집에 들어섰을 때 헉하고 숨을 크게 들이켤 뻔했다. 현관 주변에 엄청난 양의 쓰레기가 너무 깔끔하게 정돈되어 있었다. 윤이 나는 유리 보관장과 창틀에는 작은 조각상과 장식품 수십 개가 나란히 놓여 있었다. 부엌 조리대는 약과 비타민 병의 바다였는데, 데브라가 먹는 것을 기억하려고 꺼내둔 것이었다. 절차를 시작하기 전에, 브라이언은 데브라에게 가능한 의료적 선택지를 전부 살펴보았음에도 여전히 진행을 원한다는 서류에 서명해달라고 요청했다. 이어서 로우리가 FEN의 표준 설명을 들려줬는데, 포틀랜드에서 가져올 장비를 사용할 예정이기에 데브라가 마련한 것을 쓸 필요는 없었다. 오래 걸리진 않았다. 기껏해야 15분 정도였을 것이다. 두 안내자가 알려준 방법은 그들도 말했듯 '최첨단 과학'의 방법은 아니었으며, 데브라도 그렇게 생각했다. 로우리는 데브라에게 비닐봉지로 복면을 만드는 법, 플라스틱 관을 가스통에 붙이는 법, 관을 봉투에 꼬물꼬물 밀어 넣는 법을 가르쳐줬다. 데브라는 봉투를 머리에 쓰고 딱 1초 동안만 가스 밸브를 열어두는 연습을 했다. 브라이언과 로우리는 데브라가 비활성기체로 호흡하는 것이 질식하거나 익사하는 것과 느낌이 다르다는 것을 확인하길 바랐다. 평소에 호흡하는 것처럼 느껴지다가 1분가량이 지나면 아무것도 느껴지지 않을 것이다.

교육을 받는 동안 브라이언과 로우리는 퇴장 후에 자살 장비를 처리하는 방법이 여럿이라는 걸 배웠다. 의뢰인이 매우 아프고 죽음에 가까운 상태라면 퇴장 안내자는 죽음이 자연스러워 보이도록 가스통과 관을 처리할 수도 있는데, 보통 의뢰인의 집에서 멀리 떨어진 산업용 쓰레기통에 버렸다. 가족에게는 죽음을 알리는 방법을 세심하게 조언해주었다. 물건을 사러 가게에 다녀온다면 나중에 알리바이가 필요할 수 있으니 영수증을 받아오는 것이 좋다. 그러고 나서 집에 돌아와 영수증을 조리대에 두고 911에 전화하는 것이다. '가게에 들렀다 방금 집에 돌아왔는데 어머니가 숨을 안 쉬어요', '어머니가 차가워요! 창백해요!' 같이 말하면 된다. 경찰과 소방관이 신속하게 도착해 현장을 살펴보겠지만, 오래 머물지는 않을 것이다. 가족은 질소 기체는 일반적인 부검으로는 감지할 수 없음을 기억하며 평정을 유지해야 한다.

자연스러운 죽음이 임박하지 않은 상태라면 퇴장 안내자는 장비를 자리에 두어서 오히려 그 죽음이 자살처럼 보이게 해야 한다. 그렇게 해야 아무도 곤란해지지 않는다. 의뢰인이 다음과 같은 유서를 남기면 이상적일 것이다. 신중하게 고민하고 숙고한 끝에, 나는 삶을 끝내기로 선택했다. 이런 상황이라면 가족 구성원은 확실한 알리바이가 필요하다. 경찰에 전화하기 전에도 몇 시간 정도 기다려야 한다. 데브라 같은 치매 환자는 대체로 이 범주에 들어간다. 데브라가 퇴장하기로 결심했다면, 경찰과 구급대원은 비닐봉지를 머리에 뒤집어쓴 시신을 발견할 것이기 때문이다.

로우리가 설명을 끝냈을 때 데브라는 기분이 매우 좋다고 말했다. 데브라는 두 사람 모두에게 호감을 느꼈으나 로우리가 특히 좋았다. 너무 좋은 사람들이었다! 두 안내자는 데브라와 잠시 담소를 나누고 데이비드가 나온 옛 사진을 봤다. 그들은 그녀가 찍은 멋진 사진들에 감탄했지만 오래 머물지는 않았다. 그러려고 방문한 게 아니었으니까. 집을 나설 때 데브라에게 시신이 발견되는 상황을 계획해두어야 한다고 다시 일러줬다. 로우리가 내게 말했다. "우리가 그런 일을 하기도 해요. 누군가가 생각지도 못한 채 사망 현장을 우연히 발견하길 바라지 않거든요." 퇴장 안내자는 집을 떠나기 전에 집에 커튼을 쳐줄 수는 있지만, 경찰에 알릴 수는 없었다.

FEN에 죽음을 의뢰해 퇴장하는 의뢰인들에게는 대부분 죽음의 과정을 처음부터 끝까지 도와줄 가까운 사람이 한두 명 있었다. 모든 과정을 함께하는 배우자나 자녀나 친구가 죽음을 목격하고 경찰에 전화해 때로는 충격에 빠진 척하며 죽음을 알렸다. 최근 퇴장 안내자들은 퇴장을 도와줄 의뢰인의 가까운 사람이 한둘 있어야 한다고 주장하기 시작했는데, 의뢰인이 정서적으로 지지를 받으면 더 좋기도 하지만, 이에 동의하지 않는 가족이 법을 동원해 분노를 쏟아내는 것으로부터 조직을 보호할 수 있기 때문이다. 의뢰인들이 사랑하는 사람한테 언질도 주지 않고 자살했을 때 FEN은 곤경에 처하곤 했다. 한 고위 관계자는 내게 말했다. "분명 가족한테 퇴장에 대한 허락을 받을 필요는 없지만, 우리는 가족들이 의뢰인의 결정을 알고도 말리려 하지 않을 것임을 확인해야 해요." 그런데 데브라에게는 퇴장 계획을 말해줄 사람이 없었다.

데브라의 얼마 없는 지인들은 데브라가 받은 진단에 기대와는 다른 반응을 보였다. 데브라를 그리 가엽게 여기지 않는 듯했다. 친구인 딘은 데브라가 여전히 '언어와 다른 모든 것이 매우 예리해' 보인다고 생각했고, 로빈도 데브라가 정상처럼 보였다. 다들 늙어가지 않는가? 당연히 다들 무언가를 잊어버린다. 로빈은 데브라가 자동차 사고를 당한 뒤로 먹기 시작했던 아편 성분이 포함된 진통제가 치매만큼이나 데브라의 정신을 둔하게 만들고, 이미 데이비드가 죽었을 때 데브라가 살 의지를 잃었다고 생각했다.

친구들의 반응에 데브라는 격분했고 공격적인 말투로 하루 동안 경험하는 여러 인지적 실패에 관해 말을 쏟아내기 시작했다. 시간을 놓쳤다, 단어를 잃어버렸다, 발사믹 식초를 들었다는 사실을 잊어버려서 떨어뜨렸다, 아이섀도를 바르는 법을 잊어버려 유튜브에서 화장을 가르쳐주는 영상을 보고 다시 배워야 했다, 삼키는 법을 까먹었다. 그리고 세금! 예전에는 며칠이 걸리더니 이제는 몇 주가 걸렸다. 그런데 데브라가 자신의 증상을 어떻게 증명할 수 있을까? 의식에 생기는 작은 구멍들을 어떻게 보여줄 수 있을까? 구멍들의 존재는 느낄 수 있으므로 알더라도 그곳이 원래 무엇으로 차 있었는지는 기억할 수 없다. 데브라는 빈정댔다. "다리 한쪽을 잃어버려서 누군가 내가 다리를 잃었다는 것을 눈으로 볼 수 있는 것과는 달라요. 내가 죽은 다음에 내 뇌를 얇게 썰어 펼쳐두고 보기 전에는 사람들은 내 병이 얼마나 심각한지조차 알 수 없고… 나는 절대로 거짓말은 하지 않을 거예요. 나는 거짓말하는 사람이 싫거든요. 뭣하러 건강 상태를 속일 말을 하겠어요? 그건 너무 멍청한 짓인데… 거짓말하는 게 아니에요. 그저 사람들에게 내 나쁜 면을 보여주지 않기로 했을 뿐이죠. 망가진 부분 말이에요." 데브라는 친구들한테 퇴장 안내자나 자신에 대해 말하는 대신 암시를 남기기 시작했다. 로빈에게 2월에 고통에 시달리던 반려견을 안락사한 이야기를 했는데, 로빈 역시 누군가를 사랑한다면 그 사람이 고통받는 것을 그저 지켜보기만 할 수 없다는 데 동의했다.

3월 중순의 어느 날 아침, 데브라와 나는 부엌 식탁에 앉아 아침 식사로 부리토를 먹었다. 세금 관련 서류는 치워졌지만 식탁보와 코바늘로 짠 장식용 덮개와 무늬 냅킨 때문에 식탁 위가 어수선했다. 데브라는 창문 너머로 바다를 내다봤다. 그녀는 회색 운동복을 입고 달랑거리는 은귀걸이를 했으며, 부어오른 두 다리는 내 옆에 둔 발 받침대에 올려두었다. 휴대전화가 울리자 흘끗 쳐다보더니 핸드백에 있는 플라스틱 약통에서 약을 두 알 꺼냈다. 데브라는 그날 아침 일찍 나에게 전화해서 내가 도착했을 때 화장을 안 했을 거라고 일러주었다. "자연 그대로!" 눈썹을 칠하지 않은 데브라는 더 나이 들어 보였다. 데브라는 내게 냉장고에서 초록색 타코 소스를 가져다 달라고 부탁했다.

데브라는 전날 밤 내가 자신의 인생을 전기로 쓰는 건 아닐까 생각하며, 어린 시절과 어머니에 관해 그렇게 많이 질문한 이유를 알 것 같다고 말했다. 데브라는 자신이 내 책의 한 장을 차지할지 물었고 나는 그럴지도 모른다고, 그래도 괜찮냐고 되물었다. 데브라는 괜찮다고 하면서 퇴장 후에 시신이 어떻게 발견되게 할지 계획을 세웠다며 나에게 들려주었다. 데브라는 로빈에게 요즘 몸이 휘청대서 낙상을 당할까 걱정된다고, 매일 전화를 걸어 자기 상태를 확인해달라고 부탁할 것이다. 만약 데브라가 전화에도 초인종에도 응답하지 않으면 로빈은 무언가 잘못됐음을 직감하고 경찰에 연락할 것이다. "나는 내 몸이 몇 시간씩이나 아무렇게나 놓여 있지 않길 바라요. 부패할 것 같아서요."

데브라가 죽으면 친구나 먼 친척이 어떤 기분을 느낄 것 같은지 물어보았다. 데브라는 몇 명은 자신에게 실망할 것이라고 인정했다. 하지만 그 사람들과는 가깝게 지내지도 않았고 자신을 이해할 수도 아닐 수도 있었다. 이해하지 못하더라도 '데브라가 신경 쓸 문제는 아니었다.'

아침 식사를 마친 뒤 데브라는 내게 보여주고 싶은 것이 있다며 오래된 비디오테이프를 비디오카세트에 밀어 넣고 부엌 텔레비전을 켰다. 화면에는 더 젊고 화장을 진하게 한 데브라의 모습이 비쳤다. 전화 회사에서 막 승진한 30대 초반이었고 대중 연설 수업을 들을 때였는데, 교육용으로 촬영된 수업 영상이었다. 화면에는 나오지 않는 선생님이 '데비(데브라의 애칭-옮긴이)'에게 큰소리로 조언했다. 더 미소 지으라고. 비디오 속 데비가 영업사원 말투를 흉내 내기 시작하자, 현실 속 데브라는 내 옆에 있는 부엌 식탁에서 고개를 저었다. "가장 잘못한 건 양손을 주머니에 넣은 거예요." 데브라는 비디오 속 자신을 비웃었다.

데브라는 시선을 화면에 고정하고 비디오를 끝까지 봤다. "가식적이야." 30대의 데비가 진부하거나 귀여운 말을 할 때마다 데브라가 속삭였다. 나는 데비를 보는 데브라를 지켜보며 아무 말도 하지 않았다.

내가 떠나기 전, 데브라는 나를 거실 창문 옆으로 데려갔다. 데브라가 자살하기로 계획한 장소였다. 해변과 파도가 내려다보이는 곳이었다. 브라이언은 전화로 데브라에게 마지막 시간을 더 세세하게 계획해야 한다고 조언했다. 어떤 음악을 틀어둘까? 마지막 식사는? 하지만 데브라가 원하는 것은 데이비드의 사진을 곁에 두는 것과 마지막으로 볼 세상에 바다를 담는 것뿐이었다. 데브라는 일기예보를 매일 확인하면서 하늘이 맑기를 기도했다. 그러나 앞으로 몇 주는 비 표시가 가득했다.

*

미국의 어떤 주에서도 지원사 대상을 치매 환자까지 확대하는 방안을 진지하게 논의한 적이 없으며, 이를 옹호하는 로비 단체도 없다. 컴패션&초이시스의 CEO인 킴 캘리넌은 존엄사법에서 정한 자격 기준을 확대하는 데는 관심이 없다고 했다. 이는 철학적 문제이기도 하다. 캘리넌은 치매에 걸린 사람에게도 사전에 공격적인 의료를 거부할 권한이 있어야 한다고 생각하지만, 정신 능력이 위태로운 사람을 죽도록 도와야 한다고는 생각하지 않는다. 또 전략의 문제이기도 하다. 캘리넌은 말했다. "정치적으로 이런 자격 요건을 포함한 법을 통과시키기란 무척 어렵습니다." 컴패션&초이시스는 존엄사법이 없는 주에서 존엄사법을 통과시킨다는 중대한 임무에 집중하고 있으며, 이는 시행을 거쳐 검증된 오리건주 모델을 복제하는 것이었다. 이 활동에서 파이널엑시트네트워크는 오히려 걸림돌이 될 때도 있었다. "죽음에 관한 이야기는 이미 꺼내기 어려운데, 가스통과 비닐봉지로 죽는 이야기를 하기 시작하면…."

오리건주 같은 곳에서는 노인들이 법이 정한 한계를 헷갈려한다. 조력사가 합법이라는 사실만 어렴풋이 안 상태로 법에 대해 조금 생각해본 뒤에 분명 치매도 해당할 것이라고 가정하는데, 나중에 치매는 제외라는 사실을 알면 몹시 심란해한다. FEN의 전임 회장 재니스 랜디스는 조직의 웹사이트에 이런 잘못된 믿음에 관해 썼다. "혜택을 받을 수 없는 법은 무용한 것보다 나쁩니다. 이런 법은 현실이 진실에서 이보다 더 멀 수 없을 때조차 '우리는 할 일을 끝냈다'고 판단하게 만들 우려가 있습니다."

하지만 오리건주에서 정한 자격 기준을 확대하여 치매 환자를 포함하면 죽을 권리에 반대하는 사람들이 해오던 가장 불행한 예언이 실현될 수 있음을 옹호자들도 알고 있다. 반대자들은 존엄사법이 통과되면 가장 취약하고 자기 확신이 약한 사람들부터 시작하여 더 많은 환자를 포함하는 방향으로 확대될 것이므로, 말기질환 환자가 의사조력사라는 권리를 누리는 것으로 시작해 다른 사람의 돌봄에 의존하는 사람에게 죽음을 선택해야 하는 의무가 생기는 상황에 이를 것이라고 경고한다. 치매에 걸린 사람도 이에 포함될 것이다. 욕심이 많거나 근심 걱정이 가득한 가족이 의사조력사를 부추기지 않을까? 주변에서 강요하지 않더라도 환자가 이타심 때문에 사랑하는 사람들의 돈과 시간과 인내심을 걱정하며 빨리 죽음을 선택해야겠다고 느끼진 않을까?

2015년에 오리건주 상원의원인 미치 그린리크Mitch Greenlick가 존엄사법을 수정하여 예후 조건을 6개월에서 12개월로 확장하는 안건을 내놓았을 때, 컴패션&초이시스는 반대 활동을 벌였고 이 안건은 통과되지 못했다. 2019년 1월 그린리크는 법에서 말하는 '말기질환'의 정의를 치매 환자까지 적용하여 대상자를 확장하는 안건을 내놓았다. 컴패션&초이시스는 이 안건에도 반대했고, 마찬가지로 무산되었다. 그린리크 상원위원은 어느 존경받는 오리건주 활동가가 자살한 사건에 자극을 받아 존엄사법의 확대를 위해 노력한다고 말했다. "그분은 알츠하이머병 진단을 받고 나서 가장 가까운 경찰서를 찾아가 덤불 속에서 자신을 총으로 쐈죠. 저는 큰 충격을 받을 수밖에 없었습니다. 그분이 자신의 상황에 대처할 방법이 그것뿐이었다는 사실에 말입니다."

벨기에와 네덜란드에서는 치매 초기 환자라도 '자발적'이고 '신중한 사고를 거쳤으며' 죽는 시점에 정신 능력이 양호하다면 조력사법에 따라 자격을 갖출 수 있다. 벨기에 안트베르펜대학교의 신경과 전문의인 페터르 데 데인Peter De Deyn은 조력사에 관심을 보이는 환자가 있으면 규칙적으로 만나며 '여전히 결정을 내릴 능력이 있는지'를 확인할 것이라고 말했다. 그는 환자에게 '의심이 들 만한 시기가 되면' 말해줄 것을 약속한다. "물론 이건 켜고 끄는 스위치 같은 것이 아닙니다. 치매에 걸렸냐 아니냐라는 문제가 아니에요. 연속적으로 진행되는 과정이죠." 환자가 얼마나 아슬아슬한 순간까지 버틸 생각인지는 체질과 개인의 형편에 따라 다를 것이다. 너무 오래 기다리면 기회를 놓칠 수도 있지만, 일단 승인을 받고 나면 법적으로 너무 이른 때는 없으며, 아직 삶에 좋은 시간이 많이 남았다고 설득하는 것은 의사나 관료의 일이 아니다. 몇 가지 정해진 질문만 고려할 뿐이다. 치매가 얼마나 심해져야 지나치게 심각한 상태에 이른 것인가? 의식이 명료하고 뚜렷한가?

2002년부터 2013년까지 치매를 진단받은 벨기에 사람 62명이 의사조력사로 사망했다. 의료 기록을 인용하자면 '예방 차원'에서 말이다. 그러나 이런 환자들의 부탁은 의사에게 너무 어려운 일이다. 어쨌든 의사는 증상을 치료하라고 배운 사람들인데, 치매 환자들이 죽고 싶다고 요청할 때는 대개 신체적인 괴로움은 전혀 없거나 크지 않은 편이다. 이들이 고통받는다고 말할 수 있는 것은 앞으로 겪을 고통에 대한 두려움 때문이다. 2016년 《신경학 학술지 Journal of Neurology》에 게재된 벨기에와 네덜란드의 초기 치매 환자에 관한 보고서에 따르면, '존엄성 상실이, 자기가 망가진 모습이 사랑하는 사람한테 영원히 기억될 것임을 아는 것이 현재의 고통을 유발한다. 이는 안락사를 선택하는 치매 초기 환자들이 꼽는 주된 이유다.' 이런 환자는 마치 내기에서 손해를 보는 상황에 대비하는 것과 같다. 앞으로 언제 어떻게 아프게 될지를 추측하고 결정을 내리기 때문이다. 안락사를 선택한 사람은 앞으로의 삶이 끔찍할 것이고 미래의 자신이 그 상황을 받아들이지 못할 것이라고 확신한다. 그러나 대부분의 의사는, 심지어 의사조력사에 찬성하는 의사조차도 이런 유형의 예방 의료에는 관여하고 싶어하지 않다고 말한다.

이제 전체 사망 건수 중 안락사의 비율이 4퍼센트를 넘는 네덜란드의 법은 더 멀리까지 나아간다. 사전 의료 의향서에 지시사항을 남겨두었고 의사가 보기에 죽음을 맞이하는 때에 '참을 수 없이 고통받을 것'처럼 보인다면, 치매가 매우 많이 진행된 환자도 요청해둔 순간에 안락사를 받을 수 있다. 그 순간은 환자마다 다르게 정할 것이다. 예를 들어 말하는 능력을 잃어버렸을 때나 아내를 못 알아볼 때라고 지정하는 식이다. 네덜란드 의사는 환자가 '더는 의사소통할 수 없을 때'조차도 환자한테 주사를 놓아 안락사를 진행할 수 있다. 네덜란드 안락사 감독 위원회에서 작성한 지침에 따르면, 의사는 이런 상황에서 '환자가 보이는 행동과 발언을 해석'하고 '환자가 삶을 끝내길 바라지 않는 듯한' 신체 징후가 있는지 주시해야 한다.

사실 많은 의사가 이처럼 사전에 요청한 죽음을 시행하길 거부했다. 주사기에 치명적인 약을 채운 뒤 깨어 있지만 무슨 일이 일어나는지조차 모르는 환자한테 약을 주입할 수 없다고 말하는 의사도 있었다. 2017년에는 200명이 넘는 의사가 네덜란드 신문에 광고를 내서 이러한 의사조력사 업무에 반대한다고 선언했다. "무방비한 인간의 삶을 끝내기에는 우리가 느끼는 도덕적 저항감이 너무 큽니다." 법에 원론적으로 반대하는 이들도 있다. 인지능력을 크게 상실한 상태에서 무엇을 '고통'으로 여겨야 할지를 묻는 것이다. 치매가 심각한 환자는 정말로 고통스러울까? 인지능력을 거의 잃어버려도 행복한 사람은 어떤가? 네덜란드의 안락사 감독 위원회의 대표인 야코프 콘스탐Jacob Kohnstamm조차 분명한 태도를 보이지 않는다. "이런 환자에게서는 참을 수 없는 고통을 확인할 수 없습니다." 콘스탐은 안락사를 받으려는 사람에게 자아를 잃은 뒤 양면적인 태도를 지닐 수밖에 없는 의사에게 전적으로 의지하는 상황에 놓이기 전에 일찍 행동하기를 촉구한다. "자정을 5분 넘기기보다는 자정이 되기 5분 전에 직접 결정하십시오." 2018년에 치매 환자 146명이 네덜란드에서 안락사를 받았으며, 그중 2명만 말기였다.

'네덜란드 자발적 죽음 협회NVVE, Nederlandse Vereniging voor een Vrijwillig Levenseinde'는 의료계 종사자 사이에 널리 퍼진 망설임을 비극이자 근본적인 부정행위라고 비난했다. 협회의 이사 로베르트 스휘린크Robert Schurink는 이렇게 말했다. "사람들은 〈사전 선언서〉에 확신을 가지고 서명합니다. 그로써 확정됐다고 생각하죠. 하지만 사람들이 온전한 정신 능력을 지닌 시기가 지나자 갑자기 의사가 이를 이행하지 않으려 하는 겁니다." 환자에게 중대한 약속을 하고도 자기 손을 더럽히지 않으려는 의사 때문에 법이 의미를 잃어버린다는 것이다.

암스테르담 현지에서는 이 팽팽한 도덕적 충돌을 해결하는 것을 부담스러워했다. 공적인 조사 대상 중 눈에 띄는 사례가 있었는데, 어느 74세의 여자였다. 그녀는 요양 시설에 살았고 진료 기록에 따르면 자주 발작을 겪었다. 복도를 배회하며 화내고 씩씩거리고 남편을 그리워했다. 치매가 너무 심해 거울에 비친 자신도 못 알아봤다. 여자는 '시기가 적절하다고 생각되고', '삶의 질이 무척 형편없어졌을 때'라는 모호한 표현을 써서 안락사법을 적용받고 싶다는 서류를 작성했다. 그러나 나중에 치매가 진행되자 여자는 앞날에 대해 무관심한 듯 보였다. 아직도 죽고 싶냐고 물으면 이렇게 대답했다. "아직은 그렇게 나쁘지 않아요."

그렇지만 안락사는 예정돼 있었고, 계획된 날에 의사는 절차를 진행하기로 했다. 우선 환자 모르게 커피에 진정제를 슬쩍 넣어 약을 먹였고, 치명적인 약물 주사를 준비했다. 다만 주사를 놓으려 했을 때 환자가 일어나려고 애쓰는 것처럼 몸을 움츠렸다. 의사는 여자의 남편과 자녀에게 여자를 제지해달라고 부탁한 다음 주사를 끝까지 놓았고 여자는 사망했다. 나중에 안락사 감독 위원회 관계자는 환자가 주사를 피하려는 동작을 보였을 때 안락사를 중단하지 않았으므로 이 의사가 '선을 넘었다'라고 판단했는데, 여자가 움직인 것이 그저 바늘에 찔려 반사적으로 반응한 것일 수도 있음은 인정했다. 바늘을 무서워하는 아이처럼 움직인 것일 수도 있다고 말이다.

의사는 그저 환자가 서면으로 남긴 요청을 이행했을 뿐이라고 항의했다. 어쨌든 환자가 사망한 날 보인 행동에서 유의미한 점을 발견하지 못했고, 환자가 의식이 또렷할 때 쓴 유언장이 환자가 진정으로 바라는 것을 가장 잘 표현하므로 중요하다고 말했다. 감독 위원회의 최종적인 판단은 이렇다. "심지어 환자가 그 순간에 '죽고 싶지 않아요'라고 말했더라도 이 의사는 절차를 마무리했을 것이다." 반대로 환자가 미소를 지었더라도 끝까지 진행했을 것이다. (의사는 당시에 기소당했지만 2019년에 무죄를 선고받았다.)

사건 속 의사의 행동을 정당화할 수 있는지는 '환자'의 상태를 어떻게 정의하느냐에 달렸다. 그 환자는 치명적인 주사를 맞은 날, 죽은 것이나 다름없어 보이는 무감한 상태였나? 아니면 몇 년 전에 안락사 신청서를 작성하던, 정신이 명료한 그 사람이었나? 이러한 네덜란드 법에 이의를 제기하는 이들도 있다. 정신 능력이 사라져가는 사람이 있다면, 기존의 자아가 사라져가고 새로운 자아가 생겨나는 것이므로 새로운 자아가 과거의 결정을 바꿀 수 없고 결정권을 의사가 갖게 되는 법은 부당하다는 것이다. 네덜란드 의사들은 2개의 자아, 즉 치매에게 걸리기 이전의 자아와 치매에 걸린 '지금의 자아'가 같은 사람인지를 두고 논쟁을 이어왔다. 만일 둘이 다르다면, 어째서 이전의 자아가 '지금의 자아'의 운명을 좌우할 수 있는가?

이 논쟁에 참여하는 사람들은 대개 고인이 된 법학자 로널드 드워킨과 1993년에 나온 그의 저서 《생명의 지배영역》을 길잡이로 삼는다. 이 책에서 드워킨은 '경험적 이익experiential interest'과 '비판적 이익critical interest'을 구분했다. 경험적 이익은 육체 및 반응과 관련이 있으며, 맛있는 식사에서 얻는 즐거움이나 따뜻한 목욕에서 얻는 편안함 등을 말한다. 비판적 이익은 지적인 것이며 이익 소유자의 인격에 꼭 필요하다. 어떤 사람이 자기 인생을 어떻게 살아나가길 바라는지에 관한, 예를 들어 욕망이나 포부, 무엇이 삶을 의미 있게 만드는가에 관한 관점 등이 이에 해당한다. 드워킨은 치매가 많이 진행되면 비판적 이익은 희미해지고 경험적 이익만 남는 경향이 있다고 설명한다. 이때 떠오르는 질문은 다음과 같다. 어떤 이익이, 결국에는 어떤 환자가 존중받아 마땅한가? 지금의 치매 환자일까 아니면 치매 이전의 환자일까? 드워킨은 비판적 이익을 존중해야 한다고 주장했는데, 이런 이익이 인간의 삶에 고유한 존엄성을 부여하고 종교적 성스러움이 없을 때조차 삶을 '신성하게' 만들어주기 때문이다. "사람들은 삶에서 갖가지 올바른 경험과 성취와 관계를 갖고 있어서가 아니라, 그 안에서 일관성 있는 선택을 내리는 고유한 구조를 지녔기에 삶이 중요하다고 생각한다." 인간의 존엄성은 일관된 이야기 같은 것이 있어야 보장될 수 있다는 것이다.

하지만 드워킨의 생각을 매우 불안하게 여기는 사람들도 있다. 그들은 드워킨이 의미를 지나치게 좁게 이해한다고 비난한다. 경험에서 얻는 더 작은 기쁨이 깊은 의미를 만드는 원천이 될 수는 없을까? 삶에 지적이고 중대한 계획들이 존재하지 않을지라도, 환자가 몇 년 전이었다면 이런 사소한 것에 기쁨을 느낀다는 사실에 몸서리쳤을 만한 작은 기쁨을 느낄 뿐일지라도 분명 의미가 있다는 것이다. 비판적인 입장에서는 왜 지금 우리 곁에 존재하는 사람이 표현하는 욕구보다 사실상 더는 존재하지 않는 존재가 내린 중대한 판단에 특권을 부여해야 하는지 묻는다. 치매에 걸린 사람은 새로운 사람으로 여겨 예전 자아가 내린 선택에 구속받지 않도록 하면 안 될까? 실용적인 관점에서, 오래전에 없어진 과거의 환자가 현재 환자에게 무언가를 행사할 수 있는 실질적인 권한이 있는가?

캐나다 국회의원들은 기존에 제정한 법을 확대하여 '의료조력사 사전 요청'을 허락할지를 논의했다. 2016년에 실시한 여론조사에 따르면 건강 상태가 매우 심각하다면 사전에 조력사에 동의할 수 있어야 한다는 의견이 80퍼센트로 찬성 여론이 압도적이었다. "어느 환자가 치매를 진단받고 자리를 보전할 뿐 스스로 목욕도 면도도 화장실에 가는 것도 못 하게 되었을 때 도움을 받아 죽고 싶다고 요청하는 경우" 등을 예로 들었다. 아직 정식으로 법이 바뀌지 않았지만, 비판적인 성향의 서부 의사들은 기존 원칙을 더 느슨하게 해석하기도 했다. 특히 '합리적으로 예측할 수 있는' 죽음에 대한 정의에 관해서 말이다. 2019년 캐나다의 어느 신문은 브리티시컬럼비아주에서 치매 환자 몇 명이 의사한테 도움을 받아 사망했다고 보도했다. 한 명은 은퇴한 공무원 메리 윌슨이었는데, 치매에 걸리기 전에는 모든 영국 왕의 이름과 즉위 날짜를 1066년까지 거슬러 올라가며 암송할 수 있었지만, 죽을 당시에는 자녀 세 명 중 두 명을 아예 잊어버렸다. 당시 나는 전국 규모의 인권 단체인 '캐나다 존엄한 임종Dying With Dignity Canada'의 이사였던 샤나즈 고쿨Shanaaz Gokool에게 벨기에와 네덜란드에서 똑같은 문제를 두고 발생하는 갈등 때문에 걱정되지 않냐고 물어보았는데, 고쿨은 전혀 흔들리지 않았다. "피해를 줄이고자 주어진 정보를 활용해서 할 수 있는 일은 전부 해야겠지만, 벨기에에서 몇 가지 문제가 생겼다고 해서 그러한 범주에 속하는 환자 전체를 배제할 수는 없어요."

파이널엑시트네트워크에서는 치매 초기인 의뢰인을 처음부터 받아줬다. FEN의 공동 설립자인 페이 거쉬Faye Girsh는 내게 말했다. "우리는 늘 받아들일 수 있는 가장 중요한 질병 중 하나로 알츠하이머병을 염두에 뒀지요. 지금도 그렇고요." 하지만 거쉬는 치매에 걸린 의뢰인에게 고유한 문제가 발생한다고 인정한다. 의뢰인에게 질소 통을 사용하는 방법을 가르쳐줘도 나중에 잊어버릴 수도 있었다. "의뢰인은 모든 걸 이해하고 퇴장할 준비를 마치죠. 하지만 배웠던 것을 잊어버린 채로요!"

*

어느 서늘한 3월 중순의 아침, 잠에서 깬 데브라는 자기가 어디 있는지 알 수 없었다. "몇 초. 내가 상상할 수 있는 가장 긴 몇 초였어요." 그 후에야 기억이 났다. "그때 저는 '아' 하고 탄식했어요. 이어서 '제길'이라고 내뱉었죠. 무엇을 잊어버리는지 깨달았으니까요." 한 친구는 데브라한테 쪽지를 적어서 화장실 거울에 붙여놓으라고 했다. 데브라. 너는 데브라야. 여기는 네 집이야. 너는 안전해.

데브라는 흔들리지 않는다고 했다. 삶을 있는 그대로 찬찬히 살펴봤더니 나쁜 징조만 남아 있었다. 데브라는 몇 년 만에 처음으로 하느님한테 말을 걸기 시작했다. "저는 강력한 계시가 정말로 필요하다고 말했어요. 어느 쪽이든 알아야 하니까요. 터널 끝에 빛이 비추도록 해서 아직 갈 때가 아니라고 말해주든 이제는 갈 시간이라고 나아갈 방향으로 빛을 비춰주든 말이죠."

어느 토요일, 잠에서 깬 데브라는 10년은 젊어진 듯했다. "엔진이 전력으로 돌아갔어요." 다시 여러 가지 일을 동시에 할 수 있었다. 텔레비전을 보면서 빨래를 했다. 지인들에게 작별 편지를 썼다. 모든 게 선명했다. 하지만 다음 날, 다시 엉망이 된 기분이 들었다. "한순간 똑똑이였다가 다시 멍청이로 돌아왔을 뿐이죠. 8기통 엔진에서 1기통쯤으로 내려간 거나 다름없는… 하느님 감사합니다." 데브라는 하느님이 데브라한테 마지막으로 좋은 하루를 선사함으로써 데브라가 얼마나 많이 추락했는지를 알게 해줬다고 생각했다. 자기가 내린 선택 주위로 별들이 정렬했다고 느꼈다. "정렬, 이게 맞는 단어죠?" 데브라의 신앙은 마치 액체가 된 듯 몇 주 동안 의심이라는 구멍이 보일 때면 그곳을 채웠다. 하느님은 데브라에게 계시를 내리는 새로운 방법을 찾았고, 데브라는 그 계시를 받을 방법을 찾았다. 고장 난 보일러도 부엌 바닥에 떨어뜨린 발사믹 식초병도 대출 회사에서 데이비드한테 보낸, 데브라가 초조한 마음으로 부동산 변호사에게 전달한 편지도 모두 계시였다.

3월 말부터 데브라는 하루에 6시간 이상을 세금을 처리하는 데 썼다. "나는 길을 잃었어요." 거의 매일 아침 세금 프로그램 회사에 전화해서 상담원을 연결해달라고 부탁한다는 것을 깨달았다. 데브라는 세금에 관해 자주 이야기했고 나는 하고 싶은 질문을 하기까지는 시간이 다소 걸렸다. 데브라가 안 좋아할 만한 질문이었다. "제가 여쭤보려는 건 그러니까, 이건 시간을 끌려는 의도신가요, 아니면…?"

"아니에요." 데브라가 딱딱하게 내 말을 잘랐다. "내가 당분간 살아 있으면서 당장 퇴장하지 않는 이유는 재산을 더럽게 엉망으로 남기고 싶지 않기 때문이에요."

데브라는 내가 종종 데브라에게 물어보는 가설을, 데이비드가 살아 있거나 집을 지킬 만큼 돈이 있으면 삶을 선택할 것이냐는 질문을 무시했다. "나한테 돈이 있고 내가 마음 쓰는 사람들과 나를 아끼는 사람들이 있다면 그렇겠죠. 하지만 없잖아요." 언젠가는 데브라가 따져 물었다. "더는 자기 자신으로 있을 수 없다는 걸 깨닫는다면 당신은 어떤 기분이겠어요? 그 책을 쓸 수 없다는 걸 알았다면? 머릿속 생각을 종이에 글로 적는 것을 뇌가 허락하지 않게 된다면? 그건 존엄성을 위협하는 문제가 돼요." 데브라는 자기가 개였다면 오래전에 고통에서 벗어났을 것이라며 때로는 나에게 물어보기도 했다. "만약 내가 당신이 키우는 개였다면, 당신은 날 안락사시키지 않았을까요?"

나는 이 상황이 불안해서 브라이언에게 전화를 걸었다. 데브라가 돈과 집에 관해 얼마나 걱정하는지, 얼마나 외로워 보이는지, 사후세계에서 데이비드를 다시 만날 것이라고 얼마나 확신하고 기대하는지 등을 이야기했다. 브라이언은 단호하게 말했다. "데브라 씨는 자신을 잃고 싶지 않아서 그렇게 행동하는 겁니다. 세금을 처리하는 데도 8주나 걸렸죠. 보통은 이틀이면 되는데 말입니다." 브라이언은 퇴장하기로 한 결정에 영향을 주는 요인들은 FEN이 관여할 부분이 아니라고 했다. "외로움은 큰 요인이라고 생각합니다. 짐이 되고 싶지 않은 것도 큰 요인이죠. 수많은 요인이 각각의 비중을 차지하는데, 그중 다른 것보다 역할이 큰 요인이 있다고 생각하면 이해하기가 편해요. 그게 무엇인지에 대해서는 흥미를 갖지 않으려고 합니다."

"우리가 대체 어떤 사회에 살길래 사람들이 자기가 짐이 된다고 여길까요?" 나는 힘없이 물었다.

"스스로를 짐으로 여기는 것에 대해 이성적으로 논의하는 건 쉽습니다. 본인이 그 처지에 놓이고 자녀들이 돈과 시간을 써야 하는 때가 오기 전까지는 말입니다. 아니면 본인이 어느 작은 요양원에 들어가야 하고 누군가가 엉덩이를 닦아줘야 할 거라고 느끼기 전에는 말이죠." 브라이언은 잠시 말을 멈췄다. "말해보세요. 왜 75세나 85세쯤 되어 통증 속에서 살고 싶겠습니까? 아니면 고통스럽게? …합리적인 사람이라면 왜 그러겠습니까?"

내가 로우리에게 전화하여 걱정을 털어놓았을 때 그는 나에게 동의했다. "재정적인 문제도 떠오르기 마련입니다. 전부 그림의 일부죠. 그게 복잡한 요인이 되는 것을 싫어하는 사람도 있지만, 제 말은 병이 재정적인 문제를 동반한다는 거예요. 드물지 않죠." 이를 인정하는 것 외에 우리가 무엇을 할 수 있을까? 대안이 있기나 할까? "저는 누군가가 자격만 갖춘다면 '당신은 재정이 튼튼하지 않아서 도와드리지 않을 겁니다'라고 말하지 않을 거예요." 로우리는 재정적인 문제를 해결할 방법은 가난한 사람의 선택지를 좁히지 않는 것이라고 했다. "사람들은 공공주택으로 이사하길 원하지 않아요. 자기 집에 머물고 싶어 하는데, 이는 사람들이 정말로 가치 있게 여기는 요소이자 존엄성을 구성하는 중요한 요소인데… 정신 이상을 겪어서 집을 잃든 재정이 바닥나서 집을 잃든 사실상 비슷하게 존엄성을 잃는 삶이죠."

하지만 데브라가 종종 무척 슬퍼 보였던 것은 왜일까? 로우리는 신중하게 말했다. "우리는 정신 건강에만 문제가 있는 의뢰인을 받진 않아요. 하지만 다소의 우울증 증세를 보이는 건 흔한 일이죠."

*

데브라는 집 앞 근처에 둔 금고에 몇 달치 약을 숨겨뒀다. 데이비드와 함께 수년에 걸쳐 모아둔 진통제로, 여기저기서 빼두거나 약사가 따로 기록하지 않을 때 며칠씩 일찍 처방받은 것이다. 데이비드의 아이디어였다. 국가 비상사태 같은 것이 발생해도 비축분을 먹으며 살 수 있다고 말했다. 이제 데브라는 남은 생을 살아가기에 충분한 약이 있었고 의사를 보지 않아도 됐다. 덕분에 데브라의 치매가 심해졌음을 알아챈 의사가 관계 부처에 전화해서 데브라를 시설에 억지로 보내는 것을 예방할 수 있었다. 의사 밑에서 일하는 비서가 데브라에게 예약한 날이 다가왔음을 알려주기 위해 전화를 걸었지만 데브라는 받지 않았다.

데브라는 서류와 오래된 사진을 분쇄하고 이메일과 문자를 지우기 시작했다. 친구들한테서 온 것, FEN에서 온 것, 내가 보낸 것. 자신이 떠나고 난 뒤에 낯선 사람이 자기 흔적을 샅샅이 뒤지거나 그로 인해 누군가가 곤경에 처하지 않길 바랐다. 데브라는 지인들에게는 작별 편지를 쓰려고 계획했지만, 결국 포기했다. 너무 피곤했다. 저녁에 뉴스를 보는 것도 그만뒀다. 한때는 데이비드와 나란히 앉아 텔레비전을 봤었는데, 방송에 대해 계속 물어서 데이비드를 짜증나게 하곤 했다. 하지만 이제는 상관없었다. 데브라는 세상이 아마겟돈을 향해 돌진하는 중이라 생각했다. 도덕이 타락하고 지구가 무너져간다. 중국과 이란, 아이를 살해하는 아이들. 재무부가 미국의 부채를 갚을 능력이 있을까? 아프리카 일부 지역에서 물이 고갈된다는 것을 알고 있나? 데브라는 점점 더 세계가 두렵고 걱정스러웠다.

"내가 뭘 겪는지를 사람들이 이해하기란 매우 어려울 거예요. 진짜 나를 보는 게 아니기 때문이죠." 데브라의 목소리는 높고 떨렸다. "가짜를 보니까요. 나는 표정을 꾸며내고… 데이비드만이 진짜 나를 봤어요."

나는 약간 흔들리며 말했다. "분명히 말씀드리지만 저는 데브라를 진정으로 이해한다고 주장할 생각은 없어요."

"맞아요. 그럴 수 없겠죠, 안타깝게도. 당신은 무언가에 관해 쓰는 입장이니까… 뭐라고 하더라? 다른 사람의 신발을 신어볼 수 있으면 무척 유용할 텐데요. 그러니까 내 처지가 되어볼 수 있다면 말이에요."

나중에 데브라는 자기가 점점 더 나빠진다고 말했다. "내가 단어를 잊어버린다는 걸 인지해요. 내가 단어를 잘못 쓰나요?"

나는 잠시 멈췄다. "아니요."

"그러면 여전히 처음 만난 때 비슷해요?"

"저와 나눈 대화로만 보면요."

*

4월 17일, 데브라는 아침 일찍 일어나 부엌에서 코코넛 맛 그릭 요구르트 한 통을 먹었고, 휠체어를 타고 집을 돌아다니며 소지품을 전부 살펴보느라 시간을 좀 보냈다. 창밖을 바라보기도 했다.

몇 주 동안 비가 내렸지만 오늘은 날씨가 좋았다. 데브라는 세금 처리를 마쳤고 내게 말했다. "몇 주가 걸렸어요. 일주일이 아니라, 몇 주요." 브라이언과 로우리는 데브라에게 마지막 시간에는 다양한 감정이 들 것이라고 말했는데, 정말 그랬다. "줄곧 공황발작이 일어나서 자낙스를 먹고 '침착해'라고 말했어요."

"오늘 자낙스를 드셨어요?"

"맞아요. 집중해야 했거든요. 초조해서 손이 떨리는 것도 막아야 했고요."

나는 데브라가 마지막 순간에는 평소와 다른 모습이길 기대했다. 아마도 조금 가벼운 모습이기를. 하지만 데브라는 몇 달 동안 떠날 준비가 됐던 것과 마찬가지로 떠날 준비가 됐을 뿐이었다. 데브라는 대출회사와 그 회사가 어떻게 '우리를 괴롭혔는지'에 관해 이야기했다. 나한테 고양이를 키우냐고도 물었다. 아이패드에서 데이터를 삭제한 다음에 데이비드의 옛 친구한테 줘야 할지 소리 내어 생각했지만, 확신이 안 서는 듯했다. 데브라가 말했다. "나는 이제 완전한 공허로 떠나요."

"평안한 여행 되세요." 내가 대답했다.

오전 8시, 브라이언과 로우리가 포틀랜드에서 왔을 때 데브라는 문에 스카치테이프로 편지를 붙여둔 뒤였다. 하나는 로빈한테 보내는 것으로, 안으로 들어오지 말고 경찰한테 전화하라고 적었다. 우정에 감사하다는 인사도 덧붙였다. 로빈은 그날 데브라에게 우편물을 전해주러 왔다가 편지를 발견할 것이다. 다른 하나는 당국에 보내는 것이었다.

퇴장 안내자 둘이 안으로 들어가자 봉지와 가스통이 거실 창문 옆에 놓여 있었고, 그 옆의 작은 탁자를 데이비드와 둘이서 키웠던 개들의 사진으로 덮어둔 것이 보였다. 브라이언은 데브라에게 반드시 퇴장해야 하는 것은 아니라고 말했다. 마음을 바꿔도 괜찮았다. 두 사람이 그냥 떠나면 됐으니까. 별일 아니었다. 하지만 데브라는 말했다. "합시다." 그렇게 브라이언과 로우리는 데브라와 포옹을 나눴고 휠체어 양쪽에서 무릎을 굽혀 앉았다. 데브라는 울지 않았다.

그날 오후, 틸라묵Tillamook 자치구 보안관 사무소는 로빈이라는 어느 여자로부터 퍼시픽시티에서 누군가 자살했을지도 모른다는 전화를 받았다. 경사 몇 명과 보안관 한 명이 30분 동안 차를 몰아 신고한 집에 도착했다. 오후 2시 1분에 경찰들은 데브라가 쓴 쪽지를 열었고 어디서 현관 열쇠를 찾아야 하는지 적혀 있었다. 집 안은 사방에 노란색 포스트잇 쪽지가 붙어 있었다. 침대 프레임에는 캘리포니아주의 어느 집에서 물건을 처분할 때 사왔다는 쪽지가, 드라이기에는 온도 범위를 적은 쪽지가 붙어 있었다. 데이비드가 모은 몇몇 골동품에는 귀중한 것임을 조언하는 쪽지가 붙어 있었다. 헐값에 팔지 마시오.

짐 호튼 경위는 자주 마주치는 유형의 사건은 아니지만, 예전에도 비슷한 사건을 본 적이 있다고 말했다. 호튼과 동료들은 몇 시간 동안 집을 살펴본 뒤, 이상한 것은 없다고 의견을 모았다. 데브라는 자기가 무엇을 하는지 알았고, '완전히 독립적으로' 해낸 것이 확실해 보였다.

나중에 호튼 경위가 내게 말하길, 떨쳐내기 어려운 점이 딱 하나 있다고 했다. 그건 정말 이상했다. 데브라가 죽은 날 밖이 화창했지만, 커튼은 전부 내려가 있었다.

5장

정신

2017년 3월 6일, 애덤 마이어클레이튼Adam Maier-Clayton은 페이스북에 접속해서 라이브 송출 버튼을 눌렀다. "제 말 들리시는 분?" 아주 잘 들린다는 채팅이 올라오자 애덤은 노트북의 각도를 조정했다. "곧 아주 중요한 논의를 시작할게요. 평생 한 번 오는 기회예요." 애덤이 몸을 앞으로 숙이자 얼굴이 카메라와 가까워졌는데, 얼굴은 조각처럼 각이 졌고 무척 아름다웠다. "먼저 말씀드리자면 별로 걱정할 필요는 없어요… 음, 뭔가 나쁜 걸 보실 일은 절대 없을 거예요." 이 말은, 카메라 앞에서 목숨을 끊지는 않겠다는 뜻이었다. 애덤은 카메라 앞에서 죽으면 페이스북이 영상을 내릴까 봐 걱정했다. 애덤은 자기가 죽고 난 뒤에도 영상이 남아 빠르게 퍼지길 바랐다. 대신 나중에 목숨을 끊을 것이다. 애덤은 머리를 뒤로 넘겨 하나로 묶었고 목에는 은색 펜던트를 걸었다. 동그란 모양에 'A'라고 새겨져 있는데 '애덤Adam'이 아니라 '무신론자 atheist'에서 따온 것이었다. 시청자들은 애덤의 뒤로 연한 파란색의 벽과 깔끔한 호텔 침대를 볼 수 있었다.

"좋아요. 그러니까… 저는 이걸 복잡하고 세세하게 계획했어요. 마지막 노래부터 마지막 식사까지 모든 걸요. 피타핏Pita Pit(피타 브레드로 만든 샌드위치를 파는 프랜차이즈 식당-옮긴이)에도 갔어요. 무척 좋았는데…. 그렇지만 네, 이 자리에 있는 게 이상해요. 저는 27살이고 이런 일이 제 인생에서 일어나리라고는 상상해본 적도 없어요." 애덤은 중국에서 독약을 주문했으며 키보드에서 몇 센티미터 떨어진 곳에 얌전히 놓여 있다고 했다. 약이 있어 다행이라고 했는데, 약이 없었으면 건물에서 뛰어내리거나 다른 방법을 써야 했을 것이기 때문이다. "중력을 이용해 즉사할 수 있는 방법을요."

"애덤, 너무 비극적이에요. 사랑해요." 한 시청자가 썼다.

"이게 마지막이라고 했어요?" 카일이라는 시청자가 썼다.

"네, 애덤이 이게 마지막이라고 했어요." 누군가가 카일에게 답해줬다.

애덤은 페이스북과 유튜브 영상에서 자주 했듯 자기가 고통을 겪는 원인을 빠르게 나열하며 시작했다. 범불안장애generalized anxiety disorder, 강박장애, 우울장애. 애덤이 말했다. "강박장애는 악마예요. 생활이 순수한 지옥으로 변해버리는 유전자 카드 패를 받고 태어나는 사람이 있어요. 저는 완벽하게 그런 사람 중 하나고요." 그러나 이내 정치적인 이야기로 넘어갔는데, 사실은 그쪽이 요점이었기 때문이다. 만약 애덤이 스스로 목숨을 끊는다면 그 자살은 정치적이 될 것이다.

"의료적 도움을 받아 죽을 자격에 정신건강을 포함해서는 절대 안 된다는, 그 발상 자체가 미개한 거예요. 완전히 미개해요. 신체 질환, 특히 말기질환은 받들어 모시죠. 다른 질병은 무시하는데… 헛소리 맞죠?" 애덤은 자기 같은 사람을, 정신장애와 정신과 치료 이력이 길고 복잡한 사람을 캐나다 정부가 조력임종법에서 배제함으로써 엿먹였으며, 이는 잘못되었다고 강조했다. 쥐스탱 트뤼도 Justin Trudeau 총리도 비난했다. "아주 바보 같아요. 누군가 과학적으로 나아질 가능성이 없고 고통받고 있고 탈출하고 싶어 한다면…." 애덤은 양손을 들었다. "뭐가 문제죠? 그건 여러분 삶이 아니라고요. 그 사람들 삶이지…. 저는 몇 번이고 이렇게 말해왔어요."

애덤은 라이브를 시작하면서 이야기가 길어질 것이라 했는데, 결론 내려야 할 문제가 많았기 때문이다. 한 시간이 지나고 또 한 시간이 지났다. 애덤은 말을 너무 많이 해서 몸이 아프다고 말했고, 이따금 두 손으로 머리를 받쳤다. 두 번 양해를 구하고 화장실에 갔다 오느라 화면 밖으로 나갔다. 치료와 실패에 관해, 정신의학과 실패에 관해 말했다. 아는 것을 전부 공유하면 얼마나 멋진 기분이 드는지에 대해서도 말했다. 그렇게 사회를 계몽하면 말이다. "솔직히 유튜브 영상을 더 많이 만들었으면 좋았을 거예요." 가끔 목소리에 흥분이 담겨 날카로워졌지만, 대체로 평이하고 대단히 정중했다. "저는 아주 많이 아파요. 치료법은 없죠. 미래도 없고… 맥도 널드에서조차 일할 수 없어요. 저는 장애 수당으로 먹고살자고 평생 죽도록 노력한 게 아니라고요." 애덤은 은행이나 헤지펀드나 〈포천Fortune〉에서 선정한 500대 기업에서 일하는, 고층 빌딩을 소유한 금융 업계의 거물이 되고 싶었다. 하지만 애덤의 정신은 신체에 맞서 전쟁을 선포했고, 애덤은 지금 이 지경에 이르렀다.

나는 아파트에서 무릎을 가슴까지 당기고 앉아서 실시간 방송을 봤다. 토할 것 같았다. 나는 공책에 정말로 파리함이라고 적었다. 시간 끌기? 아니면 실행.

두 시간 반쯤 지나 목소리가 갈라지기 시작했을 때 애덤이 말했다. "세상에는 아름다운 것이 많아요. 이 방에조차 말이죠. 제 말은, 이 전등 스위치를 보세요. 전기예요." 몇 분 뒤, 애덤은 살짝 울었고 부모님이 괜찮길 바란다고 했다. 아무한테도 상처 주고 싶지 않다고 했다.

그러고 나서 애덤은 라이브를 마쳤다.

*

애덤이 있던 장소에서 북동쪽에 있는, 차로 9시간 정도 걸리는 오타와에서는 애덤의 어머니 매기가 노트북 앞에 앉아 경악하고 있었다. 매기는 화면에서 눈을 돌릴 수 없었다. 매기는 나중에 나에게 말했다. "진짜일 줄은 몰랐어요. 애덤이 일을 저지를 줄은 몰랐던 게… 누군가 무엇을 시종일관 이야기하면 오히려 '안 하겠구나'라는 생각이 들잖아요. 보통 무언가를 할 때는 말하지 않으니까. 그냥 해버리지." 매기는 애덤이 그러지 않길 바랐다. 전화기를 낚아채 애덤의 아버지에게 몇 번이나 전화를 걸었지만 받지 않았다.

한편 윈저에서는 아버지 그레이엄 클레이튼이 윈저대학교 4학년 경제학 수업에서 강의하는 중이었다. 경찰이 문을 두드렸을 때, 그레이엄은 학생들에게 잠시 후에 돌아오겠다고 말한 뒤 복도로 나갔다. "아들이 어디 있는지 아십니까?" 경찰이 묻자 모른다고 답했다. "언제 마지막으로 아들을 봤죠?" 그건 어제라고 답했다. 두 경찰은 그레이엄에게 온타리오주 런던까지 애덤을 추적했지만 아직 못 찾았다고, 페이스북을 언급하며 애덤이 호텔에 있는 것 같다고 말했다. 그레이엄은 캐나다 동부 해안 지방의 억양에 어린 시절을 영국 중부 지방에서 보낸 탓에 남은 영국 억양이 군데군데 섞여 있는, 지역을 특정하기 어려운 억양을 가졌다. 경찰한테 애덤이 그날 무엇을 하려고 계획했는지는 모르지만 몇 달 동안 소셜미디어에서 '이성적 자살'을 하겠다고 위협적으로 말했다고 전했다. 경찰관이 떠나자 그레이엄은 30분 남은 수업을 마치기 위해 교실로 돌아갔다.

애덤은 몇 달 전 그레이엄에게 말했다. "어느 날 아버지가 일어나면 나는 떠났을 거예요."

"더는 견딜 수 없다면 나나 다른 사람을 위해서 버티지는 말거라." 그레이엄이 말했다. 그레이엄은 아들이 충분히 오래 싸웠다고 생각했다. 두 사람은 너무 지쳤다.

그 무렵 애덤은, 애덤의 표현을 빌리면 '적극적으로 나서서 정신질환 환자를 옹호하는 가장 눈에 띄는 죽을 권리 활동가'가 되어 있었다. 홍보 포스터용 소년처럼, 그는 캐나다의 지원사 관련 법을 확장하여 정신장애로 고통받고 있으나 말기질환을 앓지 않는 환자까지 대상에 포함하자는 정치적 움직임의 상징이 되었다. 애덤은 2016년 5월 캐나다의 일간지〈글로브앤드메일The Globe and Mail〉칼럼에 썼다. "신체질환과 정신질환은 실제로 똑같은 정도의 통증을 야기할 수 있다. 유일한 차이는 신체질환의 경우 통증이 신체질환에 따른 특징을 보인다는 것이다. 정신질환에서는 통증을 심인성 통증이라고 부를 뿐 환자는 정확하게 똑같은 통증을 느낀다." 애덤은 고통은 고통이라고 말했다. 왜 오타와에서는 썩 뛰어나지도 않은 전문가들이 다른 고통에 비해 특정한 고통에 특권을 부여하는 걸까?

강의를 마친 뒤 그레이엄은 학생들이 교실을 빠져나가길 기다렸다가 집으로 차를 몰았다. 매력 없는 캠퍼스를 떠나 윈저와 디트로이트를 가르는 강을 따라 달렸다. 봄과 가을이면 캐나다 기러기가 모이는 작은 공원들과 저예산으로 지은 저층 아파트 단지를 지나 점점 교외로 향해 집에 도착했다. 집에 들어가 거실에 있는 어머니를 보고 무슨 일이 있었는지 자초지종을 설명했다. 어머니는 90세에 가까웠고 귀가 거의 들리지 않아 소리치듯 말해야 했다. 이야기를 마친 뒤 차를 따랐고, 부엌의 둥근 나무 식탁에 앉아 노란 전등 아래서 연락을 기다렸다.

마침내 전화가 울렸다. 애덤이었다. 경찰은 애덤을 호텔 방에서 발견했고, 애덤은 너무 당황한 나머지 펜토바르비탈을 변기에 내려버렸다. 기회를 잃어버린 것이다. 모든 게 끝났다. "그래서 애덤은 괜찮아." 그레이엄은 전화를 끊으며 부드럽게 말했다. 회색 콧수염이 씰룩이고 눈썹이 펴졌다. "앞으로 어떻게 될지는 모르겠지만, 어쨌든…" 숨을 쉬었다. "당장은 승산이 없어 보이는 상황입니다. 승리란 없는 몹시 나쁜 상황이죠. 저는 아들을 잃거나 아들이 고통받는 것을 지켜봐야 합니다."

*

애덤은 조심성 많은 아기였다. 애덤이 아장아장 걸을 무렵 매기는 다른 엄마들이 하듯 집에 있는 전기 콘센트를 플라스틱 덮개로 가려야 할지 고민했지만, 그럴 필요가 없었다. 애덤은 콘센트를 만지면 안 된다는 것을 알았다. 애덤은 너무 착한 아이였기에, 매기와 그레이엄이 이혼하고 얼마 뒤 애덤이 네 살이었을 무렵 이상한 소리를 내기 시작했지만 둘은 크게 고민하지 않았다. 마치 동물이 울부짖는 소리 같았다. "애덤, 왜 그런 소릴 내니?" 그레이엄이 애덤에게 물었지만 애덤도 이유를 몰랐다.

얼마 뒤, 애덤은 울부짖는 대신 손가락을 이상하게 놀리기 시작했다. 특정한 방식과 정해진 순서를 지켜 손가락을 움직이고 또 움직였는데, 왜냐하면… 이 동작을 반복하느라 늘 주의가 흐트러졌다. 이걸 해. 이걸 해. 이걸 해. 애덤은 경쟁심에 불타 축구를 하면서도 손가락을 정해진 방식으로 움직여야만 했다. 손가락을 움직이지 않고는 축구를 할 수 없었고, 그러면 점수를 내지 못하니 팀이 패배할 것이었다. 손가락을 움직이는 데 너무 집중해도 공을 따라 뛰는 것마저 잊어버릴 것이다. 애덤은 결국 손가락을 하나로 묶어 테이프로 붙였는데, 그러고 나서야 손가락을 가만히 두고 경기에 집중할 수 있었다. 나중에 애덤은 야구 카드를 세고 또 세고 또 세는 습관도 생겨버렸다.

애덤이 강박장애와 범불안장애를 진단받고 처음 항우울제를 처방받은 것은 10년이나 지난 후였다. 그 무렵 10대였던 애덤의 정신에는 끔찍한 생각이 거품처럼 일었다. 파티에서든 학교에서든 거품처럼 불어난 생각은 애덤이 무언가 잘못을 저질렀다고, 심지어는 일부러 잘못을 저지르고는 잊어버렸다고 했다. 애덤이 나쁜 사람이기 때문에. 그 목소리는 다른 모두가 애덤의 잘못을 알았고, 그 잘못을 근거로 애덤을 판단할 것이라 속삭였다. 매기는 정신과 약이나 대형 제약 회사를 믿지 않았고 애덤도 그러길 바랐지만, 애덤은 의사가 준 약을 받아 먹었다. 애덤은 약이 도움되지 않는다고 말했고, 어떤 치료 방법도 효과가 없어 이어갈 수 없었다. 애덤은 평범해지기 위해 충동을 떨쳐내겠다고 결심했다. '허튼소리에 조종당하는 것'은 이제 지긋지긋했다. 애덤은 뇌 운동을 시작했다. 뇌가 무언가를 하라고 하면 거부했다. 얼마 지나지 않아 목소리는 사라졌다.

2011년, 애덤은 대학교에서 경영학을 배우기 위해 오타와로 이사했다. 고등학교에서는 열심히 공부하지 않아 '멍청이' 취급을 받는 일도 있었지만, 이제는 달라지기로 작정했다. 애덤은 꾸준히 노력하고 싶었다. 올바를 뿐 아니라 의식적으로 노력하는 사람이고 싶었다. 신속하고 신중하게, 애덤은 변해갔다. "저는 무식하고 활발한 남자아이였다가 완전히 바뀌었어요. 매우 자기성찰적이 됐죠. 더 나은 사람이 되고 싶었으니까요." 바로 진지하고 훌륭한 정신을 지닌 사람이.

"MBA야 내가 간다." 2011년 9월, 애덤은 페이스북에 썼다.

"새로운 주간 의식: 일주일에 한 번 밤샘 공부-그렇게 얻은 8시간에 효율적으로 #집중."

애덤은 은행가가, 혹은 그 비슷한 것이 되기로 했다. 예를 들면 펀드매니저 같은 것. 꿈을 이루기 위한 구체적인 과정이 흐릿하고 이류 대학 졸업장을 받기 위해 애를 써가며 공부한다는 점은 신경 쓰지 않았다. 어쨌든 돈을 벌고 다정하고 똑똑한 아내를 만나 외국에서 아이를 입양해 가정을 꾸리겠다는 목표가 중요했다. 멋진 차도 뽑겠지만 여러 대는 필요없었다. 자신의 박애주의적인 이상에 따라 엄청난 돈을 기부할 생각이었고, 차가 많은 건 꼴불견이었다. 애덤은 수업이 없는 날에는 차를 몰고 오타와 시내를 돌아다니곤 했는데, 리도 운하Rideau Canal와 1960년대에 지어진 고층 건물을 지나면서 눈에 보이는 모든 건물을 갖는 상상을 했다. 얼마 뒤에는 이 모든 것이 꿈이라기보다는 미래를 알려주는 예고편처럼 느껴졌다. 애덤은 남학생 사교클럽에 가입했다고 매기에게 말했다. 매기는 아들이 종종 통제할 수 없이 난폭해질 수 있음을 알기에 걱정하면서도, 아들이 로널드 레이건 전 대통령과 클럽 동문이라는 사실을 매우 자랑스러워했다.

애덤의 상태는 누가 봐도 괜찮아 보였는데, 애덤은 그만 약에 취하고 말았다. 애덤이 23살이었던 2012년 12월, 사교클럽 파티에서였다. 애덤은 파티에 온 사람들이 완고하고 담배도 피워본 적 없는 자신이 흐트러진 모습을 보고 싶어 한다고 느꼈다. 애덤은 누군가의 마리화나 물담배를 빨고 또 빨았다. 그렇게 밤이 되어 모두가 약에 취했고, 애덤은 바닥에 태아 같은 자세로 몸을 구부린 채 자신이 죽어간다고 생각했다.

다음 날 아침에 일어났을 때, 친구들이 전부 밀랍에 뒤덮인 것처럼 보였다. 사람이 아니라 꼭두각시처럼, 또는 사람인 척하는 가짜

들처럼 보였다. 탁자를 내려다보자 마치 나무토막에 다른 나무토막들이 달려 있는 것처럼 보였다. 그게 탁자라는 사실은 알았지만 도무지 탁자 같지 않았다. 애덤의 눈에는 부품 단위로 나뉘어 보였다. 나무와 못. 그때 애덤은 물에 떠 있는 느낌을 받았다. 육체를 벗어난 것이 아니라 육체에 너무 깊숙이 들어간 것 같았다. 애덤은 나중에 그 느낌에 관해 이렇게 설명했다. "저는 그걸 슬픔이라고 부르지 않아요. 그건 영혼이 없는 상태예요." 애덤은 영혼의 존재는 믿지 않았지만, 왠지 모르게 아직도 영혼을 잃어버린 상태라는 느낌을 받았다.

"그 일은 애덤의 뇌를 말 그대로 엉망으로 만들었어요." 매기가 말했다. 애덤을 데려오려고 파티 장소에 갔을 때, 매기도 이상함을 느꼈다. 애덤은 정신을 차리지 못했다. 다음 날도 마찬가지였다. 매기는 애덤을 데리고 여러 응급실을 전전해야 했다. 의사들은 애덤이 그저 약에 취했을 뿐이라고, 곧 괜찮아질 것이라 했다. 하지만 그 뒤 몇 주 동안이나 이상한 느낌은 사라지지 않았고, 오래전의 강박이 돌아왔다. 매기도 느낄 수 있었다. 어느 날 애덤은 '극도로 공격적'이 되었다가 다른 날에는 울면서 손을 잡아달라고 했다. 애덤은 의사를 몇 명 더 만났지만, 아무도 애덤의 문제를 정확하게 설명해주지 못했다. 어떤 의사는 정신과 전문의를 만나보라고 권했지만, 외래환자는 진료 예약을 하는 데까지 몇 달이 걸릴 수도 있다고 했다. 또 다른 의사는 전부 애덤의 머릿속에서 일어나는 일일 뿐이지, 진짜가 아니라고 말했다. 애덤은 대답했다. "알았어요, 좋아요. 그래서 어떻게 할 계획이죠?"

그러다가 마침내 진단을 받았고, 애덤은 그 내용을 블로그에 올렸다. "이인성장애depersonalization disorder라더라고요. 인간의 뇌가 스트레스를 견딜 만큼 견뎠을 때, '좋아 제군들, 스트레스는 이만하면 됐어. 우리는 휴식을 취한다'라고 선언하고 방어기제로서 자신을 분리해버리는 거예요." 뇌가 애덤이 겪은 일의 전후 사정은 물론 모든 느낌과 정서에서 완전히 손을 떼버리는 것이다. 그러면 애덤은 공허에 빠지고 익숙했던 모든 것에 낯선 느낌을 받는다. 이 진단은 애덤에게 잘 맞아떨어졌다. 애덤의 정신에서 인격이 사라져버리곤 했다. 애덤은 블로그에 '마리화나가 유도한 공황 발작'이 이 장애를 유발했다고 적었다.

그때부터 끔찍한 통증이 찾아왔고 다른 진단들을 받았다. 주요 우울장애, 신체증상장애somatic symptom disorder. 애덤은 신체 통증을 처음 겪어봤기에 웹사이트에서 통증에 관해 찾아봤다. "이론적으로는 우울장애와 불안장애가 신체 증상으로 바뀔 수 있으며… 어느 것이 먼저 오는지, 어떻게 하나가 멈추고 다른 것이 시작되는지를 구분하는 것은 거의 불가능하다." 증상이 나타나는 순서는 애덤에게 관심 밖의 일이었다. 온몸이 아프고, 눈구멍 안에서 산성 용액 한 숟가락이 철벅거리는 듯이 눈이 화끈거렸기 때문이다. 강박적인 생각은 점점 강해졌고, 목소리는 더 뻔뻔해졌다. 밤이면 애덤은 가로등에서 아우라를 보기 시작했다. "오늘날 사회에 정신 건강 문제가 만연한 현실을 생각하면 너무 안타깝다." 2013년 10월, 애덤이 페이스북에 쓴 글이었다. 애덤은 자신이 인간의 기쁨을 구성하는 어떤 화학 성분을 잃어버렸다고 생각했다.

애덤은 지하실에 어두운 가구와 작은 냉장고를 채워 넣고 그곳에 틀어박혔다. 매기가 '그 지하 감옥에서 제발 나와!'라고 애원해도 소용없었다. 샤워도 자주 하지 않았다. 아침에 식사하러 위층에 올라와도 예전처럼 공부하는 내용이나, 록펠러 가문이나 미국 경제나 철강산업에 관해서 말하지 않았고, 대신 매기에게 같은 질문을 하고 또 했다. 바보 같은 질문들이었다. 중요한 것은 대답을 바라는 게 아니라 그저 질문을 반복한다는 사실이었다. 매기는 애덤을 만날 개인 치료사를 찾고 비용도 내주겠다고 했지만, 애덤은 치료가 소용없다고 믿었다. 정신병원에 입원시키는 것도 고민했으나 그러지 않기로 했다. "그 사람들이 뭘 어쩌겠어요? 기껏해야 애덤에게 약을 더 먹일 뿐이겠죠." 매기는 아들한테 전체론적 의학 치료를 받아보라고 부탁했다. 몇 년 전, 매기는 대체 의학의 도움으로 술을 끊었어서 그 가능성을 믿었다. 매기는 보조제를 먹으면 생리 기능의 균형이 돌아오고 몸에서 독소가 빠져 좋아질 것이라 했다. 매기는 자신이 아는 가장 훌륭한 치료사에게 애덤을 보낼 준비를 해두었지만, 애덤은 거절했다. 매기는 아들이 치료를 포기했다고, '본인이 어떤 기분을 느끼는지에 대해 내내 욕하고 불평하는 것'에만 몰두한다고 생각했다. 이윽고 애덤은 매기를 비난했다. 매기가 미쳤고 자기도 미치게 만들어버렸다고.

애덤은 간신히 대학을 졸업했고 지역은행에 취직했다. 일을 좋아했지만 2014년에 그만뒀다. 이유를 알 수 없는 신체 증상 때문이었다. 욱신거리는 통증과 작열감과 몽롱함 때문에 주의가 분산돼 눈앞의 고객을 응대할 수 없게 되었다. 매기와의 다툼도 점점 심해졌다. 어느 날 애덤은 야구 방망이를 가져와 지하실에 있는 가구를 때려서 산산조각냈다. 매기는 애덤을 아버지 그레이엄이 있는 윈저로 보냈고, 애덤은 윈저의 벽돌집에서 할머니와 할머니가 모은 도자기 동물 인형과 살게 되었다.

애덤은 붐붐룸이라는 나이트클럽에 가드로 취직했고, 밤이면 카이사르 카지노 근처에 모여 있는 호텔 근처의 인도에서 싸움을 말리곤 했다. 얼마 뒤 바텐더로 승진했다. 바 담당 직원이 사용하는 공업용 세척 비누가 몸에 안 좋을 것 같아 걱정은 됐지만, 그래도 승진은 기뻤다. 애덤은 페이스북 타임라인에서 남학생 사교클럽 회원을 흉내 내며 놀곤 했다. 바에서 오랫동안 근무한 경험을 자랑하듯 떠벌리거나 살이 쪘다고 불평을 늘어놓았다. 가장 좋아하는 포르노 사이트에 밸런타인데이 축하 인사를 보냈다. 때로는 솔직한 마음을 털어놓기도 했다. "저는 어렸을 때 세상에는 나쁜 점보다 좋은 점이 더 많다고 믿었어요. 하지만 읽고 배우고 경험이 많아질수록 그 믿음이 약해지네요."

애덤은 그 이상한 병을 앓으며 여위어갔다. 정신과 전문의를 만나기 시작했고 의사는 다양한 약을 처방해주었다. 애덤은 수개월 동안 그 약들을 먹었고, 그레이엄은 애덤이 먹는 약을 목록으로 만들었다. 팍실Paxil, 졸로프트, 아티반Ativan, 데메롤Demerol, 하이드로모르폰hydromorphone, 가바펜틴gabapentin, 웰부트린Wellbutrin. 대마종자유도 먹어봤다. 인지행동치료, 수용전념치료를 받고 마음챙김 명상도 했다. 어느 날은 몇 시간씩 소파에 누워 BBC월드서비스를 시청하고, 인터넷 이곳저곳을 들락거리며 쉬어보기도 했다. 하지만 무엇을 해도 기분은 전혀 나아지지 않았다. 애덤은 현대 의학 기술로 치료할 수 없는 환자가 있으며, 자기가 바로 그런 환자라고 의심하기 시작했다. 그렇다면 의사는 자신에게 무엇을 해줄 수 있을까. "아버지, 제가 살아 있는 한 의사는 계속 방법을 찾으려고 하겠죠."

"포기하지 말거라. 절대 포기하지 마. 굴하지 말고 버텨. 의사들이 더 노력하게 해다오." 그레이엄은 아들을 달랬다.

하지만 애덤은 마음이 이미 다른 곳에 있었다. 2014년 6월, 애덤은 페이스북에 이렇게 적었다. "글 몇 개를 읽었더니 궁금해졌어요. 사람들은 '죽을 권리'에 대해 어떻게 생각할까요?"

*

　2015년, 캐나다 대법원은 조력사 금지 법안을 뒤집으면서 위헌이라고 결정했다. 캐나다 의회는 이 판결에 따라 1년 안에 법을 수정하고 합리적인 적용 범위를 정의해야 했다. 누가 자격이 있고 누가 자격이 없는지 말이다. 국회의원들은 법원이 판결한 만큼 범위를 확장하거나, 새로운 기준과 안전장치를 도입해 접근 방법을 제한할 수 있었다. 애덤은 대법원 판결문을 꼼꼼히 읽고 놀랐다. 대법원은 캐나다 시민은 '극심'하고 '치료할 수 없는' 질병을 앓으며 이 때문에 '참을 수 없는 신체적·정신적인 고통을 견뎌야 한다면' 의사조력사를 받을 권리가 있다고 판단했다. 말기질환이나 죽는 시기에 대해서는 언급하지 않았으며 어떤 신체적 질병을 앓기를 요구하지도 않았다. 판결문에 따르면 정신적 고통만으로도 충분했다. 캐나다 법원은 예후나 남은 수명, 어떤 신체 부위에 병이 들었거나 다쳤는지 등을 까다롭게 따지는 진부한 관점보다는 고통이 견딜 만한지를 환자 스스로 판단하는, 주관적인 경험에 더 무게를 두는 것처럼 보였다. 애덤이 보기에 대법원은 애덤도 조력사 관련 법에 적용받을 수 있는 이론적 토대를 만들어준 것 같았다.

　판결 직후 의회와 언론은 새롭게 만들어질 법의 한계를, 특히 정신질환을 주요하게 앓는 사람들을 포함할지를 논의하기 시작했다. '의사조력사에 대한 상하원 연방특별합동위원회Federal Special Joint

Committee of the House and Senate on Physician-Assisted Dying'가 열려 양측의 입장을 들었다. 지지자들은 미국의 조력사법보다 다양한 고통을 수용할 수 있는 방향으로 법이 바뀌어야 한다고 주장했다. 정신적 고통이 신체적 고통보다 심할 수 있음을 보여주는 사례가 포함된 보고서를 근거로 들기도 했다. 독일에서 주관적 안녕감에 관해 광범위한 조사를 실시한 연구에 따르면 일부 정신장애보다 고통이 심각한 것은 말기 간 질환뿐이었다.

강경한 옹호자들은 조력사법에서 정신질환을 제외하는 것은 지나치게 신중할 뿐 아니라 윤리적으로도 옳지 않다고 주장했다. 이는 신체적 고통에 특권을 부여하기 때문이다. 수년 동안 보건 공무원들은 정신질환에 대한 편견을 없애려고 노력했는데, 정신질환이 환자의 잘못이라거나 신체적 질환보다 덜 고통스럽다거나 덜 실재적이라는 견해에 반박하려 했다. 옹호자들은 정신질환에 걸린 사람은 통제 불능이거나 분별력이 없어서 무엇이 자신에게 이익인지 판단할 수 없고, 이러한 판단에 근거하여 행동할 수도 없다는 편견에도 이의를 제기했다. 이러한 사회적 편견이 줄어들고 있음에도 조력사법에서 정신질환 환자를 거부하는 것은 '당신이 겪는 고통은 정말로 심각하고 실재하지만… 그럼에도 당신이 죽기를 바란다 하더라도 실은 당신은 죽기를 바라지 않는 것이다. 그에 대해서는 당신보다 우리가 잘 안다'고 말하는 것이나 다름없다.

하얀 피부에 어두운 머리칼을 가진 젊은 정신과 전문의 저스틴

뎀보Justine Dembo가 서니브룩병원Sunnybrook Hospital에 근무하며 이 논쟁을 이어갔다. 서니브룩병원은 제2차 세계대전 후에 장애인 병사를 치료하는 것으로 유명해진 곳이었다. 3층에 있는 뎀보의 사무실에는 퇴역 군인을 위해 지은 정원이 내려다보이는 작은 창문이 있었다. 정원에는 조개껍데기와 자갈이 가득한, 유리로 지어진 원형 건축물이 가장 눈에 띄었는데, 환자들은 화가 나면 이곳에 스스로 들어갔다. 일찍이 뎀보는 조력사의 범주를 광범위하게 설정한 법에 따라 자신의 환자가 죽게 될 수 있다는 가능성에 마음을 열어두자고 결심했다.

뎀보는 의사가 정신질환 환자를 제외해야 한다고 주장하는 것은 환자를 환자 자신으로부터 보호하기 위해서일 텐데, 이는 정신질환자에 대한 편견이나 의사의 두려움 때문만이 아니라고 생각했다. 이는 의사가 지닌 전문가로서의 오만함과 정신과 전문의가 지닌 남다른 완고함을 보여주는 증거였다. 정신과 전문의는 자신이 치료할 수 없는 환자도 있음을 결코 인정하려 들지 않았다. 한편 암 전문의나 폐 전문의는 수술이 실패했거나 화학 요법을 더 받아도 소용이 없으리라는 사실을 인정하면서 현실에 승복한다. 하지만 정신과 전문의는 여전히 자기가 모두를 치료할 수 있다고 믿었다. 언제나 새로운 약물, 약물 조합, 치료 기법을 고안해냈고 명백한 완치의 개념이 없었다. 치료를 영원히 이어갈 수 있었고, 신약이 곧 개발될 가능성도 있었다. 뎀보는 정신의학이 자신의 한계를 잊은 것 같다고 생각했다. 적어도 정신과 전문의는 정신의학의 한계를 인정하고 그에 따라 행동할 의지가 없어 보였다.

그는 몇 년 전 수련의로 근무하다가 이러한 생각을 갖게 되었다. 그가 근무하던 병원의 일반 병동에 있던 중년 여자를 응급 정신과 병동으로 옮기라는 지시가 떨어졌는데, 이 환자는 계속해서 자살을 시도해서 24시간 감시를 받게 되었다. 환자가 앓은 난치성 우울증 이력은 길고 복잡했다. 병을 앓는 동안 받을 수 있는 치료를 거의 전부 받았고 심지어 뇌에 작은 전류를 흘려보내서 짧게 발작을 일으키는 전기경련요법까지 받았다. 어떤 치료도 효과를 보지 못했고 오히려 온갖 약을 투여한 탓에 부작용을 얻어 몸이 더 나빠졌다. 뎀보의 눈에는 여자의 눈빛에 배신감이 가득해 보였다. 뎀보는 내게 말했다. "저는 그 환자가 얼마나 지독하게 고통받는지 알 수 있어서 죄책감이 들었어요. 환자를 치료하는 것이 오히려 안타깝기도 했어요. 환자는 자신이 얼마나 필사적으로 죽고 싶은지, 얼마나 오랫동안 그렇게 느꼈고 얼마나 고통스러운지를 저한테 여러 번 털어놨어요. 그러면 저는 할 말을 잃어버렸죠…. 우리는 왜 사람을 구할까요? 우리가 할 수 있는 모든 것을 시도했는데도 누군가가 여전히 심각한 상태로 만성적인 고통을 받는다면, 우리는 왜 그들이 죽으려는 것을 관성적으로 말리는 거죠?"

뎀보는 장기간 효과를 얻을 수 있는 치료 방법을 영원히 찾을 수 없는 환자가 있다는 걸 알았다. 2006년《미국 정신의학 학술지

American Journal of Psychiatry》에 실렸던 유명한 논문 「우울증 완화를 위한 순차적인 대안 치료Sequenced Treatment Alternatives to Relieve Depression(STAR*D)」에서 연구자들은 정신질환 외래환자 중 약 30퍼센트가 치료 과정을 연달아 네 번이나 거친 뒤에도 여전히 증상이 남아 있음을 발견했다. 응답자 중 71퍼센트는 1년 안에 재발했다. 신경을 자극하는 전기경련요법을 실시하면 난치병 환자의 절반에게 효과가 나타났지만, 전신마취 상태로 받아야 하고 역행성기억상실증retrograde amnesia을 유발할 수도 있어 일부 환자는 전기경련요법을 거절했다. 심리요법은 효과가 있는 환자도, 없는 환자도 있었다. 입원 치료는 물론 환자의 뇌에서 기쁘거나 불쾌한 기억을 감각적 경험과 연결하는 뇌의 일부를 자르거나 태우는 양측띠이랑절개술bilateral cingulotomy 같은, 드물게 실시하는 외과적 개입도 마찬가지였다. 뎀보는 모든 것을 고려한 뒤 이런 질문에 봉착했다. 오랫동안 정신병을 앓아온 환자가 의학으로는 고통을 결코 완화할 수 없으리라는 결론을 내리는 것이 그렇게 비이성적인 것일까?

이처럼 누군가는 죽음을 허락받아야 한다는 것은 논리적 비약이며, 성급하고 반역에 가까운 결론 같다고 뎀보는 말했다. "정신의학에서는 누군가가 죽고 싶어 한다면 자살 충동을 느끼는 것이며, 이를 치료해서 자살을 예방해야 한다고 배워요. 제가 수련의였던 시절부터 오늘날까지 환자가 죽기를 바라는 것이 합리적인 반응일 수 있는지에 대한 논의는 정신병 환자는커녕 어떤 환자를 대상으로도 없었죠." 대신 환자가 죽고 싶다고 말하면 이를 '자살생각'이라 부르며 질병에 대한 증거로 받아들였고, 정신과 의사는 이런 생각을 치료하려고 노력해왔다. 이는 정신과 의사에게 가장 중요한 업무 중 하나였다. 환자를 살리는 것, 자살을 예방하는 것.

수련의가 되고 몇 년 뒤인 2010년 뎀보는 '정신의학 치료의 무용성과 조력자살'에 관해 면밀하게 연구한 논문을 썼다. 그 논문에서 뎀보는 의문을 쏟아냈다. "호전되거나 치료될 가능성이 얼마나 낮을 때 우리는 치료를 '무용'하다고 판단할 수 있을까? 특정한 환자한테 어떤 요소가 '무용'함의 근거가 되는지 결정하는 것은 누구의 역할일까? 치료라는 명목하에 환자가 얼마나 많은 부작용을 인내하기를 기대해야 할까? 어느 시점에 환자가 치료를 중단하고 삶 자체를 포기하도록 허용해야 할까? 어느 시점에 우리는 의사로서 '포기'할 자격이 생기나?" 뎀보는 연구하는 동안 벨기에, 네덜란드, 룩셈부르크, 스위스 같은 나라에서는 한정적인 사례지만 정신질환을 조력사 기준으로 고려했다는 것을 알았다. 유럽에는 이미 선례가 있었고 터무니없는 생각이 아니었다. "신체적 질병은 없으나 극심한 통증이 실재하는 것이 삶을 끝내길 고려하는 합리적인 이유가 될 수 있다는 가능성은 정말 상상도 못 할 일인가?"

뎀보가 알기로 정신질환을 진단받은 환자 중 대다수는 표준 능력 검사에서 합리적 결정을 내릴 능력이 있었다고 진단된다. 사실 정신의학의 교리는 환자한테 '결정 능력'이 있다고 가정하는 것이다. 결정 능력을 잃었음을 시사하는 행동이 나타나기 전까지는 말이다. 예컨대 매우 우울한 환자도 대부분 자신의 정신질환을 이해하며 여러 선택 사이에서 어떤 선택을 내렸을 때 어떤 다른 결과를 불러오는지 판단할 수 있었다. 망상 때문에 극심한 고통을 겪는 사람조차 무릎 수술을 받을지 말지, 암 진단을 받고 화학요법을 받을지, 자동차를 사거나 결혼하거나 휴가를 갈지 등 여러 삶의 선택들을 집중하여 생각한다면 이에 대한 통찰력과 판단력을 보여준다. 정신의학에서는 특정한 순간에 특정한 맥락 아래서 '능력'을 판단해야 한다. 어느 사람이든 전체론적 의미로 능력이 이분법적으로 있거나 없는 것이 아니다. 오직 특정한 결정을 내릴 능력이 있거나 없을 뿐이다. 이 논리에 따르면 뎀보가 진료하는 상태가 심각한 정신질환 환자들은 이미 모든 의료 결정을 내릴 능력이 있다고 여겨져야 했다.

뎀보는 '토론토 중독 및 정신건강 센터Toronto's Centre for Addiction and Mental Health'에서 열린 정례 검토회 강연에서 자기 생각을 발표했다. 정신질환을 치료할 수 없을 때 임종을 맞도록 도와준다는 발상에 정신과 전문의가 지적으로 열려 있다면 어떨지, 의사조력사를 환자가 겪는 피해의 축소라는 형태로 고려해볼 수 있을지 질문을 던져 보았다. 자살할 가능성이 큰 환자가 있을 때 의사조력사가 허용된다면, 적어도 혼자서 두려워하고 끔찍한 통증을 겪으며 죽지는 않을 것이다. 발표가 끝난 뒤 뎀보는 곤경에 처할 수도 있겠다고 생각했다. 그러나 템보는 몇몇 선배 정신과 전문의에게 감사 인사를 받았다. 한 명은 이렇게 속삭였다. "이건 아무한테도 말하지 마세요. 나도 정말로 미심쩍어 보이는 환자가 있어서 선생이 이 주제를 꺼낸 것이 정말 고마워요."

하지만 토론토 회의실 너머에 있는 몇몇 정신과 전문의는 캐나다에서 전개되는 논의 때문에 점점 불안해졌다. 반대자들은 정말 심각한 정신질환을 앓는 환자, 즉 조력사법에 따라 조력사 자격을 갖출 가능성이 높은 환자들은 그 질환 때문에 죽음처럼 심각하고 영구적인 주제에 관해 결정을 내릴 수 있는 능력이 없다고 했다. 극심한 우울증은 환자가 자기 예후를 이해하는 방식을 왜곡하고 실패나 끝없는 고통을 예상하게 만든다는 사실에 주목했다. 환자의 추론 능력이 정신질환에 의해 변질되므로 환자가 죽음을 바라는 것은 이성적이라고 인정할 수 없으며, 따라서 의사가 잠자코 이에 동의하여 의사조력사를 시행할 리도 없다. 반대자들은 환자가 겪는 절망을 깨달음으로 취급해서는 절대로 안 된다고 주장한다. 절망은 단어의 의미가 그렇듯 맹목적이고 무모하다.

열렬한 반대자들은 정신질환 환자가 죽도록 돕는 행위는 비이성적인 자살에 동조하는 것과 비슷하다고까지 주장했다. 이는 정신질환의 고유한 증상, 즉 죽고 싶은 욕구, 낙담, 치료에 대한 두려움, 의미를 느끼는 감각에 대한 목마름을 이성적 사고와 혼동하는 것이라고 말했다. 아픈 사람에게 실재하는 두려움을 마치 자유의지를 표현하는 행위로 재구성하는 발상이다. 정신과 전문의 모나 굽타Mona Gupta와 크리스티앙 드마레Christian Desmarais는 훗날《정신건강윤리학 학술지Journal of Ethics in Mental Health》에 발표한 논문에서 물었다. "병에서 비롯된 고통을 완화하고자 의료적 도움을 받아 죽기를 요청하는 것과 정신질환에 의한 증상을 어떻게 구분할 수 있을까? 어떤 사람이 깊이 고려한 판단을 존중하는 것과 부지불식간에 그 사람이 앓는 병적 상태에 휘말리는 것을 어떻게 확실하게 구분할 수 있을까?"

나아가 범주가 확장된 법의 존재 자체가 환자에게 해를 끼칠 수 있다고 믿는다. 상태가 심각한 환자가 조력사를 선택할 수 있게 되면, 담당 의사는 그 요청을 진지하게 받아들이게 될 것이고 환자에게 전혀 희망이 없다는 듯한 태도를 보여 이러한 결정을 부추길 수 있다. 즉 환자가 요청한 조력사의 타당성을 평가하는 과정이 정신질환에 영향을 미쳐 이를 악화시킬 수 있다. 조력사에 관심을 표현하는 일이 자기실현적 예언이 될 수 있다. 이미 심각한 상태의 환자에게는 이러한 영향이 엄청나게 클 수 있다. 네덜란드 의사 테오 부르Theo Boer는 정신과 증상이 있는 환자까지 조력사를 확대하면 '모순된 사회적 신호를 보낼 수 있다'고 경고했다. "어떤 시민이 삶을 끝내길 바란다면, 우리는 그러지 못하게 막으려고 노력할 것이다. 하지만 그가 죽어야 한다고 강하게 우기면, 사실상 우리는 이를 돕게 되는 것이다."

다른 이들은 더 현실적인 이유로 이 제안을 비판한다. 나라의 정신보건 상태가 심각한데 법을 확장하는 일을 고려하는 것이 말이 되냐며 정치인들을 꾸짖는다. 캐나다의 정신과 전문의 존 마허John Maher는 자신의 논문에 이렇게 썼다. "정신질환을 앓는 많은 사람이 빈곤과 배제라는 끔찍한 조건에서 사는 것이 우리의 현실이다. 그런데 우리는 이런 사람이 죽기를 원하도록 몰아붙인 다음 그 끝으로 향하는 합법적인 경사길을 제공하겠다는 것인가? 부끄러운 줄 알아야 한다." 디스토피아 같은 미래를 상상하는 이들도 있었다. 그들은 정신보건 분야에서 환자에게 기대를 걸기보다 환자의 죽음을 돕는, 결국 시간과 자원을 비용이 덜 드는 방향으로 쏠게 될 것이라고 말했다.

어느 환자를 치료할 수 없는지 확실하게 알 수 있는 방법은 절대 없으리라는 사실은 뎀보에게도 명백해 보였다. 100만 명 중 1명 꼴이라도 일반적인 범주를 벗어난, 가망이 없어 보였다가 반전을 보이는 환자가 있다. 그런데 호전된다는 것은 도대체 어떤 의미일까? 전문가의 측정 방식으로는 우울 척도가 1~2점 나아질 수 있을지도 모르나, 환자는 여전히 매일매일 끔찍한 기분을 느낀다. 뎀보가 보기에는 많은 정신과 전문의가 상당히 호전되리라 합리적으로 기대할 수 없는 환자를 치료하면서, 그 환자에게 끔찍한 고통이 끝날 수도 있다는 희망을 포기하지 말라고 명령한다. 이것은 도덕적으로 옳은가? 다른 의료 분야에서는 의사가 잘못된 희망을 제공하는 것이 비윤리적인 행위라고 생명윤리학적으로 합의한 듯했다. 하지만 정신과 전문의는 그 의견에 대해 양면적인 감정을 느낄 수 있는데, 정신적으로 아픈 환자가 나아지려면 희망이 필요하다고 믿기 때문일 것이다. 희망은 고유한 치료 능력이 있다. 뎀보는 2013년에 발표한 논문에 썼다. "따라서 우리는 희망이 회복에 꼭 필요하지만, 그로 인해 참을 수 없는 정신적 괴로움을 안고 사는 삶을 연장시킬지도 모르는 역설적인 상황에 놓였음을 깨닫는다. 윤리적인 치료 전문가는 어떻게 해야 할까?"

뎀보는 자신의 견해를 전문적인 의료 기준으로 바꿀 방법을 고안하기 시작했다. 뎀보가 만든 이상적인 체계에 따르면 조력사 자격을 갖춘 환자는 일시적인 자살 생각이 아닌 만성적인 자살 생각이 있음을 입증해야 한다. 또 죽음을 요청한 뒤에 몇 달에서 길게는 몇 년에 해당하는 대기 기간을 거쳐야 한다. 약물 치료와 상담치료를 포함해 증거에 기반한 치료를 특정 횟수 이상 시도해봤어야 하는데, 그 환자의 질환이 치료로 호전되지 않음을 확실히 하기 위해서다. 이 법은 환자가 모든 것을 시도해봤기를 요구할 것이다. 그렇지만 뎀보는 어떤 법도 어떤 사람에게 가능한 모든 것을 시도하기를 요구할 수는 없다고 생각했다. 심각한 정신질환을 앓는 사람에게도 싫다고 말할 권리가 있었다. 그만하면 됐다고 말할 권리가.

*

애덤은 윈저에서 일하는 정신과 전문의 지오반니 빌레라에게 조력 임종에 관해 물은 첫 번째 환자였다. 캐나다 국회의원들이 아직 지원사 관련 법을 만들던 2015년 말이었다. 애덤은 전에 빌레라를 응급실에서 만났다. 통증을 동반한 공황 상태에 빠졌을 때였고, 빌레라는 개인 진료 시간 때 애덤을 만나기로 했다. 캐나다의 보편의료제도는 정신과 치료 비용을 지원했지만, 전문의를 만나기까지 대기 시간이 길 수 있고 진료 횟수가 제한될 수도 있어 일부 환자는 개인적으로 비용을 내서 전문의를 만났다. 그레이엄도 이를 선택했고, 진료를 받던 애덤은 빌레라에게 자기처럼 정신적으로 아픈 사람도 조력 임종을 선택할 수 있어야 한다고 생각하는지 물었다.

커다란 ㄴ자형 책상에 앉아 이야기를 나누는 동안 컴퓨터에 타자를 입력하던 빌레라는 애덤을 똑바로 쳐다봤다. 빌레라는 자신은 절대로 환자가 죽도록 물리적으로 도울 수 없다고 생각했다. 신앙심이 깊었고 그 행위가 신앙에 어긋났기 때문이다. 하지만 조력사를 원하는 사람이 잘못된 요구를 한다고 생각하지는 않았다. 빌레라의 경험상 환자 중 일부, 7~8퍼센트는 대부분의 치료에 저항감을 느꼈다. 그런 환자라면 평화롭게 죽을 권리가 있다는 데 동의했으나 애덤은 너무 젊었다. 아직 시도해볼 것이 있었다.

애덤은 빌레라를 낮게 평가했다. 우리가 막 이야기를 나누기 시작할 무렵 빌레라를 '매우 나약한 사람'이라고 표현한 적이 있었다. "강한 의지가 없어요. 저랑은 완전히 다르죠." 그래도 애덤은 빌레라의 지시를 따랐고 추천하는 약을 전부 먹었다. 한 가지 약을 시도한 뒤 효과가 없다고 판단되면, 그 약을 중단하고 다른 약을 시도하거나 다른 성분을 첨가해 혼합제를 만들었다. 애덤은 서랍장 위에 약병을 깔끔하게 줄 세워 놨는데, 하루에 한 움큼씩 먹는 날도 있었다. 내게 무미건조하게 말하길 가바펜틴은 정신운동 지연을 개선하는 데 조금 도움이 됐다. 그걸 먹으면 아침에 머리를 더 빨리 굴릴 수 있었다. 하지만 애덤은 약을 먹어도 5퍼센트만 좋아진다고 느꼈는데, 그걸로는 충분하지 않았다. 나중에 나는 한 정신과 전문의에게 애덤의 증상을 이야기했는데, 그 의사는 가바펜틴은 신경성 통증에 처방하는 약이지 정신운동 지연에는 도움이 되지 않는다고 했다. 그는 애덤이 마치 교수 같은 태도로 자기 약에 대해 설명하지만 실은 '잘못 이해하고' 있는 건 아닌지 의심했다.

애덤은 그레이엄에게 말했다. "정신과 전문의가 나를 데리고 난폭운전을 하게 두지는 않을 거예요." 애덤은 엉터리 같은 '오만가지 치료 계획'을 영원히 따르면서, 의사가 기분에 따라 자기에게 아무 약이나 먹이도록 두지는 않을 것이었다. 뇌심부자극술deep brain stimulation은 만 번은 죽었다 깨어난 다음에나 시도할 것이다. 애덤은 뇌심부자극술에 관한 임상 연구를 검토해봤는데, 자신이 겪는 여러 장애에 도움이 되리라는 확신이 들지 않았다고 했다. 확실히 아는 건 아니었지만, 꼭 시도해봐야 실패를 아는 것은 아니었다. 마치 작은 나라가 미국에 전쟁을 선포하기 전에도 미국과 전쟁을 치르면 자기 나라에서 '대량 학살'을 저지를 것임을 아는 것과 비슷하다고 했다.

조금이라도 통증을 누그러뜨리는 것은 운동뿐이었다. 애덤은 가능한 자주 상점가 근처 체육관으로 차를 몰고 운동하러 갔다. 재빨리 걸어 들어가서, 건강, 포부, 기개, 성실함 따위를 자극하려는 글귀와 종종 노인이 잠들어 있는 진동 마사지 의자와 어린이용 수영장을 지나 계단을 올라 중량 운동을 하는 층으로 갔다. 근육을 혹사시켜 근육통만 느껴질 때까지 무거운 무게로 운동을 하곤 했다. 운동으로 생기는 통증은 한동안 다른 통증을 잊게 했다. 때때로 거울에 자신의 몸을 비춰보면 피부에 아무런 상처가 없는데도 이렇게 기분이 안 좋을 수 있다는 사실이 어처구니없었다. 때로는 페이스북에 셀카를 올렸는데, 이두박근이나 가슴 근육을 강조하는 사진이었다. 몸에는 자기 자신을 배반하는 어떤 징후도 드러나지 않는다는 사실이 너무 이상했다. 운동을 마치고 집으로 운전해서 돌아오면 기진맥진해서 아버지와 대화하기도 피곤했다. 애덤은 남은 기력을, 사그라드는 생명력을 우선순위를 정해서 썼다.

얼마나 혹독하게 운동하든 몇 시간 뒤에는 예의 통증이 찾아왔다. 생각도 마찬가지였다. 너는 그 사람의 마음을 상하게 했어. 그는 분명 자살할 거야. 너는 네 고양이를 쓰다듬은 다음 땅바닥에 놓고 발목을 비틀어버리지. 너는 고양이를 해치는 끔찍한 사람이고⋯. 네가 운전하던 중에 부딪친 방지턱은 사실 보행자였어. 네가 주의를 기울이지 않아서 깨닫지 못한 거지. 그 도로로 돌아가 봐. 돌아가. 당장 돌아가라고. 애덤은 이런 생각이 머릿속에 떠오르면 제정신을 잃어버린 듯 흉포하게 날뛰었다. 그레이엄은 애덤의 그런 행동에 대해 아무 말도 하지 않는 편이 좋다는 걸 알았다.

2015년 10월, 애덤은 〈외래환자 회고록〉이라는 블로그를 시작했다. 초기에는 지인들이 매일 출근하고 각자의 삶을 꾸리는 모습을 보는 것이 얼마나 괴로운지를 토로했다. 그들의 삶을 보며 애덤도 기쁨을 느꼈지만, 그 기쁨에는 질투와 언짢음이 섞여 있었다. 몸이 아파 이등시민이 되어버리기 전에 계획했던 벤처 사업을 소개하는 글도 있었다. 애덤은 이런 이야기를 좌절된 희망이나 밀려난 꿈이 아니라 도둑맞은 미래처럼 말했다. 확실히 도래할 미래였지만 이제는 멀어져버린 황금빛 삶이었다. 자기 잘못이 아닌 이유로 말이다. 가까운 과거에 겪었던 일들, 학위 대신 받은 경영학 수료증이나 은행에서 말단직으로 일했던 것에 대해서는 블로그에 잘 쓰지 않았다. 이제는 이룰 수 없게 된 운명에 더 집중했다. 애덤은 이렇게 적었다. "평범하거나 그보다 못한 삶은 살 가치가 없다." 애덤은 사람들이 얼마나 모호하고 평범하게 살고 있는지를 생각하면 '얼마나 더 많은 사람이 자살 충동을 느끼는지'는 알 수 없는 일이라고 했다.

2016년 초, 애덤은 블로그에 '언젠가 이성적 자살을 시도할 것'이라고 썼다. 그저 통증을 멈추기 위해서이지, 실존 문제나 허무주의 때문은 아니라고 했다. 몇 년 전 누군가 애덤에게 허무주의를 알려주었고 애덤도 관련된 내용을 인터넷에서 찾아봤지만, 자신과는 맞지 않았다. 지나치게 비관적이었다. 애덤은 부정negation에 관한 특별한 견해가 있는 것도 아니었다. 애덤은 자신이 자살한다면 '삶에 대처하지 못하는 어떤 나약한 청년'이기 때문은 아니라고 말했다. 그 무렵 애덤은 아버지에게 자신의 계획을 알렸다. 식료품 가게 주차장에서였다. 애덤은 자신이 지금까지 얼마나 끔찍한 기분 속에서 살아왔는지 수년 동안 감춰왔고, 이제는 '더는 감당할 수 없는 지경에 이를까 봐' 두렵다고 고백했다. 애덤은 아버지에게 1년만 더 노력하겠다고 약속했지만, 1년 후에는 아무것도 장담할 수 없었다. 애덤의 이야기를 들은 그레이엄은 울었다.

그레이엄은 아들을 지지하는 것 외에 자기가 할 수 있는 일은 없다고 판단했다. 애덤은 '밑바닥으로 가라앉는' 방식으로 우울해 보이지는 않았다. 그저 냉철해 보였다. 그레이엄은 내게 물었다. "포기하지 않고 아이를 붙잡는 것과 아이에게 자비를 베푸는 것 중 어느 쪽이 중요할까요?" 애덤의 어머니 매기는 애덤의 선택을 기꺼이 받아들이지는 못했다. 애덤이 자신의 계획을 들려줬을 때, 매기는 흐느껴 울면서 미국 연구소에 분석을 요청해볼 테니 머리카락을 우편으로 보내달라고 애원했다. 매기는 애덤의 몸속에 어떤 독성 물질이 들어 있어서 정신을 엉망으로 만든다고 생각했다.

애덤은 블로그와 페이스북에 조력 임종 논쟁에 관한 글을 올리기 시작했다. 캐나다 법에 따라 죽을 때 지원받을 자격을 갖출 수만 있다면 분명히 그 방법을 선택할 것이라고 썼다. 그러나 '너무 갈등되는데… 존재의 위기나 그냥 거지같은 일을 겪는 느낌'이라고 적는 날도 있었다.

애덤은 2016년 3월 3일에 글을 올렸다. "저는 현재 진행 중인 죽을 권리 입법 논쟁에 관한 의견을 듣고 싶어요. 특히 말기가 아닌 만성질환과 만성적인 난치성 정신질환을 앓는 사람들한테도 접근할 권한이 있어야 할까요… 있다면 왜 그래야 할까요? 아니면 왜 그래서는 안 될까요?"

정신질환을 앓는 사람을 포함하는 데 반대한다는 댓글도 달렸다. "우울증은 도움을 받을 수 있잖아요. 실제로 죽음을 피할 수 없는 백혈병과 비교해보면 겁쟁이 같은 선택이에요."

애덤이 페이스북에 글을 올릴수록, 더 많은 사람이 무작위로 애덤과 친구를 맺었다. 일부는 애덤이 하는 말을 이해하며 자기도 고통스럽다는 메시지를 보냈다. 이런 낯선 이들을 보며 애덤은 어쩌면 유튜브 채널과 페이스북 팔로워 1만 명을 이용해서 자신이 대중 활동가가 될 수도 있겠다고 생각했다. 정신질환을 앓는 캐나다 사람들을 대표하여 로비 활동을 벌이는 데 이 영향력을 사용할 수 있을 것 같았다. 애덤은 나서서 법을 바꾼 다음 자신이 그 법에 따라 죽을 수도 있었다. 애덤은 국회의원에게 편지를 쓰고 죽을 권리 지지자들과 함께 이메일을 보내기 시작했다. 애덤은 토론토에 사는 나이 많은 활동가 루스 폰 퓨크스Ruth von Fuchs와 통화했는데, 그는 죽음 조력자처럼 몇 번 죽음을 도왔다고 공개적으로 인정했다. 루스는 다른 신체 부위가 아닌 뇌에서 통증이 비롯된다는 이유만으로 애덤이 겪는 통증을 일반적인 통증과는 다른 무언가로 치부하는 것은 정신과 의사에게 수치스러운 일이라고했다. "그건 너무 오만하죠. 통증이 느껴진다면 그건 당신 몸 안에서 일어나는 일입니다. 맙소사, 그게 다른 어디에 있을 수 있겠어요."

애덤은 초봄에 페이스북에 썼다. "언론에서 연락을 주길 기다립니다. 제가 처한 의료적 상황과 현실을 전부 널리 알리고 논의할 생각이에요." 4월에 첫 번째 물고기를 낚았다. 애덤이 쓴 글을 본 〈글로브앤드메일〉기자가 애덤을 인터뷰하여「정신질환을 앓는 사람으로서, 이런 이유로 의료지원사를 지지한다」라는 칼럼을 썼다. 신문에는 위아래를 검정색으로 특색 없이 차려입은 애덤의 사진이 함께 실렸다. 카메라를 향해 눈을 가늘게 뜨고 계단에 앉아있는 그는 잘생겨 보였다. 사진 설명은 다음과 같았다. "애덤 마이어 클레이튼은 악화된 정신 건강 때문에 극심하고 만성적인 통증이 생기기 전까지 뛰어난 운동선수이자 학생이었다."

2016년 6월, 캐나다 정부는 마침내 지원사와 관련한 법을 개정했다. 이 법안 C-14는 누가 보더라도 미국의 조력사법보다 훨씬 진보적이었는데, 환자의 수명이 6개월 이내임을 증명하라고 요구하지 않았기 때문이다. 그렇지만 애덤은 그 내용을 꼼꼼히 읽고 난 파된 느낌을 받았다. 이 법은 애덤에게 결코 적용할 수 없었다. 국회의원들은 결국 자격 기준에서 정신질환을 제외했다.

애덤은 엘런 위브에게 이메일을 보냈는데, 밴쿠버에 사는 이 가정의학과 교수이자 여성의학 전문의는 공개적으로 조력사를 지지했다. 애덤도 이미 온라인으로 위브에 관해 읽은 뒤였다. 애덤은 자기 의료 파일을 검토해달라고 부탁했고 위브는 이에 동의했다. 두 사람은 스카이프로 몇 차례 대화를 나눴고, 금발 커트머리에 커다란 아몬드 모양의 눈을 가진 위브는 애덤의 말을 경청했다. 위브는 애덤이 슬퍼하고 있음을 알 수 있었는데, 그 슬픔이 병과 상황에 대한 타당한 반응이라고 느꼈다. 위브는 나중에 내게 말했다. "그 청년은 무척 잘생기고 밝고 내 막내아들보다도 어렸어요. 저는 모성애를 느꼈죠."

그해 여름, 법안 C-14의 전문이 공개됐을 때 위브는 애덤도 이미 아는 이야기를 해줬다. 애덤은 법적으로 자격을 얻을 수 없다고. 하지만 위브는 애덤한테 자격이 있어도 여전히 죽는 것을 돕지 않을 것이라고 했는데, '아직은 애덤을 가능성이 있는 사람으로 보기 때문'이었다. 애덤은 너무 젊었고 시도해볼 만한 것이 아직 많았다. 위브는 스카이프 통화를 끝냈을 때, 애덤이 의사에게 도움받지 않고 직접 자살하리라고 확신했다. 위브가 내게 '정말, 정말 서

툴게 자살을 시도하는 평범한 나이 든 여성'과는 달리 '애덤은 잘 할 수 있을 것을 안다'고 했다.

애덤은 작은 카메라를 샀고 유튜브용 강의를 찍기 시작했다. 그 레이엄의 집 사무실에 있는 책장 앞에 앉아 카메라를 앞에 있는 탁자에 두고 강의를 진행했다. 애덤은 민소매 티셔츠나 딱 붙는 브이넥 티셔츠를 입고 영상을 찍었다. 머리칼이 내려오면 이마 뒤로 넘기고 또 넘기곤 했다. 보는 사람 누구에게도 애덤은 아파 보이기는커녕 영화배우처럼 보였다. 애덤은 시청자에게 아마 자기가 카메라 앞에서 많이 울게 될지도 모른다고 경고했지만, 우는 일은 거의 없었고 통통하고 여성스러운 입술을 꽉 다물곤 했다. 그보다는 종종 화를 내면서 익명으로 비방하는 사람들을 미친 듯이 몰아세웠는데, 그들은 애덤이 아프다는 것을 믿지 않거나 죽음이라는 공허는 애덤에게 평온을 가져다주지 않을 것이라고 말하거나 애덤은 미래의 자신에게 빚을 졌다고 말했다. 비방꾼들은 애덤이 자살하는 것이 마치 자신들이 살아 있다는 사실을 모욕한다는 것처럼 행동했다. 동영상에서 애덤은 이따금 목소리 끝이 흐려지고 어색해졌는데, 마치 영어가 모국어가 아닌 사람이 머릿속에 있는 다른 언어를 영어로 번역하는 것처럼 말했고 그 과정에서 목소리가 담담하고 냉정해진 듯했다. 그렇지 않을 때는 공격적이고 으르렁거렸다. 애덤은 말했다. "언젠가 제가 자살한다면, 아무도 '세상에, 만약에…' 같은 생각은 하지 마세요. 네, 그러지 마세요. 저는 저한테 맞는 일을 한 거니까."

나는 동영상을 전부 봤다. '결론으로 보이는 것을 향한 접근'이
라는 제목의 28분짜리 영상에서 애덤은 흐린 노란색 불빛 아래 나
타났는데, 평소의 사무실이 아니라 자기 침실에서였다. 카메라가
흔들렸는데 곧 그레이엄이 카메라를 들고 있음을 알 수 있었다. 애
덤은 시간이 오전 3시 30분이라고 밝혔고, 아버지에게 물었다. "아
버지, 작년에 보셨던 제가 사는 대로 살고 싶으세요?"

"아니, 그렇지 않아." 그레이엄이 화면 밖에서 대답했다. 울음을
터트릴 듯한 목소리였다.

"아버지가 저였다면 죽을 권리를 요구했을 것이라거나 최소한 '그
걸 누릴 권리가 있다'라고 생각해주실 건가요?"

"그래." 그레이엄이 대답했다. 그 동영상을 보니 인질 동영상이
생각났다. 다만 여기서 카메라 앞에 있는 사람은 인질이 아니라 인
질범이었다. 유튜브 비디오를 보면서 나는 그레이엄과 이야기할
때마다 그에게서 느꼈던 불안감을 다시 느꼈다. 무척 부드러운 목
소리를 지닌 그레이엄이 아들을 몹시 걱정하면서 무서워하는 것
이 느껴졌기 때문이다.

더 많은 기자가 애덤과 접촉했고, 애덤은 곧 라디오와 신문과 텔
레비전 인터뷰를 했다. 애덤은 〈토론토스타The Toronto Star〉(캐나다
에서 발행 부수가 가장 많은 신문-옮긴이) 기자에게 말했다. "제가 목숨
을 끊는다면, 저는 자랑스러울 겁니다." 2016년 12월, 〈바이스캐나

다〈VICE Canada〉에서는 애덤을 두고 '한참 진행 중인 죽을 권리 논쟁에서 정신질환을 대표하는 얼굴'이라고 소개했다.

애덤은 페이스북에 썼다. "어떤 날에는 에린 브로코비치(법률 지식이 많지 않았으나 대기업 PG&E를 상대로 환경 오염 관련 소송을 벌여 승소한 여성-옮긴이)나 그 비슷한 사람이 된 것 같은 기분이에요. 제 길." 다른 글에서는 '정신질환을 앓는 사람들이 두려움에 떨며 웅크려 있지 말고 신념을 품고 일어서기를' 촉구했다. "LGBT 운동을 보세요. 그들이 얼마나 강력한지를요."

애덤은 7월에 글을 올렸다. "기운은 떨어지고, 몇 달 안에 제가 죽을 거라는 쪽으로 생각이 기울어가요."

그로부터 1달 뒤에 다시 적었다. "미래가 굉장히 기대돼요. 이 모든 것이 어떻게 흘러갈지 종종 궁금해요." 페이스북에서는 낯선 사람들의 메시지가 계속 왔다. 정상이 아닌 사람도 많았다. "닥치고 지금 죽어 :) :)" 애덤에게 진드기병에 걸린 것이 아니냐며 조롱하듯 메시지를 보내는 사람도 많았다. 애덤은 두 번이나 검사를 받았으며 결과는 깨끗하다고 했지만, 진드기병을 들먹이는 사람들은 줄어들 기미가 없어 보였다. 몇 번인가는 경찰이 그레이엄 집에 찾아와 자살 위험에 관해 제보가 들어왔다고 했다. 애덤은 그때마다 경찰관에게 고맙지만 돌아가달라고 말했다.

나도 페이스북으로 애덤에게 메시지를 보낸 기자 중 한 명이었다. 우리가 처음 이야기했을 때부터 나는 매번 불안했다. 애덤이 본인의 말처럼 아팠기 때문도 있지만, 그 이유에서만은 아니었다. 애덤이 전화를 받는 방식 때문이었다. 전문 환자라도 되는 것처럼 말이 번지르르하고 자만심에 차 있었다. 애덤은 이런 인터뷰를 좋아했다. 인터뷰 요청을 받기 위해 열심히 노력했다. 자기가 인터뷰를 잘하며, 그 인터뷰를 원하는 사람들이 있다는 것을 잘 알았다. 내가 처음에 전화했을 때, 나는 내가 위험한 일에 공헌하는 건 아닌지, 또는 애덤 쇼에서 도움이 안 되는 역할을 맡는 것은 아닌지 걱정했다. 전화를 끊은 뒤 애덤은 구글에서 내 링크트인 페이지를 찾아 살펴본 다음 내가 받은 교육에 질투가 난다며 메시지를 보냈다. "꿈 같은 삶을 사네요, 케이티."

나는 애덤에게 아버지와 인사를 나눌 수 있겠냐고 물었다. 우리 둘이 인터뷰를 하며 더 깊은 이야기를 나누기 전에 나를 소개하고 싶다고 말했다. 애덤은 어깨를 으쓱하면서 그레이엄의 전화번호를 알려줬다. 나는 그레이엄에게 전화해서 내가 아들과 연락하는 것이 신경 쓰이거나 걱정되진 않는지, 혹은 내가 애덤에게 다가가길 그만둬야 한다고 생각하는지 물었다. 그레이엄은 신경 쓰지 않는다고 했다. 애덤은 스스로 결정할 줄 알고 당연히 원하는 것을 할 수 있다고 했다. 당연했다. 나중에 나는 그레이엄에게 허락을 구하지 말았어야 했는지도 모른다고 생각했다. 아니면 나는 그레이엄이 말려주길 바랐던 걸까? 애덤이 나와 말하고 싶다고 했을 때 애덤을 믿었어야 했다.

하지만 애덤에 관한 신문 기사와 블로그 글이 많아질수록, 애덤이 익사하거나 고층 건물에서 뛰어내리겠다며 위협하는 글이 더 많이 인용될수록 나는 더 곤란해졌다. 나는 애덤에 관한 글이 저널리즘의 기본 신조 중 하나에, 비공식적이고 논쟁적이지만 널리 지켜지는 '자살은 보도하면 안 된다'는 신조에 반하는 것처럼 보였다. 자살 보도는 다른 사람을 부추기고 연쇄 효과를 불러올 수 있어서 적어도 그 방법은 보도해선 안 됐다. 그런데 캐나다 기자들은 그저 애덤의 이야기를 들려주고 애덤의 갈망을 설명하면서 애덤의 사례는 다르다고 넌지시 말하는 것 같았다. 만약 애덤이 자살로 삶을 끝낸다면, 그것은 자살 같은 자살이 아닌, 더 신중하고 이성적인 자기 살인이라고 말이다. 과연 그럴까? 무슨 근거로 그렇게 판단할 수 있을까? 그저 애덤이 그렇다고 말했기 때문에?

나는 애덤의 페이스북 페이지를 읽으며 볼프강 폰 괴테가 쓴 유명한 18세기 소설 《젊은 베르테르의 슬픔》을 떠올렸다. 주인공인 젊고 섬세한 청년은 약혼자가 있는 여자를 사랑하게 되는데, 여자가 그 사랑에 답하길 거부하자 사람은 감당할 수 있는 고통에 한계가 있다고 선언한 뒤 권총으로 자기 머리를 쏘는 이야기였다. 1774년에 처음 출판된 이 책은 최초로 알려진 몇몇 모방 자살에 영감을 주었다. 책에 나오는 주인공처럼 젊은 청년들이 옷을 차려입고 비슷한 권총으로 쏴서 자기 목숨을 앗아갔다. 이 연쇄 반응은 깜짝 놀랄 정도로 커져서 라이프치히, 이탈리아, 덴마크에서는 정부가 이 책을 금지했다. 오늘날 사회과학자들은 자살이 알려졌을 때 비슷한 방식으로 뒤따라 자살하는 현상을 가리켜 '베르테르 효과'라 명명했는데, 이를 정의한 맥락에는 기자가 이런 자살 사건을 쓰는 것을 만류하려는 의도도 있었다. 하지만 베르테르 효과는 250년 전에, 사람들이 책이나 소책자 등에서 우연히 배우지 않는 한 특정한 자살 방법을 알 방법이 없을 때나 확실하게 알아볼 수 있는 것이었다. 누구든 자살이 궁금하면 구글에 검색해서 원하는 것을 바로 알아낼 수 있는 인터넷 시대에는 베르테르 효과가 어떻게 작용하는지 파악하기가 훨씬 어렵다. 애덤의 이야기에, 아직 일어나지 않은 자살에 베르테르 효과가 나타날지도 알 수 없었다.

학자들 사이에서는 의사조력사가 합법인 곳에서 조력사법의 존재가 자살에 어떤 영향을 미쳤는지에 관해 몇 차례 논쟁이 벌어졌다. 조력사 덕분에 조력 없는 자살이 발생할 가능성이 줄어들었는지 아니면 더 늘어났는지가 논제였는데, 아픈 사람이 자살하는 대신 의사한테 도움을 받을 수 있어서 자살이 줄어들거나 질병이 전염되듯 조력사로 인해 자살이 늘어났다는 것이다. 2015년에 《남부 의학 학술지Southern Medical Journal》에 실린 어느 논문에서는 미국 질병통제센터Centers for Disease Control의 데이터를 이용하여 의사조력사가 오리건주, 워싱턴주, 몬태나주, 버몬트주에서 자살률을 6.3퍼센트 높였다고 주장했다. 논문에서는 고의로 삶을 끝내는 하나의 방법이 합법화되자 다른 방법도 사회적으로 인정받게 되어 자살에 반대하는 경고가 약해지면서 자살하기 직전의 흔들리던 사람들이 계획에 따라 자살을 실행할 여지가 생겼다고 설명한다. 그러나 다른 캐나다 연구자가 결혼과 정신보건 서비스에 대한 접근성 등의 요소를 통제하여 같은 데이터를 분석하자 조력사가 영향을 미쳤다는 근거를 확인할 수 없었다.

애덤은 온라인에서 시간을 더 보낼수록, 고등학교와 대학교에서 만난 옛 친구들은 덜 만나게 됐다. 그중에는 페이스북을 보고서야 애덤이 앓는 병을 알게 된 친구들도 있었다. 애덤은 내게 말했다. "저는 친구가 어마어마하게 많아요. 그 친구들이랑 어울리면 제가 상처받을 테니 전략적으로 자신을 고립시키기로 한 거죠." 애덤은 옛 친구들 대신 주로 인터넷에서 새 친구를 사귀었다. 토론토, 해밀턴, 오타와에서 만나자는 낯선 여자들한테 메신저로 메시지를 보냈다. 호주에 사는 어느 남자와 스카이프로 통화했다. 이 남자는 애덤의 죽음을 녹화하길 원했는데, 나중에 애덤의 어머니가 유튜브에 동영상을 올려서 큰 성공을 거둘 수 있을 거라고 말했다. 그래도 애덤은 친구 카트리나와 차로 바람을 쐬러 가고는 했다. 두 사람은 팀호턴스(캐나다의 패스트푸드 음식점-옮긴이)에 들러 커피를 사서 강가에서 마셨고, 서로 이상한 농담을 던졌다. 우울하고 슬픈 사람만이 재밌다고 느낄 만한 어두운 농담이었다. 카트리나가 자신이 느끼는 큰 슬픔에 관해 이야기하면 애덤은 카트리나를 격려해주곤 했다. 다른 날에는 애덤이 자살할 것이라 말했고 카트리나는 애덤을 믿어주었다.

"저는 불법인 약물을 구하려고 애쓰는 단계에 있어요." 2016년 12월 어느 날, 애덤이 내게 말했다. 애덤은 트리스큐 크래커 한 상자를 안고 흰 티셔츠를 입은 채 침실에 앉아 있었다. 머리카락은 기름투성이였고 등이 아파 보였다. 통증이 심해지면 당장이라도 스카이프를 꺼야 한다고 말했다. 애덤은 편집증적이고 다소 불안정해 보였다. "정부 기관이 저에게 간섭하려 한다면, 저는 그냥 피바다를 남기고 죽어버릴 거예요. 어떻게든 죽을 거고, 그러면 고통은 없어지겠죠." 법이 바뀌어서 의사가 도와주는 것이 가장 이상적이고 평화로운 방법일 것이다. 하지만 법이 바뀌지 않는다면, "고층 건물로 올라가서 애덤 피자로 변해버릴 거예요." 애덤은 미리 911에 전화해서 길을 비워달라고 요청할 것인데, 그래야 자기 때문에 다치는 사람이 없을 것이기 때문이다.

내가 물었다. "당신이 상상할 수 있는 일 중에, 앞으로 몇 달 동안 당신의 삶을 지지할 만한 것은 없을까요? 더는 삶을 끝내는 일을 생각하지 않을 정도로 말이죠."

애덤이 잠시 멈췄다. "확실히 바라는 건 거의 없는데… 많은 임상 자료와 과학 데이터를 객관적으로 분석하는 것뿐이에요. 누군가 주요 우울장애나 강박장애를 앓는데 다양한 약, 폭넓은 치료에도 호전되지 않으면, 그 사람이 곤경에 처하리라는 걸 우리는 알아요." 애덤은 한때 케타민ketamine(전신마취 유도나 통증 완화에 사용하는 마취제-옮긴이) 주사가 도움이 되길 바랐지만, 10월에 세 번을 맞았음에도 효과가 없었다. 약물이 아무리 큰 영향을 주어도 통증을 제거하거나 강박 충동을 이완시키는 데 확실한 도움을 줄 수는 없다고 말했다. 실제로 나아진다고 해도, 회복한 것은 아닐 터였다. 가슴이 너무 아파서 이를 악무는 일 없이 한 시간가량은 여자와 대화할 수 있을 정도로만 좋아질 것이다. 현재 삶이 마이너스 10점이라면 마이너스 7점까진 나아질지도 모른다. 아주 조금 덜 엉터리 같을 뿐, 여전히 엉터리 같은 삶일 것이다.

2017년 1월 애덤은 페이스북 오디오 메시지를 남겼다. "안녕하세요, 케이티. 이런 말을 할 정도로 기자님을 믿기도 하지만, 저는 예의와 프로 의식 때문에 이야기하는 거예요. 제가 얼마나 더 살아서 활동할지 모르겠어요."

*

캐나다 조력사법을 둘러싼 논쟁이 열기를 더해가는 동안 뎀보는 조사를 이어나갔다. 뎀보는 2015년에 《영국 의학 저널》에서 나온 연구 논문을 계속 살펴보았는데, 2002년부터 '참을 수 없고', '치료할 수 없이' 고통받는 환자에게 조력사 자격을 주었던, 이 법을 정신질환을 앓는 사람에게까지 확장했던 벨기에의 정신과 전문의들이 쓴 논문이었다. 이 보고서는 정신질환을 앓으며 의사에게 안락사를 요청했던 환자 100명으로부터 수집한 자료를 종합했다. 환자의 평균 나이는 47세로, 신체질환으로 안락사를 요구하는 사람보다 젊었으며 여성이 더 많았다. 대다수는 치료에 저항감을 느끼는 우울증을 앓았고 이외에 외상후스트레스장애, 조현병, 섭식장애, 성격장애, 복합비애complicated grief 등을 앓았다. 거의 모두가 동시에 여러 종류의 진단을 받았다. 벨기에 법에 따르면 환자는 죽음에 대한 의지를 지속적으로 표명해야 하며 의사 3명에게 최종 승인을 받아야 했는데, 그 과정은 보통 1년가량 걸렸다. 이 연구 논문의 결론은 놀라웠다. 승인 절차를 거친 환자 100명은 전부 의사 결정 능력이 있는 것으로 인정받았으며, 48명은 죽을 수 있는 승인을 받았다. 그중 35명만 이 처치를 받았고 안락사 시행 전에 2명이 자살했으며 나머지는 이를 미루거나 취소했다. 승인받은 환자는 전부 참을 수 없이 고통받는다고 인정받았지만, 학술 문헌에서는 '참을 수 없는 고통이라는 개념을 아직 적절하게 정의되지 않았다.' 이 논문이 출판될 무렵 벨기에의 안락사 사례 중 약 3퍼센트는 정신과 증상으로 자격을 갖춘 사람이었다.

더 다양한 장애를 이유로 환자를 안락사시키는 데 동의한 벨기에 의사들도 있었다. 어떤 사람은 성별 재지정 수술에 실패한 뒤에 겪는 비통함 때문에 안락사를 승인받았고, 폭력적인 성적 충동을 제어할 수 없어서 안락사를 승인받은 사람도 있었다. 특히 네덜란드어를 사용하는 플랑드르 지역에서는 이런 사례를 조력사가 디스토피아를 초래한다는 증거나 벨기에 의료계가 잘못된 방향으로 나아가고 있다는 징후로 제시하는 경우는 거의 없었다. 오히려 계몽의 증거로 보았다. 벨기에가 인본주의와 자유사상이 폭군처럼 강요하는 종교 교리를 상대로 승리를 거뒀다는, 해답을 찾아냈다는 증거로 말이다. 벨기에의 진보적인 안락사 정책은 그 변화를 반영할 뿐 아니라 변화를 이끄는 수단이었다. 벨기에 사회는 안락사를 바탕으로 새롭고 온정적인 도덕률을 발명했으며, 이는 인간이 겪는 고통을 축소하기로 엄숙히 약속한다. 안트베르펜대학교의 철학자 빌럼 레멘스Willem Lemmens는 2017년 무렵에는 이 법을 비판하기만 해도 '부적절한 가치관을 갖고 있으며 비난받아 마땅하다'는 취급을 받기에 이르렀다고 말한다. "이것이 윤리적 전진을 이룬 거대한 도약이라는 신념이 있죠."

나는 벨기에의 논문을 읽고 나서 그 연구의 제1저자인 리에브 티앙퐁Lieve Thienpont을 만나고자 브뤼셀로 날아가, 수도에서 북서쪽으로 64킬로미터 떨어진 헨트Ghent까지 기차를 타고 갔다. 그 무렵 티앙퐁은 안락사 요청에 다른 의사가 '아니오'라고 말할 때 '예'라고 말한 정신과 전문의로 명성을 얻은 뒤였다. 어떤 사람들은 티앙퐁이 벨기에에서 진행된 거의 모든 정신질환 안락사 사례에 관여했을 것이라 추측했지만, 확실한 건 없었다. 티앙퐁은 자기가 그날 아침에 바쁠 예정이어서 배우자이자 철학자인 토니 판 론Tony Van Loon이 기차역에 마중 나올 것이라 했지만, 나는 토니의 사진을 온라인으로 찾아보는 것을 잊어버렸다. 헨트에 도착했을 때 나는 누구를 찾아야 하는지도 모른 채 자전거와 자물쇠로 어수선한 기차역을 걷다가 한 남자를 발견했다. 통통한 체구에 레온 트로츠키(러시아의 혁명가이자 공산주의자로, 레닌이 사망한 후에 스탈린에 의해 숙청당했다-옮긴이)처럼 둥근 안경을 끼고 흰 스카프를 두른 채 차에 기대어 서서 크리스토퍼 히친스Christopher Hitchens가 쓴 《필멸성Mortality》을 코앞에 들고 읽고 있었다. 나는 다가가서 말했다. "그 책을 보니 누구신지 알 것 같네요."

우리는 은행과 작은 슈퍼마켓이 있는 평범한 거리에 차를 세웠고, 토니는 모퉁이에 있는 집으로 나를 안내했다. 내부는 온통 흰색으로 칠해져 있었고 연녹색으로 강조한 부분이 몇 군데 보였다. 티앙퐁이 설립한 안락사 비영리 단체인 '퐁켈Vonkel'이었다. 토니는 사람들이 정신적 고통에 따른 안락사에 관해 더 배울 수 있는 모임 장소를 제공하기 위해 이곳을 만들었다고 했다. 티앙퐁과 동료들은 집 안에서 죽기를 바라는 환자들과 수백 번 모임을 진행했다. 이미 담당 의사에게 요청했다가 거절당한 사람도 있었고, 가톨릭교 지역에 살아 감히 물어보지도 못한 사람도 있었다.

티앙퐁은 아래층으로 내려와 나를 맞이했다. 작고 말랐으며, 단발로 자른 은발에 광대뼈는 아치 모양을 이뤘다. 티앙퐁은 깜짝 놀란 듯 보였다. 차를 끓이려고 주전자에 물을 올리면서 내가 예상보다 젊다고 말했다. 티앙퐁은 내가 이 주제에 그토록 관심을 갖고 있는 이유를 알고 싶어 했다.

"누군들 안 그러겠어요?" 내가 물었다.

"아무렴요."

그날 오후에 티앙퐁은 퐁켈 자원봉사자들 앞에서 연설할 예정이었다. 이미 몇 사람이 도착해 부엌에서 장미 꽃다발을 배열하고 샌드위치를 먹고 있었다. 대부분 나이 든 남녀로 일주일에 몇 시간씩 전화를 받거나 교육용 소책자를 나눠줬다. 분홍색 립스틱을 바른 선생님도 보였고 트위드 재킷을 입은 남자도 있었는데, 그는 교도소에서 일한다고 했다. 티앙퐁의 언니인 안드레아도 있었는데, 자기 동생은 죽음을 두려워한 적이 없다고 내게 말했다. 아주 어릴 적에 이 자매의 종조부가 세상을 떠났는데, 꼬마 티앙퐁은 그 시신을 보여달라고 했다.

안드레아는 매일 누군가가 퐁켈에 조언을 구하러 온다고 알려주었다. "어제는 어떤 사람이 들어오더니 '나는 안락사하고 싶어요. 해줄 수 있어요?'라고 하더군요."

"뭐라고 하셨나요?"

"우리는 '여기서 안락사를 하실 순 있습니다. 하지만 이런 식으로는 안 돼요. 절차가 있으니 먼저 약속을 잡아주세요!'라고 했죠."

퐁켈이 설립되면서 벨기에 정신의학계는 갈라졌고 지금도 갈등은 여전하다. 티앙퐁을 지지하는 사람들은 복잡한 정신질환 안락사 사례를 소수 전문의가 다루는 것이 타당하다고 생각했다. 한

편 티앙퐁을 비판하는 사람들은 언론 매체에 친숙한 정신과 전문의를 경계하는 이들이었다. 그들은 티앙퐁이 환자를 지나치게 많이 만나며 그중 너무 어린 환자도 있다는 점을 우려했다. 심지어는 20대도 있었다. 네덜란드의 정신과 의사 요리스 반덴베르헤는 내게 말했다. "안락사 요청을 너무 쉽게 승인받을 수 있는 것이 현실인데… 티앙퐁은 모든 치료를 시도해봤는지도 그리 엄격하게 확인하지 않아요." 안락사에 반대하는 유럽 생명윤리 협회European Institute of Bioethics의 캐린 브로시에는 티앙퐁은 '무법자'로 '다른 사람이 원하지 않는 모든 사례'를 수락한 사람이었다. 벨기에에서 매우 이상하고 불길한 일이 벌어지고 그 책임이 정신과 전문의에게 있다는 인식이 퍼지고 있는데, 이는 모두 티앙퐁 때문이라는 의사들도 있었다.

티앙퐁이 사용하는 방법을 걱정하는 의사도 있었다. 티앙퐁이 안락사에 개방적인 태도를 공표함으로써 상태가 안 좋은 환자는 유혹에 빠진다고 주장했다. 환자가 티앙퐁에게는 조력사를 받을 수 있다는 말을 듣고 죽어야겠다고 생각한다면? 내가 퐁켈을 방문하고 얼마 뒤인 2017년 2월, 〈연합통신Associated Press〉에서 벨기에 내과 의사들이 단체로 발표한 성명에 관해 보도했는데, 티앙퐁의 안락사 환자를 더는 상담하지 않을 것이라는 내용이었다. 암 전문의이자 벨기에에서 가장 거침없는 안락사 지지자인 빔 디스텔만스조차 티앙퐁의 환자들은 죽고자 하는 요청이 승인될 것이라는

'비현실적인 기대'를 하는 경향이 있으며, 이런 기대가 주는 부담감이 환자를 평가하는 것을 어렵게 만든다고 토로했다.

"저는 부정적인 의견은 거의 내지 않아요." 티앙퐁이 내게 말했다. 우리는 위층에 있는 퐁켈 회의실에서 토니와 앉아 있었다. 티앙퐁은 환자가 도움을 받을 자격을 갖추지 못했더라도 안락사 요청을 명확하게 거절하길 주저했다. 대신 요청을 '보류'해서 안락사로 가는 문을 열어두는 것을 선호했다. 티앙퐁은 이런 '미루기 전략'은 거절당한 환자가 절망에 빠져 죽음에 훨씬 더 집착하게 되는 일을 예방할 수 있다고 말했다. '안 돼요'보다는 '될 수도 있지만 나중에요'가 치료 과정을 시작하는 방법이었다.

티앙퐁은 벨기에에서는 시설 밖에서 시행되는 정신 건강 치료가 발달되어 있지 않아, 많은 환자가 여러 해를 정신과 폐쇄 병동에서 보냈고 신체를 구속당하기도 했다. 그들은 대부분 낙담한 상태였고 학대나 착취를 경험하는 경우도 많았으며 심지어는 강간당한 환자도 있었다. 대부분 돈도 죄다 써버렸고 소중한 관계를 전부 잃어버리거나 망쳤다. 자살을 시도했다가 제지당해 재차 시도했더니 나아지려고 충분히 노력하지 않는다며 비난받은 환자도 있었다. 티앙퐁은 이 환자 중 일부는 죽음에서만 안식을 찾을 수 있음을 깨달았다. 티앙퐁은 죽을 수 있다는 승인을 받은 뒤 생기를 되찾는 흥미로운 사람들이 있다고 알려주었다. "다시 삶을 생각하는 모습이 자연스럽게 나타나는 거죠."

어쩌면 죽는다는 선택지를 얻고 나면, 환자는 더는 병에 갇히지 않고 죽음에 관한 생각에서도 한동안 벗어날 수 있는지도 모른다. 죽음을 승인받은 것이 인정받았다는 느낌을 주어서, 의사와 의사가 제안하는 치료 계획에 더 신뢰를 보낼 수도 있다. 환자가 예정된 안락사 날에 살고 싶다고 결정하는 경우도 적게나마 있었다. 티앙퐁은 이를 신부가 결혼식 제단 앞에서 예비 신랑을 버리는 것에 비유했다. 환자는 내내 확신이 없었고, 티앙퐁은 그동안 환자의 엄포를 시험했을 뿐이었던 것이다. 티앙퐁은 다소 애석해하며 말했다. "거의 모두는 또 다른 삶을 원해요. 정말로 죽기를 원하는 사람은 아무도, 아니 거의 없고… 다른 삶을 원할 뿐이죠. 하지만 우리가 다른 삶을 줄 수는 없어요."

티앙퐁은 나에게 안락사를 요청했던 환자 몇 명을 연결해주기로 했다. 며칠 지나지 않아 나는 앤이라는 여자로부터 이메일을 받았는데, 자신은 퐁켈에서 환자가 주도하는 회복 모임을 운영하고 있으며 내가 다음 모임에 나와도 좋다고 했다. 이 모임의 참가자들은 '엄청난 통증'을 겪으며 다 같이 서로를 돕는다고 했다. "자기 삶의 주인이 되기 위해서인데… 살고 싶어도, 괜찮아요. 죽고 싶어도, 괜찮아요. 그저 무엇이 우리 삶을 이루는지 살펴보는 거예요."

내가 퐁켈에 다시 도착한 날, 헨트는 추웠다. 나는 부엌에서 커피를 타는 앤을 발견했다. 앤은 연례 행사에서 장식하고 남은, 시들시들해진 장미꽃병에 둘러싸여 있었다. 나는 내 소개를 했다. 몇 분 뒤 앤디(가명)라는 여자가 걸어들어와 식탁에 배낭을 내려놨다. "안녕하세요?" 내가 말을 걸었다.

앤디는 나를 무관심하게 쳐다봤다. "별로요." 앤디는 가늘고 붉은 머리카락을 손으로 쓸며 말했다. 서른 살인 앤디는 한때 물리학 박사과정 학생이었지만 중퇴했다고 말했다. 병 때문에 중퇴한 것이지 충분히 똑똑하지 않아서가 아님을 알아주길 바랐다. 실제로 앤디의 아이큐는 대단히 높았다. 다음으로 에밀리가 회색과 흰색이 섞인 오스트레일리언 셰퍼드인 스파이크를 데리고 도착했다. 에밀리는 마지막 모임 이후로 몇 주 동안 스파이크에게 두 앞발을 들어 올리는 방법을 가르쳤는데, 양손으로 맞잡고 춤을 추기 위해서였다. 에밀리는 몇 달 전 스파이크를 입양했는데, 예정된 안락사를 미루기로 한 다음이었다. 자기 안에 불확실함이라는 씨앗이 자라났기 때문이라고 말했다. 에밀리는 이 개 덕분에 더 행복해질 수 있기를 바랐으나 그 바람은 점점 시들해지고 있었다.

마지막으로 마저리가 졸인 사과를 얹은, 스펀지 같은 노란색 커피 맛 케이크를 들고 들어왔다. 마저리는 보통 이 모임을 위해 요리를 했다. 소믈리에 과정을 수강한 다음 목공예 연수를 받기 전에 들었던 요리 수업에서 배운 것들이었다. 마저리는 성인 대상 수업을 좋아했는데, 자폐 스펙트럼 장애autism spectrum disorder의 에너지를 생산적인 일들, 케이크나 보관함을 만들거나 맛있는 포도주 추천하는 것에 쏟아부을 수 있었다. 눈동자가 색이 옅고 살짝 뒤틀린 마저리는 몇 년 전에 안락사를 요청했다는데, 유람선에서 10년 넘게 마사지 치료사로 일하다가 그만둔 뒤였다. 딱딱한 선상 일과에서 벗어나자 정신이 균형을 잃고 흐트러지는 것을 느꼈다. 아파트에서 6개월을 보내는 동안 한마디도 하지 않고 손톱 뿌리를 벗겨냈다.

2012년 5월, 마흔 살이 되던 해 티앙퐁에게 안락사시켜달라고 부탁하지 않았다면 자신은 죽었을 것이라고 마저리는 말했다. 첫 번째 진료 때 티앙퐁은 마저리에게 자폐 스펙트럼 장애 검사를 받아보라고 권했고 검사 결과가 양성으로 나오자 훈련과 치료를 받기를 강하게 권했다. 티앙퐁이 권유한 훈련과 치료는 큰 도움이 됐다. 마저리는 세상과 연결되는 방법을, 늘 의식은 했으나 추상적으로만 느껴졌고 이해하거나 따라가거나 지킬 수 없었던 사회적 규칙을 따르는 방법을 배웠다. 마저리가 말했다. "저를 재구성해야 해요." 그 후 마저리는 더는 죽고 싶지 않았다. 다시 자라난 손톱은 아치 모양을 이루며 눈에 띄게 반짝였다.

앤은 모두에게 앉아달라고 부탁했다. 여덟 여자가 모인 지도 1년이 넘었다. 과거에 안락사를 심각하게 고려한 사람도, 여전히 고려 중인 사람도 있었고 세 명은 이미 법에 따라 죽을 수 있는 승인을 받았다. '26세가 다 돼가고' 얼굴이 둥글고 소녀 같은 프라우케가 가장 어렸다. 몇 년 전 정신과 입원 시설에서 만난 에밀리가 프라우케에게 모임을 소개해줬다. 앤은 50세로 나이가 가장 많았고 모임장이었으며 네덜란드에서 회복 상담사 교육을 받았다. 그녀들은 2주에 한 번씩 만나 담배를 피우고 서로 안부를 확인하며 이야기를 나눴다.

앤디가 먼저 입을 열었다. 앤디는 실제 나이보다 더 나이 들어 보였는데, 피부가 거칠고 이목구비가 날카롭고 두꺼운 플라스틱 안경이 뺨에 불그스름한 그림자를 드리웠다. 앤디가 말하면서 스웨터 소매를 잡아당기자 손목과 팔뚝에 격자무늬 흉터가 살짝 보였다. 지난번 모임 뒤로 며칠은 좋고 며칠은 나빴는데, 좋은 날보다는 나쁜 날이 많았다. 손목을 접질렸는데, 그 고통 때문에 안 좋은 기억이 떠올랐다. 어떤 정신과 간호사가 손목에 족쇄를 채워 앤디를 침대에 묶어놨고, 그 경험에서 벗어나기 위해 정신적으로 자신을 분리해야 했던 10대 시절의 어느 날이었다. 기억 속에서 병실은 얼어붙을 듯 추웠고 조명은 푸르렀다. 떠올리기 괴로운 기억이었다. 앤디는 자신의 생활을 총체적으로 표현할 수 있는 단어를 골랐다. "양면적이라고 하나요? 저는 여전히 저에게 '너한테는 좋은 날도 있어'라고 말하려고 노력해요." 좋은 날에는 잠을 잘 잤고 넷플릭스에서 아무 영상이나 골라 틀었다. 새 옷을 사러 가기도 했는데, 앤디는 몇 년 동안 쇼핑을 안 했다고 했다. "죽을 예정이니 옷을 입을 필요도 없을 텐데 왜 사겠어요?" 이제 안락사를 미루기로 했으니 입을 만한 옷도 필요했다. 옷을 고르면서 몸무게가 많이 줄어든 것을 알게 되었고 거식증은 아닌지 걱정되었다.

앤디는 안락사 가능성에 대해 처음 알려준 것은 가족 주치의였다고 했다. "그 선생님은 실제로 '안락사를 고려해본 적 있나요?'라고 운을 띄웠는데… 이 말을 꺼낸 이유는 제가 이미 10년 넘게 자살을 생각했기 때문이었죠. 선생님은 '이런 상황을 지속할 수는 없어요. 앤디 씨도 이런 기분으로 계속 지내실 수는 없을 거고요'라고 했어요." 앤디는 티앙퐁을 소개받았고, 여러 달에 걸쳐서, 때로는 부모님과 함께 티앙퐁을 만났다. 티앙퐁이 마침내 죽는 것을 승인한다고 말했을 때 앤디는 진료실에서 울었다. "저는 그렇게 할 수 있다는 사실에 너무 행복했어요." 하지만 몇 달이 지난 지금, 앤디는 이대로 안락사를 진행할지 말지 곰곰이 생각하는 중이다. 하게 된다면 사랑하는 사람들을 모두 만나 솔직한 마음을 털어놓을 시간을 마련해야 할 것이다. 진이 빠지는 과정일 테지만 무척 중요한 일이었다. 앤디는 자기가 떠난 뒤에 사람들이 조금이라도 편안하게 슬퍼하도록 해주고 싶었다. 어쩌면 이것이 안락사와 자살의 차이일 수도 있겠다고 생각했다. 안락사를 택하면 눈 깜짝할 사이에 사라지는 것이 아니라 관계에서 서서히 빠져나올 수 있었다.

앤디가 이야기하는 동안 나머지 모임원은 조용히 수동적으로 들었다. 공감하며 고개를 끄덕이거나 소곤거리지도 않았다. 그저 부자연스럽고 무신경한 표정이었다. 집단 상담 시간에 끝까지 앉아 있어본 경험이 많은 여자가 지을 법한 표정들이었다. 다음은 에밀리 차례였다. 지난 몇 주는 쉽지 않았다고 말했다. "몇 달 전이랑 같은 상태로 되돌아가는 느낌이 들어 정말 힘들었어요." 몇 달 전, 에밀리는 최악의 고비를 맞았다. 벽과 바닥에 스스로 머리를 찧었는데, 울며 부딪히다가 두통을 얻었고, 덕분에 며칠 동안 사실상 몸이 마비됐지만 어째서인지 기분은 조금 나아졌다. 에밀리는 앤디와 마찬가지로 이미 안락사 승인을 받았다. "저는 정신과 선생님이랑 정말로 열심히 노력하는 중이고 잘 돼가고 있어요. 하지만 지금은 선생님이 휴가 중이죠."

"그러면 조심해야겠어요." 앤디가 말하자 에밀리가 대답했다.

"네. 정말로 조심해야죠."

"의사 선생님한테 이메일은 보낼 수 있나요?"

"네. 보낼 순 있어요."

"하지만 만나는 것과 똑같진 않죠." 앤디가 말했다.

"맞아요." 에밀리는 소소한 일에 집중하려고 노력할 것이라고 말했다. 스파이크를 위해 목욕물을 받고, 봄이 오는 첫 신호를 살피는 일에. 그런데도 계속 죽는 날을 정할 생각이 떠올랐다. 정신질환 환자로 사는 것에 너무 지쳐버렸다.

다음은 짧게 자른 은발에 말을 더듬는 앤이었다. 지난주에 어떤 여자를 사랑하게 됐지만, 그 여자는 사랑을 되돌려주지 않는다고 토로했다. "무척 혼란스러웠어요. 병원에 가야 하나 싶었지만 그럴 필요까지는 없었어요. 그래도 약은 많이 먹죠."

프라우케는 가장 잘 지냈다. 의료 기관의 인턴 과정에 참여하기 시작했는데 마음에 든다고 했다. 어쩌면 천직을 찾았을지도 모른다고 생각했다. "사람들과 관계를 맺고 그 사람들이 하루를 견딜 수 있도록 무언가를 하는 것이 좋아요."

모임이 끝난 뒤 나는 앤디와 저녁을 먹으러 갔다. 걸쭉한 소고기 스튜와 감자튀김을 앞에 두고 앤디는 나한테 이 모임에 관해, 그리고 자신에 관해 어떤 생각을 했냐고 물었다. "저를 보면 안락사에 관해 무슨 생각에 들어요?"

나는 대답했다. "앤디 씨는 원하는 바가 매우 확고해 보여요."

"제가 합리적인 결정을 내릴 수 있을 것 같나요? 못 할 것 같나요?" 내가 무어라 중얼거리는데 앤디가 가로막았다. "저는 스스로 합리적인 결정을 내릴 수 있어요."

"여전히 새로운 약을 시도해보나요? 새로운 치료도요?" 내가 물었다.

"물론이죠! 하지만 계속해서 길어질 수도 있어요."

다음 날 저녁, 나는 벨기에의 정신과 전문의인 디르크 데 바흐테르를 안트베르펜에 있는 그의 자택에서 만났을 때 이렇게 말했다. "저는 이걸 어떻게 생각할지를 두고 여전히 힘겹게 나아가는 중이에요." 도착했을 때는 날이 어두웠고, 바흐테르는 적포도주를 한 잔 쥐여준 뒤 서재에 있는 소파를 향해 손짓했다.

"저도 그렇습니다…. 여전히 모르겠어요." 나를 향해 몸을 돌리더니 표정을 가다듬어 감정을 숨겼다. 다른 나라에서는 정신과 전문의들이 '그 작은 벨기에에서 이렇게 거침없는 일을 한다'는 사실을 믿을 수 없어 한다고 했다. 바흐테르는 머리가 약간 길고 눈썹이 두껍고 코가 주먹만 했다. 젊었을 때는 부담스러운 얼굴이었겠지만 나이를 먹으면서 자연스러움이 생긴 이목구비였다. 흥미로운 사람처럼 보였다. 서재는 마치 지적인 혼돈을 연출해놓은 듯한 풍경이었다. 비싸 보이는 조명과 그림, 레너드 코헨의 CD, 양장본 철학서, 하이데거의 작품과《싯타르타》.

바흐테르는 몇 년 전에는 자신은 안락사 요청에 절대로 서명할 수 없으리라는 확신이 있었다고 했다. 그러던 어느 날 환자 중 한 명이 안락사를 요청했다. 바흐테르가 10년 넘게 치료한, 경계성인격장애를 앓는 여자였다. 그녀는 때때로 방 건너편에서 아무 말 없이 고요하고 고통스럽게 바흐테르를 쳐다봤다. 여자가 안락사를 요청했을 때 바흐테르는 그 요청이 속임수 같다고 느꼈다. '도와줘, 그렇지 않으면…'이라고 위협하는 것처럼. 바흐테르는 안 된다고 했다. 그 뒤 2004년의 어느 날, 여자는 시내 한복판에서 자신을 녹화하도록 카메라를 설치하고 분신자살을 했다. 그 자살 때문에 바흐테르는 안락사에 반대하는 입장에 의구심을 가졌지만, 그렇게 수년이 지난 뒤에도 여전히 자기에게 그때 안락사를 거부할 권리가 있었다고 생각했다. 여전히 그 여자는 치료의 여지가 있었다고 믿었다.

바흐테르가 말했다. "누가 알겠습니까. 정신과 전문의에게 이성적 사고는 100퍼센트 확실한 진리가 아니에요. 대화하면서 주관적인 경험을 공유하는 것이지…. '여기부터는 지나친 고통이다'라거나 '아직까지는 고통이 충분하지 않다'라고 말할 만큼 확실한 증거를 제공해줄 심리 검사나 혈액 표본이나 영상의학 자료는 없습니다. 치료는 그렇게 진행되는 게 아니에요. 늘 두 사람이 만나서 이해하려고 노력하는 것이죠." 담당 환자가 자살한 뒤로 바흐테르는 안락사 사례에서 상담 전문 정신과 전문의 역할을 자처했지만, 여전히 직접 주사를 놓는 것은 거절했다.

바흐테르는 의자에 등을 기대며 말했다. "공허함과 허무주의와 의미 없는 삶. 저는 이런 것들이 서구 사회에서 나타나는 주요 증상이라고 생각합니다. 하느님이 없다면 삶에 무슨 의미가 있을까요? …그런데 우리는 하느님을 죽였고, 지금에 이르렀죠."

"선생님은 삶이 신성한 것으로 남아 있길 원하시는군요." 내가 말했다.

"그렇습니다."

"하느님이 없다면 어떻게 하시겠어요?"

"모르겠습니다. 그저 질문할 뿐이죠."

"부서지기 쉬운 믿음 아닌가요?" 내가 물었다.

"극도로 부서지기 쉽죠." 바흐테르가 동의했다.

"모든 안락사 사례는 시험이에요. 위협이든가요."

"네. 그 말이 맞습니다." 바흐테르가 말했다.

"확신이 없어 보이시네요." 내가 말했다.

"당연히 그렇죠." 내가 떠나기 전에, 바흐테르는 자신을 비판하는 사람들은 종종 자신이 사제처럼 말한다며 비난한다고 했다. 설교를 늘어놓는다고 말이다. 바흐테르는 그 비판이 타당하다고 생각했다. 가족 중에 대대로 사제가 많았기 때문이다. "'죽이지 말지어다.' 이 말은 매우 중대하고 매우 정확합니다. 인류는 '죽이지 말지어다'라는 말로 규정할 수 있죠. 그 점은 분명히 합시다. 다만 문제는 이겁니다. 무엇이 예외일까요?"

*

윈저에서 애덤은 새 치료사 루크 디파올로를 만나기 시작했다. 그를 처음 만났을 때 애덤은 모든 치료를 받아보았으며 이젠 무엇도 효과가 없을 것이라고, 언젠가 스스로 목숨을 끊을 것이라고 말했다. 디파올로는 애덤 같은 사람을 만나본 적이 없었다. 애덤은 똑똑했다. 때로는 슬픔에 잠겼지만 늘 그런 건 아니었다. 무엇보다 환자의 태도가 혼란스러웠다. 애덤은 삶을 포기할 것이라고 선언했지만, 디파올로가 감정 일기든 인지행동치료든 숙제를 내주면 애덤은 늘 과제를 끝까지 해왔다.

2016년 12월 말 애덤은 나에게 페이스북 음성 메시지를 남겼는데, 앞으로 나와 대화할 때는 말을 더 조심해야겠다고 말했다. "분명히 윤리 문제가 생기리라는 걸 아니까요. 많은 사람이 '이 자살 충동을 느끼는 사람을 말리거나 시설에 보내려 하거나 등등의 방법으로 말리지는 못할망정 왜 인터뷰나 한 거죠?'라고 물을 거예요." 애덤은 내가 개입할 수밖에 없을 만한 이야기는 꺼내지 않도록 조심하겠다고 말했다. 나는 메시지를 몇 차례 반복해서 들었다. 애덤이 옳다고 생각했다. 확실히 윤리 문제가 생길 것이다. 하지만 어떻게 개입한단 말인가? 애덤의 부모님은 애덤이 무엇을 계획하는지 알았다. 친구들도, 치료사도, 정신과 전문의도, 경찰도 안다. 페이스북과 유튜브도 안다. 애덤은 우리 모두에게 걱정하지 말라고 했다. 자신은 이성적이라고.

그레이엄은 아들이 조용히 집안을 돌아다니는 모습을 지켜봤다. 애덤이 캐나다 전역, 아시아, 남미, 그 밖에 모든 곳에 있는 사람들에게 그 사람들이 겪는 문제에 관해 이야기해주느라 매일 스카이프와 페이스북에 시간을 쏟는 것이 걱정됐다. 애덤은 모두에게 답해주려고 노력했지만, 매번 역부족이었다. 그레이엄은 걱정했다. "그 짐을 모두 네 어깨에 질 수는 없단다. 허리가 부러질 거야."

1월 1일에 애덤은 페이스북에서 발표했다. "보험 증서(치명적인 약물)가 세관을 통과함."

"그 사실을 페이스북에 올린 건 현명하지 않네요. 그래도 잘됐어요!" 누군가가 답했다. 애덤도 자세한 문제에 대해서는 명확히 몰랐다. 죽을 권리 옹호 단체인 엑시트인터내셔널에 접촉했고, 펜토바르비탈을 구하도록 도와주겠다고 제안하는 사람을 온라인으로 몇 명 만났다. 친절한 낯선 사람들과 도움에 감사하긴 했지만, 이 방식에는 잘못될 여지가 있다고 생각했다. 이상적인 박애주의자처럼 보였지만 사실 그들 중 한 명이 극악무도한 악당이며 애덤을 비소로 중독시키길 원한다면? 몇 주 뒤, 애덤은 약병 사진을 올렸다. 병에 펜토바르비탈 16그램이 들어있으며 중국에서 온 것이라 주장했다. 애덤은 적었다. "올가미 안 씀, 고층 건물 안 감, 피 안 나옴, 죄 없는 구경꾼에게 충격을 주지 않음, 그냥 잠듦. #미안하지않아서미안해, #비트코인, #불법수입품, #도발."

매기는 아들이 올린 동영상을 보지 않기로 했다. 아들에 관한 뉴스 기사를 읽는 것도 그만뒀다. 처음에는 신문기사를 하나하나 잘라서 모았고 아들이 해나가는 운동에 조금 자랑스러운 마음이 들기도 했다. 하지만 이제는 화가 났다. 애덤이 기자나 인터넷에서 만나는 알 수 없는 사람과 이야기할 것이 아니라 상태를 호전시키는 데 시간을 써야 한다고 생각했다.

원저 사람들이 길거리에서 애덤을 알아보기 시작했다. 한번은 월마트에서 그레이엄과 장을 보는데, 누군가 통로에서 애덤을 멈춰 세우더니 죽고 싶어 하는 그 남자가 맞느냐고 물었다. "안락사를 홍보하는 자원봉사자가 된 기분이에요." 애덤이 만족스러운 듯이 내게 말했다. 본인이 말하기로는 그냥 물이나 마시고 머리를 식히려고 종종 밤에 스트립클럽에 갔는데, 댄서 두 명이 애덤을 알아본 적도 있었다. 한번은 어느 여자가 애덤에게 다가와 무척 잘생겼다고 말하기도 했다. "오래가지는 않을걸요." 애덤은 말했다.

하지만 애덤은 언론 인터뷰에 점차 싫증이 났다. 그저 판에 박힌 대화를 되풀이할 뿐이었다. 애덤이 미묘하게 다른 철학적 의견을 얼마나 다양하게 제시하든, 보도용으로 발췌되면서 '조악한 말로 다져졌다.' 애덤은 자기 이야기를 하고 싶었다. 애덤은 자기가 죽은 뒤에 그레이엄이 공개할 수 있도록 테이프를 녹음하기 시작했다고 말했다. 이미 무관심한 라디오 제작자와 함께 '상당히 가슴 아픈 내용'을 담았다고 했다.

*

뎀보는 새로운 지원사 관련 법이 토론토 시내 병원에 어떤 영향을 미치는지 상황을 지켜봤다. 암 전문의를 비롯한 의사들은 환자가 조력사를 요청했을 때, 말기질환을 근거로 판단하면 이론적으로는 자격을 갖췄으나 우울증과 정신적 고통을 겪은 이력이 복잡한 경우 뎀보에게 평가를 부탁하기도 했다. 이런 사례에서 뎀보가 맡은 역할은 환자에게 '자기 행동과 선택의 성격과 결과를 이해할 능력'이 있는지 확인하는 것이다. 캐나다 법에 따르면 환자가 다른 조건에 전부 해당한다면 정신질환이 있어도 자격을 잃지 않는다.

뎀보는 우울증 평가가 흥미롭다고 했다. 뎀보가 담당하는 환자

중에는 만성 우울증을 앓고, 고질적으로 소극적 자살 생각을 하고, 오랫동안 일관되게 죽고 싶어 하는 사람들이 있었다. 이런 환자는 예전에 한 번 이상 자살을 시도한 적이 있고, 의료지원사를 요청하는 때에도 여전히 우울한데… 이때 이런 의문이 생긴다. 우울증이 얼마나 심각해야 그 사람의 판단 능력에 장애를 유발할까? 우울증이 있는지를 판단하는 것만으로는 충분하지 않다. 뎀보는 그보다 우울증이 향하는 방향을 파악해야 했다. 우울증이 죽고자 하는 요청 곁에 나란히 존재하는가, 아니면 그 요청을 재촉하는가? 그 사람은 그저 매우 슬플 뿐인가, 아니면 그 슬픔이 신체적 통증에 무게를 실어 이를 확대하거나 왜곡하는가? 애덤과 스카이프로 통화했던 밴쿠버의 의사 엘런 위비는 어느 조현병 환자에게 조력사를 선택할 능력이 있다고 판단했던 경험을 말해주었다. "그 환자가 말한 FBI에 관한 이야기는 전혀 말이 안 됐지만, 삶의 질에 관한 말은 매우 명확했어요."

요점은 사례마다 다르다는 것이었다. 어떤 것에 대한 평가는 명확했지만 다른 것에 대한 평가는 얽히고설켜 엉망일 수 있었다. 환자가 자기 정신질환을 이해하지 못했을 수도 있고, 자기가 겪는 고통의 근원과 성격에 확신이 없을 수도 있다. 뎀보는 환자의 죽고자 하는 요청을 보류하고 항우울제를 한 차례 더 먹어보거나 다른 치료를 시도해보기를 제안하기도 한다. 환자에게 자연사가 임박하지 않았고 시간이 남아 있다면 이런 제안은 타당하다. 뎀보는 이전에 삶을 끝내려고 시도한 적 있는 환자에게는 특히 주의를 기울인다. 이런 사례는 까다로웠다. 어떤 환자가 이전에 자살을 시도했다고 해서 그 사람의 죽을 권리를 부정할 수는 없기 때문이다.

캐나다에는 의사가 어떻게 정신 능력을 측정해야 하는지에 대한 판단 기준이 되는 단일한 협약이 없기에 뎀보는 나름대로 지침을 세웠다. 뎀보는 환자가 결정을 이해하고 의사를 전달할 능력이 있는지 검사하는, 애플바움Appelbaum(미국의 정신과 전문의이자 의료 관련 법 및 윤리 전문가-옮긴이)이 만든 기준에 크게 의지했다. 환자가 치매에 걸렸다면 인지장애 검사도 했다. 뎀보는 자기가 진행하는 절차에 자신이 있었다. 하지만 캐나다 의사가 조력사 지원자에게 표준 능력 평가를 사용하는 것을 비판하는 측도 있었다. 캐나다 응급의학 전문의이자 변호사인 알렉 야라스카비치는《정신건강윤리학 학술지》에서 이렇게 말했다. "조력사 옹호자와 법원이 신뢰하는 여러 평가는 몹시 주관적이며 엄격한 한계점이 없다." 그는 네덜란드에서도 안락사를 원하는 환자에게 인지 능력이 있는지 없는지를 평가하는 의사들 사이에서 자주 의견이 엇갈린다고 덧붙였다.

어떤 이들은 지원사가 합법인 미국의 주에서 대상 환자를 정신과 전문의에게 보내는 경우가 드물다는 점을 우려했다. 반대자들은 오리건주에서는 의사조력사 자격을 갖춘 것으로 판명된 환자중 아주 소수만이 정신과 평가를 받아야 했으며, 이것이 부주의함이 만연하다는 증거라고 주장했다. 하지만 이 숫자가 모든 환자를 포함하는 것은 아니었다. 정신 감정을 받으러 가서 부적격 판정을 받은 환자는 포함되지 않을 가능성이 높았다. 다른 회의주의자들은 더 설득력 있는 근거로 2008년《영국 의학 학술지》에서 발표한 연구를 인용한다. 이 연구에 따르면 오리건주에서 조력사를 요청한 4명 중 1명이 우울증에 해당하는 임상 기준을 충족시키는 증상을 보였으며, 그중에는 정신 건강 평가를 받지 않은 채 치명적인 약물을 처방받은 환자도 있었다. 이 연구를 이끈 린다 갠지니는 이 논문을 출판했을 때 수많은 유명 지원사 옹호자들과 과거에는 갠지니의 연구를 찬양했던 전국 단체들이 갑자기 갠지니가 사용한 방법론과 그 불편한 결론을 비판했다. 갠지니가 말했다. "죽을 권리 운동가들은 이 논문을 발표하기 전까지 제 연구를 좋아했어요."

뎀보는 환자를 더 많이 평가할수록 신체질환과 정신질환 사이에 그어놓은 선이, 실제로 존재하며 환자의 자격 유무를 구분하는 데 효과적이라는 그 선이 모호하다는 생각이 들었다. 신체적 통증은 정신적 통증을 유발할 수 있고 정신적 통증은 신체적으로 나타날 수 있었다. 우울증이 통증을 유발하는 만큼이나 통증도 우울을 유발했고 결국 둘 다 고통을 유발했다. 이따금 사람들은 자신이 죽어가고 머지않아 죽을 것이라는 사실을 안 뒤에 억울해하며 우울에 빠진다. 어떤 사람들은 신체질환에 걸리기 전에 정신질환을 앓는다. 만성 우울증 환자에게 암 종양이 생기거나 망상이나 약물 중독 환자가 루게릭병에 굴복하곤 한다. 이런 환자가 죽기를 요청했을 때는 정신질환이 판단에 영향을 미친 것이 명백해 보인다. 어떻게 그러지 않을 수 있을까?

토론토에서 뎀보는 캐나다의 지원사 관련 법을 확장하길 바라는 애덤 마이어클레이튼이라는 젊은 청년에 관한 기사를 읽었다. 그러고 나서 애덤이 올린 유튜브 동영상을 몇 개 시청했다. 그 안에서 애덤은 자신이 시도했던 모든 치료와 효과가 없었던 모든 약을 설명했다. 그렇지만 뎀보는 애덤이 아직 시도하지 않은 치료는 어떨지 궁금했다. 임상적 증거가 있으며 중증 사례에도 도움이 될 수 있는 강박장애 치료법이 몇 있었다. 애덤이 받지 않았던 입원환자용 치료 과정이 토론토에도 하나 있었고 미국에도 몇 가지 있었다. 애덤은 무척 젊었고, 뎀보는 그를 보며 생각했다. 이 특별한 목표를 대표하기에 이상적인 얼굴은 아니야.

*

애덤은 자살이 좌절된 날 페이스북에 썼다. 경찰이 호텔 방에서 애덤을 찾아냈고 애덤이 넴뷰탈을 변기에 내려보낸 뒤였다. "사방에 경찰이 있어요. 경찰이 마법처럼 따라와서 체포할까 걱정되면 존엄사는 어렵죠. 완전히 모욕적이고…. 저는 위험을 무릅썼다가 실패하고 말았어요. 다음에는 위험 요소 없이 계획할 거예요."

그 무렵 나는 애덤과 가끔 주고받던 연락을 끊은 상태였다. 애덤의 의도가 나에게 너무 모호하게 여겨졌기 때문이다. 나는 애덤이 끔찍한 고통을 겪는 것은 알았지만, 애덤이 무엇을 하든, 그게 무엇이든, 애덤한테는 도움이 되지 않는다는 것을 알았다. 더는 관여하고 싶지 않았고, 애덤이 뿜어내는 자아도취적인 기운이 무서워지기 시작했다. 그래도 페이스북과 유튜브로 애덤을 좇았다. 기본적으로 나는 뎀보에게 동의했다. 애덤은 홍보 포스터용 소년으로 이상적인 사람은 아니었다. 이 목적에 이상적인 홍보 포스터용 소년이 정확히 어떻게 생겼는지 말하긴 어렵지만 말이다. 완벽한 환자도, 완벽한 희생자도 없다.

애덤이 페이스북에 썼다. "인습타파주의자라는 말을 어떻게 해석하시나요? 저를 인습타파주의자라고 보시나요? 아니면 이단자?"

나중에 나는 떨리는 목소리로 그레이엄에게 애덤이 죽음에 다다랐음을 주장했던 페이스북 라이브 방송을 함께한, 그 고통스러운 세 시간에 관해 물었다. "우리가 자살에 대해 흔히 하는 말 중 하나는 자살 시도가… 도움 요청이라는 것이죠. 애덤이 도와달라고 부탁하는 것일 수도 있다는 생각은 안 드시나요? 어쩌면 저는 그 시간이 계속…."

"그렇지 않습니다."

"…오랜 시간 이어졌으리라 생각해요. 애덤도 한편으로는."

"아니오."

"그만두길 바랐다고 생각하지는 않으시나요?"

"그렇게 생각 안 합니다."

그 뒤로 며칠 동안 매기는 오타와에서 애덤에게 도움을 주려고 노력했다. 애덤이 앓는 강박장애를 치료하고 온갖 유독한 약물로 몸의 독소를 해독해줄 의사를 미국에서 찾아냈다. 치료비와 경비를 마련하기 위해 모금 운동을 벌일 계획을 세웠다. 매기는 그레이엄에게 전화했다. "억지로라도 하게 만들어야 해. 뭐라도 해야 한다고. 당신 차 트렁크에 애를 욱여넣어도 좋아. 나는 신경 안 써." 매기는 알코올 중독에서 회복했고 자살 기도자에게 개입하는 방법을 알게 되었다. 개입이 성공하려면 모두가 한마음이어야 했다. 그러나 매기가 그레이엄에게 한 전화 내용을 애덤도 수화기를 들어 전부 듣고 말았다.

"저에게 억지로 무얼 하게 만드신다고요, 어머니?" 애덤이 차갑게 말했다.

전화를 끊고 매기는 자문했다. "내 아들이 자살로 죽으면 아들을 돕기 위해 나는 힘닿는 대로 모든 노력을 했다고 생각할 수 있을까?" 매기는 그 답을 '그렇다'로 결정했다. "많은 부모는 그렇게 말 못 하지." 매기는 거리를 두어야겠다고 자신에게 말했다. 아들의 폭군 같은 기분과 충동에서 멀어져야 했다. 애덤은 절대 자신의 의지를 관철해 죽지 않을 것이라고, 매기는 되뇌었다. 결코 그러지 않을 것이다. 그러나 그레이엄은 그다지 확신이 없었다. 어느 날 오후, 애덤이 쇼핑하러 나가 새 정장과 구두를 들고 돌아왔을 때 그레이엄은 관에 들어가기 위해서라고 생각했다.

2017년 4월 14일, 애덤은 한밤중에 집을 나와 차를 타고 어둠에 잠긴 고속도로를 내달렸다. 애플비스(레스토랑 체인점-옮긴이)와 세차장과 할리데이비슨 대리점을 지나쳤다. 윈저 시내를 따라 늘어선 시들시들한 잔디와 적극적인 미소를 짓는 상해사건 전문 변호사의 옥외 광고판도 지나쳤다. 앞차에서 나오는 불빛에 눈과 얼굴을 덴 것 같았다. 그는 페이스북에 글을 써뒀다. "나는 나의 구원자다. 늘 그랬고, 앞으로도 그럴 것이다."

애덤은 고속도로를 빠져나와 휴론처치가에 늘어선 싼 모텔 하나에 방을 잡았다. 이런 모텔이 즐비한 동네였다. 어떤 곳은 하룻밤에 59.99달러(약 8만 원)라고 광고했고 플랫베드트럭(낮은 적재함이 있는 트럭-옮긴이)을 주차할 공간도 있었다. 애덤은 방에서 건포도빵 두 조각과 머핀 하나를 먹고 우유 한 잔을 마셨다. 문 옆에 편지를 남겼다. 하나는 건물 관리인에게 보내는 것으로, 모텔에서 목숨을 끊어 죄송하다는 사과를 적었다.

경찰이 집에 도착해서 아들이 죽었다고 말했을 때, 그레이엄은 경찰을 집에 들이지 않고 현관에서 이야기를 나눴다. 그다음 그레이엄은 매기에게 전화해 소식을 알렸다. 두 사람 모두 애덤이 정확히 어떤 방법으로 약을 구했는지는 몰랐다. 이제 두 사람 사이에는 자식이 없었다. 그레이엄과 매기는 인터넷에 부고를 게재했다. '치

료법이 안 알려진 신종 신경생물학 질환으로 고통받다가 이성적 자살로 삶을 마감했다.'

매기는 장례식장에서 말했다. "제 아들은 호텔 방에서 홀로 세상을 떠났습니다. 제 아들은 존엄성 있게 죽어야 마땅했습니다. 가족과 친구를 곁에 두고 안락한 자기 침대에서." 장례식을 치른 예배당은 호텔 로비처럼 생겼는데, 벽은 밋밋하고 의자에는 회색 덮개를 씌웠고 전기 샹들리에가 달려 있었다. 나는 매기가 마이크 앞에서 우는 소리를 들으며, 아서 밀러의 극 〈전락 후에After the Fall〉에 나오는 섬뜩하게 어울리는 대사를 떠올렸다. "자살은 두 사람을 죽여요, 매기. 그것이 목적이죠." 매기는 장례식장 안내원에게 애덤의 머리카락을 한 줌 달라고 했는데, 연구소로 보내 중금속 검사를 하기 위해서였지만 다른 일에 정신이 팔려 잊어버렸고 애덤의 시신은 그렇게 떠나갔다.

4월 17일, 〈글로브앤드메일〉은 애덤이 페이스북에 마지막으로 남긴 글을 칼럼 서두에 인용하면서 '정신질환도 조력사 논쟁에 들어가야 한다'는 제목을 붙였다. 이틀 뒤 게재한 또 다른 칼럼에서 기자인 샌드라 마틴은 '캐나다는 조력 임종 관련 법을 정신질환을 앓는 사람에게도 적용해야 한다'라고 썼다. CBC는 애덤에 관한 온라인 기사와 함께 눈물이 글썽한 그레이엄이 트위드 재킷을 입고 먼 곳을 멍하니 응시하는 사진을 게재했다. 편집자는 기사 본문 옆에 지역 자살 방지 상담 전화번호가 나온 사이드바를 배치했다.

"도움을 받을 수 있습니다."

"'무슨 일이 있더라도' 살아야 할 의무가 있을까요? 대다수가 그렇게 생각하는 듯하지만, 저는 생각이 달라 종종 소외감을 느끼고 '나는 뭐가 문제일까?' 생각해요." 애덤이 죽은 지 1년 뒤, 패브리스라는 사람이 애덤의 페이스북에 썼다. 애덤의 페이스북은 그 죽은 관리자를 추도하는 곳으로, 또는 감정 쓰레기장으로 변했다.

니콜이라는 사람은 썼다. "저는 이 사람에 관해 많이 생각해요. 1년 전 이 사람의 이야기를 끝까지 읽었고 온라인 동영상도 봤어요. 마치 제가 말하는 모습을 보는 기분이었어요. 이상했어요. 한 번도 만난 적이 없는 데도 아는 사람처럼 느껴졌어요."

그 무렵 나는 그레이엄과 다시 이야기를 나누기 위해 윈저로 갔다. 비행기로 디트로이트까지 가서 차로 다리를 건너 캐나다로 들어섰다. 정신이 산만하고 초조했다. 고속도로 요금소에서 직원에게 돈 대신 여권을 건넸다. "저는 돈을 받아야 해요, 아가씨." 종업원이 성을 냈다. 나는 윈저에 도착해서 카지노와 평범한 시내 거리를 지나 차를 몰았는데, 점점 건물이 드물어지더니 단조로운 교외로 접어들었고 이내 그레이엄의 집에 도착했다.

그레이엄은 나를 거실로 안내하며 어머니는 지하실에 있다고 말했다. 그레이엄의 어머니는 내가 자신이 사교성이 없는 사람이라고 생각하길 바라지 않지만, 우리가 애덤에 관해 이야기하는 것을 참고 들을 수 없다고 했다. 그레이엄은 황갈색과 짙은 파란색이 섞인 폴로셔츠를 입고 무늬가 있는 실내화를 신은 채 안락의자에 앉았는데, 그 옆에는 갈색 고양이가 두꺼운 갈색 카펫과 거의 완벽하게 뒤섞여 있었다. 그레이엄은 아직도 가끔 애덤에 관한 전화를 받는다고 했다. 낯선 사람이 집이나 사무실로 연락하곤 했다. 전 세계 이곳저곳에서 전화를 걸어와 애덤의 동영상이 자기들에게 의미가 있다고 말했다. 어떤 사람은 말했다. "제 아들도 지금 이런 상황을 겪는 중이에요. 아드님이 남긴 것들이 아들을 이해하는 데 도움이 됐어요."

애덤은 죽기 전에 모든 이메일과 소셜미디어 비밀번호를 정리한 목록을 그레이엄에게 줬다. 지난 몇 달 동안 그레이엄은 소셜미디어에 로그인해서 아들이 살면서 남긴 디지털 파편들을 샅샅이 뒤지기 시작했다. 페이스북 메시지부터 시작했다.

"왜죠?" 내가 물었다.

"글쎄요, 이것도 애덤이 남긴 유산 아닙니까?" 그레이엄이 알기로 애덤은 길을 잃고 상처받은 사람들과 하루에 몇 시간씩 연락을 주고받았다. 그레이엄이 말하길, 놀랍게도 애덤은 사람들에게 계속 노력하라고 힘주어 말했다. 차분해지라고, 계속 살아 있으라고.

6장

자유

엑시트인터내셔널의 설립자이자 회장인 필립 니츠케가 아일랜드에서 DIY 죽음 워크숍을 진행하려고 한 날은 상황이 안 좋게 흘러갔다. 참석자는 한 줌밖에 안 되었는데 시위대가 더 많았다. 각자 거대한 피켓 들고 있었다. '여기 죽음 의사가 있다', '당신 할머니를 단속하라lock up your grannies'라는 피켓이 눈에 띄었는데, 롤링스톤스가 공연하러 올 때 아일랜드 신문에서 붙이곤 했던 표제, '당신 딸을 단속하라Lock Up Your Daughters'가 떠올랐다. 그로부터 4년이 지난 2015년 5월, 거리는 고요했고 68세인 필립과 그 아내 피오나 스튜어트는 서둘러 호텔 로비로 들어가 복도를 따라서 회의실로 향했다.

피오나는 배낭을 벗고 커다란 보라색 천을 꺼내서 회의실 앞 나무 교탁에 걸쳤다. 필립은 노트북을 꺼냈다. '차라리 개처럼 죽겠다'라고 적힌 보라색 스티커가 붙어 있었는데, 필립은 스티커를 손으로 가리켰다. "많은 사람이 지적하듯, 동물이 사람보다 더 나은 대접을 받아요. 사람들은 '내 개를 그런 지경에 놔뒀으면 고발당했을 거야'라고들 말하죠. 학대했다고 고발당할 겁니다! 동정심을 발휘해서 개를 죽여야 한다고 생각하겠죠. 하지만 가까운 친구나 배우자에 대해 그런 식으로 말하면…"

필립은 컴퓨터를 작은 프로젝터와 연결하고 파워포인트 자료의 첫 번째 슬라이드를 띄웠다.

평화로운 죽음은 모두의 권리다

필립 니츠케 의사, 박사

머리카락이 지저분한 기자가 손을 내밀며 필립에게 다가갔다. 기자는 이 워크숍을 보도하러 왔다고 말했고 필립은 고개를 끄덕여 답했다. "아일랜드에서 나온 끔찍한 통계 중 하나는 노인들이 자기 손으로 죽을 때 목을 매는 경우가 가장 흔하다는 겁니다. 암울하고 고통스러운 죽음이죠. 이렇게 죽는 사람이 가장 많은 이유는 아무것도 배울 필요가 없기 때문입니다. 밧줄을 금지하는 법도 없고요." 필립은 기자에게 이 워크숍은 '피해를 최소화'하는 방법 중 하나라고 말했다. 나이 든 사람은 어쨌거나 삶을 끝내려고 시도할 것이었다. 그렇다면 적어도 자기가 하는 일에 대해서 잘 아는 편이 좋을 것이다.

필립은 이 행사를 위해 투명한 플라스틱 안경을 쓰고, 까맣고 파랗고 반짝이면서 무늬가 현란한 정장 셔츠를 차려입었다. 그는 참가자 수가 꽤 많을 것이라 기대했다. 요즘 세미나는 대부분 만석이었는데, 사람들이 오랜 세월 기다린 끝에 정부가 곧 의사조력사를 합법화하리라는 기대를 포기했기 때문이라고 했다. 이제는 법에 신경도 쓰지 않는 사람이 많다고 필립은 말했다. "황혼기에 접어드는 베이비붐 세대 사이에서는 이런 분위기가 퍼지는 중이죠. 치명적인 약에 접근하길 원할 뿐이에요."

그해 초 나와 동료들은 다큐멘터리 영화를 제작하면서 필립을 만났다. 나는 영화에 관해 설명할 때 현대의 잭 케보키언을 소개한다고 말했는데, 아주 적절한 설명이라고 생각하진 않았지만 요점은 전할 수 있었다. 2015년에 엑시트인터내셔널은 전 세계에 회원이 1만 명 있다고 주장했고, 필립은 런던과 시드니 같은 도시에서 DIY 죽음 세미나를 진행했다. 국제적인 신문에서는 필립을 노인에게 효율적으로 죽는 방법을 알려주는 부유한 호주 의사로 소개했고 필립은 유명인사였다. 경찰은 필립의 활동을 매우 불온하게 여겼으나 기소할 만한 혐의를 찾지 못해 분통이 터질 노릇이었다.

사람들이 줄 세워 둔 빈 플라스틱 의자를 채우기 시작했다. 조직을 후원하기 위해 매년 약 100달러(약 13만 원-옮긴이)를 내온 엑시트인터내셔널의 오랜 회원도 있었고 세미나 소식을 전해 듣고 온 사람도 있었다. 피오나는 문 앞에서 사람들을 맞이하면서 스프레드 시트에 이름을 입력하고, 참가자에게 서약서에 서명을 받았다. 서약서에는 이렇게 적혀 있었다. "저는 자살하려는 마음이 없으며 이 모임에서 제공하는 정보 중 그 어느 것도 자살하도록 권유하거나 조언하거나 돕는 일에 사용하지 않을 것임을 맹세합니다. 또한 저는 경찰이나 다른 정부 기관의 대표나 대리인이 아님을 밝힙니다."

참석자는 대부분 7~80대였고 핸드백과 공책을 들고 왔다. 흰 스웨터를 입은 한 핼쑥한 여자는 필립이 쓴 자살 방법 설명서인《평온한 약 안내서》를 가슴에 안고 있다. 어딜 보더라도 평범한 모임처럼 보였다. 엑시트인터내셔널 세미나는 50세 이상이면 참석할 수 있었지만, 실제 참석자는 그보다 연령대가 높은 편이었다. 필립은 말했다 "우리가 왜 50세를 골랐는지에 대해서는 그럴듯한 이유가 없어요. 다만 불안한 10대가 혼란스러운 이별을 겪은 다음 여기에 오는 것을 바라지 않을 뿐이죠. 감정적인 고통에 대한 쉬운 답을 찾아서 말이에요. 우리는 그런 걸 바라진 않습니다." 필립은 50세면 자기에게 가장 이익이 되는 행동을 선택할 수 있는 인생 경험을 충분히 갖췄다고 보았다.

필립은 1997년에 첫 번째 엑시트 워크숍을 멜버른에서 열었다. 그로부터 20년쯤 지난 오늘, 표준 절차에 따라 세미나를 진행하며 비슷한 말을 수천 번 반복한 사람답게 유연한 태도로 유창하게 발표했다. 모임 전반부에서는 필립이 추구하는 행동주의와 평온한 죽음 철학을 개략적으로 강의하고, 후반부는 엑시트 회원만을 대상으로 진행할 예정이었다. 전반부와 후반부 사이의 쉬는 시간에 피오나에게 회원 등록을 요청할 수 있었다. 필립은 후반부에서 다양한 자살 기법의 장단점과 실행 방법을 자세히 설명할 것이다.

필립은 참석자들이 조용해지자 파워포인트 슬라이드에 사진 하나를 띄웠다. 1996년의 자신이었는데, 넥타이를 매고 조종사용 안경을 써서 할리우드 영화에 나오는 불쾌한 등장인물처럼 보였다. "1996년입니다. 그때는 젊었죠." 필립이 말했다. 이 사진은 호주 노던주에서 의료지원사 관련 법이 세계 최초로 시행된 직후이자, 필립이 세계 최초로 치명적인 주사를 놓아 환자의 삶을 합법적으로 끝낸 의사가 된 후였다. 필립은 나중에 호주 정부가 이 법을 폐지해서 이에 대한 대응으로 엑시트인터내셔널을 설립했다고 설명했다. 필립은 조력사법이 부재한 상황에서 말기질환을 앓는 사람을 계속 도와야 한다고 믿었다. 평온하게 삶을 끝내는 여러 방법을 교육해서라도 말이다.

이어서 필립은 늘 하는 이야기를 했다. 모두가 이곳 자살 세미나에 앉아 있는 이유를 설명하는 이야기를. 필립은 1998년에 호주 퍼스Perth에서 연 세미나에서 76세의 프랑스인 교수 리젯 니고를 만났는데, 당시는 필립이 심각하게 아파서 곧 죽을 사람이 죽음을 앞당기려는 경우만 도와줘야 한다는 '별난' 신념을 고집하던 시기라고 했다. 발표가 끝나자 리젯이 다가왔다. "나는 4년 뒤에 죽을 거예요." 리젯이 웃지도 않고 말했다. 필립이 리젯에게 아픈 이유가 무엇이고 어떤 끔찍한 고통 때문에 죽을 시기를 그렇게 예측하냐고 묻자, 리젯은 아픈 곳이 없다고 대답했다. "하지만 나는 4년 뒤에 80세가 되고, 80세는 저에게 죽을 시기예요."

"저는 '아프지 않으시잖아요! 유람선을 타고 세계 여행을 떠나세요. 책을 쓰시던지요'라고 대답했습니다. 그러자 리젯은 저를 보며 말하더군요. '당신 일이나 신경 써요. 이건 당신과는 상관없는 일이니까.'" 리젯은 필립에게 만일 세상이 다르게 흘러갔더라면 자신이 필립 대신 의대에 갔을 것이고, 원하는 전문적인 정보를 얻기 위해 부탁해야 하는 쪽은 필립이었을 수도 있었을 것이라 쏘아붙였다. 리젯은 따지듯 물었다. "그 전문적인 정보를 쥔 채로 당신이 생각하기에 자격이 있는 사람에게만 알려주는, 그렇게 인색하게 베풀 권리를 누가 당신에게 줬나요?"

필립이 리젯에게 도발적인 말들을 들은 뒤로 모든 것이 달라졌다고 말했다. 이후 필립은 자신이 의학적 방법과 수단을 지키는 고귀한 문지기라고 상상하는 것을 그만뒀다. 대신 문을 활짝 열기로 했다. 죽어가는 사람뿐 아니라 나이 들고 병든 사람도 필립의 정보에 접근할 수 있도록. 자기가 뭐라고 누구에게 정보를 줄지 결정한단 말인가? 이러한 필립을 비난하는 사람들은 그것이 비겁한 변명이고 자살을 부추길 뿐이라고 했지만, 필립은 끄떡하지 않았다. "그건 이상한 비난입니다. 마치 우리가 살아 있는 이유가 죽는 방법을 알아내지 못했기 때문이라고 말하는 겁니다."

리젯은 4년 뒤인 2002년에 바르비투르산염을 이용해 목숨을 끊었다. 필립이 가르쳐준 방법이었고, 어디서 약을 구할 수 있는지도 말해주었다. 리젯은 필립에게 말했다. "형편이 나빠지기 전에 가는 것이 낫겠어요." 리젯은 유서를 침대에 핀으로 꽂아뒀는데, 필립을 '영감을 주는 사람이자 개혁 운동가'라고 부르며 감사 인사를 남겼다.

필립은 엑시트 워크숍에서 자기 세대 남녀가, 시민권과 여성 인권을 높이고 베트남에서 일어나는 대량 학살을 끝내고자 싸웠던 사람들이 어째서 삶의 마지막 몇 해에 의료계의 관료들에게 굽실거릴 필요가 있냐며 의문을 제기했다. 이어서 '직접 선택한 시기에 평온하게 죽을', '기본권'에 대해 말하기 시작했다. "삶은 선물입니다. 선물은 버릴 수 있죠. 버리지 못한다면 선물이 아니라 부담입니다." 이러한 발언을 비판하는 사람들은 필립을 '죽음 의사'라고 불렀는데, 과거 악명 높았던 잭 케보키언에게 붙은 칭호였다. 필립은 처음에는 이 칭호가 짜증났지만, 지금은 조금 좋아하게 됐다. "그런 말로는 저에게 아무런 타격도 못 줍니다." 오히려 무책임하고 위험하다는 말보다는 죽음 의사라고 불리는 게 나았다. 세미나에서 필립은 자기가 위키피디아에 올라간 몇 안 되는 죽음 의사 중한 명이라고 자랑하기도 했다. "저는 그 목록에서 여전히 활동하는 유일한 사람입니다." 필립이 틀리지는 않았지만, 그의 이름이 악명 높은 아우슈비츠 의사인 요제프 멩겔레Josef Mengele, 영국 지역 보건의이자 연쇄 살인마인 해럴드 시프먼Harold Shipman, '중과실'로 환자를 살해한 혐의를 받는 인도 태생의 의사와 나란히 올라가 있다고 정확하게 알려준 것은 아니었다. 나는 죽음 의사의 대표격인 그를 이해하고 싶었다. 죽을 권리를 주장하는 의사로서 경멸당하면서도 유명인으로 숭배받게 된 과정에 대해서도 궁금했다.

쉬는 시간이 끝난 뒤, 필립은 실용적인 부분을 논의할 시간임을 알렸다. 엑시트 회원인 청중들은 공책을 꺼냈다. 필립은 이 부분을 시작할 때 답이 빤한 질문을 던지곤 했다. 도대체 왜 누군가한테는 필립의 세미나가 필요할까? 왜 죽기를 원하는 사람들은 그냥 자살해버리지 않을까? 필립은 물론 사람들이 혼자서 죽을 수 있다고 말한다. 그러나 자신이 제공하는 것은 '평온하고 믿을 수 있는 죽음'이며, 이를 위해서는 약간의 비법과 올바른 장비가 필요하다. 필립은 이렇게 말하길 좋아했다. "여러분은 한 번만 죽을 겁니다. 왜 최고가 아닌 것에 만족하십니까?"

필립이 계획을 세우는 것이 중요하다고 강조했다. 질병을 앓거나 부상을 당하고 희망을 품는 것도 좋지만, 희망이 최악을 대비하지 못하게 막는다면 희망은 폭력이 될 수 있었다. 필립은 나무 교탁에 기대서 파워포인트 슬라이드를 휙휙 넘겼는데, 슬라이드마다 죽음에 이르는 선택지가 하나씩 나와 있었다. 어떤 말라리아 치료제를 과다 복용하면 원하는 시기에 맞춰 죽을 수 있었다. "청산가리? 청산가리는 어떻게 설명해드릴 수 있을까요? 빠릅니다. 아주 빠르죠." 다만 화상을 입을 수 있었다. 이어서 일산화탄소와 메스꺼움 방지약과 숯을 언급했다. 필립은 기술적인 관점에서 보면 이 시간에 다루는 방법 중 가장 좋은 방법은 펜토바르비탈소듐 pentobarbital sodium 또는 넴뷰탈이라고 부르는 효과가 빠른 바르비투르산염을 사용하는 것이었다. 바르비투르산염을 적절한 방법으로 마시면 신속하지만 갑작스럽지는 않게 잠에 빠지고, 15~20분에 걸쳐서 숨을 거둘 것이다. 덤으로 좋은 점은, 나중에 가족이 병을 치워줄 경우 자연사처럼 보일 수 있었다. 필립은 원래 넴뷰탈은 1950년대에 인기 있는 수면제였다고 말했다. 〈우먼스위클리 Women's Weekly〉에 '새롭게 개선된 넴뷰탈 묘약'이라는 광고가 실리기도 했다. 하지만 60년대 무렵부터 인기를 잃었는데, 과다복용하기가 너무 쉬웠기 때문이다. 마릴린 먼로도 넴뷰탈로 사망했다. 이에 제약회사들은 발륨 같은 새로운 약을 출시했고, 더 안전한 대안이라고 홍보했다. 이제 펜토바르비탈은 동물 병원 외에는 구하기가 어려우며, 동물 병원에서는 동물을 진정시키거나 안락사시킬 때 사용했다.

하지만 희망은 바로 여기에 있었다. 넴뷰탈은 여전히 유통되었고 필립은 구할 수 있는 방법을 알았다. 필립은 멕시코, 페루, 볼리비아, 에콰도르 등지에 있는, 정식 처방전을 까다롭게 요구하지 않는 동물 용품 가게를 알았다. 필립은 이곳 지역 주민들이 너무 가난해서 반려동물의 수명을 연장하는 수의과 치료를 받게 해줄 형편이 안 되어 넴뷰탈을 허술하게 판매하는 게 아닐까 추측했다. 그보다 좋은 방법은 인터넷을 활용하는 것이었다. 필립은 지난 15년 동안 전 세계를 샅샅이 뒤져 멕시코와 중국에 있는 믿을 만한 소규모 상인과 관계를 맺었으며, 이들은 엑시트인터내셔널 회원에게 약을 국제 배송해주고 있었다. 엑시트인터내셔널에 가입한 사람이라면 85달러(약 11만 원-옮긴이)를 내고 디지털 자살 설명서를 구입할 수 있었고, 이를 받으면 넴뷰탈을 구할 수 있는 상인의 이름과 이메일 주소뿐 아니라 익명 웹 브라우저 '토르Tor'를 내려받고 암호화된 이메일을 만드는 방법을 알 수 있었다. 필립은 사람들이 약을 끊임없이 주문하며 새로운 선택지가 생겼다는 것만으로도 기분이 조금 나아진다고 했다.

필립을 깎아내리는 많은 사람에게 이 워크숍은 그들이 상상하는 디스토피아 그 자체였다. 백발 남녀가 겁에 질린 채 줄줄이, 그러나 외롭게 앉아 끔찍하고 고통스러운 죽음이 기다리고 있다는 무서운 이야기를 자세히 듣고, 그들에게 85달러를 받고 자살 설명서를 주는 언변 좋은 죽음 의사에게 자살을 두려움을 해소할 방법으로 제안받는다. 마치 넴뷰탈이야말로 신체적 건강과 젊음의 활기를 잃어버린 이들의 유일하고 정직한 해답이라는 듯 말하는 의사에게서 말이다. 필립과 가장 오래 함께했던 사람 중 하나인 영국 자발적 안락사 협회의 마이클 어윈조차 필립이 여는 세미나가 '완전히 무책임하며 (…) 나는 넴뷰탈에 쉽게 접근하게 만드는 것에는 전면 반대한다'라는 이유로 2009년에 필립과 관계를 끊었다.

비판자들은 필립이 여는 세미나에서 극단적인 신자유주의, 과격한 개인주의, 신성화된 유아론solipsism(자신만이 실재하고 그 외의 모든 것은 자신의 의식 속에 있다는 생각-옮긴이), 팽창한 자의식, 개인의 자기완결적 서사에 대한 강박감이 모여 끔찍한 결론을 도출해낸다고 보았다. 존재가 지니는 의미가 사라지고 개인의 선호에만 얽매여 각자가 원하는 시기에 목숨을 끊는 것이 좋다고 주장하는 모임이었다. 가족과 친구, 개인의 의무는 모두 잊어버린 채로. 필립은 죽음에 대한 갈망을 인정해주지 않는 가족이나 친구가 오히려 이기적이고 탐욕스럽다고 말한다. 필립은 자살에서 극적인 이미지와 두려움을 벗겨내며, 깔끔하고 신속한 '퇴장'을 말한다. 이러한 필립의 논리가 위험하기보다는 일관성이 없다고 지적하는 이도 있었다. 필립은 워크숍에서 죽음을 통제하는 일이 무엇보다 중요하다고 강조했다. 하지만 어떻게 죽음을 통제하는 것이 삶의 목적이 될 수 있는가?

세미나가 끝나 모두가 회의실을 떠난 뒤, 필립과 피오나와 엑시트 회원 몇 명은 파란 벽과 파란 플라스틱 의자가 있는 근처 펍에 들러 커피를 주문했다. 피오나는 호텔 텔레비전으로 〈유로비전 송 콘테스트Eurovision Song Contest〉를 보느라 밤을 새워 피곤하다고 말했다. 필립 일행이 음료를 홀짝일 때, 같이 온 내 동료가 필립에게 '누군가의 목숨을 앗아가는' 것은 어떤 기분이냐고 물었다.

"누군가를 죽이는 기분이 어떻냐고요?" 필립은 이렇게 되물었는데, 나는 한참 후에야 그가 선택한 단어가 지닌 기준점에 대해 고민하게 되었다. "사형 집행인이 된 기분이 들 수밖에 없습니다."

*

미국에서는 1980년대 후반에 죽음 의사가 줄줄이 나타났다. 시작은 1988년에 《미국 의학협회 학술지The Journal of the American Medical Association》에 실린 한 수기였는데, 제목은 「끝났습니다, 데비」였다. 이 수기에서 자신을 젊은 부인과 전공의라고만 밝힌 익명의 저자는 어느 대형 개인 병원에서 일하며 이른 아침에 회진을 돌던 중 환자를 죽였다고 시인했다. 난소암으로 죽어가던 스무 살 환자는 잠을 잘 수 없었다. 익명의 전공의 역시 환자가 며칠 동안 잠을 자지 못했다면서, '눈이 움푹 꺼졌고 (…) 그 모습은 교수대를 연상시키는 듯한, 환자의 젊음과 꽃피우지 못한 가능성을 조롱하는 듯한 잔인한 순간이었다'라고 묘사했다. 그가 병실에 들어섰을 때 환자는 그를 올려다보며 말했다. "이제 끝내기로 해요." 곁에 있던 검은 머리 여자는 아픈 여자의 손을 잡은 채 아무 말도 하지 않았다. 잠시 후, 그는 한마디 말도 없이 환자에게 모르핀황산염morphine sulfate(마약성 진통제-옮긴이)을 주사했다. 의사는 환자의 호흡이 느려지다 멈출 때까지 병실에 머물렀고, 곁에 있는 여자의 얼굴에서 안도한 기색을 읽었다. 환자가 죽은 뒤 그는 이렇게 말했다. "끝났습니다, 데비."

독자 수십 명이 학술지 측에 항의 서한을 보내 익명의 전공의를 비난했다. 그 전공의가 전문가로서 미숙했기에 여자를 죽이는 것 외에는 여자가 겪는 고통을 완화할 방법이 없다며 순진하게 확신한 것이라 했다. 그 전공의는 통증 전문의가 아니었고 이전에 환자를 만난 적도 없었다. 환자가 죽음을 원하는지 확실하게 묻지도 않았다. 셔윈 눌랜드는 베스트셀러에 오른 저서 《사람은 어떻게 죽음을 맞이하는가》에 이렇게 적었다. "이 사건은 살인이라고밖에 할 수 없다. 의사는 고통을 완화해달라는 환자의 간청을 죽기를 간청한 것으로 이해했으며, 그 죽음은 자기만 허락할 수 있다고 해석하고 거기에 만족해버렸다." 더 큰 우려를 표하는 사람도 있었다. 아픈 환자가 흰색 병원 가운을 보며 이를 자비 살인과 동일시하게 된다면 신성한 의료계에 미치는 영향이 막대할 것이라 예측하는 이들도 있었다. 《미국 의학협회 학술지》 편집자는 학술지를 변호하는 사설을 쓰면서 '의료계뿐 아니라 대중 사이에서도 안락사에 관한 책임감 있는 토론을 유발하기 위해' 이 수기를 출판했다고 주장했다. "이런 논의는 의사들이 탈의실에서 소곤거리는 화제에 그쳐서는 안 됩니다."

바로 그해, 유명하지도 않고 경력도 어중간한 어느 병리학자가 미시간주 지역 신문에 '죽음 상담' 서비스를 광고하기 시작했다.

이 병리학자는 이름은 잭 케보키언이었는데, 그 기묘한 홍보 활동은 몇 년 동안 관심을 전혀 받지 못했으며 의뢰인도 없었다. 그러던 1990년, 케보키언은 기획 연재 기사에 등장했는데, 기사에서 그는 손수 만든 '타나트론Thanatron('죽음'을 뜻하는 그리스어 타나토스thanatos에서 따왔다)'이라는 자살 기계를 자랑했다. 타나트론은 가정용 공구, 장난감, 전기 스위치, 자석 등의 부품으로 만들어졌다. 케보키언은 이렇게 설명했다. "고등학생도 만들 수 있습니다." 정맥에 투입하는 주삿바늘이 달린 식염수 통이 있었고, 단추를 누르면 두 가지 치명적인 화학물질이 식염수 통으로 들어갔다. 기사가 나간 뒤 알츠하이머병을 앓는 54세 여성 재닛 앳킨스는 케보키언에게 전화를 걸어 첫 번째 타나트론 환자가 되고 싶다고 요청했다. 재닛의 남편인 론은 재닛이 '너무 늦기보다는 너무 일찍 가는 실수'를 저지르고 싶어 했다고 말했다.

1990년 6월, 재닛은 케보키언의 낡아빠진 1968년식 폭스바겐 승합차 뒷좌석에서 삶을 끝냈다. 재닛은 케보키언에게 마지막으로 이렇게 말했다고 한다. "고마워요. 고맙습니다." 나중에 케보키언은 재닛의 죽음을 알리며 그녀는 치매가 심했으나 '앞으로 어떤 일이 벌어질지 알고 있었고 본인이 그것을 원하지 않음을 알 만큼의 자각은 있었다'고 주장했다. 주립 공원 옆 주차장에 댄 승합차라는 범상치 않은 자살 장소 선정에 대해서는 자살을 주최해줄 호텔이나 집주인을 찾지 못했을 뿐이라고 했다. '어느 숙소에도 방이 없었다.' 다음 날, 전 세계 신문에서 타나트론을 사용한 자살에 관한 기사를 실었으며 〈뉴욕타임스〉는 1면에서 다뤘다. "이 사건은 무엇이 자살을 구성하는가에 대한 특정한 법적 질문과, 심각하게 아픈 환자가 죽도록 의사가 도울 수 있다면 어떤 역할을 맡아야 하는지에 관한 보편적이고 철학적인 질문을 제기한다."

케보키언은 미시간주 법정에 불려 나갔다. 미시간주에서는 과반수의 주가 그렇듯 '조력자살'을 명백하게 범죄로 규정하는 법을 성문화해두지 않았고, 검사는 대신 1급 살인 혐의로 케보키언을 고소했다. 하지만 결국 이 기소는 기각됐는데, 재닛이 치명적인 주사를 직접 놓을 수 있게 만든 타나트론 때문이었다. 1991년 검사는 케보키언을 다시 법정으로 끌고 나왔는데, 이번에는 민사 재판이었다. 검사는 케보키언이 '승합차를 타고 시골 마을을 배회하며 마을 사람들을 처리하는 것'을 막고 싶다고 했다. 검사는 심리 중에 케보키언을 요제프 멩겔레와 비교했고,《나치 의사들The Nazi Doctors》이라는 책을 탁자 위 눈에 띄는 곳에 올려뒀다. 케보키언의 변호를 맡은 변호사는 이 기소에 이의를 제기하고 자신의 입지를 넓히고자 하는 의뢰인의 목적을 충족시키기 위해 케보키언을 시대의 위대한 지적 순교자, 소크라테스와 비교했다. 재판이 끝날 무렵 이번 기소도 결국 무효가 되었는데, 이후 케보키언의 이름은 널리 알려져 사람을 치료하면서 살인도 하는 의사이자 치유자를 부르는 말로 오래도록 기억됐다.

사람들은 케보키언을 좋아했다. 미시간주 의료협회 윤리위원회 회장인 하워드 브로디Howard Brody는 당시에 이렇게 말했다. "주차장에 있는 녹슨 승합차, 그 끔찍한 결말 때문에 환자들이 충격을 받을까 걱정했습니다. 너무 지저분한 것 같았거든요. 그런데 오히려 많은 환자가 그 남자의 조각상을 세우길 바라더군요. 죽음과 임종의 문제에 관해서는 많은 사람이 의사를 적으로 본다는 사실이 명확해졌으며, 이는 의학의 끔찍한 실패로 봐야 합니다." 케보키언은 두 번째 자살 기계를 만들었고, 이를 '머시트론Mercitron' 혹은 '자비 기계mercy machine'라고 불렀다.

1991년 론 로젠바움Ron Rosenbaum은 〈배너티페어Vanity Fair〉에 쓴 글에서 대중이 케보키언에게 빠져드는 것은 케보키언이라는 사람보다는 타나트론이라는 기계 때문이라고 주장했다. "타나트론, 어설프게 만든 고등학교 공작 수준 기계에는 전 국민의 상상 속에만 있던 어두운 정서를 건드리는 무언가가 있었다." 1990년대 초반 무렵, 미국인들은 인공호흡기와 심박조율기와 영양관 같은 것들로 죽음을 조정당하는 일에 익숙해졌다. 불과 몇 십 년 전만 해도 대다수가 집에서 죽음을 맞이했지만, 이제는 집중치료실이나 전문 요양원에서 기계를 부착한 채 사망한다. 장기기계환기 prolonged mechanical ventilation처럼 죽음을 늦추는 것이 목적인 기계가 발명되면서 상황이 달라진 것이다. 장기기계환기가 필요한 환자는 영구히 기계에 의지하게 될 수도 있었고, 기계 없이 호흡하는 능력을 잃어버렸다. 독립적으로 먹고 말할 수도 없게 되었다. 심지어는 손이 묶인 채 사망하기도 했는데, 수면 중이거나 공황이 찾아온 순간에 환자가 목이나 배에 연결된 관을 뽑는 것을 막기 위해서였다.

누군가에게 수십 명의 임종을 도운 케보키언은 구세주이자 이제 시작된 환자 자율성 옹호 운동에 평생 헌신할 준비를 마친 순교자였다. 하지만 다른 누군가에게 케보키언은 치매에 걸린 여자를 이용하기 위해 만나서 한 번 저녁을 먹고 승합차 뒷좌석에서 죽게 만든 살인자였다. 케보키언은 어느 입장도 신경 쓰지 않았다. 케보키언의 목적은 조력사 반대론자를 이기거나 법에 도전하는 것이 아니었다. 그저 '의료진의 책임에는 환자가 죽도록 돕는 일도 포함되어 있으며, 의료진이 그 책임을 받아들이도록 하는 것'이었다. 케보키언은 단호한 철학자이자 개척자로서, 그저 의학이 자신의 위선을 알아채길 바라며 노력할 뿐이었다.

하지만 의사조력사에 찬성하는 의사조차도 케보키언을 경계했는데, 죽을 권리 운동을 이끄는 인물로는 명백하게 문제가 있어 보였기 때문이다. 케보키언은 병리학자였으며, 1950년대 이후로는 살아 있는 환자에게 약을 사용해본 적이 없었다. 그는 자신의 일이 불러올 연쇄 작용을 섬세하게 고려하지 못했으며, 단순히 이상한 인간처럼 보이기도 했다. 음울하고 극단적이었으며 심각할 정도로 금욕적이었다. 늘 소식하고, 추레한 구세군 스웨터를 입고 다니며 꽃집 위에 있는 디트로이트의 아파트에서 가구도 거의 갖추지 않은 채 이름 없는 유럽 학술지에 게재할 논문을 쓰며 하루의 대부분 보냈다. 자기 피로 그림을 그린다는 소문까지 났으며, 직업도 분명하지 않았다. 타나트론을 공개하기 전 케보키언은 수감 중인 사형수에게서 장기를 적출하는 것을 옹호했고, 시신에서 수혈을 받는 실험을 자기 몸에 하다가 C형 간염에 걸렸다. (케보키언의 조수였던 닐 니콜은 나중에 내게 말했다. "우리는 베트남을 위한 해결책을 찾으려고 노력했던 겁니다. 그러면 이해할 수 있겠죠." 케보키언은 전장에서 다친 군인이 죽은 군인에게서 피를 수혈받을 방법을 고안하려 했다.) 대중이 지켜보는 가운데, 그 죽음 의사는 점점 터무니없는 행보를 보였다. 시신을 병원 주차장에 두고 가는 등 섬뜩하고 부자연스러운 짓을 저질렀고 엽기적인 유머를 좋아했다.

합법적인 의사조력사를 지지하는 사람들이 케보키언을 두려워하는 것은 당연했다. 1991년 10월 워싱턴주 주민 투표에서 조력임종 관련 법이 기각되었을 때, 케보키언을 탓하는 사람들이 있었다. 헴록소사이어티의 설립자 데릭 험프리는 이렇게 말했다. "헴록소사이어티는 의료계 종사자가 의사조력사를 받아들이도록 설득하느라 10년을 썼다. 법만 바뀐다면 의사 중 60퍼센트가 우리 편에 설 것이라고 믿고 있다. 그런데 지금, 케보키언이 모든 걸 망쳐버렸다." 케보키언이 유명해지면서 수많은 주에서 죽음 의사의 등장을 막고자 서둘러 조력자살을 명백하게 위법으로 규정하는 법을 통과시켰다.

　뉴욕 로체스터대학교의 티모시 퀼Timothy Quill이 1991년 3월에 발표한 수필을 읽은 사람들은 케보키언을 떠올렸다. 41세인 완화 치료 전문의 퀼은 《뉴잉글랜드 의학 학술지New England Journal of Medicine》에 실은 수필의 첫 문장을 이렇게 썼다. "다이앤은 피곤하고 발진이 생겼다." 퀼은 다이앤이라는 환자를 어떻게 급성골수단핵구백혈병acute myelomonocytic leukemia으로 진단했는지, 적극적으로 치료해도 암을 이겨낼 확률이 고작 25퍼센트라는 사실을 안 다이앤이 실망스럽게도 퀼의 조언을 무시하고 어떻게 화학치료를 거부했는지 써내려갔다. 다이앤은 통증을 감수하기엔 25퍼센트라는 확률은 너무 낮다고 생각해서 치료를 받으며 분투하느니 남편과 아들이 있는 집으로 돌아가 죽길 바랐다. 몇 달 뒤, 상태가 악화되던 다이앤은 퀼에게 전화를 걸어 바르비투르산염 수면제를 처방해달라고 부탁했다. 다이앤은 불면증이라고 했지만, 퀼은 다이앤의 요청이 무엇을 의미하는지 바로 이해했다. 퀼은 의사와 환자 사이에서 늘 '사이비 대화'가 오고간다는 것을 알았다. 환자는 치명적인 약을 얻을 속셈으로 관절 통증이나 불면증을 호소하며 의사에게 거짓말을 한다. 의사는 환자를 안타깝게 여겨 속 보이는 속임수에 속아준다. 의사는 처방전을 건네면서 이렇게 말할 것이다. "이 약은 조심하셔야 합니다. 너무 많이 드시면 바로 사망에 이를 수 있어요."

퀼은 둔감한 척 처방전을 쓰는 연기에는 관심이 없었고, 이 뻔한 속임수가 정직하지 못하다고 생각했다. 대신 다이앤한테 진료실로 오라고 했다. "대화를 나누며 분명하게 알게 된 것은, 다이앤이 죽음까지 오랜 시간이 걸린다는 두려움에 사로잡혀 남은 시간을 제대로 살지 못했다는 것이다." 다이앤은 안 좋게 죽는 것이 너무나도 두려워서 사는 게 힘들었다. 퀼은 다이앤이 너무 두려운 나머지 자살하거나 삶을 더 일찍 끝내려 시도하거나 폭력적인 방식으로 죽을지도 모른다고 생각했다. 퀼은 완화치료 의사로서 통증을 관리해주고 편안한 임종을 맞이하게 도와주겠다며 다이앤을 안심시키려 했다. 하지만 다이앤은 죽어가는 사람들이 '상대적 편안함'이라는 연옥에 갇힌 것을 봤다. 끔찍한 통증에 시달리거나 약에 취해 진정 상태에 빠지는 것 중 하나를 선택하는 것이 두려웠다.

퀼은 자기 능력에, 의사의 능력에 한계가 있음을 인정하고 타협할 줄 알았다. '심각한 통증'을 '괜찮은' 정도로 억누를 순 있었지만, 완전히 없앨 수는 없었다. 가능한 한 '덜 나쁜' 죽음을 꾀할 수는 있지만, 좋은 죽음을 약속할 수는 없었다. 퀼은 자신이 통증은 완화시킬 수 있어도, 앞으로 겪을 고통에 대한 두려움을 완화하거나 치유에 대한 기대를 줄일 수는 없었다. 퀼은 다이앤의 요청을 충분히 숙고한 끝에 '자신이 고민하는 중인 경계에 대해 불안감을 느끼며' 수면제를 처방해주었다. 다이앤이 약을 과다복용하여 죽은 뒤, 퀼은 개인적으로 차를 몰고 다이앤의 집에 찾아가 시신을 발견했다. 검시관에게 전화해 사망 원인이 '급성백혈병'이라 보고했다.

퀼은 다른 의사들이 읽기를 바라며 다이앤에 관한 글을 썼지만, 기자들이 이 이야기를 읽고 몰려들었고 전국적인 뉴스로 보도되었다. 다행히도 퀼은 사람들로부터 찬사를 받았다. 「끝났습니다, 데비」를 썼던 이름 모를 젊은 전공의의 문제에 답을 내리고 경솔한 잭 케보키언을 바로잡는 사람으로서 말이다. 〈뉴욕타임스〉는 퀼의 '용감한 행동'을 칭찬하는 사설을 실었다. 생명윤리학자인 조지 애나스는 퀼이 기소당한다면 미국 대중은 간담이 서늘해질 것이라 예상했다. "대다수 미국인이 '이 사람이 내 의사면 좋겠다'고 말할 겁니다." 그해 말, 먼로자치주Monroe County에서는 퀼에 대한 기소장 발부를 거부했다.

퀼은 1993년에 저서 《죽음과 존엄성Death and Dignity》에서 다이앤를 돕기로 했던 결정을 죽음 의사에 대한 반발이라고 설명했다. "케보키언은 환자가 죽는 것을 쉽게 도울 뿐 아니라 의구심도 없어 보여서 우리 의사들을 경악하게 만들었다." 퀼은 고통에 몸부림치며 늦어지는 죽음을 두려워하며 절망한 환자와 그 환자를 편하게 해주거나 대안을 제시해줄 수 없는 의사 사이에 골이 깊어지는 현실을 폭로함으로써 의료계 종사자들을 부끄럽게 했다. 퀼은 미국 공영방송PBS에 나와 말했다. "저는 이런 사례가 케보키언뿐 아니라 현행 의료 체계가 낳은 폐단이라고 생각합니다. 이런 환자들을 돌보는 의사는 대체 어디에 있나요?"

퀼은 25년이 지난 지금도 다이앤 이야기를 쓴 글에 관한 편지를 받는다고 내게 말했다. 지금까지 수천 통을 받았고 전부 보관해뒀다. 퀼은 당시 자신이 주류 전문가였기에 다이앤의 이야기에 힘이 있었다고 말했다. 그 글을 발표할 당시 퀼은 로체스터대학교의 존경받는 의사였다. 즉 퀼을 애송이나 미치광이라고 무시하며 비판할 수 있는 사람은 없었다. 모두 퀼에게 귀를 기울여야 하는 입장이었다. "사회 변화라는 관점에서는 제가 케보키언보다 더 위험했다고 볼 수도 있죠."

재닛 앳킨스가 죽음을 맞이하고 8년 동안 잭 케보키언이 환자를 130명이나 받았다는 말이 들려왔다. 대다수가 케보키언이 거의 모르는 사람이었다. 일부는 정신병력이 있었는데, 신체적 통증조차 없는 사람도 있었다. 케보키언은 자기가 하는 일을 숨기려 하지 않았다. 누군가를 죽을 수 있게 도울 수 있다면 당당하게 행동했다. 미시간주에서는 케보키언이 시신을 휠체어에 태워 검시관 사무실로 미는 모습이 종종 목격되었다. 위험했지만 효과적으로 언론을 떠들썩하게 만들 수 있었다. 케보키언이 잠깐 감옥에 다녀온 뒤 단식 투쟁을 시작한 1993년, 해리스여론조사Harris Poll에 따르면 미국인의 58퍼센트는 케보키언의 행동을 지지했다. 케보키언은 자신을 간디처럼 희생한 순교자로 포장했고 사람들이 이를 받아들이기 시작한 것이다.

1998년이 되자 케보키언 행위는 도를 넘어도 한참 넘어버렸다. 환자가 스스로 치사량의 약물을 주사하도록 돕는 대신 직접 약을 주사했고, 그 안락사 장면을 영상으로 찍어 〈60분60 Minutes〉이라는 텔레비전 프로그램에 보냈다. 제작진은 11월 22일 방송에서 그 테이프를 틀어 모두를 경악시켰다. 사람들은 케보키언이 순교자의 면모를 보여주고 싶었거나 자신의 대담함에 취해버린 것이라고 생각했다. 케보키언은 살인 혐의로 기소당해 법정에 불려갔는데, 드라마틱한 사건과 구경거리가 이어져 OJ 심슨OJ Simpson 사건에 비견될 정도였다. 초췌한 얼굴에 기다린 귀를 가진 케보키언은 자기 행위를 변호하기 위해 방청석 앞에 불려 나왔다. 그는 죽이는 것이 자신의 직업상 의무라고 주장했다. 제시카 쿠퍼 판사는 유죄 판결을 내리고 몸을 돌려 유죄를 선고받은 남자를 마주했다. "이 재판은 안락사가 정치적이나 도덕적으로 옳으냐에 관한 것이 아닙니다. 오직 범인에 관한 것입니다." 하지만 그렇지만은 않다는 사실을 그날 법정에 있던 모두가 알았을 것이다.

케보키언이 체포된 바로 그해, 《뉴잉글랜드 의학 학술지》는 익명 설문조사 결과를 발표했는데, 미국 의사 중 3.3퍼센트가 '적어도 1회 이상 죽음을 앞당기려는 의도로 처방전을 쓴 적이 있으며' 4.7퍼센트는 '적어도 1회 이상 치명적인 주사를 놓은 적이 있는' 것으로 드러났다. 의사와 죽음 의사를 가르던 분명한 선이 흐릿해 보이기 시작했다. 의학 학술지인 《랜싯The Lancet》도 의사가 죽음을 돕는 것에 관한 기사를 실었는데, 케보키언을 인용하면서 '이 논쟁을 대중 앞으로 불러오고자' 일부러 체포되길 노렸다고 말했다. 케보키언을 다룬 기사를 실은 면에는 그보다 아래쪽에 케보키언과 닮았으나 덜 유명한 인물을 다룬 짧은 기사가 실려 있었다. 「호주의 '죽음 의사' 필립 니츠케」.

*

필립 니츠케는 의사가 되고자 한 적이 없었다. 대학 시절에는 공학을 공부했고 물리학 박사 학위를 받았다. 그 뒤로는 호주 원주민 토지 권리 운동가로 활동하며 공원 경비원으로 일했다. 35세에 발을 다쳐 야외에서 일할 수 없게 된 후에 시드니에 있는 의학전문대학원에 등록했다. 1989년에 42세 나이로 졸업했을 때, 필립은 호주 면적의 6분의 1이나 차지하지만 인구는 20만 명도 안 되는 시골 노던주로 이사했다. 독립적이고 투박한 이 지역의 분위기가 마음에 들었다. 마치 사막에 홀로 서서 자신이 사막의 작은 모래알이라고 깨닫는 느낌이 들어 좋았다.

필립은 로열다윈병원에 수련의로 취직했고 곧장 그 지역에서 가장 아픈 환자들을 치료하게 됐다. 첫 교대 근무 날 지도교수는 끔찍하게 아프고 거의 죽기 직전인 남자에게서 혈액 표본을 채취하라고 시켰다. "왜죠?" 필립이 물었다.

"몇 가지 검사를 해보려고 하네." 교수가 대답했다.

"왜입니까?"

"왜라니 무슨 의미지?"

"이 환자는 죽어갑니다. 왜 검사를 하죠?" 필립이 말했다.

몇 년 뒤, 필립은 병원을 떠나 개인 진료를 시작했는데, 주로 성매매업 종사자나 낚싯배 근처에서 시간을 보내는 질 나쁜 사람을 진료했다. 조력 임종에 관해 논리적으로 생각하게 된 것은 1995년이 되어서였다. 침대에 누워 라디오를 듣는데, 노던주지사인 마셜 페론Marshall Perron이 노던주는 조력 임종 관련 법안을 도입하여 말기질환 환자에게 적용할 의사가 있다고 했다. 말이 되는군. 필립은 잠들기 전에 생각했다. 나중에 필립은 회상하며 말했다. "어떤 깨달음을 주는 사건에 부딪쳐서 생각을 바꾸게 된 것은 아닙니다." 1996년 7월 말기질환권리법Rights of the Terminally Ill Act이 시행되고, 전 세계 언론이 다윈Darwin(호주 노던주의 수도-옮긴이)으로 몰려들자 이 정책이 얼마나 중요한지 분명하게 깨달았다. 네덜란드는 1980년대부터 죽음을 도운 혐의로 의사를 기소하는 것을 사실상 중단했지만 2002년에야 조력사법이 제정되었다. 호주 노던주는 세계 최초로 의사조력사를 합법화한 지역이 됐다. 필립은 이 법을 지지하는 지역 의사 명단에 이름을 올렸다.

그로부터 얼마 뒤, 필립은 맥스 벨이라는 택시 운전사로부터 전화를 받았는데, 맥스는 3,000킬로미터 떨어진 브로큰힐Broken Hill

이라는 마을에 있는 작은 집에서 죽어가는 중이었다. 그는 위암에 걸려 수술을 받았는데 고형 음식은 먹지 못하게 되었다고 했다. 늘 메스꺼움을 느꼈고 자주 토했으며, 혼자 살고 있었다. "저는 그냥 목숨만 붙어 있을 뿐이에요. 더는 살아 있는 의미를 모르겠어요. 달 콤하고 긴 잠에 빠질 준비가 됐습니다." 맥스는 필립이 자기를 환 자로 받아줄지 궁금했는데, 필립이 그러겠다고 하자 집을 내놓고 개를 안락사시킨 다음 그의 허드슨 코모도어Hudson Commodore 기 종 택시를 운전해 북쪽으로 갔다.

6일 뒤 맥스가 다윈에 도착했을 때, 필립은 조력사를⋯ 도대체 뭐라고 표현해야 할까? 집행? 감독? 실행? 수행? 여하튼 그에 필 요한 것을 전부 정리하기 시작했다. 법에 따르면 맥스는 말기질환 을 앓는다는 것을 확정해줄 의사 두 명에게 서명을 받고 정신과 의 사 한 명에게서 정신이 건강하다는 증명서를 받아야 했다. 필립은 전화를 돌려봤지만, 그의 노력은 금방 수포로 돌아갔다. 이 지역 에는 의사가 별로 없었고, 몇 주 동안 모두가 필립을 외면했다. 필 립은 조력사법을 폐지하겠다고 약속하고 조력사에 참여한 의사에 대해서는 환자가 죽는 것을 도운 혐의를 소급하여 기소할 수도 있 다고 넌지시 알린 주의 의료 총책임자 탓이라고 생각했다. 필립이 맥스에게 상황을 설명하자 맥스는 고개를 저으며 말했다. "숙제를 잘 안 해놨군요." 이후 맥스는 자신의 택시를 타고 3,000킬로미터 를 달려 브로큰힐로 돌아갔고, 몇 주 뒤에 사망했다. 서서히, 맥스가 그토록 피하고 싶었던 방식으로.

이 끔찍한 사건에서 유일하게 긍정적이었던 것은 언론 보도였다. 필립은 ABC 방송사에서 일하는 기자에게 맥스를 소개했고, 제작자 몇 명이 맥스가 집으로 가는 애처로운 여정을 〈세상에 없는 곳으로 가는 길The Road to Nowhere〉이라는 다큐멘터리로 제작했다. 맥스가 주유소에서 넘어졌는데 운 좋게도 지나가던 사람이 일으켜주는 장면도 담겼다. 이 프로그램이 방송된 후, 한 지역 의사가 필립한테 전화했다. 맥스를 만나길 거부한 것을 사과하더니 자기 혐오에 빠질 것 같다고 털어놓았다. 필립은 사람들의 마음을 얻어야 하는 이 싸움에서 텔레비전의 역할을 과소평가하면 안 되겠다고 마음에 새겼다.

몇 달 뒤 필립은 '좋은 죽음'이 무엇인지, 노던주 법 아래서 맞이하는 좋은 죽음이란 어떤 모습일지를 고민했다. 법에서는 필립이 치명적인 약을 정맥으로 투여하는 것을 허락하지만, 필립은 선택권을 환자에게 줄 생각이었다. 자신이 주사기를 든 모습은 상상하기 어려웠다. 무엇보다 필립은 마지막 손짓을 환자가 직접 해야 한다고 생각했다. "결정하는 것은 환자 자신이라는 것을 분명하게 하고 싶었습니다. 어떤 사악한 의사가 의식불명이나 빈사 상태에 빠진 환자에게 자기 의지를 밀어붙이는 것이 아니라요. 그래서 기계를 고안했죠." 필립은 잭 케보키언이 만든 타나트론을 알게 된 뒤, 그 발상이 무척 마음에 들어 더 섬세한 기계를 만들기로 했다. 완성된 제품은 소프트웨어 프로그램이었는데, 필립의 은색 도시바 노트북으로 작동했고 이름은 '구원Deliverance'이라고 지었다.

1996년 3월 필립을 찾아온 두 번째 환자는 로버트 '밥' 덴트였다. 전립선에 암이 전이된 66세 환자로, '롤러코스터 같은 통증'을 경험한다고 호소했다. 그때까지 필립은 이름을 비밀로 유지하는 조건으로 환자에 대한 두 번째 의견을 주겠다고 동의한 의사를 찾아뒀다. 정신과 의사도 구해됐는데, 시드니에서 밥을 검사하고자 날아와서 밥이 '우울증 증상'을 보이긴 하지만 '우울증'은 아니며, 의료 결정을 내릴 능력이 충분하다고 결론 내렸다. 필립은 밥이 죽는 것을 승인했고 준비를 마치면 전화하라고 했다.

9월 22일 밥은 필립에게 전화해서 티위Tiwi라는 교외 지역의 자기 집에서 점심을 먹자고 초대했다. "그 기계도 갖고 오세요." 밥이 덧붙였다. 점심 식사 중에 필립은 너무 불안해서 셔츠가 땀에 젖고 밥의 아내 주디가 만들어준 햄샌드위치를 한두 입밖에 못 먹었다. 평정심을 잃을 것 같았다. 말도 제대로 하지 못했는데, 미래를 언급하지 않으면서 대화하기란 어려웠다. 현재 시제에 국한된 대화는 따분하고 부자연스러웠다. 필립이 불안해하는 것을 눈치챈 밥이 오히려 필립을 진정시켜주려 했다. 죽어가는 남자가 떨고 있는 의사에게 괜찮다고 달래주는 상황이었다. 점심을 먹은 뒤 밥과 필립은 한동안 텔레비전을 봤는데, 그 시간은 영원처럼 느껴졌다. 마침내 밥이 필립을 향해 몸을 돌리고 말했다. "여기 일하러 왔지 않소. 이제 시작합시다." 밥은 베란다로 나가 안락의자에 누웠다.

주디가 지켜보는 동안 필립은 밥 옆에 무릎을 꿇고 팔의 혈관으로 바늘을 밀어 넣었다. 바늘이 문제없이 들어가자 안도했다. 이 순간이 주는 무게 때문에 공기가 탁해진 듯했고, 어떤 이유에선지 필립은 주사기가 미끄러져 들어갈 때 저항감이 느껴질 것이라 예상했다. 필립은 밥에게 결심이 확고하냐고 한 번 더 물었고, 밥이 그렇다고 대답하자 도시바 노트북을 열어서 '구원'를 실행했다. 오후 2시 30분에 필립은 노트북을 밥에게 건넨 다음 방 반대편으로 자리를 비켜줬고, 덕분에 밥은 주디를 팔에 안고 화면에 뜬 질문에 답을 입력하기 시작했다.

마지막 화면에서 '예' 단추를 누르면 치사량의 약을 투여받고 사망한다는 점을 알고 계십니까?
⌐ 예.
다음 화면에서 '예' 단추를 누르면 사망한다는 점을 확실히 알고 계십니까?
⌐ 예.
15초 뒤, 치명적인 주사를 맞으실 겁니다. 계속하시려면 '예'를 누르십시오.
⌐ 예.
나가기.

바르비투르산염과 근육이완제가 내보내면서 기계가 째깍거렸다. 밥은 한숨을 내쉬며 잠에 빠졌고 몇 분 뒤 숨을 거뒀다. 필립은 방 맞은편에서 믿기 어려운 안도감을, 심지어는 기쁨을 느꼈다. 필립이 말했다. "기쁨이었습니다. '맙소사, 내가 살인에 관한 어떤 원칙을 어겼구나'라는 죄책감이 아니었어요." 나중에 필립은 밥의 집을 떠나며 느낀 것을 고백했다. "살아 있다는 그 엄청난 느낌을… 성적 충동을 느꼈습니다. 나에게 자신이 살아 있음을 입증할 수 있는 방법이었습니다. 죽은 사람은 제가 아니었죠." 원시적이고 분명했다. 살아있음을 나타내는 증거로서 느끼는 육욕이었다. 남자는 씨를 뿌린다. 그렇게 영원히 산다. 몇 년 뒤 나는 필립의 서술을 읽으며 몸서리쳤다. 필립은 그 일을 좋아했다.

기자 회견에서 밥의 죽음을 발표할 때, 필립은 안절부절못하며 울 뻔했다. 〈시드니모닝헤럴드Sydney Morning Herald〉는 이렇게 보도했다. "참담해 보이는 니츠케(49세). 평소 입던 반바지 대신 넥타이를 매고 긴바지를 입어야 했는데, 그 훌륭한 인품으로도 깊은 감정을 숨길 수는 없었다." 기자는 필립이 최근에 '죽음 의사와 살인자라는 딱지가 붙어 비난받았으며, 의료계에서 점점 고립되어갔다'고 언급했다. 필립은 밥이 죽는 것을 도운 일을 두고 '사랑을 실천'한 것이라 했고, 침착함을 유지하려고 애썼다.

필립은 오히려 호주 바깥에서 요란스럽게 환영받았다. 그해 10월, 죽을권리협회세계연맹World Federation of Right to Die Societies이

멜버른에서 모였고 대의를 추구하는 영웅으로서 필립을 환대했다. 필립은 '의사조력임종 선언문Declaration on Physician Assisted Dying'에 미국, 캐나다, 인도, 일본, 스위스, 영국, 네덜란드 의사 들과 나란히 서명했다. 선언문에는 이런 내용이 있었다. "우리에게는 말기질환으로 심각하게 고통받는 사람을 도울 방법이 있습니다. 우리는 그런 상황에 놓였을 때 자기해방을 달성할 수 있는 지식과 약에 접근하는 방법을 알며, 이러한 특권을 환자들에게도 보장할 것입니다."

그 뒤 몇 달 동안 필립은 구원 기계로 세 환자가 죽는 것을 도왔다. 그러던 1997년 3월, 말기질환권리법이 시행된 지 9개월 만에 호주 정부는 연방정부가 주 제정법을 무효로 만드는 특권을 활용해 그 법을 폐지했다. 그날 필립은 또 다른 환자에게, 골반에 종양이 퍼지고 항생제도 효과가 없고 누공(장기와 몸 표면, 혹은 두 장기 사이에 생긴 비정상적인 통로-옮긴이)에서 썩는 냄새가 나서 욕지기가 나올 지경인 56세 여자에게 약속한 대로 도와줄 수 없다고 말해야 했다. 필립은 의사당 건물 계단에서 다시 기자회견을 열어 기자들 앞에서 노던주 헌법 사본을 불태워버렸다. 동료 한 명이 손가방에 휘발유를 가져온 덕에 필립이 두꺼운 종이 더미를 활활 타오르게 할 수 있었고 이는 신문 사진으로 제격이었다.

필립은 낙담했다. 부랑자를 치료하고 페니실린 처방전을 써주는 지난 생활로 돌아갈 생각을 하니 지겹고 넌더리가 나서 의욕을 잃어버렸다. 그래서 1997년에 '자발적 안락사 연구 재단VERF,

Voluntary Euthanasia Research Foundation'을 설립했는데, 나중에 동료들이 홍보와 이미지를 위해서 역사적으로 오염된 '안락사'라는 단어를 피하라고 조언해준 뒤에 이름을 엑시트인터내셔널로 바꿨다. 나치, 우생학자, 케보키언 때문이었다. 필립은 더는 환자에게 치명적인 약물을 주사할 수는 없지만, 자신이 매우 아프고 삶을 끝내길 바라는 사람을 교육하는 것까지 막을 방법이 없을 것이라 판단했다. 1997년부터 아프고 죽어가는 사람을 위해 DIY 죽음 워크숍을 열었고, 옛 동료들은 필립에게 거리를 두기 시작했다. 필립에게 지금 하는 일은 잘못됐다고 충고하거나 필립이 이론상으로는 옳을지라도 현실적으로는 조력사 운동의 발목을 잡는 것이라고 비난했다. 자신도 환자의 죽음을 앞당긴 적이 있다고 고백하는 소수의 동료들도 필립처럼 공개적으로 나서는 것은 누구에게도 도움되지 않을 것이라 했다. 필립은 의사가 환자를 도우려 할 때 개인적인 기준에 따라 환자를 선별하고 선택하는 것이 싫다고 했다. 왜 의사에게 환자 중에서 누가 충분히 아프거나 불쌍하거나 필사적인지 결정할 권한이 있는가? 어째서 어떤 환자의 가족이 존중할 만하거나 믿을 만하다고 판단할 권한이 있는가?

그 무렵 사무엘이라는 멕시코 사람이 필립에게 도움을 주고 싶다고 말했다. 덩치가 크고 곰같이 생긴 이 남자는 멕시코 동남부에 살았는데, 동물 용품 가게에서 넴뷰탈을 사기 위해 자기가 사는 지역에 오는 사람들이 있다는 기사를 읽었다. 사무엘은 그 사람들이 더 편하게 넴뷰탈을 구할 수 있게 해주는 대가로 돈을 좀 만질 수 있겠다고 생각한 듯하다. 2017년 2월, 사무엘이 체포당할 것이 두려워 이름을 알려주지 않은 골짜기 근처의, 나무가 늘어선 고속도로를 빠져나온 평야에 있는 그의 자택에서 인터뷰에 응해주었다. "세계의 많은 사람이 죽으려고 노력하죠. 뭐라고 할까… 저는 그들에게 필요한 열쇠를 쥐고 있어 그들을 도와줄 수 있습니다."

사무엘은 필립과의 통화에서 자신이 사기꾼과 철학자를 섞어놓은 잡종이라고 말했다. 사무엘은 어릴 적 어머니가 암으로 세상을 떠났는데, 어머니는 심각한 고통에 시달린 것은 아니었지만 그 죽음은 충분히 끔찍했고, 사무엘은 이를 목격한 뒤로 조력사에 동조하게 됐다. 나중에 노자의 책을 읽으며 도교 철학을 만났고, 거대한 정부·사회·종교가 자유의지를 두려워하여 임종 과정을 식민지화함으로써 개인의 선택권을 없애려 한다고 믿게 됐다. 임종을 기관에서 진행하는 절차로 포장해서 말이다. 사무엘은 말했다. "냉전 뒤의 세계 질서에 관해 미친 소리를 늘어놓는 것처럼 보이고 싶진 않지만… 그들은 우리가 죽는 방법을 통제하고 싶어 해요. 우리가 언제든 사용할 수 있는 열쇠를 쥐는 것을 원하지 않죠." 사람들이 열쇠를 쥔다면 혼란을, 더 심각하게는 허무주의를 야기할 수도 있었다. 필립은 곧 사무엘에게 사람들을 소개해줬고, 사무엘은 비용을 송금받은 다음 밋밋한 갈색 봉투에 넴뷰탈을 넣어 발송했다. 필립은 얇은 플라스틱으로 만든 임신 테스트기처럼 생긴 넴뷰탈 검사기를 개발해 엑시트인터내셔널을 통해 판매하기 시작했다. 필립은 이 검사기로 약의 순도를 확인할 수 있다고 했는데, 검사기가 그리 정확하지 않다고 비판하는 사람도 있었지만 엑시트 회원 대다수는 필립의 말을 믿었다.

다윈 사람들은 길에서 필립을 알아보기 시작했다. 필립은 잡지의 인물 소개 기사에 실리곤 했는데, 마치 시대를 풍미했던 의사들 같았다. 육아 전문가인 스폭Spock이나 성 전문가인 루스Ruth처럼 말이다. 필립은 다양한 팬 레터와 혐오를 담은 연락을 받았다. 성경을 여러 쪽 복사해서 보내는 이도 있었는데, 필립은 호주에 살아서 다행이라고 느꼈다. 미국에서는 종교에 미친 사람들이 임신중절을 해준다는 이유로 의사를 살해하려 든다고 들었기 때문이다. 필립은 이제 앞으로 나아갈 일만 남은 상황이었다. 무엇을 향해서 나아가는가? 그는 2005년에 출간한 저서 《부드럽게 죽여줘Killing Me Softly》에 이렇게 썼다. "우리가 만들어가는 세상의 모습을 곰곰이 생각하는 일은 흥미롭고 중요하다. 우리는 대량 자살로 이어질 수문을 여는 중일까, 아니면 노화에 관한 새로운 의제를 세우는 중일까. 대량 자살이 발생할 것인가, 아니면 늘어나는 노년층 사이에 파도처럼 안도감이 퍼져나갈 것인가. 사회는 더 나아질 것인가, 아니면 더 나빠질 것인가."

＊

　피오나 스튜어트는 필립의 새 배우자로, 일의 전문화를 도왔다.
필립과 사랑에 빠져 필립의 일에 동참하기로 한 뒤, 엑시트의 일을
체계적으로 정리하기 시작했다. 필립을 도와 3년 만에 처음으로
세금을 냈다. 경험이 풍부한 변호사답게 서류 작업과 기록 보관에
관한 원칙을 세웠다. 2006년에는 필립을 도와 자살 설명서를 썼는
데, 필립이 평소 세미나에서 공유하는 정보와 조언을 전부 수합했
다. 그다음에는 출판사를 차려서 책을 인쇄하고 배본했다. 그들이
만든 책《평온한 약 안내서》표지에는 두 사람의 이름이 나란히 들
어가 있다. 피오나는 철학에 관한 부분을, 필립은 약에 관한 부분
을 썼다. 이 책이 호주 전역에서 금지되자, 피오나는 온라인 구독
권의 형태로 엑시트 회원에게만 팔 수 있도록 전자책을 만들자는
아이디어를 냈다. 필립이 해외에서 세미나를 시작했을 때, 피오나
는 필립과 함께 다니며 참석자를 맞이했다. 기자들이 두 사람의 집
에 점점 자주 전화하자 피오나는 전화를 받으며 필요한 통화를 선
별했다. 언젠가 BBC 제작자가 필립에게 도를 넘은 질문을 던졌을
때, 피오나는 인터뷰를 중단시키고 제작자에게 소리를 질렀다. 피
오나는 필립이 비판받는 것에 너무 개의치 않고 본인을 보호하는
데 심각하게 무심해서 깜짝 놀랐다. 피오나는 필립이 조심하기를
바랐다.

피오나가 사업적인 문제를 처리하게 되자, 필립은 지지자들과 소통하는 데 더 많은 시간을 썼다. 필립이 가장 우선하는 일은 죽어가는 사람을, 이상적으로는 사람들에게 공감을 불러일으킬 사람을 찾는 것인데, 엑시트의 활동을 정당화하는 증거로서 언론에 선보이려 했다. 2011년 필립은 운 좋게도 완벽하게 적절한 사례를 만났다. 도널드 플라운더스와 아이리스 플라운더스라는 노부부였는데, 78세인 도널드는 중피종mesothelioma이 생겨 통증이 심각해 죽고 싶었다. 아내인 아이리스는 심각하게 아픈 건 아니었지만, 60년 가까이 결혼 생활을 해왔고 도널드 없이는 살고 싶지 않다고 했다. 도널드와 아이리스는 필립이 안내해준 대로 넴뷰탈을 얻어 ABC뉴스와 이를 어떻게 복용할지에 대해 인터뷰를 했다. 도널드는 기자에게 말했다. "우리는 조용히 사는 사람들이고 전혀 거칠지 않습니다. 독약을 구매하는 데는 조금의 어려움도 없었고요. 죽음은 전혀 고통스럽지 않을 거라고 생각합니다."

그해 5월, 도널드와 아이리스는 나란히 누워 똑같은 병에 든 넴뷰탈을 마셨고, 그렇게 손을 잡은 채 세상을 떠났다. 그때에 맞춰 필립은 이 노부부의 사연을 공개했다. 필립은 이상하게도 대다수 호주 신문은 이 동반 자살을 보도할 때 연민의 시선과 암묵적으로 승인하는 태도를 보였다고 했다. 〈시드니모닝헤럴드〉에서 나온 기사의 표제는 「60년을 함께한 뒤, 도널드와 아이리스는 함께 세상을 떠났다」였다. "두 사람은 서로의 이야기에 귀를 기울였고 마음이 잘 통했고 한시도 떨어지고 싶지 않았다." 도널드와 아이리스가 침대에서 고양이와 함께 서로를 껴안은 사진이 들어간 기사에서는 필립이 맡은 역할을 그저 지나가는 말로 언급했을 뿐 평소 보이던 필립에 대한 적의는 찾을 수 없었다. 기사에서는 도널드를 고통받는 노인으로, 아이리스를 '노화에서 오는 여러 가지 질병' 때문에 고생하는 사람으로 묘사했다. 필립이 우려했던 것처럼 먼저 슬픔을 느끼고 혼자가 될 두려움에 쫓겨 자살로 내몰린, 비교적 건강하게 나이 든 여자로 묘사하지 않았다. 부부의 동반자살은 거의 낭만적으로 그려졌고, 이는 변화의 신호였다.

필립은 세미나 참여자들에게서도 변화를 느낄 수 있었다. 300명이 모인 퍼스의 엑시트 세미나에서 나이절 브레일리를 만났을 무렵에는 나이가 그리 많지 않거나 아프지 않은 참가자가 흔했고, 나이를 확인하는 규칙도 느슨하게 만든 뒤였다. 누군가가 50세보다 조금 젊다는 것이 그렇게 큰 문제일까? 필립은 그렇게 생각하지 않았다. 그러나 나이절은 특히 젊어서 눈에 띄었고, 필립은 나이절을 잠시 옆으로 데려가 그의 나이를 확인했다. 나이절은 자신은 45살이며 삶을 끝내려는 타당한 이유가 있다고 했다. 자신의 삶이 무너지고 있다고. 필립은 구체적으로 어떤 문제를 겪고 있는지 물었지만 나이절은 자기 일이니 신경 끄라고 대꾸했다. 얼마 뒤, 나이절은 필립에게 이메일을 보내서 자기가 쓴 자살 유서를 원하냐고 물었고 필립은 보내달라고 답했다. 필립은 나이절이 넴뷰탈을 복용해 죽고 난 뒤에야 그가 어떤 상황에 처해 있었는지 알게 되었다. 퍼스에서 엑시트 세미나가 열릴 당시, 나이절은 전 여자친구가 사망하고 부인이 채석장 꼭대기에서 떨어져 석연찮게 낙사한 일과 관련된 혐의로 수사를 받는 중이었다. 또한 나이절은 우울증을 앓고 있었다. 오래지 않아 한 기자가 필립과 나이절이 이메일을 주고받은 사실을 발견했고 나이절과 엑시트가 관계가 있다고 보도했다. 이에 호주 의료위원회Medical Board of Australia는 한밤중에 회의를 열었고, 위원회 구성원들은 긴급 권한을 행사하여 필립의 의사 면허를 정지했다.

처음에 필립은 잘못한 것이 없다고 부인했다. 나이절은 자기가 담당하는 환자가 아니었으므로 정신과 전문의에게 나이절을 소개해서 도움을 받게 할 직업상 의무가 없었다고 주장했다. 살면서 스쳐 지나간 모든 사람의 의학적 운명을 책임질 수는 없지 않은가? 어떤 의사도 그런 기준을 지키지는 않는다. 하지만 곧, 필립은 자신이 방어적인 태도를 취해야 한다는 사실에 분개하기 시작했다. 왜 나이절 때문에 사과해야 하는가? 필립은 이를 고민할수록, 나이절이 삶을 끝낸 사실이 영리해 보였다. 필립은 내게 말했다. "나이절은 그저 죽는 것이 나을지 아니면 감옥에서 30년을 보내는 것이 나을지 견줘봤을 뿐이에요. 그리고 나이절은 상당히 많은 사람이 도달했을 법한 만한 결론에 다다랐을 뿐이죠. 그런 상황에서는… 죽음이 옳거나 선호할 만한 선택이라는 겁니다. 이는 '이성적 자살'을 설명하는 아주 적절한 사례입니다." 필립이 나이절의 사례에서 특히 강조한 것이 있었다. "그는 평온하게 죽었습니다. 매우 효과적으로요. 지금 감옥에 앉아서 시들어가고 있지 않죠." 사람들은 왜 여기에 반발할까?

엄밀히 말하면 의학적이라고 할 수 없는 이유로 엑시트에 접촉한 사람들과 나이절이 솔직히 너무 비슷하다고 필립은 생각했다. 실제로 필립은 재소자로부터 감옥에서 여생을 보내느니 죽는 것이 낫다고 적힌 편지를 받았다. 자녀에게 쇠약해지는 모습을 보이기 싫다는 환자에게서도 연락이 왔다. "사람들은 암에 걸려 생애말기가 어떤 모습일지 알게 되면, 가족한테 그런 모습을 보이기를 원하지 않습니다." 필립은 어떤 나이 든 여자는 돌봄 비용으로 한 달에 수천 달러를 써서 빈털터리 딸에게 남겨주려고 했던 저축을 소진하느니 이 상황을 끝내고 싶어 했다고 말해주었다. 여자는 필립에게 말했다. "내가 죽어야 내 딸이 살 수 있어요." 필립은 여자의 선택이 옳은지 그른지는 알 수 없었다. 그건 중요하지 않다고 판단했는데, 필립이 내린 선택이 아니기 때문이다. 필립은 개인의 선택이라는 개념에 찬성했고, 그것으로 충분했다. 물론 자신도 치료받고 딸도 행복하게 사는 이상적인 세상이 있다면 죽음을 선택하지 않아도 괜찮았을 수 있겠지만, 그는 현실을 봐야 한다고 말했다. 이곳은 이상적인 세상이 아니다. 왜 그동안 이 여자에게 아무도 출구를 허락하지 않는가? 왜 이 여자에게 늠름하고 씩씩하게 고통받길 원하는가? 대체 무엇에 도움이 된다고? 먼 미래의 어떤 사회복지 개혁에? 수천, 수백만 명이 이 여자처럼 고통받는다는 것을 사람들이 알게 되면, 영리를 추구하는 의료 시스템이 이러한 현실에 맞게 자정 작용을 일으키거나 붕괴하거나 성난 군중의 손에 사라지리라는 터무니 없는 꿈에? 필립은 실용주의자였고, 징역 30년형과 빈곤처럼 인간이 만들어낸 상황이 여느 암처럼 끔찍하고 치료할 수 없는 것이라 믿게 됐다. 이 논리를 확장해나가면 문명으로 발생한 일 때문에 고통받는 사람도 다른 사람들처럼 도와줘야 마땅했다.

필립은 의사 면허가 정지된 상태로 계속 DIY 죽음 세미나를 열긴 했지만, 예전과 달라진 것이 있었다. 넴뷰탈을 심각한 질환이나 쇠약해진 몸이나 노환 등 물리적인 신체 문제의 해결책처럼 소개하는 대신 더 단순한 말로 설명했다. 고통에 사용할 수 있어야 하는 약물로 말이다. 필립의 의무는 고통받는 사람을 돕는 것이지만, 자신이 고통스러운지 자기 상태를 판단하고 정의 내리는 일은 고통을 겪는 당사자에게 달렸다. 필립은 사람들의 말을 있는 그대로 받아들일 것이고, 타당성을 따져가며 그만두는 건 어떠냐고 설득하지 않을 것이다. 필립은 설령 스티븐 호킹이 도와달라고 부탁한다 해도 죽음을 도울 것이다. "물론이죠! 당연합니다. 아무도 그에 대해서 저를 비난하지 않을 겁니다. 글쎄, 어쩌면 그럴 수도 있겠지만요. 스티븐 호킹이 하루라도 더 살아있는 것이 세상에 이로울

테니까요. 저는 사람들이 스티븐 호킹에게 이렇게 말하는 모습을 상상하곤 하는데… 당신은 오래 살아서 그 엄청난 능력을 인류에게 이롭게 사용할 의무가 있다고 말입니다. 하지만 다른 사람을 만족시키기 위해 살아야 한다는 것은 핵심이 아닙니다." 필립은 이성적 자살을 억누르려는 노력이 '사회가 점점 병드는 징후'라고까지 생각하게 됐다. 사회가 삶을 고집해야 할 분명한 이유를 보여주지 못하는 징후일지도 모른다. "나는 왜 자살을 시도한 사람이 공동체로부터 분노와 적의의 대상이 되는지 모르겠습니다. 제가 생각하는 가장 그럴듯한 설명은 자살을 시도하는 사람은 사실상 우리에게 이렇게 말한다는 겁니다. '우리는 당신이 사는 삶을 가치 있게 생각하지 않는다. 우리는 당신이 하는 게임의 가치를 인정하지 않는다'라고요." 그렇게 결론은 내려졌다. 신은 없으며, 삶은 당신이 중요하다고 느낄 때만 중요한 것이니까.

2015년 10월, 호주 의료위원회는 필립이 26가지 조건에 동의하면 의사 면허를 되살려 주겠다고 공표했는데, 그중 하나는 자살에 관한 정보를 대중에게 제공하기를 그만두는 것이었다. 이 26가지 조건에 분노한 필립은 다윈에서 기자회견을 열어 의사 면허증을 불태우고 이제부터 의료 행위를 포기할 것이라고 발표했다. 필립은 면허증을 태우며 말했다. "이건 쓸모없는 증서입니다. 정말 쓸데라곤 없어요. 저는 이 증서가 얼마나 쓸데없는지 입증하는 증거를 제시하고 이 증서를 얼마나 경멸하는지 보여드릴 겁니다. 사실상 이 증서는 생애말기에 이른 사람들을 돕지 못하게 합니다." 체크 무늬 정장 셔츠를 입고 무늬가 있는 스카프를 맨 필립은 기자회견실 나무 강단 옆에 근엄하게 서서 양손을 들어 올렸다. 한 손에는 의사 면허증을, 다른 손에는 라이터를 들고 있었다. 기자회견에 참석한 적은 수의 기자들은 필립은 매우 기분이 좋아 보인다고 생각했는데, 박해를 받는 덕에 오히려 모종의 기쁨을 맛보는 사람 같았다. 마치 박해당한다는 사실이 자신이 줄곧 옳았음을 보여주는 증거라고 여기는 듯했다. 한 기자가 기분은 어떠냐고 묻자 필립은 어깨를 으쓱했다. "조금 슬프군요. 조금은 슬프고 조금은 즐겁습니다." 그러고 나서 종이에 불을 붙였다. 몇 초 동안 타게 두다가 금속 쓰레기통에 떨어뜨린 뒤 불꽃이 사라지기를 지켜봤다. 필립은 일을 마치고 언론 사진용 포즈를 취했다. "됐다 싶으면 말해주십시오." 필립은 라이터를 들어 올린 채 사진사들에게 말했다.

기자회견을 마친 뒤 필립과 피오나는 한동안 호주를 떠나 있기로 했다. 필립은 더 발전된 유럽 어딘가에서 살고 싶다고 말했다. 첫 번째 장소로 런던의 작은 집을 빌렸다. 7월의 어느 아침, 피오나는 거실에서 한쪽 귀에 전화기를 대고 필립 맞은편에 앉아 있었다. "네, 엑시트입니다. 무엇을 도와드릴까요? …맞아요. 네…《평온한 약 안내서》는 있으신가요? …그 책에 선택지가 설명되어 있는데, 골라보시고 질문이 있으면 다시 연락해주시면 돼요. …네, 영국에서는 조력자살이 불법이라 저희가 도와드릴 수는 없어요. …맞아요. 모든 걸 직접 준비하셔야 하죠. …네, 저희도 그렇게 생각합니다." 피오나는 몸을 앞으로 숙이고 탁자에 팔꿈치를 얹었다. 짧고 삐쭉삐쭉한 빨간 머리가 인상적이었다. 탁자 아래에서는 작은 개 헤니페니가 피오나의 다리를 감싸고서 몸을 웅크렸다. "마음이 평안해지실 거예요. …선택지를 마련해두시면, 장담하건데 기분이 훨씬 나아질 테고, 그러면 계속 이어갈 수도 있죠. 삶을요! …그럼요. 일단 책을 구매하시면 분명히 훨씬 나아지실 거예요. 좋아요. 건강 조심하세요. 들어가세요!"

"흥미로웠어." 피오나가 전화를 끊고 필립한테로 몸을 돌리며 말했다. 전화한 남자는 비호지킨림프종에 걸려 죽어가는데, 완화치료나 호스피스에는 관심이 없다고 말했다. 그저 너무 아프기 전에 죽고 싶었다. 문제는 아내가 완화치료 전문의였고 남편이 무엇을 계획하는지 모른다는 것이었다. 남자는 피오나에게 '아내를 보호하기 위해' 자살 계획을 비밀로 할 것이라고 했다.

"흥미롭네." 필립이 말했다.

피오나가 얼굴을 찡그렸다. "좋아, 이번엔 뭔데?"

최근 몇 주 동안, 엑시트인터내셔널 서비스에 관한 자격 기준이라는 주제는 이 집에 긴장을 유발하는 근원이었다. 피오나는 누군가 엑시트에 가입하길 지원하거나 《평온한 약 안내서》를 구매하길 요청했을 때, 적어도 최소한의 증명은 요구해야 한다고 생각했다. 피오나는 구매 요청자에게 나이를 증명하길 요청했는데, 신용카드

등으로 확인했다. 그보다 먼저 왜 안내서를 원하는지, 무엇 때문에 아픈지 물었다. 그 사람의 이야기가 말이 안 되거나 자세하지 않으면, 의료 기록 사본을 요구하거나 구글에서 그 사람의 이름을 검색해 범죄 이력 따위와 같은 수상한 점이 나오지는 않는지 확인하는 데 시간을 할애했다. 이따금 요청하는 사람의 목소리가 불안정하거나 어조가 이상하거나 정신없고 터무니없이 장황한 산문체로 이메일을 썼다면, 피오나는 단호하게 《평온한 약 안내서》 구매 요청을 거부했다. "주관적인 방법이죠." 피오나에게 중요한 것은 필립을 보호하는 것이었다.

하지만 필립은 배경을 확인하는 것이 잘못됐다고 믿기에 이르렀다. 그런 절차는 '골칫거리'이며 늘 파악할 수 있는 것도 아니니 무의미하다고 했다. 정신질환을 앓는 젊은 사람이 나이 들고 병든 사람인 척할 수도 있고, 피오나는 속아 넘어가 책을 팔 수도 있다. 그렇게 젊은이가 자살하고 나면 가족들은 필립을 비난하고 나설 것이고, 필립은 그 비난을 참지 못할 것이다. 그 가족이 그저 불만을 늘어놓는 사람들이며 자신들의 잘못을 필립에게 전가한다고 비난으로 맞받아칠 것이다. 자신들이 무능해서 그를 살려두지 못한 것을 필립 탓으로 돌린다고 말이다. "저는 이런 불행한 사건을, 부적절하고 현명하지 않을지는 모르나 '부수적 피해'로 치부했을 수도 있습니다. 제가 정말로 전하고 싶은 메시지는 모두를 안전하게 돌볼 수는 없다는 겁니다."

*

2016년 11월 2일, 나는 런던 동부에 있는 사무실에 앉아 뉴스를 읽다가 〈미러Mirror〉에서 「'안락사 약'을 온라인에서 구매한 뒤 사라졌다는 남성을 걱정하는 목소리가 높아지고 있다」라는 기사가 눈에 띄었다. 기사에는 마르고 여윈, 숲에 서서 카메라를 향해 살짝 미소 짓는 27세 조슈아 스미스의 사진이 실려 있었다. 조슈아의 누나인 해나는 5일 전에 조슈아가 사라졌다고 말했다. "우리는 인터넷 검색 기록을 보고 조슈아가 속효성 안락사 약을 구매한 것을 알았는데, 화요일 아침에 가지고 나간 것 같아요. 조슈아는 다정하고 배려심 있는 성격이지만 매우 아픈 상태예요." 조슈아는 우울증을 앓았고 다시 건강해질 리 없다고 확신하는 상태였다.

나는 페이스북에서 해나의 프로필과 해나가 조슈아의 이름으로 개설한 그룹을 찾았다. "조슈아 스미스: 실종-스태퍼드셔 스톤." 해나는 경찰관이 실종 후 고철 처리장 인근의 흑백 보안카메라에 찍힌 희미한 사진을 살펴본 결과, 조슈아가 화요일 오전 8시 35분에 집을 나섰다고 알려주었다는 내용을 게시해두었다. 그 후 조슈아는 길을 따라 운하까지 걸었고, 거기서 방향을 틀어 다리를 건넜을 것이라 추측했다. 페이스북 페이지에는 사람들이 명암을 넣어 자기들이 걸어서든 차로든 조슈아를 찾아본 장소를 표시해둔 지도를 올렸다. 알렉스라는 사람은 지역의 선박 정비소 부근을 살펴봤다고 했다. "계류장, 배, 건물, 별채뿐 아니라 강과 덤불과 울타리와 배수로 전부요."

그날 필립은 내게 똑같은 기사 링크를 이메일로 보내줬다. "너무 많은 10대가 폐암에 걸렸다고 해요! 가장 최근에는 이 사람이죠!"

며칠 뒤 나는 해나의 남자친구 집으로 해나를 만나러 갔지만, 내가 도착했을 때 해나는 너무 지치고 슬퍼서 대화할 수 없다고 말했다. 하는 수 없이 나는 런던으로 돌아왔다. 며칠 뒤 나는 다시 해나를 찾았다. 이번에는 런던 북서쪽의 스톤에 있는, 직사각형 상자 모양의 집과 깔끔한 정원이 늘어선 길가에 있는 해나 어머니의 집으로 갔다. 해나와 나는 침대에 다리를 꼬고 앉아 노트북을 들여다봤다. 해나는 분홍색 양말을 신고 있었다.

해나는 조슈아가 실종된 뒤에 이메일을 뒤져보았다. 받은 메일함에는 이상한 것이 없었지만, 즉흥적으로 보낸 메일함을 확인했고 단서가 담긴 메일을 발견했다. 조슈아는 《평온한 약 안내서》 전자책을 사려고 시도했던 것이다. 조슈아는 책을 사기 전 판매자로부터 생년월일과 의료 진단을 증명하라고 요구받았다. 조슈아는 자신이 1961년 2월 16일생이고 폐암으로 죽어간다고 거짓말을 했다. 류머티즘성 관절염으로 고통받는다고도 덧붙였다. "제 삶의 질이 나날이 떨어집니다. 가능한 한 고통이 적고 존엄하게 삶을 끝낼 수 있는 선택지를 알고 싶습니다."

그 뒤, 조슈아는 존슨이라는 사람과 이메일을 교환했다. "안녕하세요. 저는 넴뷰탈을 구하려 하는데 당신이 믿을만한 공급자라는 정보를 들었습니다."

"고맙습니다. 즐거운 한 주 보내세요." 조슈아는 존슨에게 몇 백 파운드를 송금한 뒤 존슨에게 확인 메일을 보내고 넴뷰탈이 발송되기를 기다렸다.

해나는 넴뷰탈에 대해 들어본 적이 없었지만, 구글로 찾아보니 미국에서 사형수를 처형할 때 사용하기도 하는 효과가 빠른 약물이었다. 당장 아래층으로 내려가 어머니에게 이미 늦었을지도 모른다고 말해주었다.

조슈아는 몇 년째 우울증을 앓았다. 2012년에도 목숨을 끊으려고 시도했는데, 약 때문에 뱃속이 타는 듯해서 큰 소리로 울었다. 해나의 남자친구가 조슈아를 제때 발견해서 구급차를 불렀고 의사가 조슈아를 구했다. 그 뒤 조슈아의 어머니인 사라는 조슈아에게 정신과 치료를 받게 하려고 노력했다. 도움이 될 만한 어떤 치료든 전부 동의한다고 의사에게 말했다. 하지만 병원에서는 조슈아를 퇴원시키더니 몇 주 뒤에 찾아와서 국가보건서비스에서 보장해주는 6회짜리 인지행동치료를 받으라고 했다. 조슈아가 집으로 돌아온 날, 사라는 차에 앉아서 울었다. 조슈아가 의사를 만나는 것을 기다리는 동안 무슨 일을 할지 무서웠기 때문이다.

조슈아는 인지행동치료를 끝까지 받았지만, 나아진 느낌이 없었다. 치료는 한 번에 고작 30분이었고 매번 다른 전문가가 나왔다.

새로운 사람에게 감정을 표현하는 것부터 어려웠고, 가까스로 표현했을 무렵에는 이미 시간이 지나버렸다. 그렇게 끌어낸 감정은 폭풍우에 노출된 듯 요동쳤다. 사라는 조슈아의 진료가 '일은 시작해놓고 조슈아가 갈피를 못 잡게 만들었다'고 생각했다. 사라는 병원에 다른 치료를 요청했지만 아무도 조슈아에게 도움이 필요하다고 진지하게 생각하지 않는 듯했다. "저를 이성을 잃은 엄마로 여긴 걸까요? 제 말을 심각하게 받아들여 주지 않았어요." 그동안 조슈아는 다시 건강해지려고 시도했던 방법들을 일지에 모두 적어두었다. 운동, 영양가 높은 식단, 명상, 금주, 정원 가꾸기. 조슈아는 정원을 가꾸는 일을 가장 좋아하고 잘했다. 하지만 여전히 온라인에서 자살할 방법을 찾아다녔다고 털어놓았다. 사라는 조슈아에게 다른 진료 예약을 잡아줬지만, 조슈아는 홀연히 사라진 것이다.

해나는 눈가를 훔치며 내게 말했다. "삶을 이어가는 게 너무 힘들어서 이제 끝내고 싶어 한다는 이유로 조슈아에게 화난 게 아니에요. 조슈아가 그렇게 큰 고통 속에서 삶을 이어가는 것을 원하지 않기에 화를 낼 수 없어요." 해나는 휴대전화로 남매의 사진을 넘겨보며 말했다. "벌써 13일째야. 도대체 어디로 가버린 거야?"

조슈아가 사라진 뒤로 수일 동안, 자원봉사자 수십 명이 인근 수색을 도왔다. 가을이 깊어 날은 추워졌지만 다행히 밝았다. 빨간색 재킷을 입고 팀을 이룬 남자들은 경찰서에서 나온 수사관에게 지시사항을 들은 뒤 휴대용 무전기를 입에 대고 축축한 땅에 부츠를 디디며 숲속으로 흩어졌다. 사라도 조슈아를 찾아다녔는데, 어두운 겨울 파카를 입고 천천히 강을 따라 걸었다. 긴 나무 막대를 사용해 나뭇가지를 옆으로 밀어내고 나뭇잎 더미를 찔러보면서 부드럽고 빵 반죽 같은 무언가가 부딪치길 바라면서도 바라지 않았다. 조슈아의 새아버지인 앤디는 개를 데려왔다. "찾아." 뒤엉킨 관목 무더기 쪽에서 개의 귀에 속삭였다. 조슈아는 실종된 지 25일 만에, 나무 아래 누워 있는 시신으로 발견됐다.

추도식이 끝난 뒤, 사라는 거실 소파에 앉아 앤디의 어깨에 머리를 기댔다. 사라는 조슈아가 몇 주 동안 좋지 않은 일들을 겪었다고 했다. 할아버지가 돌아가셨고, 여자친구와 다퉜다. 그러면서 많이 울었고 그 와중에 《평온한 약 안내서》를 알게 된 것이다. 사라가 말했다. "그 책이 부추긴 거예요. 그 사람들이 방법을 제시했죠. 그 사람들도 공범이라고요." 약은 월요일에 도착했고 조슈아가 약을 먹은 것은 화요일이었다. "오래 생각하지 않고 주저 없이, 다음 날 바로 약을 먹은 건 망설이면 마음이 바뀔 것 같아서이지 않았을까요…. 그저 빠르고 고통 없는 마지막이었길 바랄 뿐이에요." 사라는 고개를 돌리고 앤디의 가슴에 얼굴을 묻었다.

나중에 필립은 이 사건을 알게 된 후 이렇게 말했다. "우리도 확인을 좀 하긴 합니다. 하지만 분명한 건… 누군가는 몰래 접근한다는 거예요." 필립은 네덜란드의 새 집에 있었다. 하를럼Haarlem 외곽 운하에 있는 커다란 선상 가옥이었는데, 필립과 피오나는 그곳에 정착하기로 했다. 창문이 크고 바닥이 나무였으며 넓은 갑판에서 강이 내려다보였다. 집 안까지도 추워서 필립은 회색 양털 모자를 쓰고 있었다. 필립은 조슈아 스미스가 보낸 이메일을 검토했는데, 사건을 알게 된 후 고민에 빠졌다고 한다. 고심 끝에 필립은 어떤 질문에 도달했다. 조슈아와 비슷한 27세 청년에게 누군가 나서서 이런 정보에 접근해서는 안 된다고 일러주어야 할까? 적어도 필립은, 그리고 엑시트는 나서지 않을 것이다. 필립은 조슈아의 이메일은 깊이 고민하고 신중하게 작성한 것이라고 주장했다. "이런 사람은 거짓말을 할지는 몰라도 비이성적이지는 않은데… 글쎄요, 저는 모르겠습니다. 어떻게 받아들여야 할까요? 어쨌거나 조슈아 스미스는 평온하게 죽음을 맞았습니다." 필립은 그 뒤로 이 말을 고수하면서, 논란에 기권의 뜻을 표하며 자살 사건에서 발을 뺄 것이다. 다른 가능성은 없었을 것이라고, 다른 방식의 마무리는 없었을 것이라고 말하면서.

필립은 젊고 정신질환을 앓는, 세상에서 길을 잃고 죽고 싶다는 말하는 사람들에게서 오는 연락이 점점 많아진다고 했다. 심지어 20대도 있었다. 피오나는 이런 사람은 문제를 일으킬 뿐이니 엑시트에서 거부해야 한다고 생각했지만, 필립은 그렇게 생각하지 않았다. 필립은 이제 엑시트를 설립할 때 세웠던 규칙을 외면했다. 50세 이상이며 신체가 아픈 사람만 받아들인다는 규칙 말이다. 그는 죽기를 바라는 타당한 이유만 있으면 된다는 새 원칙을 세워 이에 따라 행동하고 있었다. 심지어 필립은 새 원칙마저도 공정하지 않다고 생각했다. 어째서 그 사람들에게 필립이 보기에 타당한 이유가 있어야 하는가?

"사람들한테 '안 된다'라고 말하는 게 불편합니다. 자의적이라는 점이 특히 편치가 않아요. 세상에서는 열여덟 살에게 살인하는 법을 가르쳐 아프가니스탄에 사람을 죽이라고 보내는데, 우리 사회가 그렇게 하고 있는데… 진심으로, 어떻게 그럴 수 있죠? 동시에 '그렇더라도 안 돼! 자신을 죽이는 것만은 허락하지 않아!'라고 말하면서 말입니다!" 필립은 그리하여 새로운 조직을 준비하고 있다고 말했다. 엑시트의 새로운 입장인 '공격적 안락사에 대한 찬성'을 대변하는 '엑시트액션Exit Action'이라는 엑시트의 하부 조직이었다. 필립은 이 단체를 발족하면서 엑시트인터내셔널의 가입 기준을 완전히 없앨 것이다. 나이 제한도, 신체적 병리 증상에 대한 증명 요구도 없어질 것이다. 죽기를 바라는 사람이 죽음이 영구적이라는 사실을 이해할 능력이 있고, 정신 나간 소리를 늘어놓는 메일을 보내거나 전화로도 알 수 있을 만큼 정신이 이상한 상태가 아니라면 누구든 안내서를 사고 필립의 교육을 받을 수 있었다.

피오나는 단호하게 자세를 바꾸며 말했다. "저랑은 전혀 상관없는 일이에요." 피오나는 부엌 식탁에 앉아 노트북을 뚫어지게 쳐다보는 중이었다. 《평온한 약 안내서》를 네덜란드어, 독일어, 프랑스어, 이탈리아어, 스페인어로 번역할 계획을 세우느라 바쁘다고 했다. 피오나는 필립이 자기 의견을 묻지도 않고 트위터에 새 프로젝트를 발표했다고 했다.

필립도 피오나의 말이 맞다고 했다. "그냥 했어요. 제가 이런 일에 관해 이야기할 때마다 피오나가 불안해하는 것도 문제였거든요. 그러니 그냥 저질러버리는 게 낫죠." 두 사람은 함께 웃었다.

피오나가 말했다. "저는 공공연한 위법행위에는 관심이 없어요. 시민 불복종에는 한계가 있다고 보거든요. 하지만 필립은 60년대에 태어난 사람이죠." 피오나는 필립을 향해 미소 짓고 고개를 옆으로 갸웃했다. "어쩌면 필립은 제가 모르는 무언가를 알고 있을 수도 있죠. 당장 단호하게 반대하지는 마세요. 여지를 주고 제 발로 곤경에 빠지는지 지켜보자고요!"

필립은 다른 죽을 권리 활동 단체와 타협하길 그만두겠다는 신호로서 엑시트액션이 중요하다고 말했다. 다른 단체들이 더디고 답답하게 앞으로 나아가는 것을 더는 존중하지 않을 것이다. 필립은 속이 시원해졌다. 그는 죽을 권리 운동의 주류는 물론 그 가장자리에 있는 조직들조차 진절머리가 난다고 토로했다. 그 사람들이 하는 일이라곤 그저 자격 기준에 관해 끊임없이 떠들어대는 것뿐이었다. 질병이나 나이를 증명하고, 타당한 이유와 나쁜 이유를 구분했다. 필립은 결국 엑시트가 '생애말기선택권법을 바꾸길 바라는 사람들, 소위 진보적인 운동을 벌이는 사람들 사이에서도 따돌림당하는 처지가 됐다'고 말했다. 필립은 어깨를 으쓱했다. "그 사람들은 '당신이 문제를 일으킨 탓에 절실한 변화를 늦춰버렸어' 라고 비난합니다. 제가 완전히 무시하는 주장이죠. 제가 입 다물고 있으면 일이 더 빨라질 거라는 말은 그렇다 쳐요. 그런데 신념보다 는 목적이 중요하다는 사람들은 정말 짜증납니다. 이런 일엔 신념 이 중요합니다. 신념을 이야기하다 보면 조금 더디게 나아갈지는 모르겠으나 결국 훨씬 더 좋은 세상으로 나아가게 될 겁니다."

필립은 낡은 방식들에 싫증이 났다고 말했다. "정치인에게 로비 하는 낡아빠진 전략이 아주 지긋지긋합니다. 아픈 사람을 보여주 고 정치인들 발치에서 애원하는 것이 말이죠. 더는 '제발 도와주시 겠습니까? 귀리죽 그릇을 조금만 더 채워주십시오' 하고 비는 일 은 없을 겁니다." 동정심을 자아내는 것은 적절한 전략이 아니었 다. "그러면 우리가 불리해질 뿐입니다. 그보다는 이렇게 말합시 다. '이것은 내 권리고, 나는 권리를 쟁취할 것이다. 그러니 어디 한 번 날 막아봐라.'"

*

2017년 초 나는 필립을 만나러 다시 네덜란드로 날아갔다. "이 웃들은 선생님이 무슨 사업을 하는지 아나요?" 나는 집에 발을 내 딛으며 물었다.

"그럼요. 큰 힘을 보태줬죠."

"별일 아니에요." 피오나가 양 끝이 위로 올라간 새 안경 너머로 나를 빤히 쳐다보면서 끼어들었다. "이웃집 남자는 우리 경쟁자가 낸 책을 갖고 있어요."

"하봇이요." 필립이 고개를 저었다. 보우더베인 하봇Boudewijn Chabot은 정신과 전문의로 1990년대에 젊은 두 아들이 세상을 떠나 비통해하던, 그러나 신체는 건강했던 50세 환자가 죽음을 맞이하도록 도운 뒤로 유명해진 의사였다. 이 여자 환자는 하봇에게 아들을 잃은 현실을 받아들일 수가 없다고, 아들들의 무덤 사이에 영원히 눕기만을 바랄 뿐이라고 말했다. 이미 삶을 끝내려고 시도해봤다고 했다. 여자가 자살한 뒤 하봇은 재판에 불려갔고, 1994년에 네덜란드 대법원에서 유죄를 선고받았다. 그렇지만 하봇을 처벌하지는 않기로 했다. 심지어 그들의 판결을 보면 정신적 고통 때문에 안락사를 실시하는 것을 인정하는 듯 보였다. 이 사건으로 하봇은 유명해졌다. 〈인디펜던트The Independent〉도 이 사건을 보도했다. "이 사건을 자세히 알고 싶어 하는 대중의 욕구는 채워질 수 없는 것처럼 보인다." 하봇은 자신의 유명세를 이용해 떠오르는 다른 죽음 의사, 필립을 공격했다. 평안한 죽음의 방법을 중심으로 접근하는 것이 문제라고 지적했고 넴뷰탈 순도 검사기의 정확성에도 의문을 제기했다. 필립이 말했다. "정말로 짜증이 났어요. 성가셔요."

피오나는 내게 말했다. "잘 모르겠어요. 제 생각에는 그 사람이 정신 나간 것처럼 보이지만… 필립이 위협을 느낀다는 건 당신도 알겠죠. 우리도 필립의 영역에 발을 내딛은 거예요!"피오나는 기차역으로 나를 배웅하러 나와, 서유럽의 죽을 권리 공동체는 서로 배타적이라며 내게 경고했다. 그 작은 공동체 안에서도 서로 험담하고 충돌했다. "아주 흉포해요. 죽자고 싸우죠. 뭐라고 표현하든 안락사에 딱 맞아요!"하를럼에서 피오나는 네덜란드에서 가장 큰 안락사 운동 단체를 고발해서 극적인 상황을 초래했다. 그들이 엑시트에 대해서는 공공연하게 냉정한 태도를 보였으나 필립의 연구로 이익을 취했다는 것이었다.

그렇지만 두 사람은 여전히 네덜란드가 좋았고, 여기서 사는 게 제일 낫다고 판단했다. 조력 임종과 관련한 법이 세계에서 가장 광범위했고, 살면서도 체감할 수 있는 수준이었다. 네덜란드 사람들에게는 안락사가 현실적인 선택지로 인식되고 있었다. 2016년 네덜란드의 전체 사망자 중 안락사로 사망한 사람의 4퍼센트를 차지했다. 이는 사실상 모든 사람이 안락사로 사망한 누군가를 안다는 뜻이었다. 안락사를 국가의 전통처럼 여기는 사람도 있었고, 적어도 평범하게 죽는 방법 중 하나라고 여겼다. 네덜란드 개혁 교회까지도 안락사를 용인했다. 교회 임원은 일반적인 자살('자기 살인'이자 대죄에 해당하는 것)과 이 새로운 유형에 해당하는 선택한 죽음('자기 죽음')을 구별했다.

나는 기계를 보기 위해 네덜란드에 온 것이었다. 필립이 고안한 기계는 수상가옥 갑판 위에 바람에 노출된 채로 놓여 있었다. 피라

미드처럼 생긴 알루미늄 구조물로, 키 큰 사람만큼 길었고 커다란 가스 탱크가 붙어 있었다. 액체 질소를 이용해 죽음에 이르고자 고안한 것이었는데, 액체 질소가 기계 바닥에 붙어 있는 통로로 나와 공기를 만나면서 기체로 변하고, 환기구를 통해 사용자가 있는 공간으로 들어가 그곳에 있는 산소를 전부 밀어내는 식이었다. 필립의 계획대로라면 세로로 긴 문을 열고 들어간 사용자는 깊게 호흡하다가 '고요한 희열감'을 느끼며 의식을 잃을 것이다. 필립은 나와 기계 외관을 둘러보며 이건 시제품일 뿐이라고 했다. 완성된 기기는 훨씬 우아할 것이다. 반짝이는 재활용 플라스틱을 이용해 어울리는 맞춤색으로 제작할 것이며, 위에 판유리로 창을 달아 마지막 숨을 내쉬는 동안 하늘을 올려다볼 수 있을 것이다. 필립은 이 기계를 스위스에서 공개할 예정이었다. 기계의 첫 번째 사용자는 유명한 스위스의 알프스 산맥 아래에서,'북극광을 받으며 죽을 수 있다는 뜻이었다. 필립은 기계 이름을 '사르코Sarco'라고 붙였는데, 석관sarcophagus처럼 생겼기 때문이었다.

필립이 말했다. "우리는 많은 허구 이야기에서 이런 기계를 묘사하는 장면을 봐왔어요. 영화 〈소일렌트 그린Soylent Green〉에 나오는 고전적인 장면도 있죠. 남자는 음악과 빛이 절묘하게 어우러진 아주 이상적인 공간으로 들어가 반듯하게 눕습니다. 모든 것이 아름답죠. 그는 기분 좋은 장면을 표현한 그래픽 화면을 본 채로, 약을 투여해 평온하게 사망하죠…. 이 석관 모양의 기계가 사람들에게 그런 평온한 죽음을 제공할 겁니다." 현실적으로 보면 이 기계는 멕시코와 중국에 있는 넴뷰탈 거래상에 대한 엑시트의 의존도를 낮춰줄 것이다. 약을 확보하는 일이 점점 더 어려워지고 있어서 이는 희소식이었다. 멕시코의 가게는 점점 은밀해졌고 온라인 창구는 문을 닫았다. 한편으로는 사기 사이트까지 생겨났다.

시제품은 첫 번째 시험 가동 중에 형태가 조금 찌그러졌다. 질소가 급격하게 펌프로 이동하는 바람에 얇은 금속 외장이 압력을 못 이겨 휜 것이다. 피오나는 비명을 지르며 집 뒤편으로 뛰어가 숨었고, 몇 분마다 고개를 빼꼼 내밀어 헉하고 숨을 내쉬면서 아이폰으로 필립을 찍었다. 기계는 폭발할 것처럼 보였지만, 폭발하지는 않았다. "봐! 이것 봐!" 필립이 시험 가동을 마치고 피오나를 불렀다. 가스 계량기를 보니 내부 산소 수준이 0.5퍼센트까지 떨어졌다.

"살아 있을 수가 없네!" 피오나가 외치며 앞으로 달려 나와 필립을 껴안았다.

"우리가 온 곳을 향해서!"

필립은 엑시트 회원 중 불법인 물건을 인터넷으로 주문하거나 약을 얻고자 의사에게 거짓말하기를 원하지 않는 사람, 비닐봉지로 질식사하는 방법에 기겁하는 사람은 사르코에 흥미를 보이리라 생각했다. 자기 죽음을 연극처럼 연출하고 싶은 사람도 관심을 보일 것이다. "낭만적인 사람들에게는 매력적으로 보일 겁니다. 심미적인 부분을 신경 쓰는, 아름답게 죽고 싶은 사람들이요." 사르코는 관처럼 보이지 않았다. 이륙해서 날아갈 준비를 마친 비행선처럼 생겼다. 어쩌면 사르코를 이용한 죽음은 마치 하나의 의식처럼, 현대적이지만 어딘가 오래된 관습 같은 의식처럼 느껴질 것이다. 사람들 모두가 목을 빼고 지켜볼지도 모른다. 이 기계를 공개했을 때 어떤 엑시트 자원봉사자는 '아우슈비츠 같은 느낌'이라고 말했지만, 필립은 탈출구가 있으므로 그렇지 않다고 생각했다.

나는 차가운 알루미늄 외장을 쓰다듬었다. 필립은 이 시제품을 만드는 데 수십만 달러가 들었지만, 나중에는 사람들이 집이나 지역사회에서 엑시트가 무료로 공개한 디지털 설계도를 이용해 3D프린터로 사르코를 제작할 수 있도록 할 계획이라고 했다. 기술은 이미 갖춰져 있었다. 필립은 3D프린터로 제작한 사르코를 구동하기 위해 4자리 암호를 요구할 것이고, 온라인 검사를 통해 사용을 원하는 사람이 정신 능력과 생애말기 결정을 내릴 판단력이 있음을 입증하면 엑시트에서 암호를 보내주는 방식으로 사르코를 운영할 계획이었다. 필립은 아직 능력 검사의 내용이나 계획의 실행 가능성에 관해서는 확정하지 못했다. 인공지능을 활용하려 했지만 아직 고안하는 중이었다. 이미 몇몇 언론에서는 이 기계에 관한 유머러스한 기사를 썼다. 〈뉴스위크Newsweek〉 기사에서는 필립을 테슬라를 창업한 억만장자와 비교하면서 '조력자살계의 일론 머스크'라고 칭했다.

"합법적으로 팔 수 있을까요?"

"제가 보기에는 현실적으로 아무 문제도 없을 겁니다." 내 물음에 필립이 대답했다. 밧줄을 파는 것과 비슷했다. 누군가가 스스로 목을 매달았다고 해서 아무도 철물점 주인을 탓하지는 않는다.

필립은 일단 사르코가 세상에 풀려나면 의사조력사에 관한 논의는 의미가 없어질 것이라 믿었다. 무슨 의미가 있겠는가? 비판적인 이들이야 지금처럼 기본 원칙에 관한 문제를 토론할 수 있겠지만, 그런 대화는 아무래도 상관없어질 것이다. 누군가 자기 지하실에서 사르코를 만들어서 죽는 것을 막지 못할 테니 말이다. 빠르고 고통도 없다. 나는 필립의 이야기를 들으면서 샌프란시스코에 세워질, 어쩌면 전설이 될 신생 기업의 생산 현장을 상상해보았다. 공학자 출신 괴짜 창립자들이 자기들이 고안한 특별한 설계도로 만들어진 기계가 갖춘 미덕을, 자신들의 정치적 견해와 함께 설교하는 모습을. 캘리포니아주에서도 낙관주의와 기술자유주의가 결합해 영적인 부활 같은 사상이 만들어질지도 모른다는 생각이 들었다. 필립도 이 점을 잘 알고 있었다. 실제로 사르코를 홍보하려고 만든 동영상에서는 백발의 엑시트 회원이 숨을 몰아쉬며 증언하는 장면이 나오는데, 사르코를 '이상향, 마치 《멋진 신세계》 같은 것이 될 것'이라고 선언했다.

한편 선상 가옥 위에서는 필립과 피오나가 다투는 중이었다. "피오나? 조용히 해."

"당신은 케이티 씨가 튤립 사진을 찍게 해줘야 해!"

필립은 한숨을 내쉬더니 나에게 손짓한 다음 플라스틱 오토바이 헬멧을 건넸다. 필립은 일흔 번째 생일 때 자기에게 주는 선물로 작은 사이드카가 달린 오토바이를 샀다. 보통 사이드카에는 피오나가 무릎을 가슴까지 당겨 앉았다. 필립은 나에게 사이드카에 타야 한다고 알려주었다. 한동안 우리는 말 없이 달리며 명성이 자자한 네덜란드 튤립밭을 지났다. 완벽하게 꽃을 피운 튤립들이 보였지만 줄기에 매달린 채 이미 시들어버린 튤립도 있었다. 필립은 큰 소리로 내게 물었다. 왜 아무도 죽기 전에 꺾지 않았을까요? 우리는 오토바이를 세우고 노랗고 빨간 꽃이 핀 들판을 거닐었고 필립이 내 휴대전화로 사진을 찍어줬다. 우리는 거의 말이 없었다. 나는 필립이 일에서 벗어나 홀로 자연을 만끽하는 모습을 본 적이 없음을 깨달았다. 필립은 조용하고 조금 부끄러워했다. 마치 분노할 기회를, 분노의 몸짓을 빼앗긴 사람처럼, 아니면 다른 사람의 비난을 피하려는 것처럼 그의 본능이 침묵하는 듯 보였다.

《평온한 약 안내서》의 판매량에 관한 질문은 늘 피하려 했던 피오나가 없는 김에 나는 필립에게 사업이 어떻게 돌아가는지 물었다. 책으로만 1년에 약 50만 달러(약 6억 5,000만 원-옮긴이)를 버는데, 유통한 지 10년이 넘었는데도 수익이 '시계 장치처럼 규칙적'이라고 했다. 명분을 위해 필립과 피오나는 사업을 두 부분으로 나누어 운영했다. 필립은 엑시트인터내셔널을 비영리로 운영하며 연봉으로 0달러 받고, 피오나는 영리를 추구하는 출판 부문을 운영했다.

피오나가 얼마를 벌든 두 사람이 공유했으므로 필립에게는 차이가 없었다. 튤립 들판을 가로질러 오토바이를 타고 돌아오는 동안, 필립은 엑시트의 운영과 자격 기준에 관한 문제에서 피오나도 자신의 관점에 동의하는 쪽으로 기운 것 같다고 말했다. 캐나다에 사는 서른을 넘긴 여자에게 《평온한 약 안내서》를 팔았는데, 그녀는 핵전쟁이 두려워서 잠을 잘 수 없으며 대재앙을 대비해 넴뷰탈을 찬장에 넣어두고 싶다고 말했다. 필립이 말했다. "제가 보기에는 완벽하게 일리 있는 말이에요."

필립은 죽을 권리 운동이 돌아오지 않고, 돌아올 수 없고, 절대로 돌아와서도 안 되는 역사적 변화를 향해 빠르게 나아가고 있다고 생각했다. 조력 임종에 관한 의료 모형이 권리 기반 모형으로 바뀌어가고 있다는 것이다. 필립이 말했다. "차이를 설명해드리죠. '의료 모형'에서는 조력사를 환자에게 제공하는 서비스로 봅니다. 끔찍하게 아픈 사람이 있고 모든 의사가 동의한다면, 아프고 죽기를 간절히 바라는 그 사람은 법적 도움을 받아 죽을 수 있죠. 법은 상당히 까다로운데, 필요한 만큼 아픈지 결정해야 하기 때문이고요…. 하지만 제가 강력하게 지지하는 권리 모형에서는 조력사가 병과는 관련이 없다고 말합니다. 평온한 죽음을 맞이하는 것은 인권이라는 거예요. 권리이니 허락을 구할 필요가 없죠. 그저 이 행성에 사는 인간이라서 주어지는 권리인 겁니다. 당연히 권리 모형에서는 의사가 관여할 필요가 없습니다."

필립은 의료 모형과 권리 모형에 관해 고민할수록, 의료계는 자신들이 무슨 일을 하고 있는지 모른다고 생각하게 되었다. 의사들은 신체가 아닌 영혼과 관련이 깊은 문제에서 판사이자 배심원을 자처했다. 신체 통증보다는 삶의 의미나 이 의미를 탐색하는 것과 관련된 문제에서 말이다. 의사들이 삶의 의미에 대체 뭘 알겠는가? "의사들은 그 문제에 판사이자 배심원이 되는 걸 좋아하죠. 그들은 자신들을 말릴 수 없어요. 의료 전문가들이 보이는 견딜 수 없이 오만한 가부장주의 같은 태도는 다루기 참 까다롭습니다." 국회의원 역시 그들을 내버려두는 역할을 했다. 필립은 의사와 국회의원이 서로에게 이익이 되는 장사를 한다고 보았다. 서로에게 의사결정 권한을 위임하고 권력이 둘에게만 한정되도록 제한함으로써 죽음과 임종에 대한 통제력을 함께 쥐고 있었다. 대안을 두려워했기 때문이다. 이성적 자살이라는 신조와 평온한 죽음이 인권임을 인정하는 철학만이 이러한 불공정함을 바로잡을 수 있을 것이다. 이미 사람들이 받아들인 이성적 자살 개념은 환자의 자율성을 옹호한다면서도 질병의 심각한 정도를 규정하겠다는 불가능한 목표에 매달리는 의사에게 일침을 놓을 것이다. 낡아빠진 종교적 사고방식을 폭로하고 이를 병원에서 쫓아낼 것이다. 케보키언조차도 이렇게 대담한 생각은 하지 않았다고 필립은 말했다. 케보키언은 마지막까지 의사가 관여하길 주장했다. 의사의 책임이라고! 의사가 가장 잘 알기 때문에.

필립의 집을 떠나 기차를 타고 네덜란드를 가로지르면서 네덜란드 의사, 변호사, 국회의원과 이야기를 나눴다. 나는 안락사 문제와 관련해 선두에 서 있다는 것이 네덜란드에게 어떤 의미인지 알고 싶었다. 내가 방문할 무렵에도 이미 네덜란드를 우려스러운 시선으로 바라보는 이들이 있었다. 〈데일리메일Daily Mail〉 같은 세계적인 신문에서는 거식증, 성격장애, 심각한 귀울림, '무의미한' 느낌, 성적 학대에서 비롯한 정신적 외상 등을 겪는 환자가 안락사를 요청하자 이를 수락한 네덜란드 의사를 헤드라인으로 실었다. 이 기사에서는 어떤 전문가의 말을 인용했는데, 그는 안락사 요청을 승인하는 비율이 점점 늘어나고 심지어는 잘 알지도 못하는 환자에게까지 승인해주고 있으며, 정부는 조력사 중 99퍼센트 이상이 제대로 시행되었다고 하지만 이를 사후에 판단한다는 점을 지적했다. 정신과 전문의이자 철학자인 스콧 킴은 네덜란드에서는 '안락사와 관련해서는 의사가 사실상 늘 옳다고 여겨진다'고 말했다.

의사이자 작가인 아툴 가완디는 2014년에 낸 저서 《어떻게 죽을 것인가》에서 네덜란드는 역사적으로 빠르게 안락사를 수용했지만, 우수한 완화치료를 제공하는 것은 상대적으로 더뎠다고 지적했다. 가완디는 안락사를 빠르게 수용한 것이 네덜란드 사람들이 '쇠약해지거나 심각하게 아플 때 다른 방법으로 고통을 줄이거나 삶을 개선할 수 없다는 믿음을 강화했을 수도 있으며', 이로 인해 아픈 환자는 죽어야만 고통을 끝낼 수 있다고 가정하게 되었을 수도 있다고 말했다. 가완디는 네덜란드의 높은 안락사율을 '정책 실패'라고 지적했고, '안락사 제도를 남용하는 것보다 안락사에 의지하는 것이 더 걱정된다'고 말했다. 안락사가 네덜란드의 새로운 전통이, 지극히 평범한 일이 된다면 어떨까?

《뉴잉글랜드 의학 학술지》의 편집자였던 마샤 엔젤Marcia Angell은 《뉴욕 리뷰 오브 북스New York Review of Books》에서 가완디가 쓴 책을 비평하면서, 저자가 안락사의 어떤 부분이 그토록 도덕적으로 부적절한지를 명확히 밝히는 데 실패했다고 비판했다. 엔젤은 물었다. "왜 가완디는 네덜란드에서 35명 중 1명이 조력사했다는 수치가 너무 많다고 단정 짓는 것일까? 가완디도 책에 썼듯 암에 걸려 끔찍하게 죽는 사례가 만연한데, 왜 이 숫자가 옳지 않다고 보는가?"

내가 암스테르담에서 머물 때, 어떤 의사는 개신교 신학대학교의 윤리학 교수인 테오 부르를 언급하며 그가 네덜란드의 안락사 감독위원회에서 10년을 일하다가 항의하며 사직했다고 알려주었다. 나는 부르에게 이메일을 써서 인터뷰할 수 있겠냐고 물었다. 부르는 나중에 지나치게 격식을 차린 영어로 내게 말했다. "제가 우려하는 점은 안락사가 점점 더 암 환자가 죽는 유일한 방법이 되어간다는 점입니다. 안락사에 대한 인식이 '마지막 수단으로서 안락사'에서 '우선하는 선택지로서의 안락사'로 점진적인 변화하고 있죠." 부르는 1990년대 이후 네덜란드 병원에서 완화치료의 질이 크게 향상됐지만, 많은 환자가 완화치료는 고려하지도 않고 죽음을 요청한다고 했다.

"그러면 어떤 문제가 있나요?" 내가 물었다.

부르가 신중하게 말했다. "저는 좋은 금기는 잘못되지 않았다고 생각합니다. 그러한 금기가 없으면 우리는 노인이 살해당하는 사회에 도달하게 될 겁니다. '그게 뭐가 잘못됐나?'라고 할지도 모르죠. 글쎄요, 그렇다면, 그 질문은 인식 체계 변화를 이미 반영했거나 설명하는 겁니다."

내가 물었다. "인간 삶의 가치가 돌이킬 수 없이 낮아질 것을 걱정하시나요? 아니면 더 극단적인 무엇을요? 예컨대 우리가 인간다운 가치를 잃었기 때문에 문명사회가 허무주의에 따른 위기를 겪는다든지요. 과장하려는 의도는 아니고⋯."

"흥미롭군요. 삶은 비참합니다. 종종 완전히 비참하죠. 고난이 내려지기도 합니다. 제 눈에는 모든 중대하고 심각한 고통에 대한 해결책으로 죽음을 고려하는 분위기가 고조되는 것이 보입니다. 칸트는 자율성을 옹호하는 투사였죠. 우리 사회에 존재하는 자율성이라는 개념에 기여했다는 점에서 감사 인사를 전해야 하는 인물이지만⋯ 칸트도 자신을 죽이지는 말라고 했습니다. 그러면 모든 자율성이 사라지니까요." 부르는 잠시 침묵을 지켰다. "증명할 수 있을지는 모르겠지만, 저는 실제로 안락사 공급이 어떤 수요를 만들어내는 것처럼 보입니다."

*

그 후 내가 필립을 만난 것은 그해 12월에 토론토에서 열린 죽음 기술 학회에서였는데, 필립이 도시를 거의 벗어난 북쪽의 조용한 거리에 있는 상점가의 회의실을 빌려 주관한 것이었다. 필립은 내게 장소를 비밀로 해달라고 부탁했다. 나는 일찍 도착했고 빨간 멜빵을 한 나이 든 남자 옆자리에 앉았다. 남자가 손을 내밀었다. "안녕하세요! 닐 니콜입니다."

"아." 내가 아는 이름이었다. 그는 잭 케보키언의 조수로 일했었다. 손을 뻗어 그의 손을 맞잡았다. "오늘 무엇을 발표하시나요?" 내가 물었다.

"원래 발표 제목은 '관능적인 질식사'였어요. 하지만 실제로는 그냥 목정맥을 조이는 거죠." 닐은 한 손으로 내 아래팔을 움켜잡았고 다른 손으로는 자기 목을 조르는 시늉을 했다. 그러고 나서 셔츠 주머니에 넣어둔 은색 통에서 계피 맛 박하사탕을 꺼내서 내게 주었다.

대여한 공간은 노란 조명이 환했고 책장에는 자기계발서가 늘어서 있었다. 탁자에는 누군가가 여러 종류의 데니시 페스츄리가 담긴 플라스틱 상자를 드립 커피 옆에 뒀다. 이 '자기구원신기술 New Technologies in Self-Deliverance(누테크NuTech)' 학회는 1999년부터 매년 열렸는데, '평온하고 믿을 수 있는(그러면서 의학적이지 않은) 죽음에 관심이 있는 이해 당사자(이성적 성인)를 위해 실용적인 해법을 개발하는 데 관심을 갖고 공을 들이는 개인이 느슨하게 모인' 덕분이었다. 1990년대 누테크 회원들은 헬륨 가스탱크와 비닐봉지 복면을 이용한 완벽한 방법을 고안해냈고, 그 정보를 전 세계에 있는 활동 단체와 공유했다. 올해 누테크에서는 DIY 죽음 발명가 몇 명을 주인공으로 내세웠다. "더 좋은 죽는 방법을 아십니까?" 필립은 이 행사를 발표하며 트윗을 남겼다.

필립이 무대에 오르자 방이 고요해졌다. 내 주변으로 20명가량이 앉아 있었다. 상당수는 죽을 권리 운동 비주류 중에서도 가장 비주류인 단체의 임원이었다. 필립은 근엄하게 말했다. "이 조직이 20년의 역사를 쌓는 동안, 저는 늘 더 나아가길 기대했습니다. 여러분은 어떤 분야의 기술을 보든 '글쎄, 저건 10년 전에는 없었는데'라고 생각하실 겁니다." 기술은 빠르게 발전했고 모든 것이 기계화되어갔다. 그러나 안락사는 여전히 비닐봉지와 불법으로 수입한 수의과 약품에 의존했다. 필립은 새로운 해법이 필요하다고 말했다. '죽음을 의료와 분리'하려면 기술화가 필요했다.

발표가 시작되자 분위기가 활기 넘치게 바뀌었다. 리처드라는 남자는 '호흡기'를 공개했다. 작은 흰색과 까만색 이산화탄소 흡착 알갱이들이 가득한 용기에 플라스틱 마스크가 붙어 있었는데, 질소 기체 질식사를 유발한다고 설명했다. 데이비라는 호주 사람은 '삶의 질 관측 장치'의 설계를 논의했는데, 미리 설정한 생리적 기준에 도달하면 강제로 치명적인 심실세동을 일으키기 위해 일반적인 심박조율기를 역설계하는 내용이었다. 닐 니콜도 얼굴을 찡그린 관객 앞에서 대강 만든 기계장치를 선보였다. 테니스용 땀밴드와 압박붕대와 숟가락 2개로 만든 것이었는데, 목에 딱 맞추어 경동맥으로 흐르는 혈액을 차단하는 설계였다. 닐도 설계가 어설프다는 점은 인정했지만, 이 장치는 비싼 물건을 살 여유가 없고 법을 어기고 싶지 않은 사람들을 돕기 위한 것이라고 설명했다. "연약한 할머니들처럼요. 80세가 넘은 나이 든 과부로, 생활 지원 시설에서 사회보장제도 연금으로 사는 사람들 말입니다." 필립은 마지막에 크기가 신발 상자 정도인 사르코 시제품을 발표했는데, 보라색으로 반짝이며 마치 우주에 있는 물건처럼 생겼다. 닐이 내 귀에 대고 야유했다. "아주 터무니없어요."

다음 날 필립은 토론토 시내에 있는 조용한 유니테리언 교회 2층에서 평소의 DIY 죽음 세미나를 진행했다. 필립은 유니테리언 교회를 모임 장소로 자주 이용했다. 유니테리언 협회는 1988년에 다양한 종교 단체와 관계를 끊고 의사조력사를 '불필요한 고통과 존엄성 상실'을 예방하는 수단으로써 지지했다. 이제 진보적인 유니테리언은 엑시트나 다른 죽을 권리 단체에 교회 건물을 편하게 대여해준다. 필립은 그 공간들을 좋아했는데, 사용할 수 있는 좌석이 많았기 때문이다.

내가 도착했을 때는 빛바랜 초록색 덮개를 씌운, 등받이가 곧은 의자에 이미 수십 명이 앉아 있었다. 피오나는 문가에 서서 《평온한 약 안내서》를 팔았다. 필립은 이제는 익숙한 파워포인트 발표 자료를 띄웠다.

"모두 보이십니까?"

평화로운 죽음은 모두의 권리다
필립 니츠케 의사, 박사

필립은 세미나를 시작했다. "이성적 성인이 자신이 선택한 시기에 평온한 죽음을 맞을 권리는 기본권입니다." 따라서 누구도 그 권리를 빼앗을 수 없다고 필립은 설명했다. 그 사람이 얼마나 아픈가에 좌우되는 것도 아니다. 그 권리는 인권이므로, 자격 기준은 전혀 없었다. 필립은 미소를 지었다. "죽을 자격이요? 이제는 이상한 개념입니다."

나가며

 나는 이 책을 누군가의 고백으로 가득 채울 수 있었다. 지난 몇 년 동안 모른다고 해도 무방한 사람들에게서 들은 소소한 폭로들로, 원치 않은 혼란스러운 방식으로 끔찍하게 죽은 사람들의 이야기로 말이다. 폭력적인 죽음, 추악한 죽음, 기나긴 죽음, 또는 이 모든 것을 피하고자 스스로 삶을 끝낸 사람들, 그리고 이를 도운 사람들의 이야기로. 많은 이들이 부모님과 조부모님에게 알츠하이머병에 걸리거나 다른 이유로 정신 이상이 생기면 죽는 것을 돕겠다고 약속했다고 말해주었다. 그 말을 지킬지, 어떻게 지킬지는 다른 문제다. 나는 그런 약속이 진심인지 아니면 그저 '나도 무섭다'라고 알리는 간접적인 방법인지 궁금했다. 진심이라면 죽는 것을 도운 다음에는 어떻게 될까? 자신은 괜찮으며, 자기가 한 일이 자비로웠다고 확신할까? 아니면 자기가 저지른 일이 법에 저촉되고 잘못되었고 이상하다고 생각할까? 그걸 누가 알 수 있을까? 다만 나는 자기가 아끼는 개와 그저 똑같은 권리를 누리길 바라며, 적당한 때가 오면 죽어서 고통으로부터 해방되고 싶다고 내게 말한 사람이 정말로 많다는 걸 안다.

의사조력사가 합법인 주와 나라에서도 아주 적은 사람만이 의사조력사를 희망하고 자격을 갖출 것이다. 다른 곳에서는 이성적 자살이라고 부르는 것을 선택하는 소수의 사람들이 있을 것이다. 그보다 많은 다른 사람이 죽음을 앞당기길 원하거나 이를 애원할 것이다. 2017년에 '카이저 가족 재단Kaiser Family Foundation'에서 실시한 설문조사에 따르면, 미국인 중 절반가량이 환자가 생애말기 의료 결정에 대해 충분한 통제력을 행사하지 못한다고 생각한다. 물론 끝맺음을 늘 통제할 수 있는 것은 아니다. 다만 현재 상황이 수용할 만하고 철학적으로 일관성이 있는지 묻는 것은 중요한 일이다.

미국에서는 법이 조금씩 전진하고 있다. 몇 달에 한 번씩, 어떤 주의 입법 기관에서는 존엄사 관련 법을 통과시킬지 고민하고, 종종 통과시키기도 한다. 오리건주 모형은 다른 주로, 특히 동쪽으로 확장해나갈 것으로 보인다. 워싱턴 D.C.와 포틀랜드에서 활동하는 죽을 권리 법안 제정 운동가들은 이미 전보다 자신을 갖고 말하기 시작했으나 종교 단체는 여전히 완고하게 반대한다. 2019년 10월 주요 아브라함일신교Abrahamic monotheistic religions(아브라함의 하느님을 숭배하는 모든 종교를 통칭하며 대표적으로는 유대교, 기독교, 이슬람교 등을 포함한다-옮긴이)를 이끄는 대표자들이 바티칸에서 프란치스코 교황을 만나 조력사와 안락사가 '죽어가는 환자의 존엄성'을 훼손한다고 규탄하는 공동 선언에 서명했다. 현지와 연결 고리가 약해졌다가 '생명의 정치Politics of Life' 덕분에 연결이 강해진 가톨릭 주교들은 조력사가 진행되는 동안 환자의 침대 옆에서 사제가 위안과 조언을 건네는 것을 공식적으로 금지했다.

전국의 의료 단체도 비슷한 반응을 보인다. 미국 의료협회의 하원은 2019년 6월 회담에서 투표수 392대 162로 의사조력사에 반대하는 협회의 입장을 재차 확인했다. 한 의사 대표는 경고했다. "조력자살과 관련해 상황이 잘못 돌아가고 있습니다. 널리 퍼지는 안락사를 기꺼이 수용할 것이 아니라면, 우리가 반대를 위해 행동에 나설 수 있는 시간은 얼마 남지 않았습니다." 2019년에는 전국 호스피스 및 완화치료 기구가 오랫동안 유지해왔던 조력사에 대한 반대 입장을 재검토했다. 이 단체의 최고경영자인 에도 바나치는 내게 말했다. "이 정책을 재검토한다는 사실만으로도 엄청난 분노를 초래했습니다. 가톨릭 주교한테도 전화를 받았어요!" 새로 부임한 바나치는 존엄사 주장을 지지하는 변호사이자 진보주의자였다. 그럼에도 신중한 숙고의 과정을 거쳐 입장을 유지하기로 결정했고, 이 선택이 다른 어떤 선택보다 현실적인 선택이라고 말했다. 미국에서는 호스피스 치료가 이상적인 상태가 아니었다. 많은 호스피스 단체가 제 기능을 하지 못했고 자원도 부족했다. 바나치는 말했다. "저는 누군가 호스피스 치료를 제공한다면, 우리가 제공할 수 있는 가장 좋은 돌봄을 제공하도록 보장하고 싶습니다. 그 다음에야 조력사를 지지할지 반대할지를 두고 실질적으로 논의할 수 있을 겁니다." 바나치는 예산 문제도 걱정했다. 전국 호스피스 및 완화치료 기구가 조력 임종을 지지한다는 성명을 냈다가 공화당 정치인이 이를 구실로 메디케어에서 호스피스 예산을 삭감한다면? "이점을 현실적으로 따져봐야 합니다. 저도 이렇게 말하긴 싫지만요." 바나치는 조력사에 관한 질문이 나오면 보통 화제를 돌린다고 했다. "회피한 적이 많죠. 솔직히 그 이야기는 하고 싶지 않습니다."

지원사가 합법인 주에서는 로니 셰벨슨 같은 의사가 여전히 절차를 간소화하고자 노력한다. 2020년 2월 로니는 캘리포니아주 버클리에서 미국 최초로 '의료지원사 전국 임상의학회National Clinicians Conference on Medical Aid in Dying'를 주최했다. 나는 발코니에서 초록색 벨벳 커튼이 달렸고 목판을 댄 객석으로 300명이 줄지어 들어가는 모습을 지켜봤는데, 대부분 백발의 임상의였다. 로니는 커다란 무대에 설치된 연단에서 개회사를 했다. "오늘은 역사에 남을 날입니다." 로니는 그렇게 말하면서 경고도 남겼다. "우리는 지원사를 실행하는 사람으로서 좋은 죽음을 독점하지 않습니다. 존엄사를 숨기려 하지도 않을 겁니다." 완화치료 전문의로서

1991년에 자신의 환자였던 다이앤에게 치명적인 약물을 처방해줬음을 인정하고 그 일화를 의학 학술지에 써서 전국에서 찬양과 책망을 들었던 티모시 퀼이 내 오른쪽에 앉아 고개를 끄덕이며 박수를 쳤다.

학회 참석자들은 이틀에 걸쳐 '지원사의 약리학·생리학', '지원사 요청과 관련된 가족 내 갈등과 사회적 복잡성', '실용적인 화용론: 지원사를 위한 효과적이고 효율적인 작업 흐름 만들기'에 관한 강의를 들었다. '지원사 돌봄을 위해 필요한 요구 사항'을 논의하는 실무 만찬도 열렸다. 로니는 어떤 철학자도 이 회담에 오지 못하게 막을 것이라고 위협적으로 선언했는데, 철학자들이 오랜 세월 존엄사에 관해 토론해왔으니 이제는 평범한 의사들이 나서서 손을 더럽힐 시간이라는 명분이었다. 그러나 결국 몇 명의 철학자에게 문을 열어줬고 '지원사 돌봄의 윤리적 도전'을 논의했다. 학회가 끝날 무렵 로니는 다시 무대에 올라 새로운 전국 조직인 '미국 임상의 의료지원사 학술원American Clinicians Academy on Medical Aid in Dying'을 결성했음을 알렸는데, 앞으로 이 조직에서는 의사들이 모여 자신들의 지식을 공유하고 모범 사례를 개발할 것이다. "이는 소설이 아닙니다." 로니는 군중 앞에서 활짝 웃으며 말했다. "웹사이트도 만들었습니다!"

그로부터 며칠 후 캘리포니아주에서는 코로나바이러스감염증-19 확진자가 몇 명 발생했음을 공식적으로 확인했고, 코로나바이러스가 퍼지기 시작했다. 몇 주 뒤 캘리포니아주는 봉쇄령을 내렸다. 버클리에 있는 재택 사무실로 돌아온 로니는 어떤 상황이 벌어질지 예상할 수 없었다. 바이러스 때문에 죽는 사람이 생기는 와중에도, 로니에게 도움을 받아 죽기를 원하는 이들이 있을까? 로니는 그렇다는 사실을 알게 되었다. "요청 건수가 코로나바이러스가 발생하기 전과 비슷합니다." 로니는 4월에 내게 말했다. 주요한 차이는 이제 로니와 탈리아가 원격 의료를 이용해서 조력사를 진행한다는 점이다.

세간의 주목을 받지 못하는 곳에서도 의사조력사를 시행하는 것에 관한 새로운 질문들이 계속 제기된다. 의사는 죽어가는 환자에게 조력사라는 선택지를 적극적으로 제시해야 할까? 의사는 우리에게 모든 선택지를 알려줄 의무가 있으니까? 정보를 제공하는 단순한 행동이 죽음을 권하거나 의사가 희망을 잃었음을 표현하는 것이라고 해석될 수 있으니, 환자가 먼저 물어볼 때까지 기다려야 할까? 병원에서 조력사를 홍보하는 건 괜찮은가? 죽음을 돕기를 거부하는 의사는 죽기를 원하는 환자를 도움을 줄 의사에게 소개해줘야 할까? 소수의 전문의와 가족 주치의 중 누가 의사조력사를 수행하는 것이 더 나을까? 전문의는 빠르게 숙달되겠지만 접근성은 가족 주치의가 더 좋다. 또 전문화는 조력사를 고립시키고 정상적인 생애말기 의료와는 별개라는 인식을 확산할 수 있다.

질문은 계속 확장된다. 앞으로는 지원사 환자도 장기 기증을 할 수 있게 허락해야 할까? 그러려면 특정 장기를 건강하게 유지한 채로 사망하기 위해 환자는 병원에서 주사를 맞고 사망해야 하고, 이를 위해서 또 존엄사에 관한 법률을 수정해야 한다. 장기 기증을 허용하는 김에 한 발 더 나아가서 이식에 성공할 확률을 극대화하면 어떨까? 마취 상태이지만 아직 살아 있는 환자에게서 장기를 꺼낼 수 있게 허가해서, 이 수술을 마치면서 환자를 사망에 이르게 하는 방식은 어떨까? 분명히 어떤 너그러운 마음을 지닌 환자는 관련 연구자가 '기증을 통한 죽음'이라고 부르는 이 선택지를 원할 것이다. 문제는 주에서 이 방식을 허락할지 여부다. 기증을 통한 죽음은 끔찍한 윤리적 위반일까, 그저 안 좋은 상황을 최대한 좋은 방향으로 활용하는 효과적인 방법이 될까? 우리 모두를 위해서 말이다.

현존하는 오리건주식 존엄사법에는 그 자체로 결함이 있다. 어떤 환자에게 자격을 부여할지에 대한 기준이 임의적이고 사려 깊지 못하다. 치명적인 약물을 마실 수 있는 유방암 환자는 의사의 도움을 받아 삶을 끝낼 권리를 얻을 수 있겠지만 뇌종양으로 움직이고 삼킬 능력을 잃어버린 환자는 그렇지 않다. 살날이 6개월 남은 환자는 도움을 받을 수도 있으나 10배는 더 고통스러운 만성질환을 앓는 환자는 그렇지 않다. 왜 죽기를 허락받은 사람은 내내 고통받으며 15일을 기다려야 하는가? 치매에 걸리느니 죽기를 바라는 모든 사람은 어떻게 도울 수 있는가? 죽을 권리 반대자는 이런 결점을 두고 존엄사법을 폐지해서 혹시나 발생할 수 있는 미끄러운 경사길 문제가 걷잡을 수 없이 확장되는 것을 막아야 한다는 증거라고 주장한다. 죽을 권리 지지자는 같은 현상을 두고 우리가 법을 확장해야 함을 입증하는 증거라고 주장한다. 다양하게 고통받는 사람들에게 더 유연하게 적용할 수 있도록 적격과 부적격을 가르는 기준선을 다시 그어야 한다고 말이다.

균형은 언제 변화할지 모른다. 이 책이 인쇄에 들어갈 때, 캐나다 의회는 이미 진보적인 법안인 C-14를 확장했다. 주 법원에서 환자의 죽음이 '합리적으로 예측 가능함'을 요구하는 것이 헌법에 어긋난다는 판결이 내려진 뒤였다. 정부는 법에서 요구하는 자격 기준을 수정하여 18세 이하인 '성숙한 미성년자'와 정신질환 환자를 포함하는 것도 논의 중이었다. 칼럼니스트 앤드루 코인은 〈글로브앤드메일〉에 경고 문구를 썼다. "다른 방향으로 흘러갈 여지가 없다. 죽음을 끔찍한 비극이자 피할 수 있다면 피하고 싶은 무언가가 아니라 고통으로부터 우리를 해방시킨다는 합법화 논리를 받아들인 이상, 다른 무언가가 따라올 것이다."

이 모든 논의의 종점은 벨기에나 네덜란드 같은 곳일 수도 있다. 두 나라에서는 안락사 비율이 꾸준하게 유지된다. 그러나 점점 우려할 만한 조짐이 발생하고 있다. 2020년 1월, 벨기에 의사 3명은 38세 여자가 죽도록 도왔다는 이유로 '중독 살인' 혐의로 재판을 받았는데, 검사는 이 여자는 법에서 정하는 요건을 충족하지 못했다고 주장했다. 환자 티너 니스는 몇몇 정신장애와 헤로인 중독으로 고통받았고 몇 차례 삶을 끝내려고 시도한 적이 있었다. 오랫동안 이 환자를 진료한 정신과 전문의는 죽게 해달라는 요청을 거절했는데, 환자가 나을 수 있다고 믿었기 때문이었다. 하지만 그의 판단은 중요하지 않았는데, 니스가 전국을 뒤져 자신의 요청을 들어줄 세 명의 의사를 찾았기 때문이다. 그중에는 내가 퐁켈에서 만났던 정신과 전문의 리에브 티앙퐁도 있었다. 니스가 다시 죽기를 요청했을 때, 티앙퐁은 알겠다고 답했다.

벨기에 언론에서는 이 사건을 마치 이 나라의 안락사에 던지는 최후통첩 같은 것으로 묘사했다. 벨기에에서 의사가 안락사 관련 법을 위반한 혐의로 기소된 것은 처음이었다. 하지만 재판이 시작되고 정확히 한 달 뒤, 세 의사는 무죄를 선고받았다. 〈연합통신〉은 판사가 무죄를 선고하자 법정에서 참관하던 100여 명의 참관인에게서 '큰 박수갈채가 터져 나왔다'고 보도했다.

그 무렵 나는 티앙퐁의 도움으로 퐁켈 환자 지지 모임에서 만났던 모든 여자에게 메일을 보냈다. 나는 앤과의 통화에서, 나와 동갑이며 스코틀랜드에서 살기를 꿈꿨고 다시 살고 싶어질 만큼 반려견 스파이크를 사랑하려고 애썼던 에밀리가 몇 달 전 안락사로 세상을 떠난 이야기를 들었다. 에밀리는 정신적 고통을 근거로 안락사 승인을 받았다. "에밀리는 열심히, 열심히, 열심히 노력했어요. 그런데도 성공하지 못했죠. 삶에서 또 다른 의미를 찾으려고 안간힘을 다했지만… 반려견 스파이크도 입양했지만, 그 개를 충분히 사랑할 수 없다고 늘 느꼈어요. 에밀리는 세상을 떠날 무렵 퐁켈 모임에 오지 않기로 했는데, 다른 사람을 슬프게 만들고 싶지 않아서였죠."

앤과 통화한 뒤 나는 에밀리의 어머니인 페이틀러와 편지를 주고받았다. 나는 딸의 안락사 요청을 지지했냐고 물었고 페이틀러는 답장에 썼다. "저는 1년만 더 기다려보자고 딸을 설득하려고 노력했어요. 딸은 대체 치료도 시도하곤 했어서…. 딸에게 도움이 된다면 딸이랑 세상 끝까지도 갈 의지가 있었어요." 하지만 에밀리는 1년을 기다리고 싶지 않았다. "이미 리에브 티앙퐁한테 연락을 했더군요. 제가 자기 마음을 돌리려고 계속 노력한다면 제가 자기한테서 멀어진다고 느낄 거라고 분명하게 말하더군요. 딸이 자율성을 존중해주길 바란다는 건 알았지만…. 딸은 계속 살아 있는 것을, 자살하지 않으려면 먹어야 하는 온갖 약 때문에 좀비처럼 사는 것을 원하지 않았어요." 페이틀러가 말하길, 에밀리는 마침내 죽는 날을 정했을 때 '샴페인 한 병을 양손에 들고 집에 왔고', '아주 기뻐했다.'

존엄사법에 대한 조바심이 커진 곳도 있었다. 영국에서 전직 대법원 판사인 조너선 섬션Jonathan Sumption이 조력자살과 관련해서는 '법을 지킬 도덕적 의무가 없다'라고 선언하면서 전국 뉴스를 장식했다. 섬션은 의사조력사를 합법화하는 것 자체는 옹호하지 않았고 현존하는 금지 조치가 적절하며 남용을 예방하려면 꼭 필요하다고 말했지만, '용감한 친구와 가족'은 계속 사랑하는 사람을 비밀스럽게 도울 것이고 그래야 한다고 주장했다. 그는 말했다. "저는 이따금 법이 깨져야 한다고 생각합니다." 섬션은 자기가 '어중간한 타협'에 이르렀음을 인정했다.

나는 필립이 이 상황을 보고 웃는 모습을 상상할 수 있었다. 그는 섬션의 타협을 변명이라고 부를 것이 분명했다. 우리가 마지막으로 대화를 나눴을 때 필립은 기분이 좋아 보였다. 여전히 사르코에 공을 들였고 《평온한 약 안내서 전자책The Peaceful Pill eHandbook》은 프랑스어, 독일어, 네덜란드어, 이탈리아어, 스페인어로 번역됐다. 오랜 기다림 끝에 엑시트인터내셔널이 죽을권리협회 세계연맹으로부터 가입 승인을 받았는데, 죽을 권리 옹호 단체 수십 곳이 모인 이 세계적인 협력 단체는 예전에 필립이 낸 신청서에 퇴짜를 놓았었다. 케이프타운에서 열린 협회의 연례 회의에서 필립은 '의료 모형의 죽음'이라는 제목으로 연설을 했다. 기구의 고위 관료까지 모인 청중에게 말했다. "권리는 권리입니다. 의사에게 가서 권리를 달라고 간청할 필요는 없습니다." 필립이 말하길 이 연설은 잘 흘러가지 않았다. "빌어먹게도 쫓겨날 뻔했어요."

여전히 필립을 괴롭히는 문제는 호주 경찰이 엑시트인터내셔널에 관심을 보이는 것이다. 2019년 여름에는 경찰관이 엑시트 노인회원들의 집을 방문해서 수입한 자살 약을 내놓으라고 요구했다.

몇 달 뒤 프랑스 언론에서는 경찰 수백 명이 '전국적인 불시 단속'을 벌인 끝에 가정집 여러 곳에서 넴뷰탈 130병을 압수했다고 보도했다. 프랑스 주요 언론사들은 화장품으로 위장하여 프랑스로 밀수중이던 넴뷰탈을 미국 정부 기관이 적발하여 프랑스 관할 기관에 제보했다고 전했다.

*

현재는 여러 나라와 주에서 저마다 존엄사에 관한 법을 고려하는 중이다. 이 논의에는 전형적인 윤리에 관한 멜로드라마의 구성 요소가 포함되어 있다. 삶과 죽음, 기본 원칙에 대한 반발, 자비를 향한 간절한 호소, 긴급함. 존엄사법이 논의중인 곳도, 이미 사람들이 존엄사법에 따라 죽어가는 곳도 있다. 미국에서 일어나는 일은 이 전체 상황이 어디로 향하는지에 대한 단서를 보여줄 것이다. 역사적으로 의사조력사는 공중 보건 체계와 풍부한 사회안전망을 갖췄고 문화 다양성 수준이 상대적으로 낮으며 규모가 작은 서유럽 국가에서 주로 논의하는 문제였다. 미국을 비롯해 많은 국가가 서유럽 국가들과는 조건이 다르다. 거창하고 골치 아픈 정치적 견해들은 존엄사법 논쟁에서 방해만 될 뿐이다. 이는 거리의 평범한 사람들이 집단적으로 실천하는 철학에 가깝다.

미국은 이런 도덕 원칙을 실험하기에 고유한 문제점을 지닌 불

완전한 실험실이다. 의사조력사가 합법인 다른 나라와는 달리 미국은 시민에게 보편적인 의료 접근권을 제공하지 않는다. 오리건주에는 죽을 권리는 있지만, 그에 상응하는 의료의 권리는 없다. 이미 지역 신문에는 의료보험사에서 값비싼 치료를 지원하길 거부했으나 주에서 지원하는 조력사 자격을 갖춘 사람의 이야기가 보도된다. 2017년의 미국 신문기사에는 미국 장애인협회American Association of People with Disabilities 회장인 헬레나 버거Helena Berger의 문제 제기가 실렸다. "이처럼 이윤을 중시하는 경제적 풍토에서, 의료보험사가 값싼 일이 아닌 올바른 일을 하길 기대하는 게 과연 현실적인가?"

유명한 벨기에 암 전문의이자 안락사 지지자인 빔 디스텔만스는 상황을 더 냉혹하게 표현했다. 디스텔만스는 내가 미국의 의사조력임종에 관해 물었을 때, 몸을 움찔했다. "의사조력임종이 성장 중인 나라죠. 그러나 기본적인 의료권을 보장하지 않는 나라에서 안락사 관련 법을 시행하려고 시도해서는 안 됩니다." 그의 의견은 나치나 20세기 중반에 성행한 우생학이나 병동을 덮칠 맬서스 공황(인구가 기하급수적으로 증가하여 복리후생을 충분히 제공할 수 없는 상태가 온다는 이론-옮긴이) 같은 위험을 두려워하는 관점보다는 빈곤과 그에 따른 잘못된 법 집행을 걱정하는 회의주의자들이 조력사에 대해 내놓은 자유주의적이고 세속적인 반대 의견과 유사했다.

미국에서 의사조력사에 관한 관심이 급증한 것은 인구가 고령화되는 위태로운 순간과 맞물렸다. 2010년에는 미국의 65세 이상 인구가 약 4,000만 명이었지만, 2030년까지 그 숫자는 두 배로 늘어나 5명 중 1명꼴이 될 것이다. 경직된 미국의 의료 체계는 고령화의 부담을 견디지 못할 것이다. 이미 2017년에 미국인은 의료비로 3조 5,000억 달러(약 4,600조 원-옮긴이)를 썼다고 한다. 이는 국내총생산의 17퍼센트를 넘는 수치이며, 1인당 비용은 OECD 국가 평균 지출액의 약 두 배다. 메디케어 전체 지출 중 4분의 1은 삶의 마지막 해를 보내는 환자에게 사용될 것이다. 이러한 미국의 상황 때문에 존엄사 지자 중에도 존엄사법이 재정 공리주의라는 저질스러운 논리에 의해 오용될 것을 우려하는 이들이 있다. 죽을 권리가 싸게 죽을 의무로 변질되는 상황을 염려하는 것이다. 대의를 위해, 아이들을 위해 선택을 강요받고 막대한 공적 자금을 소모하면서 삶에 매달리는 일은 지독한 허영으로 치부될 수 있다.

동시에 미국인들은 죽음에 관한 문제를 피하거나 무시하는 데 열심이다. 2017년 카이저 가족 재단 연구에 따르면 미국인 중 약 70퍼센트가 죽음에 관해 이야기하는 것을 '일반적으로 피한다.' 65세 이상 미국인 중 22퍼센트만이 생애말기의 요청 사항에 관해 의료인과 이야기해본 적이 있었다. 전국적인 죽음 공포증이 얼마나 제도화되었는지는 다음 사건에서도 알 수 있다. 2009년 미국 의사는 조력사에 관한 생전 유언과 생애말기 치료 선택권에 관해 환자를 상담할 경우, 메디케어에서 얼마를 상환받아야 하는지(상담 첫 30분에 86달러(약 11만 원-옮긴이)를 제안했다)를 두고 정책적인 논쟁을 벌일 당시, 공화당 국회의원들과 부통령 후보 세라 페일린 Sarah Palin이 이 논의를 장악했다. 이들은 이런 상담을 해주는 사람이 곧 정부가 운영하는 '죽음 배심원단'이 되어 누가 살아야 하고 누가 죽어야 하는지를 결정하게 될 것이라고 주장했다. 이에 대해 오바마 행정부는 의료 관련 법에서 이 규정을 철회하고 생애말기 계획에 대한 참고문을 삭제했다. 그러나 이후로도 죽음 배심원단은 미국인의 상상 속에 살아 있었다. 앞서 언급한 적정부담보험법 Affordable Care Act이 통과된 지 3년이 지난 2013년, 미국인 중 40퍼센트는 이 법이 생애말기 선택권을 노인이 아닌 워싱턴에 주는 것이라는 잘못된 믿음을 여전히 고수했고, 21퍼센트는 내용을 정확하게 알지 못했다. 역사학자 질 르포어Jill Lepore는 이렇게 말했다. "죽음에 대한 문제로 정당 기반을 다지는 일은 잘못된 포퓰리즘으로 이어진다. 하지만 죽음에 대한 공포를 이용하여 정치적 이득을 얻는 것은 기괴한 전략일지라도 동시에 실용적인 전략일 수 있다."

오리건주에서는 1990년대에 예상했던 미끄러운 경사길이 발생하지 않았다는 현실은 지원사 지지자에게 힘을 실어준다. 이 법에는 자기 조절 능력이 있는 듯했다.《의료윤리 학술지》에 실린 한 연구에 따르면 오리건주의 의사조력사 현황을 살펴보면 '노인, 여자, 보험이 없는 사람… 교육 수준이 낮은 사람, 가난한 사람, 신체장애나 만성질환이 있는 사람, 미성년자, 우울증을 포함하여 정신질환이 있는 사람, 소수 인종, 문화적 소수자가 더 큰 위험에 처했다는 증거는 나타나지 않았다.' 조력사가 완화치료나 호스피스 치료를 대체하지도 않았으며 현실은 오히려 그 반대였다. 오리건주에서는 존엄사법 통과 이후 호스피스 위탁이 증가하여 이제 오리건주는 미국에서 호스피스 이용도가 가장 높은 주 가운데 하나였다.

의사조력사가 합법인 주에서도 의사조력사는 드물게 실시되며, 대부분 죽음이 매우 가까운, 몇 주나 며칠밖에 남지 않은 환자만 관련 법을 이용한다. 생명윤리학자 아서 캐플란은 한때 미국에서 조력임종을 가장 열정적으로 비판했던 사람이었지만, 이러한 현실에 설득당해 이제는 존엄사 관련 법이 추가로 통과되길 바란다. 캐플란은 내게 말했다. "제 걱정은 경제 문제 때문이었죠. 하지만 오리건주와 워싱턴주에서 가난한 사람을 죽이는, 그런 남용 사례는 나타나지 않았습니다. '돈을 절약하기 위해 어머니를 일찍 떠나보내는…' 그런 상황은 없었죠. 전혀요. 그래서 저는 태도를 바꾼 겁니다."

*

2020년 초, 나는 마이아 칼로웨이에게 전화를 걸어 새해 인사를 전했다. 마이아와 테비에는 콜로라도주에 있는 아버지 집에서 새해 전야를 보냈다. 세 사람은 텔레비전으로 타임스퀘어볼(뉴욕타임스퀘어 지붕에 달린 공 모양 조형물로 해가 바뀌는 자정 직전에 아래로 내린다-옮긴이)이 내려오는 모습을 본 뒤 자러 갔다. 마이아가 올해가 생의 마지막 해가 될 것이므로, 타임스퀘어볼이 내려오는 모습을 다시는 못 볼 거라고 말했다. 마이아는 스위스의 페가소스 Pegasos라는 새로운 병원에서 죽음을 맞이할 마지막 채비를 하는 중이었는데, 이 병원은 세금을 포함하여 1만 유로(약 1,360만 원-옮긴이)에 '평온하고 존엄성 있고 친절한 조력사'를 제공했다. 몇 달 전 마이아는 새로운 공개 모금을 시작했는데, 이번에는 '고펀드미 GoFundMe'라는 사이트에서 '좋은 삶-좋은 죽음'이라는 제목으로 진행해 7,000달러(약 911만 원-옮긴이) 이상을 모금하는 데 성공했다. 그중 일부는 낯선 이들이 25달러, 5달러씩 보내준 소액 기부였고, 마이아는 모금 운동 페이지에 썼다. "여러분이 보내주신 기금은 제가 스위스로 가는 데 드는 모든 비용을 지불하는 데 도움이 될 겁니다. 저는 나날이 척추가 악화되고 있어 머지않아 15시간이나 걸리는 국제 비행을 버티지 못하게 될 거예요."

마이아는 글과 함께 휠체어를 탄 사진을 올려두었다. 카메라는 휠체어 뒤쪽에 있었지만 고개를 돌려 카메라를 바라보고 있었다. 입술을 벌린 채로 약간 놀란 표정이었는데, 뒤에 카메라가 있었다는 사실에 놀란 것처럼 보였다. 사진 속 마이아는 베르메르가 그린 명화 〈진주 귀걸이를 한 소녀〉에 나오는 소녀를 닮았다. 나는 그 사진을 바로 알아봤는데, 내가 뉴멕시코주에서 찍어준 것이었다.

그 사진을 찍기 직전 마이아는 리오그란데 골짜기 가장자리까지 휠체어를 타고 가서 아래를 내려다봤다. 마이아는 약속했던 모습으로 거기에 있었다. 심연을 노려보며 죽어가는 여자의 모습으로.

마이아는 내게 말했다. "우리는 다른 사람을 살릴 수 없어요. 구제할 수도 없고요. 다른 사람의 고통조차 막을 수 없는데, 고통은 피할 수 없는 것이기 때문이죠. 자기에게 다가올 고통을 막는 일은 타인의 고통을 막는 것과 무엇이 다른 걸까요?" 마이아는 잠시 말을 멈췄다. "저는 생활 지원을 받으며 살고 싶지는 않아요. 침대에서 뒤집혀지거나 카테터를 단 채로 말이죠. 내게 자유를 줘요!" 마이아는 아직도 육체에서 벗어나 새가 되어 날아가는 꿈을 꾼다고 했다. 마이아가 느낀 것은 내가 이 책에서 다룬 사람들이 느낀 충동과 다른 것일까? 모두 무언가로부터 도망쳤다. 애브릴은 나이로부터, 데브라는 병으로부터, 애덤은 정신으로부터. 그런데 그들은 어디를 향해 도망친 걸까?

내가 이 책을 쓰기 위해 만났던 대다수는 존엄성 있게 죽기를 기대한다고 말했다. 대부분 바로 그 단어, '존엄성'을 언급했다. 대체 존엄성은 무슨 뜻일까? 이 작업 중심에는 '존엄성'과 그 의미를 정의하려는 간절한 시도들이 있었다. 물론 '존엄성'은 어느 하나의 의미로 수렴되지 않는다. 하지만 이 책에 담긴 그들의 이야기에서, 입을 모아 존엄성을 이야기하는 맥락을 발견할 수 있다. 바로 진실함에서 존엄성을 발견한다는 것이다. 그들은 일관성, 평정심, 정연한 서사에서 존엄성을 발견한다. 내가 만난 사람들에게는 가장 마지막 순간까지 자기 자신으로, 자기가 정의한 자신으로 사는 것이 중요했다. 인생의 며칠, 몇 주, 몇 년을 희생하더라도 말이다. 그들에게는 삶을 어떻게 마무리 지었는지가 중요했다. 이렇게 선택한 죽음은 작가가 쓴 이야기 같은 것이 되었고, 어느 한 개인이 마지막까지 자신의 삶을 써내려갈 수 있게 해주었다.

마이아에게도 그럴 것이다. 이제 마이아는 영웅의 여정 중 끝에서 두 번째 단계에 와 있다. 남은 건 결론으로 가는 과정뿐이다. 마이아가 내게 부드럽게 말했다. "제가 오랫동안 그 얘길 해왔다는 걸 알아요. 하지만 진심이에요."

나는 이 책을 인쇄에 넘기기 전에, 활동가이자 헴록소사이어티의 설립자인 데릭 험프리에게 다시 메일을 썼다. 어떻게 보면 데릭이 1991년에 출간한 놀라운 베스트셀러《마지막 비상구》는 이 작업으로 이어지는 일들의 계기가 되었다. 데릭은 아직도 매일 책이 몇 권씩 팔린다고 했다. 2019년 중반까지 12개의 언어로 출간되어 약 200만 부가 팔렸다고 한다. 데릭은 인터넷에서 사기가 판을 치는 탓에 여전히 많은 이들이 구시대적 조언을 원한다고 했다. 가스통과 비닐봉지와 처방받은 약의 조합에 관해서.

나는 중고로 사서 귀퉁이가 접힌《마지막 비상구》를 갖고 있는데, 데릭이 그 책에 개인 전화번호를 수록한 것을 알게 되었다. 나는 독자로부터 전화를 받아본 적이 있냐고 물었다.

데릭은 책을 출간한 지 거의 30년이 지났지만, 여전히 매일 한두 통씩 전화가 온다고 했다. 보통 말기질환을 앓거나 살아 있는 것이 너무 힘들 때 대체 무엇을 할 수 있는지 알고 싶은 사람들이었다. 데릭은 오리건주 유진 근처의, 윌래밋강Willamette River 옆에 있는 방이 2개인 집에서 전화를 받았다. 맑은 날이면 창밖으로 캐스케이드산맥Cascade Mountains이 내다보였다. 나는 이것이, 나이 든 남자가 낯선 사람으로부터 온 전화를 받는 것이 우리가 할 수 있는 최선인지 묻고 싶었다.

연대표

<u>1942년 1월</u> 스위스에서 '이기적인 동기'에 영향을 받지 않았음을 전제로 의사조력사가 허용된다.

<u>1980년 8월</u> 데릭 험프리가 캘리포니아주에서 헴록소사이어티를 설립한다.

<u>1981년</u> 네덜란드에서 법원 판결에 따라 환자가 죽는 것을 도운 혐의로 의사를 기소하지 않게 된다.

<u>1982년 9월</u> 미국에서 메디케어가 호스피스 치료에 재정을 지원하기 시작한다.

<u>1988년 1월</u> 익명의 부인과 전공의가 《미국 의학협회 학술지》에 「끝났습니다, 데비」를 투고한다.

<u>1990년 6월</u> 미시간주 의사 잭 케보키언이 폭스바겐 승합차 뒷좌석에서 첫 번째 환자인 재닛 앳킨스가 죽도록 돕는다.

<u>1991년 3월</u> 데릭 험프리가 《마지막 비상구》를 출간한다.

<u>1991년 3월</u> 티모시 퀼이 《뉴잉글랜드 의학 학술지》에 실은 수필에서 삶을 끝내길 원하는 암환자에게 치명적인 약물을 처방했음을 시인한다.

<u>1994년 11월</u> 오리건주 유권자들이 '법안 16(오리건주 존엄사법)'을 통과시키면서 세계 최초로 투표를 거쳐 당시 '조력자살'이라고 불렸던 것을 합법화한 지역이 된다.

<u>1995년 3월</u> 요한 바오로 2세 교황이 「생명의 복음Evangelium vitae」이라

는 회칙(로마 교황이 전 세계의 주교에게 보내는 칙서-옮긴이)을 발행해 조력사를 '신법 위반'이라고 공표한다.

1996년 7월 호주 노던주에서 말기질환권리법을 시행한다.

1996년 9월 호주에서 필립 니츠케가 세계 최초로 환자의 죽음을 합법적으로 도운 의사가 된다.

1997년 3월 호주에서 정부가 말기질환권리법을 폐지한다. 필립 니츠케는 자발적 안락사 연구 재단을 설립하고 멜버른에서 첫 번째 엑시트 워크숍을 진행한다.

1997년 5월 컬럼비아주 대법원은 말기질환 환자에 대한 조력사를 법적 처벌 대상에서 제외한다.

1997년 6월 워싱턴주와 뉴욕에서 발생한 두 건의 조력사 사건에 대해 미국 대법원이 판결을 내린다. 대법원 판사들은 주에서 내린 의사조력사 금지령을 기각하지 않기로 한다.

1998년 5월 스위스에서 디그니타스 조력사 병원이 설립된다. 이 병원은 외국인과 영주권이 없는 환자도 수용한다.

2002년 4월 네덜란드에서 합법적인 안락사와 의사조력사를 시행한다.

2002년 5월 벨기에가 안락사와 의사조력사를 합법화한다.

2004년 파이널엑시트네트워크가 설립된다.

2005년 예전에 헴록소사이어티로 알려졌던 생애말기선택End-of-Life Choices가 컴패션인다잉Compassion in Dying과 합병하여 컴패션&초이시스가 된다.

2006년 7월 필립 니츠케와 피오나 스튜어트가 《평온한 약 안내서》를 출간한다.

2008년 11월 워싱턴주가 의사조력사를 합법화한다.

2009년 3월 룩셈부르크에서 합법적 안락사와 의사조력사를 시행한다.

2009년 12월 영국에서 마이클 어윈이 노년 이성적 자살 협회를 설립한다.

2009년 12월 백스터 대 몬태나주 소송에서 몬태나주 대법원은 말기질환 환자가 죽도록 도운 의사는 주 법에 따라 보호받는다고 판결한다.

2013년 5월 버몬트주에서 존엄사법을 시행한다.

2014년 2월 벨기에는 합법적인 안락사 적용 대상을 말기질환을 앓는 어린이까지 확대한다.

2015년 2월 카터 대 캐나다 소송에서 캐나다 대법원은 의사조력사에 대한 금지령을 뒤집는다.

2015년 9월 영국 하원은 의사조력임종 법안을 거부한다.

2016년 6월 캘리포니아주 생애말기선택권법이 발효된다.

2016년 6월 시애틀에서 의사들이 모여 DDMP라고 알려진 치명적인 약물 혼합제를 개발한다.

2016년 6월 캐나다 의회가 법안 C-14를 통과시켜 의사조력사를 합법화한다.

2016년 10월 네덜란드의 보건복지체육부 장관 에디스 쉬퍼스는 '삶을 완료'했다고 느끼는 노인을 위한 조력사 합법화를 지지한다고 말한다.

2016년 12월 콜로라도주 생애말기선택권법이 발효된다.

2017년 2월 워싱턴주와 워싱턴 D.C.에서 존엄사법을 시행한다.

2018년 4월 하와이주에서 '우리돌봄, 우리선택법'을 시행한다.

2019년 6월 미국 의료협회에서 의사조력사에 반대하는 견해를 재확인한다.

2019년 6월 메인주에서 존엄사법을 시행한다.

2019년 8월 뉴저지주에서 '말기질환 환자를 위한 지원임종법'을 시행한다.

2019년 9월 캐나다 퀘벡주 주법원이 말기질환 환자에게만 의사조력사를 시행한다는 제한을 폐지한다.

주석

들어가며

13 **베티는 온라인 자살 설명서인~** Philip Nitschke and Fiona Stewart, *The Peaceful Pill eHandbook*(n.p.: Exit International US, 2008). 이 책에는 온라인 안내서가 1년에 6번까지 갱신되어 '독자가 안락사 및 조력자살의 세계적 현황에 관한 중요한 최신 정보에 접근할 수 있도록 보장'한다고 쓰여 있다.

14 **환경 규제 때문에 자동차의~** Neil B. Hampson, "United States Mortality Due to Carbon Monoxide Poisoning, 1999-2014. Accidental and Intentional Deaths", *Annals of the American Thoracic Society* 13, no. 10 (October 2016): 1768-1774; Joshua A. Mott et al., "National Vehicle Emissions Policies and Practices and Declining US Carbon Monoxide-Related Mortality", *JAMA: Journal of the American Medical Association* 288, no. 8 (August 2002): 988-995; David M. Studdert et al., "Relationship Between Vehicle Emissions Laws and Incidence of Suicide by Motor Vehicle Exhaust Gas in Australia 2001-06: An Ecological Analysis", *PLOS Medicine* 7, no. 1 (January 2010), http://www.ncbi.nlm.nih.gov/pubmed/20052278.

14 **밀폐된 차고에서 차에 시동을~** 《평온한 약 안내서》의 저자는 농약도 유사한 사례라고 말한다. 스리랑카에서는 가장 치명적인 농약을 금지한 뒤로 농약을 사용한 자살이 감소했다. "The Coal Gas Story: United Kingdom Suicide Rates, 1960-81", *British Journal of Preventative Social Medicine* 30, no. 2 (June 1976): 86-93; Matthew Miller, "Preventing Suicide by Preventing Lethal Injury: The Need to Acton What We Already Know", *American Journal of Public Health* 102, no. 1 (March 2012): e1-e3.

14 **1세대 수면제는 단계적으로 폐기되고~** Wallace B. Mendelson, "A Short History of Sleeping Pills", *Sleep Review*, August 16, 2018, http://sleepreviewmag.com2018/08/history-sleeping-pills/.

14 **베티는 친구에게 자살은 합법이지만~** Robert Rivas, "Survey of State Laws Against Assisting in a Suicide", Final Exit Network, 2007, www.finalexitnetwork.org/Survey_of_State_Laws_Against_Assisting_in_a_Suicide_2017_update.pdf.

15 **나아가 '환자 자율성'을 주장하는 더 넓은~** 미국에서 안락사와 관련된 환자 자율성 논쟁은 1870년까지 거슬러 올라갈 수 있는데, 그해 새뮤얼 윌리엄스라는 남자(의사는 아니다)는 '버밍엄 사변 동호회Birmingham Speculative Club'에서 안락사 합법화에 찬성하는 연설을 했다. 이 연설은 주목받지 못하는 듯하다가, 1972년에 책으로 인쇄되어 호평을 받으며 널리 퍼졌다. 에스겔 엠마누엘(미국의 의사이자 생명윤리학자)은 이렇게 말했다. "윌리엄스의 논설은 오늘날 가장 저명한 영국 문학·정치 학술지에서 '주목할 만하다'고 평가

받았다." Ezekiel J. Emanuel, "The History of Euthanasia Debates in the United States and Britain", *Annals of Internal Medicine* 121, no. 10 (1994): 793-802.

16   이 이야기는 1975년 스무 살이었던~ 퀸랜 사건과 환자 자율성 운동에 관한 더 자세한 내용은 다음을 참조하라. *In re Quinlan: In the Matter of Karen Quinlan, an Alleged Incompetent*, 70 NJ 10, 355 A.2d 647 (NJ 1976), argued January 26, 1976, decided March 31, 1976; Jill Lepore, *The Mansion of Happiness: A History of Life and Death*(New York: Knopf, 2012); Jill Lepore, "The Politics of Death", *New Yorker*, November 22, 2009; Robert D. McFadden, "Karen Ann Quinlan, 31, Dies; Focus of '76 Right to Die Case", New York Times, June 12, 1985; M. L. Tina Stevens, "The Quinlan Case Revisited: A History of Culture Politics of Medicine and the Law", HEC Forum 21, no. 2 (1996): 347-366; Tom L. Beauchamp, "The Autonomy Turn in Physician-Assisted Suicide", *Annals of the New York Academy of Sciences* 913, no. 1 (September 2000): 111-126; Haider Warraich, *Modern Death: How Medicine Changed the End of Life*(New York: St. Martin's Press, 2017); Gregory E. Pence, "Comas", chap. 2 in *Classical Cases in Medical Ethics: Accounts of the Cases and Issues That Defne Medical Ethics*(New York: McGraw-Hill, 2008).

17   병원 의사를 대변하는 반대~ Lepore, "Politics of Death."

17   1975년 11월 퀸랜 부부는~ *In re Quinlan.*

17   누군가는 '소극적 안락사'라고 부를 것이다 다음을 참조하라. William F. Smith, "In re Quinlan, Defining the Basis for Terminating Life Support Under the Right of Privacy", *Tulsa Law Review* 12, no. 1 (1976): 150-167.

18   1983년 스물다섯이었던 낸시 크루잔은~ 낸시 크루잔 사건과 그 여파에 관한 더 자세한 내용은 다음을 참조하라. *Cruzan v. Director, Missouri Department of Health*, 497 US 261 (1990); George J. Annas, "Nancy Cruzan and the Right to Die", *New England Journal of Medicine* 323 (September 1990): 670-673; Ronald Dworkin, "The Right to Death", New York Review of Books, January 31, 1991; Jacqueline J. Glover, "The Case of Ms. Nancy Cruzan and the Care of the Elderly", *Journal of the American Geriatric Society* 38, no. 5 (May 1990): 588-593.

18   그녀의 운명은 1990년 연방대법원의~ *Cruzan v. Director, Missouri Department of Health.* 이 판결의 영향에 관한 더 자세한 내용은 다음을 참조하라. Alexander Morgan Capron, "Looking Back at Withdrawal of Life-Support Law and Policy to See What Lies Ahead for Medical Aid-in-Dying", *Yale Journal of Biology and Medicine* 94, no. 4 (December 1990): 781-791; Tamar Lewin, "Nancy Cruzan Dies, Outlived by a Debate over the Right to Die", *New York Times*, December 27, 1990.

19   혀가 붓고 눈꺼풀은 닫힌 채로~ James M. Hoefler, *Deathright: Culture, Medicine, Politics and the Right to Die*(New York: Routledge, 2018); *The Death of Nancy Cruzan*, produced by

Frontline, PBS (PBS Video, 1992), VHS.

19 **미주리주에서는 개조차도 합법적으로~** Lewin, "Nancy Cruzan Dies."

19 **그해 스물여섯이었던 테리 샤이보는~** 테리 샤이보 사건에 관한 더 자세한 내용은 다음을 참조하라. Joan Didion, "The Case of Theresa Schiavo", *New York Review of Books*, June 9, 2005; Rebecca Dresser, "Schiavo's Legacy: The Need for an Objective Standard", *Hastings Center Report* 35, no. 3 (May-June 2005): 20-22.

19 **15년이 흐르는 동안 테리한테~** "Judge Rules Man May Let Wife Die", Reuters, August 9, 2001; "Brain-Damaged Florida Woman Receiving Fluids", CNN, October 22, 2003; "Brain-Damaged Woman Receives Feeding Tube", Associated Press, October 23, 2003; "Florida Court Strikes Down Terri's Law", CNN, September 23, 2004; Abby Goodnough, "Florida Steps Back into Fight over Feeding Tube for Woman", *New York Times*, February 24, 2005; "Bush Signs Schiavo Legislation", Associated Press, March 21, 2005; "Florida Judge Rejects State Custody Bid in Schiavo Case", CNN, March 24, 2005; Abby Goodnough, "Supreme Court Refuses to Hear Schiavo Case", *New York Times*, March 25, 2005.

19 **'환자 자율성' 운동을 발전시키는~** 1990년 제정된 '환자자기결정법Patient Self Determination Act'도 이와 관련이 있다. 이 법에서는 대다수 병원과 요양원이 환자에게 생애말기 선택권과 의료에 관한 의사결정을 내릴 권리를 교육하고 사전 지시 문서를 제공하길 요구했다. US Congress, House, Patient Self-Determination Act of 1990, HR 4449, 101st Cong. (1990), https://www.congress.gov/bill/101st-congress/house-bill/4449.

20 **'조력자살'을 투표를 통해 합법화하는~** Kathryn Tucker and David Leven, "Aid in Dying Language Matters", End of Life Choices New York and Disability Rights Legal Center, May 2016, accessed January 2, 2019, https://www.albanylaw.edu/event/End-of-Life-Care/Documents/Materials%20Death%20w%20dignity.pdf.

20 **그러나 줄줄이 이어지는 법적 문제 제기와~** "Oregon Death with Dignity Act: A History", Death with Dignity National Center, accessed March 2020, https://www.deathwithdignity.org/oregon-death-with-dignity-act-history/; Eli D. Stutsman, "Oregon Death with Dignity Act: Four Challenges That Ensured the Law's Success", Death with Dignity National Center, May 6, 2015, https://www.deathwithdignity.org/news/2015/05/oregon-death-with-dignity-act-challenges/; Ben A. Rich, "Oregon Versus Ashcroft: Pain Relief, Physician-Assisted Suicide, and the Controlled Substances Act", *Pain Medicine* 3, no. 4 (2002): 353-360.

20 **200만 달러에 이르는 천주교 기금이~** Timothy Egan, "Assisted Suicide Comes Full Circle, to Oregon", *New York Times*, October 26, 1997; Timothy Egan, "The 1997 Elections: Right to Die; in Oregon, Opening a New Front in the World of Medicine",

New York Times, November 6, 1997.

20 그로부터 1년 후인 1998년에는 오리건주 포틀랜드에~ Dr. Peter Reagan published a description of the case in 1999. Peter Reagan, "Helen", *Lancet* 353 (1999): 1265-1267; 또한 다음을 참조하라. Myrna C. Goldstein and Mark A. Goldstein, *Controversies in the Practice of Medicine*(Westport, CT: Greenwood Press, 2001), 321-323; Timothy Egan, "First Death Under an Assisted-Suicide Law", *New York Times*, March 26, 1998.

21 이런 요청을 한 환자 중 4분의 1은~ 설문지를 받은 의사 1,453명 중 828명이 대답하여 응답률은 57퍼센트였다. Anthony L. Back et al., *JAMA: Journal of the American Medical Association 275*, no. 12 (March 27, 1996): 919-925.

21 1995년에 미시간주 암 전문의를 대상으로~ David J. Doukas et al., "Attitudes and Behaviors on Physician-Assisted Death: A Study of Michigan Oncologists", *Journal of Clinical Oncology* 13, no. 5 (1995): 1055-1061. 1995년에 오리건주 의사들을 대상으로 진행된 다른 연구에 따르면 응답자의 21퍼센트는 "조력자살을 요청받은 적이 있었"으며 7퍼센트는 그 요청을 들어주었다. Melinda A. Lee et al., "Legalizing Assisted Suicide: Views of Physicians in Oregon", *New England Journal of Medicine* 334 (February 1, 1996): 310-315.

2000년에 연구자들은 보다 광범위한 연구를 진행했다. 암 전문의 3,299명을 대상으로 의사조력사와 안락사에 대한 태도를 조사했는데, 응답자 중 62.9퍼센트가 현직에 있는 동안 안락사나 의사조력자살을 요청받은 적이 있었다. 조사에 응답한 암 전문의 중 3.7퍼센트는 안락사를 시행했으며 10.8퍼센트는 의사조력자살을 시행했다. 안락사를 시행한 암 전문의 중 57퍼센트는 1회만 시행했으며 12퍼센트는 5회 이상 시행했다.

이 조사에서 주목할 점은 '생애말기 치료에 관해 적절하게 교육받았다고 믿는' 암 전문의는 '죽어가는 환자에게 필요한 치료를 전부 시도할 수 없었다고 보고한' 동료에 비해 안락사나 의사조력사를 시행해봤을 확률이 낮다는 것이다. 이에 연구자들은 '생애말기 치료 교육을 많이 받은 의사는 최고의 완화치료를 제공하는 일에 더 자신감을 느끼며 안락사나 의사조력자살에 의존할 필요성을 덜 느낄 수 있다'는 가설을 세웠다. 그러나 이 연구는 응답률이 39.8퍼센트로 낮다는 한계가 있다. Ezekiel J. Emanuel et al., "Attitudes and Practices of U.S. Oncologists Regarding Euthanasia and Physician-Assisted Suicide", *Annals of Internal Medicine* 133, no. 7 (October 3, 2000): 527-532.

22 의사가 말기질환 환자의 자살을~ Egan, "First Death Under an Assisted-Suicide Law."

23 노인들이 레저용 자동차를 타고~ Katie Hafner, "In Ill Doctor, a Surprise Reflection of Who Picks Assisted Suicide", *New York Times*, August 11, 2012.

23 오리건주 존엄사법에 따르면 말기질환을 앓고~ "Oregon's Death with Dignity Act (DWDA)", Oregon Health Authority, accessed January 2020, http://oregon.gov/oha/PH/PROVIDERPARTNERRESOURCES/EVALUATIONRESEARCH/

DEATHWITHDIGNITYACT/PAGES/faqs.aspx. 또한 다음을 참조하라. Kathryn Tucker, "Aid in Dying: Guidance for an Emerging End-of-Life Practice", *Medical Ethics* 142, no. 1 (July 2012): 218-224.

23 **생존 기간 예측은 불분명한 의학에 근거하고~** 연구자들은 완화치료 분야에서의 예측 정확도에 관한 기존 영어 연구를 검토했고, 추정치 사이에서 큰 차이를 발견하여 임상의는 내리는 예측이 부정확한 경우가 많다고 결론지었다. 어느 임상의가 진료하는 하위 집단에서도 여타 집단보다 일관적으로 높은 정확도를 보이지는 않았다.

2000년에 니컬러스 크리스타키스Nicholas Christakis와 엘리자베스 라몬트Elizabeth Lamont는 환자 468명에게 생존 기간을 알려주었던 의사 343명을 대상으로 설문조사를 실시했다. 조사 결과 468건의 예측 중 92건(20%)만이 정확했으며, 나머지는 실제 생존 기간과 33% 이내의 차이를 보였다. 295건(63%)은 지나치게 낙관적이었고 81건(17%)은 지나치게 비관적이었다. 전반적으로 의사는 생존 기간을 5.3배가량 과대 추정했다. Nicholas A. Christakis and Elizabeth B. Lamont, "Extent and Determinants of Error in Physicians' Prognoses in Terminally Ill Patients", *Western Journal of Medicine* 172, no. 5 (May 2000): 310-313.

23 **의사가 보기에 정신질환으로 판단력이~** 모든 지원자에게 정신 건강 평가를 요구하는 주는 하와이주뿐이다.

24 **1995년 바티칸에서는 조력사가~** Pope John Paul II, "Evangelium vitae", *Encyclicals*, March 25, 1995.

24 **미국 의료협회에서도 '의사조력자살은~** "Physician-Assisted Suicide", American Medical Association, accessed January 2020, http://www.ama-assn.org/delivering-care/ethics/physician-assisted-suicide.

24 **포틀랜드 의사들은 훗날 누군가가 말했듯~** National Academies of Sciences, Engineering, and Medicine 2008, *Physician-Assisted Death: Scanning the Landscape: Proceedings of a Workshop*(Washington, DC: National Academies Press, 2018), 46.

25 **1997년 연방대법원은 워싱턴과 뉴욕에서 발생한~** *Vacco v. Quill*, 521 US 793 (June 26, 1997); *Washington v. Glucksberg*, 521 US 702 (June 26, 1997). 더 자세한 맥락을 살펴보려면 다음을 참조하라. Kathryn Tucker, "In the Laboratory of the States: The Progress of Glucksberg's Invitation to States to Address End-of-Life Choice", *Michigan Law Review* 106, no. 8 (June 2008): 1593-1611.

25 **대법원에서는 이 사안을 '주에서 연구하도록'~** 워싱턴주 대 글럭스버그Washington v. Glucksberg 판결에서 수석판사 윌리엄 렌퀴스트는 법원 의견을 전하면서 이렇게 썼다. "마지막으로, 주에서는 조력자살을 허락하여 자발적 안락사, 심지어는 비자발적 안락사로 가는 길이 열리는 것을 우려할 수 있다." 상소법원 또한 앞서 나온 판결을 요약하면서 이렇게 썼다. "따라서 '의사조력자살'에 대한 한정적인 권리라고 표현하는 그것이 사실

훨씬 더 광범위한 행위에 대한 보증일 수 있으며, 감시하고 통제하기가 극도로 어려운 대상일 수 있다. 워싱턴주는 조력자살을 금지함으로써 이런 위험을 예방한다." 데이비드 수터David Souter 판사도 덧붙였다. "이 판결에는 '미끄러운 경사길'을 옹호하는 주장이 잘 나타난다. 특정한 권리를 존중해야 한다고 인정했을 때 다른 권리를 인정하지 않을 법적 기준이 없어지기 때문이 아니라 판단하기 어려운 문제인 정신에 관한 사실을 참고하거나 이를 진행하는 사람이 요청에 휘둘릴 수 있으므로, 숭고하든 아니든 새롭게 제기되는 권리를 억제하기 쉽지 않으리라는 주장이 타당하기 때문이다." *Washington et al., Petitioners v. Harold Glucksberg et al.*, Supreme Court of the United States, June 26, 1997, https://www.law.cornell.edu/supct/html/96-110.ZO.html.

26   **대법원 판사 벤저민 카도조가 말했듯**~ Benjamin N. Cardozo, *The Nature of the Judicial Process*(New Haven, CT: Yale University Press, 1921), 51.

27   **"이 법은 제 권리를 전부 빼앗아갔습니다."** "Diane Pretty loses right to die case", Guardian, April 29, 2002, https://www.theguardian.com/society/2002/apr/29/health.medicineandhealth.

27   **다이앤이 '늘 두려워했던 방식으로' 사망했다고**~ Sandra Laville, "Diane Pretty dies in the way she always feared", *Telegraph*, May 13, 2002, https://www.telegraph.co.uk/news/uknews/1394038/Diane-Pretty-dies-in-the-way-she-always-feared.html.

27   **미국으로 돌아오면, 2008년이 되어서야**~ 주법 사이에는 다소 차이가 있다. 하와이주의 '우리돌봄, 우리선택법Our Care, Our Choice Act'은 정신 건강 평가와 20일의 대기 기간을 요구한다. 오리건주에서는 대기 기간이 15일인 것과 차이가 있다.

27   **2017년 갤럽 설문에 따르면**~ Jade Wood and Justin McCarthy, "Majority of Americans Remain Supportive of Euthanasia", Gallup, June 12, 2017, https://news.gallup.com/poll/211928/majority-americans-remain-supportive-euthanasia.aspx.

28   **이러한 운동이 시작된 오리건주에서도**~ Public Health Division, Center for Health Statistics, "Oregon Death with Dignity Act: 2019 Summary", Oregon Health Authority, February 25, 2020, https://www.oregon.gov/oha/PH/PROVIDERPARTNERRESOURCES/EVALUATIONRESEARCH/DEATHWITHDIGNITYACT/Documents/year22.pdf.

28   **대부분 건강보험에 가입했고 이미 호스피스 치료에**~ 호스피스는 '생애말기 치료에 대한 철학'의 일종으로, 병을 낫게 하는 치료보다는 죽어가는 환자의 증상을 완화하는 데 집중한다. 호스피스 치료는 보통 환자의 집에서 의사, 간호사, 사회복지사, 사제, 자원봉사자가 모인 다학제 팀이 제공하지만, 병원, 요양원, 생활 지원 시설에서도 제공된다. 미국에서는 기대수명이 6개월 이하인 환자를 대상으로 메디케어에서 호스피스 비용을 지원한다. 대다수 주에서는 메디케이드도 호스피스 혜택을 지원한다.

28   **아프리카계 미국인이 완화치료나 호스피스 치료를**~ 아프리카계 미국인은 완화치료와 호스피스 치료를 포함한 생애말기 치료의 품질과 접근성 모두에서 차별을 경험한다.

2009년에는 아프리카계 미국인 사망자 중에는 33퍼센트만이 사망 전에 호스피스 서비스를 이용했는데, 백인 사망자 중에는 44퍼센트가 호스피스 서비스를 이용했다. Cheryl Arenella, "Hospice and Palliative Care for African Americans: Overcoming Disparities", *Journal of Palliative Medicine* 19, no. 2 (February 1, 2016): 126. 호스피스 치료에서의 인종 차별에 관해 더 자세히 알고 싶다면 다음을 참조하라. K. T. Washington et al., "Barriers to Hospice Use Among African Americans: A Systematic Review", *Health and Social Work* 33, no. 4 (November 2008); Stephen J. Ramey and Steve H. Chin, "Disparity in Hospice Utilization by African American Patients with Cancer", *American Journal of Hospice and Palliative Medicine* 29, no. 5 (October 2011): 346-354; Jessica Rizzuto and Melissa Aldridge, "Racial Disparities in Hospice Outcomes: A Race or Hospice-Level Effect?" *Journal of the American Geriatrics Society* 66, no. 2 (February 2018): 407-413.

29 **압도적 다수가 생애말기의 '자율성 상실'을~** Public Health Division, Center for Health Statistics, "Oregon Death with Dignity Act: 2018 Summary", Oregon Health Authority, February 15, 2019, www.healthoregon.org/dwd. 각 해의 연간 보고서는 온라인에서 열람할 수 있다. 갠지니와 그의 동료들은 오리건주 환자들이 의사조력자살을 선택하는 이유를 조사했다. Linda Ganzini et al., "Oregonians' Reasons for Requesting Physician Aid in Dying", *Archives of Internal Medicine* 169, no. 5 (2009): 489-492.

30 **동료 몇 명과 다큐멘터리 영화를~** 나는 두 명의 동료, 욘니 우시스킨Yonni Usiskin과 맷 시어Matt Shea 감독과 〈죽을 시간Time to Die〉이라는 장편 다큐멘터리 영화를 제작하여 런던에서 열린 프래그먼츠Fragments 영화제에서 '최고 장편Best Feature'을 수상했다. 그들의 천재성과 협동심에, 우리가 보도한 내용의 일부를 이 책에 사용할 수 있게 허락해준 것에 무한한 감사를 보낸다. *Time to Die*, directed by Yonni Usiskin and Matt Shea (London: VICE, 2019), documentary film.

30 **나는 기대보다 자료가 훨씬 적다는~** 누군가는 여러 주에서 생애말기 선택, 즉 연명치료의 지속 여부에 관한 결정 등에서도 의사의 보고서나 환자의 진술서를 요구하지 않는 탓에 자료 수집 현황이 열악한 것이라고 말한다.

32 **'절망 자살'이라고 부르는 대다수 자살처럼~** 다음을 참조하라. Silke Bachmann, "Epidemiology of Suicide and the Psychiatric Perspective", *International Journal of Environmental Research and Public Health* 15, no. 7 (July 6, 2018): 1425; World Health Organization Department of Mental Health, *Preventing Suicide: A Resource for Primary Health Care Workers*(Geneva: World Health Organization, 2000), http://www.who.int/mental_health/media/en/59.pdf.

36 **선전 문구로 사용하는 완곡한 표현인 '존엄사'에~** 이러한 맥락에서 '존엄성'에 관해 고민해볼 수 있는 유용한 글들을 몇 개 찾아보았다. 그중 역사적·철학적 관점에 대해서는 다음을 참조하라. Michael Rosen, *Dignity: Its History and Meaning*(Cambridge, MA: Harvard

University Press, 2018); Paul Formosa and Catriona Mackenzie, "Nussbaum, Kant and the Capabilities Approach to Dignity", *Ethical Theory and Moral Practice* 17, no. 5 (November 2014): 875-892; Sebastian Muders, "Natural Good Theories and the Value of Human Dignity", *Cambridge Quarterly of Healthcare Ethics* 25 (2016): 239-249; and, of course, Albert Camus, *The Myth of Sisyphus and Other Essays*(New York: Vintage, 1991).

죽어가는 것과 이를 의사가 돕는 일에 대한 존엄성 논쟁에 관한 더 자세한 내용은 다음을 참조하라. Scott Cutler Shershow, *A Critique of the Right-to-Die Debate*(Chicago: University of Chicago Press, 2014); Margaret P. Battin, *The Least Worst Death: Essays in Bioethics on the End of Life*(Oxford: Oxford University Press, 1994); Margaret P. Battin, Ending Life: *Ethics and the Way We Die*(Oxford: Oxford University Press, 2005); Sheldon Solomon et al., *The Worm at the Core: On the Role of Death in Life*(New York: Random House, 2015); Ernst Becker, *The Denial of Death*(New York: Free Press, 1973); Elisabeth Kübler-Ross, *On Death and Dying: What the Dying Have to Teach Doctors, Nurses, Clergy and Their Own Families*(New York: Scribner, 1969); Clair Morrissey, "The Value of Dignity in and for Bioethics: Rethinking the Terms of the Debate", *Theoretical Medicine and Bioethics* 37, no. 3 (June 2016): 173-192; Susan M. Behuniak, "Death with 'Dignity': The Wedge That Divides the Disability Rights Movement from the Right to Die Movement", *Politics and the Life Sciences* 30, no. 1 (Spring 2011): 17-32; Mara Buchbinder, "Access to Aid-in-Dying in the United States: Shifting the Debate from Rights to Justice", *American Journal of Public Health* 108, no. 6 (June 2018): 754-759; Ronald Dworkin et al., "Assisted Suicide: The Philosopher's Brief", *New York Review of Books*, March 27, 1997; Yale Kamisar, "Assisted Suicide and Euthanasia: An Exchange", *New York Review of Books*, November 6, 1997; Yale Kamisar, "Are the Distinctions Drawn in the Debate About End-of-Life Decision Making 'Principled'? If Not, How Much Does It Matter?" *Journal of Law, Medicine and Ethics* 40, no. 1 (Spring 2012); Yale Kamisar, "Some Non-religious Views Against Proposed 'Mercy Killing' Legislation Part 1", *Human Life Review* 1, no. 2 (1976): 71-114; Peter Allmark, "Death with Dignity", *Journal of Medical Ethics* 28, no. 4 (August 1, 2002); J. David Vellemen, "A Right of Self-Determination", *Ethics* 109, no. 3 (April 1999): 606-628; Peter Singer, "Voluntary Euthanasia: A Utilitarian Perspective", *Bioethics* 17, no. 5 (2003); Gorsuch, Future of Assisted Suicide; Ezekiel Emanuel, "Whose Right to Die?" *The Atlantic*, March 1997.

존엄성에 대한 개인의 인식에 말기질환이 미치는 영향에 관한 내용은 다음 연구를 참조하라. Harvey M. Chochinov et al., "Dignity in the Terminally Ill: A Developing Empirical Model", *Social Science and Medicine* 54 (2002): 433-443; Harvey M. Chochinov et al., "Dignity in the Terminally Ill: A Cross-Sectional, Cohort Study", *Lancet* 360 (2002):

2026-2030. 이 연구에 따르면 자신의 질병 때문에 존엄성을 잃어가고 있다고 말한 213명의 말기암 환자들은 '살아갈 의지'를 잃어버렸다고 인정하는 경향을 보였다. 연구자들은 "죽음이 임박한 환자를 대상으로 한 치료와 돌봄의 목표는 존엄성의 보존이 되어야 한다"고 썼다.

36 **'우리는 안락사와 조력자살에 반대한다'** ~ Chris Good, "GOP Approves Abortion Amendment, Keeps Silent on Cases of Rape", ABC News, August 21, 2012.

1장 현대 의료

42 **로니는 자신이 의사로서 특별한 매력을~** 캘리포니아주에 있는 병원 270곳을 조사한 결과, 생애말기선택권법을 시행한 뒤 18개월 동안 60퍼센트 이상의 병원에서 의사가 조력사를 실시하는 것을 금지했다. Cindy L. Cain et al., "Hospital Responses to the End of Life Option Act: Implementation of Aid in Dying in California", *JAMA Internal Medicine 179*, no. 7 (April 2019): 985-987; JoNel Aleccia, "Legalizing Aid in Dying Doesn't Mean Patients Have Access to It", NPR, January 25, 2017, https://www.npr.org/sections/health-shots/2017/01/25/511456109/legalizing-aid-in-dying-doesnt-mean-patients-have-access-to-it; Stephanie O'Neill, "Aid-in-Dying Requires More Than Just a Law, Californians Find", NPR, June 8, 2017, https://www.npr.org/sections/health-shots/2017/06/08/530944807/aid-in-dying-requires-more-than-just-a-law-californians-find; Jessica Nutik Zitter, "Should I Help My Patients Die?" *New York Times*, August 5, 2017; Lindsey Holden, "When SLO Woman Could No Longer Fight for Her Life, She Chose to Fight for Her Death", *San Luis Obispo Tribune*, October 3, 2018, https://www.sanluisobispo.com/news/health-and-medicine/article218638260.html; Laura A. Petrillo et al., "How California Prepared for Implementation of Physician-Assisted Death: A Primer", *American Journal of Public Health* 107, no. 6 (June 2017): 883-888; Paula Span, "Aid in Dying Soon Will Be Available to More Americans. Few Will Choose It", *New York Times*, July 8, 2019, https://www.nytimes.com/2019/07/08/health/aid-in-dying-states.html.

접근성 문제는 다른 주에도 존재한다. 버몬트주의 경우 벌링턴Burlington 밖의 몇몇 의사만이 의사조력사를 제공할 의향이 있으며 마찬가지로 일부 약사만이 약물을 제공하거나 혼합하는 것에 동의했다. 워싱턴 D.C.는 지원사를 합법화한 지 1년이 넘도록, 자격이 있는 의사 11,000명 중 단 2명만이 환자를 돕겠다고 정식으로 등록했다. JoNel Aleccia, "Terminally Ill, He Wanted Aid-in-Dying. His Catholic Hospital Said No", Kaiser Health News, January 29, 2020, https://khn.org/news/when-aid-in-dying-is-legal-but-the-medicine-is-out-of-reach/; Fenit Nirappil, "A Year After

D.C. Passed Its Controversial Assisted Suicide Law, Not a Single Patient Has Used It", *Washington Post*, April 10, 2018, https://www.washingtonpost.com/local/dc-politics/a-year-after-dc-passed-its-assisted-suicide-law-only-two-doctors-have-signed-up/2018/04/10/823cf7e2-39ca-11e8-9c0a-85d477d9a226_story.html.

45 **나중에 비타스의 최고 의료 책임자가~** 비타스의 최고 의료 책임자는 호스피스 의사가 '지원사 약물을 처방·관리·준비·조제·전달·투여·섭취하도록 돕'거나 지원사 사례에서 상담 전문의 역할도 할 수 없지만, 직원은 요청을 받으면 환자가 약을 먹는 동안과 그 뒤까지 침대 곁을 지킬 수 있다고 분명히 말했다. 비타스의 대변인은 환자 개인정보 보호법을 언급하면서 브래드쇼 퍼킨스 주니어의 사례에 관해 말하길 거부했다. 지원사 관련 규정은 호스피스 시설마다 다르다. 어떤 시설에서는 직원이 약을 먹는 동안은 곁에 있을 수 없지만, 그 뒤에는 방에 들어갈 수도 있다. 어떤 호스피스 시설에서는 직원이 참석하는 것을 완전히 금지한다.

46 **기사에서는 로니가 값비싼 죽음 진료소를~** 다음과 같은 사례도 있다. Wesley J. Smith, "Death Doctor to Charge \$2000 for Suicide Prescription", *National Review*, June 6, 2016, https://www.nationalreview.com/corner/death-doctor-charge-2000-suicide-prescription/.

46 **마크는 메디케어와 제대군인부에서~** US Congress, House, Assisted Suicide Funding Restriction Act of 1997, HR 1003, 105th Cong. (1997), https://www.congress.gov/bill/105th-congress/house-bill/1003; JoNel Aleccia, "At Some Veterans Homes, Aid-in-Dying Is Not an Option", NPR, February 13, 2018, https://khn.org/news/california-joins-states-that-would-evict-veterans-who-seek-aid-in-dying-option/.

46 **당시 대통령이자 첫 번째 선거운동에서~** Assisted Suicide Funding Restriction Act of 1997, HR 1003, 105th Cong., 1st sess., *Congressional Record* 143, no. 45, S3255.

50 **신청자 중 약 3분의 1가량은 주에서~** 로니의 개인적 추정치 역시 다음 연구 결과와 거의 일치한다. Huong Q. Nguyen et al., "Characterizing Kaiser Permanente Southern California's Experience with the California End of Life Option Act in the First Year of Implementation", *JAMA Internal Medicine* 178, no. 3 (March 2018): 417-421. 2019년 7월 오리건주는 존엄사 관련 법안을 수정하여 중환자에 대해서는 15일의 대기 기간을 없앴다. 이 법을 발의했던 민주당 상원의원 플로이드 프로잔스키Floyd Prozanski는 "이번 법률 개정으로 생애말기에 불필요하게 고통받는 오리건주 주민이 줄어들 겁니다"라고 말했다. Sarah Zimmerman, "Oregon Removes Assisted Suicide Wait for Certain Patients", Associated Press, July 24, 2019, https://abcnews.go.com/Health/wireStory/oregon-removes-assisted-suicide-wait-patients-64548415.\

51 **"좋아요. 작성할 서류가 조금 있습니다."** "End of Life Option Act", California Department of Public Health, modified July 9, 2019, https://www.cdph.ca.gov/Programs/CHSI/

Pages/End-of-Life-Option-Act-.aspx; Laura Petrillo et al., "How California Prepared for Implementation of Physician-Assisted Death: A Primer", *American Journal of Public Health* 107, no. 6 (June 2017): 883-888.

54 작가인 코리 테일러는 《죽어가는 것》이라는 회고록에 ~ Cory Taylor, Dying: A Memoir (New York: Tin House Books, 2017).

55 죽음으로 가는 길은 진부한 말로~ Nigel Barley, Dancing on the Grave: Encounters with Death(London: John Murray, 1995). 나이절 발리의 저서에 관해서는 다음 책에서 처음 알게 되었다. Sallie Tisdale, Advice for Future Corpses: A Practical Perspective on Death and Dying(New York: Gallery Books, 2018).

58 '통증'과 '고통'은 다르기 때문이다 다음을 참조하라. Charlotte Mary Duffee, "Pain Versus Suffering: A Distinction Currently Without a Difference", Journal of Medical Ethics(December 24, 2019).

59 로니는 조력사를 고려하기 시작했을 때~ Margaret Pabst Battin, *Ending Life: Ethics and the Way We Die*(Oxford: Oxford University Press, 2005), 90, 92; Margaret Pabst Battin, "The Least Worst Death", *Journal of Medical Ethics* 22, no. 3 (July 1996): 183-187; Margaret Pabst Battin, *The Least Worst Death: Essays in Bioethics on the End of Life*(Oxford: Oxford University Press, 1994). 또한 다음을 참조하라. Margaret Pabst Battin et al., eds., *Physician Assisted Suicide: Expanding the Debate*(London: Routledge, 1998); Margaret Pabst Battin and Timothy Quill, eds., *The Case for Physician-Assisted Dying: The Right to Excellent End-of-Life Care and Patient Choice*(Baltimore: Johns Hopkins University Press, 2004); *Margaret Pabst Battin, The Ethics of Suicide: Historical Sources*(Oxford: Oxford University Press, 2015).

61 로니는 안 좋은 죽음을 겪고~ Lonny Shavelson, *A Chosen Death: The Dying Confront Assisted Suicide*(New York: Simon and Schuster, 1995).

63 1992년에 데릭 험프리가 쓴 자살 설명서~ Derek Humphry, *Final Exit: The Practicalities of Self-Deliverance and Assisted Suicide for the Dying*(New York: Dell, 1992).

63 로니는 1991년에 기자인 조지 하우 콜트가 쓴~ George Howe Colt, *The Enigma of Suicide: A Timely Investigation into the Causes, the Possibilities for Prevention and the Paths to Healing*(New York: Touchstone, 1991), 383.

63 그 무렵 로니는 미시간주에 사는 잭 케보키언이라는~ Jack Kevorkian, *Prescription Medicine: The Goodness of Planned Death*(New York: Prometheus Books, 1991); Detroit Free Press Staff, *The Suicide Machine*(Detroit: Detroit Free Press, 1997); Neal Nicol and Harry Wylie, *Between the Dying and the Dead: Dr. Jack Kevorkian, the Assisted Suicide Machine and the Battle to Legalize Euthanasia*(Madison: University of Wisconsin Press, 2006).

64 비밀리에 결정을 내리고 있음을~ Shavelson, *A Chosen Death*, 12.

65   랜디 쉴츠 기자가 '주부끼리~ Randy Shilts, "Talking AIDS to Death", in *The Best American Essays 1990*, ed. *Justin Kaplan*(New York: Ticknor and Fields, 1990), 243. 또한 다음을 참조하라. Randy Shilts, *And the Band Played On: Politics, People and the AIDS Epidemic*(New York: St. Martin's Griffin, 2007).

66   예수회 신학대학 학생이었던 주지사 제리 브라운은~ Patrick McGreevy, "After Struggling, Jerry Brown Makes Assisted Suicide Legal in California", *Los Angeles Times*, October 5, 2015, https://www.latimes.com/local/political/la-me-pc-gov-brown-end-of-life-bill-20151005-story.html; Ian Lovett and Richard Perez-Pena, "California Governor Signs Assisted Suicide Bill into Law", *New York Times*, October 5, 2015, https://www.nytimes.com/2015/10/06/us/california-governor-signs-assisted-suicide-bill-into-law.html.

66   남아프리카공화국 대주교이자 노벨평화상 수상자인 데즈먼드 투투의 글에~ Harriet Sherwood, "Desmond Tutu: I Want Right to End My Life Through Assisted Dying", *Guardian*, October 7, 2016, https://www.theguardian.com/society/2016/oct/07/desmond-tutu-assisted-dying-world-leaders-should-take-action; Peter Granitz, "Desmond Tutu Joins Advocates to Call for Right to Assisted Death", NPR, January 4, 2017.

66   2016년에는 새로운 법 아래서~ "California End of Life Option Act 2016 Data Report", "California End of Life Option Act 2017 Data Report", and "California End of Life Option Act 2018 Data Report", California Department of Public Health, modified July 9, 2019, https://www.cdph.ca.gov/Programs/CHSI/Pages/End-of-Life-Option-Act-.aspx.

68   바로 약에 문제가 있었다 세부적인 내용은 캘리포니아주, 오리건주, 워싱턴주에서 처방을 내린 의사들에 대한 인터뷰와 주의 연간 보고 자료를 활용해 작성했다. 죽음을 목적으로 개발되는 약에 관해서는 다음을 참조하라. Jennie Dear, "The Doctors Who Invented a New Way to Help People Die", *The Atlantic*, January 22, 2019, https://www.theatlantic.com/health/archive/2019/01/medical-aid-in-dying-medications/580591/; Catherine Offord, "Accessing Drugs for Medical Aid-in-Dying", *The Scientist*, August 17, 2017, https://www.the-scientist.com/bio-business/accessing-drugs-for-medical-aid-in-dying-31067; JoNel Aleccia, "Northwest Doctors Rethink Aid-in-Dying Drugs to Avoid Prolonged Deaths", Kaiser Health News, March 5, 2017, https://www.seattletimes.com/seattle-news/health/northwest-doctors-rethink-aid-in-dying-drugs-to-avoid-prolonged-deaths/; JoNel Aleccia, "Dying Drugs to Prevent Prolonged Deaths", Kaiser Health News, February 21, 2017, https://khn.org/news/docs-in-northwest-tweak-aid-in-dying-drugs-to-prevent-prolonged-deaths/; JoNel

Aleccia, "In Colorado, a Low-Price Drug Cocktail Will Tamp Down Cost of Death with Dignity", Kaiser Health News, December 19, 2016, https://khn.org/news/in-colorado-a-low-price-drug-cocktail-will-tamp-down-cost-of-death-with-dignity/.

68   **무려 104시간이나 걸린 환자도 있었다** "Oregon Death with Dignity: Data Summary 2016", Oregon Health Authority, February 2017, https://www.oregon.gov/oha/PH/PROVIDERPARTNERRESOURCES/EVALUATIONRESEARCH/DEATHWITHDIGNITYACT/Documents/year19.pdf.

68   **2011년쯤에는 약사들이 이 약을~** 룬드벡의 대변인인 앤더스 슈롤은 인터뷰에서 룬드벡은 2009년에 펜토바르비탈을 정맥 주사용으로 제조할 권리를 획득했으며, 이는 심각한 간질을 치료하기 위해서였다. 2011년에는 펜토바르비탈(상품명은 넴뷰탈)이 사형에 오용된다는 사실을 인지하여 이를 막을 방법을 살펴보기 시작했다고 한다. 그는 룬드벡에서는 사형 제도를 회사의 가치에 어긋난다고 판단했으나, 교도소 의사들이 펜토바르비탈을 사형에 사용할 수 있게 해달라고 요청하여 사용 허가를 받았을 것이라고 추측했다. 그즈음 룬드백 임원들은 펜토바르비탈이 의사조력사에 사용된다는 사실을 알았는데, 이 역시 '오용'이라고 표현했다. 이에 대응하여 룬드벡은 새로운 배송 방식을 만들었고, 오직 승인받은 고객만이 특정 약국에서 간질 치료용으로만 펜토르바르비탈을 구입할 수 있게 되었다. "Lundbeck Overhauls Pentobarbital Distribution Program to Restrict Misuse", Lundbeck, media release, July 1, 2017, https://investor.lundbeck.com/news-releases/news-release-details/lundbeck-overhauls-pentobarbital-distribution-program-restrict. 또한 다음을 참조하라. Sean Riley, "Navigating the New Era of Assisted Suicide and Execution Drugs", *Journal of Law and the Biosciences* 4, no. 2 (August 2017): 424-434; Roxanne Nelson, "When Dying Becomes Unaffordable", Medscape, November 9, 2017, https://www.medscape.com/viewarticle/888271; Kimberly Leonard, "Drug Used in 'Death with Dignity' Is Same Used in Executions", *US News and World Report*, October 16, 2015, https://www.usnews.com/news/articles/2015/10/16/drug-shortage-creates-hurdle-for-death-with-dignity-movement; David Nicholl, "Lundbeck and Pentobarbital: Pharma Takes a Stand", *Guardian*, July 1, 2011, https://www.theguardian.com/commentisfree/cifamerica/2011/jul/01/pentobarbital-lundbeck-execution-drug; Offord, "Accessing Drugs for Medical Aid-in-Dying."

69   **같은 해 유럽연합은 이 약에 수출 금지령을 내렸다** European Commission, "Commission Extends Control over Goods Which Could Be Used for Capital Punishment or Torture", media release IP/11/1578, December 20, 2011, https://ec.europa.eu/commission/presscorner/detail/en/IP_11_1578; David Brunnstrom, "EU Puts Squeeze on Drug Supplies for U.S. Executions", Reuters, December 20, 2011, https://www.reuters.com/article/eu-executions-drugs/eu-puts-squeeze-on-drug-supplies-for-u-s-

executions-idUSL6E7NK30820111220.

69 에이콘 파마슈티컬스는 약을 치료 외 목적으로~ April Dembosky, "Pharmaceutical Companies Hiked Price on Aid in Dying Drug", KQED, March 22, 2016, https://www.kqed.org/stateofhealth/163375/pharmaceutical-companies-hiked-price-on-aid-in-dying-drug.

69 치사량의 세코날 가격은~ 바슈헬스 제약 회사는 이 책에 관한 인터뷰를 거절했다. 내가 보낸 인터뷰 요청에 담당자는 이렇게 답변했다. "당신의 책은 정부에서 허가되지 않은 방식으로 약을 사용하는 것에 관한 내용이기 때문에, 우리는 어떠한 답변을 주거나 관여하기 어렵습니다."

69 《미국 의사협회 종양학술지》에 실린 논문에서는~ Veena Shankaran et al., "Drug Price Inflation and the Cost of Assisted Death for Terminally Ill Patients: Death with Indignity", *JAMA Oncology* 3, no. 1 (January 2017): 15-16; David Grube and Ashley Cardenas, "Insurance Coverage and Aid-in-Dying Medication Costs: Reply", *JAMA Oncology* 3, no. 8 (August 2017): 1138.

71 혼합약은 식품의약국의 단속 대상이 아니라는~ US Department of Health and Human Services, Food and Drug Administration, "Compounded Drug Products That Are Essentially Copies of a Commercially Available Drug Product Under Section 503A of the Federal Food, Drug and Cosmetic Act: Guidance for Industry", January 2018, https://www.fda.gov/media/98973/download.

72 회의가 끝나갈 무렵, 드디어 마약성 진정제와~ Carol Parrot and Lonny Shavelson, "The Pharmacology and Physiology of Aid in Dying" (presentation, National Clinicians Conference on Medical Aid in Dying, February 14, 2020).

72 새 혼합약을 만드는 데 동의할 약사도~ 내가 버클리를 방문했을 당시, 베이 에어리어에서는 약사 한 명이 캘리포니아주 북부 대부분에 약을 공급했다. 자신과 약국의 이름을 밝히지 않는 조건으로 그 약사를 만나 인터뷰할 수 있었고, 그는 이렇게 말했다. "대다수 약사는 두려워해요." 법을 이해하지 못하는 약사도 있었고, 철저한 시험을 거치지 않은 혼합약을 걱정하는 이들도 있었다. 생애말기선택권법에 논란이 많으므로 치명적인 혼합약을 만든다는 사실을 고객이 알게 되어 사업이 망할까 봐 걱정하기도 했다.

인터뷰에 응한 약사는 지원사용 혼합약을 일주일에 세 번가량 짓는데, 다른 약을 지을 때보다 스트레스를 많이 받는다고 했다. "처음에는 무서웠어요. 누군가의 목숨을 끊는 데 사용하는 약을 실제로 만드는 거니까요." 다른 가족의 갈등에 얽힌 적도 몇 번 있었다고 했다. 화가 난 딸이나 부인이 전화를 걸어 '우린 이걸 원하지 않아요!'라고 소리쳤지만, 5분 뒤에 환자가 전화를 걸어 약을 요청하는 것이다. 또 환자들은 전화로 약을 먹으면 어떻게 죽음에 이르는지에 관해 수많은 질문을 던졌다. 약사는 "의사 선생님께 물어보세요"라고 답했지만 끈질긴 환자도 많았다. 환자들은 의사는 답해주지 않을 것이라고 했다. 그는 로니랑 일하는 것이 가장 좋다고 했는데, 로니는 환자에게 상황을 명확하게 설명했기 때문이다. 로니의 환자는 약사에게 아무것도 묻지 않았다.

약사에게 이 일이 수익성이 좋냐고 묻자 그렇다고 답했다. "사람들은 수익에 대해서는 말하고 싶지 않아 하지만… 약의 조제 비용은 얼추 100달러 정도예요. 그런데 이 약을 500~700달러에 팔죠."

73 **1998년부터 2015년까지 환자 991명이~** Charles Blanke et al., "Characterizing 18 Years of the Death with Dignity Act in Oregon", *JAMA Oncology* 3, no. 10 (October 2017): 1403-1406; Luai Al Rabadi et al., "Trends in Medical Aid in Dying in Oregon and Washington", *JAMA Network Open* 2, no. 8 (August 2019), https://jamanetwork.com/journals/jamanetworkopen/fullarticle/2747692.

73 **어느 환자는 죽기로 한 계획을 취소하고~** Leonard, "Drug Used in 'Death with Dignity.'"

73 **캐나다와 벨기에에서는 거의 주사를 고르는데~** Government of Canada, "Fourth Interim Report on Medical Assistance in Dying in Canada", April 2019, https://www.canada.ca/en/health-canada/services/publications/health-system-services/medical-assistance-dying-interim-report-april-2019.html; Jennifer Gibson, "The Canadian Experience", in *Physician-Assisted Death: Scanning the Landscape. Proceedings of a Workshop*(Washington, DC: National Academies Press, 2018); Christopher Harty et al., "Oral Medical Assistance in Dying MAiD): Informing Practice to Enhance Utilization in Canada", *Canadian Journal of Anesthesia* 66 (2019): 1106-1112; C. Harty et al., "The Oral MAiD Option in Canada", Canadian Association of MAiD Assessors and Providers, April 2018, https://camapcanada.ca/wp-content/uploads/2019/01/OralMAiD-Med.pdf; Sigrid Dierickx, "Euthanasia Practice in Belgium: A Population-Based Evaluation of Trends and Currently Debated Issues" (PhD diss., Faculty of Medicine and Pharmacy, Vrije Universiteit Brussel, 2018), https://www.worldrtd.net/sites/default/files/newsfiles/Sigrid_Dierickx.pdf; R. Cohen-Almagor, "Belgian Euthanasia Law: A Critical Analysis", *Journal of Medical Ethics* 35, no. 7 (2009): 436-439.

74 **법에 '자가 투여' 요건을 추가했다** 1997년 컴패션&초이시스의 법무 이사였으며 워싱턴주 대 글럭스버그 재판이 대법원으로 가기 전에 변론을 맡았던 캐스린 터커Kathryn Tucker는 이렇게 말했다. "지원사를 합법화하고자 지난 25년 동안 기울인 노력은 한 줌밖에 안 되는 주에서만, 그것도 그 시행을 규제하는 '오만가지' 방법을 제시했을 때에만 성공적인 결과를 거뒀는데, 이 지원사 관련 법안의 보호장치가 충분하지 않다는 반대자의 주장을 이겨내야 했기 때문이다. 오리건주 존엄사법의 역사는 이런 현실을 뚜렷하게 보여준다. 오리건주는 워싱턴주(1991년)와 캘리포니아주(1992년)에서 유사한 법을 통과시키려는 시도가 실패한 다음 입법을 시도한 곳이다. 반대파에서 안전장치가 불충분하다는 주장을 제기했을 때 입법이 실패하는 것을 겪은 뒤여서, 오리건주 법안 입안자들은

여러 번의 서면 및 구두 요청, 다른 의사의 진단 의무, 대기 기간 등의 절차적 장치를 다수 포함시켰다. 유감스럽게도 오리건주식 법안이 계속 시행된 이후 관련 법안들에는 더 많은 제한이 추가됐는데, 2018년 제정된 하와이주의 '우리돌봄, 우리선택법'에서는 의무 상담 요건이 추가되고 대기 기간도 15일에서 20일로 늘어났다." Kathryn L. Tucker, "Aid in Dying in North Carolina," *North Carolina Law Review 97*(2019).

그와의 인터뷰에서 터커는 옹호자로서 현실주의가 필요한 것은 이해한다고 했다. "저는 지원사를 향한 대중의 지지가 세 가지 명백한 규칙에 달렸음을 이해하고 인정해요. 바로 정신 능력, 만성질환, 자가 투여죠." 터커는 자기 투여 요건이 정치적으로 유용한 것을 넘어서 환자가 개인적인 자율성을 보호받도록 보장한다고 믿는다. "환자의 바람이자 자유의지임을 보장하는 것이 근본적으로 꼭 필요하죠. 이는 환자가 자신의 마지막을 결정하는 사람이 될 때 분명하게 지켜질 수 있어요."

이에 나는 궁금한 것을 물어보았다. "하지만 의료에서는 모든 것이 동의를 받아서 이루어져요." 예컨대 수술을 받고자 하는 환자에게 동의한다는 증거로 환자가 직접 자신의 가슴에 메스를 대기를 요구하지는 않는다.

터커는 답했다. "알아요. 의사에게 투약할 권한을 주는 편을 모두가 선호할 거예요. 이해하죠. 시간이 흘러 우리가 이 행위를 더 깊이 이해하고 친숙하고 편안하게 여기게 된다면, 세 가지 분명한 규칙 중 자가 투여가 가장 먼저 사라질지도 모르죠."

74 다른 나라에서는 지원사 환자가 치명적인 약물을~ 네덜란드에서는 경구 투약을 선택한 환자는 약을 먹기 전에 정맥 주사를 꽂아 두어야 한다. 약을 먹고 2시간 이내에 사망하지 않으면 의사는 정맥 투약을 진행한다. 2013~2015년 동안 예비용 정맥 주사를 사용한 경우는 9퍼센트다. 캐나다에서는 의사가 이런 절차를 '예비 구조 정맥 주사 backup IV rescue'라고 부른다. C. Harty et al., "The Oral MAiD Option in Canada: Part 1, Medication Protocols", Canadian Association of MAiD Assessors and Providers, April 18, 2018, https://camapcanada.ca/wp-content/uploads/2019/01/OralMAiD-Med.pdf.

75 만약 일이 잘못된다면? 캘리포니아주 의사 스테파니 마르케는 2019년 인터뷰에서 로니의 연구 방법에 관해 내게 이렇게 말했다. "정말로 미심쩍어요. 표본 크기가 너무 작다면 결론을 내지 말고 '이 경우를 보면…'이라고 말해야지요." 마르케는 컴패션&초이시스 같은 커다란 지원사 조직에서 치명적인 약물에 대한 양질의 연구를 위해 자금을 지원해야 한다고 주장했다.

77 많은 환자를 만나며 법에서 요구하는~ 마라 부흐빈더는 이렇게 말했다. "환자가 치명적인 약물을 자가 투여하고 섭취해야 한다는 요건은 지원사를 자발적으로 요청했음을 보장하고자 고안한 안전장치였지만 동시에 지원사를 원하는 일부 환자에게는 큰 장벽이 되었다. 특히 루게릭병처럼 운동성이 떨어지고 말기에는 무언가를 삼키는 것이 어려워지는 신경질환 환자에게 가장 확연하게 다가오는 장벽이다." 이어서 그는 다른 의사의 말을 인용한다. "자가 투여 요건은 말도 안 돼요. 제 환자에게 과도한 스트

레스를 주고 지원사가 정말로 필요한 환자가 접근하지 못하도록 막거든요. 암 환자만 염두에 두고 고안한 느낌이에요." Mara Buchbinder, "Access to Aid-in-Dying in the United States: Shifting the Debate from Rights to Justice", *American Journal of Public Health* 108, no. 6 (June 2018): 754-759. 또한 다음을 참조하라. National Academies of Sciences, Engineering, and Medicine, *Physician-Assisted Death: Scanning the Landscape: Proceedings of a Workshop*(Washington, DC: National Academies Press, 2018); Amanda M. Thyden, "Death with Dignity and Assistance: A Critique of the Self-Administration Requirement of California's End of Life Option Act", *Chapman Law Review* 20, no. 2 (2017).

77 **'확고하고 자각 있고 물리적인 동작'** 캘리포니아주 '보건 및 안전 규정Health and Safety Code'에는 의료지원사와 관련해 다음과 같은 내용이 명시되어 있다. "'자가 투여'는 자격을 갖춘 개인이 동의했으며 자신의 죽음을 위해 지원사 약물을 투여하고 섭취하는 의식적이고 물리적인 행동을 의미한다." California Department of Consumer Affairs, Physician Assistant Board, "Division 1, Section 1: Part 1.85: End of Life Option Act", Health and Safety Code, https://www.pab.ca.gov/forms_pubs/end_of_life.pdf.

78 **다른 주에서도 환자가 약을 '복용'하거나~** Thaddeus Pope, "Medical Aid in Dying: Six Variations Among U.S. State Laws" (presentation, Berkeley, California, January 2020), http://thaddeuspope.com/maid/popearticles.html. 치명적인 약물을 정맥으로 자가 투여하는 것은 법에서 약물을 "섭취"해야 한다고 명시적으로 요구하지 않는 주에서만 합법적이라는 주장도 있다. 이에 관해서는 다음을 참조하라. James Gerhart et al., "An Examination of State-Level Personality Variation and Physician Aid in Dying Legislation", *Journal of Pain and Symptom Management* 56, no. 3 (September 2018).

78 **며칠 뒤에 위원회 이사는 '섭취'란~** 캘리포니아주 의료위원회 대변인은 내게 이메일을 보내 말했다. "'섭취'는 환자가 약을 입이나 영양관이나 직장으로 자가 투여하는 행위를 포함합니다. 이러한 '섭취'의 정의는 의사들과 논의하여 결정된 것입니다." 대변인은 정맥 투여는 '섭취'로 간주하지 않지만, 직장 투여는 그럴 수 있다고 확정한 것이다.

81 **나는 탈리아한테 《미국 의사협회 내과 학술지》에서 우연히 발견했던~** Emily B. Rubin et al., "States Worse Than Death Among Hospitalized Patients with Serious Illnesses", *JAMA Internal Medicine* 176, no. 19 (2016): 1557-1559.

83 **로니는 이들이 느끼는 두려움을 민감하게~** 인종과 의료지원사 문제에 관한 더 자세한 내용은 다음을 참조하라. Cindy L. Cain and Sara McCleskey, "Expanded Definitions of the 'Good Death'? Race, Ethnicity and Medical Aid in Dying", *Sociology of Health and Illness* 41, no. 6 (2019): 1175-1191; Terri Laws, "How Race Matters in Physician-Assisted Suicide Debate", Religion and Politics, September 3, 2019, https://religionandpolitics.org/2019/09/03/how-race-matters-in-the-physician-assisted-suicide-debate/;

Vyjeyanthi S. Periyakoil et al., "Multi-Ethnic Attitudes Toward Physician-Assisted Death in California and Hawaii", *Journal of Palliative Medicine* 19, no. 10 (October 2016): 1060-1065; Fenit Nirappil, "Right-to-Die Law Faces Skepticism in Nation's Capital: 'It's Really Aimed at Old Black People,' Washington Post, October 17, 2016, https://www.washingtonpost.com/local/dc-politics/right-to-die-law-faces-skepticism-in-us-capital-its-really-aimed-at-old-black-people/2016/10/17/8abf6334-8ff6-11e6-a6a3-d50061aa9fae_story.html?utm_term=.bbc0abbe01ad.

87   조력사가 생애주기에는 확실히 안 맞는다고~ 지원사에 대한 호스피스 운동 입장의 역사적 변천에 관해서는 다음을 참조하라. Timothy E. Quill and Margaret P. Battin eds., *Physician-Assisted Dying: The Case for Palliative Care and Patient Choice*(Baltimore: Johns Hopkins University Press, 2004). 또한 다음을 참조하라 Peter Hudson et al., "Legalizing Physician-Assisted Suicide and/or Euthanasia: Pragmatic Implications", Palliative and Supportive Care 13 (2015): 1399-1409.

88   '우리는 의료 전문가에게 무엇을 요구하는가?' Daniel P. Sulmasy, "Ethics and the Psychiatric Dimensions of Physician-Assisted Suicide: A View from the United States", chap. 3 in *Euthanasia and Assisted Suicide: Lessons from Belgium*, ed. David Albert Jones et al. (Cambridge: Cambridge University Press, 2017).

89   1970년대부터 호스피스의 목표는~ 이와 관련된 역사는 다음을 참조하라. Ann Neumann, *The Good Death: An Exploration of Dying in America*(Boston: Beacon Press, 2017); Haider Warraich, *Modern Death: How Medicine Changed the End of Life*(New York: St. Martin's Press, 2017).

89   캘리포니아주에서 지원사가 합법화될 무렵~ US Department of Health and Human Services, Centers for Disease Control and Prevention, "Long-Term Care Providers and Services Users in the United States", *Vital and Health Statistics* 3, no. 43 (February 2019): 73; National Hospice and Palliative Care Organization, "NHPCO Facts and Figures", 2018, https://39k5cm1a9u1968hg74aj3x51-wpengine.netdna-ssl.com/wp-content/uploads/2019/07/2018_NHPCO_Facts_Figures.pdf.

90   '전국 호스피스 및 완화치료 기구'에서는~ "Statement on Legally Accelerated Death", National Hospice and Palliative Care Organization, November 4, 2018, https://www.nhpco.org/wp-content/uploads/2019/07/Legally_Accelerated_Death_Position_Statement.pdf.

90   완화치료 의사인 티모시 퀼은 1993년에 출간한~ Timothy Quill, *Death and Dignity: Making Choices and Taking Charge*(New York: W. W. Norton, 1993).

93   지금으로부터 수 세기가 지나고 나면~ "Physician-Assisted Suicide Won't Atone for Medicine's 'Original Sin,' *Stat*, January 31, 2018, https://www.statnews.

com/2018/01/31/physician-assisted-suicide-medicine/. 또한 다음을 참조하라. Ira Byock, "Words Matter: It Is Still Physician-Assisted Suicide and Still Wrong", *Maryland Medicine* 17 (January 4, 2017), http://irabyock.org/wp-content/uploads/2014/06/Byock-Maryland-Medicine-vol-17-4-January-2017.pdf; Ira Byock, "Physician-Assisted Suicide Is Not Progressive", *The Atlantic*, October 25, 2012, https://www.theatlantic.com/health/archive/2012/10/physician-assisted-suicide-is-not-progressive/264091/.

94 **1997년 연방대법원은 의사조력사가 헌법에서~** Washington v. Glucksberg, 521 US 702 (June 26, 1997). 또한 다음을 참조하라. Kathryn L. Tucker, "In the Laboratory of the States: The Progress of Glucksberg's Invitation to States to Address End-of-Life Choice", *Michigan Law Review* 106, no. 8 (June 2008): 1593-1611; Robert A. Burt, "The Supreme Court Speaks—Not Assisted Suicide but a Constitutional Right to Palliative Care", *New England Journal of Medicine* 337 (October 1997): 1234-1236.

95 **판결 이후 늘 뒤에서만 사용해왔던 '완화진정'이~** 1935년 영국에서 자발적 안락사 협회를 설립한 사람들은 의사조력사를 법제화할 필요가 없다고 생각했는데, '모든 좋은 의사는 어쨌거나 안락사를 시행할 것이기 때문'이라고 말했다. 이듬해 왕실 의사인 도슨은 메리 왕비가 참석한 가운데 조지5세를 안락사시켰다. Colin Brewer, "Assisted Dying: 'All Good Doctors Do It Anyway,' *BMJ* 345 (2012).

95 **'완화진정'이 주류 의료 개입이 됐다** 완화진정에 관해서는 다음을 참조하라. Sam Rys et al., "Continuous Sedation Until Death: Moral Justification of Physicians and Nurses—A Content Analysis of Opinion Pieces", *Medicine, Health Care and Philosophy* 16 (2013): 533-542; Judith A. C. Rietjens et al., "Terminal Sedation and Euthanasia: A Comparison of Clinical Practices", *Archives of Internal Medicine* 166 (April 2006); Timothy Quill, "Myths and Misconceptions About Palliative Sedation", *American Medical Association Journal of Ethics* 8, no. 9 (September 2006): 577-581; Molly L. Olsen et al., "Ethical Decision Making with End-of-Life Care: Palliative Sedation and Withholding or Withdrawing Life-Sustaining Treatments", *Mayo Clinic Proceedings* 85, no. 10 (October 2010): 949-954; Henk ten Have and Jos V. M. Welie, "Palliative Sedation Versus Euthanasia: An Ethical Assessment", *Journal of Pain and Symptom Management* 47, no. 1 (January 2014); Timothy Quill et al., "Last-Resort Options for Palliative Sedation", *Annals of Internal Medicine* 151 (2009): 421-424; Sophie M. Bruinsma et al., "The Experiences of Relatives with the Practice of Palliative Sedation: A Systematic Review", *Journal of Pain and Symptom Management* 44, no. 3 (September 2012); James Rachels, "Active and Passive Euthanasia", *New England Journal of Medicine* 292 (1975): 78-80; Donna L. Dickenson, "Practitioner Attitudes in the United States and United Kingdom Toward Decisions at the End of Life: Are Medical Ethicists out of Touch?" *Western Journal of*

Medicine 174, no. 2 (2001): 103-109. 일부 연구자들은 완화진정이 죽음을 앞당기지 않는다고 주장한다. 이에 관해서는 다음을 참조하라. M. Maltoni et al., "Palliative Sedation Therapy Does Not Hasten Death: Results from a Prospective Multicenter Study", *Annals of Oncology* 20 (2009): 1163-1169.

95   전국 호스피스 및 완화치료 기구에서는 완화진정을~ Timothy W. Kirk and Margaret M. Mahon, "National Hospice and Palliative Care rganization (NHPCO) Position Statement and Commentary on the Use of Palliative Sedation in Imminently Dying Terminally Ill Patients", Journal of Pain and Symptom Management 39, no. 5 (May 2010): 914-923; "Statement on Palliative Sedation", American Academy of Hospice and Palliative Medicine, December 5, 2014, http://aahpm.org/positions/palliative-sedation.

95   완화진정을 사용하는 비율은 1퍼센트에서 52퍼센트~ Kirk and Mahon, "National Hospice and Palliative Care Organization (NHPCO) Position Statement."

96   이를 이중효과 원칙으로 설명할 수 있다고~ 완화진정에 대한 이중효과와 도덕적 정당화들에 관한 더 자세한 내용은 다음을 참조하라. Glanville Williams, "Euthanasia", *Medico-Legal Journal* 41, no. 1 (1973): 14-34; Yale Kamisar, "Active v. Passive Euthanasia: Why Keep the Distinction?" *Trial* 29, no. 3 (1993): 32-38; Margaret P. Battin, "Terminal Sedation: Pulling the Sheet over Our Eyes", *Hastings Center Report* 38, no. 5 (2008): 27-30; Timothy Quill et al., "The Rule of Double-Effect: A Critique of Its Role in End-of-Life Decision Making", *New England Journal of Medicine* 337, no. 24 (December 1997): 1768-1771; Charles E. Douglas et al., "Narratives of 'Terminal Sedation,' and the Importance of the Intention-Foresight Distinction in Palliative Care Practice", *Bioethics* 27, no. 1 (2013): 1-11; Paul Rosseau, "The Ethical Validity and Clinical Experience of Palliative Sedation", *Mayo Clinic Proceedings* 75 (2000): 1064-1069; Joseph Boyle, "Medical Ethics and Double Effect: The Case of Terminal Sedation", *Theoretical Medicine* 25 (2004): 51-60; Susan Anderson Fohr, "The Double Effect of Pain Medication: Separating Myth from Reality", *Journal of Palliative Medicine* 1, no. 4 (1998); Rita L. Marker, "End-of-Life Decisions and Double Effect: How Can This Be Wrong When It Feels So Right?" *National Catholic Bioethics Quarterly* 11, no. 1 (2011): 99-119; Franklin G. Miller et al., "Assisted Suicide Compared with Refusal of Treatment: A Valid Distinction?" *Annals of Internal Medicine* 132, no. 6 (2000): 470-475.

2장 나이

112   윌리엄 오슬러는 고전이 된 《의학의 원리와 실제》에서~ William Osler, The Principles and Practice of Medicine(New York: McGraw-Hill, 1996).

114 전국 여론조사에 따르면 절반이 훨씬 넘는~ "Assisted Suicide: Public Attitudes at Odds with UK Law", NatCen: Social Research That Works Today, May 19, 2011, http://www. natcen.ac.uk/blog/assisted-suicide-public-attitudes-at-odds-with-uk-law.

114 1994년에 나온 베스트셀러 《사람은 어떻게 죽음을 맞이하는가》의~ Sherwin Nuland, *How We Die: Reflections on Life's Final Chapter*(New York: Knopf, 1994).

115 보다 최근에는 의사이자 작가인 아툴 가완디가~ Atul Gawande, *Being Mortal: Medicine and What Matters in the End*(New York: Metropolitan Books, 2014).

116 1909년에는 노인의학이라는 단어가~ I. L. Nascher, *Geriatrics: The Diseases of Old Age and Their Treatment*(Philadelphia: P. Blakiston's Son, 1914); John E. Morley, "A Brief History of Geriatrics", *Journals of Gerontology* 59, no. 11 (November 2014); John C. Beck and Susan Vivell, "Development of Geriatrics in the United States", chap. 5 in Geriatric Medicine, ed. C. K. Cassel and J. R. Walsh (New York: Springer, 1984).

116 노화를 치료할 수 있는 기적 같은~ Carole Haber, "Anti-Aging Medicine: The History", *Journals of Gerontology* 59, no. 6 (June 2014); Eric Grundhauser, "The True Story of Dr.Voronoff's Plan to Use Monkey Testicles to Make Us Immortal", Atlas Obscura, October 13, 2015, https://www.atlasobscura.com/articles/the-true-story-of-dr-voronoffs-plan-to-use-monkey-testicles-to-make-us-immortal; Adam Leith Gollner, *The Book of Immortality: The Science, Belief, and Magic Behind Living Forever*(New York: Scribner, 2013).

117 대신 노화를 치료하기보다는 압축하겠다고~ "노화의 압축"에 관한 이론은 1980년 제임스 프라이스 박사가 처음 제시했다. James F. Fries, "Aging, Natural Death, and the Compression of Morbidity", *New England Journal of Medicine* 303, no. 3 (August 1980): 130-135; also explained in Anthony J. Vita et al., "Aging, Health Risks and Cumulative Disability", *New England Journal of Medicine* 338 (April 1998): 1035-1041; V. Mor, "The Compression of Morbidity Hypothesis: A Review of Research and Prospects for the Future", *Journal of the American Geriatric Society* 53, no. 9 (2005): S308-S309; James F. Fries et al., "Compression of Morbidity 1980-2011: A Focused Review of Paradigms and Progress", *Journal of Aging Research* (August 2011). 이에 대한 비판적 이론에 관해서는 다음을 참조하라. Eileen M. Crimmins and Hiram Beltran-Sanchez, "Mortality and Morbidity Trends: Is There Compression of Morbidity?" *Journals of Gerontology*, Series B, 66, no. 1 (December 2010): 75-86; Colin Steensma et al., "Evaluating Compression or Expansion of Morbidity in Canada", Health Promotion and Chronic Disease Prevention in Canada 37, no. 3 (2017): 68-76; Carol Jagger, "Compression or Expansion of Morbidity—What Does the Future Hold?" *Age and Ageing* 29 (2000): 93-94; Kenneth Howse, "Increasing Life Expectancy and the Compression of Morbidity:

A Critical Review of the Debate" (Oxford Institute of Ageing Working Paper, July 2006), https://www.ageing.ox.ac.uk/files/workingpaper_206.pdf; Stefan Walter et al., "No Evidence of Morbidity Compression in Spain: A Time Series Study Based on National Hospitalization Records", *International Journal of Public Health* 61, no. 1 (September 2016).

117 눌랜드는 이를 '죽음에 앞서 흘러나올 수 있는~ "a nice Victorian reticence": Nuland, *How We Die*.

117 병을 앓는 시간을 압축한다는 것은~ Ezekiel Emanuel, "Why I Hope to Die at 75", *The Atlantic*, October 2014.

117 미국 노인 중 5분의 1가량이 삶의 마지막 달에~ Alvin C. Kwok et al., "The Intensity and Variation of Surgical Care at the End of Life: A Retrospective Cohort Study", *Lancet* 378, no. 9800 (October 2011): P1408-P1413.

121 언젠가는 영국 시인 초서가 쓴 시의~ Avril Henry, "Chaucer's 'A B C': Line 39 and the Irregular Stanza Again", *Chaucer Review* 18, no. 2 (1983): 95-99.

123 필립 로스는 노년을 '대학살'이라고 불렀다 Philip Roth, *Everyman*(New York: Vintage International, 2006).

123 언론인이자 홀로코스트 생존자인 장 아메리는~ 나는 이 내용을 다음 책에서 찾았다. Vivian Gornick, *The Situation and the Story: The Act of Personal Narrative*(New York: Farrar, Straus and Giroux, 2001); Jean Améry, *On Aging: Revolt and Resignation*(Bloomington: Indiana University Press, 1994).

124 애브릴은 기다리는 동안 T. S. 엘리엇이 쓴~ T.S. Eliot, "The Love Song of J. Alfred Prufrock", in *The Waste Land and Other Poems*(New York: Signet Classic, 1998).

125 아직 하나의 심각한 질환 때문에 고통받는~ Michael Irwin, "Approaching Old Age", SOARS, 2014, https://www.mydeath-mydecision.org.uk/wp-content/uploads/2016/07/Approaching-Old-Old-booklet.pdf, 78. 이 웹사이트는 현재 접속할 수 없으나 웨이백머신Wayback Machine(일종의 디지털 타임캡슐로, 웹페이지를 보존하는 인터넷 아카이브이다-옮긴이)에서 확인할 수 있다. Michael Irwin, "European Support for Rational Suicide in Old Age", Society for Old Age Rational Suicide, accessed March 3, 2020, https://web.archive.org/web/20190204001345/http://soars.org.uk/index.php/about.

126 이성적이고 긍정적인 활동 Irwin, "European Support for Rational Suicide in Old Age." 노인의 '이성적' 죽음이라는 개념을 자원 고갈과 의료 복지의 관점에서 바라보는 일부 학자는 두 가지가 부족해지면 노인에 대한 돌봄을 축소해야 한다고 주장한다. 이러한 학술적 논의는 1980년대부터 시작되었다. 이에 관한 자세한 내용은 다음을 참조하라. Margaret P. Battin, "Age Rationing and the Just Distribution of Health Care: Is There a Duty to Die?" *Ethics* 97, no. 2 (1987): 317-340; Norman Daniels, "Justice Between Age

Groups: Am I My Parents' Keeper?" *Milbank Memorial Fund Quarterly* 61, no. 3 (1983):
489–522; Dennis McKerlie, "Justice Between Age-Groups: A Comment on Norman
Daniels", *Journal of Applied Philosophy* 6, no. 2 (1989): 227–234; Henry J. Aaron et al.,
Painful Prescription: Rationing Hospital Care, Studies in Social Economics (Washington,
DC: Brookings Institution Press, 1984).

127 **토머스 모어는 1516년의 저서 《유토피아》에서 ~** Thomas More, *Utopia*(New York: Penguin
Books, 1965). 또한 "비겁하게 의사에게 의존하며 무위도식하는 인간"에게는 의사가 "일
정량의 신선한 혐오"를 부여하고, 그가 자신을 사회의 "기생충"으로 여기도록 만들어야
한다고 말한 프리드리히 니체의 저작을 참조하라. "In certain cases it is indecent to go
on living." Friedrich Nietzsche, *Complete Works*, vol. 16 (New York: Russell, 1964).

127 **SOARS 출범 후 몇 년 동안 어윈은~** Martin Beckford, "'Dr Death' Calls for Assisted
Suicide for Those Who Are Not Terminally Ill", *Telegraph*, August 16, 2010, https://
www.telegraph.co.uk/news/uknews/law-and-order/7944884/Dr-Death-calls-for-
assisted-suicide-for-those-who-are-not-terminally-ill.html; "Retired GP Admits to
Helping People to Die in the Past", BBC, April 4, 2011, https://www.bbc.co.uk/news/
uk-12960984; "Right-to-Die Activist Nan Maitland 'Died with Dignity,' BBC, April 4,
2011, https://www.bbc.com/news/uk-12959664.

127 **2010년에 영국 소설가 마틴 에이미스는~** Maurice Chittenden, "Martin Amis Calls
for Euthanasia Booths on Street Corners", *Times*, January 24, 2010, https://www.
thetimes.co.uk/article/martin-amis-calls-for-euthanasia-booths-on-street-corners-
mct9qdm0ft9.

127 **나중에 소란이 일자 에이미스는 '풍자'하려는~** Caroline Davies, "Martin Amis in New
Row over 'Euthanasia Booths,' *Guardian*, January 24, 2010, https://www.theguardian.
com/books/2010/jan/24/martin-amis-euthanasia-booths-alzheimers.

128 **뉴올리언스에 있는 회의장에서~** Deborah Brauser, "'Rational Suicide' Talk Increasing
Among 'Healthy' Elderly", *Medscape*, April 8, 2015, https://www.medscape.com/
viewarticle/842819. 또한 다음을 참조하라 Robert McCue et al., "Rational Suicide in the
Elderly: Mental Illness or Choice?" *American Journal of Geriatric Psychiatry* 23, no. 3
(March 2015): S41–S42.

130 **《정신장애 진단 및 통계 편람》에서는 자살을 정신질환으로 다룬다** Diagnostic and
Statistical Manual of Mental Disorders: DSM-5(Arlington, VA: American Psychiatric
Association, 2013).

131 **회의를 마친 뒤 맥큐와~** Robert E. McCue and Meera Balasubramaniam, eds., *Rational
Suicide in the Elderly*(Basel: Springer International, 2017). 또한 다음을 참조하라 Meera
Balasubramaniam, "Rational Suicide in Elderly Adults: A Clinician's Perspective",

Journal of the American Geriatrics Society 66, no. 5 (March 2018). 맥큐와 발라수브라 마니암의 견해에 대한 비판에 관해서는 다음을 참조하라. Elizabeth Dzeng and Steven Z. Pantilat, "What Are the Social Causes of Rational Suicide in Older Adults?" Journal of the American Geriatrics Society 66, no. 5 (May 2018): 853-855. 이 주제에 관한 더 자세한 내용은 다음을 참조하라. Naomi Richards, "Old Age Rational Suicide", Sociology Compass 11, no. 2 (2017); Paula Span, "A Debate over 'Rational Suicide,' New York Times, August 31, 2018, https://www.nytimes.com/2018/08/31/health/suicide-elderly. html?login=email&auth=login-email&login=email&auth=login-email.

132 **2018년에 《임상정신의학 학술지》에 실린 한 논문에는~** J. Yager et al., "Working with Decisionally Capable Patients Who Are Determined to End Their Own Lives", Journal of Clinical Psychiatry 79, no. 4 (May 2018).

133 **노인정신의학 분야 내에서도 이에 대해~** Heather Uncapher et al., "Hopelessness and Suicidal Ideation in Older Adults", Gerontological Society of America 38, no. 1 (1998).

134 **이미 전 세계에서 노인 자살률은~** Ismael Conejero et al., "Suicide in Older Adults: Current Perspectives", Clinical Interventions in Ageing 13 (2018): 691-699.

134 **65세 이상 미국인 중 약 10퍼센트가~** Library of Congress, Congressional Research Service, Poverty Among Americans Aged 65 and Older, by Zhe Li and Joseph Dalaker, R45791, July 1, 2019. 65세 이상 미국인의 빈곤율은 지난 50년 동안 거의 70% 증가했다. 2017년에는 소득이 빈곤 기준점 아래인 65세 이상 미국인은 약 9.2퍼센트였지만 1970년 대 중반부터 노인의 수가 증가하면서 가난한 노인의 숫자도 덩달아 증가했다. 2017년에 는 65세 이상 인구 중 470만 명이 빈곤한 상태였다.

134 **메디케어는 노인 생활 지원 시설이나~** "Medicare vs. Medicaid", A Place for Mom, modified June 2018, https://www.aplaceformom.com/planning-and-advice/articles/ senior-care-costs; "Does Medicare Pay for Assisted Living?" AARP, accessed March 2020, https://www.aarp.org/health/medicare-qa-tool/does-medicare-cover-assisted-living/; Jennifer J. Salopek, "Medicare Home Health Benefits: What Caregiving Costs Are Covered", AARP, October 11, 2019, https://www.aarp.org/caregiving/financial-legal/info-2019/medicare-home-health-care-benefits.html.

135 **이미 매년 메디케어 지출 중 4분의 1가량이~** Gerald F. Riley and James D. Lubitz, "Long Term Trends in Medicare Payments in the Last Year of Life", Health Services Research 45, no. 2 (April 2010): 565-576. 2018년 《사이언스 Science》에 게재된 다음 논문에서는 이 "4분의 1가량"의 맥락에 관해 다음과 같이 부연한다. "사망률이 50% 이상으로 예측되는 사람들의 지출은 5% 미만이다." Liran Einav et al., "Predictive Modeling of U.S. Health Care Spending in Late Life", Science 360, no. 6396 (June 2018): 1462-1465.

135 **철학자 폴 멘젤이 말한 '싸게 죽을 의무'를~** Paul T. Menzel, Strong Medicine: The Ethical

Rationing of Health Care(Oxford: Oxford University Press, 1990).

135 **2019년 초에 마이클 어윈은 '아흔 넘어서'라는~** Michael Irwin, Ninety Plus, modified 2020, https://ninetyplus.org.uk/.

136 **현재 유럽 중 세 나라가 조력사법에서~** 학술지《사이언티스틱 리포츠Scientific Reports》에서는 다중병적상태를 다중이환multimorbidity이라고 부르기도 한다. 벨기에의 '안락사 통제 및 평가 연방위원회Federal Commission for the Control and Evaluation of Euthanasia'에 따르면 다중병적상태인 환자는 2016~2017년 안락사 사례의 13.2퍼센트를 차지하면서 암 다음으로 많은 수치였다. Commission Fédérale de Contrôle et d'Évaluation de l'Euthanasie, "Huitième rapport aux chambres législatives années 2016-2017", October 2018, https://organesdeconcertation.sante.belgique.be/sites/default/files/documents/8.

네덜란드에서는 지역 안락사 검토 위원회는 노화에 따른 다중질환을 앓는 환자와 복합 질환을 앓는 환자를 분류했다. 2018년 위원회는 안락사 6,126건을 보고받았는데, 그중 205건은 '다중 노인병 질환'을 앓는 환자였고 738건은 '복합 질환'을 앓는 환자였다. Regional Euthanasia Review Committee, "Annual Report 2018", April 2019, https://www.euthanasiecommissie.nl/binaries/euthanasiecommissie/documenten/jaarverslagen/2018/april/11/jaarverslag-2018/RTE_jv2018_English.pdf. 또한 다음을 참조하라 Woulter Beekman, *The Self-Chosen Death of the Elderly* (United Kingdom: Society for Old Age Rational Suicide, 2011); Els van Wijngaarden et al., "Assisted Dying for Healthy Older People: A Step Too Far?" *BMJ* 357 (May 19, 2017).

룩셈부르크 법은 대체로 벨기에 법에 기반하지만, 안락사에는 제한이 더 많았다. 일부 스위스 병원과 의사도 노화에 따른 다중병적상태에 있는 환자를 수락한다. 다음을 참조하라. Sigrid Dierickx, "Euthanasia Practice in Belgium: A Population-Based Evaluation of Trends and Currently Debated Issues" (PhD diss., Faculty of Medicine and Pharmacy, Vrije Universiteit Brussel, 2018), https://www.worldrtd.net/sites/default/files/newsfiles/Sigrid_Dierickx.pdf.

137 **2016년 네덜란드 보건체육복지부 장관 에디스 쉬퍼스는~** Dan Bilefsky and Christopher F. Schuetz, "Dutch Law Would Allow Assisted Suicide for Healthy Older People", *New York Times*, October 13, 2016; "Netherlands May Extend Assisted Dying to Those Who Feel 'Life Is Complete'", Reuters, October 12, 2016.

137 **빌더르스는 네덜란드 신문 《폴크스크란트》에서~** Quoted in Paul Ratner, "Dutch May Allow Assisted Suicide for Terminally Ill Patients", Big Think, October 14, 2016, http://bigthink.com/paul-ratner/dutch-may-allow-assisted-suicide-for-people-who-have-completed-life.

137 **2019년 9월 피아 데이스크라라는 국회의원은~** Janene Pieters, "D66 Working on a Bill for Assisted Suicide at End of a 'Completed Life,' NL Times, September 2, 2019, https://

nltimes.nl/2019/09/02/d66-working-bill-assisted-suicide-end-completed-life.

138 **2016년에 여러 네덜란드 학자가 동료심사를 받는~** Els van Wijngaarden et al., "Caught Between Intending and Doing: Older People Ideating on a Self-Chosen Death", *BMJ Open* 6, no. 1 (2016).

139 **찰스 왕세자가 전부 콘크리트로 만들어졌다고~** "Prince of Wales Always Outspoken on Modern Architecture", *Telegraph*, May 12, 2009, https://www.telegraph.co.uk/news/uknews/theroyalfamily/5311155/Prince-of-Wales-always-outspoken-on-modern-architecture.html.

143 **애브릴은 온라인에서 죽을 권리를 주장하는 단체~** Exit International, "About Exit", modified 2020, https://exitinternational.net/about-exit/history/.

143 **엑시트의 연간 회원권과 니츠케가 쓴《평온한 약 안내서》의 전자책을~** Philip Nitschke and Fiona Stewart, *The Peaceful Pill eHandbook* (n.p.: Exit International US, 2008).

148 **2016년 4월 15일 금요일 오후 8시 49분~** 나는 애브릴, 경찰관, 애브릴의 전 간병인, 지역 보건 전문가 등을 인터뷰해서 사건을 재구성했다. 경찰 기록과 의료 기록도 검토했다. 엑서터의 고위 검시관이 나중에 나중에 작성한, 사인을 규명한 디지털 기록에서도 큰 도움을 받았다. 검시관은 나에게 이를 공유해주었다. 이 기록에는 사건과 관련된 경찰관과 의료 전문가의 폭넓은 증언이 수록되어 있었다.

150 **인터폴이 '멕시코에서 오는 화학물질에 관한 정보를 일부 가로채'~** 데본 경찰서와 콘월 경찰서에서는 아무도 그날 저녁 애브릴 집에서 벌어진 사건에 관해 말해주지 않았고, 애브릴의 대변인만이 이를 알려주었다. 인터폴과 나눴던 부서 간 서신에 대한 정보를 얻기 위해 '정보공개법Freedom of Information Act' 요청(약칭 FOIA Request. 정보공개법에 의거해 공공기관의 정보 공개를 요구하는 것-옮긴이)을 했으나 거부당했다. 담당자는 '그 서신에 해당 정보가 있었는지조차 확정하지도 거부하지도' 않았다.

인터폴은 본부가 프랑스 리옹에 있고 국가별 부서를 운영하지 않는다. '중대하고 조직적인 범죄'와 관련한 문제를 인터폴과 협업하는 영국 국립범죄청National Crime Agency에는 영국 '인터폴 국가중앙사무국Interpol National Central Bureau'이 있다. 인터폴이나 국립범죄청에 있는 누구도 나한테 정보를 주지 않으려 했다. 나는 내무부에 '정보공개법 요청'을 넣어서 경찰이 애브릴 집에 방문한 2016년 4월, 영국 국경경비대 대원이 영국 통관항에서 펜토바르비탈 수화물 3개를 추적했다는 사실을 알아냈다.

151 **그날 저녁 의사가 작성한 문서에는~** 나는 일시가 2016년 4월 15일 오전 4시 36분이라고 적힌「데본 의사협회 근무 외 시간 호출 사건 보고서」사본을 받았는데, 여기에는 그날 저녁에 관해 의사가 기록한 내용이 들어 있었다.

156 **국토안보부인지 마약단속국인지를 대신해서 방문하긴 했지만~** 비슷한 시기에 국토안보부 이민세관단속국Immigration and Customs Enforcement 대변인이 보내준 이메일에 따르면 국토안보부는 사라의 집을 방문한 경찰들이나 넴뷰탈 판매에 대한 광범위한 수사와는

관계가 없다고 한다. 한편 마약단속국 대변인은 '진행 중인 소송 때문에 그 문제에 관해 말해줄 수 없다'고 설명했다.

156 그중 상당수가 집으로 운전해~ Eleanor Ainge Roy, "New Zealand Police Set Up Roadblocks to Question Euthanasia Group", *Guardian*, October 25, 2016, https://www.theguardian.com/world/2016/oct/25/new-zealand-police-set-up-roadblocks-to-question-euthanasia-group-members-say; "Woman Who Sparked Controversial Police Investigation into Euthanasia Supporters Identified as Annemarie Treadwell", *New Zealand Herald*, October 28, 2016, https://www.nzherald.co.nz/nz/news/article.cfm?c_id=1&objectid=11737581; Tom Hunt, "Police Admit Using Checkpoint to Target Euthanasia Meeting Attendees", Stuff, October 27, 2016, https://www.stuff.co.nz/national/crime/85752421/police-admit-using-checkpoint-to-target-euthanasia-meeting-attendees; Matt Stewart, "Wellington Euthanasia Lobbyist, Accused of Aiding Suicide, Seeks Global Backing", Stuff, April 24, 2017, https://www.stuff.co.nz/national/health/91852436/wellington-euthanasia-lobbyist-accused-of-aiding-suicide-seeks-global-backing; Matt Stewart and Tom Hunt, "Checkpoint 'Targets' Advised to Take Class Action Against Police After IPCA Ruling", Stuff, March 15, 2018, https://www.stuff.co.nz/national/health/euthanasia-debate/102280034/ipca-police-not-justified-in-using-illegal-checkpoint-to-target-euthanasia-group-members; "Operation Painter: Findings in Privacy Investigation", Scoop, March 15, 2018, https://www.scoop.co.nz/stories/PO1803/S00228/operation-painter-findings-in-privacy-investigation.htm?from-mobile=bottom-link-01.

157 2016년 10월, 성실한 정원사이자~ "A Trial Is to Be Held for Lower Hutt Woman Susan Austen, Charged with Aiding a Suicide", May 12, 2017, Stuff, https://www.stuff.co.nz/national/crime/92501870/a-trial-is-to-be-held-for-a-woman-charged-with-aiding-a-suicide; "Susan Austen Trial: Police Bugs Recorded Exit Meeting at Suspect's Home", Stuff, February 16, 2018, https://www.stuff.co.nz/national/crime/101479354/suzy-austen-had-email-translated-after-customs-intercepted-parcel; "Austen Trial: Dead Woman Believed in Personal Choice over Living and Dying", Stuff, February 20, 2018, https://www.stuff.co.nz/national/crime/101581275/austen-trial-dead-woman-believed-in-personal-choice-over-living-and-dying; Tom Hunt, "The Susan Austen Interview—from Teacher to Campaigner to Unlikely Criminal", Stuff, May 13, 2018, https://www.stuff.co.nz/dominion-post/news/103857083/the-susan-austen-interview—from-teacher-to-campaigner-to-unlikely-criminal.

158 2주에 걸친 공판 끝에 '자살 지원' 혐의에~ "Susan Austen Not Guilty of Assisting Suicide", *New Zealand Herald*, February 23, 2018, https://www.nzherald.co. nz/nz/news/

article. cfm? c_id=1&objectid=12000695; Melissa Nightingale, "Convicted Euthanasia Advocate: 'I Was Made a Scapegoat'", *New Zealand Herald*, January 10, 2019, https://www.nzherald.co.nz/nz/news/article.cfm?c_id=1&objectid=12166426&ref=rss.

160   1990년대 자살 유서를 연구한~ Alec Wilkinson, "Notes Left Behind", *New Yorker*, February 8, 1999.

3장 신체

166   **마이아는 뉴욕에 있는 영화학교에서 신화학자 조셉 캠벨의 작품을~** Joseph Campbell, *The Hero with a Thousand Faces*(New York: Pantheon Books, 1949).

167   **외국인도 도움을 받아 죽을 수 있는 라이프서클에서~** 이 책이 출간될 무렵(원서 출간일인 2021년 3월 무렵-옮긴이)에 라이프서클의 설립자이자 수석 의사인 에리카 프라이시그가 형사 재판을 받게 되면서 라이프서클 운영은 잠시 중단됐다. 프라이시그는 2016년에 정신질환이 있는 60세 여성이 자살하도록 도운 혐의로 기소당했다. 2019년 7월에 프라이시그는 무죄를 선고받았지만, 검찰은 프라이시그가 '가까스로' 유죄 판결을 벗어났다고 경고했다. 법원장은 프라이시그가 환자에 관해 정신과 전문의와 상담하지 않은 것은 잘못이라고 지적했다(프라이시그는 환자에게 정신 감정을 받아보게 하려고 노력했지만, 기꺼이 맡아줄 의사를 찾지 못했다고 말했다). 프라이시그는 치료제를 다루면서 몇 가지 법을 위반한 혐의로 집행유예 1년 3개월을 선고받았다. Céline Zünd, "Erika Preisig échappe à une condamnation pour homicide", *Le Temps* 2, July 9, 2019, https://www.letemps.ch/suisse/erika-preisig-echappe-une-condamnation-homicide.

168   **2016년 1월, 마이아가 사는 콜로라도주에서는~** a lawmaker in Colorado: "Colorado", Death with Dignity National Center, accessed March 2020, https://www.deathwithdignity.org/states/colorado/.

168   **〈죽기로 선택하다〉라는 BBC 다큐멘터리를 발견했다** *Choosing to Die*, directed by Charlie Russell(London: BBC, 2011), television broadcast.

169   **마이아는 스위스에서는 1940년대부터 조력사가 합법이었다는 사실을~** Samia A. Hurst and Alex Mauron, "Assisted Suicide and Euthanasia in Switzerland: Allowing a Role for Non-Physicians", *BMJ* 326, no. 7383 (2003): 271-273; George Mills, "What You Need to Know About Assisted Suicide in Switzerland", *Local*, May 3, 2018, https://www.thelocal.ch/20180503/what-you-need-to-know-about-assisted-death-in-switzerland.

169   **스위스연방형사법 115조에 따르면~** 이 형사법의 내용은 다음과 같다. "누구든 이기적인 동기로 다른 사람이 자살을 저지르거나 시도하기를 조장하거나 돕고 그 사람이 나중에 자살을 저지르거나 시도한다면, 5년 이하의 징역이나 벌금형에 처할 수 있다." "Swiss Criminal Code", Federal Assembly, Swiss Confederation, accessed March 2020, https://

www.admin.ch/opc/en/classified-compilation/19370083/202003030000/311.0.pdf.

169 **스위스 당국은 언젠가부터 조력자가 죽음을 통해~** 예를 들면 안락사를 시행하는 병원인 '디그니타스'는 이기적인 동기를 '자살을 도움으로써 누군가가 재산을 더 일찍 물려받거나 금전적 부양 의무를 벗는 상황'이라고 정의했다. 디그니타스 지침은 '자살을 도와주고 정상적으로 경제적 보상을 받는 행위'는 '이기적인 동기'라는 기준에서 제외될 것이라고 주장한다. "Legal Basis", Dignitas, accessed March 2020, http://www.dignitas.ch/index.php?option=com_content&view=article&id=12&Itemid=53&lang=en.

169 **이들 병원은 환자가 고통받는 것을~** 라이프서클의 안내문을 참조하라. Lifecircle's guidance: "Guide to Eternal Spirit", Lifecircle, December 2019, https://www.lifecircle.ch/fileadmin/eternal_spirit/docs/en/Guide_en.pdf.

170 **즉 외국인도 취리히로 날아가~** "Swiss Parliament Rejects Tighter Controls on Assisted Suicide", Reuters, September 26, 2012, https://www.reuters.com/article/us-swiss-politics-suicide/swiss-parliament-rejects-tighter-controls-on-assisted-suicide-idUSBRE88P15320120926.

170 **2016년 무렵에는 전 세계 사람들이~** DeMond Shondell Miller and Christopher Gonzalez, "When Death Is the Destination: The Business of Death Tourism—Despite Legal and Social Implications", *International Journal of Culture, Tourism and Hospitality Research* 7, no. 3 (2013): 293-306; Saskia Gauthier et al., "Suicide Tourism: A Pilot Study of the Swiss Phenomenon", *Journal of Medical Ethics* 41, no. 8 (2015): 611-617; Samuel Blouin, "'Suicide Tourism' and Understanding the Swiss Model of the Right to Die", Conversation, May 23, 2018, http://theconversation.com/suicide-tourism-and-understanding-the-swiss-model-of-the-right-to-die-96698.

170 **취리히대학교의 연구에 따르면~** Gauthier et al., "Suicide Tourism."

170 **〈죽기로 선택하다〉는 영국에서 160만 명이 시청했는데~** Tim Glanfield, "TV Ratings: Terry Pratchett: Choosing to Die Watched by 1.64m Viewers", RadioTimes, June 14, 2011, https://www.radiotimes.com/news/2011-06-14/tv-ratings-terry-pratchett-choosing-to-die-watched-by-1-64m-viewers/.

170 **그 뒤로 '디그니타스에 간 할아버지'를 변주한 듯한~** 다음 작품들을 참조하라. *Tod nach plan*(A planned death), directed by Hanspeter Bäni (Switzerland, 2010), documentary film; *Manon: The Last Right?* by Marie-Josée Lévesque et al. (Quebec: Télé-Québec, 2004); *EXIT: Le droit de mourir* (Exit: The right to die), directed by Fernand Melgar (First Run/Icarus Films, 2006), documentary; *The Suicide Tourist, directed* by John Zaritsky (Boston: PBS, 2010), television broadcast; *How to Die: Simon's Choice*, directed by Rowan Deacon (London: BBC, 2016), television broadcast; *Right to Die*, produced by Vikram Gandhi et al. (New York: VICE on HBO, 2017); *Scientist David Goodall Chooses Euthanasia at 104 Years*

Old, produced by Lisa McGregor (Australia: ABC Australia, 2018); *End Game*, directed by Rob Epstein and Jeffrey Friedman (Netflix, 2018), documentary film.

조력사를 받기 위해 스위스로 향하는 여정은 유튜브에서도 인기가 있다. 예를 들어 2010년 미셸 코스의 여정은 230만 뷰를 넘겼다.(현재는 유튜브 측에 의해 삭제되었다-옮긴이) "Assisted Suicide of Michèle Causse", YouTube, uploaded May 30, 2014, https://www.youtube.com/watch?v=JfyxUO4ZsDo.

171 **루드비히 미넬리가 조력사를 '마지막 인권'이라고~** Imogen Foulkes, "Dignitas Boss: Healthy Should Have Right to Die", BBC News, July 2, 2010, https://www.bbc.com/news/10481309.

171 **지역 주민이 취리히 강변에 사람을 태운 재가~** Foulkes, "Switzerland Plans New Controls"; BBC News, July 2, 2010, https://www.bbc.com/news/10461894; Roger Boys, "Ashes Dumped in Lake Zurich Put Dignitas Back in the Spotlight", London *Times*, May 1, 2010, https://www.thetimes.co.uk/article/ashes-dumped-in-lake-zurich-put-dignitas-back-in-the-spotlight-wftlfdc06fk.

171 **'라이프서클은 인류의 존엄성을 약속합니다'** "Support and Promote Quality of Life", Lifecircle, accessed March 2020, https://www.lifecircle.ch/en/.

180 **허리천자 결과는 정상으로 보였다** 허리천자(요추천자라도 한다)는 척수와 뇌를 둘러싼 무색 액체인 척수액을 채취하여 검사하는 것이다. 척수액 표본에서 특정 단백질 수치가 높게 나오면 다발성경화증으로 추정할 수 있다. 하지만 전국 다발성경화증 협회에서는 "다발성경화증을 확실하게 진단받은 사람 중 5~10퍼센트는 척수액에서 이상이 나타나지 않는다. 따라서 척수액 분석만으로는 다발성경화증 진단을 확정하거나 배제할 수 없다"고 한다. "Cerebrospinal Fluid (CSF)", National Multiple Sclerosis Society, accessed March 2020, https://www.nationalmssociety.org/Symptoms-Diagnosis/Diagnosing-Tools/Cerebrospinal-Fluid-(CSF).

182 **다발성경화증을 앓는 대다수는 완화와 재발을 반복했다** 전국 다발성경화증 협회는 이와 관련해 다음과 같이 설명하고 있다. "다발성경화증 중 가장 일반적인 진행을 보여주는 재발완화형 다발성경화증은 새로운 신경 증상이 나타나거나 증상이 증가하는 '엄습'으로 환자를 괴롭게 한다는 뚜렷한 특징이 있다. 재발이나 악화라고도 부르는 '엄습'은 부분적이거나 완전한 회복 기간(완화 기간) 뒤에 찾아온다. 완화 기간에는 모든 증상이 사라질 수도 있고 몇몇 증상은 계속되다가 영구적으로 굳어질 수 있다. 하지만 완화 기간에는 눈에 띄는 진행은 나타나지 않는다." "Relapsing-Remitting MS (RRMS)", National Multiple Sclerosis Society, accessed March 2020, https://www.nationalmssociety.org/What-is-MS/Types-of-MS/Relapsing-remitting-MS.

187 **마이아는 사회보장제도 장애인 연금을 신청했다가~** 2004~2013년 동안 사회보장제도 장애 보험금을 신청한 사람 중 36퍼센트만 수령을 승인을 받았다. 약 4분의 1은 첫 신

청에서 승인을 받았고, 심의나 항소를 거쳐서 승인을 받은 사람이 13퍼센트를 차지했다. Social Security Administration, "Annual Statistical Report on the Social Security Disability Insurance Program, 2014", November 2015, https://www.ssa.gov/policy/docs/statcomps/di_asr/2014/di_asr14.pdf.

187 **미국 인구조사 데이터에 따르면 다발성경화증 환자는**~ Jonathan D. Campbell et al., "Burden of Multiple Sclerosis on Direct, Indirect Costs and Quality of Life: National US Estimates", *Multiple Sclerosis and Related Disorders* 3, no. 2 (2014): 227-236.

187 **저희한테는 보험이 엄청나게 큰 문제입니다** 다음 논문을 참조하라. Dennis N. Bourdett et al., "Practices of US Health Insurance Companies Concerning MS Therapies Interfere with Shared Decision-Making and Harm Patients", *Neurology Clinical Practice* 6, no. 2 (2016): 177-182. 논문의 저자 데니스 N. 보르데트와 동료들은 이렇게 말했다. "다발성경화증 완화치료에 대한 보장 범위 규정 때문에 환자를 처방했던 것과 다른 방식으로 치료하거나 우리가 처방한 치료를 보장해주길 거부하는 보험사를 상대하느라 몇 시간씩 허비하는 날이 점점 많아졌다." 다른 주에서 다발성경화증 환자를 치료하는 의사 17명을 설문 조사한 뒤에는 이렇게 말했다. "의사들은 직원이 다발성경화증 약을 보장하는 범위에 대한 문제로 보험사와 다투는 데 한 달에 20~30시간을 보낸다고 답했고, 신경과 전문의들은 보험사의 거부와 관련한 문제로 일주일에 1~1.5시간을 보낸다고 답했다."

189 **죽음에 이를 수 있는 모든 경우에 관한**~ Gary R. Cutter et al., "Causes of Death Among Persons with Multiple Sclerosis", *Multiple Sclerosis and Related Disorders* 4 (2015): 484-490.

191 **발견된 외로운 남자에 관한 〈뉴욕타임스〉 기사**~ N. R. Kleinfield, "The Lonely Death of George Bell", *New York Times*, October 17, 2015, https://www.nytimes.com/2015/10/18/nyregion/dying-alone-in-new-york-city.html.

191 **마이아는 온라인에서 정보를 찾다 보면**~ 다음 웹사이트들을 살펴보라. Not Dead Yet (not-deadyet.org), Care Not Killing (carenotkilling.org.uk), and Euthanasia Prevention Coalition (epcc.ca).

192 **죽을 권리 운동의 초기 역사를 정리해두었다** 다음을 참조하라. Ian Dowbiggen, *A Merciful End: The Euthanasia Movement in Modern America*(Oxford: Oxford University Press, 2003); Kevin Yuill, *Assisted Suicide: The Liberal, Humanist Case Against Legalization*(Houndmills, Basingstoke, UK: Palgrave Macmillan, 2013), 60-82.

193 **'전국 장애인 협회'가 2019년에 발표한 보고서에도**~ National Council on Disability, "The Danger of Assisted Suicide Laws", October 9, 2019, https://ncd.gov/sites/default/files/NCD_Assisted_Suicide_Report_508.pdf.

194 **장애인 인권 활동가와 토론하는 것을 꺼리는**~ 지원사 합법화와 장애라는 주제에 관한 더 자세한 내용은 다음을 참조하라. Andrew Batavia, "The New Paternalism: Portraying

People with Disabilities as an Oppressed Minority", *Journal of Disability Policy Studies* 12, no. 2 (2001): 107-113; Susan M. Behuniak, "Death with 'Dignity': The Wedge That Divides the Disability Rights Movement from the Right to Die Movement", *Politics and the Life Sciences* 30, no. 1 (2011): 17-32; Diane Coleman, "Assisted Suicide Laws Create Discriminatory Double Standard for Who Gets Suicide Prevention and Who Gets Suicide Assistance: Not Dead Yet Responds to Autonomy, Inc.", *Disability and Health Journal* 3 (2010): 39-50; Ann Neumann, *The Good Death: An Exploration of Dying in America*(Boston: Beacon Press, 2017); Alicia Ouellette, "Barriers to Physician Aid in Dying for People with Disabilities", *Laws* 6, no. 23 (2017); Anita Silvers, "Protecting the Innocents: People with Disabilities and Physician-Assisted Dying", *Western Journal of Medicine* 166, no. 6 (1997): 407-409.

194 **그들의 우려를 극복하기 위한 노력의~** 컴패션&초이시스는 장애와 의료지원사에 대해 「당신이 알아야 하는 아홉 가지 사실」을 발표했다. 웹페이지에는 다음과 같은 내용이 게시되어 있다. "코네티컷주, 뉴저지주, 매사추세츠주에서 실시한 설문 조사 결과에 따르면 장애를 겪는 사람 3명 중 2명은 의료지원사를 지지한다." Compassion&Choices, "Medical Aid in Dying and People with Disabilities", accessed March 2020, https://compassionandchoices.org/resource/medical-aid-dying-people-disabilities/.

194 **2007년 《의료윤리 학술지》에 실린 동료심사를 통과한 어떤 논문에서는~** Margaret Battin et al., "Legal Physician-Assisted Dying in Oregon and the Netherlands: Evidence Concerning the Impact on Patients in 'Vulnerable' Groups", *Journal of Medical Ethics* 33, no. 10 (2007): 591-597.

194 **2016년에 '오리건주 장애인 인권'에서는~** Compassion&Choices, "Death with Dignity and People with Disabilities", accessed March 2020, https://www.deathwithdignity.org/death-dignity-people-disabilities/.

196 **생명윤리학자 에스겔 엠마누엘이 1997년에 〈애틀랜틱〉에 발표한 수필을~** Ezekiel Emanuel, "Whose Right to Die?" *The Atlantic*, March 1997.

197 **2016년 11월 콜로라도주 유권자들은~** Colorado Department of Public Health and Environment, "Medical Aid in Dying", accessed March 2020, https://www.colorado.gov/pacific/cdphe/medical-aid-dying.

197 **캐나다의 C-14 법안에 따르면~** Julia Nicol and Marlisa Tiedemann, "Bill C-14: An Act to Amend the Criminal Code and to Make Related Amendments to Other Acts (Medical Assistance in Dying)", Library of Parliament, no. 42-1-C14-E, April 2016, https://lop.parl.ca/staticfiles/PublicWebsite/Home/ResearchPublications/LegislativeSummaries/PDF/42-1/c14-e.pdf.

198 **질환이 심각해 치료할 수 없고 견딜 수 없는 통증에~** Canadian Association of MAID

Assessors and Providers, "The Clinical Interpretation of 'Reasonably Foreseeable,' June 2017, https://camapcanada.ca/wp-content/uploads/2019/01/cpg1-1.pdf.

198 **2019년 어느 캐나다 주 법원은~** Tu Thanh Ha and Kelly Grant, "Quebec Court Strikes Down Restriction to Medically Assisted Dying Law, Calls It Unconstitutional", *Globe and Mail*, September 11, 2019, https://www.theglobeandmail.com/life/health-and-fitness/article-quebec-court-strikes-down-parts-of-laws-on-medically-assisted-death/; *Truchon c. Procureur général du Canada*, QCCS 3792 (Quebec 2019), https://d3n8a8pro7vhmx.cloudfront.net/dwdcanada/pages/4439/attachments/origin al/1568236478/500-17-099119-177.pdf?1568236478.

198 **그러나 미국에서 다발성경화증 환자는~** 다발성경화증과 지원사에 관한 더 자세한 내용은 다음을 참조하라. Deborah Brauser, "More Than 50% of Patients with MS Surveyed Would Consider Physician-Assisted Death", *Medscape*, October 12, 2016, https://www.medscape.com/viewarticle/870154; Ruth Ann Marrie et al., "High Hypothetical Interest in Physician-Assisted Death in Multiple Sclerosis", *Neurology* 88, no. 16 (2017); Neil Scolding, "Physician-Assisted Death Should Be Available to People with MS—NO", *Multiple Sclerosis Journal* 23, no. 13 (2017): 1679-1680; Kim Louise Wiebe, "Physician-Assisted Death Should Be Available to People with MS—YES", *Multiple Sclerosis Journal* 23, no. 13 (2017): 1677-1678.

198 **오리건주의 자료에 따르면 2019년~** Oregon Health Authority, "Oregon Death with Dignity Act: 2019 Data Summary", February 25, 2020, https://www.oregon.gov/oha/PH/PROVIDERPARTNERRESOURCES/EVALUATIONRESEARCH/DEATHWITHDIGNITYACT/Documents/year22.pdf.
루게릭병과 지원사에 관한 더 자세한 내용은 다음을 참조하라. Leo H. Wang et al., "Death with Dignity in Washington Patients with Amyotrophic Lateral Sclerosis", *Neurology* 87, no. 20 (2016): 2117-2122; James A. Russell and Mario F. Dulay, "Hastened Death in ALS: Damaged Brains and Bad Decisions?" *Neurology* 87, no. 13 (2016): 1312-1313; Jonathan Katz and Hiroshi Mitsumono, "ALS and Physician-Assisted Suicide", *Neurology* 87, no. 11 (2016): 1072-1073. 또한 다음을 참조하라. James A. Russell, "Physician-Hastened Death in Patients with Progressive Neurodegenerative or Neuromuscular Disorders", *Seminars in Neurology* 38, no. 5 (2018): 522-532.

198 **같은 해 콜로라도주에서 생애말기선택권법에 따라~** Center for Health and Environmental Data, "Colorado End-of-Life Options Act, Year Three", 2020, https://www.colorado.gov/pacific/cdphe/medical-aid-dying.

198 **다발성경화증 환자는 우울증에 걸릴 위험이 높다는 걸~** 다음을 참조하라. H. Hoang et al., "Psychiatric Co-morbidity in Multiple Sclerosis: The Risk of Depression and Anxiety

Before and After MS Diagnosis", *Multiple Sclerosis Journal* 22, no. 3 (2016): 347-353; Anthony Feinstein and Bennis Pavisian, "Multiple Sclerosis and Suicide", *Multiple Sclerosis Journal* 23, no. 7 (2017): 923-927; Ruth Ann Marrie, "What Is the Risk of Suicide in Multiple Sclerosis?" *Multiple Sclerosis Journal* 23, no. 6 (2017): 755-756.

206 전국 다발성경화증 협회 웹사이트에 따르면~ National Multiple Sclerosis Society, "Cognitive Changes", accessed March 2020, https://www.nationalmssociety.org/ Symptoms-Diagnosis/MS-Symptoms/Cognitive-Changes.

207 2차 진행 단계로 들어선 듯 보였다 Gabrielle Macaron and Daniel Ontaneda, "Diagnosis and Management of Progressive Multiple Sclerosis", *Biomedicines* 7, no. 3 (2019).

208 C. S. 루이스가 남긴~ C. S. Lewis, *A Grief Observed* (New York: HarperOne, 2001).

209 2018년 마이아는 마침내 메디케어에서 연금을~ Social Security Administration, "Will a Beneficiary Get Medicare Coverage?" accessed March 2020, https://www.ssa.gov/ disabilityresearch/wi/medicare.htm.

209 2007년에 발표된 어느 연구에 따르면~ L. Iezzoni and L. Ngo, "Health, Disability, and Life Insurance Experiences of Working-Age Persons with Multiple Sclerosis", *Multiple Sclerosis Journal* 13, no. 4 (2007): 534-546.

210 나는 전국 다발성경화증 협회의 환자 대변인으로~ "Making Health Care More Affordable: Lowering Drug Prices and Increasing Transparency", written statement of BariTalente, JD, Executive Vice President of Advocacy, National Multiple Sclerosis Society, to United States House of Representatives, Committee on Education and Labor, September 26, 2019, https://edlabor.house.gov/imo/media/doc/TalenteTestimony092619.pdf; Daniel M. Hartung et al., "The Cost of Multiple Sclerosis Drugs in the US and the Pharmaceutical Industry", *Neurology* 84, no. 21 (2015): 2185-2192; Lisa Rapaport, "U.S. Prices for Multiple Sclerosis Drugs Are on the Rise", Reuters, August 27, 2019, https:// www.reuters.com/article/us-health-ms/u-s-prices-for-multiple-sclerosis-drugs- are-on-the-rise-idUSKCN1VH2I5.

211 약이 너무 비싸져서 많은 민간보험사는~ "2019 Employer Health Benefits Survey", Kaiser Family Foundation, September 25, 2019, https://www.kff.org/report-section/ehbs- 2019-section-9-prescription-drug-benefits/.

211 메디케어의 혜택을 받는 노인조차~ Mark Miller, "Medicare Part D No Match for Runaway Specialty Drug Costs: Study", Reuters, February 7, 2019, https://www.reuters. com/article/us-health-ms/u-s-prices-for-multiple-sclerosis-drugs-are-on-the- rise-idUSKCN1VH2I5; Juliette Cubanski et al., "The Out-of-Pocket Cost Burden for Specialty Drugs in Medicare Part D in 2019", Kaiser Family Foundation, February 1, 2019, https://www.kff.org/medicare/issue-brief/the-out-of-pocket-cost-burden-for-

specialty-drugs-in-medicare-part-d-in-2019/.

212 **바로 자발적식음전폐, VSED다** Timothy Quill, "Voluntary Stopping of Eating and Drinking (VSED), Physician-Assisted Death(PAD), or Neither in the Last Stage of Life? Both Should Be Available as a Last Resort", *Annals of Family Medicine* 13, no. 5 (2015): 208-209; Timothy Quill et al., "Voluntarily Stopping Eating and Drinking Among Patients with Serious Advanced Illness—Clinical, Ethical, and Legal Aspects", *JAMA Internal Medicine* 178, no. 1 (2018): 123-127.

212 **2016년 의사조력사 입법을 주장하는 단체인~** Compassion&Choices, "The Facts: Medical Aid-in-Dying in the United States", December 2016, https://www.lwvbn.org/notices/DeathDyingConcurrence/G-Fact%20Sheet%20Aid%20in%20Dying%20in%20US%20Compassion%20and%20Choices%20Support.pdf.

214 **2019년 오리건주 지원사 자료에 따르면~** Oregon Health Authority, "Oregon Death with Dignity Act: 2019 Data Summary."

218 **이따금 소설가 줄리언 반스가 쓴 문장을 생각한다** Julian Barnes, *Nothing to Be Frightened Of* (New York: Vintage, 2009).

219 **2018년 7월 마이아는 〈워싱턴포스트〉에 실린 한 기사의~** Rob Kuznia, "In Oregon, Pushing to Give Patients with Degenerative Diseases the Right to Die", *Washington Post*, March 11, 2018, https://www.washingtonpost.com/national/in-oregon-pushing-to-give-patients-with-degenerative-diseases-the-right-to-die/2018/03/11/3b6a2362-230e-11e8-94da-ebf9d112159c_story.html.

224 **데비는 2008년에 정부와~** "Debbie Purdy", BBC Radio 4, February 26, 2019, https://www.bbc.co.uk/programmes/m0002r4f; Martin Beckford, "Debbie Purdy Demands Director of Public Prosecutions Spell Out Law on Assisted Suicide", *Telegraph*, October 2, 2008, https://www.telegraph.co.uk/news/uknews/3123290/Debbie-Purdy-demands-Director-of-Public-Prosecutions-spell-out-law-on-assisted-suicide.html; Afua Hirsch, "Prison Fear for Relatives Who Assist Suicide", *Guardian*, October 29, 2008, https://www.theguardian.com/society/2008/oct/29/assisted-suicide-right-to-die.

225 **만일 혼자 가야 한다면~** Martin Beckford and Rosa Prince, "Debbie Purdy Wins House of Lords Victory to Have Assisted Suicide Law Clarified", *Telegraph*, July 31, 2009, https://www.telegraph.co.uk/news/uknews/law-and-order/5942603/Debbie-Purdy-wins-House-of-Lords-victory-to-have-assisted-suicide-law-clarified.html.

225 **데비의 변호사는 국가가 자살법과~** Afua Hirsch, "Debbie Purdy Wins 'Significant Legal Victory' on Assisted Suicide", *Guardian*, July 30, 2009, https://www.theguardian.com/society/2009/jul/30/debbie-purdy-assisted-suicide-legal-victory.

225 **영국 정부는 자살법으로 가족을 기소할지~** Sandra Laville, "People Who Assist Suicide

Will Face Test of Motives, says DPP", *Guardian*, February 25, 2010, https://www. theguardian.com/society/2010/feb/25/dpp-assisted-suicide-guidelines-starmer-purdy; Director of Public Prosecutions, "Suicide: Policy for Prosecutors in Respect of Cases of Encouraging or Assisting Suicide", Crown Prosecution Service, February 2010, last updated October 2014, https://www.cps.gov.uk/legal-guidance/suicide-policy-prosecutors-respect-cases-encouraging-or-assisting-suicide.

225 데비는 판결을 받은 뒤 한 인터뷰에서~ Afua Hirsch, "Victory for Debbie Purdy After Historic Ruling in Right-to-Die Legal Battle", *Guardian*, July 30, 2009, https://www. theguardian.com/society/2009/jul/30/debbie-purdy-assisted-suicide-judgement.

231 지원사 법안이 뉴멕시코주 입법부를 통과하지 못했다고~ Compassion&Choices, "New Mexico", accessed March 2020, https://www.deathwithdignity.org/states/new-mexico/.

231 오리건주에서 기준을 확대하자던 제안은~ Elizabeth Hayes, "Oregon Lawmakers Consider Controversial Expansion to Death with Dignity Law", *Portland Business Journal*, March 20, 2019, https://www.bizjournals.com/portland/news/2019/03/20/oregon-lawmakers-consider-controversial-expansion.html; "Oregon House Bill 2217", LegiScan, accessed March 2020, https://legiscan.com/OR/bill/HB2217/2019

4장 기억

240 2015년에 브라이언은 인터넷을 살펴보다가~ Final Exit Network, "What We Do", accessed March 2020, https://finalexitnetwork.org/what-we-do/exit-guide-services/.

240 FEN은 헴록소사이어티로부터 탄생했는데~ 헴록소사이어티와 이의 역사에 관해서 는 다음을 참조하라. Faye Girsh, "The Hemlock Story in Brief", Hemlock Society San Diego, 2006, https://www.hemlocksocietysandiego.org/wp-content/uploads/2019/03/brief.pdf; Richard Cote, *In Search of Gentle Death: The Fight for Your Right to Die with Dignity*(South Carolina: Corinthian Books, 2012); Derek Humphry and Mary Clement, *Freedom to Die: People, Politics and the Right-to-Die Movement*(New York: St. Martin's Griffin, 2000); Derek Humphry, *The Good Euthanasia Guide: Where, What, and Who in Choices in Dying*(Oregon: ERGO, 2004); Derek Humphry, *Good Life, Good Death: The Memoir of a Right to Die Pioneer*(New York: Carrel Books, 2017); Derek Humphry, "Founding the Hemlock Society", interview by Bob Uslander, Dr. Bob Uslander: Integrated MD Care, January 12, 2018, https://integratedmdcare.com/founding-hemlock-sociedy-derek-humphry-ep-8/.

240 1975년 42세였던 아내 진이~ Derek Humphry, *Jean's Way*(Oregon: Norris Lane Press, 2013).

241 〈뉴욕타임스〉 기자에게 이론상 이 새로운 법은~ Andrew H. Malcolm, "Some Elderly

Choose Suicide over Lonely, Dependent Life", *New York Times*, September 24, 1984, https://www.nytimes.com/1984/09/24/us/some-elderly-choose-suicide-over-lonely-dependent-life.html.

241 **낙태에 찬성하는 사람들 집에도 화염병을**~ George Howe Colt, *The Enigma of Suicide: A Timely Investigation into the Causes, the Possibility for Prevention and the Paths to Healing*(New York: Simon and Schuster, 1991), 369.

241 **10년 뒤, 헴록소사이어티의 주장에 따르면**~ Girsh, "Hemlock Story in Brief."

241 **지부 회합은 표면적으로는**~ 다음을 참조하라. Randall Beach, "Hemlock Society Attracts Growing Attention", *New York Times*, July 22, 1990; Psyche Pascual, "Right-to-Die Talk Met by Understanding, Protest", *Los Angeles Times*, January 12, 1992.
유니테리언주의 교회와 죽을 권리 운동가의 관계에 관해서는 다음을 참조하라. Elaine McCardle, "Choice at the End: In Oregon, Terminally Ill People Have the Right to Seek a Prescription to End Their Lives—Thanks in Large Part to Unitarian Universalists", UU World, April 25, 2016, https://www.uuworld.org/articles/choice-end; Unitarian Universalist Association, "The Right to Die with Dignity: 1988 General Resolution", UUA, 1998, https://www.uua.org/action/statements/right-die-dignity.

242 **1991년 험프리는 《마지막 비상구》라는 책을**~ Derek Humphry, *Final Exit: The Practicalities of Self-Deliverance and Assisted Suicide for the Dying*(California: Hemlock Society USA, 1991).

243 **나중에는 너무 잘 팔려서 〈뉴욕타임스〉 베스트셀러 목록에**~ Lawrence K. Altman, "How-To Book on Suicide Is atop Best-Seller List", *New York Times*, August 9, 1991, https://www.nytimes.com/1991/08/09/us/how-to-book-on-suicide-is-atop-best-seller-list.html.

243 **신문에서는 이를 두고**~ Trip Gabriel, "A Fight to the Death", *New York Times Magazine*, December 8, 1991, https://www.nytimes.com/1991/12/08/magazine/a-fight-to-the-death.html.

243 **명망 있는 생명윤리학자인 아서 캐플란은**~ Altman, "How-To Book on Suicide."

243 **두 번째 전 부인이자 헴록소사이어티의 공동설립자여던 앤 위켓이**~ 나중에 험프리는 앤이 오랫동안 정신질환을 앓았으며, 그녀가 앓던 암이 차도를 보였다고 기록했다. Gabriel, "Fight to the Death"; Robert Reinhold, "Right-to-Die Group Is Shaken as Leader Leaves His Cancer-Stricken Wife", *New York Times*, February 8, 1990, https://www.nytimes.com/1990/02/08/us/right-to-die-group-is-shaken-as-leader-leaves-his-cancer-stricken-wife.html; Garry Abrams, "A Bitter Legacy: Angry Accusations Abound After the Suicide of Hemlock Society Co-Founder Ann Humphry", *Los Angeles Times*, October 23, 1991, https://www.latimes.com/archives/la-xpm-1991-10-23-vw-

283-story.html; "Suicide Note Said to Accuse Author", *Washington Post*, October 27, 1991, https://www.washingtonpost.com/archive/lifestyle/1991/10/28/suicide-note-said-to-accuse-author/f1bcba4e-7cf1-4530-a17f-101523609f60/.

244 **헴록소사이어티는 1998년 '친구보살피기'라는~** Girsh, "Hemlock Story in Brief."

244 **이 프로그램에서 자원봉사자들은 죽음 조력자로~** 헴록소사이어티가 고용한 의사이자 '친구보살피기'를 운영하는 딕 맥도널드Dick MacDonald는 내게 처음에는 바르비투르산 염을 이용했다고 말했다. '친구보살피기'의 안내자는 헴록소사이어티 회원에게 세코날 이나 넴뷰탈 같은 바르비투르산염을 어떻게 입수하는지 조언해줬고, 회원이 그 약을 먹는 동안 곁을 지켰다. 새 지도부는 '친구보살피기' 프로그램에서 항우울제처럼 합법적으로 처방받은 약을 이용하는 방법에 관해 조언하게 했다.
'친구보살피기' 프로그램은 의뢰인이 사망하면 종종 그 가족과 친구들이 이 프로그램에 기부한 덕에 재정적으로 자립할 수 있었다. 그는 '덕분에 친구보살피기 프로그램을 운영한 지 4년 만에 기부금이 수백만 달러나 모였다'고 말했다.

244 **2000년대 초반, 헴록소사이어티는 다른 죽을 권리 운동~** Derek Humphry, "Farewell to Hemlock: Killed by Its Name", Euthanasia Research&Guidance Organization, February 21, 2005, https://www.assistedsuicide.org/farewell-to-hemlock.html.

246 **리바스는 이 주제를 면밀하게 연구해 약 40개 주에서~** Robert Rivas, "Survey of State Laws Against Assisting in a Suicide", 2017, https://www.scribd.com/document/367153355/Survey-of-State-Laws-Against-Assisting-in-a-Suicide-2017-Update.

246 **당시 FEN은 이미 여러 주에서 함정 수사의~** Jaime Joyce, "Kill Me Now: The Troubled Life and Complicated Death of Jana Van Voorhis", BuzzFeed, December 27, 2013, https://www.buzzfeed.com/jaimejoyce/kill-me-now-the-troubled-life-and-complicated-death-of-jana; *The Suicide Plan*, season 2, episode 23, produced by Mira Navasky and Karen O'Connor(PBS, 2012), television broadcast; Robbie Brown, "Arrests Draw New Attention to Assisted Suicide", *New York Times*, March 10, 2009, https://www.nytimes.com/2009/03/11/us/11suicide.html; Paul Rubin, "Final Exit Members Going on Trial After 2007 Assisted Suicide of Phoenix Woman", *Phoenix New Times*, March 31, 2011, https://www.phoenixnewtimes.com/news/final-exit-network-members-going-on-trial-after-2007-assisted-suicide-of-phoenix-woman-6448001; "Right-to-Die Group Fined $30K in Minnesota Woman's Suicide", Associated Press, August 24, 2015, https://minnesota.cbslocal.com/2015/08/24/right-to-die-group-heads-for-sentencing-in-womans-suicide/. 파이널엑시트네트워크에 관한 법률적 연구는 테디우스 포프 교수의 블로그를 참조하라. Thaddeus Mason Pope, "fiinal Exit Network", *Medical Futility Blog*, http://medicalfutility.blogspot.com/search?q=final+exit+network.

247 **2015년 FEN은 미네소타주에 사는 만성적인 통증을 앓는~** "Judge Fines Final Exit Group Convicted of Assisting Minnesota Suicide", Reuters, August 24, 2015, https://www.reuters.com/article/us-usa-minnesota-finalexit/judge-fines-final-exit-group-convicted-of-assisting-minnesota-suicide-idUSKCN0QT25920150824.

247 **FEN은 판결에 항소하면서~** *State of Minnesota v. Final Exit Network*, File No. 19HA CR-12-1718 (Dakota County District Court, 2016), https://mn.gov/law-library-stat/archive/ctappub/2016/opa151826-121916.pdf.

247 **FEN의 변호사는 주가 해석한 바에 따르면~** Final Exit Network Inc. v. State of Minnesota, "Petition for a Writ of Certiorari", 2017, https://www.scotusblog.com/wp-content/uploads/2017/07/16-1479-petition.pdf; *Final Exit Network, Inc., Fran Schindler, and Janet Grossman v. Lori Swanson, in her official capacity as the attorney general of Minnesota et al.*, Case No. 0:18-cv-01025-JNE/SER (US District Court, District of Minnesota, 2018), http://www.thaddeuspope.com/images/Amended_compl_D_Minn_08-2018.pdf.

247 **컴패션&초이시스 회장인 바버라 쿰브스 리는~** "4 Assisted Suicide Group Members Are Arrested", Associated Press, February 26, 2009, http://www.nbcnews.com/id/29411514/ns/us_news-crime_and_courts/t/assisted-suicide-group-members-are-arrested/#.XoDd19NKg0o.

249 **내 눈에 FEN은 생애말기를 다루는 제인공동체 같았다** Laura Kaplan, The Story of Jane: The Legendary Underground Feminist Abortion Service (New York: Pantheon Books, 1995); Clyde Haberman, "Code Name Jane: The Women Behind a Covert Abortion Network", *New York Times*, October 14, 2018, Retro Report, https://www.nytimes.com/2018/10/14/us/illegal-abortion-janes.html.

251 **그 일을 겪으면서 재닛은~** Ann Neumann, "Going to Extremes", Harper's, February 2019, https://harpers.org/archive/2019/02/going-to-extremes-elderly-assisted-suicide-caregivers/.

252 **원하는 만큼 오래 살아야 하겠지만~** 파이널엑시트네트워크의 안내자들은 치매에 걸린 의뢰인의 자살을 중단한 적이 있었다고 했다. 그중 한 안내자는 본인이 하는 말에 혼란스러워하는 의뢰인을 만났다고 했다. 안내자는 남편이 의뢰인에게 그렇게 말하라고 시켰다고 생각하여 의뢰인을 돕지 않기로 했다.

254 **연구자들은 미국 의료 체계가~** Alzheimer's Association, "Generation Alzheimer's: The Defining Disease of the Baby Boomers", 2011, https://act.alz.org/site/DocServer/ALZ_BoomersReport.pdf?docID=521; James R. Knickman and Emily K. Snell, "The 2030 Problem: Caring for Aging Baby Boomers", *Health Services Research* 37, no. 4 (2002): 849-884.

263 데브라는 자기에게 필요한 것 중~ AARP, "Does Medicare Pay for Assisted Living?" accessed March 2020, https://www.aarp.org/health/medicare-qa-tool/does-medicare-cover-assisted-living/. Marlo Sollitto, "How to Pay for Assisted Living", AgingCare, accessed March 2020, https://www.agingcare.com/articles/how-to-pay-for-assisted-living-153842.htm.

263 즉 의사는 걱정되는 사례를~ Oregon Department of Human Services, "Mandatory Reporting", accessed March 2020, https://www.oregon.gov/DHS/ABUSE/Pages/mandatory_report.aspx.

266 치매에 관한 실존적인 경험은~ Sallie Tisdale, "Out of Time", Harper's, March 2018, https://harpers.org/archive/2018/03/out-of-time/3/.

269 물건을 사러 가게에 다녀온다면~ 한 퇴장 안내자는 '발견 계획'을 이렇게 설명했다. "보통 발견 계획에서는 현장에 나타날 사람이 점심을 먹으러 가거나 장을 보러 가거나 술집에 가는 등 평소처럼 볼일을 보며 두 시간 정도 집을 떠나 있습니다. 그다음에 집에 돌아와 자기가 외출했던 동안 가족이, 친구가 죽어 있는 것을 발견하는 거죠. 이렇게 하는 이유는 두 가지입니다. 먼저 경찰에 이야기할 때, '점심을 먹으러 나갔다가 돌아왔는데 이 사람이 죽어 있었어요'라는 말을 사실로 만드는 거죠. 우리는 발견하는 사람이 거짓말을 해야 하는 상황에 처하지 않길 바랍니다. 다른 하나는, 종종 구급대원이 현장에 바로 오기 때문입니다. 두 시간 정도 지나면 시신이 이미 식어서 소생술을 시도하지 않아도 된다는 사실이 명확해집니다."

276 2015년에 오리건주 상원의원인 미치 그린리크가~ Molly Harbarger, "Legislator's Promise to a Dying Friend: Death with Dignity Amendment to Help ALS, Alzheimer's Patients Fails", Oregonian, April 30, 2015, https://www.oregonlive.com/politics/2015/04/legislators_promise_to_a_dying.html; "House Bill 3337", OregonLive, accessed March 2020, https://gov.oregonlive.com/bill/2015/HB3337/; "Oregon House Bill 2217", LegiScan, accessed March 2020, https://legiscan.com/OR/bill/HB2217/2019.

277 벨기에와 네덜란드에서는 치매 초기 환자라도~ 벨기에의 사례에 관해서는 다음을 참조하라. Federal Public Service, "Euthanasia", updated January 27, 2016, accessed March 2020, https://www.health.belgium.be/en/node/22874; Raphael Cohen-Almagor, "First Do No Harm: Euthanasia of Patients with Dementia in Belgium", Journal of Medicine and Philosophy 41, no. 1 (2016): 74~89; Raphael Cohen-Almagor, "Euthanasia Policy and Practice in Belgium: Critical Observations and Suggestions for Improvement", Issues in Law and Medicine 24, no. 3 (2009): 187~218; Chris Gastmans, "Euthanasia in Persons with Severe Dementia", in Euthanasia and Assisted Suicide: Lessons from Belgium, ed. David Albert Jones et al. (Cambridge: Cambridge University Press, 2017). 네덜란드의 사례에 관해서는 다음을 참조하라. Government of the Netherlands, "Euthanasia, Assisted

Suicide and Non-Resuscitation", accessed March 2020, https://www.government.nl/topics/euthanasia/euthanasia-assisted-suicide-and-non-resuscitation-on-request; Dominic R. Mangino et al., "Euthanasia and Assisted Suicide of Persons with Dementia in the Netherlands", *American Journal of Geriatric Psychiatry* 28, no. 4 (2020): 466~477; David Gibbes Miller et al., "Advance Euthanasia Directives: A Controversial Case and Its Ethical Implications", *Journal of Medical Ethics* 45, no. 2 (2017): 84~89; Christopher de Bellaigue, "Death on Demand: Has Euthanasia Gone Too Far?" *Guardian*, January 18, 2019, https://www.theguardian.com/news/2019/jan/18/death-on-demand-has-euthanasia-gone-too-far-netherlands-assisted-dying; Janene Pieters, "Euthanasia OK'D for Dementia Patients Who Request It When Lucid", *NL Times*, January 7, 2016, https://nltimes.nl/2016/01/07/euthanasia-okd-dementia-patients-request-lucid; Marike E. de Boer, "Advance Directives for Euthanasia in Dementia: Do Law-Based Opportunities Lead to More Euthanasia?" *Health Policy* 98, nos. 2~3 (December 2010): 256~262.

278   **2002년부터 2013년까지 치매를 진단받은~** Sigrid Dierickx et al., "Euthanasia for People with Psychiatric Disorders or Dementia in Belgium: Analysis of Official Reported Cases", *BMC Psychiatry* 203(2017).

278   **2016년 《신경학 학술지》에 게재된~** Inez D. de Beaufort and Suzanne van de Vathorst, "Dementia and Assisted Suicide and Euthanasia", Journal of Neurology 263 (2016): 1463-1467.

278   **이제 전체 사망 건수 중 안락사의 비율이 4퍼센트를 넘는~** "Euthanasia Cases Drop by 7%, Accounting for 4% of Total Deaths in NL", *Dutch News*, April 11, 2019, https://www.dutchnews.nl/news/2019/04/euthanasia-cases-drop-by-7-accounting-for-4-of-total-deaths-in-nl/; Regionale Toetsingscommissies Euthanasie, "The 2018 Annual Report Was Published Today", April 11, 2019, https://www.euthanasiecommissie.nl/actueel/nieuws/2019/april/11/jaarverslag-2018.

279   **네덜란드 안락사 감독 위원회에서 작성한 지침에 따르면~** Regionale Toetsingscommissies Euthanasie, "Annual Report 2016", April 11, 2019, https://www.euthanasiecommissie.nl/binaries/euthanasiecommissie/documenten/jaarverslagen/2016/april/12/jaarverslag-2016/RTE_annual_report_2016.pdf.

279   **사실 많은 의사가 이처럼 사전에 요청한~** Janene Pieters, "Euthanasia Rarely Approved for Advanced Dementia Patients, Despite Lucid Requests", *NL Times*, January 6, 2017, https://nltimes.nl/2017/01/06/euthanasia-rarely-approved-advanced-dementia-patients-despite-lucid-requests; Jaap Schuurmans et al., "Euthanasia Requests in Dementia Cases; What Are Experiences and Needs of Dutch Physicians? A Qualitative

Interview Study", *BMC Medical Ethics* 20, no. 66 (2019); Kirsten Evenblij et al., "Factors Associated with Requesting and Receiving Euthanasia: A Nationwide Mortality Follow-Back Study with a Focus on Patients with Psychiatric Disorders, Dementia, or an Accumulation of Health Problems Related to Old Age", *BMC Medicine* 17, no. 39 (2019).
이런 거부에 대한 대안으로 헤이그에 있는 레번세인데클리니크Levenseindekliniek(생애말기병원)가 있다. 2012년에 설립된 독립적인 시설로, 주치의가 의사조력사를 거부한 환자들이 도움을 받을 수 있는 곳이다. 2016년 전후에는 치매 환자와 관련된 전국 안락사의 약 3분의 1을 레번세인데클리니크에서 수행했다. 나는 2017년에 이 병원을 방문했는데, 니카라과 대사관에서 길을 따라가면 나오는 웅장한 벽돌집에 본부가 있었다. 병원장 스테번 플레이터Steven Pleiter는 사무실에서 진행한 인터뷰에서 네덜란드 의사협회와 관계가 '매끄럽지 않다'고 고백했다. 레번세인데클리니크 의사들은 다른 병원에서 그때그때의 판단으로 어영부영 안락사를 진행하는 '무법자'라며 해고당한 적이 있다고 말했다.

279 **2017년에는 200명이 넘는 의사가~** "Dutch Doctors Against Euthanasia for Advanced Dementia Patients", *NL Times*, February 10, 2017, https://nltimes.nl/2017/02/10/dutch-doctors-euthanasia-advanced-dementia-patients.

279 **네덜란드의 안락사 감독 위원회 대표인 야코프 콘스탐조차~** Pieters, "Euthanasia Rarely Approved for Advanced Dementia Patients"; Celeste McGovern, "'Horrible Picture': Dutch Woman Restrained by Family While Being Euthanized", *National Catholic Register*, February 7, 2017, https://www.ncregister.com/daily-news/horrible-picture-dutch-woman-restrained-by-family-while-being-euthanized.

280 **2018년 치매 환자 146명이~** Regionale Toetsingscommissies Euthanasie, "The 2018 Annual Report."

280 **'네덜란드 자발적 죽음 협회'는~** Pieters, "Euthanasia Rarely Approved for Advanced Dementia Patients."

280 **공적인 조사 대상 중 눈에 띄는 사례가~** Regionale Toetsingscommissies Euthanasie, "Annual Report 2016", 52~58; Miller et al., "Advance Euthanasia Directives"; "Doctor Reprimanded for 'Overstepping Mark' During Euthanasia on Dementia Patient", *Dutch News*, January 29, 2017, https://www.dutchnews.nl/news/2017/01/doctor-reprimanded-for-overstepping-mark-during-euthanasia-on-dementia-patient/.

281 **심지어 환자가 그 순간에~** Maria Cheng and Mike Corder, "Dutch to Prosecute Doctor Who Euthanized Woman with Dementia", Associated Press, November 9, 2018, https://apnews.com/15805d9d1d4345dab2a657f26697a775.

282 **의사는 당시에 기소당했지만~** "Dutch Euthanasia Case: Doctor Acted in Interest of Patient, Court Rules", BBC News, September 11, 2019, https://www.bbc.com/news/world-europe-49660525.

282 네덜란드 의사들은 2개의 자아~ Eva Constance Alida Asscher and Suzanne van de Vathorst, "First Prosecution of a Dutch Doctor Since the Euthanasia Act of 2002: What Does the Verdict Mean?" *Journal of Medical Ethics* 46, no. 2 (2020): 71~75; Gastmans, "Euthanasia in Persons with Severe Dementia."

282 이 논쟁에 참여하는 사람들은 대개~ Ronald Dworkin, Life's Dominion: An Argument About Abortion, Euthanasia, and Individual Freedom (New York: Alfred A. Knopf, 1993).

283 그러나 드워킨의 생각을 매우 불안하게~ Cohen-Almagor, "First Do No Harm"; Rebecca Dresser, "Dworkin on Dementia: Elegant Theory, Questionable Policy", *Hastings Center Report* 25, no. 6 (1995): 32~38; C. M. Hertogh et al., "Would We Rather Lose Our Life Than Lose Our Self? Lessons from the Dutch Debate on Euthanasia for Patients with Dementia", *American Journal of Bioethics* 7, no. 4 (2007): 48~56; Eric Rakowski, "The Sanctity of Human Life: Life's Dominion: An Argument About Abortion, Euthanasia, and Individual Freedom, by Ronald Dworkin", *Yale Law Journal* 103, no. 7 (1994): 2014~2118; Paul T. Menzel and Bonnie Steinbock, "Advance Directives, Dementia, and Physician-Assisted Death", *Journal of Law, Medicine and Ethics* 41, no. 2 (2013): 484~500; Norman L. Cantor, "My Plan to Avoid the Ravages of Extreme Dementia", *Bill of Health*, April 16, 2015, https://blog.petrieflom.law.harvard.edu/2015/04/16/my-plan-to-avoid-the-ravages-of-extreme-dementia/; Daniel P. Sulmasy, "An Open Letter to Norman Cantor Regarding Dementia and Physician-Assisted Suicide", *Hastings Center Report* 48, no. 4 (2018); Brian Draper et al., "Early Dementia Diagnosis and the Risk of Suicide and Euthanasia", *Journal of the Alzheimer's Association* 6, no. 1 (2010): 75~82; Margaret P. Battin, "Right Question, but Not Quite the Right Answer: Whether There Is a Third Alternative in Choices About Euthanasia in Alzheimer's Disease", *American Journal of Bioethics* 4, no. 4 (2007): 58~60; Dena S. Davis, "Alzheimer Disease and Pre-emptive Suicide", *Journal of Medical Ethics* 40, no. 8 (2014): 543~549.

284 캐나다 국회의원들은 기존에 제정한 법을~ The Expert Panel Working Group on Advance Requests for MAID, "The State of Knowledge on Advance Requests for Medical Assistance in Dying", 2018, https://cca-reports.ca/wp-content/uploads/2019/02/The-State-of-Knowledge-on-Advance-Requests-for-Medical-Assistance-in-Dying.pdf; Amanda Coletta, "Canada Debates Offering Physician-Assisted Death to Patients Who Aren't Terminally Ill", *Washington Post*, March 29, 2020, https://www.washingtonpost.com/world/the_americas/canada-trudeau-medical-assistance-dying-physician-suicide/2020/03/29/bd98c4a0-5751-11ea-8efd-0f904bdd8057_story.html; Shannon Proudfoot, "The Impossible Case of Assisted Death for People with Dementia", *Maclean's*, May 20, 2019, https://www.macleans.ca/society/the-impossible-case-of-

assisted-death-for-people-with-dementia/; Shannon Proudfoot, "For People with Dementia, a Fight for the Right to Die", *Maclean's*, May 3, 2019, https://www.macleans. ca/society/for-people-with-dementia-a-fight-for-the-right-to-die/; Marlisa Tiedemann, "Assisted Dying in Canada After Carter v. Canada", Background Paper, Library of Parliament, No. 2019-43-E, November 29, 2019, https://lop.parl.ca/sites/ PublicWebsite/default/en_CA/ResearchPublications/201943E; Ipsos, "Eight in Ten (80%) Canadians Support Advance Consent to Physician-Assisted Dying", February 11, 2016, https://www.ipsos.com/en-ca/news-polls/eight-ten-80-canadians-support-advance-consent-physician-assisted-dying.

284 **2019년 캐나다의 어느 신문은~** "B.C. Man Is One of the First Canadians with Dementia to Die with Medical Assistance", CBC Radio, October 27, 2019, https://www.cbc. ca/radio/thesundayedition/the-sunday-edition-for-october-27-2019-1.5335017/ b-c-man-is-one-of-the-first-canadians-with-dementia-to-die-with-medical-assistance-1.5335025.

285 **파이널엑시트네트워크에서는 치매 초기인 의뢰인을~** 미국에서는 치매 환자의 생애말기 치료를 둘러싸고 더 좁은 범위의 논쟁이 진행되고 있다. 적극적인 지원사보다는 치료를 계속할 것인가 중단할 것인가에 집중한다. 논점은 환자가 치매가 너무 심해져서 스스로 선택을 내리지 못하는 상황이 되었을 때 연명치료를 이어가거나 중단해달라고 사전에 요청할 수 있는가이다. 이때 가장 열띤 쟁점은 숟가락 식사에 관한 것이다. 치매 환자는 스스로 먹을 능력을 잃어버리면 음식을 먹여주지 말라고, 사실상 굶어 죽게 해달라고 사전에 요청할 수 있을까? 이러한 조력 식사는 '임종 돌봄'으로 여겨지는데, 영양관이나 산소호흡기처럼 환자가 제거하길 선택할 수 있는 '의료 돌봄'과는 달리 의사가 모든 환자에게 상태와 무관하게 제공해야 하는 돌봄이다. 치매 환자는 조력 식사를 받게 되었을 때, 숟가락을 입술까지 들어 올릴 수 없거나 숟가락을 드는 일 자체에 관심이 없어지더라도 숟가락을 입 앞으로 가져가면 본능적으로 반응할 수 있다. 약 스무 개의 주에서만 조력 식사를 다루는 법이 있고, 나머지 주에서는 대부분 음식과 유동식을 중단하는 것을 명시적으로 금지한다.

2017년에 나는 로라 해리스라는 여자에 관한 기록을 읽었는데, 그녀는 치매를 앓는 전직 사서이자 버지니아 울프 연구자였다. 해리스는 정신이 건강할 때 사전 지시를 작성하면서 삶을 연장하기 위해 인위적인 방법을 실시하지 말아달라고 요청했다. 그러나 노라가 가족을 알아보지 못하고 소통 능력을 잃어버렸을 때, 요양원 직원은 손수 음식을 먹여주기 시작했다. 음식을 입술에 가져다 대면 노라는 고분고분 입을 열고 받아먹었다. 노라의 남편인 빌은 이 문제를 법정으로 가져갔는데, 법정에서 지명한 변호사는 노라가 사전 지시를 너무 모호하게 작성해서 문자 그대로 이해하고 받아들일 수 없다고 주장했고 판사도 이에 동의했다. 오리건주의 장기 돌봄 행정감찰관도 학대를 예방하려면 의무 급식에 관한 규정이 필요하다고 주장했다. 결국 요양원에서는 노라에게 계속 음식을 먹였다. 주에서는 하루에 세 끼를 요구했고 간식은 선택 사항이었다. 노라가 지냈던 요양원의 관리자인 린 롤린스는 자기에게는 선택권이 없었다고 말했다. "저희는 환자가 입을 그만 열 때까지 음식을 먹여야 해요. 환자의 목이 막힌다고 해도 여전히 음식을 먹여야 하죠." Barak Gaster et al., "Advance Directives for Dementia", *JAMA: Journal of the American Medical Association* 318, no. 22 (2017): 2175~2176; Paul T. Menzel, "Advance Directives, Dementia, and Withholding Food and Water by Mouth", Hastings Center Report 44, no. 3 (2014): 23~37; JoNel Aleccia, "Despite Advance Directive, Oregon Dementia Patient Denied Last Wish, Says Spouse", Kaiser Health News, August 25, 2017, https://www. seattletimes.com/seattle-news/despite-advance-directive-oregon-dementia-patient-denied-last-wish-says-spouse/

5장 정신

308 **이론적으로는 우울장애와 불안장애가** ~ Harvard Medical School, "Depression and Pain", Harvard Health Publishing, updated March 21, 2017, https://www.health.harvard. edu/mind-and-mood/depression-and-pain.

312 **2015년, 캐나다 대법원은 조력사 금지 법안을** ~ Martha Butler and Marlisa Tiedemann, "Carter v. Canada: The Supreme Court of Canada's Decision on Assisted Dying", Background Paper, Library of Parliament, No. 2015-47-E, December 29, 2015, https://lop. parl.ca/sites/PublicWebsite/default/en_CA/ResearchPublications/201547E; *Carter v. Canada* (Attorney General), 2015 SCC 5 Canada Supreme Court Judgments, No. 35591, https://scc-csc.lexum.com/scc-csc/scc-csc/en/item/14637/index.do.

312 **국회의원들은 법원이 판결한 만큼 범위를 확장하거나** ~ 다음을 참조하라. Canadian Medical Association, "Supporting the Enactment of Bill C-14, *Medical Assistance in Dying*: Submission to the House of Commons Standing Committee on Justice and Human Rights", May 2, 2016, https://policybase.cma.ca/documents/Briefpdf/BR2016-08.pdf; Canadian Civil Liberties Association, "Submission to the Standing Committee on Justice and Human Rights", May 2016, https://ccla.org/cclanewsite/wp-content/uploads/2018/09/Bill-C-75-CCLA-Submissions.pdf; Laura Wright, "Key Players in the Right-to-Die Decision and Debate", CBC News, April 14, 2016, https://www.cbc. ca/news/politics/doctor-assisted-death-key-players-1.3535912.

312 **판결 직후 의회와 언론은** ~ 캐나다에서 있었던 정신질환과 조력사에 대한 논쟁에 관해서는 다음을 참조하라. Canadian Psychiatric Association, "Task Force on Medical Assistance in Dying: 2016 Member Survey Results", 2017, https://www.cpa-apc.org/

wp-content/uploads/CPA-MAIDTF-16Surv-Rep-FIN-EN.pdf; Skye Rousseau et al., "A National Survey of Canadian Psychiatrists' Attitudes Toward Medical Assistance in Death", *Canadian Journal of Psychiatry* 62, no. 11 (May 2017): 787-794; Canadian Psychological Association, "Medical Assistance in Dying and End-of-Life Care", May 2018, https://cpa.ca/docs/File/Task_Forces/Medical%20Assistance%20in%20 Dying%20and% 20End%20of%20Life%20Care_FINAL.pdf; Canadian Mental Health Association, "Position Paper on Medical Assistance in Dying (MAiD)", August 2017, https://cmha.ca/wp-content/uploads/2017/09/CMHA-Position-Paper-on-Medical- Assistance-in-Dying-FINAL.pdf; Barbara Walker-Renshaw et al., "Carter v. Canada (Attorney General): Will the Supreme Court of Canada's Decision on Physician-Assisted Death Apply to Persons Suffering from Severe Mental Illness?" *Journal of Ethics in Mental Health*, November 2015, https://jemh.ca/issues/v9/documents/JEMH_Open-Volume_ Benchmark-apc.org/wp-content/uploads/CPA-MAIDTF-16Surv-Rep-FIN-EN.pdf; Skye Rousseau et al., "A National Survey of Canadian Psychiatrists' Attitudes Toward Medical Assistance in Death", *Canadian Journal of Psychiatry* 62, no. 11 (May 2017): 787- 794; Canadian Psychological Association, "Medical Assistance in Dying and End-of- Life Care", May 2018, https://cpa.ca/docs/File/Task_Forces/Medical%20Assistance%20 in%20Dying%20and% 20End%20of%20Life%20Care_FINAL.pdf; Canadian Mental Health Association, "Position Paper on Medical Assistance in Dying (MAiD)", August 2017, https://cmha.ca/wp-content/uploads/2017/09/CMHA-Position-Paper-on- Medical-Assistance-in-Dying-FINAL.pdf; Barbara Walker-Renshaw et al., "Carter v. Canada (Attorney General): Will the Supreme Court of Canada's Decision on Physician- Assisted Death Apply to Persons Suffering from Severe Mental Illness?" Journal of Ethics in Mental Health, November 2015, https://jemh.ca/issues/v9/documents/JEMH_ Open-Volume_Benchmark_Assisted%20Death-Nov20-2015.pdf; Scott Y. H. Kim and Trudo Lemmens, "Should Assisted Dying for Psychiatric Disorders Be Legalized in Canada?" *CMAJ* 188, no. 14 (October 2016): 337-339; Expert Panel Working Group on MAID Where a Mental Disorder Is the Sole Underlying Medical Condition, "The State of Knowledge on Medical Assistance in Dying Where a Mental Disorder Is the Sole Underlying Medical Condition", Council of Canadian Academies, 2018, https:// cca-reports.ca/wp-content/uploads/2018/12/The-State-of-Knowledge-on-Medical- Assistance-in-Dying-Where-a-Mental-Disorder-is-the-Sole-Underlying-Medical- Condition.pdf.

312 '의사조력사에 대한 상하원 연방특별합동위원회'가 열려~ Canadian Parliament, House of Commons Special Joint Committee on Physician-Assisted Dying, "Medical Assistance

in Dying: A Patient Centered Approach. Report of the Special Joint Committee on Physician-Assisted Dying", 1st sess., 40th Parliament, February 2016, https://www.parl. ca/DocumentViewer/en/42-1/PDAM/report-1.

313 정신적 고통이 신체적 고통보다 심할 수 있음을~ J. L. Bernheim et al., "The Potential of Anamnestic Comparative Self-Assessment(ACSA) to Reduce Bias in the Measurement of Subjective Well-Being", *Journal of Happiness Studies* 7, no. 2 (2006): 227-250, cited in Justine Dembo et al., "'For Their Own Good': A Response to Popular Arguments Against Permitting Medical Assistance in Dying (MAID) Where Mental Illness Is the Sole Underlying Condition", *Canadian Journal of Psychiatry* 0 63, no. 7 (2018): 451-456.

315 《미국 정신의학 학술지》에 실렸던 유명한 논문「우울증 완화를 위한 순차적인 대안 치료 (STAR*D)」에서~ A. John Rush et al., "Acute and Longer-Term Outcomes in Depressed Outpatients Requiring One or Several Treatment Steps: A STAR*D Report", *American Journal of Psychiatry* 166, no. 11 (November 2006): 1905-1917.

317 수련의가 되고 몇 년 뒤인 2010년 뎀보는~ Justine Dembo, "Addressing Treatment Futility and Assisted Suicide in Psychiatry", *Journal of Ethics in Mental Health* 5, no. 1 (2010).

317 뎀보가 알기로 정신질환을 진단받은 환자 대다수는~ Dembo et al., "'For Their Own Good.'"

317 사실 정신의학의 교리는 환자한테 '결정 능력'이 있다고~ Ibid.; Rousseau et al., "A National Survey"; D. Okai et al., "Mental Capacity in Psychiatric Patients: Systematic Review", *British Journal of Psychiatry* 191 (2007): 291-297; Louis C. Charland and Mark Lachmann, "1.3: Decisional Capacity", Royal College of Physicians and Surgeons of Canada, accessed April 2020, http://www.royalcollege.ca/rcsite/bioethics/cases/ section-1/decisional-capacity-e.

319 하지만 토론토 회의실 너머에 있는~ Scott Y. H. Kim, "Capacity Assessments as a Safeguard for Psychiatric Patients Requesting Euthanasia", Journal of Ethics in Mental Health (2006), https://jemh.ca/issues/v9/documents/JEMH_Open-Volume_ Commentary_7_Decision_Making_Capacity_to_Consent_To_Medical_Assistance_in_ Dying-Kim-Dec%202-2016.pdf; Louis Charland et al., "Decision-Making Capacity to Consent to Medical Assistance in Dying for Persons with Mental Disorders", *Journal of Ethics in Mental Health* (2016).

320 병에서 비롯된 고통을 완화하고자~ Mona Gupta and Christian Desmarais, "A Response to Charland and Colleagues: Science Cannot Resolve the Problems of Capacity Assessment", Journal of Ethics in Mental Health (2016), https://jemh.ca/issues/ v9/documents/JEMH_Open-Volume_Commentary_1_Science_Cannot_Resolve_ Problems_of_Capacity_Assessment_Nov18-2016.pdf.

320 네덜란드 의사 테오 부르는 정신과 증상이 있는~ Theo A. Boer, "Does Euthanasia Have a Dampening Effect on Suicide Rates? Recent Experience from the Netherlands", *Journal of Ethics in Mental Health* (2016), https://jemh.ca/issues/v9/documents/JEMH%20 article%20Boer%20final%20proof.pdf.

321 다른 이들은 더 현실적인 이유로~ John Maher, "Assisted Death in Canada for Persons with Active Psychiatric Disorders", *Journal of Ethics in Mental Health* (2016), https:// jemh.ca/issues/v9/documents/JEMH_Open-Volume-Editorial-Assisted%20 Death%20in%20Canada-May2016.pdf; Center for Addiction and Mental Health, "Policy Advice on Medical Assistance in Dying and Mental Illness", October 2017, https:// www.camh.ca/-/media/files/pdfs—public-policy-submissions/camh-position-on-mi-maid-oct2017-pdf.pdf.

322 따라서 우리는 희망이 회복에~ Justine Dembo, "The Ethics of Providing Hope in Psychotherapy", Journal of Psychiatric Practice 19, no. 4 (July 2013): 316-322. 또한 다음을 참조하라. Jocelyn Downie and Justine Dembo, "Medical Assistance in Dying and Mental Illness Under the New Canadian Law", *Journal of Ethics in Mental Health* (2016).

323 전문의를 만나기까지 대기 시간이~ Rachel Loebach and Sasha Ayoubzadeh, "Wait Times for Psychiatric Care in Ontario", *University of Western Ontario Medical Journal* 86, no. 2 (2007): 48-50.

329 애덤은 토론토에 사는 나이 많은 활동가~ Robert Cribb, "Death's Midwife Helps Terminally Ill Canadians End Their Lives", *Toronto Star*, October 21, 2012, https://www. thestar.com/news/gta/2012/10/21/deaths_midwife_helps_terminally_ill_canadians_end_their_lives.html.

329 애덤이 쓴 글을 본 〈글로브앤드메일〉 기자가~ Adam Maier-Clayton, "As a Person with Mental Illness, Here's Why I Support Medically Assisted Death", *Globe and Mail*, May 8, 2016, https://www.theglobeandmail.com/life/health-and-fitness/health/as-a-person-with-mental-illness-heres-why-i-support-medically-assisted-death/ article29912835/.

330 국회의원들은 결국 자격 기준에서~ 국회의원들은 '한쪽에는 의료지원사를 요구하는 환자의 자율성을, 다른 쪽에는 보호가 필요한 취약한 사람과 사회적 이익을 둔 채로 가장 적절한 균형'을 찾아내고자 노력했다고 한다. 하지만 법원 판결을 더 넓게 해석하기를 촉구했던 활동가들이 실망하리라고 예상했다. 국회의원들은 독립적인 분야의 학자들로 구성한 자문단에게 법안 C-14에는 포함되지는 않았으나 앞으로 포함될 수도 있는 세 가지 부문에 관해 연구하라고 지시했다. 이는 18세 이하인 '성숙한 미성년자', 치매에 걸린 사람, 주요 질병이 정신질환인 사람이었다. Jocelyn Downie and Jennifer A. Chandler, "Interpreting Canada's Medical Assistance in Dying Legislation", IRPP, March 1, 2018,

https://irpp.org/research-studies/interpreting-canadas-medical-assistance-in-dying-maid-legislation/.

330 애덤은 엘런 위브에게 이메일을 보냈는데~ Sheryl Ubelacker, "Doctors Willing to Help Patients Die May Face Emotional Suffering", *Canadian Press*, December 8, 2015, https://www.ctvnews.ca/health/doctors-willing-to-help-patients-die-may-face-emotional-suffering-1.2691083; "Dr.Ellen Wiebe: 'We Should All Have the Right to Die at Our Own Choice'", *Canadian Press*, March 20, 2016, https://www.macleans.ca/news/canada/dr-ellen-wiebe-we-should-all-have-the-right-to-die-at-our-own-choice/.

331 언젠가 제가 자살한다면, 아무도~ Alex Ballingall, "'I Will Not Live Like This': Legal Challenge to Ottawa's Assisted Dying Law Gains Steam", *Toronto Star*, September 6, 2016, https://www.thestar.com/news/canada/2016/09/06/i-will-not-live-like-this-legal-challenge-to-ottawas-assisted-dying-law-gains-steam.html.

332 2016년 12월, 〈바이스캐나다〉에서는 애덤을 두고~ Rachel Browne, "This 27-Year-Old Is Fighting for His Right to Die, Even if It Means Committing a Crime", VICE Canada, December 22, 2016, https://www.vice.com/en_ca/article/bjdwy3/this-27-year-old-is-fighting-for-his-right-to-die-even-if-it-means-committing-a-crime.

335 하지만 애덤에 관한 신문 기사와 블로그 글이 많아질수록~ 〈토론토스타〉는 다음과 같은 애덤의 말들을 인용하고 있다. "손을 묶고 다리나 건물에서 뛰어내리는 편이 훨씬 좋을 것이다", "나는 이렇게 살고 싶진 않다." "My Life Is a Nightmare': Windsor Man, 27, Wants Legally Assisted Death", CBC News, October 31, 2016, https://www.cbc.ca/news/canada/windsor/assisted-dying-mentally-ill-1.3829839.

335 나는 애덤의 페이스북 페이지를 읽으며~ Johann Wolfgang von Goethe, *The Sorrows of Young Werther*(Germany, 1774).

336 오늘날 사회과학자들은 자살이 알려졌을 때~ S. Stack, "Media Coverage as a Risk Factor in Suicide", *Journal of Epidemiology and Community Health* 57 (2003): 238-240; Thomas Niederkrotenthaler, "Association Between Suicide Reporting in the Media and Suicide: Systematic Review and Meta Analysis", *BMJ* 368 (March 2020), https://www.bmj.com/content/368/bmj.m575.

336 2015년에 《남부 의학 학술지》에 실린 논문에서~ D. A. Jones and D. Patton, "How Does Legalization of Physician-Assisted Suicide Affect Rates of Suicide?" *Southern Medical Journal* 108, no. 10 (2015): 599-604.

337 그러나 다른 캐나다 연구자가~ Matthew P. Lowe and Jocelyn Downie, "Does Legalization of Medical Assistance in Dying Affect Rates of Non-assisted Suicide?" *Journal of Ethics in Mental Health* (2017), https://jemh.ca/issues/v9/documents/JEMH%20final%20Legislation-iii.pdf.

339 멤보는 2015년에 《영국 의학 저널》에서 나온 연구 논문을~ Lieve Thienpont et al., "Euthanasia Requests, Procedures and Outcomes for 100 Belgian Patients Suffering from Psychiatric Disorders: A Retrospective Study", *BMJ Open* (2015), https://bmjopen. bmj.com/content/5/7/e007454. 또한 다음을 참조하라. M. Verhofstadt et al., "When Unbearable Suffering Incites Psychiatric Patients to Request Euthanasia: Qualitative Study", *British Journal of Psychiatry* 211, no. 4 (2017): 238-245.

339 이 법을 정신질환을 앓는 사람에게까지~ Raphael Cohen-Almagor, "Euthanasia Policy and Practice in Belgium: Critical Observations and Suggestions for Improvement", *Issues in Law and Medicine* 24, no. 3 (2009): 187-218; H. R. W. Pasman et al., "Concept of Unbearable Suffering in Context of Ungranted Requests for Euthanasia: Qualitative Interviews with Patients and Physicians", *BMJ* 339 (2009); Sigrid Dierickx et al., "Euthanasia for People with Psychiatric Disorders or Dementia in Belgium: Analysis of Officially Reported Cases", *BMC Psychiatry* 17, no. 203 (2017); David Albert Jones et al., eds., *Euthanasia and Assisted Suicide: Lessons from Belgium* (Cambridge: Cambridge University Press, 2017); Mark S. Komrad, "A Psychiatrist Visits Belgium: The Epicenter of Psychiatric Euthanasia", *Psychiatric Times*, June 21, 2018, https://www.psychiatrictimes. com/couch-crisis/psychiatrist-visits-belgium-epicenter-psychiatric-euthanasia. 또한 다음을 참조하라 an explanation of euthanasia for mental suffering in the Netherlands: Marije van der Lee, "Depression, Euthanasia, and Assisted Suicide", chap. 18 in *Physician-Assisted Death in Perspective: Assessing the Dutch Experience* (Cambridge: Cambridge University Press, 2012); Scott Y. H. Kim et al., "Euthanasia and Assisted Suicide of Patients with Psychiatric Disorders in the Netherlands 2011 to 2014", *JAMA Psychiatry* 73, no. 4 (2016): 362-368; Hans Pols and Stephanie Oak, "Physician-Assisted Dying and Psychiatry: Recent Developments in the Netherlands", *International Journal of Law and Psychiatry* 36 (2014): 508-514; Kristen Evenblij et al., "Euthanasia and Physician-Assisted Suicide in Patients Suffering from Psychiatric Disorders: A Cross-Sectional Study Exploring the Experiences of Dutch Psychiatrists", BMC Psychiatry 19, no. 74 (2019).

340 이 논문이 출판될 무렵 벨기에의~ M. Verhofstadt et al., "When Unbearable Suffering Incites Psychiatric Patients to Request Euthanasia", *British Journal of Psychiatry* 211, no. 4 (2017), 238-245, https://pubmed.ncbi.nlm.nih.gov/28970302/.

340 더 다양한 장애를 이유로 환자를~ "Belgian Helped to Die After Three Sex Change Operations", BBC News, October 2, 2013, https://www.bbc.com/news/world-europe-24373107.

340 폭력적인 성적 충동을 제어할 수 없어서 안락사를~ "Belgian Murderer Van Den Bleeken

Wins 'Right to Die,' BBC News, September 15, 2014, https://www.bbc.com/news/world-europe-29209459. 208 Across the Dutch-speaking region of Flanders: Charles Collins, "Belgian Ethicist Says Euthanasia Has Become 'Sacralized,' Crux, July 9, 2018, https://cruxnow.com/interviews/2018/07/belgian-ethicist-says-euthanasia-has-become-sacralized/.

342 티앙퐁이 설립한 안락사 비영리 단체인 '퐁켈'이었다 티앙퐁에 따르면 2018년 말까지 1,495명의 사람들이 정보를 얻기 위해 퐁켈을 방문했으며, 437명이 안락사를 요청했다.

344 내가 퐁켈을 방문하고 얼마 뒤인~ Maria Cheng, "What Could Help Me to Die? Doctors Clash over Euthanasia", Associated Press, October 26, 2017, https://apnews.com/4b6877fab2e849269c 659a5854867a7b.

345 티앙퐁은 벨기에에서는 시설 밖에서 시행되는~ Pablo Nicaise et al., "Mental Health Care Delivery System Reform in Belgium: The Challenge of Achieving Deinstitutionalization Whilst Addressing Fragmentation of Care at the Same Time", *Health Policy* 115, nos. 2-3 (2014): 120-127.

360 캐나다에는 의사가 어떻게 정신 능력을~ 캐나다 의사조력사 평가인 및 집행자 연합The Canadian Association of MAID Assessors and Providers은 이러한 작업을 진행해왔다. Canadian Association of MAID Assessors and Providers, "Final Report: 2nd Annual Medical Assistance in Dying Conference 2018", December 2018, https://camapcanada.ca/wp-content/uploads/2018/12/MAID2018eng1.pdf. The Joint Centre for Bioethics at the University of Toronto has also created a capacity assessment tool. Joint Centre for Bioethics, "Aid to Capacity Evaluation (ACE)", accessed April 2020, http://jcb.utoronto.ca/tools/documents/ace.pdf.

360 뎀보는 환자가 결정을 이해하고~ P. S. Appelbaum and T. Grisso, "Assessing Patients' Capacities to Consent to Treatment", *New England Journal of Medicine* 319, no. 25 (1988): 1635-1638.

360 하지만 캐나다 의사가 조력자 지원자에게~ Alec Yarascavitch, "Assisted Dying for Mental Disorders: Why Canada's Legal Approach Raises Serious Concerns", *Journal of Ethics in Mental Health* (2017), https://jemh.ca/issues/v9/documents/JEMH%20article%20MAID%20yarascavitch%20final.pdf. 또한 다음을 참조하라. Samuel N. Doernberg et al., "Capacity Evaluations of Psychiatric Patients Requesting Assisted Death in the Netherlands", *Psychosomatics* 57, no. 6 (2016): 556-565; Scott Kim, *lecture in Physician-Assisted Death: Scanning the Landscape: Proceedings of a Workshop*(Washington, DC: National Academies of Sciences, Engineering, and Medicine, 2018), 10-12; Lois Snyder Sulmasy et al., "Ethics and the Legalization of Physician-Assisted Suicide: An American College of Physicians Positions Paper", *Annals of Internal Medicine* 167, no. 8 (2017): 576-578.

360 **반대자들은 오리건주에서는 의사조력사 자격을 갖춘~** 2016년에 오리건주 의사들은
지원사 처방전을 204건 썼지만, 환자 5명에게만 정신/심리 감정을 받게 했다. 하와
이주에서만 의사지원사를 실시할 때 정신 감정을 필수로 받게 한다. Public Health
Division, Center for Health Statistics, "Oregon Death with Dignity Act: 2016
Summary", Oregon Health Authority, February 10, 2017, https://www.oregon.
gov/oha/PH/PROVIDERPARTNERRESOURCES/EVALUATIONRESEARCH/
DEATHWITHDIGNITYACT/Documents/year19.pdf.

361 **더 설득력 있는 근거로~** Linda Ganzini et al., "Prevalence of Depression and Anxiety in
Patients Requesting Physicians' Aid in Dying: Cross Sectional Survey", *BMJ* 337 (2008):
1682.

366 **4월 17일, 〈글로브앤드메일〉은~** Andre Picard, "The Mentally Ill Must Be Part of the
Assisted-Dying Debate", *Globe and Mail*, April 17, 2017, https://www.theglobeandmail.
com/opinion/the-mentally-ill-must-be-part-of-the-assisted-dying-debate/
article34721896/.

366 **이틀 뒤 게재한 또 다른 칼럼에서~** Sandra Martin, "Canada's Assisted-Dying Laws Must
Be Open to Those with Mental Illness", *Globe and Mail*, April 19, 2017, https://www.
theglobeandmail.com/life/health-and-fitness/health/canadas-assisted-dying-laws-
must-be-open-to-those-with-mental-illness/article34753182/.

366 **CBC는 애덤에 관한 온라인 기사와 함께~** Lisa Xing, "After Son's Suicide, Father Pushes
for Assisted Dying for Mentally Ill", CBC News, April 21, 2017, https://www.cbc.
ca/news/canada/windsor/adam-maier-claytons-father-takes-on-assisted-dying-
advocacy-1.4080553.

6장 자유

371 **참석자는 한 줌밖에 안 되었는데~** "Seomra Spraoi Provides Venue for Assisted Suicide
Workshop", Indymedia Ireland, February 18, 2011, http://www.indymedia.ie/
article/98985?condense_comments=true&userlanguage=ga&save_prefs=true.

373 **필립은 유명인사였다** 다음을 참조하라. Paul Gallagher, "Euthanasia: Arrival of UK's
First Clinic Offering Advice on Ending Life Condemned as 'Unwelcome and Very
Dangerous,' *Independent*, October 5, 2014, https://www.independent.co.uk/news/
uk/home-news/arrival-of-euthanasia-advice-clinic-exit-international-in-uk-
condemned-as-unwelcome-and-very-9775803.html; "'Dr.Death' Philip Nitschke
Banned from Practicing Medicine in Australia After Helping a Perth Man Commit
Suicide", Australian Associated Press, July 23, 2014, https://www.dailymail.co.uk/news/

article-2703405/Euthanasia-campaigner-Nitschke-appeal.html.

374 흰 스웨터를 입은 한 핼쑥한 여자는~ Philip Nitschke and Fiona Stewart, *The Peaceful Pill Handbook*(Washington: Exit International US, 2010).

374 필립은 1997년에 첫 번째 엑시트 워크숍을~ Philip Nitschke and Peter Coris, *Damned If I Do*(Melbourne: Melbourne University Publishing, 2013); Philip Nitschke, *Killing Me Softly*(Washington: Exit International US, 2011).

375 필립이 세계 최초로 치명적인 주사를 놓아~ "Australian Man First in World to Die with Legal Euthanasia", Associated Press, September 26, 1996, https://www.nytimes. com/1996/09/26/world/australian-man-first-in-world-to-die-with-legal-euthanasia.html.

375 필립은 나중에 호주 정부가 이 법을 폐지해서~ Gareth Griffith, "Euthanasia: An Update" NSW Parliamentary Library Research Service, Briefing Paper No. 3/2001, March 2001, https://www.parliament.nsw.gov.au/researchpapers/Documents/euthanasia-an-update/Euthanasiacorrected.pdf.

377 리젯은 4년 뒤인 2002년에~ David Fickling, "Australia Split on Helping Healthy to Die", Guardian, November 27, 2002, https://www.theguardian.com/world/2002/nov/27/ australia.davidfickling; "Healthy Woman Thanks Dr.Nitschke, Then Kills Herself", *Sydney Morning Herald*, November 26, 2002, https://www.smh.com.au/national/ healthy-woman-thanks-dr-nitschke-then-kills-herself-20021126-gdfvde.html; *Mademoiselle and the Doctor*, directed by Janine Hoskin (Australia: iKandy Films, 2004).

379 이에 제약회사들은 발륨 같은 새로운 약을~ Elena Conis, "Valium Had Many Ancestors", *Los Angeles Times*, February 18, 2008, https://www.latimes.com/archives/la-xpm-2008-feb-18-he-esoterica18-story.html.

379 이제 펜토바르비탈은 동물 병원 외에는~ Sarah E. Boslaugh, ed., *The SAGE Encyclopedia of Pharmacology and Society*(London: SAGE Publications, 2016), 35.

380 필립과 가장 오래 함께했던 사람 중~ Andrew Alderson, "Suicide Expert Turns on 'Dr Death,' *Telegraph*, May 9, 2009, https://www.telegraph.co.uk/news/health/ news/5299634/Suicide-expert-turns-on-Dr-Death.html.

382 시작은 1988년에 《미국 의학협회 학술지》에 실린 한 수기였는데~ Anonymous, "It's Over, Debbie", *JAMA: Journal of the American Medical Association* 259, no. 2 (1988): 272.

383 독자 수십 명이 학술지 측에 항의 서한을 보내~ George D. Lundberg, "'It's Over, Debbie' and the Euthanasia Debate", *JAMA: Journal of the American Medical Association* 259, no. 14 (1988): 2142-2143; "It's Almost Over—More Letters on Debbie", *JAMA: Journal of the American Medical Association* 260, no. 6 (1988): 787-789.

383 이 사건은 살인이라고밖에 할 수 없다 Sherwin Nuland, How We Die: Reflections on

Life's Final Chapter(New York: Knopf, 1994).

383 《미국 의학협회 학술지》편집자는~ Lundberg, "'It's Over, Debbie.'"

383 바로 그해, 유명하지도 않고 경력도 어중간한~ Jack Kevorkian, "The Last Fearsome Taboo: Medical Aspects of Planned Death", *Medicine and Law* 7, no. 1 (1988): 1-14; Detroit Free Press Staff, The Suicide Machine (Detroit: Detroit Free Press, 1997); Michael DeCesare, *Death on Demand: Jack Kevorkian and the Right-to-Die Movement*(Baltimore: Rowman and Littlefield, 2015); Neal Nichol and Harry Wylie, *You Don't Know Jack: Between the Dying and the Dead*(USA: World Audience, 2011); "Chronology of Dr. Jack Kevorkian's Life and Assisted Suicide Campaign", *Frontline*, PBS, June 4, 1990, https://www.pbs.org/wgbh/pages/frontline/kevorkian/chronology.html.

384 그러던 1990년, 케보키언은~ Detroit Free Press Staff, *Suicide Machine*.

384 "고등학생도 만들 수 있습니다." DeCesare, *Death on Demand*, 51.

384 재닛의 남편인 론은~ Ron Rosenbaum, "Angel of Death: The Trial of the Suicide Doctor", *Vanity Fair*, May 1990.

384 1990년 6월, 재닛은 케보키언의 낡아빠진~ Lisa Belkin, "Doctor Tells of First Death Using His Suicide Device", *New York Times*, June 6, 1990, https://www.nytimes.com/1990/06/06/us/doctor-tells-of-first-death-using-his-suicide-device.html; James Risen, "Death and the Doctor: Dr. Jack Kevorkian Has Long Taken an Interest in the Dying. But Did He Go Too Far in Assisting a Suicide?" *Los Angeles Times*, June 21, 1990.

385 미시간주에서는 과반수의 주가 그렇듯~ Isabel Wilkerson, "Inventor of Suicide Machine Arrested on Murder Charge", *New York Times*, December 4, 1990; "Doctor Cleared of Murdering Woman with Suicide Machine", *New York Times*, December 14, 1990; William E. Schmidt, "Prosecutors Drop Criminal Case Against Doctor Involved in Suicide", *New York Times*, December 15, 1990; "Murder Charge Dropped in Suicide Device Case", *Washington Post*, December 13, 1990; Catherine L. Bjorck, "Physician-Assisted Suicide: Whose Life Is It Anyway", *SMU Law Review* 47, no. 2 (1994): 371-397.

385 하지만 결국 이 기소는 기각됐는데~ 〈뉴욕타임스〉는 기소가 기각됐음을 알리는 한 기사에서 이렇게 보도했다. "오클랜드 자치구 지방법원 판사인 제럴드 맥널리는 미시간 클라크스턴Clarkston에서 이 사건에 대해 이틀에 걸쳐 예심을 진행한 뒤, 케보키언(62세)이 재닛 앳킨스라는 여자의 죽음을 계획하고 실행했음을 기소 검사가 증명하지 못했다고 판결했다. 맥널리 판사는 앳킨스 씨의 죽음을 초래한 사람은 케보키언이 아니라 앳킨스 씨 본인이라고 말했다. 또 미시간주에는 자살을 돕는 일에 반대하는 특정한 법이 없음을 언급하면서, 주 입법처에 이 문제를 다룰 것을 촉구했다."

385 1991년 검사는 케보키언을 다시~ Rosenbaum, "Angel of Death."

385   검사는 심리 중에 케보키언을 요제프 멩겔레와~ Ibid.

386   주차장에 있는 녹슨 승합차, 그 끔찍한~ Elisabeth Rosenthal, "In Matters of Life and
      Death, the Dying Take Control", *New York Times*, August 18, 1991.

386   케보키언은 두 번째 자살 기계를 만들었고~ Jack Kevorkian, *Prescription Medicide: The
      Goodness of Planned Death*(Maryland: Prometheus, 1991); Pamela Warrick, "Suicide's
      Partner: Is Jack Kevorkian an Angel of Mercy, or Is He a Killer, as Some Critics Charge?
      'Society Is Making Me Dr. Death,' He Says. 'Why Can't They See? I'm Dr.Life!'" *Los
      Angeles Times*, December 6, 1992, https://www.latimes.com/archives/la-xpm-1992-
      12-06-vw-3171-story.html.

386   1990년대 초반 미국인들은~ Alexander Morgan Capron, "Looking Back at Withdrawal
      of Life-Support Law and Policy to See What Lies Ahead for Medical Aid-in-Dying",
      Yale Journal of Biology and Medicine 92, no. 4 (2019): 781-791; Haider Warraich, *Modern
      Death: How Medicine Changed the End of Life*(New York: St. Martin's Press, 2017); Jessica
      Nutik Zitter, "How the Rise of Medical Technology Is Worsening Death", *Health Affairs*,
      November 6, 2017, https://www.healthaffairs.org/do/10.1377/hblog20171101.612681/
      full/; Jessica Zitter, "Pricey Technology Is Keeping People Alive Who Don't Want to
      Live", *Wired*, April 10, 2017, https://www.wired.com/2017/04/pricey-technology-
      keeping-people-alive-dont-want-live/.

386   불과 몇 십 년 전만 해도~ Atul Gawande, *Being Mortal: Medicine and What Matters in
      the End*(New York: Metropolitan Books, 2014), 6. 아툴 가완디는 이와 관련해 이렇게 썼다.
      "1945년만 하더라도 사람들은 대부분 집에서 죽음을 맞이했다. 그런데 1980년대 무렵에
      는 집에서 죽음을 맞이하는 사람이 17퍼센트에 불과했다. 집에서 죽는 사람은 대체로 심
      각한 심부전이나 뇌졸중 등 갑작스럽게 죽음을 맞아 병원에 갈 수 없거나 의료로부터 소
      외되어서 도움을 받지 못하는 이들이었다."

386   장기기계환기처럼 죽음을 늦추는 것이~ Alexander C. White, "Long-Term Mechanical
      Ventilation: Management Strategies", *Respiratory Care* 57, no. 6 (2012): 446-454.

387   케보키언의 목적은 조력사 반대론자를~ Belkin, "Doctors Tell of First Death."

387   케보키언은 병리학자였으며, 1950년대 이후로는~ George Howe Colt, *The Enigma of
      Suicide: A Timely Investigation into the Causes, the Possibilities for Prevention and the
      Paths to Healing*(New York: Touchstone, 1991), 377-384; Isabel Wilkerson, "Physician
      Fulfills a Goal: Aiding a Person in Suicide", *New York Times*, June 7, 1990, https://www.
      nytimes.com/1990/06/07/us/physician-fulfills-a-goal-aiding-a-person-in-suicide.
      html; Mark Hosenball, "The Real Jack Kevorkian", Newsweek, December 5, 1993,
      https://www.newsweek.com/real-jack-kevorkian-190678; Maura Judkis, "Kevorkian's
      Macabre Paintings Caught in Auction Dispute", *Washington Post*, October 20, 2011,

https://www.washingtonpost.com/blogs/arts-post/post/kevorkians-macabre-paintings-caught-in-auction-dispute/2011/10/20/gIQAxyOD0L_blog.html.

388 타나트론을 공개하기 전 케보키언은~ "Kevorkian Pushes Death Row Organ Giving", Associated Press, October 18, 1993; "Biography", Jack Kevorkian Papers 1911-2017, Bentley Historical Library, accessed April 2020, https://quod.lib.umich.edu/b/bhlead/umich-bhl-2014106?byte=160800215;focusrgn=bioghist;subview=standard;view=reslist.

388 시신을 병원 주차장에 두고 가는 등~ "Body in Auto Is Reported to Be Kevorkian's 26th Assisted Suicide", *New York Times*, November 9, 1995, https://www.nytimes.com/1995/11/09/us/body-in-auto-is-reported-to-be-kevorkians-26th-assisted-suicide.html.

388 헴록소사이어티의 설립자 데릭 험프리는~ Derek Humphry and Mary Clement, *Freedom to Die: People, Politics and the Right-to-Die Movement*(New York: St. Martin's Griffin, 2000), chap. 9.

389 "다이앤은 피곤하고 발진이 생겼다." Timothy E. Quill, "Death and Dignity—A Case of Individualized Decision Making", *New England Journal of Medicine* 324 (1991): 691-694. 239

389 퀼은 의사와 환자 사이에서~ Timothy E. Quill, *Death and Dignity: Making Choices and Taking Charge*(New York: W. W. Norton, 1993).

390 대화를 나누며 분명하게 알게 된 것은~ Quill, "Death and Dignity."

391 〈뉴욕타임스〉는 퀼의 '용감한 행동'을~ "Dealing Death, or Mercy?" *New York Times*, March 17, 1991.

391 생명윤리학자인 조지 애나스는~ Shari Roan, "Doctor Describes Aiding Cancer Patient's Suicide: Ethics: Many Authorities Support Physician. But He Could Face Charges of Second-Degree Manslaughter", *Los Angeles Times*, March 8, 1991.

391 저는 이런 사례가 아니라 케보키언뿐 아니라~ *The Kevorkian Verdict*, directed by Michael Kirk and Michael Sullivan (Boston: PBS, May 14, 1996), television broadcast.

392 재닛 앳킨스가 죽음을 맞이한 뒤로 8년 동안~ Keith Schneider, "Dr. Jack Kevorkian Dies at 83; a Doctor Who Helped End Lives", *New York Times*, June 3, 2011, https://www.nytimes.com/2011/06/04/us/04kevorkian.html.

392 일부는 정신병력이 있었는데~《노인학자Gerontologist》에 실린 논문에 따르면 케보키언이 담당한 환자 중 25퍼센트만 말기질환을 앓았고 4퍼센트는 '정신과 문제를 겪은 이력'이 있었다. 검시한 환자 69명 중 5명은 '해부학적으로 병에 걸렸다는 증거가 없었다.' Lori A. Roscoe et al., "A Comparison of Characteristics of Kevorkian Euthanasia Cases and Physician-Assisted Suicides in Oregon", *Gerontologist* 41, no. 4 (2001): 439-446; Jack

Lessenberry, "Specialist Testifies Depression Was Issue in Kevorkian Case", *New York Times*, April 24, 1996.

392 케보키언은 자기가 하는 일을 숨기려 하지 않았다 Ron Devlin and Christian D. Berg, "Long Found 'Not Close to Terminal.' Coroner Says Apparent Assisted Suicide Patient Had 10 Years of Life Left", Morning Call, December 31, 1997, https://www.mcall.com/news/mc-xpm-1997-12-31-3165984-story.html.

392 케보키언이 잠깐 감옥에 다녀온 뒤~ "Kevorkian Leaves Jail After 3Days", *New York Times*, November 9, 1993.

392 해리스여론조사에 따르면~ Humphry Taylor, "Doctor-Assisted Suicide: Support for Dr.Kevorkian Remains Strong and a 2-to-1 Majority Approves Oregon-Style Assisted Suicide Bill", Harris Poll, January 30, 1995, https://theharrispoll.com/wp-content/uploads/2017/12/Harris-Interactive-Poll-Research-DOCTOR-ASSISTED-SUICIDE-SUPPORT-FOR-DR-KEVORKIAN-R-1995-01.pdf.

393 1998년이 되자 케보키언의 행위는~ Felicity Barringer, "CBS to Show Kevorkian Video of Man's Death", *New York Times*, November 20, 1998; Arthur Caplan and Joseph Turow, "Taken to Extremes: Newspapers and Kevorkian's Televised Euthanasia Incident", in Culture Sutures: Medicine and Media, ed. Lester D. Friedman (Durham, NC: Duke University Press, 2004), 36-54.

393 제시카 쿠퍼 판사는 유죄 판결을~ Edward Walsh, "Kevorkian Sentenced to Prison", *Washington Post*, April 14, 1999.

393 케보키언이 체포된 바로 그해~ Diane E. Meier et al., "A National Survey of Physician-Assisted Suicide and Euthanasia in the United States", *New England Journal of Medicine* 338 (1998): 1193-1201.

393 의학 학술지인 《랜싯》도 의사가 죽음을~ "Kevorkian Arrested on Charge of First-Degree Murder", *Lancet* 352 (1998): 1838.

394 케보키언을 다룬 기사를 실은 면에는~ "Australian Doctor Reveals Details of Assisted Suicides", ibid.

395 몇 년 뒤, 필립은 병원을 떠나~ Nitschke and Coris, *Damned If I Do*; Nitschke, Killing Me Softly.

395 네덜란드는 1980년대부터 죽음을~ Gerrit Van Der Wal and Robert J. M. Dillmann, "Euthanasia in the Netherlands", BMJ 308, no. 6940 (1994): 1346-1349; Judith A. C. Reitjens et al., "Two Decades of Research on Euthanasia from the Netherlands. What Have We Learnt and What Questions Remain?" *Journal of Bioethical Inquiry* 6 (2009): 271-283.

1993년 네덜란드 상원은 '법안 22572'를 통과시킴으로써 의사가 조력사와 안락사를 검사한테 보고해야 하는 사법 구조를 만들었다. David C. Thomasma et al., eds., *Asking to Die: Inside the Dutch Debate About Euthanasia*(New York: Kluwer Academic Publishers, 2000), 11.

395 **2002년에야 조력사법이 제정되었다** "Dutch Legalise Euthanasia", BBC, April 1, 2002, http://news.bbc.co.uk/2/hi/europe/1904789.stm.

395 **호주 노던주는 세계 최초로~** "Australian Man First in World to Die with Legal Euthanasia", Associated Press, September 26, 1996; Australian Broadcasting Corporation, *The Road to Nowhere*, Four Corners ABC (ABC, 1996), television broadcast.

400 **나중에 필립은 밥의 집을 떠나며~** Margaret Simons, "Between Life and Death", Sydney Morning Herald, August 31, 2013, https://www.smh.com.au/lifestyle/between-life-and-death-20130826-2skl0.html.

400 **기자 회견에서 밥의 죽음을 발표할 때~** "The Fight to End a Life", *Sydney Morning Herald*, September 27, 1996, https://www.smh.com.au/national/the-fight-to-end-a-life-19960927-gdfboi.html.

401 **필립은 '의사조력임종 선언문'에~** Dr.Rodney Syme et al., "Melbourne Declaration on Physician-Assisted Dying, Adopted by the 11th International Conference of the World Federation of Right to Die Societies", October 15-18, 1996, http://hrlibrary.umn.edu/instree/melbourne.html.

401 **그러던 1997년 3월, 말기질환권리법이 시행된 지~** David Kissane et al., "Seven Deaths in Darwin: Case Studies Under the Rights of the Terminally Ill Act, Northern Territory, Australia", *Lancet* 352 (1998): 1097-1102.

401 **그날 필립은 또 다른 환자에게~** Ibid.

401 **그래서 1997년에 '자발적 안락사 연구 재단'을 설립했는데~** Nitschke and Coris, *Damned If I Do*; Nitschke, *Killing Me Softly*.

403 **필립은 얇은 플라스틱으로 만든~** "Nembutal Sampler Kit", Exit International, accessed April 2020, https://exitinternational.net/product/nembutal-sampler-kit/.

405 **《평온한 약 안내서》표지에는~** Nitschke and Stewart, *Peaceful Pill Handbook*.

406 **2011년 필립은 운 좋게도~** Stephanie Gardiner, "After 60 Years of Life Together, Don and Iris Die Together", *Sydney Morning Herald*, May 3, 2011, https://www.smh.com.au/national/after-60-years-of-life-together-don-and-iris-die-together-20110503-1e646.html; Susan Donaldson James, "Tourists Trek to Mexico for 'Death in a Bottle'", ABC News, July 31, 2008, https://abcnews.go.com/Health/MindMoodNews/story?id=5481482.

407 **300명이 모인 퍼스의 엑시트 세미나에서~** Michael Safi, "Euthanasia Campaigner Dr.Philip Nitschke Suspended by Medical Board", *Guardian*, July 23, 2014, https://www.

theguardian.com/world/2014/jul/24/euthanasia-campaigner-dr-philip-nitschke-suspended-by-medical-board; Suzie Keen, "Police Raid Nitschke's Clinic", InDaily, August 1, 2014, https://indaily.com.au/news/2014/08/01/police-raid-nitschkes-clinic/; Helen Davidson, "Philip Nitschke: 'I Wish I Had Responded Differently to Man's Suicide Email'", *Guardian*, November 12, 2014, https://www.theguardian.com/australia-news/2014/nov/12/philip-nitschke-i-wish-i-had-responded-differently-to-mans-suicide-email; Helen Davidson, "Philip Nitschke Tribunal: A Clinical, Jarring Discussion on Rational Suicide", Guardian, November 18, 2014, https://www.theguardian.com/australia-news/2014/nov/18/philip-nitschke-tribunal-hearing-is-there-such-a-thing-as-rational-suicide.

408 이에 호주 의료위원회는 한밤중에 회의를 열었고~ Helen Davidson, "Philip Nitschke Wins Appeal over Medical License Suspension", *Guardian*, July 6, 2015, https://www.theguardian.com/australia-news/2015/jul/06/nitschke-wins-appeal-against-medical-licence-suspension.

411 2015년 10월, 호주 의료위원회는~ Melissa Davey, "Philip Nitschke Banned from Promoting Voluntary Euthanasia as a Doctor", *Guardian*, October 25, 2015, https://www.theguardian.com/australia-news/2015/oct/26/philip-nitschke-banned-from-promoting-voluntary-euthanasia; Philip Nitschke, "Medical Registration Resignation Statement", Exit International, November 27, 2015, https://exitinternational.net/medical-registration-resignation-statement/.

415 2016년 11월 2일, 나는 런던 동부에 있는~ "Fears Grow for Man Who Disappeared After Reportedly Buying 'Euthanasia Drugs' Online", *Mirror*, November 2, 2016, https://www.mirror.co.uk/news/uk-news/fears-grow-man-who-disappeared-9181727.

421 사람들한테 '안 된다'라고 말하는 게 불편합니다 Helen Davidson, "Philip Nitschke Launches 'Militant' Campaign for Unrestricted Adult Access to Euthanasia", *Guardian*, December 3, 2016, https://www.theguardian.com/australia-news/2016/dec/04/philip-nitschke-launches-militant-campaign-for-unrestricted-adult-access-to-peaceful-death.

424 이웃집 남자는 우리 경쟁자가 낸~ Boudewijn Chabot, *Dignified Dying: Death at Your Bidding*(Netherlands: Boudewijn Chabot, 2014).

424 보우더베인 하봇은 정신과 전문의로~ Tony Sheldon, "The Doctor Who Prescribed Suicide", *Independent*, June 30, 1994, https://www.independent.co.uk/life-style/the-doctor-who-prescribed-suicide-was-the-dutch-psychiatrist-dr-boudewijn-chabot-right-to-help-a-1425973.html; "Doctor Unpunished for Dutch Suicide", Reuters, June 22, 1994, https://www.nytimes.com/1994/06/22/world/doctor-unpunished-for-

dutch-suicide.html; Thomasma et al., *Asking to Die*, 76-82.

425 **2016년 네덜란드의 전체 사망자 중 안락사로~** "Netherlands May Extend Assisted Dying to Those Who Feel 'Life Is Complete'", Reuters, October 12, 2016, https://www. theguardian.com/world/2016/oct/13/netherlands-may-allow-assisted-dying-for-those-who-feel-life-is-complete. 263 Even the Dutch Reformed Church tolerated: Nuland, *How We Die*, chap. 7.

427 **현실적으로 보면 이 기계는~** Adrianne Jeffries, "Silk Road Closure Reportedly Cuts Off Supply of Drug for Assisted Suicide", Verge, October 7, 2013, https://www. theverge.com/2013/10/7/4811920/silk-road-shutdown-cut-off-crucial-source-for-euthanasia-drug-nembutal; "Euthanasia Advocate Philip Nitschke Warns of Online Nembutal Scam", ABC News, September 2, 2014, https://www.abc.net.au/news/2014-09-03/philip-nitschke-warns-of-nembutal-scam/5715408.

428 **〈뉴스위크〉 기사에서는 필립을~** Nicole Goodkind, "Meet the Elon Musk of Assisted Suicide, Whose Machine Lets You Kill Yourself Anywhere", *Newsweek*, December 1, 2017, https://www.newsweek.com/elon-musk-assisted-suicide-machine-727874.

433 **내가 방문할 무렵에도 이미 네덜란드를~** Scott Kim, "How Dutch Law Got a Little Too Comfortable with Euthanasia", *The Atlantic*, June 8, 2019, https://www.theatlantic.com/ ideas/archive/2019/06/noa-pothoven-and-dutch-euthanasia-system/591262/; Scott Kim et al., "Euthanasia and Assisted Suicide of Patients with Psychiatric Disorders in the Netherlands 2011-2014", JAMA Psychiatry 73, no. 4 (2017): 362-368.

433 **〈데일리메일〉 같은 세계적인 신문에서는~** Sue Reid, "The Woman Killed by Doctors Because She Was Obsessed with Cleaning: Just One of Growing Numbers of Dutch People Given the Right to Euthanasia Because of Mental, Not Terminal, Illness", *Daily Mail*, May 13, 2016, https://www.dailymail.co.uk/news/article-3589929/The-woman-killed-doctors-obsessed-cleaning-Horrifying-Yes-s-just-one-growing-numbers-Dutch-men-women-given-right-euthanasia-mental-not-terminal-illness.html; Linda Pressly, "The Troubled 29-Year-Old Helped to Die by Dutch Doctors", BBC, August 9, 2018, https://www.bbc.com/news/stories-45117163; "Euthanasia Clinic Criticized for Helping Woman with Severe Tinnitus to Die", *Dutch News*, January 19, 2015, https://www.dutchnews.nl/news/2015/01/euthanasia-clinic-criticised-for-helping-woman-with-severe-tinnitus-to-die/.

433 **이 기사에서는 어떤 전문가의 말을~** Harriet Sherwood, "A Woman's Final Facebook Message Before Euthanasia: 'I'm Ready for My Trip Now,'" *Guardian*, March 17, 2018, https://www.theguardian.com/society/2018/mar/17/assisted-dying-euthanasia-netherlands#maincontent.

433 정신과 전문의이자 철학자인 스콧 킴은~ Kim, "How Dutch Law."

433 의사이자 작가인 아툴 가완디는~ Gawande, *Being Mortal*, 245.

434 《뉴잉글랜드 의학 학술지》의 편집자였던 마샤 엔젤은 《뉴욕 리뷰 오브 북스》에서~ Marcia Angell, "A Better Way Out", *New York Review of Books*, January 8, 2015.

436 이 '자기구원신기술(누테크) 학회'는~ Russel D. Ogden, "Non-physician Assisted Suicide : The Technological Imperative of the Deathing Counterculture", *Death Studies* 25 (2001): 387-401; Diane Martindale, "A Culture of Death", *Scientific American*, June 1, 2005, https://www.scientificamerican.com/article/a-culture-of-death/.

나가며

441 **2017년에 '카이저 가족 재단'에서 실시한 설문조사에 따르면**~ Liz Hamel et al., "Views and Experiences with End-of-Life Medical Care in the U.S.", Kaiser Family Foundation, April 27, 2017, https://www.kff.org/report-section/views-and-experiences-with-end-of-life-medical-care-in-the-us-findings/.

441 **2019년 10월 주요 아브라함일신교를 이끄는**~ No to Euthanasia, Assisted Suicide, Yes to Palliative Care", *Vatican News*, October 28, 2019, https://www.vaticannews.va/en/vatican-city/news/2019-10/abrahamic-religions-life-euthanasia-suicide-palliative. html; Tom Blackwell, "Catholics Could Be Denied Last Rites, Funerals If They Undergo Doctor-Assisted Suicide: Canadian Bishop", *National Post*, March 6, 2016, https://nationalpost.com/news/religion/catholics-could-be-denied-last-rites-funerals-if-they-undergo-doctor-assisted-suicide-canadian-bishop-says; "Swiss Bishop to Priests: No Last Rites for Patients Seeking Assisted Suicide", Catholic News Service, December 8, 2016, https://www.ncronline.org/news/world/swiss-bishop-priests-no-last-rites-patients-seeking-assisted-suicide.

447 **다른 방향으로 흘러갈 여지가 없다** "On Assisted Suicide, the Slope Is Proving Every Bit as Slippery as Feared", *Globe and Mail*, January 17, 2020, https://www.theglobeandmail. com/opinion/article-on-assisted-suicide-the-slope-is-proving-every-bit-as-slippery-as/.

447 **2020년 1월, 벨기에 의사 3명은**~ "Belgian Doctors Go on Trial for Murder for Helping Woman End Life", Reuters, January 14, 2020, https://www.theguardian.com/world/2020/jan/14/belgian-doctors-go-on-trial-for-for-helping-woman-end-life; "Belgian Euthanasia: Three Doctors Accused in Unprecedented Trial", BBC, January 14, 2020, https://www.bbc.com/news/world-europe-51103687; Bruno Waterfield, "Tine Nys: Belgian Euthanasia Doctor Was Only 'Half-Trained'", *The Times*, January 21, 2020,

https://www.thetimes.co.uk/article/tine-nys-belgium-euthanasia-doctor-was-only-half-trained-0wjmnc00l.

448 하지만 재판이 시작되고 정확히 한 달 뒤~ lian Peltier, "Belgium Acquits Three Doctors in Landmark Euthanasia Case", *New York Times*, January 31, 2020, https://www.nytimes.com/2020/01/31/world/europe/doctors-belgium-euthanasia.html.

448 〈연합통신〉은 판사가 무죄를 선고하자~ Raf Casert, "Belgian Court Acquits 3 Doctors in Euthanasia Case", Associated Press, January 31, 2020, https://apnews.com/bd4a489924bac998ef0af3f3e446f3b7.

449 영국에서 전직 대법원 판사인 조너선 섬션이~ Owen Bowcott, "Ex-Supreme Court Justice Defends Those Who Break Assisted Dying Law", *Guardian*, April 17, 2019, https://www.theguardian.com/society/2019/apr/17/ex-supreme-court-jonathan-sumption-defends-break-assisted-dying-law.

451 몇 달 뒤 프랑스 언론에서는~ "French Police Seize Illegal Euthanasia Drugs in Raids", Le Monde, October 16, 2019, https://www.lemonde.fr/police-justice/article/2019/10/15/un-trafic-de-barbituriques-demantele-en-france_6015639_1653578.html. 미국 국토 안보부 대변인은 국토안보부에서는 이 수사에 관여하지 않았다고 말했다. 미국 관세국경보호청 대변인은 나를 식품의약국으로 연결해줬는데, 식품의약국 대변인은 제공해줄 정보가 없다는 이메일을 보내왔다. 사법부 대변인 역시 내게 '진행 중인 소송 때문에 그 문제에 관해 언급할 수 없다'는 이메일을 보냈다.

452 이미 지역 신문에는 의료보험사에서 값비싼 치료를~ Bradford Richardson, "Insurance Companies Denied Treatment to Patients, Offered to Pay for Assisted Suicide, Doctor Claims", *Washington Times*, May 31, 2017, https://www.washingtontimes.com/news/2017/may/31/insurance-companies-denied-treatment-to-patients-o/; Andrea Peyser, "Terminally Ill Mom Denied Treatment Coverage—but Gets Suicide Drug Approved", *New York Post*, October 24, 2016, https://nypost.com/2016/10/24/terminally-ill-mom-denied-treatment-coverage-but-gets-suicide-drugs-approved/.

452 이처럼 이윤을 중시하는 경제적 풍토에서~ Helena Berger, "Assisted Suicide Laws Are Creating a 'Duty-to-Die' Medical Culture", The Hill, December 17, 2017, https://thehill.com/opinion/civil-rights/365326-how-assisted-suicide-laws-are-creating-a-duty-to-die-medical-culture.

452 미국에서 의사조력사에 관한 관심이 급증한~ US Department of Health and Human Services, Administration on Aging, "A Profile of Older Americans: 2009", accessed April 2020, https://acl.gov/sites/default/files/Aging%20and%20Disability%20in%20America/2009profile_508.pdf; "A Profile of Older Americans: Older People Projected to Outnumber Children for the First Time in U.S. History", US Census, March 13,

2018, https://www.census.gov/newsroom/press-releases/2018/cb18-41-population-projections.html; James R. Knickman and Emily K. Snell, "The 2030 Problem: Caring for Aging Baby Boomers", *Health Services Research* 37, no. 4 (2002): 849-884.

453 **2010년에는 미국의 65세 이상 인구가~** Loraine A. West et al., "65+ in the United States", United States Census Bureau, June 2014, https://www.census.gov/content/dam/Census/library/publications/2014/demo/p23-212.pdf.

453 **이미 2017년에 미국인은 의료비로~** Centers for Medicare Services, "National Health Expenditures 2018", accessed April 2020, https://www.cms.gov/Research-Statistics-Data-and-Systems/Statistics-Trends-and-Reports/NationalHealthExpendData/NHE-Fact-Sheet; Karen E. Joynt Maddox et al., "US Health Policy—2020 and Beyond", *JAMA: Journal of the American Medical Association* 321, no. 17 (2019): 1670-1672; OECD, "Health Expenditure", 2018, accessed April 2020, https://www.oecd.org/els/health-systems/health-expenditure.htm.

453 **메디케어 전체 지출 중 4분의 1은~** Juliette Cubanski et al., "Medicare Spending at the End of Life: A Snapshot of Beneficiaries Who Died in 2014 and the Cost of Their Care", Kaiser Family Foundation, July 14, 2016, https://www.kff.org/medicare/issue-brief/medicare-spending-at-the-end-of-life/; Matthew A. Davis et al., "Patterns of Healthcare Spending in the Last Year of Life", *Health Affairs* 35, no. 7 (July 1, 2016); Ian Duncan et al., "Medicare Cost at End of Life", *American Journal of Hospice and Palliative Care* 36, no. 8 (2019): 705-710.

453 **2017년 카이저 가족 재단 연구에 따르면~** Hamel et al., "Views and Experiences."

453 **2009년 미국 의사는 조력사에 관한~** Paula Span, "A Quiet End to the 'Death Panels' Debate", *New York Times*, November 20, 2015, https://www.nytimes.com/2015/11/24/health/end-of-death-panels-myth-brings-new-end-of-life-challenges.html; JoNel Aleccia, "Docs Bill Medicare for End-of-Life Advice as 'Death Panel' Fears Reemerge", Kaiser Health News, February 15, 2017, https://khn.org/news/docs-bill-medicare-for-end-of-life-advice-as-death-panel-fears-reemerge/.

454 **앞서 언급한 적정부담보험법이 통과된 지 3년이 지난 2013년~** "Kaiser Health Tracking Poll: March 2013", Kaiser Family Foundation, March 20, 2013, https://www.kff.org/health-reform/poll-finding/march-2013-tracking-poll/. 또한 다음을 참조하라. Olga Khazan, "27% of Surgeons Still Think Obamacare Has Death Panels", *The Atlantic*, December 19, 2013, https://www.theatlantic.com/health/archive/2013/12/27-of-surgeons-still-think-obamacare-has-death-panels/282534/.

454 **죽음에 대한 문제로 정당 기반을 다지는 일은~** Jill Lepore, "The Politics of Death", *New Yorker*, November 22, 2009.

454 《의료윤리 학술지》에 실린 한 연구에 따르면~ Margaret Battin et al., "Legal Physician-Assisted Dying in Oregon and the Netherlands: Evidence Concerning the Impact on Patients in 'Vulnerable' Groups", *Journal of Medical Ethics* 33, no. 10 (2007): 591-597.

455 오리건주에서는 존엄사법 통과 이후~ Death with Dignity National Center, "The Impact of Death with Dignity on Healthcare", December 7, 2018, https://www.deathwithdignity.org/news/2018/12/impact-of-death-with-dignity-on-healthcare/; National Hospice and Palliative Care Organization, "NHPCO Facts and Figures, 2018 Edition", revised July 2, 2018, https://39k5cm1a9u1968hg74aj3x51-wpengine.netdna-ssl.com/wp-content/uploads/2019/07/2018_NHPCO_Facts_Figures.pdf; Linda Ganzini et al., "Oregon Physicians' Attitudes About and Experiences with End-of-Life Care Since Passage of the Oregon Death with Dignity Act", *JAMA: Journal of the American Medical Association* 285, no. 18 (2001): 2363-2369; Margaret Pabst Battin and Timothy Quill, eds., *The Case for Physician-Assisted Dying: The Right to Excellent End-of-Life Care and Patient Choice*(Baltimore: Johns Hopkins University Press, 2004), 176-180; Timothy E. Quill and Franklin G. Miller, eds., *Palliative Care and Ethics*(Oxford: Oxford University Press, 2014), 242-277.

죽음의 격

1판 1쇄 발행 2022년 8월 17일
1판 2쇄 발행 2022년 9월 16일

지은이 · 케이티 엥겔하트
옮긴이 · 소슬기
펴낸이 · 주연선

㈜은행나무
04035 서울특별시 마포구 양화로11길 54
전화 · 02)3143-0651~3 ㅣ 팩스 · 02)3143-0654
신고번호 · 제1997-000168호(1997. 12. 12)
www.ehbook.co.kr
ehbook@ehbook.co.kr

ISBN 979-11-6737-203-1 (03840)